乐·奇记(上)

LE·QI JI (SHANG)

何语◎著

图书在版编目（ＣＩＰ）数据

乐・奇记/何语著．—合肥：安徽文艺出版社，2021.8
ISBN 978-7-5396-7090-4

Ⅰ．①乐… Ⅱ．①何… Ⅲ．①长篇小说－中国－当代 Ⅳ．①I247.5

中国版本图书馆CIP数据核字(2020)第230261号

出 版 人：段晓静
责任编辑：张　磊　　　　　　　　装帧设计：褚　琦

出版发行：时代出版传媒股份有限公司　www.press-mart.com
　　　　　安徽文艺出版社　www.awpub.com
地　　址：合肥市翡翠路1118号　邮政编码：230071
营 销 部：(0551)63533889
印　　制：合肥创新印务有限公司　(0551)64456946

开本：880×1230　1/32　印张：21.875　字数：455千字
版次：2021年8月第1版
印次：2021年8月第1次印刷
定价：58.00元(上、下)

(如发现印装质量问题，影响阅读，请与出版社联系调换)

版权所有，侵权必究

前　言

《尼尔斯骑鹅旅行记》的封面上有这样一句话：一切美好的成长都从冒险开始。

这是一本关于成长与冒险的书。小主人公尚小乐在不断的奇遇与冒险中，遇到了形形色色的人，遭遇了各种各样的危机，也解开了一个又一个的谜团。我们每个人的成长其实也是如此，都要经历一个不断求知的过程，从疑问到解惑，从未知到已知。

可贵的是，小乐在历险中始终坚持初心，不怕挫折，勇往直前。这也是我们每一个少年儿童都应具有的良好品质：有正义与责任感，既善良又能聪明地保护自己。

我在课堂上讲授中国传统文化，对中华文化的热爱始终充盈笔端。我希望每一位小读者在阅读本书后都能获得一次传统文化的熏陶，从而更加喜爱我们自己的文字与文学。

艺术真正的魅力在于感动人心。本书在生动有趣的人物、交织的情感、错综的情节以及童话、科幻、传奇等多元素交融中，总有一处能拨动你的心弦，给你回味与思考。

开卷有益，阅读本身就是一种再创造的过程。感谢每一位读者朋友，正是你们的阅读让我笔下的尚小乐与那个神奇的世界变得鲜活起来。

何　语

2021年初于庐州

目 录

第一部 尚小乐的神奇世界

第一章 遇见阿奇 / 003
一、你好,我叫阿奇 / 003
二、重返侏罗纪(上) / 008
三、重返侏罗纪(下) / 013
四、开心超市 / 016
五、妈妈的男朋友 / 020

第二章 阿奇帮帮忙 / 025
一、临时抱佛脚 / 025
二、寓教于乐(上) / 028
三、寓教于乐(下) / 032
四、智擒小偷 / 034
五、对弈(上) / 038
六、对弈(下) / 042

第三章 助人为"乐" / 048
一、姥爷的"私房钱" / 048
二、小值日生 / 052

三、春游记(上) / 056

四、春游记(下) / 059

五、家长会 / 063

六、造梦空间 / 068

第四章　神秘的新同学 / 073

一、我叫叶真(上) / 073

二、我叫叶真(下) / 077

三、别苑之局 / 081

四、英才币(上) / 085

五、英才币(中) / 089

六、英才币(下) / 093

第五章　时间隧道 / 098

一、特异功能 / 098

二、救援英雄 / 101

三、危险降临 / 105

四、魔幻城堡 / 109

五、叶真的故事 / 113

六、原来如此 / 117

第六章　不寻常的假期 / 122

一、去奶奶家喽 / 122

二、畅游小人国(上) / 126

三、畅游小人国(中) / 131

四、畅游小人国(下) / 134

五、晴天霹雳 / 139

六、又一个有故事的人 / 143

　　七、开启奇幻之旅 / 147

第二部　尚小乐的奇幻之旅

第一章　精灵大陆(一) / 155

　　一、赛茵草原(上) / 155

　　二、赛茵草原(下) / 159

　　三、奇怪的精灵城 / 164

　　四、意外重逢 / 168

　　五、出发去绿夜森林 / 172

　　六、怪物来了 / 176

第二章　精灵大陆(二) / 180

　　一、树灵人大会(上) / 180

　　二、树灵人大会(下) / 184

　　三、森林遇险 / 189

　　四、智除圆筒怪 / 193

　　五、原来如此 / 197

　　六、解毒 / 201

　　七、大长老的预言 / 205

　　八、目标无尽海 / 208

第三章　海上历险 / 213

　　一、特殊的乘客 / 213

　　二、船上生活 / 217

　　三、墨雾海域(上) / 221

四、墨雾海域(下) / 226

五、惊变 / 230

六、逃生(上) / 234

七、逃生(下) / 238

第四章　巨灵山庄 / 243

一、笼中的囚徒(上) / 243

二、笼中的囚徒(下) / 248

三、"玩具"人生 / 252

四、大胡子回归 / 256

五、胜利大逃亡(上) / 260

六、胜利大逃亡(下) / 264

七、边境险情 / 268

第五章　圣邑之行(一) / 273

一、沙漠旅途(上) / 273

二、沙漠旅途(下) / 276

三、老魔苏醒 / 279

四、初来乍到 / 283

五、如意客栈 / 288

六、金光令(上) / 291

七、金光令(下) / 295

第六章　圣邑之行(二) / 300

一、小虚无界 / 300

二、白衣少女 / 304

三、箓公出关(上) / 308

四、篆公出关(下) / 312

五、核宫解困 / 316

六、离开圣邑 / 320

第三部　尚小乐的奇异历险

第一章　罗格游戏(一) / 327

一、游戏开始 / 327

二、无双女侠(上) / 330

三、无双女侠(中) / 334

四、无双女侠(下) / 338

五、游戏规则与尝试(上) / 342

六、游戏规则与尝试(下) / 346

第二章　罗格游戏(二) / 350

一、开始新游戏 / 350

二、梦貘兽(上) / 354

三、梦貘兽(下) / 357

四、沙漠棋局 / 360

五、夺晶大战 / 365

第三章　罗格游戏(三) / 370

一、完成任务 / 370

二、密室求生（上）/ 373

三、密室求生(下) / 377

四、乱成一锅粥 / 380

五、彩虹飞车 / 383

第四章　彩虹国 / 387

　　一、竞州小城 / 387

　　二、农奴生活(上) / 391

　　三、农奴生活(下) / 394

　　四、地下反抗组织 / 398

　　五、都想逃跑 / 401

　　六、国王的秘密 / 405

　　七、叶真逃跑记 / 409

　　八、瘟疫与暴动 / 412

第五章　从海天到无尽海 / 417

　　一、去海天 / 417

　　二、到达海天国 / 420

　　三、漂亮阿姨 / 425

　　四、无尽海边 / 429

　　五、危险的航程 / 433

第六章　桃源记(一) / 438

　　一、桃林 / 438

　　二、组队成功 / 443

　　三、大赛之前 / 446

　　四、滑草比赛 / 451

　　五、《山海经》(上) / 455

　　六、《山海经》(中) / 458

　　七、《山海经》(下) / 462

第七章　桃源记(二) / 467

一、迎客亭中 / 467

二、加时赛(上) / 471

三、加时赛(下) / 475

四、小小得月楼(上) / 478

五、小小得月楼(下) / 483

六、桃源主人 / 487

七、竟然是这样(上) / 491

八、竟然是这样(下) / 495

第四部　尚小乐的奇妙救援

第一章　万圣风云 / 503

一、桃源再见(上) / 503

二、桃源再见(下) / 506

三、红衣少女 / 509

四、荒野惊魂 / 514

五、洄流之夜(上) / 519

六、洄流之夜(中) / 523

七、洄流之夜(下) / 529

第二章　龙山奇旅 / 534

一、结伴而行 / 534

二、两头大傻龙 / 538

三、古殿奇遇 / 542

四、怪石迷阵 / 547

五、龙母姐妹 / 551

六、盗宝与得药 / 555

七、龙山重逢 / 560

八、妙通盘 / 563

第三章　返回精灵大陆 / 569

一、冰雪城堡(上) / 569

二、冰雪城堡(下) / 572

三、雪怪的秘密 / 576

四、小乐遇害记 / 580

五、终回家园 / 584

六、金龙现 / 588

第四章　又见圣邑 / 593

一、今非昔比 / 593

二、重要消息 / 596

三、家族承诺 / 599

四、迭翠峰上 / 603

五、顽抗到底 / 607

六、真相大白 / 611

七、穷途末路 / 615

第六章　虫！虫！虫！ / 620

一、天外来客 / 620

二、游历五行城 / 624

三、初入虫谷 / 628

四、强拉入伙 / 631

五、劫狱行动 / 635

　　六、披甲族 / 639

　　七、会合 / 642

　　八、准备营救 / 646

第七章　营救行动 / 650

　　一、进入地官 / 650

　　二、双虫大战 / 654

　　三、全面崩塌 / 658

第八章　尾声 / 671

　　一、重生与重逢（上）/ 671

　　二、重生与重逢（下）/ 674

　　三、阿奇的秘密（上）/ 678

　　四、阿奇的秘密（下）/ 682

第一部　尚小乐的神奇世界

阅读提示：

本部分是尚小乐十岁前初遇阿奇后的神奇经历。小说的主要人物如叶真、周天等会依次登场。

第一章　遇见阿奇

一、你好，我叫阿奇

阳光从红枫树浓密叶片的缝隙直透了进来，一个八九岁的男孩站在一根粗大的树枝上，一时觉得睁不开眼。四周满是不知名的野花的芳香，有点像夏天妈妈洗完头后脖颈的味道。知了在肆无忌惮地叫着。他摸到了腰间的水壶，终于觉得有点渴了。清凉的泉水越过嘴角，滴在他那沾着泥污的胸牌上，露出上面刻着的字：**中国　尚小乐　特级侦察员**。

这名小侦察员已经深入西伯利亚这片原始森林数次，每次都无功而返。履历显示，他是这行最棒的，曾经从索马里海盗手里解救出人质，在意大利南部小镇找到博物馆失窃的名画，挖出湄公河上的毒贩窝点，甚至从玛雅金字塔里发现外星人的遗踪……可是这一次，他有点力不从心，总感觉哪里出了问题。

尚小乐调整了一下站姿，使自己稍微舒服一点。他回忆了一下地图上的坐标，应该是前方没错。于是，他扯出身旁巨树上的藤蔓，顺着溜了下去，悄无声息地降到了地上。脚下厚厚的红枫树叶像个垫子般接住了他。

他又向前走了几步，掏出一个特制的电子罗盘计算起来。他觉得自己没错，但理应看到的入口却杳无踪迹。小侦查员陷入了绝望。

突然,大地颤抖起来,尚小乐只觉得脚下一松,地面裂开了一个丈许大的口子,他和无数的红枫树叶一起跌落无底的深渊中……

"阿奇——"尚小乐惊恐地大叫。

下一秒,他便悬浮在深渊中,似乎有一只无形巨手在托举着他,同时悬浮在他身边的还有那个特制的罗盘。

接着,一只核桃大小、发出微微荧光、长相奇特的黑色甲虫在他眼前闪现。

"首先,你地图方位看错了;另外,十道题你错了七道!"那甲虫指指罗盘上显示的题目,不满地摇摇长鼻子嗡嗡道。

"哇,真刺激!"刚才还一脸惊恐的小侦察员笑嘻嘻地说,"再玩一次嘛,阿奇,你再出十道题!"

"不行,我的灵力有限。再说,这游戏也惊险了些。"

"玩的就是心跳嘛!好不好,阿奇,再玩一次!"

"你把错题都订正了再说。我来给你讲解一下……"

半小时后,小侦察员尚小乐又兴奋地开始了他的冒险之旅。

这片西伯利亚红枫林,竟然是那只名叫"阿奇"的奇异甲虫打造的游戏空间,简直跟真的一样。自从遇到这位具有时空超能力的新朋友后,尚小乐便觉得整个世界都变得神奇起来……

故事,还要从半年前的那个傍晚说起。当时姥姥正在做晚饭,发现没盐了,便让尚小乐去楼下超市买两袋。正在看电视的小乐嘟着嘴,不情不愿地出去买盐。现在想起来,真要感谢姥姥让他下去买盐,不然就没有后面的奇遇了。

尚小乐懒懒地拎着两袋盐,走过小区绿化带时,突然听见有一个很小的声音好像在一遍遍地喊他的名字:"尚小乐——尚小乐——"小乐停下来,四处张望。咦?好像是草丛里发出来的。见小乐看过来,它叫得更起劲了。

小乐走过去拨开草丛,看见一只比硬币略大些的黑色怪甲虫。这是个什么虫子呀?从来没见过。脸上有个长鼻子,一对小黑豆似的眼睛,四只脚,头上还有个东西亮晶晶的。尚小乐正奇怪呢,那只甲虫一下子立起来,对着小乐开心地说:"你好,我叫阿奇。我——"这个叫"阿奇"的话还没说完,就被尚小乐用提盐的塑料袋一下给套住了。

小乐把塑料袋口旋紧了攥在手心里往家跑去。天哪,它会说话!天哪,它还知道我的名字!真是爆炸性新闻哪!小乐的心快从嗓子眼里蹦出来了。他一进家门,便大声喊姥姥、姥爷过来看这只会说话的虫子。姥爷还特地找来了老花镜。小乐神秘地把塑料袋一点点打开。里面却空空如也,那只会说话的甲虫不见了!

"什么也没有嘛!"姥爷说。

"我明明捉到了。您再仔细看看,就在里面。"小乐的声音明显比刚进门时低了八度。

姥姥把塑料袋拿起来倒了个底朝天,还是什么也没有。

"小乐,你又说瞎话,我让你买的盐呢?"

姥姥的嗓门真大。

那个小虫子难道是路上跑掉了?小乐抓抓脑袋,难道是我做梦啦?奇怪。

当然不是做梦,就在小乐晚上在房间里写作业时,那只甲虫又出现了。它趴在小乐的作业本上。"嗨,小乐,我要跟你谈一谈。"甲虫阿奇一本正经地说。

"姥姥——"小乐大喊。

"你别喊了,反正你姥姥他们来了也看不见我,我会随时躲进任意的空间里。"阿奇说着就不见了。

"你快出来,小虫子!"小乐急了。

"我下午话没说完就被你打断了,算了,我也不跟你计较了。"阿奇一闪而现,扬了扬长鼻子,继续说道,"我接着自我介绍。我叫阿奇,来自另一个空间。你要知道,宇宙中不仅只有你生活的世界这一个空间,还有其他的空间,有的平行,有的交错,宇宙就是由很多次元构成的……"

"你是说你是外星人?"

"呃,这个……你要这么理解也可以。"次元空间的概念理解对小乐来说显然有点难度。

"你为什么找我?还有你怎么知道我叫尚小乐的?"小乐继续问。

"我们这样的虫子,很小的时候就用太空望远镜看各个星球,第一眼看到的生物,就要和他成为好朋友。没法子,我第一眼看到的就是你。后来我就千辛万苦地飞出来找你,现在终于找到你了。"阿奇似乎眼泪汪汪地扶着铅笔盒说道。

尚小乐在灯下仔细打量着这只叫阿奇的长鼻子甲虫,它全身黑亮,背上还泛着点好看的蓝色。

房门开了,妈妈端了杯牛奶进来。阿奇果然立马就不见了。

"妈妈,今天我看见一只会说话的小虫子,它说它叫阿奇,是我的好朋友。"小乐开心地道。

"哦,是吗?你可能是童话故事看多啦。不过,你可以把它在日记里写下来,锻炼自己的想象力。"妈妈微笑着说。

妈妈出去后,阿奇又飞到小乐的面前,落在牛奶杯上。

"真香!"阿奇的长鼻子深吸了一口气,说道。

"你饿了吧,我这还有饼干,你吃不吃?可好吃啦。"小乐说着,变魔术般掏出一小袋饼干。

"我没有嘴,吃不了,不过我可以闻各种气味。在你们这个空间,我靠闻食物还有大自然的气味就可以生活了。"

"太神奇了!"小乐把饼干袋撕开,阿奇凑过去高兴地闻着。

"对了,你没有嘴,那你是用什么说话的?"小乐猛然想起来,问道。

"用翅膀啊,"阿奇瓮声瓮气地说,"我用翅膀振动模仿你们人类的声音频率。不光是说话,哭啊,笑啊,都可以。"

"哦,原来是这样。"

"哈,这你都信啊?跟你开个玩笑。说话也是靠我这鼻子。我要是每次说话都要振动无数下翅膀,岂不是要扇得累死了?"阿奇笑道。

呵呵,小乐也笑了。他已经开始喜欢这个有幽默感的新朋友了。

夜深了,尚小乐躺在床上,兴奋地想着今天发生的奇事。刚才阿奇还告诉他,它要好好睡一觉,养精蓄锐,然后就会展示超能力,让他大吃一惊。

到底是怎样惊人的超能力呢？小乐正想着，就听见客厅里姥姥和妈妈的说话声隐约传来："你和小曹发展得咋样了？过两天把他带到家里来见见面……尚进都走了这么久了，你对自己的事也不抓点紧。难道你就这样带着小乐过一辈子？"

姥姥絮絮叨叨地说着，小乐气恼地用被子蒙住了耳朵。

二、重返侏罗纪（上）

第二天，甲虫阿奇果然让尚小乐大吃一惊。这小男孩目瞪口呆地望着眼前发生的一切：时空竟然静止了！

就在姥姥刚踩上他的小汽车快要仰面倒地的一瞬，极其不可思议的事情发生了，仿佛有人按下了暂停键。小乐直愣愣地走过去，用手指戳戳身体与地面大约呈三十度角，倾而未倒，仍是一脸惊慌的姥姥。姥姥手上正拎着装仓鼠的笼子。小仓鼠皮宝睁着一双乌溜溜的眼睛同样定格在那里。尚小乐又转过身去看姥爷，书桌旁的姥爷正在用茶壶往笔洗碟里加水。当然，这流水也静止了，茶壶嘴和小碟子间仿佛连着一条水线。太神奇了！

尚小乐刚想去摸摸那水线，就听见肩上那只象鼻甲虫嗡嗡地说道："别磨蹭了，快去扶好你姥姥吧，老人家摔这么一下子可不得了。"

"啊，你会魔法？！"尚小乐兴奋得快要跳起来了。

毫无疑问，是这只小甲虫干的，它的长鼻子哼了一声，就把大家给定住了。等到小乐用力把姥姥扶好后，又听见阿奇的鼻子哼了一声，定格解除，一切恢复。

"我刚才明明踩到小乐的小汽车啦，还好没摔倒。"姥姥一副惊魂未定的样子。

"我说让你补钙有好处吧。人老了就要多补钙,关节才能灵活。"姥爷已经往笔洗碟里倒好了水,回应道。

小乐此时已经飞快地跑进了自己的房间。

"你快跟我说说这是什么魔法,你怎么做的啊?"小乐迫不及待地问。

"嘘,小声点。"阿奇边说边飞到小乐的书桌上,"我这是灵力,不是魔法。我在我那个世界属于空间灵虫,懂得一些空间法则,或者说具有空间超能力也行。我刚才只是让一定空间的时间停止。你往上扔本书看看。"

小乐照做。只听阿奇的鼻子轻哼了一声,那本正下落的书一下子停在半空中,跟冻结在那似的。接着,阿奇再一哼,书啪一声落在了地上。

"哈,定身术!教我!教我!"小乐叫道。

"小乐,你在跟谁说话呢?"姥姥的声音传来。

"我,我跟同学打电话呢,姥姥你别喊我!"小乐扯着嗓子喊。

"我说让你小点声吧。呵呵。"阿奇笑着说,"这我可教不了你,因为这全靠我的长鼻子,你没有长鼻子啊。"

小乐想想,也对,拜师的念头只好作罢。

"那你还有什么超能力呀?阿奇,定定虫,拜托,快让我看看呀!"小乐目光灼灼,仿佛下一刻这只甲虫就能带他遨游太空了。

"我可不叫定定虫,我的超能力都跟空间有关。比如说我

009

可以进入任何东西的空间里。你注意看桌上的水晶杯。"阿奇说着就倏地不见了。下一刻,阿奇就出现在透明的水晶奖杯中,好像镶嵌在其中一样。它对小乐眨眨眼睛,接着又不见了。

"小乐,小乐,我在这呢!"阿奇喊道。正四下寻找的小乐望过去,阿奇已经落在了他的枕头上。

"太神奇了,你不光会定身术,还会隐身法!"小乐让阿奇爬到他的手指上。

"呵呵,这个可算不得隐身法。"阿奇甩着长鼻子说,"不过我倒是可以带你一起去不同的东西里面看看。好,你现在闭上眼睛深吸一口气。"

小乐马上照做,接着感到头顶一热,再睁开眼睛时就已经在水晶奖杯里面了。他看到桌上自己的台灯,作业本变得奇大无比。不用问,自己的身体变小了。接着又去了枕头里,地板里,衣服里。虽然憋气憋得难受,但尚小乐还是开心得很。至于有水分的东西,阿奇是拒绝带小乐进去的,例如橙子,因为会弄得一身果汁。

过了会儿,姥姥来喊小乐吃晚饭了。阿奇悄声说:"你先去吃饭,然后认真写作业。作业写完后我带你去个好地方。"

于是尚小乐一吃完饭就跑回房间做作业。

"小乐今天这么懂事啊,动画片也不看了。"正看新闻的姥爷直嘀咕。

"阿奇!你在哪呀?"小乐打开灯,急问道。阿奇应声出现。

"呵呵,我刚才吃饭的时候突然想到一件事。咱们可以用隐身法到银行里去拿钱,这样妈妈就不用那么辛苦挣钱了。还可以偷偷去大商场里,想拿什么拿什么。哈哈哈……"小乐笑得合不拢嘴。

"这可不行,我的超能力如果做坏事就不灵了。"阿奇郑重地说。

"一次也不行吗?"

"一次也不行!"阿奇表情严肃,"宇宙万物都有限制,不是你我想怎样就能怎样的。做小偷光荣吗?!"

"那好吧。"小乐跟泄了气的皮球似的。

"快写作业吧,作业写完了我带你去小画书里玩一玩。"阿奇摇头晃脑地说。

小乐马上又打足了气,开始写作业。

半小时后,小乐对着空气喊:"我作业写完啦!可以去玩啦!"

"这么快?小心你妈妈让你重写。"阿奇一闪而现,桌上赫然多了本《寻找侏罗纪》的超真绘本,书页里似乎还隐约有些荧光。

"哈,就进这本书吗?太好了,我就喜欢恐龙,我很喜欢历险的。"小乐高兴地说。

"你先闭上眼睛。"阿奇说。

"为什么要闭上眼睛?"

"因为我怕你头晕。"

正说着话的尚小乐猛然觉得头顶一热,再睁开眼睛时,已然来到了一片亮丽奇异的世界中。

四周是一棵棵高大的蕨类植物,脚下是深深浅浅的绿草,只穿着袜子的尚小乐感觉跟踩在地毯上一样。耳边还有潺潺的水声和唧唧的虫鸣。

"你往那边看。"阿奇向已经看得发呆的尚小乐提示道。

"啊,是腕龙!"小乐大喊着跑过去。就在十几米开外,有个碧蓝的大湖,湖边有几头巨大的长颈恐龙正在悠闲地吃着树上的叶子。旁边还有大大小小数只食草类恐龙。

"天哪,太神奇了!阿奇,简直跟真的一样!"小乐仰面望着像座山似的腕龙,激动不已。

"多亏了你那本高清绘本,我就是照书上做的。这只最大的腕龙得有近三十米高了,还有其他的恐龙,我一共做了20多只呢,看你能不能叫得出名字?"

"这是梁龙,它没有头冠,腕龙有。这只小点的是副栉龙。哦,那边还有只吃草的三角龙。对不对?"

"一百分!"阿奇竖起了长鼻子。

"我可以摸摸它们吗?"小乐激动地问。

"当然可以!"

小乐小心翼翼地摸向一只正喝水的副栉龙。"别怕,它们都是做出来的,假的,你踢它们都行。"阿奇说。

小乐又去拍拍腕龙,甚至可以听见它咀嚼树叶的声音。这些恐龙有的摸上去触感像皮沙发,有的摸上去触感像树皮。"我是根据你的触觉感官估摸着做的,让你摸上去有感觉就行。真的恐龙谁也没见过。"这只黑甲虫在一旁边飞边说。

正说着话,就听见空中传来几声高亢的鸣叫。"是翼龙,还有翼龙!"小乐大喊。

"好戏就要开始了。"阿奇呵呵一笑。

三、重返侏罗纪(下)

轰——轰——声音由远及近,小乐感到大地都在震颤。"是霸王龙!"小乐本能地就要往树丛里躲。

"别躲呀,咱们站边上把场地让出来就行。我做的世界绝对安全。怎么样,音效不错吧?"阿奇得意地说。

霸王龙,恐龙世界的王者,终于登场了。它气宇轩昂地环视四周,接着大吼一声,向湖边跑去。湖边的食草恐龙们一阵慌乱。巨型恐龙们相互碰撞,争先恐后地逃往密林,但有只三角龙没有动。

尚小乐有些疑惑。"你接着往下看。"阿奇说。

霸王龙走近了。三角龙停止吃草,以利角相对,一副防御的姿势。只见霸王龙发出一声震耳欲聋的吼叫,接着两条强有力的后腿飞速迈进。三角龙也低吼着迎了上来,毫不畏惧。霸王龙一口咬住三角龙头顶的双角。三角龙奋力扭头,逆势往上一顶。霸王龙被顶得后退两步,接着又冲过来咬住三角龙的一只角,两只锋利的前爪也抓按下去,想把对方掀翻在地。三角龙连连后退,再度挣脱。

两只史前巨兽的大战引得空间震动,尘土飞扬。接着霸王龙发起第三次攻势,它猛地咬住了三角龙头上的扇形硬骨,这下三角龙抓住机会,侧头一顶,将一只利角插入霸王龙的身体。霸王龙踉跄着后退,再回头低吼一声,负伤而走。三角龙的一只角上还留有殷红的鲜血……

近距离观战的尚小乐,后背已经汗湿一片。

太震撼了!

"欢迎来到阿奇的神奇世界!"阿奇在惊魂未定的小乐眼前飞舞一圈。

很快,尚小乐就掌握了这个神奇世界的门道。就在霸王龙走远后不久,那些以三只腕龙打头的食草恐龙又陆续从树林里走出来喝水进食,重复着刚才的动作。然后天空中的翼龙飞过后,霸王龙又会出现,并与三角龙大战。如此周而复始。

等到霸王龙第三次出现的时候,尚小乐正顺着一头梁龙的长脖子往上爬。这个小男生还玩出了新花样,例如仰面躺在霸王龙必经的路上看着它从自己身上呼啸而过,紧张又刺激,当然就算被踩到也没事。或者骑三角龙,推倒副栉龙……如果不是阿奇阻止说修复起来很麻烦,他会把一棵棵巨大的桫椤都给拔了。

就在翼龙第七次飞过头顶时,小乐已经趴在腕龙的背上睡着了。只见阿奇头上的晶体一闪,整个恐龙世界安静了下来,所有的恐龙都待在原地不动了。

不晓得过了多久,小乐悠悠地醒来。

"咱们回去吧,你明天还要上学呢。"阿奇说。

"啊!糟糕,我们出来玩这么久,妈妈一定急死了。现在是不是都到早上了,已经迟到了?!"小乐着急了。

"呵,别着急,在我做的空间里,时间和你所在世界的时间不在同一条线上,它是另外计算的。也就是说你进来时几点,回去还是几点。"阿奇慢条斯理地说。小乐大睁着眼睛,不太理解。阿奇只好又解释一遍。

"我不回去了,我还有好多没玩呢。"这下小乐懂了。

"那就再玩半天,到时候你再不走,我就强行把你带出去了。"阿奇有些无奈,但还是重新开启了恐龙世界。

树下有阿奇备好的食品,小乐饱餐一顿后打算到湖里玩玩。面前碧蓝的湖泊,宛如一面巨大的镜子。微风吹来,令人心旷神怡。小乐把袜子脱了,睡裤腿也卷起来了。阿奇笑了。

小乐大喊着向湖水中跑去,刚踏进一只脚就感觉怪怪的,像水又不是水,再把手伸进水里,拿出来手却是干的。

"这里的水都是假的,就算你整个儿跳进去,衣服也不会湿。"阿奇飞过来说。

接下来的一个多钟头里,小乐开始变着花样玩水:以各种姿势跳进水里,在水里奔跑,蹲跳起,匍匐前进,等等。虽然没多少浮力,但水中的触感还是蛮好的。

"要是能有点小鱼游来游去就更好了。"小乐躺在水里慢悠悠地说。

"你就知足吧。"阿奇哼了一声。

小乐又往森林深处探险。走远了,不是高山,就是大海,仿佛有种无形的力阻拦着,怎么也走不过去。"这就是空间的尽头了,我们回去吧。"阿奇说。

小乐意犹未尽,开始耍赖。"你要不听话,以后我不带你来了!"阿奇生气地说。话音刚落,小乐只觉得头顶一热,天地都在旋转。等小乐清醒过来时,已然回到了自己的房间。

过了一会儿,妈妈照例拿着牛奶推门走进来。"小乐,你在房间里都干了什么呀,脸上这么脏,还有衣服怎么都汗湿了?"妈妈吃惊道,"姥爷刚洗完出来,你快去洗个澡!"

一个畅快的热水澡将小乐彻底地拉回现实世界里。阿奇在他的耳朵里说,如果他表现好,努力学习,听妈妈话,就带他去更多的故事书里玩。

"小乐,你快点洗!戴老师在群里说的课外训练题你一个都没写,还有数学作业错了一半,你马上出来重写。今晚作业做不完不许睡觉!"传来妈妈严厉的声音。

"谁让你不好好写作业的,这下悲剧了。"阿奇扬起长鼻子笑道。

四、开心超市

尚小乐觉得去开心超市一点也不开心。

周六下午,姥姥非要小乐陪她去小区旁的开心超市买东西。开心超市在他们这儿算比较大的超市了。姥姥说明天家里要来重要的客人,需要买好多菜和水果。姥爷下午被几个老牌友拉去打牌了,于是姥姥就拉上小乐一起去。因为姥姥的老花镜坏了,看不清标签。可小乐一点也不想去,因为他讨厌明天要来的那个人!

好在还有阿奇,可以随时跟他说话。小乐只知道阿奇藏在自己的耳朵里,但一点感觉也没有,别人就更看不到了。

尚小乐心不在焉地陪着姥姥在超市里东转西逛。两个高中生模样的男女吸引了他的注意。只见他俩在超市里旁若无人地嘻哈说笑,把饼干隔着袋子捏碎再放回去,把喝剩的矿泉水搁到货架上,那个大男生还偷偷抓了把瓜子放进口袋。

"真没素质!"阿奇说。小乐表示赞同。

到收银台排队时,姥姥因为推着购物车怕抵着人,于是和前面的人留有一点空距。突然,前面看到的那个中学大男孩一下子就插了进来,站在姥姥和小乐的前面。

"嗨,小伙子,要排队。"姥姥提醒道。那个男生装没听见。

"你这孩子怎么插队啊?!"姥姥的声音大了。

"我们早就在这儿啦。老阿姨,你赶紧去配副老花镜吧,别摔倒了装碰瓷。"那个女生拿了包薯片走过来说。

"你……你们父母怎么教的,太不像话了!"姥姥生气地说。

"喊!像'画',像'画'不就挂墙上了?!"女孩回敬道。

旁边看热闹的人笑起来,姥姥气得直哆嗦。

是可忍,孰不可忍?"阿奇!"小乐喊道。

霎时一切都静止了,整个超市一片寂静。"要好好教训他们一下。"阿奇真是知道小乐的心思,及时运用了超能力。怎么教训呢?"我有个办法。"阿奇想了想说。

阿奇让小乐把那两个少年捏过的饼干塞进他们的书包里,还加了些价格不菲的糖果和巧克力。

"他们会发现吗?"尚小乐放东西时瞟了一眼那个一动不动的大男孩,很有些担心。

"不会的,这是个静止时空,除了你我以外,所有人的感官都停止了。"阿奇说。

"那如果有人走进超市不就发现了吗?"小乐问道。

"呵,知道进一步思考了,孺子可教。"阿奇笑道。小乐可不喜欢阿奇这个口吻,像个大人。

"怎么说呢,我们现在是在时间暂停中,就好比是单独抽出来的时空,只有取消暂停回到正常的时间轨道,才会有下一秒发生的事。"阿奇解释。

小乐觉得自己是听懂了。等糖果装好后,他乐滋滋地又有点小紧张地跑到姥姥身边。

只听阿奇又哼了一声,时空立马恢复。小乐拉着仍在气呼呼的姥姥说:"姥姥别生气了,我要吃冰淇淋,我们到那边去买。"

把姥姥拉离尴尬现场,避免冲突,这自然是阿奇教的。

小乐飞速地挑了个冰激凌,就把姥姥往回拉。哈,正赶上东窗事发!

只见那两个中学生付款后走过收银台时,警报器嘀嘀作响。保安走过来让他俩打开背包,结果从背包里搜出了不少未付款的东西。

两人顿时目瞪口呆。"是你放的吗?你什么时候拿的?"男生问。"我没有放!"女生也急了。"我们没有买这些东西,这些东西不知道怎么被人放进来的。"……小乐在一旁幸灾乐祸地瞧热闹。

"那你俩跟我到保安室来一趟,解释不清的话还可以调监控。"保安说。

"叫他们家长来,这还得了?!要好好教育!"姥姥大声喊道。

"没想到长得挺好的,手脚这么不干净。""现在的小年轻,真不得了。"旁边还有不少人附和。

两个少年沮丧着脸,极不情愿地被保安领走了。小乐看着真解气。果然是开心超市啊!回来的路上,感觉姥姥的脚步都轻快了许多。

"乐啊,刚才结账的时候我好像听见你在喊什么奇,是谁啊?"姥姥突然想起了什么,问道。

"姥姥,是我打了喷嚏。阿嚏!"小乐又嬉笑着打了一个更响的,祖孙两人都笑了起来。

但阿奇好像闷闷不乐了。

到家后,小乐马上到房间里关上门,阿奇飞出来。

"小乐,我以后不会再陪你去那个超市了。"阿奇说。

"为什么?"小乐表示不解。

"那里有种让我很不舒服的感觉,但到底是什么,我也说不上来。"

"算了,我也不喜欢去超市,下次咱们不去了。今天多好玩哪,阿奇,你看他俩被带走时的样子,哈哈哈……"小乐越想越开心。

"对了,阿奇,咱们现在再进入一本书里吧,就去看武松打虎怎么样?"小乐嬉笑道。

"今天可不行了,因为我的灵力每天可用的是有限制的,必须先恢复后才能继续用。"阿奇说,"像刚才那样长时间的定格,我目前一天只能做两次。"

"一天才能定两次?!"小乐瞪大了眼睛。

"是啊,灵力又不是无限的。"阿奇认真地说,"这样,我打个比方。你看桌上的水杯,我的灵力就好比是杯中的水,用一点就少一点,而且不同类型的运用所耗费的灵力不同,像打造一个空间至少要耗费六杯水的灵力。我现在的灵力就剩下个杯底了,必须要开个空间休息才能让水杯注满水。所以,我现在要去睡觉喽。咱们明天见。Bye——"

唉,这个新朋友,真是来无影去无踪啊!小乐有些无奈。

五、妈妈的男朋友

尚小乐告诉阿奇,爸爸是一个挺有名的记者,在自己一岁多的时候,随科学考察团去了南极,结果就再也没回来。

"妈妈说爸爸是失踪了,但总有一天会回来的。我知道妈妈在骗我。我爸爸是遇难了。"小乐躺在床上,仰面看着天花板说。"遇难就是死掉了。"他又补充一句。

阿奇默然片刻,问道:"你想你爸爸吗?"

"不太想。"小乐说。也确实如此,他的记忆里只有照片上的爸爸,也谈不上多少感情。"但我也不想要新爸爸!"尚小乐愤懑地说。

但传说中的新爸爸还是很快就要上岗了。

星期天下午,妈妈的男朋友曹叔叔正式登门。曹叔叔是妈妈的下属,个子高高的,笑起来憨憨的。他和妈妈一起来接过小乐放学,还给小乐买过玩具,但小乐就是不喜欢他。姥姥好像喜欢得很,吃饭的时候一个劲地给他夹菜。

不过,曹叔叔这次给他买的礼物,小乐倒是挺满意的。那是一个很漂亮很高级的儿童手表,有几十种功能,可以录音、录像、玩游戏、做习题等等,还可以同时拨打好几个电话,关键是可以通过太阳能或振动充电,非常方便。表带上还刻有一条笑眯眯的小鱼,可爱至极。

"你也是,给孩子买这么贵的东西。"妈妈嗔怪道。

"还好啦,关键是小乐喜欢。你上次不是说小乐抱怨你买的表不能和小伙伴们互粉吗,这下好了,把他们都比下去了。哈哈哈!"曹叔叔笑着说,心里却着实肉疼。这表差不多花了他一个月工资呢,买过以后才反应过来。

晚饭后姥爷和曹叔叔又聊了一会,看得出姥爷也很高兴。快九点时,曹叔叔告辞了,妈妈去送他。小乐从窗户里望着他俩远去的背影,心里挺难受。他觉得妈妈身旁的那个位置应该是自己亲爸爸的,再不然也应该是自己的。

熄灯睡觉的时候,小乐躺在床上,依然闷闷不乐。"这样吧,咱们去曹叔叔家里看看。"阿奇仿佛看出了小乐的心思,"看他到底是什么样的人。如果他是个坏人,咱们就让妈妈和他断绝来往,好不好?"

"好啊!"小乐一下就来了精神,"可是我们怎么去呢,我又不认识曹叔叔家。"

"放心,我认识。"阿奇道,"我在那个曹叔叔卧室和你家里连了一条临时的空间通道,可以穿越一切障碍物,几秒钟就到他家。但咱们到他家看几眼就必须回去,临时通道撑不了太久。同意了,我就带你去。"

"好,一言为定!"小乐一骨碌从床上爬起来说。

接着,小乐按阿奇的要求闭上眼睛,倏地就感到自己在黑暗中飞速穿行。

"你要感到害怕就在心里数数。"阿奇的声音在黑暗中传来。

1、2、3、4、5、6……还没数到10,身体前进的速度突然减慢下来,接着好像一个软软的大手在前面扶着他,让他停下来。

"你睁开眼睛,咱们到了。这就是曹叔叔的房间。"阿奇说。

小乐定睛一看,完全是个陌生的地方。看起来是卧室,一张单人床像个狗窝,墙上贴着动漫《灌篮高手》的大图片。床边写字台上有笔记本电脑,还有不少书和碟片。

虽然小乐已经不是第一次见识阿奇的超能力了,但还是吃惊不小。"瞬间传送!"小乐想了想肯定地说,"咱们可以当大侦探了!"

阿奇乐了:"我只是把两个空间相对拉近了一些。还好你曹叔叔家不远,再远点我的灵力就受限了。"

阿奇的话还没说完,就看见小曹叔叔穿着背心和大花裤衩,趿拉着拖鞋走过来,好像是刚洗完澡的样子。

小乐惊慌地要逃跑,被发现就惨了。"别慌呀,我话还没说完。我们在空间通道里等于在另一个空间中,不会被发现的。"阿奇慢条斯理地说。

曹叔叔坐下来,开始摆弄手机,大概是在发微信。

"快走,我感应到你妈要进你房间了,被她发现你不在就解释不清了。"阿奇大声说。

妈妈推开房门,看到小乐在床下赤脚站着,吃惊地说:"你怎么还不睡,在干吗?"

"我,我要去小便。妈妈你吓我一跳。"小乐说。

"你真是个机灵的孩子,反应好快啊!"阿奇在小乐的耳边夸奖道。

转眼从洗手间回来,小乐躺在床上忧心忡忡地说:"妈妈要知道我骗了她,会不会觉得我是个爱说谎的坏孩子。"

"不会的,小乐,是我不让你告诉别人的。人有时候为了帮助他人或者保护自己,避免危险的时候不能说实话。没有关系,那些谎言都是善意的,并不妨碍你成为一个正直的人。"阿奇飞出来认真地说。

"言归正传,这个曹叔叔看来是个可以信任的人,没有什么不良嗜好,单纯不复杂,有空就看看书,玩玩电脑游戏,就是不爱收拾,这点跟你妈倒挺像的……"

"不许这么说我妈妈!"小乐打断阿奇的话,"总之,我就是不喜欢他,我就是不要新爸爸!"

阿奇开始开导小乐:"每个人在生活中都要面对很多人和事,有些是你不喜欢的,但没办法,这些都是生活的一部分。你必须学会去面对,去接受,这也是成长的必修课……"

只听有小小的鼾声响了起来。小甲虫沉默了一会,转身飞走了。

这边小曹叔叔也躺在床上准备睡觉了。他有个很好的睡前习惯,每晚临睡前把记事本拿出来,划掉今天干过的事,写上明天要干的事。他看到本子上写着"给小乐买超级战神"时,不觉愣了一下。对啊,本来是想买这个玩具的,怎么忽然改变主意买了这么贵的表呢?他想起来,下午在商场门口看到一个穿蓝裙子的小女孩在对他笑,很招人喜欢。然后他不知怎么就来到了这个玩具专柜,仿佛又听见那个小女孩在说一定要买这块儿童手表。接着他就头脑发热,刷卡买了这么贵的表。

  小曹叔叔自省过后,在记事本上郑重其事地写道:以后做事要按原计划,不要临时改变。

第二章　阿奇帮帮忙

一、临时抱佛脚

阿奇陪小乐一起上学后,小乐觉得学校的一切都变得美好起来。

这只长鼻甲虫跟小乐约定,只要在外面,它一般都会藏在他的耳朵眼里。只有小乐真正需要帮忙时,它才会出现。小乐要跟它说话时,只需要捂着嘴,轻声说话就行。等时间长了与小乐间建立心灵连契后,小乐只要在心里喊它,它就能听见。

周一第一节是语文课。语文老师就是班主任戴老师。戴老师是个严肃认真的中年女老师,卷发,微胖身材,鼻梁上永远架着副金属框架的眼镜,不苟言笑的样子。

"戴老师有大眼袋,所以她要戴眼镜。"班上的小美女邓安琪曾这样评价道。

尚小乐只是好奇,如果戴老师眼镜丢了或者被藏起来了,她该怎么办?

戴着眼镜的戴老师一上课就宣布要抽查周末布置的背诵作业——唐代诗人张九龄的《望月怀远》。

尚小乐一听,糟糕,周末净顾着跟阿奇玩,给忘了!

"阿奇,拜托,帮帮忙吧!"小乐捂着嘴小声恳求道。

正偷偷说话呢,就听见戴老师说:"尚小乐,你起来背一下。"

啊?!

尚小乐艰难地站了起来,心里像有五十只兔子在打鼓。

忽然,周围的时空又静止了。

"哈!阿奇,我就知道你会救我。"尚小乐喜出望外。

"你快背吧,你知道我这静止空间也就十来分钟的时间。"

小乐马上开始读起诗来,再加上阿奇把有些字词意思讲解一下,五六遍下来已经能基本背诵全诗了。

"差不多了,你到时候再提示我一下就行啦!"小乐道。

"我不会提示你的,你要背得滚瓜烂熟才行。"阿奇头也不抬地说。

小乐只好又背了两遍。

阿奇恢复了时空,小乐流利地背诵出全诗。戴老师有些诧异又有些赞许地看了他一眼,接着对全班同学说:"好,尚小乐同学背得不错。大家就要这样认真地完成老师布置的作业。"

尚小乐惊喜地发现,阿奇就是他的大福星、幸运星,每次在关键时候都会帮他。比如说课间时高年级学生踢的足球飞向他,阿奇马上暂停时空,让他躲过一劫。再比如说他的课本忘带了,下一秒阿奇就让这本书出现在自己面前,也不知道这只小甲虫是怎么做到的。而且阿奇还会带自己到课本里去,看看课文描绘的场景。总之,尚小乐觉得自己是全世界最幸运的小孩。

又过了几天,在英语课上,临时抱佛脚的一幕又上演了。

小乐的英语老师姓陈,和姥姥一个姓。小乐自二年级英语开课的第一天就记住了这个年轻漂亮的女老师,高挑的个儿,乌黑的长发时而披肩,时而松松随意地系一个马尾。陈老师的脸上经常带着笑容。她笑起来嘴巴翘翘的,就更好看了。

小乐有阵子常在家说他们的陈老师长得漂亮。有次妈妈故意问他:"那你觉得妈妈和陈老师谁漂亮?"问完小乐,妈妈就后悔了。

"她比你年轻。"小乐回答。

由于尚小乐很喜欢这位陈老师,所以他的英语成绩算是他这几科中最好的。

这天漂亮的陈老师突然在上课的时候拿出一沓白纸让课代表发给大家。她微笑着说:"本学期开课这么久了,简单测试下同学们对学过的单词和句型的掌握情况。大家不要说不知道哦,一个礼拜前就通知咯。"

小乐拿起白纸,心里有些发慌,几个单词报下来,小乐就开始抓耳挠腮了。

"阿奇,帮帮忙!"小乐捂着嘴小声说。

瞬间,时间静止,阿奇摇摇头飞出来。小乐早已见怪不怪。

"你最近也太不用功了。"阿奇道。

"谢啦,阿奇,我去看看王彦博写的,他肯定都对。"小乐开心地说。

"等一下,你要偷看别人的答案,我就马上恢复这个空间。"阿奇严肃地说,"就算作弊,也有底线,你要凭自己的能力答题。"

小乐愣住了。

阿奇说:"我可以临时开一个空间,你到里面抓紧复习。最多给你 30 分钟时间,而且下不为例。"

阿奇说得很坚定。小乐只好掏出英语书照做。一段日子以来,小乐对阿奇几乎是言听计从。这个小男孩也不敢不听话,他怕万一得罪了阿奇,这个"幸运星"就没有啦。

阿奇新开的空间是个白蒙蒙的房间,什么也没有。小乐在这儿的半小时,格外专心,把本学期迄今学过的内容都复习了一遍。阿奇笑道:"没想到临时抱佛脚如此高效。"

恢复时空后,尚小乐同学在听写中立马变得思维敏捷,几乎没有拦路虎。不过毕竟基础不咋地,等到听写句子时小乐又犯愁了。

"阿奇,再帮我一下。"小乐捂着嘴。

"刚才说过了,就一次复习机会。"阿奇的声音传来。

"好阿奇,再帮我一次嘛!"小乐再捂嘴。

"尚小乐,你为什么老捂嘴啊?"陈老师看着他问道。

"我,我牙疼。"小乐只好说。

耳朵里阿奇哈哈大笑。

自此小乐知道了,阿奇也不是什么忙都帮,它是只蛮有原则的小甲虫。

二、寓教于乐(上)

尚小乐对电子游戏,可以用"热爱"二字来形容。当然也只是热爱,还谈不上上瘾的程度。不像他的好朋友崔灿那样,因为沉溺游戏,被他爸打了无数回。他还有个穿开裆裤时就认识的发小王彦博。这位小学三(3)班的高才生自称从不打游戏,斥之为玩物丧志。小王同学的父母都是博士,是个标准的学习型家庭,对儿子也高标准、严要求。尚小乐觉得这个发小真可怜,家里连个电视机都没有。

说到打游戏的好处,崔灿有个正读大学的表哥,在网上打三国游戏被一个什么军团招揽加入,一起去扩充地盘,攻打别的军团,每晚还能赚不少游戏币。这些游戏币可是能换钱的!崔灿说这话时两眼放光。

有一次崔灿表哥忙不过来,就让崔灿去帮他守城,还分给崔灿一部分兵马,说只要守住一个小时就行。万一敌人来了就给他打电话。崔灿战战兢兢地守着这个叫"小沛"的城,终于圆满完成任务——其实是两个小时都没有一个敌人来攻。表哥认为表弟守城有功,一高兴就拍给他五十元红包算奖励。

崔灿得钱后请尚小乐和王彦博到学校附近的烤串店大吃了一顿。崔灿原不认得这个"沛"字。小才子王彦博边咬着烤肠边告诉他,这是刘备才发家时占的小城。崔灿想自己这一辈子都会记得"小沛"了。

崔灿后来一直盼着表哥能再招他来守城。不幸的是,他表哥因为做毕业论文,没时间打游戏,被组织踢出去了。崔灿只有叹息一声继续偷偷摸摸地玩他的《赛尔号》和《我的世界》了。

尚小乐更喜欢玩策略类游戏和冒险类游戏,比如《盟军敢死队》《密室逃脱》之类。妈妈对他玩游戏一直采取严控政策。另外就是小乐上不了网,只能玩玩单机版游戏,那些时髦的网络游戏基本与他无缘。

除却游戏本身的吸引力外,很多东西都是越被限制就越让人向往。尚小乐经常为不能畅快地打游戏而发点小脾气。

鉴于小乐的学习成绩实在不理想,阿奇自告奋勇地当起了家教。这小甲虫走马上任的第一天就宣布:小乐可以肆无忌惮地玩游戏!小乐开心地欢呼起来。

第一个游戏是《神秘岛》。这个游戏小乐曾看一个大哥哥玩过。不过,阿奇的《神秘岛》可是让尚小乐身临其境地玩游戏。他被阿奇带入《神秘岛》的游戏空间中,成了游戏的主角,去寻找岛上的宝藏。小乐刚踏上神秘岛土地的那一刻,就看到和电脑屏幕上《神秘岛》游戏一样的3D棕榈树和海边小木屋。背起阿奇给他准备的探险背包,想着岛上等着他的宝藏,小乐真是紧张兴奋又刺激。

根据阿奇游戏的指示,第一关小乐需要进入小木屋救出里面关的人,他会告知岛上宝藏的位置。

小乐飞快地跑到小木屋门前。一推,门打不开。突然这个破旧的木门说话了:"你要答对我的问题才能打开。"

小乐一愣,就看到门上现出好几道选择题,全是些自然科学常识。小乐在门口想了想,依次按了选项。只听"吱呀"一声门开了。

屋里陈设比较简单,一套木桌椅,一个大柜子。尚小乐再往里走,看见墙角那躺着个白胡子老人,胳膊被反绑着,双目紧闭。

尚小乐深吸一口气,越来越有意思了,不知阿奇出的什么谜。

小乐走过去,弯腰推了推白胡子老者,喊:"老爷爷,你醒醒!"他很用力地摇着这个好像电脑制作的3D老爷爷,可半天都没反应。"你看看周围有没有什么提示?"阿奇提醒道。

对了,提示!小乐四下一找,桌上果然有一张牛皮纸。纸上写着:你要答对下面几个问题,我才会醒来。

尚小乐抬头看了阿奇一眼,表情有点复杂——纸上列的全是他前几次考试错的题。

"别愣着呀,快解题啊。你不想找宝藏了呀?!"阿奇嗡嗡道。尚小乐只得在桌前坐下,打开背包,从里面掏出了铅笔、草稿纸,竟然还有《新华字典》和《英语宝》。这是打游戏吗?小男孩心里突然有种上当的感觉。

"这两题又错了,你再算下。""这个字中间少了一横。"……阿奇飞上飞下,认真地履行着家教职责。等尚小乐把这些题全做对后,那个外国老人醒了。"一定是你按了开关让他醒的。"小乐对着阿奇哼了一声。

"Knife!knife!"老人叫道。Knife?对,是小刀,于是小乐开始找。他看到了屋里的那个大柜子,柜门上还印着不少字,一看全是英文单词。他从上面找到了knife,点下去后弹出一个抽屉,里面放着一把小刀。

他用刀把这个外国老爷爷身上的绳子割开,然后他就开始说英文,小乐没听懂。好在这老爷子不断重复这段话,阿奇也在旁边做个别单词的翻译,小乐终于听懂了。老爷爷是让他去树林里找一只会说话的小猴,它知道宝藏在哪。

离开屋子前,阿奇提醒小乐,应该寻找一些装备再走。对啊,打这类游戏都是这样,小乐立马行动,走到物品柜前找装备,顺便把对应的单词也学了。

三、寓教于乐(下)

接下来的游戏里,小乐先要过一条小河,计算正确后才能找到长度合适的小桥过河,过桥后便到达奇妙屋。在屋里,他站在一个巨大的天平上,需要拿够和他身体等重的砝码才能过关。这里面又是各重量单位的换算,然后又要做对分秒时以及年月日的运算后才能顺利离开。

小乐在课堂上一遇到此类换算就头疼,总出错。这下好了,试了 N 多次,可算站上了一个正确运转的时钟齿轮,被成功传送出去。

"阿奇,这下任你出多少换算的题目,对我来说都不在话下了。"小乐昂首挺胸地说,那神态就像一个打了胜仗的大将军。经过辛苦克服困难取得的成功,更令人喜悦。

离开奇妙屋,他们又来到一个小镇。小镇名叫"成语镇"。顺利通过小镇的条件是猜对里面用情景展示的全部成语。小乐在"成语镇"憋半天,费了九牛二虎之力才通过。

在岛上的树林里,小乐通过一个方位指示地图,终于找到了那只会说话的小猴子。好嘛,小猴子上来就要对诗。十几个回合以后,当小乐再追问宝藏在哪时,小猴摇头晃脑地念道:"树下问童子,言师采药去。""错啦!不是树下,是松下!"小乐纠正。小猴呵呵一笑:"你已经知道啦!"说完,它就哧溜一声跳到树上不见了。

哦,原来如此。小乐很快就找到林中唯一的那棵松树,当他高兴地跳到树下时,忽然脚下一空,掉进了地洞里。

"阿奇,是你挖的陷人坑吗?"小乐愤愤地从地洞的沙堆中爬起来,揉揉屁股。

"既然是历险,哪能没一点惊险?"阿奇笑道。

接着闪出的光幕上出现了一行字:勇敢的小英雄,只要你回答出下面的十道题,宝藏就属于你了。

果不出所料,又来了。看起来还挺难的,不过为了宝藏,忍了。

只一个呼吸间,小乐就被阿奇送回了自己房间。他开始闷头做题。姥姥进来瞧见,直夸小乐爱学习了,有出息。

终于小乐胸有成竹地又回到光幕前,做对了所有的题目。光幕消失了,数不清的金币从光幕处落下,一会工夫遍地都是。

"哈,发财喽!"小乐一边抛洒着金币一边喊。

"小财迷,可惜你只能在这里当财主。"阿奇笑道,"不过你可以咬一口金币,尝尝是什么味道的。"

小乐拿起一个金币,咬了一口。"哈,是雪糕味的。"接着又咬了一个。"这是巧克力味的。""还有葡萄味的。"真好吃,小乐坐在金币堆上,吃了一个又一个。金币放到嘴里嚼着嚼着就消失了。

阿奇说:"这些美味金币只会给你味觉上的享受,吃再多都不会撑。"

"这真是个宝藏!"正品尝一块"红烧肉"的小吃货尚小乐心想,"可惜不能带出去给妈妈他们尝尝。"

阿奇在以后的家教中,基本都让小乐以"打游戏"的方式度过。随着时间的推移,小乐已经不满足于类似《神秘岛》的低级游戏,要求惊险刺激、英雄历险之类,还要求到世界各地历险。阿奇只好绞尽脑汁满足他。这才有了本文开头的一幕。在游戏的过程中,小乐的运动能力也是与日俱增。

阿奇还比照小乐现在的房间,专门给他做了个书房空间,打开窗便是一片湖光山色。远处群峰隐隐,白云缭绕,有时还有白鹭从湖面飞过,再不是往日小区单调的高楼了。推开房门便是"重返侏罗纪"的湖畔空间。恐龙们都被阿奇收了,需要时再放出来。学累了,小乐就会到草地上打几个滚,和他的宠物仓鼠皮宝玩一会,要不就到清凉的湖里游个泳。湖里新添了不少小鱼,游泳、潜水格外有趣。

尚小乐郑重其事地给这个书房空间起了个名字叫"尚小天地"。每天他都是在这里把作业做完再回到自己的房间。即便他在"尚小天地"里过了好几天,在现实世界也不过才消失了半秒而已。

阿奇别出心裁地在"尚小天地"里造了个如意杯。这个杯子有手有脚,只要尚小乐渴了,喊一声,如意杯就自己倒满水跑过来;饿了,它还会自己放几块饼干、面包啥的跑到小乐的身边。小乐甭提多喜欢了。

小乐的学习成绩直线上升。用阿奇的话说:"你有比别的同学多好几倍的学习时间,成绩提高,那是必须的。"

四、智擒小偷

这个周六妈妈去棋校接小乐,由于妈妈的车限号,于是妈妈就带小乐乘公交车回家。

车上的人不算多,小乐也好久没坐公交车了,所以也蛮高兴的。妈妈可能因为工作上的事,有些闷闷不乐。

"妈妈,我讲个关于公共汽车的笑话给你听。"小乐说。

"有个小孩姓黄,叫黄军。他每天都和爸爸乘公交车上学。有一天,他们还没走到公交车站,8路公交车已经来了。于是他爸爸就喊:'黄军快跑,8路来了!'"

妈妈听后呵呵笑起来。周围还有几名乘客也忍不住笑了。其实这个笑话是阿奇在他耳朵里说的,小乐不觉得哪里好笑,但阿奇说妈妈一定会笑,果然如此。

不多会,车上的人渐渐多了。妈妈把小乐抱在腿上,把座位让给一位老奶奶。

"妈妈,快看,有小偷。"小乐突然悄声说,"我看到他偷了那个阿姨的钱。"小乐用手指指前面。

前面那个把上衣搭在手臂上的黄衣男子可能听见了,回过头,恶狠狠地瞪了小乐和妈妈一眼。

妈妈一下抱紧小乐,急促地说:"别乱说,不然妈妈生气了!"

前面的黄衣男四下看看,便往车门处挤过去。

"小乐,你妈妈也是怕小偷知道后打击报复。前几天你姥姥不是说有个带孩子的阿姨提醒失主,结果小偷把那个小孩的脸都划伤了。"阿奇对小乐耳语道,"不过,既然现在遇到了我,那情况可就不一样了。嘿嘿,咱们这样办……"

小乐听完后,不由得眉开眼笑。

下一秒,周围一切瞬间暂停。阿奇飞出来,开始实施既定方案……等一切都准备就绪后,小乐又坐回到妈妈的腿上,一边拨弄着他的儿童手表,一边喜滋滋地等待接下来的好戏。

只听一曲悦耳的手机歌声在车厢内响起。"爸爸,接电话啦!""爸爸,接电话啦!"接着又是一阵童声电话铃声。很快多种手机铃声同时从车门口的黄衣男身上响起。所有人的目光都集中到这个手忙脚乱地掏口袋、抖衣服的年轻人身上。

"我的手机怎么在你身上?""这人是小偷!""他偷了我的手机。""我的钱包不见了,一定在他身上!""太可恶,真是胆大包天!偷了我们这么多人的手机和钱包。"……

乘客们全都反应过来。一个中年人带头,大家几下就把小偷制服了。

"我没有……"小偷哭丧着脸。他是真不知道,怎么会这样。

"前面路口有个治安岗亭,我把车开过去,咱们把这个小偷交给他们处理。"司机说道。大家一致赞同。

司机大哥其实心里挺纳闷:这个小偷也忒有本事了,啥时候把我的手机也给偷了。

小乐和阿奇这边自然乐开了花。真是大快人心!

下车后,妈妈和小乐边走边聊天。妈妈开心地说:"怎么会有这么笨的贼,一下偷了这么多部手机,而且寸就寸在这些手机同时来电,也真是一件奇事了。"

小乐在一旁抿嘴笑,他其实很想告诉妈妈。事情的经过是这样的:

第一步:阿奇先把时空暂停。小乐随机找到车内七名乘客的手机拨打了自己的电话。这也是他的手表电话一次可以拨打的上限。阿奇特别提示要把司机大哥的手机带上。

第二步:恢复时空数秒。这足够小乐接收到七人手机的来电显示,然后再拒接来电。当然小乐的手表电话先要调成静音。

第三步:再次的时空定格。这一次小乐把这七个人的手机全拿出来——放进小偷的口袋里。上衣口袋、外套口袋、裤子口袋都被小乐放进了手机,顺便还塞进去几个钱包。口袋自然是不够了,小乐就把钱包塞进小偷的裤腰带里。嘿嘿嘿,尚小乐边干边乐。

然后小乐坐回到妈妈的腿上,开始不慌不忙地根据手表上的来电显示逐一回拨。等七个电话全部打出去后,阿奇适时恢复了时空,接下来就听小偷身上响开了花。

母子俩刚走到小区门口就听见里面锣鼓阵阵,相当热闹。原来是新开了一家"周天武术馆"。今天开业,门口围了不少人,还有舞狮表演,小乐也拉着妈妈过去看。

馆主是个三十岁左右的年轻男子,文质彬彬,一副弱不禁风的书生模样。他穿着对襟的武术服,对围观的人们一抱拳说:"本人周天,自幼习武,今后在此地教授拳脚功夫,还请亲们多多关照。"

他的开场白有点特色,不少人笑了起来。

周师父接着说:"本人最擅长形意拳,得自家学。可能很多人对形意拳还不太了解,下面我就演示一下。"

说实在的,大家对他的功夫真是半信半疑。

周师父活动几下后让人拿过来一个大纸箱,接着让一个身高体壮的男士打一拳试试,看能不能把它打穿。咚!一拳下去,纸箱飞出去老远。又有一个小伙儿来试了一下,空纸箱歪了点,还是完好无损。

周师父走过去,看似轻描淡写地对着纸箱一拳,一下子便把纸箱打穿,半个手臂进去,纸箱还在原地。围观的小区居民一阵惊呼,随即有人带头鼓起掌来。

"这个周师父有两下子。"阿奇评价道。

周师父接着对观众说:"这个空纸箱,平常人一拳下去可以把它打飞,这就是外力。形意拳讲究的是内力,所以可以把它打穿。形意拳既能强身健体又能防身搏击,欢迎大家都能来学,也是弘扬中华武学。我们分儿童班和成人班,儿童班前两次课都是免费体验。"

妈妈一直希望小乐的业余爱好能够文武双全。文是围棋,武呢,正愁没着落时,小区里恰好开了武馆。再加上今天遭遇小偷恐吓,心想男孩子学了功夫在外也不怕欺负,于是很快就给小乐交费报名,正式成为周师父的弟子。小乐当然乐意去学武功。

周馆主教得既生动又认真,还给每个来学武的孩子发了腕套,让孩子们行了拜师礼,统一称呼他为师父,同门均以师兄弟姐妹相称,很有范儿。

五、对弈(上)

说到围棋,小乐学了也有两年了,下得还算可以,刚过了业余1段。妈妈觉得下围棋有助于动脑,因此再忙也送孩子去学棋。这天在棋校门口,正好碰到王彦博和他妈妈。小乐妈妈和王彦博妈妈是中学同学,关系不错,这家棋校也是王彦博妈妈推荐的。于是大家边聊天边往里走。

"尚小乐,冯老师说今天有几个韩国小学生到咱们棋校来交流,他让我好好准备去下一盘。对了,冯老师有给你打电话吗?"王彦博扬起小眉毛,问道。

尚小乐看着他得意的神色,满不在乎地说:"我家电话这几天都坏掉了,谁的电话都接不着。"

走进棋室的时候,小乐就发现这里与往日不同,明显布置过了,焕然一新,而且加了不少好像古董的摆设。

"你们棋室的装饰真是古色古香!"阿奇在小乐耳朵眼里赞道。

"以前不这样。"小乐捂着嘴小声说。

冯老师一上课就说今天上午会有韩国小学生围棋观摩团到咱们棋校,还说会有代表和我方小棋手对弈。接着他就开始讲一些围棋攻防和中盘技巧,还对经典战例进行了复盘讲解。

小乐觉得冯老师这节课讲得像在赶时间似的。大约十点钟,韩国小棋手来了,一共六人,四个男生两个女生,穿着统一的校服,一个个都显得彬彬有礼。

他们的带队老师和翻译先说了致谢和感受后,中韩小棋手对弈就开始了。韩方派出的是一个业余2段的小棋手车秀哲,齐刘海短发,眉清目秀。小乐他们棋校派出的是号称"2段以下无敌手"的王彦博。

原定计划是安排三局,但因为韩国小棋手观摩团行程变动,所以改成在此地只对弈一场,因此棋校领导和老师对此局格外重视。两个小朋友刚开局布子时,冯老师的手心就开始出汗了。

王彦博今天也不知是紧张还是怎么的,开始在抓子猜单双时倒还猜中,因此执黑先下,先手占了一定优势,但十几手以后就渐落下风,他的黑子被连连征吃,对方白子开始大幅占据地盘。

冯老师扶了扶鼻梁上的眼镜,擦了擦汗。处于劣势的王彦博内心焦急,有时候想得时间长点,车秀哲就很有礼貌地做出"请"的手势,进行催促。这下王彦博就更着急了。而对方连用妙招,出其不意,很快,王小才子就感到大势已去。他也不想再抵抗了,直接认输了事。

冯老师脸色十分难看,他没想到自己的得意门生这么快就投子认输,连最后拼一下的勇气都没有。其实就局势看还有翻盘的可能。因此懊恼、气愤、失望、丢面子……一起涌上心头。

韩国的领队和老师喜形于色。获胜的韩国小棋手车秀哲倒是面无表情,他冲着队友哇啦哇啦思密达地说了几句,队友们笑了起来。

翻译沉默了,中方的大人和孩子们听不懂他在说什么。

"他在骂我们中国人。小乐,去向他挑战!"阿奇有些愤怒的声音在耳中响起,它在小乐的耳朵眼里没有沉默,突然爆发了。

"可是我下不过他啊!"小乐捂着嘴小声说。

"有我在,你还怕什么?"阿奇道。

有阿奇这句话,小乐就放心了。它可是魔法师、机器猫啊,还有什么它不会的？

尚小乐信步走到车秀哲跟前说："我要跟你下一局。"翻译照翻。

车秀哲有些不屑地扫了他一眼。

在场的大人们都愣住了。"小乐，你……"冯老师想出言阻止，要知道这个孩子才刚过了业余1段，而且升级也比较艰难。

小乐眨眨眼，竟然说了两句韩语。冯老师惊讶了，没想到小乐还会韩国话！

小乐当然不会，是耳朵里的阿奇教他的，大意是谁不应战谁就是孬种之类。

车秀哲和领队老师说了几句话，韩国方面讨论了一下，同意了。

中韩双方的对弈再次开始。这次是车秀哲执黑先手。他走的是星小目开局。尚小乐置之不理，继续自己的布局。

"不挡一手就星位连片了。"刚输了一局的王彦博在一旁小声道。

冯老师狠狠瞪了王彦博一眼，心里却直犯嘀咕："这种情况就是不分投，至少也要走个挂角。小乐下的跟以往的风格完全不同，难道是另有高人指点？"

冯老师正在走神间，两个小棋手已经在棋盘上厮杀开来，很快就成胶着状。看情形是尚小乐处于劣势，车同学在步步紧逼，步步为营。就在大人们觉得已没啥看头之时，白棋突然一个打入，反杀了黑棋一条大龙。这下轮到车秀哲同学擦汗了。

中方的观众们都松了口气。韩方几个小棋手开始窃窃私

041

语。冯老师心里赞叹不已:"好小子,深藏不露啊!"但看小乐的神情,好像也很惊喜。

"没准这小子歪打正着。"冯老师心道,"不过有这一杀,局面就好看多了。"

局面不光好看,而且还是峰回路转。车同学的上风急转直下,在他低头苦想时,尚小乐也很有礼貌地做了个"请"的手势。不过,这可不是阿奇教的。

车同学的抵抗还是比较顽强的,但几乎只有招架之力。如此十数手后,双方均表示可以终局了。

冯老师早就在心里计算过了,小乐以大点数获胜。他真想把小乐抱起来庆祝一下,但韩方在场,只好面上先克制自己的喜色。

计算点目之后,宣布尚小乐获胜。棋校领导说:"中韩小棋手的友谊赛1比1,平局,平局,哈哈。"

韩国交流团离开时,双方小棋手握手言别。尚小乐对车秀哲说了句韩语,大意是:围棋是中国老祖宗几千年前发明的,我们都是学生。

韩国领队老师饶有深意地看了小乐一眼。

六、对弈(下)

中午从棋校回家后,小乐偷空和阿奇钻进了"尚小天地"。一天中发生这么多事,小乐觉得有太多话要跟阿奇说了。

"阿奇,你是外星人,怎么会下围棋的?还有你还会说韩国话!"

"你不是说我是魔法师吗?地球上好玩的我都会。围棋可是个好东西,我没事时,都一个人下。"阿奇得意地说,"我的水平大概在业余棋手中算顶级的了,刚才我可是隐藏实力跟他玩的。"

"奶奶说我爸爸小时候围棋下得也好,能往家里赢好多好多的钱。"尚小乐也开始夸耀起来。

"你爸爸那是去赌棋,赌博是违法的,围棋不是这么下的。"阿奇认真地说。

小乐见它这么说自己的父亲,有些不乐意了。

"对了,刚才你妈接你时,冯老师说马上要申请帮你转到高级班了。看来我要帮你好好提高下棋艺,不然很快就得露馅。"阿奇岔开话题。

小乐欣然接受。他现在对这只小甲虫可是佩服得五体投地,拜它为师自然不在话下。

以后每次午睡醒来,阿奇的围棋教学都会在"尚小天地"进行。如意杯则自己倒了水,再颠颠地跑回小乐的手边。

在阿奇的悉心传授下,小乐很快进阶2段。让小乐妈意想不到的是,小乐的算术越来越好。附带的效应是,王彦博妈妈再也不在自己面前夸她儿子棋下得好了。

小乐跟着阿奇学棋一段时间后,有一天阿奇问他:"小乐,关于围棋,你有没有什么特别好奇、感兴趣、想知道的啊?"

小乐歪着脑袋想了想说:"冯老师以前说过一个唐朝人夜里听见两个人在黑屋子里下盲棋,然后那一家都是神仙的故事。我觉得那个特别有意思,没有棋盘用嘴下,真厉害。对了,那个唐朝人姓王。王彦博还说那是他们家的人。"

"嗯,唐朝人下盲棋,我也听说过。哪天我去百度一下。"阿奇道。

几天之后,阿奇对小乐神秘兮兮地说:"上次你不是跟我说想见识下那个唐代人下盲棋的故事吗?我做了一个超赞的空间,这次让你梦回盛唐。"

"太好了!什么时候去?"

"随时可以啊。"

说话间,小乐就觉得自己头顶一热,接着就来到一个茅草屋的前面。

尚小乐环顾四周,群山环绕,暮色四合,一切就跟真的一样。

"你现在就是那个棋待诏王积薪了,快去敲门投宿吧。"阿奇飞到他的肩上说。

"啊,我就是那个棋什么诏?"小乐惊道。

"是棋—待—诏!就是随时等待皇帝召唤下棋的朝廷官员。你去敲门吧,马上就能见识到唐代的盲棋了哦。"阿奇眨眨眼睛。

砰砰砰,小乐一脸兴奋地去敲院门。

"谁啊?"木门打开了,一个满头白发的古装老婆婆站在尚小乐的面前。

以前小乐在阿奇造的空间,面对的是电脑三维制作的人物,而这次完全是真人。仔细一看,天哪!简直跟自己的奶奶太像了。

"奶奶?"小乐愣住了,脱口而出。

"她是我按你奶奶的照片做的。原故事里是婆媳二人,我为了增加戏剧性,做了婆媳姑嫂三人,就从你家相册里找了对应关系的仨人,正好你也很熟悉。"阿奇慢条斯理地说。

"啊?全是我家里人。哈,这下就更好玩了!"小乐心想。

"奶奶"打量了小乐一番,和蔼地问:"这位小哥有何贵干?"

"老婆婆,我是来投宿的。"小乐按阿奇事先教好的说。

"那好,进来吧。"老婆婆让小乐进了院子,对他说,"我家里没有多余的房间了,只好委屈小哥在院子里对付一宿了。"

"在院子里过夜?没搞错吧?"小乐小声对阿奇说。

"故事里就是这样的。在古代家里都是女眷的情况下哪能随便让男子进房间住?而且你在院子里更方便听姑嫂二人下盲棋啊!"阿奇解释道。

老婆婆好像根本没听见他俩说话一样,转身走回了屋内。小乐也跟在后面,轻手轻脚、探头探脑地走了进去。阿奇看了直想笑。

屋内点着蜡烛,两个年轻的古代女子正在那专心致志地绣花,分明就是穿着古装的妈妈和姑姑嘛!

老婆婆也席地坐下来,开始纺线。三人完全无视小乐。

小乐正准备大着胆去搂"妈妈"一下时,就听老婆婆说:"时候不早了,都安歇去吧。"姑嫂二人应声后起身走进了相对的两个房间。

阿奇对小乐说:"盲棋对弈马上就要开始喽,咱们快到院子里听。"

此时夜幕完全降临了。天空一弯明月,繁星点点,煞是好看。

四周静悄悄的,只听一个女子的声音说:"小姑子,你睡了吗?咱们来手谈一局如何?"另一房间里的声音欣然答应。

接着,先开口的女子在她的屋子里说:"起东五南九置子。"然后另一间屋子里的女声应道:"东五南十二置子。"……

"小乐,你看天空。"阿奇提醒道。

只见黑色的夜幕中,由万千星辉纵横交织汇成一个偌大的围棋盘,星辰们又按实心和空心组成黑白二子,正照着姑嫂二人的口述在一步步地走棋。

"天哪,太神奇了,太好看了!"小乐简直看呆了。

等到第三十六着棋走完后,就听小姑子说:"你已经输了,我赢你九枰。"

"小乐,你看出来为啥白棋赢了九枰吗?下面,我来给你解释一下……"那边姑嫂下完后,阿奇开始讲解了。

天上星光璀璨的大棋盘清晰地印着姑嫂二人的走棋。当然其中大部分是阿奇根据传说故事推演的。

阿奇解释完一遍后,小乐还是没弄懂。于是阿奇只好"倒带",让这个时空又回到姑嫂下棋的第一步,重新讲一遍。两遍下来,小乐才恍然大悟。他实在太喜欢这个星空棋盘了,让阿奇又倒回去一遍,慢慢欣赏,心中对于围棋的喜爱又增加了一倍。

附:唐代王积薪听棋故事

唐玄宗时期,棋待诏王积薪在深山里借宿到一户人家。那家里有一个老太太,带着媳妇住。夜里王积薪在屋檐下,突然听见婆媳二人在黑夜里下起盲棋来。先是媳妇在她的屋子里说："起东五南九置子。"然后另一间屋子里的婆婆应道："东五南十二置子。"接着媳妇又道："起西八南十置子。"婆婆再应："西九南十置子。"如此慢慢走下来，两个人一直下到了四更天，共下了三十六着棋。这时候就听婆婆说："你已经输了，我赢你九枰。"媳妇在另一间屋里也没什么异议，坦然认输。

王积薪知道自己遇到了神人，便将二人对弈的步骤一一记录下来。天亮之后王积薪整理衣冠，上前去向婆媳人恭恭敬敬地请教。媳妇就大略指点王积薪一些攻守杀夺、救应防拒的棋法。王积薪牢记在心。老太太说："就凭这些，你已经可以无敌于人间啦！"

第三章　助人为"乐"

一、姥爷的"私房钱"

这天傍晚,小乐和妈妈刚走出电梯口,就听见了姥姥的大嗓门。一进家门,看见客厅一片狼藉,地上摆放着大大小小好几个箱子,姥爷正在翻箱倒柜寻找着什么。

"你们这是找什么呀?"妈妈问。

"你爸的私房钱丢了,正找着呢!"姥姥气呼呼地坐在沙发上,瞪着眼睛说。

"哪是什么私房钱啊,是我突然想起来我有个鸡血石的印章石,还是我上大学时老同学黄载和送的,就放在以前装旧存折的那个信封里。现在不知道塞哪了。"正在翻箱倒柜的姥爷停下来解释道。

"你这老头子,想到一出是一出,就是金山银山,我也找不动了,你把这血压折腾上去,我可不伺候!"姥姥说完就起身回了里屋。

"爸,会不会还放在老房子那儿?"妈妈边收拾东西边问。

"肯定是带过来了,前几年我还见到过。"姥爷肯定地说。

"姥爷,你是不是藏了好多钱找不到了呀?"小乐好奇地问。

"哪有好多钱啊,现在都用银行卡,早就不用存折了。只不过那个印章石是个念想罢了。"姥爷有些哭笑不得。

"爸,你进屋歇会,我和小乐来找。我对那个信封还有点印象。"妈妈看着汗流浃背的姥爷说。

哈,翻东西,我喜欢。小乐心里一乐。

很快,尚小乐就乐不起来了。因为姥姥姥爷的东西实在太多了,不光他们的房间塞满了,客厅、储物间、阳台,甚至厨房里都是。而且妈妈还要求他找过的地方必须恢复原样。于是,半小时不到小乐就开始打退堂鼓了。

"就你们这速度,找到明天也找不到,关键时候还得我出手。告诉你吧,我已经找到了。"藏在小乐耳朵眼里的阿奇慢条斯理地说。

"在哪?"小乐一阵欣喜。

"就在客厅鞋柜最底层的那个棕色的鞋盒里。你可以提示下妈妈找找鞋柜。"阿奇道。

果然,不多久,妈妈就在鞋柜里找到了姥爷的"私房钱"信封。姥爷自然大喜过望。"还是小乐提醒我的,说有次看到你们往鞋柜里塞东西,下次可别到处乱放了。"妈妈说。

"我大孙子就是聪明。"姥姥夸奖道。

这件事的直接后果是,姥姥一想不起来东西放哪儿了,就来找小乐帮忙。至于阿奇是怎样找东西的,据它的解释,这属于空间灵力的一种,可以穿透一切障碍物,看到它所在空间里的任何东西。尚小乐将此命名为"魔眼透视术"。

"你还有什么超能力,都展示下嘛!"小乐时常两眼放光地看着阿奇,无比期待。

姥爷在找到"私房钱"后,一连几天都把自己关在书房里刻章,刻了一个又一个,有时候还会独自看着窗外发呆,叹气。

"小乐,你姥爷有心事。"阿奇说,"你去问问,看有什么咱们能帮上忙的。"

"姥爷,您在给谁刻章啊?"尚小乐走到姥爷跟前问。

"给我在南京上大学时候的老同学刻。我早年答应过他的,一直给忘记了,才想起来,唉!"姥爷放下手中的刻刀,叹了口气。

"他是谁呀?他跟你好不好?"尚小乐趴在姥爷腿上,稚气地问。

"他是我在大学时最好的朋友,叫黄载和。"姥爷记忆的闸门被打开了,"我们住在一个宿舍。那时候,姥爷家里条件不好,每天在食堂只能打一毛钱的青菜。你黄爷爷家里条件好,非要跟我搭伙吃。他每次都打荤菜,目的是帮我改善伙食。有时候我们一起去市里买书,他知道我晕车厉害,就陪我一起步行好几里地……"

"姥爷,那你快点把章刻好送给黄爷爷,他一定很高兴。"

"他年前已经去世了,在他美国儿子家里。我也是前不久才听说的。唉……小乐,你以后答应人家的事要及时做,可别给忘记了,留下遗憾。"姥爷抚摸着小乐的头,声音有些哽咽。

"夜来忽梦少年事,不觉泪下沾衣裳。"姥爷叹息一声,起身离开。

"小乐,我们来帮姥爷完成这个心愿,不留遗憾如何?"藏在小乐耳朵眼里的阿奇说道。

"这怎么完成呢?"小乐很不解。

"山人自有妙计。"阿奇说着便对着小乐耳语了一番。

阿奇先让小乐央求姥爷给他看黄爷爷的照片,多讲些黄爷爷的旧事,然后就开始打造起让姥爷圆梦的空间来。接下来只要把姥爷带入这个空间就可以了。时间就定在两日后姥爷午休的时候,因为那天姥姥会外出逛街,家里只有姥爷和小乐两人。

这天午后,姥爷刚躺到床上准备小睡一会,就觉得天旋地转,再睁开眼时,却又来到了书房。"我不会是在做梦吧,怎么又到书房了?"姥爷想。他走到书桌前,看到桌上摆放着他给老同学刻的大大小小的印章,便坐下端详起来。

忽然,有个年轻人风风火火地跑进来,说:"老夏,你在干吗?我找你好久了。"

姥爷一见,大吃一惊,猛地站起身:"你、你是载和?"

"是我!老夏,你怎么老成这个样子了?"年轻的"黄载和"打趣道。姥爷一时语塞。

其实小乐不喜欢阿奇设计的开场白,但阿奇说在这个圆梦空间里,对话的主动权一定要在它造的这个"黄载和"手上,这样才不会有破绽。

"你还是年轻时候的样子。"姥爷真是又激动又高兴。

"听说你给我刻了不少印章啊,我看看。"年轻的"黄爷爷"走过来说道。

"来,载和,快看看,这是用你给我的石头刻的,是阴文的。这是阳文名章。还有这两枚都是闲章……"姥爷的语气里满是喜悦。

"老夏,都过去这么久了,我都忘记了,你还真是不忘所约。""黄载和"笑着说,"谢谢你,老夏,你的心意我领了。这些印章就算我收下了。只不过你是知道的,我久居国外,这些印章也用不上,就放在你这,你想念我这个老同学时可以拿出来看看。"

还没等姥爷接话,"黄载和"又说:"来,老夏,咱们还跟以前大学时一样击个掌吧!"

姥爷动情地伸出手来,一击下去只觉头晕目眩,等清醒时竟又躺在自己卧室的床上。他坐起身来,擦去眼角的泪水。

"载和,你是在给我托梦吗?你一定是不想让我有所遗憾,谢谢你了。"姥爷喃喃道。

二、小值日生

这一天,班上轮到尚小乐他们小组做值日。碰巧小组长王圣淇生病没来,放学的时候戴老师说:"那今天就你们七个人做值日吧,严雨佳你是班干部,负责一下。"

尚小乐觉得做值日是件简单的事情,因为小组成员在值日时分工明确。比如说尚小乐和陈浩、严雨佳负责架放椅子。宋扬负责擦黑板和讲台。骆松明、李泽好和陶悦悦负责扫地。小组长王圣淇负责关窗户和锁门。妈妈知道他们值日安排后还称赞戴老师管理做得好,责任到人。不过,今天的值日却没那么顺利。

放学后没多久,李泽好就嚷着肚子疼,然后骆松明和陈浩就要送他一起回家。

"你俩不许走,把地扫完才能走!"严雨佳急了。

"你是班干部,干部要起模范带头作用,当然要多干一点喽!"陈浩嬉笑着说。

"记名字会,扫地不会啦!"骆松明说。

"二告子!"李泽好临走还不忘抛下一句。

"站住,站住!你们回来!"严雨佳急得直跺脚。可是三个男孩儿已经跑远啦!

陶悦悦走过来说:"严雨佳,我是专门负责倒垃圾的。他们扫地的都跑掉了,我也只好回家了。我还要去摘桑叶喂蚕宝宝呢。"说完也溜了。

严雨佳"哇"的一声哭了。尚小乐走过来,看着抹着眼泪,肩膀一耸一耸的小干部说:"你别哭了,我们快开始架椅子吧。"

"他们,他们这是公报私仇。"严雨佳边哭边说。她想了想,觉得刚才这个成语用得还是蛮贴切的。

尚小乐心想,就是你用那个红本子,把组里的人都得罪光啦!戴老师有个小红本,让几个班干部每天轮流记录班上表现不好、调皮捣蛋的学生,然后在放学前点名批评。班会课上,还会把名字在小红本上屡次出现的(也就是戴老师说的,屡教不改的学生),拎出来罚站。轮到宣传委员严雨佳记录的那天,她就在小红本上记录:陈浩和李泽好上课讲小话。陶悦悦上课吃东西。骆松明和贾志远课间打打闹闹。尚小乐也被她记过。所以,尚小乐也觉得她不值得同情。

严雨佳边哭边说:"我奶奶住院了,晚上我和爸爸要去看奶奶。我要是回家晚了,爸爸一定会发火的。呜呜……"那边,宋扬擦完讲台背起书包,边走边说:"我干完回家了哦!"说完悄悄招呼小乐一起走,小乐摇摇头,这边严雨佳哭得更大声了。

尚小乐突然有点同情她了。她和自己同桌也快一年了,也算老熟人了,再说人家是个小女生,自己这个男子汉怎么也要帮她一下。

"阿奇,我们帮帮她吧。"尚小乐捂着嘴小声说。

"好的,乐于助人!"阿奇应声而动。说话间,时空又静止了。

"看来只有你一个人慢慢干了。"阿奇道,"我一个小虫子也帮不了你。"

"我也是这样想的。我先打扫一大半,然后留一点给严雨佳,这样她回家就不会迟了。"尚小乐边架椅子边说。

"那你要干快点哦,你是知道的,我静止的空间最多只能坚持十来分钟。"阿奇嘿嘿笑着。

很快小乐已经架起了一半的椅子,小额头上已渗出了汗珠。只见阿奇头上的晶体一闪,所有的课桌椅都不见了,原地留下发愣的小乐。

"我把所有的桌椅都收入地面的空间中,而且教室大部分的灰尘和垃圾也收走了,你只要打扫讲台周围那一片就行了。"阿奇笑道。

小乐开心地欢呼起来。

忽然,小乐反应过来说:"阿奇,你干脆把所有的脏都变没了,省得我扫了。"

"那可不行。戴老师让你们做值日就是要培养你们的劳动意识,而且你在家也很少劳动。快扫吧,我这空间可撑不了多久。"阿奇道。

小乐嘟囔着,开始抡扫帚扫地,不一会就扫完了。阿奇把教室恢复了原样。严雨佳还站在那儿继续抽泣。小乐走过去拍拍她:"别哭了,我都扫完了。咱们来把这几个椅子放下来就可以回家了。"

啊!这么快就扫完了?严雨佳抹抹眼泪,回头一看,下午美工课后满地的纸屑全都不见了!她简直不敢相信自己的眼睛。

"难道我哭了那么久?!"严雨佳疑惑地问。

"没有,才刚放学一会,你看看你的表。我扫得快嘛!你快过来放椅子。"小乐招呼道。

"尚小乐,你简直是超人!"小女生破涕为笑了,"谢谢你!"

"不用谢,助人为快乐之本嘛!"

很快,"超人尚小乐"的绰号不胫而走,后被崔灿直接呼为"超人乐",成为三(3)班年度的新名词。

例如:"超人乐,我放学要去看牙医,你帮我做值日好吗?""超人乐,你跑得快,你帮我去赵老师办公室把咱班的《课外训练》抱过来。"……

刚开始,小乐还不以为意,甚至还有种被需要和出风头的得意。但久而久之,这个八岁多的男孩也开始感慨"好人不易做",甚至连戴老师也问他:"尚小乐,大家为什么喊你超人乐啊?"

这样下去可不行。碰巧小乐遭遇严重流感,请假在家休息了两天。自此,凡是随便让他帮忙的,阿奇教他均以"感冒没好,小心传染"为由拒绝。"超人乐"的风头这才渐渐平息下去。

三、春游记(上)

对于小孩子来说,学校组织的春、秋游简直跟过节一样。自打戴老师两周前提及学校要组织去湿地公园春游以后,小乐便开始数日子倒计时了。

春游的日子终于到了。小乐背着妈妈给他准备好的书包和水壶,早早地就来到学校。

很快,七八辆大巴车停在了校门外。戴老师交代了一些注意事项后,便和体育老师胡老师一起组织班上学生上车。孩子们个个兴高采烈,他们一路欢笑,一路歌唱,很快就到了湿地公园。

整个湿地公园以植物繁多、景色宜人取胜。公园的中央是一个较大的天然湖,名曰翡翠。真是湖如其名,碧波荡漾,水鸟翩然。同学们在老师的带领下绕湖游览,欣赏阳春三月间大自然红绿掩映、鸟语花香的美丽景致。

吃中饭的时间到了,戴老师和胡老师找了一块草地让大家坐下来休息吃饭。戴老师细心地叮嘱孩子们先用湿纸巾把手擦干净。同学们把集体野餐看成盛宴一般,纷纷掏出各种食品,开吃起来。

尚小乐正吃着奶酪面包,就看见旁边的小胖子向卓芃还在书包里掏来翻去。他发现小乐在看他,犹豫了一下,有些尴尬地说:"小乐,你还有多的面包吗?"

"给,我带得多。"小乐马上掏出一个递给他,"你怎没带吃的呀?"

"我原先带着的,本来我妈妈给我准备了两个大三明治。爸爸送我上学时没吃早饭,我就给了他一个。"向卓芃咬了一大口面包,接着说,"我看爸爸吃得可香了,没忍住,爸爸走了以后我就把剩下的那一个也给吃了。"

"我还有三个香蕉,可惜在书包里压坏了,不能吃了。"向卓芃鼓着腮帮子说。

"你一个面包肯定吃不饱,哈,我这也有三明治。"说着,小乐像变戏法似的,从包里掏出一堆吃的,有三明治、面包、蛋糕、鸡蛋、苹果、香蕉、可乐、矿泉水、巧克力等,"咱们一起吃吧,绝对管够。"

身旁的崔灿眼都直了:"小乐,你带这么多?!书包装得下吗?"

"我的书包是无敌乾坤袋。"尚小乐打着哈哈说。说完,他又掏出个数码相机开始翻看照片。

其实是阿奇在他书包里做了另外的空间,能放很多东西。"低调!低调!"阿奇在他耳边提醒道。

小乐把王彦博和宋扬他们也招呼过来一起吃。小伙伴们你一口我一口吃得是大快朵颐。

午饭后是自由活动时间。王彦博从书包里掏出一个小巧精致的遥控无人机玩起来,一下吸引了众多目光。

"给我也玩会呗。"崔灿眼馋地说。

"不行,这些按钮都是英文的,你不懂会按坏的。"王彦博说。

057

"真小气！我也有，没带来。"崔灿撇撇嘴。

只见尚小乐也掏出一个漂亮的遥控飞机，个头是王彦博的两倍大，还带航拍相机。接着又掏出一个多功能遥控坦克，对崔灿说："我们来玩联合军大作战。"一波男孩子都被吸引过去，大家轮着玩。

崔灿说："超人乐，你就是从包里掏出辆自行车来，我也信。"

孩子们正玩得高兴，忽然看见陈老师急急忙忙地走过来，跟戴、胡两位老师说了几句话，胡老师马上站起来与陈老师一同离开。接着，戴老师拍手让大家集合，并让班长杨伊把距离稍远的几个同学全部喊回来。

"不是说两点半才集合的吗，现在还不到两点啊？"小乐看看表说。

"可能出什么事了。"阿奇道。

同学们集合完毕后，戴老师开始清点人数，然后让大家原地待命。过了一会，有老师来通知说全体去公园门口集合，准备返程。很快，湿地公园门口聚集了一大群叽叽喳喳的小学生。孩子们意犹未尽，老师们表情倒有些凝重。

只见这次春游带队的郑校长和教导主任等人在说着什么，突然就听见郑校长火冒三丈地说："你说你一个班配三个老师，你还给我出这样的事！"说完又急急地往园内走。那个挨训的年轻女老师委屈得要哭了，旁边其他老师在安慰她。尚小乐认出那是一年级的方老师。

"果然是出事了，有一个一年级的学生走丢了。"阿奇说。

外界的任何声音只要阿奇想听,都能听见。

尚小乐走过去,说道:"方老师好,是不是有小朋友找不到了?你有他的照片吗?给我们看看,说不定有看见的。"

这些话当然是阿奇让他说的。只要有阿奇在,小乐感觉自己俨然就是超人英雄,胆子比过去大多了。

方老师愣了一下,旁边的教导主任刚想说"你是哪个班的,快回到自己队伍里去",突然心念一动,觉得尚小乐的提议有点道理,这么多学生,这么多双眼睛,没准有看到的。

于是,她让方老师从手机里调出走失学生的照片,发给各班老师,让他们在班上问问,有没有谁见过这个小同学。

照片上是一个笑眯眯的六岁小男孩,名叫于宇澄。据方老师说,他是中午十点左右由本班的杜老师带去洗手间,由于杜老师是女性不方便进去,就站在外面等他。岂知左等右等不见他出来,让人进去看,哪有孩子的踪迹!于是大家赶忙寻找,还去调了公园监控,结果四个小时过去,依然一无所获。

阿奇在看了于宇澄的照片后便开始它的空间搜寻。很快,它对小乐说:"不好,那个孩子已经被拐走了!"

四、春游记(下)

当时,这个一年级小学生于宇澄在上完厕所后,从公园厕所的另一个门出来了,而杜老师正在跟男朋友打电话,根本没有察觉。小宇澄走了一段后,发现找不到老师和同学们,急得哭了起来。

这时,一个长相猥琐的男子走过来说:"小朋友,找不到妈妈了？叔叔带你去找。"说完就要来拉他。

"你要干什么？"一个满头白发的老妇人走了过来，一下子把小宇澄拉到自己身边。"你想对这孩子干什么，我要去找保安了！"老妇人厉声道。

那个猥琐男人悻悻地走开了。

老妇人蹲下身子，掏出纸巾给小宇澄擦了擦脸，和蔼地说："好孩子，不哭，现在拐子多，不要相信陌生人。你是英才小学的吧？我刚在那边看到你们老师和同学了，奶奶带你去找他们。"

这个奶奶于是拉着小宇澄的手一步步越走越远。她借口太阳大，特地拿了个宽檐帽给宇澄戴上。小宇澄戴上帽子后就犯困。先前那个猥琐男很快跟了过来，用个外套把昏迷的孩子一包，抱在怀里，与老妇人一起走出了湿地公园，看上去就像祖孙三人游园归去一样。

等阿奇搜寻到他们时，他们已经开车在数公里之外了，正是去长途汽车站的方向。

"我想到一个办法，嘿嘿，不过还需要'超人乐'出马。"阿奇说，"小乐，你去跟戴老师说你要去洗手间，然后我们再实施下一步救援方案。"

岂料崔灿也要同去，小乐有些无奈。

"你俩速去速回。还有没有要上厕所的，一起去。"戴老师有些警惕地看着几米外的公园入口处厕所，前车之鉴啊！

小乐走进厕所后直接找了个小独立间，从里面把门插上。

"小乐，你不是尿尿吗？"崔灿有点奇怪。

"你在门口等我吧。"小乐说完就地消失了。

且说这边载着于宇澄的面包车越开越慢,最终停在了路边。

"怎么搞的?!"老妇人不满道。

"突然就没油了。奇怪,我早上才加的油啊!"猥琐男很不解。

"能不能开到最近的加油站啊,不行就打车走。"老妇人道,"我总觉得这趟货做得有风险。"

"我再试试,看能不能启动。"

两人正说着话,只听警笛呼啸而至,一个骑摩托车的交警在面包车旁停下,敲敲车门。

"这里不准停车,这车怎么了?"交警对猥琐男道。

"对不起啦,警察大哥,车没油了。"猥琐男一脸谄笑地说。交警看了他一眼,愣了愣,"证件。车上还有什么人?"

胖老妇人也摇下车窗,笑着对交警说:"警察同志,你们辛苦噢。车上还有我的小孙子,玩累睡着了。"她可能觉得自己作为老人更好说话些。

这个交警是个二十多岁的年轻小伙,看了她的脸后,没忍住,笑了。再往车内一看,交警的脸严肃起来:"自己的孙子?有绑住的吗?!"

正觉奇怪的老妇人回头一看,不由得大惊失色:半躺在座位上的小宇澄不知何时被捆绑了起来!

猥琐男也赶紧回头看,在和老妇人对视的瞬间,两人都惊得大叫:"你的脸!"

原来两人的脸上都赫然写着"人贩"两个黑色大字。老妇人脸胖肤白,显得尤为滑稽。

这自然是尚小乐的杰作。当时"贩"字还不会写,专门请教了阿奇。

阿奇在小乐报告去洗手间时,已经开始了第一步行动:直接去面包车内让油箱内99%的油去了另外的空间。

接着"超人乐"上场。他通过阿奇的空间通道先去找距离面包车最近的警察叔叔报案,说自己的同学被绑架了。

这个交警原本是半信半疑,但见小乐把绑架者的特征和车牌号码说得这么清楚,于是便骑车过去一探究竟。

就在交警敲车门的一瞬间,阿奇暂停了空间。

阿奇本来只是让小乐用车上的绳子将宇澄绑起来,将那二人的犯罪坐实。但小乐觉得不解气,便用书包里的记号笔在两人的脸上写上大大的"人贩"二字。

当尚小乐迈着轻快的步伐走出洗手间的时候,看到戴老师一脸焦急地迎上来:"你到哪去了,怎么这么久,喊你也不应一声?!"

崔灿也蹦过来说:"戴老师让我去找你一圈,也没找到。"

"我……就在里面。"小乐支吾着。

"快排队上车,就等你一个了!"戴老师其实也没空听他解释,人没丢就行。

小乐心想:幸亏阿奇也把这边的时间暂停了一阵,不然戴老师非冲进男厕所不可。

接下来,小乐他们听到的消息就是:警察叔叔捉住了绑架于宇澄小同学的罪犯,然后通过于宇澄身上的校服联系到了他们学校,把小宇澄安然无恙地送了回来。更棒的是,公安机关根据胖妇人和猥琐男的供词还端掉一个专门拐卖儿童的犯罪团伙。

尚小乐开心地穿着超人服在家里的大沙发上跳来跳去,再打打新学的形意拳。

"姥姥,我是谁?!"

"你是小超人哪!"姥姥边剥豌豆边说。

"哈,我就是超人——尚小乐!"

五、家长会

每学期的期中考试后,戴老师都会召开家长会。这学期当然也不会例外。

以往的家长会,尚小乐都会有些担心,因为妈妈每次回来脸色都不太好看。虽然妈妈从来不要求小乐考多少名,但自己的孩子没别人孩子优秀,成绩一直在班上中下游,心里总是不痛快。

但这次不同,小乐对家长会真有点翘首以待了。因为在阿奇的帮助下,小乐成绩进步神速。戴老师在微信上跟妈妈说,小乐语数外三门课的总成绩已经能排进全班前六了。这可是前所未有的好成绩。姥姥高兴地说这下做梦都要笑醒啦!

这天班会课上,戴老师对本次期中考试做了总结,点名表扬了又是全班第一的王彦博和"小黑马"尚小乐,接着宣布本周五下午召开家长会,并说鉴于班上这次总成绩在全年级垫底,以后要进一步加强家校联合教育,家长会上将讨论一些新措施,希望每位家长都要按时参加。戴老师表情严肃,同学们面面相觑。

"爆炸新闻！特大消息！"周四下午快上课时，就听见江蓝天大喊着跑进教室。

同学们都围过去。只听蓝天同学神秘兮兮地说："刚才我在楼梯口看见戴老师在跟林老师说话，我就悄悄地藏在后面听。戴老师说这次家长会后要把考得最差的十名学生家长留下来单独开会呢！"

"啊？知道是哪十个吗？"

"戴老师电脑里有名次表。"

"应该没我吧？"

"戴老师要出大招了。"

"现在很多小学都没有期中考试了，就我们学校还有！"

"都是家长们要求的！"

"老戴这是要干吗？"

"这下惨了！"……

教室里顿时议论纷纷，人心惶惶。

"最好别让我爸来参加！"骆松明一摔书包恨恨地说。

"你想得美，老戴在家长群里说了这么多，哪有家长不参加？"旁边一个男生马上说。

"大不了一顿胖揍呗，反正我已经习惯了。"崔灿一屁股坐到椅子上，无所谓地说。

小乐听着心里真有点泛同情。

这边严雨佳竟然呜呜地开始哭了，她这次没考好。旁边宋扬说："严雨佳，你哭什么，你又不是考得最差的。"

"每次我都是被表扬的，这次前十名都没、没我……爸爸一定会生气的,回家就会骂我,还有惩罚。呜呜……"

"女生就知道哭,哭有啥用?!"宋扬鄙夷地哼了一声。

虽然学校规定不能公布学生考试成绩和按成绩排名次,但班主任们会私下里给班上学生排个名次。每次家长会都会表扬名列前茅的学生,同时把考试垫底的学生家长叫来好好"谈一谈"。

"你们戴老师要这样做,确实有点过,太重考试成绩和名次了,对家长和孩子都不好。小学应该注重孩子综合素质的培养。"阿奇在小乐的耳朵眼里说。

"你有没有什么办法?"小乐捂着嘴悄声说。

"让我好好想一想。"

终于到了周五下午开家长会的时间了。妈妈特地向单位请了假,回家换了衣服,准时参会。

三(3)班的教室里,座无虚席。

戴老师说:"小学三年级是小学最关键的一年,是一个重要分水岭……"开场白后,她先说了本学期的教学活动安排,然后介绍这次期中考试的情况,并让这次全班第一王彦博的妈妈介绍教育经验。

王彦博妈妈不愧是大学老师,她总结了家庭教育的"五个一",有不少家长还掏出笔来认真记录。

接着戴老师点名表扬了几个成绩优秀的学生:"……尤其是尚小乐同学,本学期学习刻苦,勤奋,更注重学习方法。这次考试一下子从原来的三十名左右进步到前几名。这对于孩子来说,是非常不容易的。下面,我们欢迎尚小乐的妈妈给大家简要介绍下她的家庭教育方法和心得。"

戴老师带头鼓起掌来,满面笑容地看着小乐妈妈。

小乐妈妈在左右期待的目光中站起来。好在几天前戴老师就通知她要发言,不然真有点抓瞎。

"其实我对小乐还是以尊重孩子的本性为主,也谈不上有多少经验,主要还是督促孩子完成各类课后作业和任务,按老师们在群里的要求认真检查作业。虽然现在书面作业不多,但孩子课后的背书、听写也不少了,所以也没有额外地增加他的学习负担……"

"谢谢小乐妈妈,请坐。"戴老师微笑着说,心里却老大不满意:什么嘛,都让你提前准备了,一点都没说到正点上。

很快,家长会进入了尾声。戴老师说:"家长会结束后想请念到名字的学生家长留下来,我们再交流一下,看如何进一步提高孩子的学习成绩……"

戴老师边说边找准备好的学生名单,忽然发现找不着了。奇怪,刚才明明在手中的啊,难道这么早就老年痴呆啦?

不过戴老师不愧是有经验的老教师。她对家长们说:"各位家长正好借此机会交流一下,我去办公室取一下相关资料马上回来。"

名单丢失一事当然是阿奇和小乐干的。他俩先藏在妈妈的衣服里,跟妈妈一起参加了家长会。随后,阿奇看准时机暂停了下时空,小乐便从戴老师的手中取走了全班后十名的名单。

没想到戴老师说要去办公室取名单,阿奇只好又带着小乐一起钻入戴老师的衣服中。至于每次为何总选衣服空间,据阿奇说因为比较透气。

戴老师快步走回办公室,打开电脑,很快就找到了班级名次表。正准备点开文档时,时空瞬间静止。

阿奇和小乐跳了出来。小乐说:"咱们把名次表彻底删除掉吧。"阿奇甩甩长鼻子说:"呃……咱们这么干!"

当班级名次表的文档打开后,戴老师吃惊地发现原来的学生排名和成绩全都不见了,映入眼帘的是这样一封信:

尊敬的戴老师:

您好!

对于小学生来说,应该着重素质和能力的培养,一次考试成绩不能说明什么,按成绩排名次会造成一些学生的自卑感。把后进生名单当众公布,也会让那些家长们颜面无存,间接会给孩子带来伤害。请戴老师三思。

一位学生家长

在一个隐秘的空间里,阿奇得意道:"你们戴老师八成认为她的电脑被家长中的高手给黑了。"

小乐说:"这下戴老师肯定气坏了。"说话之余心中又有些不忍,毕竟戴老师对同学们都蛮不错的。天冷了通知大家添衣服,天热的时候还把自己家的空调扇搬到教室里来。有次看到自己咳嗽厉害,课间时还专门喊到办公室去喝水吃药……

"生气归生气。"阿奇飞落小乐肩上认真地说,"或许你们戴老师会好好想一想今后怎么做对学生更好。"

六、造梦空间

尚小乐在日记里郑重其事地写道：

今天,崔灿跟我说,他爸爸又打他了,还给我看了他的腿,青一块紫一块的。前几天,他爸爸就把他的手打破了。戴老师,我觉得崔灿好可怜啊,戴老师,您能帮帮他吗?

戴老师要求她的学生养成良好的动笔习惯——写日记,一周两篇,多多益善。隔段时间她就会把日记收上去,写写评语,也算是和学生交流的一种方式。尚小乐把崔灿挨打的事写在日记里,希望戴老师能想到好办法。

日记收上去不久,崔灿就一脸忧郁地对小乐说:"戴老师打电话明天让我爸爸来学校一趟。哎,不知道是不是又要大祸临头了。"

"不会的,没准是好事呢! 你最近又没有干坏事,别担心。"小乐想一定是自己日记里的话给戴老师看见了。

第二天一早,小乐就背着书包去崔灿家楼下等他。他俩在同一小区,经常结伴上学。只见崔灿又是一脸沮丧地从楼道里走出,好像还一瘸一瘸的。他看了小乐一眼,说道:"我爸昨晚喝了点酒又把我暴打了一顿,非说我向老师告他家暴。我哪有啊?! 他纯粹就冤枉我。他在戴老师那受了气,回来就拿我撒气。"崔灿委屈得都要哭了。

小乐知道自己好心办了坏事,心里特别不是滋味。

"别担心,小乐,崔灿家的情况我也知道一些。他妈妈常年在外经商,就爸爸一个人带他,难免会脾气大些。我会想个好办法来帮他解决这个问题。"耳朵里的阿奇仿佛看出了小乐的心事,安慰道。

当天下午,阿奇让小乐找崔灿要他的家庭照片和家庭录像,越多越好,说要做个"真爱相册",以情打动他爸爸别再使用家庭暴力。崔灿当然相信"超人乐",很快就把照片送过来了。

两天后的夜里,阿奇唤醒了小乐,利用临时空间通道瞬间来到了崔灿的家中。为了防止被妈妈他们发现,阿奇专门制作了一个惟妙惟肖的"熟睡小乐"放在小乐床上。

阿奇飞进崔灿爸爸的卧室,头上晶体一闪,一个小小的光球出现了。

崔灿的爸爸正在熟睡中,忽然感到身体腾空,接着又落下,然后就是一阵嗡嗡的声音在唤他。崔爸爸睁开眼睛,四周流光飞彩,很是漂亮,接着就看到正牙牙学语的小崔灿蹒跚地向他跑来。"爸爸!爸爸抱抱!"小崔灿张开双臂。崔爸爸也动情地张开手臂搂住儿子。小崔灿在爸爸的怀里咯咯地笑着。

转眼间,怀中的儿子不见了。接着,在光影中他看到了自己正在和儿子玩举高高、做游戏,和妻子一起给崔灿过生日……无比温馨的父子画面,全是他记忆中的映照。

忽然,他听到了孩子的哭声,梦境的风格为之一转,阴暗凄厉。下一幕,他看到自己正在粗暴地骂崔灿,很快就拳打脚踢。可怜的孩子就抱着头缩在墙脚呜呜地哭着,而自己似乎并不解恨,顺手拿起一根皮带就开始抽儿子。

崔爸爸突然发现,眼前的这个"自己"是那样的凶狠狰狞。皮带抽在儿子身上的声音,一声声无比清晰,小崔灿凄惨地叫着:"爸爸,别打了——"

"住手,别打了!你这样会把孩子打坏的,住手!"崔爸爸大喊。他想冲过去阻止,但身体根本动弹不了,只能眼睁睁地看着"自己"的暴行继续。

很快,他发现崔灿不哭了,鲜血从儿子的嘴角流出。儿子身上的衣服也被染红了,而"自己"依然在恶狠狠地抽打着。"快住手啊!住手啊,你这疯子!"崔爸爸像被困住的猛兽一样急吼着。

下一秒,他突然发觉身体能动了,马上飞奔过去,一把抱起血泊中的儿子。"崔灿,灿灿,你醒醒,你快醒醒啊,别吓爸爸……"崔爸爸一遍遍呼唤着儿子。

小崔灿艰难地睁开眼睛,微弱地说:"爸爸,以后你别打我了,行吗?"

"行,爸爸以后再也不打你了。我们这就去医院。"崔爸爸流着泪说。

崔灿笑了笑,接着头一偏,永远地闭上了眼睛。

崔爸爸只觉得儿子原本温热的小身体在怀中一点点变冷,耳边一个无比凄惨的声音缓缓地说道:"崔智勇,你终于把你的亲生儿子给打死了。"

"灿灿!爸爸不是人,爸爸对不起你啊……"崔爸爸抱着崔灿号啕大哭。

"爸爸,爸爸抱!爸爸,爸爸抱抱!"整个空间里又回响起小崔灿奶声奶气的童音和咯咯的笑声。

已近崩溃的崔爸爸忽然发现自己正跪在床上,四周漆黑一片。原来是一场梦啊,简直太真实了!他用双手抹了把脸上的泪,立马下床去儿子的房间。

崔灿在小床上睡得正香。崔爸爸摸摸儿子的头,在床边坐下。"爸爸再也不打你了,儿子。"他握着儿子的手喃喃道。

一直目睹这一切的尚小乐也是心潮起伏,感动不已。

"我造的这个空间,虽然不能保证崔灿爸爸会彻底改掉打孩子的恶习,但至少在相当一段时间内他不会再对崔灿动手了。"阿奇道。

"阿奇,你好厉害,你是怎么想到的?!"小乐揉揉发酸的鼻子,由衷地佩服道。

"只有让人真切体会到刻骨铭心的失去,他才会加倍珍惜。"阿奇想了想说道。

"小乐,咱们快回去睡觉吧,明天还要上学呢!"阿奇用身体碰了碰小乐的肩头。

"我想好了,只要发现常被爸妈打的小孩,你就给他的爸爸妈妈造这样的梦空间,这样他们就不会打小孩了……"小乐继续叨叨。

几天后的早上,妈妈和小乐一起乘电梯下楼。妈妈突然说:"小乐,昨晚我梦见你爸爸了。"

嗯?小乐有些诧异,因为妈妈近年来很少跟自己提起父亲。

"你爸爸夸你是个好孩子。"妈妈顿了顿又说,"你要继续努力,不要辜负爸爸的希望。"

小乐懂事地点点头。

此时,妈妈的脑海中浮现着昨夜的梦境:眼前是碧蓝的大海,脚下是记忆中的白沙滩,还有疏朗有致的棕榈林,熟悉的海边旅馆。这是她与小乐父亲度蜜月的地方。

"芸儿。"那个她无比熟悉却又有些陌生的人向她走来。

"谢谢你把小乐教育得这么好,让他正直、善良又有责任感。"

"进,真的是你?你很久不来我的梦中了。"夏芸感到脸颊上有两行温热的泪水流下。

"对不起,芸儿,千万个对不起。我很后悔七年前的冲动。"尚进哽咽了,"答应我,一定要幸福。这是我最大的心愿。"

第四章　神秘的新同学

一、我叫叶真（上）

一天早读课上，戴老师领着一个高个女生来到班上。她对同学们说："这位是咱们班新转学来的同学，名叫叶真。大家欢迎！"同学们热烈地鼓起掌来。

这个叫叶真的女生面无表情地扫视着大家，扫视到尚小乐时突然停留了数秒。小乐看着她的眼睛，不觉心生一丝疑惑。

"叶真，你向同学们介绍下自己吧。"戴老师和蔼地说。

"大家好，我叫叶真。"高个女生仍旧面无表情，边说边转身在黑板上写下自己的名字。

尚小乐在姥爷的熏陶下，对欣赏书法也懂一点点。看叶真同学的粉笔字笔力苍劲，真有气势，比姥爷写的字还好。

"《诗经》有云：桃之夭夭，其叶蓁蓁。当然你们也不认识那个'蓁'字。我就用这个'真'了。你们只要知道我叫叶真就行了。就这，继续早读吧。"叶真同学漫不经心地说，还有意无意地又瞟了小乐一眼。说完，她径自走到教室最后一排的一个空位上坐下，掏出一本书自顾自地看起来。

同学们窃窃私语。戴老师也愣了一下，但她很快说道："大家安静！叶真同学刚来咱们班，还不太熟悉，大家要团结友爱，多帮助帮助新同学。"

"这个新同学有点特别。"阿奇在小乐的耳朵眼里说。

渐渐地,同学们都发现新来的叶真同学太特别了。不光是特别,还很神秘。时常看不见她的踪影不说,而且她几乎不和同学们说话,在上课时根本就是在干自己的事,有时画画写字,有时看书玩手机,从来不听讲。不过她也不会发出声响来干扰其他同学。更奇怪的是,她几乎什么都会,简直就是个天才儿童。

一次她在英语课上看手机,被陈老师叫起来回答问题。她马上用英语回答,说了老长的一段,好像还在反问陈老师,流利的口语让陈老师瞠目结舌。

还有一次,他们到琴房上音乐课。教音乐的范老师钢琴弹得很好,边弹边带着大家学了一首新歌。唱完后还有时间,她就弹了段肖邦的《马祖卡舞曲》给同学们欣赏。范老师十指灵动,弹完之后她也颇有些得意。这时候,很少说话的叶真同学开口了:"范老师,你中间漏了几个小节,而且错了好几个地方。这就不是《马祖卡舞曲》了,这样教学生不好。"

范老师脸一阵红一阵白。她知道现在的小孩学钢琴的多,但就算过了十级也未必能完整演奏《马祖卡舞曲》。于是,她对叶真似笑非笑地说:"看来这位同学对肖邦的钢琴曲有自己的见解,要不你也给同学们演奏一下?"说完站起身来,让出琴凳。

叶真也不推辞,直接走到钢琴前坐下演奏。她跟范老师弹的是同一段。虽然小乐不太懂音乐,但觉得她比范老师弹得更流畅,也更有感情。一曲弹完,叶真同学似乎意犹未尽,接着给大家演奏了一曲贝多芬的《致爱丽丝》,在她什么都无所谓的脸上却流露出一丝伤感。教室里所有的人包括范老师在内,都听得如醉如痴,连下课铃响也没人离开。

一曲终了,范老师激动地说:"你叫什么名字?太了不起了,简直是神童!你在我们学校埋没了,你应该去上音乐学院!"

当然叶真同学并没有去上音乐学院,依然在三年级(3)班混着。对,就是混,尚小乐觉得这个词用在她身上太贴切了。她不听课也不交作业,因为她全都会。她也不跟同学们接触。同学们对她倒是议论纷纷,说她都十岁了,应该去上四年级或五年级的,可她非要到他们班上课。还说她天天用手机玩游戏、炒股。手机被老师没收了,第二天她又会带新的来。还有人说她家里可有钱了,给学校捐赠了一个图书馆的书,所以她在学校也没人敢管她。

不过,这位叶同学做了一件事让小乐很是佩服。

那天快放学的时候,戴老师照例在班上念班干部记录的小红本。当念到"叶真上课不听讲,看小说"时,她点名让叶真站起来,因为叶真的名字已经在小红本上多次出现了。

叶真并没有站起来,而是放下手中的小说,对戴老师说:"戴老师,我觉得您这个记名字的做法不妥当,这会增加孩子们的告密者行为倾向,不利于儿童的道德培养。"

戴老师一怔,但马上厉声说:"叶真,你站起来说话!"

整个教室鸦雀无声。

只见这个高个女生想了想,站了起来,不光站起来,还直接走到戴老师的面前,对又惊又怒的戴老师说:"戴老师,您消消气。不如放学把我留下来,咱们在您办公室里谈。我现在就去您的办公室等您。"说完转身走出教室。

身后是戴老师抛来的一句怒气冲冲的话:"放学就不要回家了,等着你的家长来接!"

小乐他们自然不知道叶同学都在办公室里跟戴老师说了什么,但自那件事以后,戴老师就再没把小红本带到班上,那个令孩子们谈之色变的小红本从此销声匿迹。

这下,三年级(3)班全体同学都对这个神秘的新同学肃然起敬。

"这个女孩不简单!"阿奇说。

天才儿童叶真同学像个世外高人一样不屑于班上的任何活动。尚小乐想这大概就是王彦博常挂在嘴边的"曲高和寡"的境界吧。当然小王同学对叶真的到来是颇有敌意的。让小乐意想不到的是,这个目空一切的天才女孩竟然主动跟自己说话,真让他有种受宠若惊的感觉。

那是一次体育课上,小乐因为没穿球鞋和另一男生徐宁波一起被胡老师罚站。阿奇也不帮忙,说什么不遵守规则就要受到惩罚。

叶真突然从女生队伍里跑过来站到小乐边上。

"你为什么不去跑步?"胡老师拿着哨子走过来责问道。

叶真瞥了胡老师一眼,说:"我今天不想跑步。"

胡老师正要再开口。"女孩子的事,你就不要问了。"叶真一句话把胡老师噎住。

胡老师也早听闻了这个另类女生,觉得还是不惹为妙,于是转身离开了。

二、我叫叶真(下)

"你是尚小乐吧?"叶真先开口了。

"嗯……"尚小乐一个猝不及防,忽然觉得有些不知所措。

"我叫徐宁波,因为我生在宁波。"那个叫徐宁波的男孩歪着脑袋说。

叶真理都没理,继续跟尚小乐聊天。

"我前阵子在周天武馆见过你。"

"哦,是吗?呵呵。"小乐仔细回忆着,好像没啥印象。

"周师父是我的表舅舅。"叶真继续道。

"啊?我师父是你舅舅啊?"小乐有点吃惊。

"是啊,而且我比你拜师早,你要喊我一声师姐呢。"叶真笑着说,脸上现出两个好看的小酒窝。

"小乐,看来你蛮有魅力的嘛!这个小女生是在主动结交你哦。"阿奇在小乐的耳朵里打趣道,"不过,我总觉得她有点怪,行事作风哪像个小孩!你跟她还是少接触的好。"

小乐张着嘴,不知该说什么。叶真笑了笑,也不再多说,转身向教室跑去。

很快,"叶真喜欢尚小乐"这句话就在班上传开了。小乐知道八成是徐宁波传的,恨得牙痒痒的。不过班上这类小话也多得很,用阿奇的话说这叫"成长的烦恼"。不过后来,小乐果然在周师父那见到叶真两次,还真的是师姐。

周六的晚上,小乐正在看动画片,电话铃响了,姥姥顺手接了,然后便喊小乐接电话。

电话竟然是小师姐叶真打来的。她在电话里说明天是自己的生日,邀请小乐到她家参加生日派对,还说也邀请了其他同学。

这还是第一次受到女生的邀请,小乐觉得自己心跳都加速了,支支吾吾地就答应下来。放下电话后,姥姥神神秘秘地笑着问:"这个女生叫什么名字啊?"

"你管人家叫什么名字,你又不认识!"小乐没好气地说。

"是不是你那个小同桌啊,叫什么雨佳的?"姥姥不依不饶,"要不就是那个'珍珍',听崔灿说她喜欢你呀。"

"不是!姥姥你真烦!"小乐嚷道,生气地跑回房间,心里却有些害羞,有点甜蜜,还有一丝得意。

"妈,您别这么说,小乐还是小孩子,这样说不好。"妈妈的声音传来。

"怕什么,反正我们是男孩子,不吃亏!"姥姥的大嗓门。

该给叶真什么生日礼物呢?

"你也别想了,随便送个吧,反正你送什么这个天才儿童都不会看上眼的。只是有点奇怪,她怎么突然理睬你们这帮同学了。"阿奇道。

第二天早饭时,妈妈问:"你同学家远不远,要不要妈妈送你去?"

"不用,她家就在咱们家后面那个小区,特别近。嗯,就是不知道送什么生日礼物,她家好有钱的。"小乐露出为难的神色。

"妈妈烤个小蛋糕给你带去怎么样?又合适又与众不同。"妈妈想了想说。

"你妈妈这个主意不错。"阿奇在小乐耳朵里赞道。

"对了,你九岁生日也快到了。我跟你姥姥姥爷商量也给你办个生日派对,到时候你把你的好朋友们都请来。"妈妈摸摸小乐的头说。

"还有,你到女生家去要表现得像个绅士哦,不要调皮,不要乱动别人家东西,不要吃太多……"妈妈继续嘱咐。

"知道啦,妈妈,你快去烤蛋糕吧。"

九点半不到,小乐就来到了叶真在电话里说的小区门口。正当小乐东张西望之时,一个穿白衬衣的中年男人走过来问道:"你是尚小乐吗?"

小乐点点头。"那好,你随我来。"中年男人说着就领着小乐来到一辆漂亮气派的房车前,拉开车门。

叶真同学正在车里笑眯眯地看着他。"尚小乐快上来吧,我们坐车去我家玩。"

小乐困惑道:"你家不就在这吗?其他同学呢?"

叶真笑了笑说:"我带你去个好玩的地方。"

"这个小女生明显就约了你一个,她想干吗?不过有我在,也不怕她耍什么花招。"阿奇哼哼着说。

小乐上车后,腼腆地把妈妈包好的蛋糕盒递给叶真。"嗯,师姐,这个送给你,生日快乐。"

叶小师姐伸手接过去说:"谢谢你妈妈做的蛋糕,很好吃。"

"天哪,你怎么知道是蛋糕?!"小乐吃惊道。

"嗯,我嘛,智商200,看盒子猜的。"叶真笑着说。

"哼,就没听说过智商有200的。"耳朵眼里又传来阿奇的声音。

这是小乐第一次乘坐房车,觉得又新鲜又好玩。车上好多玩具,还有各种零食和饮料。小乐边吃冰淇淋边看动画片,手上还玩着极速陀螺,感觉好极了。

半小时后,房车在一处风景幽美的别墅前停了下来。一个阿姨走过来开门,尚小乐下车走进小院中,东瞧瞧西望望,觉得这里可真漂亮:四周是翠绿的竹林,中间一个小池塘,荷叶团团,荷花待放,竟然还有几只小鸭子在水面游弋。

叶真领着尚小乐走上一个小竹桥,看水里的金鱼游来游去。小桥的扶手里就放着鱼食,小乐一边撒着鱼食一边高兴地说:"师姐,你家好像公园哦。"叶真笑笑没有说话。

两个孩子说着走下竹桥,踏上一块草坪,草坪靠近竹林的地方是一个童话般的小木屋,特别像《指环王》里霍比特人的房子,屋前开着零星的花朵。一个会说话的机器人大白过来带路,小乐跟它在草地上说笑玩乐一会又一头钻进了小木屋,原来里面养着几只小兔和小仓鼠。看到这些小动物,小乐格外开心,自己家就养着一只布丁仓鼠皮宝。于是他抱抱这个,喂喂那个,还和叶真一起把几只小兔子抱到草地上。

"你家里可真好玩。"小乐高兴地对坐在草地上看手机的叶真说。

"走,小乐,我带你去玩更好玩的。"叶真说。

叶小师姐说着把小乐带进别墅内。阿奇看这室内陈设,典雅素净,很有点中式和北欧混搭的风格。穿过客厅走廊是一个大房间,里面有各种光电玩具以及各类室内游戏机,简直就是大游戏厅啊,而且大多小乐见都没见过,真让他眼花缭乱,心花怒放!

接下来,这个小男孩在游戏机乐园里撸起袖子玩开了。他最喜欢的还是那架大型的5D影院游戏机,戴上装备后,滑雪、蹦极、打球全都如身临其境,够好玩,够刺激,不比阿奇造的游戏空间差。

"你看,这些东西全都是为你准备的,她一点儿也不感兴趣。她这么有心,不知道有什么企图。"阿奇在耳朵眼里大声地说。正在疯玩的小乐可啥也听不见。

三、别苑之局

转眼过了正午,就听叶真对一个阿姨说:"祝阿姨,你带小朋友去洗手,马上开饭。"说完转身离开。小乐正玩得起劲,哪里肯下来,肚子咕咕叫也连说不饿。那个祝阿姨倒蛮有经验的,好说歹说把个小男孩拉进了洗手间。

很快,祝阿姨又把小乐领进餐厅。餐厅也是高大上,一个大落地窗正对着外面的院子,让人可以一边吃饭一边欣赏荷塘景色。叶真已经就座了。一桌子的美味佳肴,让尚小乐垂涎三尺。看起来好像只有他们两人就餐。"你爸爸妈妈不在家吗?"小乐才想起来,问道。

"我父母不住在这。这是我家的荷塘别苑,我也不常来。"叶真解释道。

有钱人房子就是多。小乐心想。

"小乐,不用拘束,直接上手,想怎么吃就怎么吃。"叶真招呼道。说完她站起来,直接扯了一只鸡腿递给小乐。

玩了半天,小乐跟她熟了。关键是除了一个服务生叔叔偶尔进来换盘倒饮料外,没有一个大人在场,小乐于是大吃特吃起来。

"哎,你妈不是让你像绅士一样吗?看看你的吃相。"阿奇不满地又开始叨叨。

吃饱喝足之后,小乐还惦记着电玩和体验游戏。叶真说:"等会再去,有你玩的。咱们再去个新房间瞧瞧。"说完又带小乐到一个更大的房间里。里面是各种新奇的玩意儿,主要是模型和微缩景观,有会动的铜车马、杰克船长的黑珍珠号、银河舰队的飞船,有孙悟空、小哪吒、熊大熊二、钢铁侠、蜘蛛侠、哈利·波特和圣斗士的模型及铠甲战服,还有其他的各种动画人物与精巧摆设。在一处园林景观里面,有一个上了发条就可以自动钓鱼的老渔翁,做得是惟妙惟肖……每一件都让小乐爱不释手。

叶真拍拍小乐的肩膀,说:"你喜欢的话,可以把这些都带回家,我送给你了。"啊?!小乐简直不敢相信自己的耳朵。喜出望外之后又摇摇头,咬着牙艰难地说:"太贵重了,我妈妈不会同意的。"其实是阿奇坚决不允许,许诺是以后在"尚小天地"里给他造个一模一样的。

小乐用手表电话偷偷拍照片给阿奇留个样子。叶真也不以为意,走到一个汉白玉的围棋桌前坐了下来,自己摆起棋来。尚小乐也被吸引过去。这么好看的围棋还是第一次见到,黑白棋子晶莹剔透,精美无比。

"小乐,听说你围棋下得好,这样,我们切磋一盘。如果你赢了,我这满屋子的摆件,哪怕整个别苑都可以送给你。如果我赢了,你要帮我一个小忙。怎么样?"叶小师姐一边把玩着围棋子,一边笑盈盈地看着小乐。

有钱就是任性啊!小乐心想。这,这也太夸张了吧?!

"千万不要答应她,可能是个陷阱。"阿奇厉声道。

"你放心,我这个忙你一定能帮得上,而且不是让你去做什么坏事。"叶真看小乐迟疑的神色,又补充一句。

看着这个漂亮小姐姐期待的眼神,尚小乐竟然鬼使神差般点头答应了。

"尚小乐,你太不听话了!"阿奇说着就飞了出来,周围的一切都静止了。小乐看叶师姐还没来得及高兴就被定格在了那里。

"你难道就那么想要她的东西?没出息!我不是答应你会给你造一个吗?"阿奇恼怒地大声说。

"你造的东西又拿不出来。那个5D游戏机你也不会造。"小乐低头小声嘀咕。

"你怎么知道这个不正常的女生会搞什么鬼?我根本没有必胜的把握。万一输了,难道要帮她做事?受制于人?!"阿奇继续大声嗡嗡地"咆哮"。

"你不是棋下得很好吗?还没有下就说下不过她?"小乐也继续抗议。潜意识里小乐倒觉得叶师姐会赢了阿奇。

"这样,一会你跟她说有个条件,让你先手和七个子,看她

083

怎么说。如果不同意,正好拉倒。如果她同意,就不会是我的对手。"阿奇想了一下说道。

"你这也太不公平了!"小乐不满意地又嘀咕一句。

时空恢复正常后,小乐犹豫着提出了这个条件。没想到叶真竟一口答应下来。

"哼哼,这么自信啊!"阿奇冷笑两声。

这场在精美绝伦的棋盘上的对弈自然是在叶真和阿奇之间展开。十步之后阿奇就觉得自己的每一次落子好像都在对方的算计当中,处处受到制约。很快,阿奇不得不又静止时间,开了一个空间去想招。身为傀儡的小乐犯了困,倒头就呼呼大睡,一觉醒来,发现阿奇还在那冥思苦想。

就这样,叶真家的时钟不过才走了半个多小时,阿奇在自己的空间里想棋和休息的时间累计已有三天了,直到阿奇周身的灵力快要用尽。

棋局过半时,阿奇就算出自己败局已定。它也有过暂停空间做个手脚的打算,但想来也不会瞒过这个天才女孩的眼睛,还会让小乐质疑它的品行,只好作罢。在让七个子的情况下,阿奇自觉专业九段都未必是它的对手,也就是说叶真的棋艺已经达到登峰造极的地步。阿奇越发觉得这个女孩深不可测。

对弈的结果自然是叶真获胜。小乐倒不以为意,只是觉得肚子有些饿了。毕竟阿奇前两次开空间的时候都带着他,他的生物钟早过了晚饭时间。

叶真笑笑说:"我也是险胜了两个子。小乐的棋下得真好。我这个别苑虽然你没有赢去,但可以随时来玩。我一会把这里的电话给你,只要你一个电话,祝阿姨就去接你。"

小乐听后高兴地说:"师姐你要我帮你什么忙,快说,只要我能做到的,一定帮你。"对于小乐来说,赢个别苑也太不现实了,能常来玩倒是实际得多。

"这个忙嘛,等时机到了我再跟你说。"叶真想了想说道。

阿奇望着对面这个女孩乌黑深邃的双眼,突然从心底里闪出一丝寒意。

四、英才币(上)

一年一度的让全世界小朋友欢庆的节日——六一儿童节又要来临了。今年小乐就读的英才小学高层策划了一个特别有意义的儿童节活动——龙宫游艺会,而且同时还推出英才币的活动。

戴老师在班上详细介绍了英才币:英才币是纸质的本次儿童节盛会专用券,分三种:一种浅蓝色的为学生用,每个学生十张,需在背后写上自己的名字。一种深蓝色的为教师用,每位老师二十张,同样要写上自己的名字。这两种币会在节前一周左右发给大家。还有一种是黄色的公共币,作为各种游艺活动奖励来发放。学生们可以通过才艺表演,参加游戏比赛,摆摊卖东西等来赚取英才币。老师们可以直接把英才币给他欣赏的学生。等这次活动结束后,每班英才币获得最多的同学可以在班级范围内满足他一个愿望。如有的愿望班主任觉得难办的话可以报校委会讨论,尽量满足同学们的心愿。

需要说明的是,在统计个人的英才币时,写着自己姓名的不算在内,也就是说个人名下的英才币都得花出去。另外就是一旦发现有弄虚作假、搞破坏的,不仅取消活动资格,还要通报批评。

戴老师说完后,同学们都很兴奋。除了龙宫游艺会的吸引力外,更主要的是可以满足自己愿望,那多牛、多棒啊!

尚小乐也非常想拿到全班第一,实现愿望。他当然是第一时间找自己的"机器猫"阿奇商量。阿奇直接表态:这事我不介入,你马上就九岁了,要凭自己的能力获得英才币。

小乐想:哼,不帮就不帮,这次我要让你看看我的实力。

从学校回来后,小乐就猫在房间里设计方案:首先,5月31号下午的"个人才艺大比拼"一定要参加,表演好的话可以赢得不少英才币。然后就是要在"海藻市场"(仿跳蚤市场)登记铺位卖东西。再就是要参加猜谜、答题、套圈等活动。

晚饭的时候,家里人纷纷给小乐出主意。妈妈说:"你可以表演魔术啊,妈妈不是给你买过一套魔术道具吗?可以挑选最好的参加比赛。"

姥姥说:"这个我看行。小乐,上次我看你演的一个帽子的魔术把我都给唬住了,再练练一定能拿第一。"

"拿不拿第一不重要,关键是在活动中获得了锻炼。"姥爷放下筷子,认真地说,"小乐,你在上台前先表演给我们看看,我们给你提提意见。"

接下来的几天,小乐都在练习他的礼帽与手杖的魔术。由于才艺大比拼报名的学生较多,校方又出了新政策:每个班先初选一下,推荐1—2名学生参加5月31日下午的比赛。

阿奇在"尚小天地"里看了小乐的表演练习后说:"你的魔术只要有道具就可以表演。你应该增加难度,不然初选就会被淘汰。"

"增加什么有难度的呢?"小乐抓抓脑袋。

"嗯,我想想……你可以增加一点扑克牌魔术,带近景魔术技巧的。老师们看了就觉得你下了功夫,八成会投币给你。不用担心排练时间不够,你可以在你的'尚小天地'里慢慢练。"

小乐觉得这个可以有,于是便向妈妈申请上网,找扑克牌魔术视频学习。阿奇也在一旁帮他挑选。

"你不是说不管我比赛吗?"小乐歪着头笑看阿奇。

"我这可不是出谋划策,我不过是提提意见而已。"阿奇嗡嗡地说,"你们学校活动那两天我可不在场,我得休息。到时候一切都靠你自己。"

哼,这个阿奇,每个月都要休息个几天,也不知道在干啥。

经过在"尚小天地"里多日的练习,小乐的魔术表演有模有样,相当精彩:先是帽子里面变出扑克牌,接着是洗牌、展牌、飞牌,然后扑克牌又在礼帽中消失,变出玫瑰花,火光一闪,玫瑰花变手杖,最后是手杖和礼帽的悬浮魔术。

妈妈专门让曹叔叔从网上给他买了小魔术师礼服和全新道具。小乐在家里表演完后,家里人都很惊喜。姥姥说:"小乐完全可以去电视上表演啦。"姥爷自然是提建议让小乐进一步提高,精益求精。妈妈则高兴地说:"你们发现没有,小乐这段时间个子都长高了。"

"可不? 你在'尚小天地'的时间累计在一起,你九岁半都不止了。"阿奇在小乐的耳朵眼里笑道。

不出所料,尚小乐顺利拿到了学校才艺大比拼的入场券。同时报给学校的还有班长杨伊的独舞《彝族姑娘》。

这下,班上都知道杨伊和尚小乐是英才币最有力的竞争者了。姥爷和阿奇都跟小乐说过,你们应该私下里选一个最想实现而且比较可行的愿望,大家集中力量把英才币给一个人来实现它。这比单打独斗要有效得多。

小乐于是把几个要好的同学都约来讨论。崔灿首先表态,自己的英才币全部无条件给小乐。宋扬说自己的愿望是取消考试。其实这也是小乐的愿望,但几个孩子都感到这个实现起来恐怕比较难,校长也不会同意的。聂云峰支吾着,他想把班主任换成陈老师。

让戴老师下岗?!几个小伙伴面面相觑。"老戴还不把你给捏死!"宋扬瞪了他一眼,没好气地说。

接着向卓苨又提议取消所有的作业,几个孩子都觉得这主意好。这小胖子又补充道:"我听说好多小学都没有家庭作业了。"

小乐想了说:"全部取消估计也难,不过咱们可以加个条件,每天只能布置一门课的作业,这样实现的可能性更大。还有就是把所有考试改为开卷。这个可以列为备选愿望,大家看怎么样?"

小伙伴们一致通过。当然这个主意是阿奇给小乐出的。如果能有实现愿望的机会,他就可以清清嗓子这样说:我的愿望是把我们班所有考试改为开卷或者每天只能布置一门课的作业。

然后让校长去决定吧,没准就能实现其中一个呢。哈哈,小乐想想就乐了。

五、英才币(中)

就在几个小男生开始为愿望拉票的时候,一个坏消息传来:班长杨伊也在女生中拉票。她的愿望竟然是"以后的班级卫生全部由男生打扫",而且全班二十名女生已经有半数以上表示要把手中的英才币全部给杨伊。杨伊同学不光舞跳得好,而且成绩好,人漂亮,在学校也有一定的知名度。竟然有男生答应要把英才币给她,气得宋扬大骂。

是可忍,孰不可忍!体育委员连凯棋马上开始公开拉票,他的愿望是"以后班级卫生全部由女生打扫"。值得一提的是,连同学的哥哥刘俊祺是校乒乓球队队长,也算学校的风云人物,小帅哥一个,拥有众多粉丝。而且他在六年级毕业班,要英才币的意义不大,于是决定全力帮弟弟获得英才币,实现这样有"重大意义"的愿望。

小乐和崔灿都找过连凯棋,跟他说只要一起合作,肯定能实现少写作业的愿望,这样杨伊的愿望铁定实现不了。岂料连同学就是坚持一定要实现女生打扫卫生的愿望才合作,小乐他们只好放弃了他。

一时间,三年级(3)班的英才币争夺呈三足鼎立之势。同桌严雨佳时不时有意无意地向尚小乐透露杨伊目前的英才币数目,似乎也在打探小乐这边的情况。不过让尚小乐想不到的是,严雨佳竟然把自己的英才币给了他五张。这个小同桌的理由是

"我觉得你的愿望蛮好的,而且你也帮过我嘛"。

小乐很想把叶真也拉到自己一伙,因为感觉这个师姐跟自己关系还算不错,而且她应该会得到很多英才币。不过叶小师姐已经几天没来上课了,可见这个天才儿童对此毫无兴趣。

六一儿童节那一天,整个英才小学装饰一新,被布置成神话故事中龙宫的模样。从学校大门到每一栋教学楼都被画上了海浪,贴上了五颜六色的海洋生物绚丽彩纸。乒乓球台那里矗立着好几个用塑料泡沫雕塑成的美丽大珊瑚。正对着校门的礼堂外面披挂着亮闪闪的彩色拉花,上面贴着"龙宫游艺会"五个醒目漂亮的艺术字。图书馆外面是用硬纸板制作的漂亮的立体海星和水母。小操场被状如海藻的彩带围了起来。一楼二楼的教室都被腾了出来,作为各个游艺室,外面挂着各色气球,里面被布置成海底世界的模样。整个校园彩带飘飘,气球飞舞,里里外外都洋溢着节日的气氛。

上午八点多,英才小学的四位正副校长穿着四海龙王的服饰出现在主教学楼的二楼平台上。其中胖胖的郝校长租来的戏服明显不合身,像勒在身上一样,滑稽得很。市电视台记者也赶来现场拍摄。扮演东海龙王的一把手马校长最先致辞。身着龙袍、头戴冠冕的马校长拿着麦克风说了一大段话,尚小乐就听进了几句,大意是让同学们尽情娱乐,展现才华,多多赚取英才币。

尚小乐估算了一下,现在自己手上的英才币已经有两百多张了。在前一天下午的才艺比赛中,尚小乐的表演很成功,赢得了满堂的掌声。赛后尚小乐的投币箱里几乎塞满了英才币。小乐他们数了数,共有九十三张,多数是老师们投的。让小乐特别得意和高兴的是,戴老师给了他七张,而陈老师一次就给了他十张英才币。

几个小伙伴兵分两路:宋扬、向卓芃他们主要负责在游艺室获取英才币。全校一共设了二十几个游艺室,学生每参加一个游戏活动获胜的话可以获得1—2个英才币,答题竞猜类项目的优胜者可以获得更多。但规定每个学生每个项目只能参加一次。

几个小男孩也有办法,对自己能获得英才币的游艺室,偷偷换件衣服再混进去一次。宋扬就成功地蒙眼贴了三次鼻子。聂云峰跑步运送了两回乒乓球。李泽好也套了两次圈。小胖子向卓芃就没那么幸运了,体型特征太明显,想混进去再玩一次筷子夹弹珠,被老师认出了,直接轰了出去。

尚小乐和崔灿这一路,主要负责在海藻市场卖东西。由于预定海藻市场摊位的同学特别多,从小操场一直延伸到礼堂门口。考虑到上午同学们基本都在各游艺室玩游戏,没啥客流量,小哥俩合计先去玩项目赚英才币,十点后再来摆摊。

今天阿奇果然没有同来,小乐除了在魔方复原项目赢了两个英才币外,连玩了三个项目都是颗粒无收,心想要是阿奇在就好了,至少在猜谜环节能赢几个币。

快十一点的时候,小乐和崔灿背着两大包东西来到了海藻市场,全是几个小男孩凑的玩具和文具。海藻市场这时已有不少人了。一个高年级的女生在乒乓球台那表演书法,礼堂门前有三个男生的小乐队在那弹吉他和打架子鼓。当然多数同学还是选择摆摊卖东西。

小哥俩刚把地摊摆好,就看见前面几米远的地方一下围了很多同学,只见在一个小摊位前有两根旗杆拉着一个小横幅,上面写着"珍品拍卖"四个字。尚小乐定睛一看,摊主正是他们班的江蓝天同学。

"瞧一瞧,看一看了啊,这里全是珍品拍卖了啊!走过的,路过的,您可别错过了啊……"小江同学拿着个扩音喇叭吆喝起来,这架势还真像那么回事。不愧是英才小剧团的活跃分子,点子真多,竟然想到在海藻市场搞拍卖,把几个老师都吸引了过去。

接着,小江同学拿出一个哈利·波特的玩偶,开始介绍:"大家看一看第一件珍品,这可是正宗海淘来的哈利·波特和火焰杯,起拍价一个英才币。大家出价吧!"

"我出两个!""我出三个!""四个!"……旁边出价的声音

一个高过一个。最后这件拍品被一个高年级的女生以十七个英才币的价格拍走了。

"大家看看这是什么?"小男孩江蓝天怕后面的人看不见,特地站在椅子上举起第二件拍品,"对啦,这位同学说对啦,就是加勒比海盗的黑珍珠号,还附送杰克船长的帽子,买一赠一。起拍价两个英才币。"

咦,怎么看着这么眼熟?反正自己的摊位也无人问津,于是小乐让崔灿留下看摊自己过去瞧瞧。崔灿也想去看,于是两个小男生索性收摊,一起挤了进去。

果然,在地上摆的大大小小十几件拍品全是他在叶真家见过的。原来这个小拍卖行的真正主人是叶师姐。

很快,地上的东西被拍走了一半,胡老师刚拍到一个小提琴的音乐盒,喜滋滋地拿走了。想起原先叶真说这些都要送给自己,但自己没要,小乐着实肉痛。如果阿奇今天在这,小乐真想暴扁它一顿。

正想着,江蓝天又小心翼翼地抱起一件拍品,正是那个在池塘边会自动钓鱼的老渔翁。小乐的心不由得一紧。

六、英才币(下)

老渔翁摆件的起拍价是五个英才币,很快就飙升到五十个。这的确是件做工精美的艺术品,小乐看出价的基本上都是老师。

"我出五十一个!"一个高年级的男生喊。

"五十五!"教数学的葛老师不高兴地瞥了他一眼,继续加价。

"我出六十!"又一个不太认识的老师加入进来。

"六十五!"葛老师继续。

"七十!"高个子男生的声音。

"七十五!"还是那个不熟悉的老师,看来他也很喜欢这个老渔翁。

"八十!"葛老师咬牙道。

"一个老师只有二十个英才币,看来葛老师要找好几人借了。"旁边一个女生说道。

一时没声音了。

"好,八十一次。"江蓝天同学喜滋滋地说。

"八十五!"又一个声音传来。人群里一阵骚动,原来出价的是郝校长,这时他滑稽的龙王服饰倒是脱去了。

"我也来加入,师生同乐嘛!"大肚子的郝校长笑呵呵地说。

葛老师还想再出价,旁边一个老师说:"算了,老葛,让给校长算了。"葛老师想了想,退出了竞争。

"八十七!"是那个生面孔的老师,看来他还不想放弃。

"九十!"郝校长继续加价。看郝校长那志在必得的样子,那位老师也不作声了。

"好的,九十一次,九十两次……"江蓝天拿着小锤准备敲了。

"九十三!"一个小男孩的声音响了起来。

"小乐,你……"崔灿呆住了。

出价的正是尚小乐。他的理由也很简单,他曾经把姥爷一个十分相似的摆件给打碎了,姥爷为此心疼了许久,因此他一直想为姥爷再买一个。小乐算了一下,他在才艺比赛中共赢得九十三张英才币,买下这个老渔翁后自己是不可能成为全班第一了,但可以把剩下的英才币全给连凯棋,也不算太对不起崔灿这帮兄弟。

"一百!"是郝校长的声音。人群中有些哗然。

"校长真是大手笔啊!"一个马屁精赞道。

"呵呵,你们接着加价,活动嘛,就要有这个气氛!"郝校长乐呵呵地说,有意无意地看了尚小乐两眼。

"小乐,千万别加了。"崔灿紧张地说。

"一百一次,一百……"江蓝天的话还没说完,一个声音清晰地打断他:"二百!"所有人都看了过去,江蓝天也吃了一惊,因为出价的不是别人,竟然是叶真。

郝校长当然也认识这位天才女生,想了一下说:"就给这个女生吧,重在参与嘛!我还有事,你们继续,继续啊。"说完就离开了海藻市场。原先参与竞拍的那个高年级男生也离开了。

"刚走的那个六(2)班男生是郝校长家侄子,估计老郝见他拿不下,亲自上阵了。"

"结果还没拍下来,嘿嘿。"

"那个女生把他面子都给扫光了。"海藻市场的两个管理老师在一旁笑着议论。

这个老渔翁自然归叶真拍得。尚小乐和崔灿都松了一口气。叶真走过去给了江蓝天一把英才币。小江同学装模作样地数了数,就让叶真把老渔翁装进袋子里带走了。

中午十二点半,小乐和崔灿各自掏出面包坐在摊位旁啃起来。还好今天太阳不大,不然非得烤化了不可。学校的餐厅正在推出节日午餐,一个英才币可以买一个汉堡,两个币就可以再加一瓶橙汁。不过小乐他们生意惨淡,两个多小时才卖出去一个玩具,哪里舍得去餐厅吃。

快两点钟的时候,外面贴着大海绵宝宝和蟹老板的校餐厅里走进一个穿着时尚的小男生。不是别人,正是三(3)班的小才子王彦博。他前两天就跟餐厅里的魏师傅约好,要以五元一张来这里兑换英才币。学校是四元一张回收的,魏师傅自然同意和小王同学交易。

其实半月前尚小乐就找了王彦博,但王才子听说小乐他们的愿望后,马上拒绝了。此愿望对这个每次考试成绩数一数二,同时每天还有人求他给抄作业的优秀生来说,一点好处都没有。况且他自己还有个心愿,那就是把杨伊拉下马,自己当班长。王彦博觉得自己学习成绩比杨伊要好,凭什么每学期都是学习委员,要受杨伊的指挥。不过出于和小乐穿开裆裤就认识的交情,他还是和小乐互换了些英才币。

王小才子手上已经有近百张英才币了,其中有各科老师、平时抄他作业的同学给的,也有参加知识问答等游艺环节得的。现在他把平日里辛苦攒下的一千多元全都带来了,信心满满地等着兑换,同时也为自己能想到这样的好主意而得意不已。

没想到魏师傅的一句话把他的得意和希望击溃:"对不起哦,小同学,上午就已经有人来全部预订,钱都已经交了。"

"啊!是谁?!你不是答应过给我的吗?!"王小才子跺脚大喊道。

"人家可是十元一张兑换,你说我不给她难道还给你啊?!"魏师傅白了这个火冒三丈的小男孩一眼,"那个女同学,好像还是你们班的,就是那个神童,叫叶什么的。"

"又是叶真!"小王同学恨恨地说。他在心里又叹息一声:"既生瑜,何生亮啊! 看来是没戏了。"他想了想,决定把手上的英才币全部贱卖给连凯棋,以后让杨伊她们打扫卫生!

傍晚时分,英才小学的龙宫游艺会也逐渐进入尾声。教学楼中的各游艺室已经关闭了。海藻市场这边还在继续,不过已经陆续有人收摊走人,江蓝天的摊位早就空了。家长们等在学校门口,笑着问跑过来的孩子今天收获如何。金色的夕阳斜晖映照在每一张开心的脸上。

尚小乐并不着急回家,他和崔灿还报名了活动结束后的打扫卫生,一个人可以得五个英才币,这当然是要挣的。虽然刚才宋扬回家前已经告诉他,连凯棋现在英才币已经遥遥领先,但小乐并不在意,他决定坚持到最后,不气馁,不放弃……

第五章　时间隧道

一、特异功能

　　三天后,戴老师在班会课上公布这次全班英才币获得的情况。由于戴老师是让几个班委统计的,所以同学们早已知道了结果:连凯棋第一,杨伊第二,尚小乐第三。

　　于是连凯棋和一帮男生得意扬扬,杨伊等一众女生气得牙根痒痒。尚小乐倒不在乎。就像姥爷说的那样:第一并不重要,关键是获得了锻炼。阿奇对他儿童节的表现也是大大夸奖。小乐这才知道那天阿奇一直悄悄地陪在自己身边。

　　不过当戴老师宣布的那一刻,全班同学都傻眼了。杨伊第三,连凯棋第二!

　　"这次咱们班英才币获得数量最多的同学是……"同学们都屏住呼吸,"当然,我也是今天上午才知道。这个同学拎着一包英才币到我的办公室,她的币数以绝对优势成为全班第一,一共是八百一十一张。这个数字我估计在全校都是数一数二的。"戴老师又岔了几句,几个急性子的同学差点没捶桌子。

　　"这个同学就是——叶真!"戴老师带着激动的话音刚落,全班四十几双目光齐刷刷地射向那个神秘的同学——天才女生叶真。

尚小乐想自己早该猜到的,叶师姐就是个神童。

"叶真,你可以说下你的愿望,我看要不要报校委会。"戴老师亲切地看着这个依旧面无表情的高个子女生。

在大家企盼的、好奇的、愤恨的、感激的目光中,这个天才女孩慢悠悠地说出了让戴老师大跌眼镜的一句话:"我的愿望就是——跟尚小乐坐在一起。"

啊!所有人都愣住了。接着不少同学嬉笑起来,还有发出嘘声和哟声的。尚小乐更是如坐针毡。"稳住,少安毋躁。"阿奇的声音传来。

"这,现在的孩子也太主动了吧?影响太坏了。难道小学三年级就要对他们进行防早恋教育?"戴老师目瞪口呆。

"哼,"叶真漠然地扫视了同学们,淡定地说,"我不过是看尚小乐棋下得不错,想经常和他交流一下。"

这倒也算个理由。但她花费这么多就为这个?不过这个小女生真不能以常理来推测。戴老师想了一下,觉得这个愿望没必要往上报了,马上就能给予实现。

"好吧,既然叶真当选为咱班的英才,又是为了学习,那么严雨佳,你先坐到叶真的位子上去,下学期来再调整。"

严雨佳满脸委屈,极不情愿地收拾书包站了起来,尚小乐觉得她都快哭了。

"又不是处罚你。雨佳,你一直表现很好,你就当支持班级工作!"戴老师不忘安慰几句。

叶真无视众人般径直走到尚小乐的旁边坐了下来。不少同学在窃窃私语。小乐都不好意思抬眼看她。

"同学们,静一静!"戴老师发话,"六一活动到现在就告一段落了,大家的心收一收,马上我们要面临的就是期末考试!"

戴老师的最后一句话全是重音,底下哀号一片。

此时叶真在尚小乐的耳边轻声说了一句话,但每个字小乐听起来就像炸雷一般,那就是"代我问阿奇好,我要见它"。

时空骤停,继而重新开启。

按阿奇刚才的指示,小乐装没听见,开始看书。果然,不一会儿下课后,天才女孩又有了下一步动作。她撕下一张作业纸,在上面写了几行字递给尚小乐,只见纸上写着:"外星生物,特异功能。网络神童,救援英雄",下面还有一组数字:7.9。

"等到7月9日,阿奇会想见我的。"叶师姐对着一头雾水的尚小乐微微一笑,便背着书包走人了。

"我早就说过这个女孩不简单。她肯定有特异功能,能听见我们说话,没准还能看到我。"阿奇郑重地说。

一放学回家,阿奇就和小乐来到"尚小天地",对着叶真的纸条分析起来。

首先"特异功能"应该是说她自己。"那外星生物呢?叶师姐难道是个外星人?"小乐疑惑地问。

"她是人类,这不会错。"阿奇肯定地说。与此同时,阿奇的心里浮现一个大大的问号:难道前两句说的是我?不,不会的,她不是那一界的人,就算能听到我的身音,看到我,也不可能察觉到我的灵力。

"再往后分析吧。这'网络神童,救援英雄'说的又是谁?"阿奇道。这只甲虫其实是说给自己听的,因为小乐的小脑瓜是想不出个所以然的。

于是阿奇要求小乐向妈妈申请上网查资料一小时,好好查查叶真的这几句话。结果搜索出一堆无用的信息,和叶真同名同姓的没有上百也有几十,可以算是一无所获。

二、救援英雄

"这'救援英雄'会不会说的是你呢,小乐?你参加救援也不是一两次了,我们好好回忆回忆,是不是哪次遇到过这个叶真,或者出了什么问题?"阿奇又开启了一个新的思考领域。

于是他俩开始一件事一件事地排查起来。自从遇到阿奇这只小甲虫以来,小乐进行的救援活动已不下十件了。他最先想到的就是前天帮邻居袁奶奶关煤气。

那天小乐放学在楼道里遇到急得直跺脚的袁奶奶,一问才知道,袁奶奶出门倒垃圾,钥匙没带,小孙子在家里睡觉。关键是她家煤气灶上还烧着水,万一水把煤气浇灭可就容易出事故了。热心邻居已经打电话联系开锁师傅了,说是半小时能到。可这边袁奶奶小孙子的哭声已经从防盗门里传出来了,袁奶奶急得哭起来。

小乐和阿奇偷偷从空间通道进入袁奶奶家中,帮她关了煤气,又把钥匙带出来,假装是从楼下捡到的,问是不是袁奶奶丢的。袁奶奶像看见救星似的,一个劲地感谢。事后,袁奶奶还送了一大盒糕点到小乐家。

显然这次家门口的小救援没啥破绽,叶真也不可能知道。尚小乐又想到一件小区里发生的事,他很得意地称之为"高空救援"。这次救援的对象并不是人,而是一只小狗。

这只可怜的哈士奇被外出的主人关在家里,不知怎的从窗台的防盗网往外爬,结果整个身子悬空吊在窗外,一小截狗绳缠在护栏上。好在这狗绳也套着小哈的两条前腿,不然它得被活活吊死。

小乐和崔灿跑过去看时,楼下已聚了几个人,指指点点的。有人拖来一个废弃的充气沙发,放到悬空狗狗的下方。不过看起来作用不会很大。只要小狗再挣扎几下,缠在护栏上的狗绳就会松开,从十九楼摔下,那可就粉身碎骨了。

突然,只听一声惊呼,那只小狗疾速地坠落下来。说时迟那时快,就在小狗离地面仅有几米高时,阿奇瞬间暂停了时空。

下一秒,小狗出现在充气沙发正上方的三四米处,阿奇给小哈做了个十几厘米的水平位移,重启时空后,根本无人察觉。

那只小哈最后奇迹般地获救了,而且一点没受伤。小乐就等在充气沙发旁,一把抱住了弹起的小狗。一位伯伯一边夸奖小乐眼疾手快,一边不可思议地感叹这小狗命真大。

据阿奇后来的解释,将小狗改变了位置,就等于是从三米多的高处落下,而不是原来的五十多米的高空坠落了,重力加速度会小很多,小狗也就会安全降落。

……

"哎,哎,类似这种芝麻点大的小事就不用再说了,也不会引人注意的。"阿奇的话把小乐从过去时又拉回了现在进行时。

"那我们上次春游救于宇澄,抓人贩子算不算?"小乐问。

"这可以算一次。不过因为涉及抓捕罪犯,至今警方仍在保密,消息也很难泄露出去。我倒是想到有一次救援,最有可能被那丫头知道。你还记得几个月前西部的那次泥石流吗?"

小乐和阿奇的思维景象立马就转到当时的时空。

那是个周六中午,尚小乐一家刚吃完饭,就听见电视新闻里播出西部某县遭遇泥石流地质灾害的新闻。姥姥马上把电视音量调大,招呼家里人都来看。姥爷不满地说:"人家遭了灾,你倒好,搞得跟唯恐天下不乱似的。"

妈妈感慨道:"现在西部地质灾害也太频繁了!"

小乐回到房间后,眼前还浮现着新闻上灾害现场那一幕幕惨痛的景象,还有好多人被埋在泥沙下等着救援呢。他马上想到了自己的"机器猫"阿奇,它找东西可是一级棒的。

"阿奇,我们也去当志愿者参加搜救吧,你的鼻子肯定比狗鼻子好用。"小乐说。

"这孩子,怎么跟大人说话的?!"阿奇佯怒道。

"你是大人吗?你就是一只小虫子啊,哈哈哈……"小乐乐了。

嬉笑归嬉笑,很快阿奇就打造好一个空间通道,当天下午他俩就赶到了灾害现场。

阿奇同意小乐参加救援的前提条件是"服从命令听指挥",所以小乐只被允许在安全的外围搬搬砖石什么的,真正的救援就靠阿奇了。这只甲虫先将埋在沙石瓦砾下的人搜寻定位,然后逐一飞到他们身边,将其收入自己的空间,再飞到相对安全的地方把他们放下来,或者直接放到搜救人员近旁。一个小时不到阿奇就救了二十多人了。

尚小乐在安全地带竟然发现一个重伤昏迷的人,他马上喊来志愿者叔叔们帮忙送去临时医院。这让小乐特别有成就感。当然他至今也不知道那是阿奇安排的。

一直到天色近晚,阿奇和小乐都快筋疲力尽时,他俩才又从空间通道回到家。妈妈还责备他到同学家玩得太疯,衣服脏得不成样子。

当天晚间新闻在播放泥石流灾害现场救援时,姥姥突然指着电视机喊:"边上这个小孩好像小乐,连穿的衣服都一样!"这个镜头转眼就过了,谁也没有在意……

"应该就是这次救援你被记者拍到,所以泄密。"阿奇分析。

小乐嗯嗯点点头。

"这个叶真既然知道我们有救援能力,又要见我,上次又以下围棋设局让你帮忙,很有可能是有求于我。她到底想让我帮什么忙呢?"阿奇小黑豆似的眼睛眯成了一条缝。

"阿奇,那这7.9是什么意思?"小乐指着纸条上的那组数字问。

"她上次不是说了吗,'7月9日',这天肯定有事发生。我们一定要打起十二分的小心。"阿奇说。

"干吗是7月9日啊,7月8日就是我生日了。"小乐不满地说。

学校的期末考试很快就要来了。小乐天天被阿奇拉到"尚小天地"去边玩边学,倒也悠闲自在。阿奇呢,时常不见踪影,好像在打造什么大东西,据说要给小乐一个生日惊喜。至于叶师姐,偶尔在班上出现一下,也是做自己的事情,再没提到过阿奇。时间在悄悄地流淌,大家似乎都淡忘了那张纸条的事情。

三、危险降临

这天傍晚,英才小学六(2)班的刘俊祺同学正在操场上一身轻松地打篮球。他已被保送入市重点中学,所以根本无须理会明天的升学考试。由于旁边有几个女生在看他,所以这小帅哥还时不时来几个潇洒动作。

突然他看见班上的赵辛桦急急忙忙地向校门口跑去。刘俊祺也下意识地望过去,只见校门口站着两个高中生模样的人,正在东张西望。赵辛桦与他们会合后,三人对着乒乓球台的方向指指点点,鬼鬼祟祟地说着什么。

乒乓球台那儿有几个低年级的学生在打球,其中两个正是弟弟班上的宋扬和尚小乐。

过了一会,赵辛桦又跑了回来,眼光从刘俊祺身上一扫而过。"呸!"刘俊祺心里啐了一口。

学霸刘俊祺从心底讨厌学渣赵辛桦,成绩差不说,品德更差。他和球队另外几个六年级的男生经常霸占乒乓球台,威逼利诱低年级同学和他打球,两块钱一球,有的小同学一次就输给他几十元钱。没钱就搜书包写借条,还恐吓小同学们不准告诉老师和家长,否则就怎样怎样。

刘俊祺觉得班主任也知道这事,但本学期以来,老师们对这个全校闻名的调皮捣蛋男生也是睁只眼闭只眼,只要他不太离谱,那就是早毕业,早送走,早好。老师们都不管,刘俊祺就更不会"路见不平一声吼"了。

不过却有人"该出手时就出手"了,出手的正是三年级的小男孩尚小乐。

刘俊祺听到的版本是这样的:

赵辛桦逼着尚小乐跟他打球,结果却不可思议地输了一大笔钱。赵辛桦自然不会乖乖掏钱。尚小乐就把他搜小同学书包的照片发到了家长QQ群里,几个家长直接找到了校长办公室。马校长一声令下,一定要严肃处理!

于是赵辛桦被新账老账一起算,不仅被给予记过处分,还被勒令把所有赢的钱还给小同学。

其实刘俊祺所不知道的具体版本是这样的:

那天放学后尚小乐他们正在学校打乒乓球,突然看见赵辛桦和另外两个六年级男生走过来。宋扬马上招呼小乐和崔灿他们快走。聂云峰则抱着书包拔腿就跑,但很快小聂同学就被堵了回来。

赵辛桦又是笑嘻嘻地邀几个小学弟来赛球。让大家都意想不到的是,乒乓球菜鸟尚小乐竟然主动要求出战,而且还将比赛金额由两元一球提高到十元一球。

"你行吗,小乐?"宋扬和崔灿疑惑地看着这个只会打老奶奶球(指球速很慢)的同学。

"当然,没什么大不了的!"小乐拍着胸脯豪放地说。

的确,有阿奇在,小乐还有啥可怕的?这个主意也是阿奇出的,目的就是要教训一下赵辛桦这个校园小霸王。

后面的比赛自然全在阿奇的掌控中。阿奇先不帮忙,让赵辛桦赢个十球。这小霸王也是贪,见尚小乐真是菜得可以,马上提出三十元一球。小乐欣然答应。小霸王心花怒放:这是个冤大头啊,哈哈!

接下来,小霸王就乐不起来了。阿奇开始大展它的空间神力:对于赵辛桦打来的快球,它来个慢动作再加暂停,让小乐轻而易举地接住。对小乐打过去的球,阿奇在赵辛桦球拍触球的瞬间来个暂停,把球稍微挪个位置,这样赵辛桦不是没接着就是接飞了。

"哇塞!这都能接飞?老奶奶球啊!"一个跟着赵辛桦的男生吃惊道。

"有风,我这边有风。换场地!"赵小霸王有点烦躁了。

交换场地后局势并未改变。阿奇为了不太离谱还时不时让赵辛桦赢几球,但很快赵辛桦就输给尚小乐五百多元了。

今天怎么回事?真邪门!三个大男孩目瞪口呆,四个小男孩兴高采烈。

"不玩了,不玩了,今天不算,我肚子疼,影响发挥。"大丢面子的赵辛桦及时打住,准备赖账。

"怎么能不算呢?开始就说好的!"宋扬叫起来。

"要不算就都不算!"尚小乐悄悄拉了下宋扬,接着说,"聂云峰他们欠你的也不算!"

"对,大家都不算!"反应过来的崔灿也嚷道。胆小的聂云峰没吭声,倒是旁边球台的两三个同学跟着起哄了。

"行吧,那就全部一笔勾销!"赵辛桦看看四周,慷慨地说,心想外面的欠账也不过两百,两百抵五百,还是赚了。

但事情并没有结束,几天后赵辛桦继续找输球的小同学要账。这下阿奇真生气了,直接跟踪赵辛桦,在他搜小同学书包时来个时空暂停,小乐拍照取证,再用妈妈的手机发到学校群里,让这个小霸王得到了应有的教训。妈妈在责备小乐偷用手机之余也肯定了儿子的正义感,但她如果知道了以后发生的事,估计就不会那么做了……

再说到此刻,刘俊祺打完篮球准备回家了,照例走进学校旁边的小店买瓶可乐,发现先前来找赵辛桦的两个高中生也在里面。其中一个不耐烦地说:"都几点了,那小孩怎么还不出来?"

刘俊祺心里咯噔一下,马上意识到:他们八成是来对付尚小乐的。他觉得不能袖手旁观,于是马上走出去掏出手机悄悄给弟弟连凯棋打电话,想让他通知尚小乐。

"这小子,又不带手表电话!"他放下手机,想了一下又折回校园。

只见他小跑向乒乓球台,大声喊道:"嗨,宋扬,才想起来韦老师让放学前把多功能教室的器械收一下。"

宋扬和小乐停下来。刘俊祺继续说:"叫上你同学一起啊,我请和路雪。"刘俊祺微笑着指向从未说过话的尚小乐。

"刘大,我刚从多功能教室过来,已经锁门啦!"旁边一个小同学好意提醒。

"哦,是吗?"刘俊祺嘴上应着,心里却狠狠地说,真多嘴。

"刘大,那只有明天啦!正好小乐要回家了,咱俩打一会儿球怎么样?"宋扬讨好地说。

刘俊祺正要多说几句,一眼看见不远处的赵辛桦正怀疑地盯着自己,心想:算了吧,犯不着得罪这个无赖。我一个好学生可不想跟他们打架。

"你自己玩吧!"刘大同学抛下一句话就撤了。但他并没有走太远,而是悄悄走进学校斜对面的咖啡厅,透过二楼的玻璃窗,学校门前那条马路可以一览无余。这个六年级的男生掏出手机,紧紧地盯着窗外,心想:我至少可以把这两个人拍下来,给被揍的尚小乐留个证据……

四、魔幻城堡

7月8日是尚小乐九周岁的生日,妈妈很用心地给他办了个生日派对,请了不少同学来家里玩。姥姥还特地提醒叫那个"小珍"来。小乐守着阿奇这样一个大秘密,心虚也没敢请她。叶真人虽然没来,礼物却到了,尚小乐打开一看,正是那个垂钓的老渔翁。

小伙伴们疯玩后大多在傍晚离开了,就王彦博和崔灿没走。崔灿家近,王彦博要等晚上妈妈来接。而且这次小乐得到了阿奇的同意,打算带两个小伙伴一起进入阿奇送给他的生日礼物——超级魔幻城堡。

三个男孩躺在小乐的小床上聊天,等着吃晚饭。小乐说你们闭上眼睛,我给你们一个惊喜。崔灿和王彦博只觉一阵头晕失重,再睁开眼时竟然在一个无比奇幻的世界中。

他们都坐在洁白的软绵绵的云朵上,云朵缓缓升起。半空中是一个闪着金光的童话城堡。白云正向城堡飘去。

崔灿惊得下巴都快掉了。王小才子拍拍屁股下的白云自言自语说:"我一定是在做梦。"

崔灿表示赞同,随手扯下一块白云,惊呼:"这好像棉花糖唉!"

"哈,这本来就是棉花糖啊。"尚小乐笑着把一块白云放进嘴里大嚼起来。于是三个小孩大吃特吃起来。白云棉花糖入口即化,各种口味的都有。孩子们把云朵掏了个洞,很快新的棉花糖又将云朵填满了。

转眼间就到了城堡门口,小乐他们还在棉花糖白云上蹦来蹦去,舍不得下来。

"快进去吧,我的魔幻城堡里还有更好玩的呢!"阿奇在小乐的耳朵眼里说。

进入城堡大门,一个大型的游乐场就呈现在孩子们的眼前,有摩天轮、过山车、旋转木马、丛林漂流等等。

"咱们可以想怎么玩就怎么玩啦!"尚小乐大喊一声冲了进去。另外两个男孩子也欢呼起来。阿奇早就说要打造一个游乐场送给小乐,果然没有食言。

游乐场里已经有一些"孩子"在玩了。小乐他们先跑向最近的音乐旋转木马。不用买票排队就能上去玩,这感觉真好!

刚骑上去,这彩色的小马就说话了:"坐稳了,主人,你想跑快还是跑慢?""快!快!快!"三个小男孩兴奋地异口同声道。

三匹小马飞快地跑起来。王彦博骑在马上,觉得自己不是在游乐场,仿佛在大草原上飞驰一般。"慢一点!"王小才子喊道。他的小马立刻减速慢了下来。简直太神奇了!

下一个项目是过山车,这是阿奇隆重推荐的。孩子们找个空位坐下来。"小朋友们坐好啦,系好保险带。"一个声音提醒道。接着车子就开动了,先快速穿过两个起伏隧道,隧道里尖叫声一片。

出了隧道后,映入眼帘的便是一片金色浩瀚的沙漠。车速也慢了许多。"哇——沙漠海洋唉!"孩子们都是第一次见,惊喜不已。不远处还有驼队在缓缓前行。

紧接着过山车又翻越一个五彩绚丽的山脉。"啊,我认识,这是丹霞地貌!"王小才子指着车外大喊。

"这是我国甘肃张掖最美的地方。"车上神秘浑厚的声音又响了起来,开始介绍有关的地质地理知识。

"你前几天不是跟妈妈说想去张掖吗?我顺带就帮你实现啦!"在尚小乐激动地观看塞外美景时,阿奇的声音悄悄传来。

很快车子又开进一个原始丛林,尚小乐觉得有些眼熟,哈!这不是阿奇做的那个侏罗纪公园吗?这家伙把它安这儿了。

"停车!我们下来玩。"小乐胸有成竹地喊道。过山车应声而止。

导游尚小乐领着两个目瞪口呆的小伙伴下了车,很快就到了腕龙喝水的湖边了,然后再看霸王龙大战。和好朋友一起玩侏罗纪,更是开心。

湖边的树下照例有阿奇准备的各类点心和饮料。一个钟头过去,仨孩子还在疯玩,直到过山车喊他们离开,去更好玩的海洋隧道。

过海洋隧道就像真的在海底穿行。各种海洋生物从身边游过,还时不时有巨大的章鱼、鲸鱼和凶猛的鲨鱼出现,引起阵阵惊呼。"安全,绝对安全。"过山车贴心地说。

前方出现色彩缤纷的鱼群和水母群,过山车又开始科普了。崔灿痴痴地说:"海底真美啊!这个梦永远不要醒。"

过山车到终点站了,三个小伙伴还想再坐一次。过山车说话了:"灵力有限,下次开启要一天以后。"

"这哪是过山车呀,就是个会说话的旅游小火车。"小乐早就猜到车上神秘的声音就出自阿奇。

"你们看,那个穿红裙子的小女孩还在那打地鼠。"王彦博指着前面说道,"这里的人都好奇怪,除了我们三个以外,都像是假的,而且他们根本看不见我们。"小乐刚想该怎么解释,就听见崔灿说:"这不就是在做梦吗?梦里的人都这样。"

王小才子想想也对,嘟哝了一句:"我还要你提醒呀!"

接着他们又去玩了完全悬浮在空中的摩天轮和智慧屋。坐在摩天轮里,时不时会有棉花糖白云飘过来,抓一把就可以塞到嘴里吃。从摩天轮上往下跳会落在软绵绵的云朵上,接着大树巨人就会笑着跑过来把孩子们托起,再送回摩天轮或地面。

智慧屋里面有好多会动会说话的动画片明星以及各种新奇的玩意儿。当看到那个自动钓鱼的老渔翁时,尚小乐马上反应过来,这不就是叶真荷塘别苑里玩具屋的翻版嘛。呵呵,阿奇说到做到。

三个孩子在玩可以摘星星的海盗船时全部睡着了。海盗船慢慢悠悠地晃着,满载着一船的星辉,以及三个甜蜜熟睡的男孩。

当孩子们再醒来时,依然睡在小乐的小床上,妈妈来喊他们吃晚饭了……

后来,崔灿和王彦博在写暑假日记时都记下了这个让他们永远难忘的"美梦"。戴老师在批阅孩子们的日记时,先饶有兴趣地看了王彦博写的,接着批语道:叙述完整,想象力丰富。没想到很快又看到崔灿写的同样内容的梦境,连人物都一样,只不过用语和笔法比较拙劣。这下戴老师有点生气了,在崔灿的日记本上批语:梦要写自己的,不要抄同学的。另外错别字太多!

五、叶真的故事

小乐生日的第二天早上,叶师姐的电话就到了。她就说了一句话:"今天是7月9日,阿奇愿意见我吗?"小乐正支支吾吾地想拒绝,只听阿奇在耳朵眼里冷冷地说:"跟她约个时间,我要见她。"

见面的地点就约在叶真的荷塘别苑。

等祝阿姨放下招待的点心、饮料离开后,甲虫阿奇飞了出来,一双小黑豆似的眼睛直勾勾地盯着坐在对面沙发上的天才女孩叶真。此时它比小乐刚见到它时大了一圈,背上有一大半都是闪着荧光的乌蓝色,显得格外神秘。

"阿奇,这已经是我们第二次见面了。"叶真微笑着说,平静的声音简直要把空气掀起巨浪。

阿奇却相当镇定,一副见怪不怪的样子:"说说吧,到底是怎么回事?"

叶真端起杯子,苦笑了一下,开始讲她的故事:

不知是多少年以前,我一觉醒来,发现自己竟然回到了十岁,还在童年的家中,见到已经去世的父母。刚开始还以为是做梦,当发现不是梦境时,我欣喜若狂。这种感觉你们小孩子是体会不到的,因为在未来世界的我早已年过半百,青春不在。

我在无比快乐中过了一年,紧接着噩梦开始了。哼哼,又是一觉醒来。只不过这次不是躺在我童年温暖的床上,而是在一个大玻璃箱中。我的头像撕裂般的疼痛,原来我的头上被插满了大大小小的线路和导管,我的身体丝毫不能动弹。

我睁开眼,旁边是几个穿着无菌衣的人,我连他们面罩后的眼睛都看不清。他们对我指指点点,说一些我听不懂的数据。而我如同在炼狱一般煎熬,每一次呼吸都让我痛不欲生,生不如死。

很快我就陷入了昏迷。再清醒时我又回到了十岁,在我童年的家中。

尚小乐吃惊得下巴都快掉下来了。

当我在忐忑中过了一年后,我果然又回到了那个实验室。我就这样周而复始地在十岁的时空——也就是现在,与未来——就是那个实验室炼狱之间穿梭。不久我弄清了所有的事情。

原来五十多年后的我和丈夫、两个女儿在度假时遭遇了一场车祸。我的丈夫和两个女儿当场丧生。我的身体基本都摔碎了,只有大脑还活着。

因为我的脑容量和脑活力惊人,我被选中作为第1061号实验品参与人类返老还童实验。这个实验可不是柯南吃的缩小药丸,而是超越了传统物理学理论,将人的脑波、记忆用特别的机器逆时传送回去。简单地说就是让童年的你瞬间拥有成年后的全部记忆和意识,你也就回到了童年时代。

看似无比奇妙,可惜每隔一段时间,我的意识都会被重新传回实验室我那个残破的躯体中。因为那台脑波传送机器还很不稳定,那帮人还需要经常测量我的脑损伤和脑容量,对机器做出修正完善,以便让那些大人物在过去和未来来去自由。

作为实验品的我,就这样无止境地在现在与未来那个实验室之间穿梭、轮回,我一遍遍地过着我的十岁。我试过自杀,但依然会在实验室中醒来,然后再被传送回去。就像小乐你看过的电影《土拨鼠之日》①一样,陷入了某种时间循环。只不过我这个是恐怖片。那场车祸本身就是一个阴谋。

他们给我注射了大量药物让我的半截身体和大脑不至于死掉,有人还让我在现在的时空帮他做一些事情,如果完成不了,就加倍折磨我。你们想象不到我在玻璃箱中的样子,不是活人,也不是死人,只是一个被标记为1061号的实验品,就像一只青蛙或者一只白鼠。

叶同学说到这,转了转手上的酒杯,抿了一口红酒,扫了一

---

① 《土拨鼠之日》:美国1993年影片,讲一个天气播报员在土拨鼠日陷入了时间的无限循环,重复过一天的故事。

眼听得入神的尚小乐和似乎在沉思中的阿奇,继续面无表情地说着仿佛是发生在别人身上的事。

　　渐渐地,我掌握了一些规律。以前那台记忆传送机差不多每隔一年就会将我的记忆传送回去。当然在未来的时空也不过是间隔几个小时而已。现在那台机器的稳定性增强了,我可以在现在的时空过到十二岁,甚至十三岁。

　　我开始寻找自救出路。

叶真说到这,深邃的眸子里闪现出一丝光芒。

　　第一步是迅速积累巨额财富。至于怎么积累的,我就不细说了,未来的我本身就是国际知名的金融师。

　　第二步便是找寻各种灵异事件和具有特异功能的人。我也有过一些离奇的经历,但都是无功而返,直到网上那段"刘大视频",让你俩成为家喻户晓的网络红人。但就在我打算联系你们时,我又被召回了实验室。

　　于是此后的每次返老还童,我都在寻找你们,接近你们,但是我却再没发现那段"刘大视频",这就说明阿奇的超能力已经改变了历史。直到我们上一次见面,你告诉我那条时间隧道……

叶真停下来,似乎在等着小乐发问。

"什么刘大视频?什么时间隧道啊?"尚小乐一脸茫然地看看叶真,又看看阿奇。

"这个我以后再讲给你听。"阿奇对小乐说,接着又转向叶真,"所以,你一开始就在接近我们,试图让我帮你进入时间隧道,希望能回到未来,躲过那场车祸是不是?"

"你只说对了一半。我不想改变历史,因为一旦改变,会导致更多不可知的后果发生。我只想断开那台机器和我大脑相连的主枢纽,摆脱控制,让我永远留在这个时空。小乐,还记得我们那次下棋前的约定吗?师姐想请你帮的忙就是让阿奇先生带我进时间隧道。"叶真转向尚小乐,目光恳切。

小乐抓抓脑袋,对阿奇恳求道:"阿奇,如果你知道那个什么时间隧道,就帮帮师姐吧!"

阿奇看着眼前这位不知活了多少年的"老怪物",一言不发。

"当我的记忆意识被传回未来时,现在的我就会陷入无意识的昏迷状态。由于我不能帮实验室中的某个人做坏事,他很可能让我脑死亡,而你们眼前的我就再也不会醒来。最伤心的莫过于我的父母,白发人送黑发人。"叶真凝视着窗外,语气中满是伤感。

"那我是不是该叫你奶奶呢?"小乐突然无厘头地问道。

叶真笑了:"你就是称呼我老太太,老身也受得起。不过,你还是叫我师姐吧。"

六、原来如此

"其实,我带你进去也没什么,但那个时间隧道现在连我也找不到了。"甲虫阿奇耸耸肩(如果它有肩的话),有些无奈地说。

"只要你答应一旦找到就带我进去,行吗?"叶真紧跟一句。

"可以。"阿奇满口答应。因为它现在根本感受不到那条隧道的任何气息。这种许诺就好像在说,等我当了总统就让你当市长一样,根本就是个空头支票。

"你会找到的。"叶真把玩着高脚杯,淡淡地说。

阿奇一愣,就听见尚小乐嚷起来:"你们说的什么呀?我一句也听不懂。"

"咱们回去吧,回去我一五一十地告诉你。"阿奇说。它总觉得对于这个深不可测的老怪物,还是速速离开的好。

当天下午,小乐总算搞清楚了事情的全部真相。没想到还有那么多惊心动魄的事发生:

那天傍晚,刘俊祺走后不久,尚小乐也要回家了。刚走出校门没多远,就听见有人在喊他。

"尚小乐,你还认识我吗?"一个高中生模样的大男生背着手笑着走过来。

尚小乐停住脚步,懵懂地摇了摇头。

忽然,那个大男生举起手里的半截砖头,照着小乐的脑门直拍下去。

但下一秒,他就像见了鬼似的大叫起来。旁边蹿出来的另一个高中生,同样是惊恐地大叫。

原来这个叫尚小乐的男孩就这么凭空地消——失——了!不见了!

谁也没有想到的是,这一切都被路旁咖啡厅二楼的一部高清手机全程拍摄了下来。手机的主人刘俊祺同样是惊讶万分。

"这尚小乐搞不好是个外星人。"刘俊祺想了一下,随即用颤抖的手编辑了这个短视频,发到了网上,署名是"刘大视频"。

这个视频开始时关注度并不高,因为网上假视频也多。没想到却引起了一个年轻记者的关注,他专门去调出了这条街上的监控。画面虽不太清楚,但还是能明显看到一个孩子瞬间消失。于是,兴奋无比的他找到了几个当事人,开始了后续追踪跟进报道。很快,一个有特异功能的小男孩成为爆炸性新闻,几天工夫就获得了上亿点击量。从此,阿奇和小乐平静的生活被打破了,一拨又一拨的人拥进小乐家中、学校甚至妈妈的单位。

为了不让小乐一家感到压力,阿奇,这只怪甲虫终于在各种闪光灯下现身了。很快各大媒体纷纷出现了"外星生物,特异功能"这样的大标题。而且尚小乐以前做的事几乎都被"人肉"了出来,有一篇对他的专访被大批次转载,题目为《网络神童,救援英雄》,全都被叶真"说中"了。

对于这件事最后悔的莫过于阿奇了。那天在砖头砸下来的一瞬,阿奇是清醒的,但为了给小乐打造魔幻城堡,它当时已经没有灵力暂停空间了,只有拼上最后一点灵力,把小乐放入一个空气微尘的空间中。

可见做事不留余地是多么糟糕!何况还有叶真纸条的提示。唉,阿奇觉得自己太大意了,以为7月9日才有事情发生。当然,小乐期待很久的九周岁生日派对也泡汤了。

忽然,阿奇想到了那条灰蒙蒙的神秘空间隧道。那是十几天前它在戴老师办公桌下发现的。戴老师如果知道她的脚下会踩到一个异度空间,嘴巴一定会变成一个大大的O。

那天阿奇心血来潮想看看这次期末考试小乐语文考了多少分,便偷偷来到戴老师的办公室。可巧戴老师正在阅卷。小乐的卷子还未改到。等待中的阿奇感觉到戴老师的办公桌下有些异样,用灵力一搜索,桌脚旁竟然藏着另外一个狭长空间!

虽然这已不是阿奇第一次感受到地球上的异次元空间了,但搜索后却让这只小甲虫莫名兴奋起来。它犹豫了一下便钻了进去。

整个空间灰蒙蒙的,就像一条望不到头的隧道。阿奇越往前飞越觉得压抑,透不过气来,而且周身灵力在飞快地消耗着。仅仅数分钟后,气喘吁吁的阿奇就放弃了探索,飞了出来。

阿奇本以为出来后会落在其他地方,因为空间与空间的节点都是在不断变化中的,前一秒在戴老师的办公室,后一秒可能就在几公里之外了。但是这次奇就奇在它依然在原地,只是戴老师不见了!

过了一会儿,就听见有人开门走了进来,正是戴老师。只见她先冲了杯茶,然后坐下打开电脑,看了会新闻,接着开始阅卷。

隐身中的阿奇飞快扫了一下桌上的试卷,等看到电脑显示器上的时间时,恍然大悟:它回到了一个小时之前。

原来那是条时间隧道啊!阿奇周身的血液马上沸腾起来,但很快又冷却下去。因为按刚才的估算,就算它现在灵力"满血"进去,也最多撑半小时,只能让时间倒回去五六个小时,用处不大,还不如很久以前它发现的另一个异次元空间。阿奇想了想,放弃了。

但是,现在这个时间隧道可能是唯一的救命稻草了。阿奇展开所有的灵力搜索,很快就感应到时间隧道的位置,幸好没有移动太远。而且阿奇想到了一个化整为零的方法,即每隔半小时飞出来另开辟空间休息,等灵力恢复后再飞进去,虽然非常费事,有时候空间移动后还要重新搜寻,但功夫不负有心人,阿奇终于回到了危机来临前的那个下午。

稍作休息后,阿奇飞进了尚小乐的耳中。此时的小乐正在开心地和宋扬打着乒乓球。过了一会,同上次一样,刘俊祺小跑了过来,让宋扬和小乐去收拾器材。

这次阿奇明白过来,这个少年应该是早发现了校门口等着的人,特地来提醒的,只不过没找到机会,所以才躲到另外地方去拍视频。只是这招可害苦自己和小乐了!

阿奇心中已经有了对策。它暂停了时空,飞出来对尚小乐严肃认真地说了即将要来的危险,并让小乐记熟他要说的话。

很快,尚小乐就走出了校门。有阿奇在,就算知道有人要暗害他,他也不怕。

只见他冲着学校旁边的巷子大喊:"赵小松,朱志鸣,你们出来。赵辛桦欺负小同学本来就是不对的。你们要报复我,我就告诉你们吴老师,他是我舅舅。"

此时的阿奇就隐身在赵、朱二人的旁边,密切监视着他俩的一举一动。就听其中一个大男生小声说:"怎么回事,谁告诉他的?"

外边尚小乐还在喊:"赵小松,你,你……"尚小乐想不起来下面的话,卡壳了。阿奇叹口气,只好又暂停了时空,再教一遍。

"赵小松,你奶奶是被赵辛桦气病的,你还想再气得她住院吗?"小乐继续。

再看躲在暗处的两个高中生,已经顺着巷子跑远了。

第六章　不寻常的假期

一、去奶奶家喽

阿奇松了口气，看样子他们再也不会来了。

其实在前一时空尚小乐差点被打之后，阿奇就把这两个高中生的情况查了个底朝天。那个拿砖拍人的是赵辛桦的堂兄，叫赵小松，另一个是他的死党朱志鸣。两人都是本市的高二学生，班主任姓吴。赵小松是对所有老师都不感冒的主，唯一重视的是从小把他带大的奶奶，老人家有心脏病，刚出院。

阿奇觉得这种情感质问的方法比教训他们更有效，直接绝了后患。

一直在咖啡厅二楼盯着窗外的刘俊祺自然什么也没拍到，那个"刘大视频"也就从未诞生。尚小乐喊的那些话虽然他没听清，但可以肯定的是这个小同学真有能耐，以后要让弟弟好好向他学习。

后面的日子有条不紊地过着，尚小乐如愿以偿地过生日，邀请同学来参加生日派对，和两个小伙伴一起畅玩魔幻城堡。尚小乐根本不知道在前次的时空曾经发生过什么，逆时空化解危机的阿奇长舒了一口气。

它想到了一个人，一个能预知未来却又不受时空法则约束的人,那就是神童叶真。

于是,就有了7月9日那次意料之中的见面。

尚小乐问阿奇:"你现在去找时间隧道吗?我后天要去奶奶家过暑假了,你记得要赶回来一起坐火车呀。"

阿奇笑了:"你到哪我都能找到你,只是那条时间隧道我是再也找不到了。"

小乐奶奶家在苏北乡下,每年寒暑假小乐都会到奶奶家住几天。对小乐来说,乡村的田野、房屋、大锅灶、各种小动物都令他欣喜,可谓处处好玩,天天开心。因此每次去奶奶家,他都跟过节一样。

小乐觉得姥姥更开心。她一早就嚷嚷要和姥爷报旅行团出国游,还说可算是能轻松几天了。

火车向着苏北行驶而去,一路风景如画。小乐一坐车话就特别多:

"妈妈,你说奶奶是不是在家杀猪啊?她说每次我回去都杀猪给我吃。"

"呵,你奶奶家哪有那么多猪杀,她就是表达她高兴的意思。"

"妈妈,大小泥巴知道我今天回去吧?"

"嗯,应该知道吧。"

"妈妈,我觉得大泥巴这次肯定没我考得好,姑姑又要罚他站了。我喜欢小泥巴,不喜欢大泥巴。"

"小乐,你喝点水,看你嘴唇都干了。另外,不要随便给人家起外号……"

一直没作声的阿奇在耳朵眼里笑出了声。

"大小泥巴"是尚小乐姑姑家的两个孩子。哥哥叫倪浩然，比小乐大一岁，妹妹叫倪欣然，今年才五岁。

小乐爷爷去世后，奶奶就和姑姑一家生活，小乐每次回去自然同这"大小泥巴"玩在一起。

妈妈把小乐送到奶奶家，吃了中饭就回去了。小乐前一秒还对妈妈依依不舍，下一秒就和大泥巴表哥去水田里捉青蛙了。

傍晚时分，两个脏兮兮的小男孩才回家。奶奶一边笑着嗔怪，一边从院中轧井里打水给俩泥猴冲洗。倪浩然胡乱冲了冲就打个赤脚进屋玩电脑了。

"小老鼠，玩电脑，啪嗒啪嗒按鼠标，喵喵喵，猫来了，吓得老鼠赶紧逃。"扎着两个小辫儿的倪欣然跑过来大声念着儿歌。

"滚，再喊揍你！"大泥巴拍桌子吼道。

"阿婆，哥哥打我。"小泥巴表妹假哭着跑向院子。"老鼠"没逃她倒先逃了。

"真讨厌！"刚才妹妹这一下害他游戏损失了一条命，倪浩然拍着键盘愤愤地说。

尚小乐在旁边可着劲乐。倪欣然老来招惹她哥哥，哥哥还不能真打，因为小泥巴特别能告状。姑姑一贯惩罚孩子的方式就是罚站。倪浩然在被罚站的时候，倪欣然还不忘告状：妈妈，哥哥罚站不专心。妈妈，哥哥站到圈外去了……

小乐是喜欢看表哥被罚站的。因为这个表哥虽然长得黑瘦，但力气大，用奶奶的话说长得都是精肉，以前总欺负他，霸占玩具和电视。但现在小乐因为在阿奇打造的私人空间里成长了不少,个头竟然比表哥还高一点,大泥巴表哥再也不敢随便欺负他了。

日子在无忧无虑和打打闹闹中度过。阿奇还把魔幻城堡空间也带了来,让小乐他们玩个够。

一天晚上,阿奇突然在小乐耳朵里神神秘秘地说:"小乐,你不是一直说要我带你去异次元空间看看吗?我在附近就发现了一个,我已经去过了,非常有意思。那个异空间是单独计时的,一时半会还消失不了,我可以带你们进去玩几天。"

"什么时候去?怎么去?"小乐一脸兴奋。

"这我不能告诉你,你一会儿乖乖睡觉,到时候就知道啦。"阿奇继续故弄玄虚。

孩子们因为这几天每晚都要到"梦"中去玩魔幻城堡,所以早早就睡下了。阿奇做了个空间通道,直接把熟睡的小乐和表哥倪浩然送至异次元空间的入口。至于小表妹,年龄太小,阿奇决定还是不带她了。

那是距奶奶家不远处的一口大水塘,塘边的矮树丛里还有星星点点的萤火虫。通道是从水面一穿而过,直接落到水底的。只见阿奇周身蓝光一闪,水底突然出现一个一米见方透着白光的圆形黑洞。洞口的周围不知是水波还是气流在匀速地旋转着,显得神秘异常。

等俩孩子睡到自然醒后,阿奇飞了出来,跟倪浩然打了个招呼,再一甩鼻子,小哥俩的衣服、鞋子全都穿好了。阿奇还给他们都备了个旅行水壶。

倪浩然已经惊得说不出话来了,再看看四周,眼都直了。

紧接着阿奇在空间通道里直接把两个孩子转了九十度,这样他们就可以直接走进洞里了。

"我们先要过一个空间隧道,你们跟着我就行。"阿奇说着先飞了进去,两个孩子依次跟进。

发着蓝光的阿奇始终飞在前面,头上晶体越发明亮,像个照明灯一样。尚小乐走在通道里感觉跟走平地没什么两样,头顶似乎紧挨着通道上壁,但伸手往上,什么也摸不到。

"小乐,你别乱动,这隧道可不是我造的!"阿奇一句话说得小乐又紧张起来。这可是他生平第一次进异次元空间探险,会遇到什么样的外星生物呢?他忐忑不安地想。

"那只甲虫是你的宠物吗,小乐?"身后的小表哥问。

"我的宠物是仓鼠皮宝。阿奇是梦里的。"尚小乐一本正经道。

小哥俩一边说话一边往前走,只觉阿奇好像越变越大,渐渐地快有篮球那么大了。

"阿奇,你发现没有,你长大了好多。"小乐吃惊地说。

"呵呵,不是我长大了,而是你们变小了。"阿奇笑了。

二、畅游小人国(上)

小乐正要询问,忽见前面隧道出口的亮光照了进来,阿奇收了蓝光。"哈哈,你们快点,度假村就要到啦!"已经有两个篮球大的阿奇呼地一下往前飞去。

小乐哥俩也加快了脚步。突然眼前豁然开朗,周围嘈杂一片,不知不觉中他们已经走出了空间通道,来到了一个神奇的地方。

这里真像童话里的集镇啊!大大小小的蘑菇形状的房子分立在道路两边,似乎是店铺,吆喝声不断,人们来来往往的,非常热闹。小乐仔细观察了一下,这里的居民长得很像人类,唯一不同的是他们的耳朵长在头顶上,有的大,有的小,而且各种形状的都有,十分可爱。每个人都长得很白,很好看。他们说着奇怪的语言,小乐一句也听不懂。

谁也没有注意到街角出现的两个小孩。小乐看看身后,洞口早就消失了。就见大阿奇迈着两条小细腿一摇一摆地走过来,它穿着件淡黄色斗篷,只露大眼睛和长鼻子在外面,模样十分滑稽。

小哥俩见了都哈哈大笑。"傻小子,你们懂什么,我这是入乡随俗,哼!"阿奇哼哼道。

的确,这里除了房顶和路面外,到处都是素淡的颜色。一只大黑甲虫走在街上,确实扎眼得很。

阿奇带着小哥俩往前走,目的地是它前次来住过的村子。

两个小男孩走在街道上,惊奇地东张西望,眼睛都不够用了——大大小小的色彩纷呈的蘑菇房子,各种奇形怪状的货品和动植物,如散发出白色光芒的瓜果,直立行走的小猫小狗,长着鱼鳍和鱼尾巴的牛马等。而且这街道看着像青石路,但走在上面像踩在松软的泡沫泥上,真是一步一个脚印。倪浩然也不时地看看脚下,觉得奇怪,便随手对着旁边的蘑菇房一拍,墙上赫然出现一个清晰的掌印。

"唉,唉,你别把人房子拍倒了。"阿奇连忙阻止。

这只甲虫嗡嗡着还没说完,小乐的小掌印也出现在了墙上。

这是怎么回事?难道瞬间拥有了神奇的力量?!

"让我来解释给你俩听吧。还记得我在空间隧道里说的话吗?"这个大甲虫颇为得意地开始讲解了,"连接这里的空间隧道,它是入口大,越往里越小,类似长喇叭形,你们就被结结实实地压缩了。你们现在大概也就几厘米高吧。"

"啊?!"两孩子异口同声。

"你们先别'啊',我话还没说完。你们的身体虽然缩小了,但密度却变得非常大,密度越大,东西越硬,所以在这里你们就等于是钢筋铁骨、刀枪不入的超人啦!要不我怎么放心把你们带来呢,哈哈!当然,等你们出去后又会恢复原样。"

"那我们在这个小人国不就可以当大侠了吗?"倪浩然高兴地喊道。兴奋之余,这个小"大侠"转身两拳就把商店门口的一个看似铜铸的雕塑给打穿了。小乐接着飞起一脚,铜像倒在了地上,再补一拳,地面都裂开了大口子。这种感觉真是太棒了!

人群中发出阵阵惊呼。"快住手!谁让你们在这搞破坏的!"阿奇有些生气了。一旦孩子拥有了破坏性力量也是件可怕的事。

这时,就见两个满脸怒气的熊耳大汉从店里冲了出来,一个手上握着一把铲形的铁器,一个直接拿根棍子。在看到地上被捶得稀巴烂的铜像后,两人更是勃然大怒,直接打杀过来。

小乐躲闪不及,下意识地抬手一档,打在手臂上的木棍跟干面条似的,直接碎成几段。倪浩然反应倒是快,直接迎上去伸手一推,那个拿着铁铲的熊耳大汉一下飞出去几米远,跌坐在地上。

"你俩把人家祖爷爷给打破了,就别还手啦,赶紧走!"阿奇催促道。

围观的人群迅速让出一条道,让几个暴力"大侠"离开。

阿奇随即提出严正警告:严禁随便伤人和搞破坏,否则就把他们留在这个异次元空间,永远回不了家。

这个恐吓果然管用,在接下来的逛街中两个孩子老实多了。

"阿奇,我们以前进去的那本书,叫什么佛游记的,就有个小人国。"

"是《格列佛游记》。"

"这里这么白,应该叫小面人国。"

"是啊,刚才我推那个人的时候,感觉就像在推一个大面包,哈哈!"

阿奇旅游团继续说说笑笑地在集市上逛着,谁也没有留意到有条"小尾巴"正悄悄地尾随着他们。

小面人国的街市上有很多新奇的玩意儿。阿奇会说这儿的语言,身兼翻译和导购。它还给了俩孩子每人几个亮晶晶的小石子,说是货币,也是这儿硬度最大的,堪比人类世界的金刚石。

倪浩然用力一捏,果然没动静,再用牙一咬,"金刚石"碎了。

旅游团走出集镇时,已经是夕阳斜照了。"这个空间的一天只相当于人类世界的半天。咱们走快点,不然赶不上吃晚饭了。"阿奇催促道。

"快看,那边有好多白色的树。"倪浩然突然指向前方。

"啊哈,我们就要到村子啦!"阿奇一下子抛开斗篷飞了起来。小乐哥俩也加快了脚步。

放眼望去,前面是大片的白树林,树干呈淡黄色,深浅不一。树叶有的白如积雪,有的晶莹透亮,还有黄白的丝绦垂下,非常好看。最妙的是树下如白雾缭绕,水汽氤氲,就像仙境一般。

只见阿奇飞到白树林旁突然停下,一缕乳白的水汽被阿奇的长鼻子吸起,这只大甲虫渐渐露出陶醉的神色。

"你俩别愣着啦,快来体验一下这度假村的水田树海。"阿奇揉揉吸得发酸的长鼻子招呼道。

小乐和浩然也好奇地走了进来,只觉脚下一空,整个身体都没入了树海中。

"啊哦,我忘记了,你俩在这就跟秤砣一样。那就在田边上玩玩吧,可别跑远了,跌进无底洞,我可拉不上来你们。"阿奇坏笑道。

等孩子们站稳了,阿奇导游继续它的解说:"这里就相当于人类世界的稻田。这些树大多是村民们种植的,树上的叶子、丝蔓、果实是当地居民的主食来源。树叶也会有光合作用,产生类似氧气的气体。你们看这里的水,基本分为两层,上面是气体,下面是液体。当然这对你们来说算是半液体,你们在水底也能呼吸……"

两个男孩被这奇幻的林海吸引住了,哪有在听阿奇的絮絮叨叨。

尚小乐觉得这里的每一棵树都有说不出的漂亮雅致,简直像工艺品一样,如果能缩小送给妈妈,妈妈一定会很喜欢。

三、畅游小人国(中)

乳白色的树海水刚好齐胸深,浮力不大,似轻纱拂动一般。小乐轻轻地捧起一捧水,上面还萦绕着白汽,好像夏天吃的冰淇淋,但一点也不凉。更有意思的是,身上的衣服竟然还是半干,就好像被清晨的露水打湿一样。

再看小表哥,他整个人都躺在如牛奶一般的水里,充分体验奇妙的感觉。

"哇,这水好好喝!"倪浩然突然喊起来。

"这水确实能喝,像我这样吸就行咯,不过一次别喝太多。"阿奇的声音传来。

小乐早就忍不住想喝了,一听这话,马上缩起腮帮子,深吸一口气,一道乳白的水流汇合水汽直吸入口中。那滋味清香甘甜,让舌头上的每一个味蕾都舒展开来,咽下去只觉心中惬意无比,好像刚睡醒伸了个懒腰一样,浑身舒坦。

就在三个天外来客开始鲸吸海饮的时候,一匹长着鱼鳍鱼尾的水马从他们身边游过,马背上还坐着个长着兔子耳朵背着个筐子的年轻人。

几秒钟后那匹水马又游了回来,背上那个漂亮白净的兔耳朵青年疑惑地盯着阿奇看了又看。

"达达,你是达达!"阿奇发出欣喜的声音。

那个叫达达的兔耳朵青年叽里咕噜地说了一番话,然后开心地拉住了阿奇的小手。

"他说在村长家见过我的画像,所以认出我来了。呵呵,其实我离开这里还不到一年,他就快把我给忘记啦。"阿奇笑道。

接着满脸喜色的达达马上回村叫来了一辆六匹水马拉的大船车,载着小旅游团往村子驶去。

坐着水马车在水田树海里穿行,如梦幻般的景色让小哥俩一路惊奇。他们会不时遇到透明如蓝白水晶般的大树,还有像白鹭那么大的蝴蝶以及像蝴蝶那么小的白鸟。

骑着水马的达达会敏捷地捞起水面上漂过来的果实,把它们扔进马车里。小乐捡起一个像水晶星星一样的果实,一口咬下去,里面的果汁直接灌进口中,清甜无比。

达达笑着冲小乐哥俩叽里咕噜地说了几句话。阿奇翻译道:"达达说现在收获季节已经过了,但村子里各种果子有的是,保管你俩吃个够。"

村子很快就到了。其实就是树海中间的一块高地,十几个大大小小的蘑菇房子围建在一起。

达达大声地喊起来。阿奇说村民们已经在那迎接了。水马车还未停稳,就见一群人兴高采烈地迎上来,为首的是个头发雪白、长着松鼠耳朵的老太太。阿奇介绍说:"这就是村长。"

"村长不应该是个老爷爷吗?"倪浩然小声嘀咕。

"你以为是喜羊羊的羊村啊!"小乐笑了。

接下来,小乐一行受到了热情隆重的款待。晚上村里还举办了篝火盛宴,地上摆满了各种美味,每个人都高兴得像过节一样。

小乐哥俩一边观看村民们围着篝火跳舞,一边大快朵颐。新烤的水马肉就像肉香面包一样,比下午在街市买的好吃多了。

阿奇则端起一杯杯果酒,用长鼻子一下吸干,身上不时浮现出缕缕的蓝光。

夜深后,村民们渐渐散去。阿奇拒绝了村长的邀请,直接带着小哥俩睡在水边松软的沙地上。头顶星空,篝火未熄,水田树海的清风徐徐吹来,真是舒服惬意。

小乐想起在村长奶奶家见到了好几张阿奇的画像,水田边竟然还有未完工的阿奇铜像。这也太夸张了,简直要搞神虫崇拜了。在小乐的追问下,略有醉意的阿奇打开了话匣子。

原来是阿奇以前住在这里时,帮村民们制服了一伙经常进村烧杀掠夺的强盗,村民们怕忘了阿奇的功绩,所以就把阿奇给画了下来。

"哇!这里的强盗也弱爆了,你一个人就把他们收拾了?"小乐问。

"他们拿的刀就像硬纸板做的,砍在身上就跟挠痒痒似的。我又会飞,三下五除二就把几个强盗头子给收拾了,直接交给村里法办。剩下一些乌合之众,几乎是就地解散,再也不敢来了。"

小乐的脑海中闪现出一幕幕阿奇救人的英雄壮举,心里痒痒的,直埋怨阿奇当时不带自己来,不然自己的铜像也有了。

倪浩然则巴巴地说:"要是今晚再来一伙强盗就好了。"

"这里的人记性太差,如果没人组织,那些强盗很快就会忘了自己是干什么的。"阿奇端起酒杯继续一本正经道,"对了,我怀疑这里的人记性差,八成跟这里的水有关,所谓一方水土养一方人。你俩也少喝点,别回去连加减乘除都忘记了。"

"啊?!"小乐哥俩吓了一跳。

133

"呵呵,我逗你俩的。这水要对人类起作用,起码要在这住上个十几二十年。"阿奇笑道,说完一吸而尽。

"也就这里的水我能喝了。其实如果真能忘记也是一件好事。"阿奇看着酒杯喃喃自语。

"躲在那的小孩,快出来吧!你一直跟着我们想干什么?!"阿奇突然大声道,马上又换成这里的叽里咕噜语喊了一遍。

在小乐和浩然好奇的目光中,一个衣着破烂、脏兮兮的猫耳朵男孩从一座柴火堆旁走了出来,怯怯的,六七岁的样子,长得非常可爱。只见他大着胆子走到阿奇面前,直接哭诉起来。等阿奇翻译后,小乐弄明白了,原来在不久前猫耳朵小朋友诺诺一家遭遇了大麻烦。

诺诺的爸爸是马戏团的团长兼魔术师,最擅长的是手影魔术,表演的时候让一个观众坐在幕布后面,他根据观众的耳朵用手在幕布上投影出一个个相应的小动物,博大家一笑而已。谁知那天他在表演时遇到了微服出巡的国王和他的大臣。诺诺爸爸根本不认识国王他们,于是等国王来了兴致坐在幕布后面时,幕布上出现了一只小老鼠的影子。前一个是国王的大臣,幕布上出现了狮子。如此大的反差让观众哄堂大笑。国王觉得颜面扫地,当即以侮辱罪把诺诺爸爸抓进了监狱。

四、畅游小人国(下)

"你是想让我们救你爸爸,是不是?"阿奇问。

诺诺点点头。

"其实过不了多久,国王就会忘了这件事,你爸自然就会被放出来了。"阿奇宽慰道。

"要是国王忘记放我爸爸怎么办？要是爸爸把我们忘了怎么办？"诺诺眼泪汪汪的。

这倒是的,这里的人单独被关个三年五载,没准连自己的亲人都忘记了。

小乐哥俩虽然听不懂诺诺与阿奇的对话,但都嚷嚷着要去救人。

"阿奇,你做个空间通道,我们把诺诺爸爸偷偷救出来。"小乐献策。

"哪要这么麻烦？我们是大侠,是超人,直接打进皇宫救人。"小浩然摩拳擦掌。

"呵,也行。这个小人国的国王征收的苛捐杂税太多,我早看他不顺眼了,教训他一下也好。"阿奇点点头。

尚小乐认真地对诺诺说："你放心,我们一定会把你爸爸救出来的。"

接下来发生的事就跟豪侠或是科幻电影一样。阿奇把小乐哥俩直接投送到了王城,三位大侠一路打进王宫,所向披靡。国王的禁卫军射过来密密麻麻的箭,小乐哥俩觉得碰得身上直痒痒。

侍卫们都不敢靠近他们,因为一靠近就会被小乐他们推出去老远,不是重伤也得落个残疾。倪浩然夺过多把兵器,感觉就像硬橡皮泥做的,几下就把这些刀枪剑戟团成了球。

后来,大内高手们齐齐出动,他们跟前面的禁卫军果然不同,有个专用火球链的,顺带可以进行炸药爆破。估计这是小人

135

国最尖端的武器了。但即使直接炸在三个大侠身上,也无法伤他们分毫。

还有几个轻功高手想以柔克刚,在大侠们的周围跳跃翻腾,用几根长铁索把大侠们捆成个粽子。岂料这铁索也太不结实了,小乐他们用力一挣,铁链齐刷刷全部断开。在小哥俩得意的笑声中,高手们全部傻眼了。

侍卫们眼睁睁地看着两个超级神童几下就砸开了国王寝宫的大门,从帷幔后揪出了瑟瑟发抖的国王。小人国的国王是个漂亮白净的中年胖子。小乐注意到了,这个国王果然长了对老鼠耳朵。

接着,大侠们让国王下令释放所有因侮辱罪、言论罪、抗议罪被关押的囚犯,同时立即颁布法令,免征百姓十年赋税,并让官员们都记录在册,免得又忘记了。

"咱们干脆把这个老鼠国王给废了,另外选一个。不行就让达达他们村的人来当。"气焰嚣张的倪浩然索性提出帮他们改朝换代。

"算了吧,这个国王除了贪点财,大毛病倒没有。人民生活也算稳定。再说他们国家的内政让他们自己处理,我们不干涉。"阿奇嗡嗡地说。

"是啊,他被喂饱了,再换一个空肚子的国王,老百姓就又要遭殃啦。"小乐附和道。

阿奇诧异地望着小乐,脸上露出赞许的神色。

两天后,诺诺一家的马戏团专程来到小乐他们住的村庄表达感谢,同时带来了精彩的节目。尚小乐也一时技痒,表演了他拿手的帽子戏法。当然最吸引人的还是诺诺爸爸的魔术和诺诺姐弟的空中飞人。

"难怪我一开始没发觉被跟踪,原来这孩子练的是轻功啊!"阿奇恍然大悟。

分别的时候,诺诺站在水马车上一个劲地挥手,大声喊道:"我一定不会忘记你们的……"

小乐哥俩也在使劲挥手。"诺诺这下回去就要给你俩铸铜像了。"阿奇打趣道,接着又说,"我们也该准备回家啦,听村长说马上大洪水就要来了。"

"啊,要发大水啦?!那我们要留下来抗洪救灾!"倪浩然想继续当英雄。

"不用咱们,村民们早就准备好了。这个小人国每隔几个月就要发次洪水,不知是什么原因。不过这里的人们已经习惯了,洪水来临时,他们就把房子移到地底下。他们在地下完全能够呼吸。耳朵长在头顶也让他们的听力更敏锐。等洪水退了,他们又会让蘑菇房子钻出地面,继续新的生活。"

"还是那句话,一方水土养一方人,物种总会适应环境。"阿奇又补充一句。

"那我们在发洪水前就要走吗?我们怎么走呢?"小乐问。

"别着急,我们就等着大洪水送我们回家!"阿奇甩甩长鼻子慢悠悠地说道。

果然,不几天,乳白色的洪水铺天盖地而来。村子里所有的建筑都提前沉入了地下,包括已建好的阿奇铜像,现在阿奇已成为全村的守护神了。

小乐哥俩则按照阿奇的吩咐躺在波涛汹涌的洪水中,随波而流,感觉好像在洗湍急的牛奶浴。

"你俩想一想,我们为什么会浮在水面,不沉入水底呢?"阿奇又开始它的启发式教学了。

"那是因为我们变小啦!"倪浩然抢答。

"不对。你们和这里的人一般大,但重得就跟大石头一样,而且这的水浮力又弱,为什么不沉呢?你们再想想。"阿奇继续启发。

"啊!我想起来了,那是因为速度!水流的速度太快,巨石都会被冲走。电视上讲过。"小乐在"牛奶"中嚷道。

"回答正确,一百分!"阿奇竖起长鼻子。

大家正说着话,突然发觉水流越来越快,最后汇聚到一个巨大的漩涡中。男孩们有点紧张了。

"别担心,马上就到空间出口了,还是那个喇叭口,我们会随着水流一起被冲出去。我上次来也是这么出去的,特别省事。"阿奇笑道。

"我在想,爸爸妈妈他们这么多天没见到我,一定很生气。"倪浩然忐忑地说。

"嘀!你到现在才想起来。"阿奇故作吃惊,"放心,你是在梦里面,梦醒就到家啦!"

正在漩涡里打旋的尚小乐嘿嘿笑出了声,很快他就沉入了水底,同水流一起被吸入了一个黑洞中。水流逐渐平缓起来,小乐也舒服地进入了梦乡。有阿奇在身边,他什么也不用怕。

等小哥俩再醒来时,依然躺在他俩熟悉的大床上。耳边是奶奶喊他们起床的声音,说早饭都要凉了,两个皮猴还在赖床。

吃早饭的时候,倪浩然悄悄地对小乐说:"弟弟,那个小人国不是梦,对吧?"

尚小乐正要狡辩,就见小表哥从裤子口袋里掏出一个亮闪闪的小石子,仔细一看,竟然是小人国的金刚石货币!

阿奇在小乐耳朵眼里笑出了声:"这小子,像他妈,真狡猾!"

这时小泥巴表妹凑了过来,倪浩然说:"我们刚才做梦去了一个特别好玩的地方,你没梦到吧?"倪欣然正懊恼昨晚梦里没去成魔幻城堡游乐园呢,听哥哥一说,哇地哭了:"妈妈,哥哥梦里不带我玩,呜呜……"

"做梦不带你玩有什么好哭的,好好吃饭!"姑姑责怪道。

五、晴天霹雳

不知不觉中,暑假已过去了一大半。这天从早晨一起来,尚小乐就觉得心里闷闷的,做什么事都提不起精神,于是便拉着大小泥巴去大河湾捉鱼。倪浩然现在对这个小表弟可谓是言听计从,就巴望着啥时能再带他去个神秘的地方玩。

河湾的水又清又浅,遍布大大小小的鹅卵石,里面寸把长的小鱼到处都是,而且河岸边全是大槐树,夏天在树荫下捉鱼一点也晒不着。这也是小乐在奶奶家最喜欢去的地方。

三个孩子正玩得起劲,就听见一个在河湾洗衣服的邻居阿姨喊起来:"倪浩然,你阿婆来了!"

小乐抬眼一看,果然是奶奶气喘吁吁地快步走过来。她在河堤上对着小乐大喊:"小乐,你姥姥打电话来,让你快回去!"

咚的一声,小乐装小鱼的罐子掉进了水里。

一定是家里出事了!

小乐焦灼地走上河堤。奶奶拉着他,揪心地说:"你妈突然昏倒住院了,你下午就买票回去。"

晴天霹雳!

小乐觉得脑海中一片空白,我最亲的妈妈,怎么了?!

"小乐,你别着急,我先回去看看。"是耳中阿奇的声音。后来就什么声音也没有了,连大小泥巴喊他也没听见。他就跟在奶奶后面机械地、一步步地往前走,仿佛身体已经不是自己的了。

中午姑父回来已经买好了下午的车票,要送小乐回去。奶奶赶紧张罗吃饭。

饭桌上姑父问:"听说医院已经下病危了,我们现在去来得及吗?"

"来得及来不及不都得去啊!要我说嫂子就不该想再婚,她就是忙结婚闹的。"姑姑边吃边说。

"你们少说几句,热饭还堵不住嘴!"奶奶生气了。

小乐默默地低头扒着饭,艰难地吞咽着,只觉得每一口都没有味道……

晚上七点多的时候小乐才回到家,早已等在家的姥姥连忙带着小乐往医院赶。

在重症监护室里,小乐见到了躺在病床上戴着氧气面罩昏迷不醒的妈妈。阿奇不知何时又到了小乐耳中。它叮嘱小乐:"男子汉要坚强,不要哭,以免姥姥他们更难过。妈妈一定会好起来的。"

"妈妈,你快醒醒,我是小乐……"一看到妈妈,尚小乐的眼泪止不住地滚落下来。

"芸芸,你快醒过来,看看你儿子吧!他爸爸已经不在了,你怎么忍心啊……"姥姥搂着小乐号啕大哭。

一旁的小曹叔叔也忍不住流泪了。但妈妈还是毫无反应,一动不动。

据小曹叔叔说,妈妈是突然发病的。那天他俩晨跑回来,妈妈就开始头晕呕吐,等他拿了肠胃药过来,妈妈已经昏迷不醒了。送到医院后,诊断为颅脑血管瘤破裂。已经进行了手术止血,减轻颅压,但妈妈还是没有苏醒的迹象。医生说这两天再醒不过来,就可能成为植物人了。

"呜……呜,我不要妈妈成植物人!"小乐边哭边说。

"好好的怎么会有血管瘤呢?"仿佛一下子苍老了很多的姥爷询问前来查房的主任医生。

"颅脑血管瘤的成因很多,但就病灶部位看,应该是病人幼年头部受伤导致。"医生翻看着病历说。

"头部受伤?没有啊?哦,我想起来了,是有一次,芸芸被一楼的围墙砸到,头上还缝了三针。"姥姥哑着嗓子说。

"哎,就是1992年水灾那年,那时咱们还住在老校区,老李家的围墙被水冲垮了,他才重修的,哎……"姥爷无力地叹着气。

"这个杀千刀的老李啊,你可害了我儿,害了我一家哟!"姥姥又哭开了。

夜深了,姥爷让小乐他们先回家睡觉,明天再来叫醒妈妈。其实小乐的小脑瓜里已经想到了一个救妈妈的主意——那就是阿奇不久前发现的时间隧道!

"其实我也想到了这条隧道,想到通过它回到1992年避免这场事故的发生。但以我现在的灵力,实现起来机会渺茫。"阿奇在小乐的房间沮丧地说。

突然它的小黑眼睛中灵光一现。"等下,我要先找一个人,她一定知道答案。"

那个人正是活了不知道多少年的神童叶真!

第二天上午,小乐找了个理由外出,直接跟阿奇去了叶真的荷塘别苑。叶真仿佛知道小乐和阿奇要来似的,早早备好茶点等候了。

"你说过我一定会再找那条时间隧道,是不是因为小乐妈妈的事?"阿奇冷冷地望着她。

叶真点点头。

"你早就知道,为什么不早告诉我我妈妈会出事?!"尚小乐愤怒地喊道。

"如果早告诉你,你能避免吗?你还能愉快地回老家度假吗?"叶真说得小乐哑口无言。

"那你告诉我们后面的事情吧,关于小乐妈妈和那条时间隧道,在未来发生的所有事。"阿奇飞到叶真面前,缓缓地说道。

"在我上一次的轮回里,小乐,你的妈妈还是一直未醒,阿奇在世界各地寻找时间隧道的入口。大约在8月底的时候,阿奇终于找到了那条隧道,好像是在非洲的一个小国。但就在我们准备出发的时候,我又被召回了实验室,后面的我就什么都不知道了。"叶真说得比较诚恳。

"看来,还是只有这一个办法了。你还记得我找到时间隧道的具体时间和地点吗?"阿奇问。

"应该是8月25日,那天正好星期六,但具体是非洲哪个国家我一点也不记得了。我现在脑力受到了很大的损伤。"叶真遗憾地说。

"好吧,我现在去积累灵力,就算是那条低阶的时间隧道,要想回到二十八年前,估计也得好几年的时间。"阿奇低下了头。

"不用这么麻烦。我有一个核动力飞行器,每秒七十公里。我们在空间隧道里乘坐它就可以了。"叶真笑道。

小乐喜出望外,阿奇倒没有作声。过了一会,它看着叶真,一字一顿地说:"有一点我要告诉你,那条时间隧道是逆时的,也就是说只能回到过去。所以,对你没有什么用。"

"没有关系,我就是要回到过去的某一个地方。我们还要带一个人走,而这个人你们都认识。"叶真不慌不忙地说。

六、又一个有故事的人

阿奇冷笑道:"你凭什么做主?"

叶真没有回答,而是望向落地窗外,面无表情地说:"哟,他已经来了。"

透过大玻璃窗,只见叶真的管家祝阿姨正领着一个男人走来。等他走上荷塘的小桥,小乐看清他的样子后,眼睛都惊得瞪圆了,那个人竟然是——形意拳馆的师父周天!

周师父走进客厅后,尚小乐马上按武馆的规矩向师父行了个礼。他一向尊敬这个武功高强的师父。

叶真稍微介绍了阿奇后,周天向着这只蓝黑甲虫拱手一拜,诚挚地恳求道:"阿奇先生,在下拜托您,带我进时间隧道,回到过去。"脸上倒没有太多的惊讶神色,看来是早就知道阿奇了。

"周天,说说你的故事吧。"十岁女孩叶真俨然一副长辈的口吻。

周师父坐下后,开始讲述他的遭遇:"我的本名不是周天,而是孟玄琰,是古代蜀国的王孙……"

"啊?!你是古代人?是三国时候的人!那你认识刘备、诸葛亮吗?!"尚小乐跳起来打断。

"历史上的蜀国有很多,春秋战国、两汉、三国两晋、五代十国的时候都有,你先听完再说。"座谈会的主持人叶真白了这个小男生一眼,明显不满意他随便插话。

周天接着道:"我其实是你们历史书上五代十国后蜀孟氏的王孙。我的祖父是后蜀的开国皇帝孟知祥,我的伯父就是孟昶。虽然蜀国在他手上亡了,但他确实是个勤政爱民的好皇帝,现在的人都误会他了……

"十四万人齐卸甲,更无一个是男儿。"叶真哼了一声。

尚小乐扭头看了看叶真,刚才还说不让我插嘴来着。

"我说远了,还是说我自己吧。"周天微微笑了笑,继续他的故事:

蜀国被宋军灭了以后,我一家还是受到了优待,我父王被封为上柱国和大将军,依然住在王府,过着富贵的生活。我有一个深爱的妻子和一双儿女,家庭幸福。直到有一天,我被两个至交好友请去喝酒,等我晚上回家时,我的府邸火光冲天,门外全是死尸。我不顾一切往里冲,还没到中院,就看到我爱妻的尸体,然后是我的侍女、弟弟和我的长子。我的浩儿那时就和小乐差不多大,被人一剑刺中后心。他就那样满脸是血,一动不动地躺在我的面前,我感觉天已经塌了。

周师父的双手微微颤抖着,两眼全是泪水。小乐只觉自己后心一阵发凉。

突然,我妻子的身体动了一下,我四岁的小女儿爬了出来,她还活着!我上前一把抱住女儿。这时又冲进来几个手持利刃的黑衣蒙面人,个个武功高强,我的几个亲随拼死护卫我和女儿逃出府外。

我身负重伤,抱着女儿逃到江边,面对滚滚的江水已经无路可走,后面追兵已至。我问女儿:"铃儿,你怕不怕?""阿父不怕,我就不怕。"这是我女儿跟我说的最后一句话。

我抱着女儿纵身一跃。我不是想死,我是要活,因为人死了就什么都没有了。我连害我的人是谁都不知道。落水的一瞬我非常清醒,满脑子想的是怎样救我的女儿。我的水性不差,但很快我就感觉到有一股无形的力量在把我往下拖,往下吸。我在绝望中失去了知觉。等我再度醒来时,我竟然躺在一个阳光明媚、鸟语花香的地方。我以为我已经死了,直到有一只粉白的、头上开满鲜花的小兔子来舔我的手,我才意识到我还活着。

  我要找我的铃儿,我觉得她应该在附近。我一瘸一拐地往前走,那里到处生长着奇异的花草,美丽得无法用言语来形容,我想如果真有仙境的话,一定是那儿。那只小兔好像在指引我一样,蹦跳着来到一间小木屋的门口,忽地一下,就消失不见了。

  那小屋的门一推就开,我走了进去,里面只有一张木桌和一把椅子。桌上摆着一本书和一杯茶。我已经又累又渴,直接端起茶杯一饮而尽。那茶水我印象中也没有什么特别的,只是茶杯模样奇特。我拿起那本书,书的封面上是一些奇怪的图案,我随便翻开一页,突然书中发出一道白光,让人无法睁眼。当我能睁开眼时,竟然又是黑夜,而且身在一片水田之中,更奇怪的是我身上的重伤竟然全好了!这也太匪夷所思了!

  我走到田埂上坐下来,脑中一片混乱。突然有狗的叫声传来,然后就听见有人喊:"快来,这里还有一个!"接着有几个人走过来,手里都端着个奇怪的木棍子,后来才知道那是步枪。其中一个人说:"当兵吃饷,你跑个啥?"我说:"我没跑。这是哪里呀?"那个人说:"你跟我们走,我告诉你。"我站起来,就这样稀里糊涂地被抓了壮丁,进了国民党的军队。那是1948年,也就是说,我差不多穿越了一千年,从古代直接到了现代。

听得全神贯注的尚小乐哇的一声惊呼。阿奇和叶真都没有作声。

接着就开始了我的军旅生涯。我在国民党军队里枪还没摸熟，部队就向解放军投诚了，然后我又成了解放军战士，只打了一次仗全国就解放了。那时让我做什么都无所谓，只想看看老天怎么玩我。抗美援朝的时候，我所在的部队全部上了朝鲜战场。冲锋号吹响后，我举着大旗冲在最前面，身旁是成千上万的战友，像潮水一样涌上去。战友们一个接一个地倒下了，但子弹却好像会避开我，我也几乎从不负伤。大伙说我命大，我只好推说自己练过祖传的气功，搞得大家都来找我练。为了不太引人注意，有时我只好故意弄伤自己。在朝鲜战场上我立过几次功，复员后，几经辗转，我回到当年被抓丁的村子务农，没事就到那块田边转悠，希望能再回到过去，找到我的女儿，但始终一无所获。而且随着时间的推移，我还有更吃惊的发现，那就是我不病、不老、不死……

七、开启奇幻之旅

"一定是因为师父喝的那杯茶！"小乐肯定地又插嘴了。

"诚如你所言。"周天苦笑了一下，"这是许多人梦寐以求的，但我却为此所累。这几十年来，为了不被人发现当妖物看待，我四处漂泊，改名换姓，周天已是我用的第五个名字了。而且，我会经常想起被灭门的那一夜，我府邸上下一百多条人命！想起我的铃儿，她或许还在冰冷的江水里，等我去救，但我却无能为力。这种痛苦至死方休，但我却死不了！我相信奇迹会再度出现。终于，让我遇到了叶真，遇到了你们！"周天说着说着又激动了起来。

"等等,我想起来了,你不是叶真的舅舅吗?你俩到底什么关系?"阿奇突然眯缝着眼睛问道。

周天一怔,显然没反应过来。

"他不是我的舅舅,他算是我的女婿。"叶真淡淡地说。

正喝着果汁的尚小乐差点没喷出来。真是一切皆有可能啊!阿奇也有点好奇了。

"下面我来说吧。"叶真扫了一眼众人,"周天其实是四十多年后我女儿的男朋友,没想到我竟然在十岁的时空遇到他。刚开始我以为他们是父子俩,但他俩长得也太像了,于是我开始不断接触他,试探他,很快就让我发现他俩是同一个人,这就属于特异功能了。于是我告诉了他我的故事,他也把他的稀奇古怪的经历告诉我,然后我俩就达成了共识,一定要再找到那个离奇的空间,他去救他女儿,而我要找到那间木屋那本书,去我想去的时空。这就需要一个能打开异次元空间的人。"

叶真说着把目光投向了阿奇,接着是周天热切企盼的目光。

"阿奇,我们先回到1992年救妈妈,然后就去找那个小木屋,好不好?"小乐的小脸上堆满了兴奋。

"你根本就不知道异次元空间有多可怕!你以为都像小人国那样幼稚吗?更多的是让你毛骨悚然的可怕生物,会成为你一辈子的噩梦!而且空间接口每秒钟都在发生变化,稍有不慎就会万劫不复!"阿奇异常严厉的声音让所有人都沉默了。小乐一时尿急跑去了洗手间。

"阿奇,只要你把我们送进1948年传送周天的那个空间就可以了。你开个条件吧。"叶真的声音。

"阿奇先生,我体质特异,又是个老兵,自保之余没准还能帮上你的忙。"周师父也冒出来一句。

阿奇没有表态。

叶真突然盯着阿奇说:"你就不想知道那个神秘房间的奥秘?你在小乐身边一定有特别的原因,在过去和未来你难道就没有想改变的事情吗?"

阿奇心中一惊,望着这个活了不知多少年的老怪物,觉得藏在心底秘密好像被看穿似的。它确实有一件非常想要改变的事情,但改变之后又会引起怎样的变化,它不敢想象……

等小乐从洗手间出来时,双方的协议已经初步达成,阿奇同意带他俩去1948年周天被传送来的那一天,尽力寻找那个传送空间入口,找到就送他俩进去,找不到就此罢手。

接下来的几天,大家都在着手准备空间之旅。阿奇在自己的空间里积攒灵力。周天关闭了武馆。叶真因为经济实力雄厚,所以物资装备全由她负责。

至于小乐,阿奇能答应带他去1992年救小时候的妈妈,他已经很开心了。几天后他就以参加教育厅的假日营为由住进了荷塘别苑。当然这必须要参加的"集体活动"全是叶真安排的,所有文件一应俱全,毫无破绽。

8月24日晚,出发前夕。叶真把所有要带的东西都拿了出来,让阿奇打包。只见阿奇头上的晶体一闪,叶真的核动力车就被压缩成小"照片"了。

阿奇的这一特异功能小乐老早就见过,只是,天哪!叶师姐要带的东西也太多了吧！有不知道从哪弄的军火弹药,有塞满她个人物品的房车,光纯净水和矿泉水就有几十箱,在院子里堆得像小山一样高。

叶真哼了一声,说道:"现在是夏天,用水量多,到时候你们就得感谢我了。"

此刻大家都没有想到,在未来的某个时候,所有人真的要感谢叶真带的水了。

阿奇对这个养尊处优的老太婆很是鄙夷。倒是周天,一点也没有王孙贵族的样子,什么都能凑合着用,可能跟他当过兵吃过苦有很大关系。

等行李全部压缩完毕后,周师父来请教问题了。他恭敬地说:"阿奇先生,我有一事不明。我们回到过去,会不会见到过去的我,那不就有两个我了?"

"不会的,因为那是个特别的时间隧道,只会发生时间的倒流逆转。"阿奇想了一下,让小乐找来一张白纸,在纸的上端和下端各画了一个在同一直线上的圆点,然后将纸对折,两个圆点刚好重合。

"看到了吧,上边的圆点是过去的你,下边的是现在的你,穿过这条时间隧道就是完成一个对折,让两个你重合,所以还是一个你。懂了吗?"阿奇解释道。

"你就理解成像我一样从未来回到了现在就可以了。"叶真补充一句。

接着叶真开始向周天解释异次元空间,很多例子简直信手拈来。比如说1915年,在英国与土耳其之间的一场战争中,英国的一支军队在加拉波利亚半岛离奇消失。再如1975年的一天,莫斯科的地铁站一列快进站的满载着数百名乘客的火车突然消失不见。还有像神秘诡异的百慕大地区,多少飞机船只失联,估计都是误入了异次元空间。

她还告诉周天和小乐两人,宇宙不是唯一的,有多重宇宙,有其他时空的存在。例如在1954年欧洲的爱琴海,有两千多名目击者称看到古代维京人的影像。这就不能用海市蜃楼什么光的折射来解释了,而是另外时空的画面被投放了出来。

"师姐,你真是个百科全书啊!"尚小乐佩服道。

"你们有任何不明白的都可以问我。""百科全书"说。

阿奇觉得这个老太婆真是蛮喜欢卖弄的。

那天晚上,叶真她老人家跟小乐和周天讲述了未来人类世界的很多发明,像完全可以取代手机、笔记本的全功能手环。这种手环拥有5D投射功能,人们的工作、生活、娱乐全可以通过手环进行,而且手环可以通过指纹、体味甚至DNA对主人进行识别,所以不怕失窃。还有像高智能无人驾驶的车辆,没有方向盘,既可以向前,也可以向后开。再有就是家庭飞行器,个人喷气式的短途飞行衣也不算奢侈品。在未来,人人都可以成为在空中飞行的超人。

叶真还提到小乐最喜欢的电脑游戏。她说用不了多久,玩家只要戴上"游戏帽子"或"游戏眼镜"就可以进入各类游戏中,体验各种人生。不仅如此,还可以自己当导演,挑角色,让虚拟世界按自己的剧本演绎故事情节,好的剧情大家还互相交流共享。现在时兴的影视剧到那时都成了怀旧型电子藏品了。

叶师姐的描述真让小乐对未来心驰神往。这小男孩盘算着,救妈妈以后要来得及,一定要用时间隧道到未来看上一看。

第二天一早,一行人整装待发。阿奇把他们全部收进了自己的身体里,周身蓝光一转,几秒之后就移动到了非洲的中部地区。接着,它就在整个非洲大陆包括附近海域展开了地毯式搜索。

中午的时候,一无所获的阿奇在非洲大草原找了个地方,把三人放出来透透气,顺便在叶真的房车上吃中饭。它知道小乐想看那些狮子、羚羊的小心思。

接着阿奇继续展开瞬息千里的搜寻。小乐他们在阿奇的身体里除了伸手不见五指外,并没有太多不适的感觉。

就在小乐昏昏欲睡之际,阿奇的声音突然响起:"我已经感应到那条隧道了,马上就要飞进去了。各位,我再重申一下,进入时间隧道后我只负责小乐的安全,其他人的概不负责。"

当阿奇第二次面对这条灰蒙蒙的时间隧道时,心情起伏不定,来不及多考虑,便带着一个现代男孩、一个古代人和一个未来人飞了进去,飞进了未知的旅程。

就在阿奇飞向时间隧道的那一刻,一个无比坚定的声音在尚小乐紧张的心底响起:"妈妈,我来救你啦!"

(第一部完)

想知道尚小乐、阿奇他们进入时间隧道后又发生了哪些故事,请看第二部《尚小乐的奇幻之旅》。

第二部　尚小乐的奇幻之旅

阅读提示：

尚小乐一行从精灵大陆到流沙大陆。在精灵城与绿夜森林的离奇遭遇、海上历险、巨灵山庄大逃亡、过赤晶沙漠、初入圣邑等都是精彩看点。

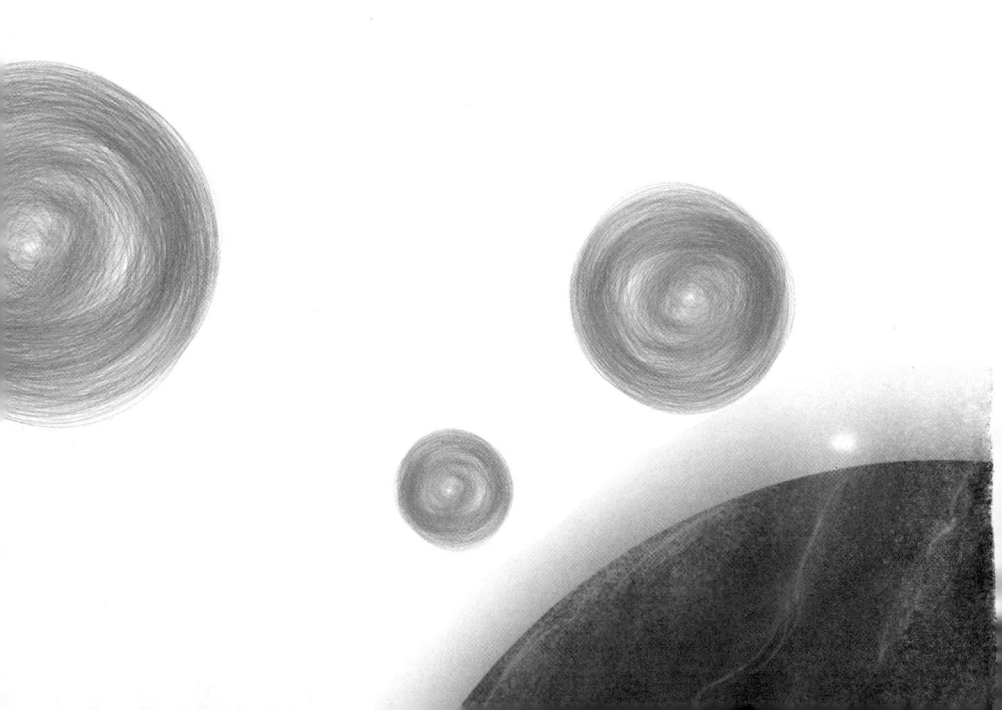

第一章　精灵大陆(一)

一、赛茵草原(上)

尚小乐在阿奇飞进时间隧道的刹那,突然感到一阵剧烈的颠簸,紧接着便是失重,然后便觉得身体急速下坠。四周漆黑一片,万籁俱寂,万分惊恐涌上这个九岁男孩的心头。

他想大声呼喊阿奇,但张开嘴什么声音也发不出来。他瞪大眼睛,隐约看见有缥缈的星空。下降的速度太快,他们似乎落入了一个巨大的深渊。

完了,他想……

不知道过了多久,尚小乐缓缓醒来。当他睁开眼时,他发现自己竟然躺在一片美丽的绿色草原上。

浑身酸痛的小乐挣扎着坐起来。这是哪里啊?阿奇,你在哪儿呀?你不是说负责保护我的吗?他四处张望,一个人影也没有。

这里的天,蓝得特别空灵,每一棵草都是饱满的绿色,远处低矮的灌木丛开着缤纷闪亮的花朵,空气中也满是清甜的味道。我还在地球吗?小乐问自己。

正当尚小乐茫然不知所措之际,他看见两只长着鹿角但又像白马的动物向他走了过来。

妈妈说,有角的都是吃草的,没准儿这就是周师父说的仙境呢,我直接就到了啊！小乐安慰自己。眼看两只动物越来越近,小乐很想爬起来逃跑,可身体不听使唤。

突然那两只马鹿后仰着立起身来,几个呼吸间就成了人形,化作两个白衣少女。尚小乐向后畏缩着身子,吃惊地瞪圆了眼睛。

很多年以后,精灵大陆的雅苏女皇在写回忆录时,脑海中还会浮现出初见这个人类男孩的情景:他那害怕而又带着好奇的眼神,真让人难忘！

两个少女同样有些吃惊地望着这个小男孩。

尚小乐此时对女性的美已经有了初步的认识,他觉得从来没见过这么漂亮的姐姐。头上一对可爱的鹿角像发饰一样恰到好处。一双大眼睛清澈灵动,好像湖水,又像是山间的溪流。眉心一点,发着蓝绿的微光。尤其是年长点的那个少女,嘴角微漾,有一种自然的亲切感。尚小乐想到教英语的陈老师,但她比陈老师要好看得多。

年长点的鹿角少女低头对着尚小乐说了几句他听不懂的话。小乐摇摇头说:"你说什么？我听不懂。"

接着两个鹿角姐姐又叽里呱啦地说了一番话,随后就见那个小点的女孩俯下身来,片刻又化作马鹿跑走了。等她再回来时,手上多了几枚奇怪的红果子。

她把果子递给小乐,做了个吃的动作。小乐看着这个闪着微微荧光的小红果,迟疑了,不会有毒吧？那个年长的姐姐笑了笑,把一枚红果子丢进嘴里嚼了起来。小点的姐姐也马上吃了一枚,吃完之后还把舌头顽皮地伸出来,表示已经吞掉了。

尚小乐乐了,这么可爱的小姐姐!于是他把一枚红果子放入口中,甜得很,咽下去的瞬间一股清气直冲脑门。

这时就听见刚才吐舌头的鹿角少女说:"哎,能听懂了吗?你从哪里来?叫什么名字?"

太奇怪了,吃了那枚红果子居然就能听懂她们的话了。

"我叫尚小乐,从……从地球来。"尚小乐答道。他觉得自己说的是汉语,但出口的全是她们这里的古怪语言。

"地球?地球是什么地方?"年幼的那个鹿角少女问。尚小乐抓抓脑袋,他也解释不出来。

"算了,只要不是诡域的就行。刚才我还以为你是诡域来的,但我姐说你不是。"这个鹿角女孩莞尔一笑,接着道,"姐说诡域的人都有法力波动,但你身上的气息既没有法力也没有灵力,倒像极了脱灵兽。"

一番话更是说得小乐云里雾里的,诡域?鬼蜮?还有什么脱灵兽?!

这个姐姐继续滔滔不绝地答疑解惑,年长的少女不时也补充几句,慢慢地,小乐终于弄清了。

原来他坠入的这片陆地叫精灵大陆,眼前这个一望无际的大草原是赛茵草原,鹿角姐妹俩雅苏和苏布与族人们世代生活在这里。草原的前面还有一座精灵城,旁边连接着长长的云荡山脉。山那边是绿夜森林,里面居住着很多树灵人。出了精灵大陆,穿过赤晶沙漠就是恐怖诡秘的诡域了。据苏布说那里全是恶魔大坏蛋。

157

尚小乐也说了他的来历,他要去时间隧道救妈妈,没想到却落到了这里。现在阿奇和同伴都不见了,小乐越想越沮丧。

正说着话,就听见空中一声长啸,苏布开心地说:"姐,长泽哥哥来找你啦!"雅苏仰头,微笑不语。

一只苍青色的大鸟飞落下来,化作一个羽衣少年,眉目如画,风神俊朗。这肯定是苏布口中的长泽哥哥了。

羽衣的长泽看到尚小乐,目光中满是警惕。小乐马上说:"我不是诡域的,你看我身上没有法力也没有灵力,我顶多是个什么灵兽。"

雅苏和苏布姐妹俩听后都笑了起来。长泽也笑了。

闲聊几句后,雅苏姐妹俩便邀小乐一起回寨子。小乐又没地方可去,自然高兴地答应下来。

于是长泽张开双臂,在草地上再次化作苍青色的大鸟。雅苏熟练地坐了上去。大鸟很快扇动翅膀,腾空而起。接着苏布化作一只漂亮的马鹿,让小乐骑上她的背,抱紧她的脖子,向前飞奔而去。

很快,寨子到了。映入眼帘的是用一排排灌木和兽皮搭建的房子,一个连着一个,层层叠叠,每一座屋子似乎都隐隐发着荧光,显得既古朴又神秘。寨子外有很多小孩和小动物在草地上嬉戏打闹。

雅苏和长泽已先一步降落,几只小动物高兴地围着他们蹦蹦跳跳。其中一只头上长着鹿角的小白羊看见苏布走近,马上一边喊着"布布姐",一边开心地跑过来。

苏布蹲下身,亲昵地搂着小羊。小白羊小声说:"布布姐,他是谁啊?"

"他嘛,是一个为了救妈妈迷路的小孩,叫尚小乐。他要在咱们寨子里住几天,好不好?"

"好呀!"小白羊冲着尚小乐友好地摇摇小尾巴。

"他是我弟弟,叫布昆。"苏布摸摸小白羊的脑袋,顿了顿,又道,"他就是一只脱灵兽。"

原来这里兽灵族的人长到六岁左右就开始第一次灵变,会化形为他命里注定的动物,此后便可随意在人形和兽形间转换。如果第一次灵变失败就会永生成为兽类,不能再变回人形。这就成了脱灵兽。

第一代脱灵兽靠吃灵启果,就是小乐吃的那种红果子,还可以维持一定的灵性和思维,可以说话交谈。等到了第二代、第三代脱灵兽就一点灵性也没有了,和普通的兽类无异了。

苏布还告诉小乐,几乎每十个兽灵族人就会有一人灵变失败沦为脱灵兽,谁也不知道是什么原因,可能这就是种族的命运。

"姐姐说你长得很像灵变前的布昆,我也觉得有点像。"苏布亲切地摸了摸小乐的脑袋,"你以后也叫我布布姐吧。"

二、赛茵草原(下)

布布姐家在寨子最里面,屋顶蒙着五色的兽皮,屋里铺着柔软雪白的雪绒草垫,很是漂亮。布昆叼来一大堆各色的果子请小乐吃。

在聊天中,尚小乐得知赛茵草原上像这样的兽灵家族有几十个。云荡山上也住着一些,长泽的家族就住在那。他们的主要工作是为精灵城采掘精石矿。精石是精灵大陆每个精灵的灵力之源。雅苏姐妹俩正是在寻找矿源的途中遇到了小乐。

"精石是什么?"尚小乐很好奇。

苏布指指屋子的墙壁,笑道:"你睁大眼睛看哦!"尚小乐仔细看去,枝条交错的墙里嵌着一块块拳头大小、发着微光的蓝灰色精石。

接着就见布布姐微闭双目,深吸一口气,不可思议的事情发生了:只见一缕缕或灰或蓝的光丝从精石里发散出来,缓缓地汇入苏布额间的光点中。下一刻,原本风尘仆仆的她立马焕然一新,神采奕奕。

苏布告诉小乐,她额上那个蓝绿色的光点叫灵吸,精灵大陆人人都有。精灵们就靠这个来吸收灵力,维持灵变和其他灵法,没什么可奇怪的。

在苏布的鼓励下,小乐伸出手指,摸向她眉心的光点,刚碰到就像触电一样被弹开。看着尚小乐龇牙咧嘴甩手的样子,苏布咯咯地笑个不停。

"吃饱了没?走,我带你到寨子里玩玩。"布布姐招呼道。

寨子里好玩的东西还真不少,有一碰就卷起的门帘、自由移动的吊篮、可以随着你的脚步自动出现的兽骨楼梯,还有可以带你从高处滑落的绳索。有个叫路迪的精灵小孩,可以瞬间灵变成一只小猴子,最喜欢玩绳索。他带着小乐从房顶大叫着往下跳,然后等着兽皮地毯自然浮起把他俩托住。

此时寨子里的成年人几乎都在矿场工作,所以这儿竟成了个儿童乐园。小乐尽情地畅玩着,直到雅苏姐来喊他们回去吃饭。

这顿饭吃的是用不知什么果实做的烤饼,非常香,小乐吃得肚皮快撑破了。

饭后,大家躺在雪绒草垫子上聊天。布布姐一说话就滔滔不绝,小乐觉得这点和他的前同桌严雨佳很像。

尚小乐也跟他们说起了他的家人、阿奇、学校、老师和同学们,还有他生活的世界,春夏秋冬、游乐园、电脑游戏、3D电影……听得雅苏和苏布也是一愣一愣的。

这边小羊布昆已经睡着了,一块兽皮飞过来,轻轻盖在他的身上。

苏布说,这是她的祖奶奶。拥有高深灵力的兽灵人在生命的最后一刻会把自己的全部灵力注入身体的一部分,一般是兽皮内,这样,在骨肉化尘后,这块具有灵力的兽皮会永远照应、陪伴着后世子孙。寨子里那些让小乐惊讶的自动卷帘、兽骨楼梯、地毯等都是如此。

小乐感慨一番后,翻了个身就沉沉地进入梦乡。在梦里他竟然也变成了一只小羊,和布昆一起在草原上跑来跳去……

尚小乐在兽灵族的寨子里过得很开心,但很快就发现两个问题:一是没夜晚,二是没水喝。

据雅苏姐说,精灵大陆一年只有两季,光明季与黑暗季,每一季都有几个月的时间,以云荡山为界,云荡山的这边是光明季,另一边就是黑暗季。草原上的草在黑暗季会变得雪白,到了光明季就会再度成为一个生机盎然的绿色世界。

尚小乐也听老师说过地球上的极昼和极夜现象,但感觉这里的太阳像在值班,又或者是太阳不动,大地在转轮盘,转到哪边,哪边就是亮的。

极昼的问题还好解决,困极了也就没关系了。手表电话在这个世界也能使用,给他记着时间。没水喝就难受了。赛茵草原上没有任何的水源,一年只在两季交替时才会下几场雨。尚小乐可不能像布布姐他们光吃草和浆果就行。虽然布布姐会用精灵力帮他"洗澡"清洁,但这个人类孩子已经快受不了了。

布布姐想了想告诉小乐,在云荡山上倒是有一处泉水,名叫跳跳泉。

"跳跳泉?是不是跳来跳去的泉水?"尚小乐歪着脑袋问。

"呵呵,你可真会想。"苏布乐了,"跳跳泉是指我们精灵人喝了会跳个不停。但有的脱灵兽可以喝,没准儿你也可以喝。"

尚小乐自然想去看看这个古怪的泉水,正好碰到长泽来寨子里找雅苏,小姐俩便托他带小乐去跳跳泉,顺便游玩一下云荡山。

小乐坐在长泽所化大鸟的背上,耳边是呼呼的风声,兴奋、紧张、害怕、高兴一齐敲打着他的小心脏。

坐在鸟背上看风景,这可不是人人都有的机会。

长泽让小乐抓紧他的背羽,再用羽毛紧扣住小乐的双腿,以确保万无一失。万一有个意外,他也没脸见雅苏姐妹了。

小乐从高空看去,云荡山脉宛如一条蜿蜒的巨龙。长泽介绍说,云荡山几乎围住了赛茵草原和精灵城,把赤晶沙漠与绿夜森林挡在了外面。

山间云雾环绕，真不愧"云荡"二字。

穿过云层，长泽落在一块陡峭的山石上。他没有让小乐下来，而是仔细环视四周，接着纵身一跃，展翅滑翔。

长泽的速度极快，感觉就要撞上前面山体了，小乐吓得失声惊叫。终于，长泽降落在一个山谷中。

再度化作人形的长泽友好地拍拍惊魂未定的小乐，接着指向前方："看，那就是跳跳泉。"

顺着长泽手指的方向，只见两山之间一道细细的水流从天而降。

尚小乐走过去，仔细瞧着手指头粗细的泉水，向上看不到源头，落地后直接深入地下，没有形成任何的水潭或山涧。这样古怪的泉水小乐还是第一次见到。

小乐小心地用手接了一捧，清凉又清澈，他真想马上喝个痛快。

"你先喝一小口，看有什么反应。"羽衣的长泽好意提醒道。

尚小乐喝了一口，没什么滋味，但也不像白开水，喝下去后他突然心生一种感动，从心底涌出对这泉水、这山脉以及这块大陆的谢意来。

的确很解渴啊！小乐仰头张嘴又灌了几大口。

看到小乐没跳起来，长泽放心了。

很快，小乐就喝饱了水，接着脱得剩个裤衩站在泉水下冲凉。他嘴里的一颗牙正要换，大口喝水后更是摇来晃去，要掉不掉。小乐索性用力一拔，那颗乳牙便光荣地"下岗"了。

他赶紧就着泉水漱口。看到小乐嘴中流出了血水，长泽吓了一跳。弄清楚后,他轻笑着摇了摇头,那神态分明在说:你们人类还要换牙,真是麻烦。

很快血就止住了,更怪的是小乐用舌头感觉到新牙竟然长出来了。这也太快了吧!

"这泉水不知存在多少年了,从来没干过,或许它就是整个精灵大陆的生命之源吧。"长泽说着从腰间解下一个皮囊,递给穿好衣服的小乐,"你用这个装水,够你喝一阵子了。"

小乐正要把囊口对准泉水,岂料这皮囊好像嫌弃小乐笨手笨脚一样,往上一跳,自己对着水流接起来。

小乐吓了一跳,心想:"这个灵力皮囊该不会是他家哪一位祖先的皮吧?"

正想着,就听见长泽低调地说:"这是用我祖爷爷的皮做的,草原上整个雨季的水都能装得下。"小乐听了一阵发颤。

长泽带着小乐在云荡山上玩了会,便把他送回了寨子。至于他的"祖爷爷"则仍留在跳跳泉接水,说是过几天接得差不多了再给小乐送来。

三、奇怪的精灵城

雅苏在一开始听了小乐对阿奇的介绍后,就建议小乐留在寨子里等阿奇找过来,可一晃一个月过去了,阿奇连个影子也不见。小乐不免焦急起来,妈妈还在病床上等着他去救呢!

雅苏对他说:"过几天我要去精灵城见大长老,你跟我一起去。大长老无所不知,或许他可以帮助你。"

赛茵草原上每一个兽灵家族的精英都有可能成为大长老的

学生，雅苏就是其中之一。这对于家族来说是件非常荣耀的事情。

雅苏认为精灵城很神圣，苏布却不以为然，一口一个城里人如何如何，说他们吃脱灵兽的肉，让他们做苦力，只知道享乐，等等，一副很看不惯的样子。这让尚小乐想起了同样不喜欢城里人的姑姑，她总是带着鄙夷的口吻。

几天后，尚小乐来到了向往的精灵城。还没进城，小乐就被震撼到了。宏伟的精灵城，高大壮观的石质建筑，有的奇异古朴，有的高耸入云。最让人惊叹的是，在城门处矗立着一个石柱，耸入云霄。小乐仰头望去，顶上好像是个巨大的圆环，里面涌动着蓝绿色光芒的气流旋涡，气势恢宏，就像布布姐额上的灵吸被放大了一万倍，而且在这个巨型灵吸的周围，有来自四面八方的灵光，被源源不断地吸入其中。

"哇——太厉害了！"小乐坐在脱灵兽车上兴奋地进了城。

进城后，几头脱灵兽便拉着装满灵启果的车子径自走了，雅苏家族在这精灵城里开有店铺。据布布姐说，城里人自己不会吃这果子，只会买给自家养的脱灵兽吃。

布布姐这次有事没有同来，雅苏和长泽带着小乐步行去往大长老所在的王殿，顺道游览精灵城。

精灵城可真是个神奇的地方，城中不时可以遇到奇异的动物和人形的精灵。小乐这边刚看见一只白鹳飞落一座平台，转眼他就化成一位衣冠楚楚的青年，那边又见一位漂亮阿姨婀娜地走出一户人家，走到围墙边，身形一晃就化作一只猫，嗖地跳了上去。空中还会飞过各类灵兽拉的彩车，车内是衣着华贵的精灵人。

这里街道蛮安静的,人不多,一点也没有尚小乐以前去过的小人国街市那样喧哗。街道两边有不少店铺,有一家挂着羊头,那羊头跟布昆好像,难怪布布姐痛恨这些食肉的城里人。

一个精灵族大师傅在前台烤肉,用的是火灵法。小乐曾见过雅苏姐用此法烤饼。这个大师傅的手法明显要复杂得多,一大块肉在灵气旋涡中翻滚,片刻便熟了,散发出诱人的香味。

这时,一个绿衣的精灵人走了过去,也不说话,用手指了指,就见大师傅以手做刀,削了一片包好,递了过去。那个绿衣人从额上的灵吸中吐出一小团绿色的光团,大师傅马上吸入自己的灵吸中,露出称赞的神色。绿衣人笑笑,走人。

"好奇怪啊,精灵城的人都不说话的吗?"小乐歪着脑袋问。

雅苏和长泽一脸的凝重。他俩早就发现这里的不寻常了,一种诡秘的气氛笼罩着精灵城。

到底是怎么回事呢?!

长泽向一个路人施礼,想问问情况,结果那个精灵人摆摆手。

雅苏突然想到了什么,跟长泽一提,两人便拉着小乐走到街边一个造型奇特的石碑前。只见长泽眉间的灵吸发出一道光芒,直接没入石碑中。过了一会,石碑上显出了一些古怪的文字。

"原来城中因为蛊毒盛行,颁发了禁言令。"长泽边看边说。

蛊毒?禁言令?小乐自然一头雾水。

"可能这蛊毒是因为说话传播的,所以才有禁言令。"雅苏分析道。

"那我们就不能说话了。"小乐捂住了嘴巴。

"不要紧。"雅苏笑着说,"我们三个才进城,不可能中毒,所以我们之间交谈是没有问题的。走吧,前面就是王殿,咱们去问问大长老,一切就都有答案了。"

精灵城的王殿庄严巍峨,城门口矗立的巨大灵吸直接投射出一束光罩住了整个王殿,更增添了一分灵气与神秘感。

王殿的四周悬空躺着大大小小的精灵人,全部呈昏迷状,身上浮现着一圈圈的光晕。

"这次的蛊毒看来十分严重。"雅苏表情严峻,"他们都是在靠王殿的灵力维持着生命。城内的几个世家门口估计也是如此。"

"这么多人中毒,精灵城中的灵力恐怕也维持不了多久了。"长泽担忧地说。

"我们还是先去见大长老吧。"雅苏说着便将自己灵吸中的一道光投进了殿门上端的一个流光旋涡中,然后闭目等待。

过了一会,她睁开眼睛,对长泽和小乐说:"大长老同意见小乐了。"

紧接着,王殿的大门自动开了,雅苏和长泽对视着点了一下头,便拉着小乐的手走了进去。

宫殿内也有不少中毒的精灵人悬空在那,从服饰看大概都是蛮有地位的人。殿内并没有小乐想的那样金碧辉煌,倒是一些浮现着各色灵光的古怪符号和壁画引起了这个小男孩的兴趣。雅苏说这是最古老的精灵族文字,只有历代的大长老才认识。

走了七八分钟的样子,小乐终于在一个不大的房间里见到了雅苏他们口中说的精灵族大长老。

这位大长老果然跟小乐想的一样,是个白胡子白眉毛的老先生,只不过像犀牛一样头上有一根独角,身后拖着一条像狮子一样的长尾巴,看上去非常有趣。

小乐此时心里想的是:这个大长老为啥不把自己的尾巴变掉呢?

白胡子齐胸的精灵族大长老轻摆着尾巴,简单询问了小乐的来历。雅苏和另外几个精灵人恭敬地侍立左右。

尚小乐偷偷观察着大长老,他发现大长老额上的灵吸不是气流而是水流状旋涡,里面好像蕴藏着江河一样的无穷力量。

四、意外重逢

正说着话,一个精灵卫士急匆匆地走进来,对大长老鞠躬行礼后说道:"施放蛊毒的树灵族奸细已经抓到,陛下请示大长老该如何处置?"

大长老捋捋长胡须,对左右说:"都随我去看看吧。"

尚小乐跟在后面,他也十分好奇这个树灵族人长什么样子。

转眼众人来到大殿,这个房间可比大长老的那间气派多了,墙壁上也绘着各种浮光的古怪文字和图案。大殿中心台阶的正上方坐着个衣饰华丽脑门发亮的丑陋胖子,身前围了一圈美食,他正在那旁若无人地大吃特吃。

台阶下一个人被五花大绑,直挺挺地躺在地上,旁边是好几个卫士。他应该就是树灵族奸细了。

等走近看清了地上的那个人时,小乐不由得失声惊道:"师父!"

失散多日的周天师父正躺在那里。这时,从周师父破烂肮脏的衣服里爬出来一只核桃大小的乌黑甲虫,不是阿奇还是谁?!

阿奇一看到小乐,不由得欣喜若狂,一下飞旋起来。

"哈,阿奇,我终于找到你啦!"小乐也是万分激动,但看阿奇他们的处境可不太妙啊。

雅苏姐拉拉小乐,示意他别出声,别过去,接着让他跟着大家一起给台阶上肥丑的精灵王行了礼。精灵王边吃东西边咕噜了几句,意思是让大长老全权处理。

被绑着的周天此时也看到了小乐,喜出望外之后,脸上露出尴尬的神色,毕竟是在这种情况下与弟子重逢。

有个肩生骨刺非常壮实的精灵族卫士恭敬地向大长老汇报了情况。他说话有点结巴,意思是:在这个地上捆着的人身上发现了树灵人下的影盅,而且他和他的灵虫正是几天前从绿夜森林来到精灵城的。他不停地向城中居民打听什么,凡是和他说话的都中了盅毒,然后一传十,十传百,目前已经使得城内上千人中了毒,生命垂危。所以他是树灵族的奸细无疑。由于言语不通,审不出他还有什么意图。

在壮汉卫士说话的时候,大长老却在一动不动地注视着周天身边不停地上下左右翻飞的甲虫阿奇。

小乐心里十分纳闷:"他们到底发生什么事啦?怎么阿奇

好像不会说话了?"

的确,这只什么语言都会说的长鼻子甲虫再也发不出嗡嗡的说话声了,而且它的身体也由原先好看的蓝黑变成了全黑。

"大长老,我师父他们一定不是奸细!"雅苏来不及阻止,小乐已经跑到大长老面前喊冤了。

躺在地上的周天自然听不懂卫士对他的控诉,只是奇怪:"小乐怎么会说这儿的语言?"

"多伦,你给他松绑,他应该是被利用的。这只甲虫一直在用飞行轨迹说他们被下毒了。"大长老捻着胡须发话了。

"小乐,你把口袋里的灵启果给你师父吃下。"雅苏低头对小乐说。可不,这个小男孩就是坐在灵启果堆里进的精灵城,口袋里有一把灵启果当零食。

大长老冲雅苏赞许地点点头。那个肩生骨刺的壮汉抓抓脑袋,心想我咋没想到呢? 接着就见他一招手,捆住周师父的绳索立马解开,倏地一下又缠回壮汉的腰间。

等周天把这闪着荧光的小红果吃下去后,一切就真相大白了:

一个多月前,周师父、阿奇跟小乐一样从空间隧道坠落到这精灵大陆,只不过落点不同,他俩降落在绿夜森林。阿奇不知是受了伤还是怎么个情况,灵力消失了,不仅搜索不到小乐和叶真的位置,连周天背包中压缩空间里的各类物资也打不开。幸好当地的树灵人还算不错,带他们去见一个什么首领,那个高大的首领热情款待了他俩。周师父也趁机向他们打听小乐和叶真的下落。

据周天说,由于语言不通,他在纸上画了一个小男孩和一个小女孩。几番沟通后,那个首领也明白了他的意思,就画了一个城,城上有一个大的Ω形的城标,然后又给指了方向,他俩就找过来了。他们很可能就是那个时候被下了毒。

在知道这种蛊毒的传播方式和厉害后,周天心里很不好受。当时他俩进城后跟很多精灵人比画着打听小乐与叶真的下落,不少善良的精灵人还给他果浆和食物,没想到却害他们中了毒。

周天忽地想起什么,摆摆手,不再说话了。

尚小乐也明白了,他担忧地对大长老说:"你们快别跟我师父说话了,别把你们也传染了,还有我师父中的毒能解吗?"

大长老笑笑没说话。雅苏弯下腰,摸摸小乐的头,解释道:"在王殿内什么样的蛊虫都不敢出来,不会再传染了。而且这种蛊毒只会对精灵人起作用,对你们人类的身体不存在任何影响。小乐,你就放心吧。"

那位精灵王陛下不知何时睡着了,发出猪一样的鼾声。大长老望着他,沉默了片刻,接着郑重地说:"树灵人下毒无非是为了云荡山北麓精石矿的开采权。多伦,你和你兄弟即刻起程去绿夜森林,让这个人类带路,去找他们谈判。可以用精石购买解药,但云荡山的开采必须按照以前的协议来,寸土不可让……"

"是!"那个叫多伦的长骨刺卫士应声后转身就走。

"回来,我话还没说完呢。"大长老有些无奈。

"大……长老,您……您不是叫我即……即刻起……程吗?"多伦的大方脸憋得通红。

大长老继续嘱咐:"你到了绿夜森林,先去找蒲族大首领呐风,他和我族一向交好。你们可以先同他商量对策,实在不行稍微让一点也可以。你速把伦多找来,我再叮嘱他几句。"

多伦离开后,大长老看了看破衣烂衫的周天,再盯着阿奇,自语似的问:"这是你的灵虫?"

"哦,不是,它是……"周天正要解释,就见大长老抬手示意不必说了。

"我知道你是谁了。等你们从绿夜森林回来后,我给你一个天大的好处。"大长老注视着阿奇小黑豆似的眼睛,摇着狮尾巴说。

阿奇望着大长老如水流旋转的灵吸,感到一阵眩晕。

五、出发去绿夜森林

再去绿夜森林,周天觉得自己责无旁贷。尚小乐决定同去,精灵人没意见。周天也认为好不容易找到小乐了,还是在一起不要分开的好。阿奇不同意也没办法,因为它现在既没有灵力又不会说话。

一个钟头后,谈判小队集结完毕,收拾行李,准备出发,成员有多伦和他的弟弟伦多、周天、小乐以及甲虫阿奇。

周师父喝了几口皮囊里的泉水后就不肯再喝了,说这水对小乐更有用,还说自己在战场上时曾经几天没喝过一滴水,现在的困难对他来说根本不算什么。可惜的是背包里的武器装备拿不出来,不然现在正好能派上用场。小乐一想起叶真房车里的菜肴和好吃的糕点,心里就跟猫抓的一样,但也只能眼巴巴地看着"照片",毫无办法。

小乐觉得他和师父两人就像守着一个宝库,但钥匙丢了。

雅苏把两枚晶莹发亮的小石子放进小乐随身背着的"祖爷爷"牌皮囊里,说:"这是两个极品精石,可以让上百个树灵人为你卖命。你需要时,只要拍拍这个皮囊,它就会把精石吐出来给你。"

小乐其实很想雅苏姐也去,后来才知道一般的兽灵人无法在绿夜森林中生存,只有像多伦兄弟这样的地灵兽才可以在绿夜森林来去自由。他们对树灵人的毒有天生的免疫。

多伦的弟弟伦多相貌英俊,口齿伶俐,全身几乎一尘不染,除了肩上也生了几个骨刺外,一点也不像他哥哥。

尚小乐觉得这哥俩的名字挺有意思。按照精灵人的命名习惯,兄弟姐妹的名字一个连着一个,好比雅苏、苏布和布昆。雅苏姐曾说过,城里人每个家族的孩子都很少,所以产生脱灵兽的概率也很低。这兄弟俩的父母应该就这两个孩子。他俩的名字连起来很像一个外国城市名(加拿大的多伦多),是哪个国家呢?小乐的大脑一时短路,想不起来了。他想王彦博一定知道,还有天才儿童叶真肯定也知道。

"也不知道叶师姐现在怎么样了。"小乐喃喃道。

阿奇不在乎地哼了一声,心想那个老怪物还用得着你操心?

"希望她吉人自有天相吧。"周天叹口气,背上了背包。他原来在绿夜森林受尽磨难的破烂衣服现在跟新的一样,不用说是精灵人帮的忙。

一切准备就绪后,多伦兄弟走到一处空地,相对站立,然后让小乐他们站在他俩中间。只见兄弟俩额上灵吸各放出一道灰色的灵光,两道灵光交汇后逐步形成一个光圈,罩在众人身上。两兄弟在光圈中化形为两只高大的形似蜥蜴又像穿山甲的灵兽。光圈越变越粗,形成桶状光环围住整支小队伍并开始旋转起来。下一刻,光环中的人、虫、兽连同光环全都消失了,就像钻进地底下一样。

在急速旋转中,尚小乐只得紧闭双眼,然后是晕车的感觉。等伦多告诉大家已经到了时,小乐还晕乎乎地坐在地上。

眼前的一切让他更晕了,就跟在黑暗中戴着夜视镜看东西一样,四周是透着少许光亮的暗沉沉、绿漆漆的丛林。绿夜森林果然名副其实。

小乐拧开宝贝皮囊喝了几口水,感觉好多了。

"小家伙,现在怎么样了?刚才你可吐了我一身哪。"重又化作人形的伦多打趣道,"我可费了不少灵力才清理干净哟。"

小乐不好意思地笑了。阿奇落在他的肩上,一声不吭。小乐想幸亏它不会说话了,不然肯定叨叨个没完。

稍微休整一会后,谈判小队在这绿夜森林中向蒲族的领地迈进。

多伦化形为灵兽在队伍的最前面开路,中间是周天背着小乐,伦多背着背包走在最后。甲虫阿奇的位置嘛,随意。

多伦兄弟俩额上的灵吸都发出强光照亮前路,周天和小乐视物就感觉好多了。

四周一片寂静,偶尔传来风声和窸窸窣窣的声响。虽然雅苏姐说过绿夜森林里只生活着树灵人和一些灵虫,但小乐还是害怕遇到恐怖怪兽。

突然,有几个高大的绿影从小乐他们身边飞快地越过。小乐不由得惊呼一声。

"别……别怕,那……那就是树灵人。"多伦在前头说。

很快又有几个绿影跑了过去,接着丛林里的寂静被完全打破了。前方传来低沉的吼声,附近又有树灵人发声回应,像打着拍子一样。

"我们不会被包围了吧?"周天忐忑地说。

"一定不是针对咱们的。"伦多仔细听了一下,说道,"这是西北部落树灵人战斗的号令,是在召唤更多人去对付某个东西。"

"那……那我们离……离远一些。"多伦转头面向弟弟。

"不,我想的恰恰相反,绿夜森林一定有大事发生。大哥你们先在这里等着,我去看看究竟是怎么回事。如果到你的灵吸变暗之前我还没回来,你们就直接绕道去蒲族,我自会跟过去。"

多伦点点头。虽然大长老让这个壮汉领队,但显而易见,他的弟弟才是谈判小队的真正主脑。

英俊的伦多化形为一只灵兽,几步就蹿了出去不见踪影。

小队原地休息。从他们身边越过的树灵人越来越多,小乐也看清了这帮树灵人的长相。

他原以为他们长得很像阿凡达(好莱坞影片《阿凡达》中的精灵人),但其实一点也不像,他们就是人形的树,身上全是树叶,眼睛很大,像黑夜里野兽的眼睛一样,发出亮光。

他们的身高都在两米以上,在相当于人类肚脐眼的位置也有一个气流状灵吸。

周师父说那是丹田的位置,又说这些树灵人的样子与他上回见过的不一样。

绿夜森林里的树灵人有八大部落,每个部落长得都不一样,就是同一部落的不同分支,长得也不一样。其中蒲族、锦族和猎族同他们兽灵人长相更接近。有几个部落世代隐居,他和弟弟一次也没有见到过。多伦磕巴着解释一番。

六、怪物来了

四周重新安静了下来,再不见树灵人跑过。多伦就关了灵吸的光,"熄灯"休息。小乐睡不着,开始玩他的神奇皮囊,果然轻拍两下,皮囊便把精石吐了出来。如果不拿走,过一会皮囊又把精石吸进去。小乐试了一次又一次,玩得是不亦乐乎。直到周师父提醒他,这极品精石太亮眼了,古人云"财不外露",还是小心收起来的好。阿奇知道这皮囊是个空间灵宝,但现在自己灵力尽失,根本探不出里面究竟有多大。

就在尚小乐梦见和崔灿一起打游戏打得正过瘾的时候,周师父急促地把他摇醒了。

小乐坐起来揉揉眼睛,周围是一片混乱,大批的树灵人从他们身边飞快越过。不,更确切地说,是在向后拼命逃窜。

他们有的在叫喊着,有的边跑边回头看,很是惊恐,有的互相搀扶着逃命,有的连滚带爬,十分狼狈。突然有个树灵人在逃跑途中叭嚓一下摔倒,就倒在小乐的眼前。

只见这个树灵人的双臂不知被什么东西硬生生地扯断了。他用头顶地站了起来,看了这个目瞪口呆的人类小孩一眼,嘴里吐出两个字:"快跑!"

对啊,在这种情况下傻子也知道要跑啊!周师父拉着小乐急得团团转,不知如何是好。因为多伦正坐在地上,紧闭双目,双手各拿着一块精石,嘴里还咬着一块。三缕光丝正一齐慢慢地汇入他额上的灵吸之中。此时,他已是满头大汗。这顿"饭"吃得是真着急啊!

周师父说十几分钟前,多伦额上的灵吸变暗,他正打算掏出精石补充灵力带他们去蒲族时,就发现树灵人开始往这边逃跑了。周天建议他赶紧补充一些,这样逃命胜算更大。

前方隐约传来古怪沉闷的吼声,还有一片嘈杂声。

只见多伦猛然睁开眼睛站了起来,瞬间化为灵兽。他目前的灵力还不够遁地,于是示意周天和小乐坐到他的背上,逃命要紧。

周天看着他背上密密麻麻的尖刺迟疑了,连个抓手也没有,这要坐上去,不给戳死也得给颠下来。

很快多伦好像意识到了,他不由分说地用前腿把两个人类拢到自己身下,接着深吸一口气,身体急速膨胀,再团起身子,成为一个球体,飞速地向后方滚去。

这种逃命方式还真是罕见。小乐在"多伦球"里滚得晕头转向,突然想起来:阿奇呢?糟糕,把阿奇给忘记了!

的确,甲虫阿奇还待在原地。它并不打算逃跑,再说它就算拼尽全力也赶不上他们。它想了想,便迎着古怪的吼声飞了

177

过去。

前方越来越亮,不一会儿,就看见一个巨大的塔山样的怪物在缓缓移动。它有一个大大的嘴巴,每吼一声后都会张嘴一吸,十来个树灵人连同周围的树木、草石全都被它吸了进去。

它的周围还有很多勇敢的树灵人在顽强抵抗,其中有一部分树灵人向怪物连连发射身上的树叶,一部分伸开双臂发出藤蔓试图封住怪物的大嘴,还有几个长相更接近人类的树灵人不断向怪物射出闪着灵光的箭。最让人惊叹的是,一只只大肚子荧光飞虫以很快的速度撞向怪物,然后身体爆破,发出轰鸣以及酸腐的气味。

每个参战的树灵人腹部灵吸都光流旋转,发出很强的光芒,把整个战场都给照亮了。但很显然他们的攻击对这个异常坚硬的庞然大物不起什么作用,一批又一批的树灵人被怪物吸进肚子里。照此下去,用不了多久,树灵人就会全军覆没。

阿奇飞到半空,仔细地盯着这个怪物:它没有手也没有脚,似乎就是一个金属制作的大圆筒,筒的上部开了个长条状的大口。

这好像是个大邮筒,又像个垃圾桶。对,就像一个被放大上千倍的大垃圾桶。阿奇眯缝着黑豆似的眼睛想道。

突然,那个大垃圾桶不动了,就这么一下子静止下来,一点声息也没有。

难道这么容易就挂了? 还是有人关了遥控器? 阿奇很纳闷。

树灵人也停止了攻击,好像早知道会发生一样,大多坐下休息,伤重的直接化形为树,就地疗伤,还有一些自行散去了。

这时,就见怪物旁的空地上灵光一闪,一只介于穿山甲与蜥蜴的灵兽钻了出来,片刻化作人形。正是消失了几个钟头的伦多。他拿出几块精石,甚是关心地递给身边几个气喘吁吁的树灵人,很快就自来熟地交谈起来。

阿奇立马飞了下来,这下不愁找不到小乐他们啦!精灵人伦多也看到了这只甲虫,冲它一招手,阿奇于是就飞落在他的肩头。

"这东西是个活的灵物,听说是很多年前占领这里的诡域人留下的。最早它是要求树灵人每天供应十块精石,大家相安无事。这几年却是见天涨价,要求树灵人每天供应一百块精石,还都要上等精石。几个部落就是打死也凑不齐,于是它就到处祸害,见什么吸什么。好在它如果精力消耗尽了会休眠一段时间补充体力,不然树灵人可真没活路了。我仔细看过了,它周身只有一张嘴,其他地方全部密封。奇了,难道光吃不拉?"

伦多双臂抱于胸前,说完瞅了小黑甲虫一眼:"我知道你听得懂。"

阿奇其实很想对他说:"这可能是诡域留下的垃圾桶,里面有很大的垃圾容纳空间。"

差不多第二天的时候,谈判小队终于在蒲族首领呐风的木屋会合了。伦多和阿奇还是先到的,等了半天才见到晕晕乎乎找来的仨人。不光是小乐和周天,估计这种逃跑方式,多伦以后再也不会用了。

第二章　精灵大陆(二)

一、树灵人大会(上)

蒲族树灵人跟人类差不多高,长相也很接近,在这高个儿云集的树灵人世界算是小矮人了。蒲族首领呐风是个和善的草绿色小老头,他跟众人说精灵族的大长老曾对自己有恩,所以一定会竭尽全力帮忙拿到解药。他先去打听一下,让大家安心住下听消息。

蒲族的屋子全部建在大树上。能住在树上,小乐开心得像小鸟一样。只不过这树灵人的生活水平也太差了点,不光没有水源,而且除了野果啥也没有,还不如赛茵草原的兽灵人。幸好他们从精灵城带了些干粮。

与外面一片惨绿暗沉的夜色相比,树屋内可是亮堂得宛如白昼。小乐仔细一看,原来屋顶挂着一只只长翅膀的大个儿发光虫。

呐风老爷子告诉小乐,别看这里叫绿夜森林,但树灵人更喜欢光明。蒲族的主营业务就是饲养和出售会发光的灵虫。

老爷子边说边指给小乐看:这种是自明虫,自己会发光,发起光来能照亮一间屋子,但饲养起来比较麻烦。那种是蓄光虫,自己不会发光,在光明季的时候储存光亮,到黑暗季再发光。蓄光虫发的光不怎么亮,但容易养活,有光就行,所以价格便宜,一块低等精石就能买到三只。"

说着,他招了招手,一只大个儿的自明虫飞了过来。呐风老爷子得意地说:"这是我们这卖得最好的,老夫白送你一只,就当交了你这个小友。"

尚小乐倒是觉得蓄光虫肉嘟嘟的,像个小灯笼一样,很可爱,于是厚着脸皮让换一只。呐风笑笑同意了。

两天下来,一点消息也没有。呐风劝大家别着急,自己派出去不少人,应该很快就会有消息。

伦多坐不住了,他知道精灵城里中毒的族人可等不得,于是他和多伦根据周天提供的线索开始分头寻找。很快,伦多就得到了一个重要消息:绿夜森林八大部落首领将齐聚开个首脑会,共同商议如何对付那只大怪物。

呐风当然也收到了通知。伦多提出要一起去参会,因为到时候可以让周天当场辨认,立马就能找到是谁下的毒。呐风却说:"点子是个好点子,但毕竟这是树灵人的首脑会,你们去不合适。况且有几个树灵人部落因为精石矿和云荡山的兽灵人有过冲突,现在还处于半敌对状态。"

伦多想了想,从身上摸出一个小皮囊,打开后递给呐风。

"您看,你我两族是世交,我家大长老让我把您老当爷爷看。这点精石就算是晚辈孝敬您的。这次来得匆忙,等我们顺利拿到解药后,精灵城还有重谢。"伦多笑着说。

呐风一看,里面全是亮灿灿的极品精石,立即正色拒绝,说:"老夫怎么能要你们的精石?你这不是打我脸吗?!"

伦多脑子转得也快,马上改口道:"我带着这极品精石出门也不方便,先放在您老这里,等到需要再来取。"

呐风这才把小皮囊接过去,揣进怀中。

几个小时后,呐风首领带着几名随从,由若干自明虫簇拥着来到了树灵人首脑会议地点。多伦兄弟、周天和尚小乐就混在了随从中。多伦兄弟可以变色,只需要戴上树叶帽子遮住额间灵吸,再缩回骨刺就可以了。周天和小乐就麻烦一点,全身要穿上树叶做的衣服,只露两只眼睛在外面。

首脑大会的会场在一棵好像摩天大楼的巨树内。树枝从树顶一直延伸到地面,每个树枝端都生长着数片巨大的树叶。小乐站在树外,正琢磨怎么进去时,就看见有三个柳条长发的树灵人站到几片树叶上,树叶马上四周翘起像托盘一样。托盘缓缓升起,连着托盘的树枝同时向树心缩短,将树叶托盘以及托盘中的三人送到树顶。

这简直是现代高科技传送装置嘛!小乐不由得赞叹。

接着,呐风招呼大家也上了树叶托盘。巨树的树枝举着树叶托盘越升越高,小乐的腿都有点抖了,周师父就把小乐紧紧搂在身前。

好在这个传送装置十分平稳,不多会就到了树顶,再像升降电梯一样下降至树灵人的会议厅内。

整个大树里面灯火通明。正式会议还没开始,有个浑身藤蔓的树灵人过来与呐风老爷子打招呼。他眼尖,一下看到藏在自明虫堆里的甲虫阿奇。

"老兄,那只黑色的小虫子是你新研制的品种?有什么用处?"藤蔓人问。

"这个……这个嘛,它是我最新培育的炸子虫,它爆裂后的威力可以把云荡山炸一个洞。"呐风老爷子说。

"多少精石一个?我要了。"这个藤蔓人首领很感兴趣。

尚小乐心里紧张起来,担心阿奇就这么被卖掉了。

"这只虫是个次品,今天混在我的虫堆里才被带出来。老弟,我这几只自明虫可是上上品,以咱俩的交情,我送两只给你,随便挑。"呐风慷慨地说,很自然地把话题引开了。这老爷子可真是圆滑。

边上一帮树灵人围成一堆,不知道在看什么东西。周天认出中间那三个高大的树灵人就是先前招待他的那一族。真是踏破铁鞋无觅处。他马上告诉了多伦。

那三个树灵人长得非常古怪,像几段枯木桩拼接成的一样,头发就是根须。伦多从未见过,便悄悄指给呐风看。呐风点点头说,那是乌族,是绿夜森林里有名的隐族,很少现身的,难怪一直找不到,又说乌族的老大乌木满他也认识,可以帮助联系。

不一会儿,进入大树的树灵人越来越多,还有三三两两聚在一起交易的,感觉像个集贸市场一样。"这不是首脑会吗?怎么树灵人这么多首脑啊?"周天奇怪道。

的确,从他们刚才一路进来的情况看,没有任何身份验证,看来是谁都可以来参会。

多伦瞅了弟弟一眼,伦多的脸色很不好看,估计他正在心疼那一袋极品精石。

那三个乌族人正在让大家鉴别一样东西,其中一人用只有两根手指的手掌托着一个小巧的物件。周天也小心地凑过去,看过之后不由得一阵惊喜,这树灵人手上的东西不是别的,正是他在坠落绿夜森林时丢失的手枪。

这把枪是叶真花高价购得的,兼有名枪格洛克和沙漠之鹰的优点,可以点射也可以连发,可装弹三十余发。当过兵的周天一眼就相中了,直接带在身上进了空间隧道。在跌落绿夜森林时,身上的衣服被树枝刮烂,手枪也丢了,他找了很久也没有找到,原来给这几个树灵人捡到了。

周天的眼神一下炽热起来,不光是因为找到失落的爱枪,更主要的是在这个世界有这样一把手枪防身太重要了。

周天仔细看自己的枪,保险栓还没拉开,看来根本没人使用过。

听那个乌族人的口气,谁要是知道这东西是干什么的,就送给他。周天上前一步准备认回自己的枪,突然一只手拉住了他,他回头一看,伦多冲他轻轻摇了摇头,意思是别节外生枝,等会议结束再说。周天于是忍住退了回来。

二、树灵人大会(下)

半小时后,一个浑身迷彩的女树灵人用悦耳动听的声音宣布八大部落首领都来齐了,让首领们再下一层正式开会,其他人在大厅里自由活动。

多伦磕巴着介绍说那个女子是锦族的,他们可以在亮光下变幻。

伦多让哥哥带着小乐他们在大厅等着,自己悄悄混在那些首领们中间搭乘树叶升降机来到了下一层。

树灵人的首脑会倒是直入主题,讨论该怎样对付这个绿夜森林的大麻烦——圆筒大嘴怪。

各族首领们七嘴八舌地发表意见,伦多努力搜集关于圆筒怪的一切讯息:当年占领这里的诡域人离开时留下不少东西没带走,这个怪物就是其中之一。诡域的其他物件要么随着时间的推移湮灭,要么被精灵人毁掉,但这个东西却一直留存下来,几年前突然有了灵性,开始和树灵人谈条件了,而且越来越苛刻。

树灵人虽说多数脑子不好使,但也逐渐摸清了这怪物的一些习性。它在大幅度消耗体力后会有几天的休眠状态,所以才有了上次西北部落的近乎自杀性攻击行为,目的就是换取几天的缓冲,大家好商量对策。

伦多正想着是否要禀报精灵城时,就听见一个声音说:"我有个提议,乘此怪休眠,我们想办法把它运过云荡山,让兽灵人来对付。"

说话的正是刚才与呐风攀谈的藤蔓人。

幸好多数首脑认为这个祸水东引的法子做起来太过困难,给否了。这让伦多长舒了一口气。

几个小时过去后,首脑会大致形成两种意见:一是和谈,把绿夜森林割一部分给圆筒怪,里面的精石矿也给它,当地的树灵人全部迁走。最好再挖条超级深沟,将森林彻底一分为二。第二种就是抗战到底,跟它死磕。

八个部落中同意第一种的有四家,赞成第二种的也是四家。

于是就形成两派,分坐在大会议桌的两边,一时首脑会陷入了僵局。

就在双方争执不下时,一个树灵人匆忙来报,说是抓到两个精灵城的奸细。

伦多心中一紧,不会是小乐他们被发现了吧?

很快,一堆树灵人押着两人进来了。果然,就是小乐和周天。可怜周师父前阵子被当成树灵人奸细,现在又成了精灵城的奸细。

周师父只有大声辩解:"我不是精灵城的奸细,我是来自另外世界的人类,我没有恶意……"

说到底,还是因为周师父的那把爱枪。

这几个钟头,周天一直待在那几个求鉴宝的乌族人周围。突然有个锦族人过来要以一块中品精石将手枪购买回去当摆件,乌族人同意了。周师父一看沉不住气了,马上过来详细介绍这把枪的用途,并让乌族人按先前的许诺把枪还给自己。

这下那个锦族人又不干了。乌族的几个木头人也要求周天开一枪验证一下。周天考虑动静太大没有同意。于是三方开始争执揪扯起来,多伦、小乐和阿奇也赶了过来。

拉扯中,一个乌族人用他的两根大手指一下把周天的树叶衣给扯碎了,所有人都呆住了。"兽灵人?!"有人嚷起来。接着那锦族人顺手把小乐的衣服也给扯了。

幸运的是,正在下一层开首脑会的乌族大首领乌木满很快就认出了不久前被他收留款待的周天。

他指着尚小乐对周天说:"你找到你的孩子啦?"满是沟壑

根须的脸上露出由衷的笑容。他猜想这个人类一定是找到孩子后,走投无路又回来投奔自己了。

尚小乐望着这个慈祥的老爷爷,心想:"就是他下的毒吗?不会吧?"转念又想到姥姥常挂在嘴边的一句话——知人知面不知心。

多伦和阿奇同样心念一动:如果是他下的毒,再见到周天时不该是这种表情,难道下毒者另有其人?

这时,一个柳条长发的树灵人突然问:"你们是诡域的人?"

"不是,不是,我们身上没有灵力也没有法力的。"小乐慌忙说。

在座的没人见过诡域人,不像精灵族的大长老,知道诡域人的特点可以告诉弟子。

小乐看向呐风,这老爷子马上看向另一边。倒是乌木满很肯定地说他们不是诡域人。

尚小乐于是把自己和周天、师姐一起怎样跟着阿奇去时间隧道救妈妈,然后又掉落精灵大陆的事说了一遍。后面的蛊毒和解药的事他没说,省得把多伦兄弟拉下水。

为了证明自己是地球人,小乐把手表电话摘下来,播放歌曲给树灵人听。这些首领们哪见过这种高科技的东西,新奇得很,基本都认为这两个人是来自另外世界了。混在人堆里的多伦兄弟与阿奇也放心了。

几个树灵人首领互相嘀咕几句后忽然问周天和小乐:"如果你们人类遇到双方争执不下的问题怎么解决?"

周天还在迟疑时,小乐就说了:"用锤头、剪子、布嘛!"每回他和小伙伴们意见不统一时都用这个,但一看这些树灵人奇奇怪怪的手,便觉得这个方法行不通。比如乌木满老爷爷就两根手指,每次都得出剪子,那不铁定输啊!

他又想到体育老师胡老师说过,如果世界上所有国家间和种族间的问题都能用体育比赛的方式解决,那就不会有战争了。

可是让这些高高矮矮的树灵人比什么呢?他猛然看到长方形的会议桌,会议桌中间还缠绕着一些藤蔓,灵机一动,这不就是个大型的乒乓球台吗?

尚小乐的小脑袋瓜飞速转动,开始搜寻球和球拍。球太好解决了,果族人身上结的果子,跟网球一样,弹性十足。

下面就剩球拍了。尚小乐左看看,右瞅瞅,一下把目光落到了树叶升降机上,树干上还长着一些蒲扇大小的新叶。

在周师父的帮助下,小乐掰下来两片叶子,硬度刚好可以做球拍。阿奇乐了:好小子,这你都能想到!

接着,小乐与周天演示了乒乓球的打法和规则。小乐跟师父打过球,知道他球打得很好,不过在这么大的球台上打还真是不容易。好在师徒俩配合得很好,把这些树灵人全吸引了。大家都没见过这种有趣的运动,不少首领还亲自尝试了几下。

小乐给的建议是,争执的双方各出一名队员比赛,三局两胜制,哪一方赢了就听哪一方的。

乌木满一边用两根手指握拍一边问周天:"你们的世界都是用这种方法解决问题的?"周天支支吾吾,说乒乓球是中国的国球,会打的人很多。

虽然首脑会最终没有采纳这个人类小孩的建议,而是选择继续无休止地讨论下去。不过,让小乐意想不到的是,乒乓球这项运动很快在绿夜森林流行开来,若干年后竟风靡了整个精灵大陆。

三、森林遇险

就在小乐饿得前胸贴后背的时候,首脑会宣布暂时休会,明天再接着讨论。呐风让多伦领大家先回部落,说要去找乌木满谈解药。

多伦兄弟目前也急需补给灵力,所以很快谈判小队就离开了巨树会场,融进了暗绿的丛林中。

谈判小队找了个平整的地方休息吃饭。就在兄弟俩拿出精石准备吸灵力时,突然发现绿叶帽子怎么也脱不掉了。伦多马上意识到大事不妙!

"哥,我们分头跑,你带着周天和小乐直接去云荡山。我去找呐风……"

伦多还没说完,就意识到已经太迟了,七八条黑影已经悄悄围了上来。在蓄光虫的亮光中,尚小乐看到了一个个浑身长满苔藓,流着污水,湿嗒嗒裹着黏液的高大树灵人。空气中弥漫着一股腐臭的气味。小乐一阵反胃,差点把刚吃下去的午饭给吐了。

"他们应该是湿族的。小心,他们身上的黏液有毒。"伦多边说边示意队伍往后退。

但无路可退,他们已经被包围了。

"你、你们要干什么?"壮汉多伦大喝一声。

"哼哼,不干什么,就是想让你们死在这里!"一个浑身流脓的家伙阴阳怪气地说。

阿奇感到一丝恐惧与绝望。它早就后悔带小乐进时间隧道了,现在竟到了性命攸关的地步。

就听"砰"的一声,周天开枪了。那把枪乌族人已经还给了他,但只打得其中一个后退了几步。他接连又开了数枪,虽然按伦多的提示瞄准他们的腹部光圈打,但并没有阻止他们逼近。

周天继续开枪射击,他想无论如何也要打开一条路,让小乐逃出去。自从他在绿夜森林背上小乐的那一刻起,内心已不自觉地把小乐当成自己的浩儿看待了。

多伦兄弟对望一眼,各自拔出身上的骨刺,摆出了拼命的架势。

突然,一道光线划破夜空,一支荧光箭射中了一个湿族人的腹部灵吸,这个树灵人龇牙咧嘴地倒了下去。

紧接着又是数箭。

"是猎族的,他们怎么来了?!"为首的湿族人吼道,"抓紧干掉这几个兽灵人!"

说着他那臭烘烘的粗壮手臂骤然变长,直接砸向多伦兄弟,兄弟俩一咬牙,打算合力硬扛,多伦腰上的长皮绳却"腾"地飞起,绕住了对方满是黏液的手臂,但只延缓了片刻的时间。

与此同时,十几个血腥的小球朝着小乐他们飞来。周天反应极快,一下把小乐扑倒在身下。半空中的阿奇看得真切,每一个血腥的小球里都包裹着一只獠牙怪虫。在这危急关头,一张白蒙蒙的蛛网凭空出现,罩在了大家身上,湿族人的延伸手臂和血腥小球全都被弹开了。

一刹那,几十个蓄光虫在空中爆裂开,耀眼的亮光中,十几个柳条长发的猎族树灵人骑着高大的狼蜥出现在众人的面前。

"猎族鸣赛见过各位,我族族长需要这几个人办件事,等事情办完我再还给你们,希望湿族能给我猎族一个面子。"说话的猎族人长得英武威猛,语气是你们同意也得同意,不同意也得同意。

为首的那个湿族人没说话,有些惊愕地看着前面的猎族人,他身后的一人悄悄退后几步,接着撒腿就跑。只见另一个猎族人马上扯下一根柳条长发,另一只手瞬间成弓,柳条长发化作一只荧光箭,搭弓射箭一气呵成,直接将想去搬援兵的湿族人射翻在地。

尚小乐以前看电视见有人射箭时就想,他的箭射完了怎么办?现在看到猎族人,他不会这么想了,这一头的头发都是箭哪!

"我们走!"为首的湿族人咬牙切齿地说,说完和其他族人扶起倒地的弟兄离开了。

周天感激地看着那几个猎族树灵人。其中一人扫了他们一眼,抬手打了个响指,罩着众人的蛛网倏地收拢,非常贴切地解释了什么叫"一网打尽"。

伦多一阵苦笑:束手就擒比束手就死要好。

裹在蛛网里的谈判小队被捆放在一头狼蜥的背上。蓄光虫的光渐渐暗了。原先十几人的猎族队伍不见了,取而代之的是两个猎族人和三个迷彩的锦族年轻人。

原来只有刚才打头的两个猎族人是真的,其他全是锦族人变幻的。

收拾妥当后,三个锦族人便向猎族人告辞,准备离开了。看情形这些锦族人是纯属帮忙。

尚小乐从蛛网里伸出一只小手,对边上一个锦族女子说:"阿姨,我的蓄光虫还在外面,能不能帮我拿过来?"这个被称作亚萝的锦族女子和猎族人鸣赛正依依惜别,根本不理睬小乐。

小乐不死心,继续央求:"阿姨,我就这一只蓄光虫,它就在后面跟着呢。"

锦族女子瞪了他一眼,但还是转身把小手指放在嘴里吹出一个音符,接着对着不远处那个无家可归的小光点招手。不多会,小乐的蓄光虫就屁颠屁颠地飞了过来。锦族女子虎着脸把"小灯笼"塞进小乐手中。

壮汉多伦此时也想说:我有条皮绳也在外面,能不能帮我拿过来?想了想,还是算了。

狼蜥的脚力很快,大约一顿饭的工夫,就抵达了云荡山下的猎族部落。

猎族是树灵人中数一数二的强族,他们虽然住在绿夜森林,但活动范围却可以覆盖云荡山。他们常到山上去猎杀脱灵兽,所以和云荡山的兽灵人常有矛盾。

作为漏网之鱼的阿奇,一直悄悄尾随着队伍。

在猎族人的树房子里,尚小乐第二次见到猎族人的大头领雷萨,一个威严的中年人。他的柳条长发有一半呈金黄色,更显出了王者之气。尚小乐第一次见他是在首脑会上,当时他就对小乐和周天印象格外深刻,认定这两人就是诡域人。

他对周天和小乐冷冷地说道:"我们猎族族长的记忆能够一代代遗传下去。在我的记忆里,诡域人就是你们这种模样。"

四、智除圆筒怪

"我找你们来,是要你们诡域人想办法把我的两个儿子从怪物肚子里弄出来。如果你们帮我做成了,我不仅放了你们,还会帮你拿到影蛊的解药。你们可以去打听一下,我雷萨在绿夜森林是个言出必行的人。如果做不成,我只好把你们交给湿族了。"

雷萨大头领用不容置疑的眼神望着面前的四个阶下囚。他已经弄清了谈判小队的真实意图。小乐心想:难怪刚才在会场你一直喊血战到底,原来是你的儿子被吃掉了。

周天说道:"一来我们的确不是诡域人,二来我们见都没见过那个怪物,又谈何去救人呢?"

于是下一刻,他们就被带到了圆筒大嘴怪休眠的地方。多伦兄弟的树叶帽子被摘了,身上所有的精石也都被搜走了,现在只剩下说话的力气。

伦多是见过这大嘴怪吸食场面的,于是详细地诉说了当时的情况。小乐在虫光中看着圆筒怪,脱口而出:"它长得好像个垃圾桶哦!"已经跟过去的阿奇乐了:真是英雄所见略同。

"它既然吃了那么多东西,那有没有办法让它吐呢?"小乐歪着脑袋想了想问。他有时候吃撑了或吃坏了肚子,妈妈就让他吐,说吐出来就好了。

吐?！这些精灵人几乎从来不吐。

"对啊,我们可以试试催吐法。"周天马上赞同,有时候最简单的方法可能就是最有效的。

到哪里去找催吐药呢？几个猎族人马上想到了同一个地方。

再下一刻,鸣赛就带领大家赶到了那个地方——锦族大长老加楠尊者的隐居地。"真是高效啊!"累得半死的尚小乐感叹道。

伦多告诉小乐,树灵人八百岁以上的都称尊者。他们一般都过着不问世事的隐居生活。

从几个猎族人一路上的交谈中得知,这个大长老还是鸣赛的太祖母。原来猎族和锦族常有联姻。有意思的是,生下的子女,男孩一律是猎族,女孩则一律是锦族。不过树灵人的生育率极低,不然整个绿夜森林也不够他们住。

鸣赛带着众人来到一棵须根垂地的老树前,扯下自己的一根柳条长发,系在须根上,只见柳条荧光一闪,就消失了。不一会儿,从一个拳头大小的树洞里飞出来一只蜜蜂样的发光小虫,绕着众人飞了三圈。

下一秒,不可思议的事情发生了,小乐发现众人居然都坐在了那只发光虫的背上。天哪！这都是怎么坐上去的？接着,小"蜜蜂"又轻轻盈盈地飞回了树洞。

进去之后真是别有洞天：一个古朴雅致的庭院,院中阳光明媚,清风习习,和外面的绿夜森林简直是两个世界！

众人从"蜜蜂"背上下来,见两个锦族人守在院中。鸣赛把来意一说,其中一个便进去通报了。同行的猎族人奉承着说:"今天幸亏跟鸣赛大哥来,尊者一般都不见客的。"

过了一会,那个锦族人出来了。大家正准备进去,却被拦住,说尊者正在静修,不见客。

众人只好乘坐小"蜜蜂"原路返回。鸣赛英武的脸上老大不自然,小乐心想:他的太祖母估计不喜欢他。

此路不通,还得另想办法。

一个猎族人提议去找音族的千叶尊者,但谁也不知道他在哪。

伦多道:"实在不行就回精灵城找精通药石的配药,只是太耽误时间。"

他的话倒提醒了周天。他说自己幼年在家乡蜀地曾见过一种用土法配的药,能让人上吐下泻,只用泥土、树叶就可以,不知在这里是否可行。

鸣赛等马上让周天试试,时间紧迫,圆筒怪很快就要醒了。

小乐好奇地看着周师父先摘下几片宽大的树叶,然后刺破手指,用鲜血在上面画一些古怪的符号,接着把他们捣碎,再搅拌一点泥土,揉搓成一个大泥丸。

考虑到圆筒怪体型太过庞大,其他人也来帮忙,先做它十几个再说。

大家正做着药丸,伦多突然问:"你们听没听见前方有大动静?"多伦也听见了。他们地精灵的听力最为敏锐。鸣赛惊道:"莫非是圆筒怪醒了?"

圆筒大嘴怪的确是醒了。几个猎族人连忙带着周天和小乐以及做好的药丸火速赶到现场。

一个猎族人试图把药丸扔进怪物嘴里,但根本无法近身。

伦多提出可以用箭把药丸射入怪物嘴里。鸣赛马上会意,拔下自己的一根长发,瞬间化作一支光箭,接着把药丸插在箭头上,再包上一层大树叶以防药丸散开。然后,他再以手臂弯弓射箭,把一支药丸箭射入了圆筒怪的口中。他的几个部下也纷纷效仿,很快七八颗大药丸统统进了怪物肚子里。

众人在百米开外紧张地观察着这怪物的一举一动。十几分钟过去了,一切如旧。周天面带歉意地说:"可能我的土法在这里并不奏效。"

周天话音刚落,这圆筒怪突然不动了,一声沉闷古怪的声响从它的身体里发出。它开始震颤起来,接着便像呕吐一般,张大嘴向外狂吐它吞食的一切。

"奏效啦!奏效啦!"小乐高兴得直拍手。阿奇也不由得赞叹:"这个末代王孙还真有两下子!"

一个小时后,圆筒怪还在吐。它吐出了成百上千个被他吞食的树灵人。小乐惊奇地发现这些树灵人好像都能动。伦多告诉他,树灵人的生命力极强,只要不伤到灵吸,有土就能活。

终于,那怪物嘴里吐出最后两颗晶亮的东西后,便再也不吐了,再也不动了。

一直躲在附近的树灵人纷纷过去救回自己的族人。而伦多又化形为一只地灵兽,转眼消失不见。

此刻的尚小乐已经趴在周师父的背上睡着了。

等小乐再睁开眼睛时,已经又在猎族人的大本营。雷萨的两个儿子被成功救回,他果然依诺亲自去找湿族族长索要影蛊的解药。

五、原来如此

湿族树灵人分清、浊二部落。前几天攻击他们是浊部树灵人,雷萨从湿族族长漉杉姥那里还打听到,浊部的头领沉也拔确实会制作各种蛊毒。只是浊部的聚居地遍布烟瘴,很难进去,而且他们维持精灵力不需要多少精石,也几乎不出来。所以只能请漉杉姥卖个老脸,找个重要理由请沉也拔来。

于是,雷萨便带着谈判小队,在湿族族长的清露居那里等着沉也拔。清露居由几棵大树合围而成,在自明虫的光亮中水润清雅,是绿夜森林中少有的好去处。

随着一阵熏天的臭气涌入,沉也拔带着随从到了。果然就是那晚攻击他们的那类人。他们身上流着的脓液,将清露居地面都腐蚀了。不过,漉杉姥倒并不在意,沉也拔能来就很给她面子了。

漉杉姥说明缘由后,沉也拔死活不承认精灵城的蛊毒是他下的,就连那晚的袭击他也是毫不知情。他破口大骂道:"是哪个浑蛋诬陷我,让他出来和我对质!"

周天连忙拉着小乐躲到一边,被他的口水喷到可不是好玩的。漉杉姥于是劝他先帮忙拿出解药,谁下的毒暂不管了。这位树灵姥姥唯一的孙子被从圆筒怪肚子里救了出来,自然肯出大力。

雷萨也在一旁说:"这两个人类可是帮了我绿夜森林大忙,

算得上你我的恩人了。我也讨厌兽灵人,但我更看不上玩阴的。你把解药拿出来,别让人小瞧了咱们树灵人。"

沉也拔这下火更大了,吼道:"我再说一遍,不是我干的!"

在漉杉姥的再三劝说下,沉也拔"咔嚓"一声掰断了他的一根手指,扔到桌子上。

"这就是你们要的解药,拿着对中毒的人吹就行了。"沉也拔说道,"老姐,我可是给你面子。不过我丑话要说在前头,这类影毒,只有下毒之人的手指才管用,到时候你们解不了毒,可别再来找我!"

多伦等人看到他沾满苔藓和脓水的手指,迟疑了一下。沉也拔哼了一声,一副爱拿不拿,不要拉倒的样子。倒是漉杉姥拿起来,直接扔进自己头顶的水盆里。

这里的清部湿族人,每人的头顶都长着一个木盆样帽子。小乐个子矮,看不清里面是什么水,但他从漉杉姥身上的清香猜测,这类湿族人一定非常爱干净,看到哪里脏了,就从头顶倒点香香的清水来擦洗干净,真是方便得很。

伦多请沉也拔想想还有谁会制造影蛊,这也能帮他洗清嫌疑。

沉也拔想了想说:"这种蛊毒我族很久都不做了,并没有外传。不过你们可以去问问加楠尊者,我们几大隐族的事,她都知道。"

又是加楠尊者,伦多心中一动。

这边漉杉姥把那根已经完全干净了的断指从头顶取出,递给了伦多……

小乐再次见到呐风时,他已经成了碎片。多伦兄弟去找的呐风。呐风一看糊弄不过去,便直接开溜。蒲族是树灵人中最不经打的种族,呐风的几名手下很快就被制服。情急之下,呐风指向多伦兄弟,对几只还不成熟的黑色炸弹虫下令道:"去!"那几只炸弹虫马上朝他二人飞去。

伦多曾见过呐风培育炸弹虫,知道这些虫只认简单口令,于是也朝呐风一指,大喝一声:"去!"这几只没有灵智的虫果然中途转弯朝着主人飞去。

呐风大惊,慌乱中连连指向伦多,口中大叫:"去!快去!到那边去,你们这些蠢货!"

炸弹虫越飞越近,呐风再怎么喊叫,在这些虫子听来都不再是一个单音的"去"字口令。于是呐风老儿在绝望中被炸成了碎木片。

好在呐风的灵吸没有被损坏。多伦兄弟马上把他的灵吸埋入土中,并把这块碎片连同周围泥土一起带回了猎族他们暂住的木屋内。

在补充了大量的精石能量后,呐风,确切地说是呐风的残片,用微弱的声音断断续续地说道:"你们……救老夫做什么?"

"因为,我想要真相,一个你设计害我们,背叛大长老的全部真相。"伦多一字一顿地说道。所有人都盯着那块灵吸碎片,等待呐风的答案。

呐风用沉默来回答。

"你一开始就在故意拖延,后来又在我们的帽子上动手脚,再找湿族的人来半路截杀,这样就跟你蒲族无关了。"伦多继续分析,"只是你为什么要这样做？你又怎么能请得动湿族的人？如果你不说,我们只有找其他蒲族人一个个问了。"

这下呐风不淡定了。"你们……以家族名义发誓……以后精灵城……不找……我蒲族麻烦,老夫……就给你……一个真相。"呐风虚弱地说道。他知道兽灵人极重誓言。

伦多于是以他地灵兽家族千年的荣耀郑重起誓。

接着呐风便说出了整件事情:

一只从诡域来的灵虫,给了呐风几辈子也用不掉的精石,让呐风想办法引起精灵大陆的内乱。于是呐风便让人混进乌族给周天下了影蛊,目的是让精灵城与绿夜森林开战。没想到精灵城大长老却派人来谈判交易,所以他只有买通湿族的人,杀了谈判小队,既不让兽灵人拿到解药,又能彻底激怒大长老。

"呐风首领,你不是说大长老对你有恩吗？怎能如此害人,恩将仇报？"秉持正义的周天气愤地说。

伦多轻哼了一声,冷笑着说:"很好的计策。只是单凭你蒲族,做不了这些,你背后的人是谁？"

呐风笑了,干裂嘶哑的笑声。

"快说！"多伦猛地一拉手中已经回来的皮绳,吼得倒是干净利落。

"呵……不愧是精灵城智者啊！老夫说过给你一个真相,但没说是全部的真相。老夫也不算食言……你慢慢去分辨吧。我被一个极其厉害的人下了咒……老夫是对不起你们精灵城,但不能对不起我的族人……"

呐风的灵吸微光随之悄无声息地熄灭了。他自己做的。

这个老爷子在生命的最后一刻还是圆滑了一把,说的是真假掺杂。或许他真是为了他的族人。小乐想起他还送给自己一个蓄光虫呢,心中老大不忍。

六、解毒

伦多注视着呐风的残片,撇撇嘴道:"这老头算得清着呢!就算再给他一倍的寿岁,他也修不成人形了,与其这样痛苦地活,还被人施咒要挟,不如自我了断更合算。"

"兄弟,那……那咱们现……现在该……怎么办?"没有主张的多伦望着弟弟。

"或许我们还应该去见一个人。只是怎么才能见到她呢?"伦多用单手托着下巴,陷入了思索。

"我有办法可以试一试。"一阵嗡嗡的话语声来自那只黑色甲虫。

小乐一愣,随即激动地大叫道:"阿奇,你会说话啦?!你的灵力终于恢复啦!哈哈!"周天也十分高兴,过来向阿奇祝贺。

多伦抓抓脑袋,不太搞得清楚状况。倒是聪明的伦多,朝阿奇眨了眨眼睛,说了句:"小虫子,我早知道你会说话。"

阿奇是在小乐他们被湿族人丛林截杀那天突然感觉到了一丝灵力。前几天话还说不利索,这几天灵力又恢复了一些,终于可以自如说话了。

伦多和阿奇都想到的那位正是加楠尊者。

这件事还得找鸣赛帮忙。阿奇这几天探听到不少消息。原来前次见过的锦族女子亚萝就是鸣赛的亲妹妹,而且竟然还是锦族的现任族长,由加楠尊者亲自教导,可以随时去她的太祖母那里问学。这待遇可比鸣赛好多了。

阿奇提议让亚萝带着鸣赛同去见尊者,只说是对影蛊好奇,想了解关于影蛊的一切。到时阿奇把大家都悄悄藏在鸣赛身上,一准可行。

不过后来去见太祖母的却是亚萝一人。两兄妹商量,影蛊事关锦族机密,亚萝独自去更方便。鸣赛也不想再碰钉子,他自从上次吃了闭门羹后,觉得很没面子,这次更大力拜托妹妹帮忙促成此事,详细询问太祖母关于影蛊的一切。

还是在那个树洞的小院里,加楠尊者经不住亚萝再三央求,便开始告诉重孙女什么是影蛊。阿奇带着谈判小队就悄悄藏在亚萝身上,谁都没有发觉。

小乐本以为加楠尊者跟漉杉姥一样是个树灵人老婆婆,可眼前的这位锦族尊者周身玲珑剔透,分明是用碧玉雕成的妙龄少女。男性们全都低着头,不好意思多看。

只见这位少女尊者从枝丫丛生的树架上取下一个很小的杯子递给亚萝,看上去只是一杯清水。"你再仔细看看。"尊者的声音自带一种威严。

果然,在水中有一条小小的影子。这,就是影蛊了?

加楠尊者眼都不眨一下地掰断自己的一根翠玉手指,动作跟沅也拔一模一样,接着她把手指放到唇边吹了起来。

就见杯中的细小影子像活了一般,犹如一条小虫,在哨音中扭动着身体。

"想对谁下蛊,就把这杯水泼到他身上就可以了。"加楠尊者停止吹奏,对惊讶不已的亚萝说。

一直躲在隐蔽空间里的几人全都吃惊不小。周天想,这种下毒方式真是匪夷所思,在我以为是林中的露水落到身上时就已经中招了。多伦兄弟想的是,用影子下蛊,难怪精灵城中毒的人身上什么都看不出来,实在是阴毒。小乐想到才学的成语"杯弓蛇影"。阿奇说不贴切,"含沙射影"还算有点关联。

"太奶奶,那这种蛊怎么解呢?"亚萝继续追问。

"这你要去问湿族了。这是他们祖传的伎俩。"加楠尊者说着随手把她的玉手指捏碎扔到了旁边的角落里。

"你是我的传人,以后我的本事会全部教给你。你是堂堂的锦族族长,不要跟猎族那些泛泛之辈走得太近,那个鸣赛根本不配做你哥哥。"尊者的语气不容置辩,亚萝只得点点头。

黑暗的角落里,突然出现了一只手,将加楠尊者碎裂的手指快速捡了起来。

一天后,小乐再次见识了影蛊的神奇。这次是在精灵城的王殿外,而且这一次的景观更为奇幻。

谈判小队火速赶回精灵城后,便请大长老把中毒的精灵人全部集中到一起。伦多取出两个指头哨子,其中一个正是他从加楠尊者那里偷偷捡回并让精灵城的巧匠修补好的翠玉指哨。

他略一思量便拿起那只翠玉指哨吹了起来。古怪的哨音在王殿外的广场上响起,几分钟后,一个个细小的黑影从中毒者额间的灵吸中爬出,扭动着身子。过了一会,竟然长大了不少。而中毒者则慢慢睁开眼睛,苏醒过来。伦多继续吹响指哨,一刻也不敢松懈。

就见这些影虫开始快速地吐丝结茧,接着数以千计的蛾蝶影子破茧而出,在哨声中翩翩飞起,简直如梦幻一般。蝶影们轻舞飞扬,越飞越高,渐渐全部在风中消散。等到最后一个蝶影幻灭后,满头是汗的伦多才停止了吹奏,这场影蛊毒终于是解了。

王殿内,伦多向大长老讲述了在绿夜森林遇到的一切,并断言道:

"不仅蛊毒是那个加楠尊者下的,很可能绿夜森林的圆筒怪内乱也是她造成的,她要的就是两败俱伤。呐风背后的那个厉害人物就是加楠尊者,只是不知道她这么做的真正目的,毕竟她也是精灵大陆的精灵,诡域到底能给她什么好处?!"

大长老摇着狮尾,捻着长须,闭目不语。

倒是小乐不解地问:"伦多叔叔,你是什么时候怀疑那个加楠尊者的?"

"自从见过湿族的沉也拔后,我就觉得加楠尊者有莫大的嫌疑。"伦多说出自己的分析,"一方面,那个沉也拔不像在说假话。另一方面呐风用精石根本请不动他们。湿族人没有下毒动机。最关键是他们身上的脓液极具腐蚀性,而我大哥的护身皮绳曾沾满过湿族人的脓液,但后来回来时却完好无损。所以那天偷袭我们的一定不是湿族,而是有人嫁祸给他们。在整个绿夜森林里能变化成湿族模样的只有锦族。而锦族真正的首领就是加楠尊者。"

"可那天也是锦族救了我们呀?难道是锦族人自己打自己?"小乐抓抓脑袋。

"可能是后来的亚萝他们并不知情,加楠尊者先派人来截杀,并没有告诉锦族族长亚萝。"周天分析道。在战场上这种乌龙也是常有的事。

"你们说到锦族的变化让我想到一件事。"阿奇也嗡嗡着发言了,"我第一次去加楠尊者那里时就觉得有什么地方不对劲。第二次再去时发现那里的院子和周围景色时有时无。我原来以为是我的灵力不稳定,后来想想那个树洞里面很可能是幻境,而进去的人十有八九被催眠了。"

幻境?催眠?这下连伦多都愣住了。

七、大长老的预言

"这就是锦族的幻术。"一直没有开口的大长老突然说话了,"他们的变化不是做什么真的改变,而是对你的双眼施术,让你见到他们希望你见到的一切。你说的催眠也就是一种迷魂吧。"

"当然,如果你的空间灵力大过他,就能看穿幻术了。我说得对吧,蓝幽灭空虫?"大长老说着看向阿奇。

蓝幽灭空虫?阿奇只觉心头如过电一般,已经太久太久没有听到这个词了。

小乐惊喜地嚷起来:"阿奇,这就是你真正的名字吗?"

"蓝幽灭空虫,简称灭空虫。"大长老说着用手一指,房间墙壁上的一行古怪文字便飞了下来,闪光有序地排列在他的眼前。大长老转眼就把绿夜森林的事丢到一边,开始了新的话题。

"此灵虫天生具有空间灵力。成熟体通体幽蓝,成群攻击时具有毁天灭地的威能。"大长老读着这些古老的精灵文字,赞叹道,"一般的攻击只能摧毁空间中的物体,而它们却能灭空,实在是恐怖、了不起啊!"

一下子大家的目光都聚焦在甲虫阿奇身上。阿奇翻着双眼朝天,内心一片无奈:大长老,你这是夸我呢,还是损我呢?

"大长老,你认错了,我不是什么灭空虫。"阿奇虽然心中万分疑惑这里怎么会有它的信息,但并不想承认。

"王殿内壁上前代大长老的预言是不会错的。预言上说你会随着一场瘟疫降临,以后将会……呃,可惜啊,后面的预言看不清了。"大长老捋捋胡须,微蹙着眉头。

小乐抬头四下打量着这满屋流光闪烁的精灵族文字,原来都是预言哪!

小乐与阿奇他们离去后,房间内只剩大长老和伦多二人。

"大长老,您看是否需要通知绿夜森林的高层加楠尊者投靠诡域的消息?"伦多恭敬地请示。

"不必了。"大长老想了想,说道,"一来我们没有切实的证据,二来树灵人之间的合作利益关系远远大于和我们的。"

大长老叹了口气:"诡域已经在行动了。你通知云荡山那边,密切注意加楠尊者和锦族的一举一动。虽然情报上说诡域还没什么动静,但这场精灵大陆的浩劫已经越来越近了。"

大长老望着窗外,窗外是光明季的灿烂日光,但他的心里却是愁云密布,风雨欲来。

小乐、周天和阿奇在城里受到上宾待遇,精灵王专门举办了盛大的宴会来宴请这几个天外来客。在宴会上,小乐见到了多日不见的雅苏姐,她美丽的脸上却带着一丝愁容。

在王殿内雅苏姐的房间门口,小乐听到长泽压低的怒声:"你难道真要嫁给精灵王,那头狼猪?"一旁的雅苏姐流着眼泪,一句话也不说。

"你是看上了王妃的尊贵地位?!"

"不,不是的!"雅苏哭着凄然道,"你是知道我的心的,我不能违背大长老的意思。他既然选择了我,那就是我的责任。"

"大长老的话就都对吗?!"长泽的眼中喷出怒火。

"可是,陛下是唯一拥有精灵纯血的人。"

"雅苏,跟我一起逃走,我想到了过赤晶沙漠的方法。"

"不行,如果我们走了,我们的族人怎么办?就算陛下和大长老不追究,他们也会一辈子抬不起头的。"雅苏不同意。

"雅苏姐姐,你要嫁给那个精灵王了吗?"这个不懂事的小男生忍不住推开门问道。

很快,长泽脸色铁青地离开了。雅苏依旧在那抽泣着。

"咱们去找阿奇想办法。我还是觉得你应该嫁给长泽大哥。"小男生想想又开口了。这下子,雅苏哭得更厉害了。

过了一会儿,雅苏抬起头,擦了擦眼泪,缓缓地说道:"小乐,在历代大长老的预言中,拥有精灵纯血的人是我们精灵族生死存亡的希望,陛下就算要我的生命,我也会给他。"

接下来的一段时间,雅苏没有回草原,而是在城中陪伴着小乐。刚知道阿奇恢复灵力时,小乐就嚷嚷着要打开行李,开房车。现在终于如愿以偿,房车上生活用品、家用电器一应俱全。他把精灵朋友们都请上房车做客,玩电子游戏,看电影,吃各类美食。这真得感谢下落不明的叶师姐了。房车中的一切都让精灵们感到惊奇,在雅苏和多伦他们看来,小乐生活的地方才真是个神奇的魔法世界。

令尚小乐倍感惊喜的是,他在房车上竟然发现了他的宠物仓鼠皮宝。小乐原来是把皮宝带到叶师姐的荷塘别苑,托祝阿姨照看的,没想到它竟然溜进了房车里,被阿奇压缩进空间照片了。

在这里见到皮宝,小乐竟产生一种遇到故乡亲人般的感觉。房车里有不少瓜子和坚果,小乐都仔细搜集到一起,给自己的皮宝慢慢享用。

雅苏还带着小乐在精灵城四处游玩,取消了禁言令的街道自是热闹。这里的流通货币有灵力,也有发着微光的精石。在一家装饰考究的铺子里,雅苏姐给小乐买了个能认主,而且空间超大的兽皮背包,正好跟他的灵皮水囊配套。

在城中逛了两日后,小乐提出想回赛茵草原找布布姐他们玩。但雅苏姐说现在精灵城需要的精石量越来越大,苏布这么大的精灵也全部去采矿了,回去了也见不到她。

"精灵城怎么了?"小乐不禁疑问。

雅苏勉强一笑说:"因为诡域就要来了。"

八、目标无尽海

诡域和精灵大陆之间本隔着辽阔无边的赤晶沙漠,赤晶能吸收所有生灵的能量,空中还有赤晶电网,所以诡域的人很难过来。但诡域实际就是在赤晶沙上的大陆,大陆的下面全是流沙,因此又叫作流沙大陆。流沙是运动的,因此流沙大陆也是漂移的。大长老预测过，不出五年，诡域就会随着赤晶流沙漂移过来。到那时，精灵大陆的劫难就要来了。

上一次诡域的侵略发生在五百多年前，精灵们战败了，血流成河。诡域人占领了精灵大陆，掠夺了大量精石和资源，把数不清的精灵变成他们的奴隶。后来因为不适应这里的生活，他们又随着漂移的大陆离开。

雅苏在诉说着几百年前她不曾经历过的那场战争时，表情沉重而忧伤。

就在尚小乐开启他吃喝玩乐的休闲模式时，阿奇和周天正与大长老在精灵城古籍里寻找离开这个空间的方法。当时他们在进入时间隧道的瞬间，突发了空间交叠移动，他们这才从空间裂缝中坠入了精灵大陆。但阿奇却找不到这个世界的出口，它的空间搜寻能力在这个世界被全面压制，就好像是有个阀门被彻底封死了，只能求助这位灵力高深的精灵大长老了。

终于，在小乐的手表电话又走过几天后，大长老帮他们找到了回家乃至实现愿望的方法。

大长老说，在精灵大陆与流沙大陆，也就是诡域之外，还有个神秘的无边无际的大海，叫无尽海。海中有个桃源岛，岛上的桃源主人无所不能。

精灵族的古文献里记载，只要答对桃源主人的问题，他便可以满足你的一切要求，突破时空的限制，带你去任何地方。桃源岛每六十年对外开放一次，按时间推算，正好轮到今年。

而大长老借助精灵城的灵力可以把他们传送到无尽海边，然后就可以坐船去桃源岛了。虽然不知道桃源主人会出什么题目刁难他们,但这毕竟是他们回到人类世界的唯一出路。

传送去无尽海的时间定在三天以后。

此时,在绿夜森林的一处隐秘树洞里,一个碧玉般的少女正扫视着几个迷彩的锦族人,脸色阴冷至极。为首的一个锦族人怯怯地说:"那日亚萝族长对我等施幻,去解救精灵城那几人时,我就觉得族长被猎族人利用了。现如今八成是族长上次来拜见尊者时,偷拿了您的解药。"另几个心里直发毛的锦族人感激地偷瞥了他们头儿一眼。

"住口!"加楠尊者怒斥道,"你们还想撇干净?!不是吩咐你们时刻盯着族长,有事立即禀报吗?你们的耳朵呢?!"

少女的声音并不大,但那几个垂手低头的锦族人全都吓得一哆嗦。尊者的手段他们是领教过的。

其实加楠尊者心里明白,精灵城的影毒被解一定和她的曾孙女有关。但事关隐秘,也不好当面问责亚萝。更没想到的是,一直为她办事的呐风那老小子竟突然陨灭了。眼看着数年的辛苦筹谋毁于一旦,她心中不由得万分恼火,只好另外再想办法完成诡域交办的事了。

她想了一会,继续阴沉着问道:"精灵城那边还有没有什么新情况?"

这句话令几个手下不由得心中一松。"说是大长老要用秘术送那几个外来人类去无尽海。"其中一个锦族人马上恭谨地答道。

"那只预言中与精灵城有莫大干系的甲虫也一同去吗?"

"应该是的,据说它是那个人类男孩的灵虫。"

"哼,无尽海!那头老狮牛也真是异想天开。"碧玉般的少女轻哼一声,嘴角露出一丝狡黠的笑容。

传送去无尽海的日子到了。大长老同另外两个精灵城长老在王殿外呈三角形围坐定,开始准备。让小乐万万没想到的是,眼前的大长老却成了一个眉清目秀的狮尾少年。

大长老用了什么厉害灵法,返老还童啦?!此刻大长老如能听到尚小乐的想法,怕只有苦笑了。接着凭空出现的甲虫阿奇,也让小乐吃惊不小。这只长鼻甲虫大了一圈不说,而且全身变成好看的幽蓝色,头顶还长出了一对小触角。

"阿奇,你变身啦?"

"不是,这才是我本来的样子。"阿奇嗡嗡道。

就在半日前,阿奇被大长老约去密谈。为了得到阿奇的一个承诺,大长老把自己几乎毕生的灵力给了这只甲虫,让阿奇的灵力突破界面限制,恢复了原来模样,而他自己则回到幼时的灵力水平。

据说这一切,包括送走阿奇一行,都是按照预言进行。那个承诺到底是什么,阿奇却没有说。

这边三大长老已把城门巨型灵吸以及王殿门上灵吸的灵光全部引入他三人围坐的三角形区域中。五彩灵光层叠浮动,奇幻莫测,传送阵就要成了。

不少精灵人来给他们送行。雅苏早早就给小乐的皮背包里放了很多吃的。长泽把他的祖爷爷水囊送给了小乐。多伦则把他的皮绳送给周天防身。

小乐的口袋里还有伦多送给他做纪念的圆筒怪吐出的亮晶核与沆也拔的指哨。这位老兄因为和雅苏姐同为大长老的学生,所以坚决不让小乐喊他"叔叔",而要称呼"大哥"。就在刚才,他把乌黑的指哨递给小乐时,笑嘻嘻又神秘兮兮地说:"湿族人的哨子对虫类都会有些作用,以后如果阿奇不听你的,你就吹这个,嘿嘿。"

随着传送阵里的光波起伏荡漾,三位精灵人长老依次将自己灵吸中的灵力注入阵中。小乐和周天、阿奇也站到灵光中。尚小乐看着身上层层涌动闪耀的光纹波浪,在与精灵朋友们挥手告别的同时,总觉得自己还会再回来……

第三章　海上历险

一、特殊的乘客

几秒钟前还在精灵大陆，现在蔚蓝辽阔的大海一下子跃入眼前。尚小乐略定了定神，揉揉还有点发晕的眼睛。远处海天一线，近处的海浪一层层涌过来，好像在轻抚着白色的沙滩，发出梦呓般温柔的声音。无尽海到了！

小乐从来没见过这么美的大海，不禁兴奋地在沙滩欢呼奔跑起来。

不远处的海边停着一只大海船，看来是渡海的唯一工具，阿奇和周天在海滩上整理好行李后便喊上小乐走了过去。

船舱外半躺着一个留络腮胡子的光头中年男子，身上的黑衣半新不旧，正光着脚丫子在那悠闲地啃烧饼。

这时一个女子焦躁的声音传来："船家，你到底开不开船？我付给你三倍的船资。"

"去无尽海的规矩你不知道吗？必须满六位才行！你再等等吧。这不，又来了两个。"一个船夫打扮的年轻人从船舱里探出头来，招呼小乐他们上船。等他发现阿奇后，便回头扯着嗓子喊："是三个！你再等一个就够了！"

船舱里站着个十七八岁的女子，一身青衣，容貌俊秀，头上斜插着一根白玉发簪,更显清丽脱俗。

小乐看这个姐姐着急的样子,于是掏出仓鼠皮宝对船夫说:"它也算一个吧,正好六个,可以开船啦!"

年轻的船夫扫了一眼说:"开了灵智的才算,这个不行。你当无尽海是什么,什么猫狗老鼠的都能来?"

小乐正悻悻地要把皮宝放回去,就听见一个沙哑低沉的声音在船舱里响起来:"你看老夫算不算?"

说话的竟然是——仓鼠皮宝!

难道是在精灵大陆发生变异了?小乐蒙了。

在众人惊讶的目光中,就见皮宝的头上缓缓现出一个虚影,渐渐清晰,是一个长着象鼻的人形妖怪,威风凛凛,面貌凶恶。

阿奇一见,惊得一下从半空跌落下来。

周天从没见过阿奇这个样子,隐隐觉得这个长鼻人跟阿奇有着某种联系。

"你早说呀!会说话的都算!"船夫小哥嬉笑着说,"都坐好了啊,要开船了。"

很快,大船便升起了三桅风帆,离开了海岸,开始在辽阔的大海上破浪前行。

船行得很平稳,周天便带着小乐到甲板上玩,顺便吹着海风吃午饭。小乐掏出了很多美食。现在阿奇的本事恢复了,想吃什么,解开"压缩照片"就行了,完全的真空包装,新鲜得很。

周天看到一直在甲板上的光头男子,便礼貌地邀请他来品尝,这络腮胡子也不推辞,上来就抓起一只烧鸡,放嘴里大嚼起来。

同船的这几人一看就不是精灵大陆的人,倒像古代的汉人,他们的装束和言谈举止忽然让周天产生了一种久违的亲切感,好像是离别多年后的游子又回到故乡一样,而小乐则感觉像穿越到了古代。

阿奇飞到桅杆上,眺望着大海,回忆着刚才发生的一切。就在它惊恐坠地的一瞬,时空静止了。

"你认识我,是不是?"皮宝瞪着溜圆的黑眼珠问。

"是。"阿奇回答。以它现在灵力可以轻而易举地打破对方禁锢的空间,但它没有轻举妄动,而是飞快思考着如何应对它的每一个问题。眼前的这个生物以及和它有关的一切,似乎是上辈子的事情,阿奇已经把它们埋葬在记忆深处,永远不想记起,没想到却在这里遇见了。

"你好像很怕我?"皮宝冷冷道。

"我只是很惊讶,没想到在这遇到了老朋友。"阿奇越来越镇静。

"你认识我?那么我……我到底是谁?"皮宝的眼中闪现一丝迷茫。

"你……你真不记得你是谁了吗?"阿奇不动声色,心中却是大笑。

"我可能谁都不是。我原来只是一只手臂,我想知道我的本体是谁,你一定知道。"皮宝望向阿奇,沙哑的声音中透着渴望。

"你的本体在我们灵界是一个了不起的人,大英雄!"阿奇开始娓娓道来,"很久很久以前,一个小男孩在沼泽海边捡起一个奇怪的瓶子,然后他打开了瓶子,把你的本体从几万年的囚禁中解放出来。你的记忆中应该还残存着被囚禁的感觉。你本体为了报答这个男孩,便守在他的身边,和他一起去降妖除魔,这个男孩也是我的主人。在一次和灵界巨魔的大战中,你本体的一只手臂被斩断,那只断臂和我一起从空间裂缝中坠落人类世界。你应该就是断臂上主体的分神了。"

"这么说,我是一个好人?"皮宝疑惑地盯着阿奇。

"不错,你是一个心地善良、乐于助人的好人,一个大好人!"阿奇肯定地说。

阿奇至今还清晰地记得在那场残酷血腥的大混战中,它和那老魔一只被斩落的手臂在空间裂缝中一起坠落。老魔身体每一个部分都可以化作他的一个分神。按常理说,分神会拥有本尊的全部记忆。但很明显,这个老魔的分神失忆了。

接着两个来自同一界的灵物还闲聊了几句。老魔的分神问及自己本体的名字。阿奇胡编了一个又长又晦涩的词语,能记下来就不错了。阿奇也问了它的一些经历。原来这魔头在断肢中苏醒后就离开腐烂的身体四处游荡,去寻找记忆。它虽然在空间之力的作用下失忆了,却能感知灵界生物的熟悉气息,于是它顺着气息找到阿奇的附近。

"原来半年前,我在小区门口开心超市感觉到的灵界气息就是你呀!"阿奇突然想起来。

"我确实在那里待过一段时间。后来就找到你那个小朋友家里,选了这个身体住下,然后就跟着你来到这里了。"老魔说着就捧起一颗葵花子嗑了起来。它目前很喜欢这个身体。

阿奇听后不由得倒吸一口凉气,这老魔竟然一直生活在自己的眼皮底下,而且把气息收敛得这么好,让自己没有丝毫察觉。

还可以这样推理,当时的神识力只能让它驾驭仓鼠这样的小动物,同时又借助仓鼠的气息掩盖了微弱的魔气,然后它又设法混在行李中一起进入了时间隧道,来到了这个世界。它肯定一直都在默默地恢复着灵力,以老魔骨子里的狡诈,在不知是敌是友的情况下,它是不会现身的。等到它认为有实力与自己抗衡时,终于亮出了真身,而今天的确是个很适合的出场机会。

阿奇想,幸亏自己封存了一半的灵力,以后还能让这魔头有所忌惮。此魔现在的灵力还不足本体的百分之一,但仍记得一些空间灵法。看得出它正在努力恢复被空间压制的灵力,这正是阿奇最担心的地方。它为什么一直要跟着自己?现在又认了老乡,也不好把它赶走。何况目前如果动起手来也没有一招制敌的把握,让它逃走更是后患无穷。

阿奇再三思量,真盼望能有个高手立即出现,将这仓鼠和它体内的老魔一掌拍死。与一只豺狼同在一个屋檐下,实在是件难受的事。

二、船上生活

时间恢复正常后,阿奇像什么事都没发生一样,从地上站起来,飞到皮宝身边,向周天和小乐介绍说,这位是和它在同一个星球的好友,专程来看自己,大家今后就不要再叫它皮宝了,要称呼一声仓先生。

在甲板上,小乐问阿奇:"仓先生还是原来的皮宝吗?"

阿奇想了想说:"它还是原来的皮宝,只是以前没说过话,你不知道而已。"其实心里知道真的皮宝早已不存在了。

"仓先生不喜欢你再碰它了,它喜欢一个人待着,以后你把它的食物和水统一放好,让它自己去取就行了,不要和它单独接触。不要问为什么,记住我说的话。"阿奇严肃地说。

它看了一眼船舱中正在窝里呼呼大睡的仓先生,只希望这老魔的记忆永远不要恢复。

大船在海上风平浪静地航行了三天。小乐觉得这里和地球非常像,最起码有白天黑夜之分,周师父还叫醒他看了一次海上日出,看着大海吞吐日月,无比壮观。

师徒俩在海上吃了睡,睡了玩,搞得跟度假一样。那个光头汉子一般都待在甲板上,不时和小乐闲逗几句,自称大胡子叔叔。而那个青衣女子从开船后就没有出过舱门。

舱内其实是个前后两排大通铺的大房间,中间是个过道。她不知使了什么法宝,用一个青蒙蒙的光帘把自己的铺位从上到下围了起来,她在里面做什么外面都看不见。

其间还发生了一件小插曲。第二天下午,一大群飞鱼铺天而来,大家全都躲进船舱。小乐看那些涌进舱中的飞鱼,浑身尖刺,嘴里还有尖锐的牙齿,一口就能咬下一块木头。这可是地球上没有的生物。

周天和大胡子堵在舱门口,周师父用多伦送给他的皮绳卷起靠近的飞鱼丢进海里,大胡子不知从哪掏出一根长棍子,直接把这种怪鱼一棒子打飞。

但是怪鱼却越来越多,桅杆都快被咬断了。周天端着自动步枪连连射击也没什么作用。船夫在尾舵那喊:"你们谁有法宝,快使出来,不然你们连无尽海上的飞鱼阵都过不去!"

阿奇只好飞出去,开了个空间小口,把飞过来的怪鱼全都吸进了一个空间中,一条不剩。

大胡子惊得目瞪口呆,对小乐说:"你的灵虫这么厉害,卖不卖?"

"不卖,多少钱也不卖!"小乐有些得意。

航行进入第四天的时候,海上起雾了,很快甲板上就变得伸手不见五指。船夫小哥跑到舱中对大家说,马上就要到墨雾海域了,船上的照明不行,要大家准备好发光的东西,最好有驱雾功能。另外每位还要补交三块晶的船费。

大胡子骂骂咧咧道:"上船不都给过你了,你怎么坐地起价?"

船夫小哥皮笑肉不笑地说:"我也不想啊,你们过飞鱼阵用的时间太长,这帆全给咬烂了,我花了多少晶去修啊!我这船全靠晶力推动,现在收三块算少的了。再说啦,你们上船的时候我就说明了途中会有额外收费。"

周天从背包里拿出精灵城大长老给的那袋极品精石,数出了几十块递给船家。上船交费那会,这船家就鉴定说,这种低等精石,三四块才能勉强算一块晶,而且阿奇和仓先生都算全票。现在一补交,满满一袋精石就只剩小半袋了。小乐想,大长老如果知道了会不会心疼得流眼泪?

大胡子还是坚决拒交。

船夫恨恨地大声说:"你们劝劝他,不交我就不开船了,你们就在墨雾里待着吧!"

周天想想又掏出所剩无几的精石口袋说:"要不我替这位兄台交吧。"

"你省省吧,就你那破石头,我炼出一块晶都要花半天的时间。"船夫不耐烦地说。

这时就见舱内青光一闪,那个青衣少女走了出来。原来的光帘收成了一个翡翠玉镯,被她纤手一扬,套在了手腕上。

"这是个什么宝贝啊?"小乐啧啧称奇。

她拿出几颗光芒璀璨类似珠宝一样的东西递给船夫,说:"那人的我替他交了,我只要求尽快到桃源岛。"

"得嘞!这下可以全速前进啦!"船夫小哥喜滋滋地说。

大胡子斜靠在自己的铺位上,瞥了女子一眼,哼了一声道:"等到了岛我还你。"

青衣少女也不说话,依旧一副心事重重的样子。

船夫临出舱门时不忘叮嘱一句:"你们赶紧准备照明,越亮越好。"

那女子听后,思索了一下,走了出去。不一会儿,整条船就变得光亮耀眼起来。

阿奇不让小乐出去,小乐只好扒着船舱的小窗户往外望,就看见那个姐姐正用两根手指对着桅杆,指尖是一道青白的光束,另一只手握着个闪闪发光的晶石,似乎在不断吸收里面的灵力。桅杆上有什么东西正发着万丈光芒,将浓雾也驱散了一些,大船周围的能见度提升不少。

"桅杆上套着的是她的镯子,她正在用法术让它发光。"阿奇甩甩鼻子说。

这下舱里只剩下几个男性了,大家不由得开始随便起来。前几天小乐换条裤子都要跑到船尾去,担心被这个姐姐看到。

可能是刚才周天打算仗义付钱,让大胡子心生好感,于是便开始和他聊起天来。周天只简单说他们从人类世界来,去桃源岛希望能实现各自的愿望。大胡子也不细问,这让周天和阿奇都觉得不错。

"这位兄台是……诡域人吧?"周天小心问道。

"诡域?!"大胡子哈哈大笑,"你,你们是听那帮蛮荒精灵说的吧?他们给吓破胆了,瞎说我们是诡域。我来跟你们细说说我们流沙大陆的十二国吧!"

三、墨雾海域(上)

"我们这十二国分三正、四邪、五奇地。三正是三个行正道的国家,分别是圣邑、五行城和彩虹国。四邪呢,就是四个比较邪门的国家,估计精灵人就是因为那几个国家才把我们全部称作诡域的。"大胡子摇头晃脑地开讲了。

尚小乐一下来了兴趣,凑过来仔细听。大胡子打开了话匣子:"那四个邪国,第一就是恶灵国,里面全是恶灵,跟我们圣邑也是水火不容。你们千万不要去。第二是幻象国,这个地方谁都不知道在哪,总之里面全是幻境,有去无回。还有一个是罗格城堡。这个地方也邪门得很,我有个师兄弟曾经去过那里,回来就疯了。最后一个就是虫谷了,里面全是有灵智的虫子。你们的这个甲虫,我本来以为是虫谷来的。"说着,大胡子指了指阿奇,"但它会法术,那肯定就不是了。我可没听说过虫谷里的虫子会什么法术。"

"再跟你们说说五奇地。顾名思义啊,就是五个奇怪的地方。有海天国,这其实算两个国,海上面一国,海下面一国。那里面的人生活非常特别,和我们流沙大陆的哪一个国家都不一样,有机会你们可以去玩玩。再有是巨灵山庄,里面全是巨大的生物。还有雪国,冰天雪地。最后一个是什么来着……"大胡子拍拍脑门,"哦,对了,悠悠国!"他的大光头都快被他拍红了,"这个国家有意思,所有人都是慢悠悠的,但他们那里全是晶矿,人人都是大财主。"

舱里的所有人都听得津津有味,连仓先生都竖着耳朵在听。

"大胡子叔叔,那你是哪国的?"小乐趴在铺上侧着脑袋问。

"我刚才说啦,我是圣邑人!"大胡子的音调上扬,露出得意的神色。看来圣邑应该是流沙大陆数一数二的国家。

接着,大胡子让小乐说说他的国家,于是这个男孩就开始搜肠刮肚地解说他知道的中国历史和地理。基本也就是个大概,还没说完大胡子的呼噜就响起来了。

虽然等小乐回到人类世界时又会从九岁开始,在这个空间旅行的时间将不会被纳入他的生命中,但阿奇听了小乐差劲的国家解说后,觉得有空还是得让小乐看书学习,不能荒废了时间。

周天觉着外面一个女孩子在为大家照明,心里过意不去,于是同阿奇商量把探照灯找出来。

正说着话,就听见舱外女子惊恐大喊的声音:"你们快出来,水里有东西!快出来!"

众人全都跑出舱外,连同惊醒的大胡子、仓先生。

只见船前突然浮起一个小山样的背鳍,接着又没入船底,水面涌起几米高的水柱。

阿奇飞到船前去看,水下现出一只巨大的眼睛,那只恐怖的眼睛越升越高,就听一声惊叫,一只硕大无比的巨眼鱼怪出现在众人面前。

这头怪兽浑身青黑,鱼身兽足,背上鳞片贲张,身体两侧各一只硕大凸起的眼球,眼球周围还长着许多如蛇般扭动着的触须,又恶心,又恐怖。

下一秒,它就张开血盆大口,一口咬掉了船头。大船急剧地晃动起来。

青衣女子已经吓得抱紧了桅杆,周天护着小乐跳进舱中。阿奇周身蓝光四射,直接就要把这怪兽收进压缩空间。

万万没想到,阿奇竟然失手了!还没等阿奇反应过来,怪鱼长蛇般的触须就黏住了它,此时套在桅杆顶的镯子因为失去法力维持,逐渐暗了下来。

雾气中,就见那只恐怖的巨眼鱼怪一下跃起,眼看大船就要被它撞翻。

在这千钧一发之际,一张超大面皮一下朝巨眼鱼怪迎面兜去,接着又是一根像房梁一样的东西直接向鱼怪顶了过去。

出手的竟然是大胡子!

那鱼怪眼不能视物,又挨了一棍,猛然潜入水中。阿奇得以脱身，又试了一次空间收纳法，还是不成。这是什么鬼地方？阿奇暗暗吃惊。

船身被鱼尾一记重撞，严重倾斜，一下灌进来不少海水。周天从齐腰深的水中迅速翻出救生衣给小乐穿上。

"你们快想办法解决这海怪，船都快沉啦！"船家一边掌舵一边大喊。

转眼鱼怪又出现在船头，大胡子一只手握住一块晶石，另一只手继续催动他的丈许高的大棍子打向怪鱼。这时，阿奇动用了多于刚才几十倍的灵力猛地撕开了鱼怪所在的局部空间。相应的，巨眼鱼怪被撕成了两半。这项技能后来被小乐起名为"裂空斩"。

很快，在青衣女子的法力催动下，大船又变得亮堂起来。船家也在用晶石之力飞快地修补着船头。

仓先生三步两跳地跑到阿奇前面，说："这片海真是奇怪，我刚才试了几次，空间灵法都没用了。"它在看到阿奇竟然使出了威力如此巨大的空间杀技后，语气中颇有讨好和忌惮的意思。

阿奇也发现了，目前的海域，凡是涉及整个空间或新开空间的灵法都失效，只有针对某样具体东西的局部空间才有作用，却要花费比平时多得多的灵力。

这边大胡子已经将那根粗大木棍收成了一个擀面杖，揣进了怀里。

就在大家惊魂才定的时候，正在从船舱往外舀水的周天突然惊骇道："那边又来一只！"

果然，顺着周天手指的方向，又一只巨大的眼睛正朝他们游来。

"灭灯,快灭灯!"周天突然反应过来,对桅杆下的青衣少女大喊。

在一声惊呼中,一条类似章鱼的触手把青衣女子连同桅杆一起卷了起来,另一条触手就向舱口袭来。

船头,巨眼鱼怪已浮出水面。

两只,这次是两只!阿奇的心提到了嗓子眼。

"见鬼!掉进怪兽窝了。"大胡子郁闷至极,重新掏出擀面杖,瞬间又变成了房梁般的粗木棒直接朝一条正卷向自己的触手打去。

再说青衣少女眼看就要被卷入海中,飞溅出的冰冷海水竟让原本惊恐万分的她镇定了下来,她身体动弹不得,口中念念有词,头上的白玉簪倏地飞出,转瞬就变成一柄闪着冷冷寒光的宝剑,将海怪的触手一斩而断。

周天也用自动步枪打退了袭向舱门的触手。青衣女子的镯子已经沉入海中,现在只能用船上原有的照明在浓雾中勉强视物,但小乐还是看到了触手上无数的利齿和发着寒光的阴森眼睛。

这边阿奇再次使用了它的绝活裂空斩,撕开了巨眼鱼怪。不过灵力消耗太大,这裂空斩它一时半会是无法再用了。

数不清的触手从四面八方袭来。这一只似乎是章鱼怪,把大船给抱住了。青衣女子不停指挥宝剑斩断触手,以免大船给拉沉。

大胡子的棍子被触手卷起,但飞快地旋转起来,把那条触手给拧了很多道,再猛一停,触手打着旋开始回劲,粗木棒一下挣脱,接着在空中变得更大,以万钧之力砸向怪兽的脑袋瓜,直接把它给杵了下去。

大胡子知道他这个不是必杀技,于是一边催动木棍继续与海怪在海中周旋,一边大声催促船家加大动力开船,尽快离开这片海域。

四、墨雾海域(下)

十几分钟后,那些触手又出现了,大家只好继续应战。周天这次做了充分准备,他的自动步枪发挥了不小的作用。但海怪总也不露头,只能耗费子弹在触手上。

青衣女子这次除了用剑外,自身裙裾飞舞,周身青芒四射,让那些触手不敢近身。

大胡子就有些惨了,他的擀面杖可能被怪物的触手缠到海里了,一时收不回来,只得找周天借了把工兵铲,没几下他又被缠住了双腿。大胡子情急之下,朝舱中大喝一声,心里着实有些无奈,这个法宝他本不想现在就用。

舱里的一角,阿奇正在着急地恢复灵力。刚才它试探性地让仓先生把灵力借给它一点,好让大家渡过难关,但这老魔却百般推辞。这让阿奇更肯定老魔并不完全相信自己,那么体内封存的灵力就更加不能轻易拿出来使用。

那老魔此刻看上去也十分紧张,缩在小乐旁边,双手捧着它最爱的瓜子。

听到大胡子的喝声后,不可思议的事情又发生了。在小乐手表电话的微光中,就见大胡子的行李中走出十几个二寸大小的东西,排得整整齐齐的。尚小乐伸长脖子仔细一看,竟然是前几日大胡子叔叔请他吃的年糕。

这些白的、黑的、黄的年糕此刻犹如有了生命一般,纷纷跳到甲板上。

有两个黑色的年糕顷刻间变成两个高大的年糕人,其中一个抄起工兵铲,三下五除二就把大胡子给解救了出来。另一个挥舞着一根断裂的桅杆,连连打退旁边触手的进攻。

其余的年糕就地一滚,化作成千上万个芝麻粒大的小人,就像行军蚁一样撕咬着甲板上的触手。不一会儿,几条抠在甲板上的触手全部被咬断。

甲板上的两人看到大胡子有如此神助,全都吃惊不小。

可是这些触手仿佛斩杀不尽似的,又源源不断地拥上来。周天的子弹已经打光,只好上了长刃匕首。突然,他被一条触手拦腰卷起,一下卷到半空,手中的匕首也掉落下来。

"师父!"尚小乐急得大喊。大胡子马上指挥年糕人去援救,但已经来不及了,周天被卷入了海中,生死未卜。

"师父……阿奇,你快去救师父!"小乐哭着说。阿奇正犹豫要不要动用所有灵力把周师父救回来,就听见轰的一声闷响,章鱼海怪被炸成了一堆碎肉,大船也被气浪推出去老远。

不用说,是周天做的。

这周天也实在是命大,不多会儿,浑身湿透的他就气喘吁吁地爬上了甲板。

小乐喜出望外地叫了声"师父",流着泪冲了过去。

原来,周天在快被怪物送进口中的一刹那,拉开了一颗手雷,扔了进去。

的确,一颗现代高科技的手雷,就解决了问题。

回舱之后,大家讨论了一下,严令船夫关闭所有的照明。周天和阿奇都认为正是耀眼的光亮吸引海中怪兽前来。船夫小哥起初还不同意,振振有词地说如果没有照明,就看不清万年红荧石的航标了,触礁都是有可能的。周天说,他观察过海上的风向,从未改变过,而且他们的航行一直是顺风,所以就先顺风行驶,等出了这墨雾海域再说。

阿奇心想:周天不愧当过野战兵,一直在留意观察。

"你这船去过桃源几次?其他人都是怎么过这片海的?"仓先生突然问。

"几次?"船夫小哥一愣,接着说,"这可数不清了,以前坐我船的人可都大有本事,不像你们,几只海怪都应付不来。"说着他轻蔑地白了众人一眼。大胡子面上一窘,马上问周天手雷怎么用的,正好掩饰过去。

周天让阿奇打开了所有武器装备的"压缩照片",发现尚有三十几颗手雷和二百来发子弹。除了周天身上的自动步枪和手枪外,另有一把超轻自动步枪、一个火焰喷射器以及少许燃烧弹、烟幕弹和照明弹,又翻出来几个军用探照灯、救生衣和油布帐篷。叶真想得还真是周到。

接着周天跟大胡子讲了这些武器怎么用。大胡子想自己真是不虚此行,见识了这么多厉害的法宝。

青衣女子始终一言不发,盘腿坐在自己的铺位上,双手握着晶石,浑身闪着隐隐青光。从衣服上的血迹看,刚才她应该受了很重的伤,正在运功疗伤。

大家各自休息,大胡子从包袱里撕了点面皮贴在自己的伤口上,比创可贴还好用,再放出两个年糕人负责警戒。经过几场大战,大家全都筋疲力尽。

小乐正要迷迷糊糊地睡着,就听见外面"咚咚"几下,好像有什么大东西撞击了甲板。大船也晃动得厉害,显然是有什么庞然大物跳到船上了。

大胡子坐起身,无语地看了一眼被惊醒的周天,似乎用眼神在说:"你的灭灯法没用啊,怪兽又来了。"

周天只得打开全部的照明设备。来的是两个长着巨螯的蠕虫样怪物。外面年糕人正在英勇作战。一个被压成了面饼还躺在地上拿着工兵铲同巨螯搏斗。

最后这两个海怪是被一颗手雷和数十发子弹干掉的,秽肉污血飞溅得满船都是。没想到的是这种海怪的血有腐蚀作用,甲板给毁得不像样子。众人不得不拿出更多的晶石给船家发力修补。周天身上也被溅上了污血,所幸除了衣服被烧坏并没有受伤。可惜一个年糕人为了保护大胡子被腐蚀得再也不能复原,壮烈牺牲。

小乐心里一阵懊悔,当时吃了好几块大胡子叔叔的年糕,把这么好的年糕人给吃掉了。

接下来的日子,正如大胡子说的"掉进怪物窝了",海怪是络绎不绝。十几天下来共打死海怪六十多只。除了大胡子的年糕人全天候在甲板上执勤外,其他的人到后来轮流上,不然谁都吃不消。

尚小乐由开始听到船底发出海怪撞击的声音而毛骨悚然,到后来外面在打怪,他在舱内呼呼大睡。其余几人也是坐下、站着都能睡着。人真是锻炼出来的。

"我不信这条船每次都能通过墨雾海,看船夫一点也不担心的样子,这里面一定有古怪。"仓先生对阿奇说。

大船在暗无天日的海上航行了一个月后,终于有一天,一缕阳光射进船舱,小乐一行终于走出了墨雾海域。

五、惊变

众人都走出了船舱,让疲惫的身心沐浴在久违的日光中。尚小乐更是高兴地欢呼起来。

大胡子坐在船头,眯着眼睛吹着海风。斜靠着舱门的青衣女子突然发问:"你是百业门的人?"

周天等人正疑惑不解,就听船头的大胡子头也不回地回答一声:"不错!"

青衣女子眼中厉色一闪,双手掐诀,头上的发簪立刻飞出,瞬间化作一条数米长的白蛇,吐着红信,飞向大胡子。大胡子躲闪不及,被蛇头一口咬住胳膊,蛇身迅速从胸到脚把大胡子紧紧缠住。与此同时,女子身形一转,化作一柄青光四射的宝剑,腾空而起,朝着大胡子的光头直劈下去。

这一切发生得太突然,甲板上的人几乎都没有反应过来。青衣女子出手如此之快、如此之狠让阿奇也瞪大了眼睛。

大胡子看来是难逃一死了。

下一秒,大家又大吃了一惊。大胡子不知何时竟然出现在所有人的身后,只见他把擀面杖忽地祭出,对着青衣女子所化的青光剑大喝一声:"收!"

然后就听青衣女子一声惊叫,青光剑和长白蛇全被收进了擀面杖中。大胡子原来坐着的地方立着一个黑黑的年糕人,几秒钟后又变回了一个寸许长的小年糕,蹦跳着钻进大胡子的口袋里。

大胡子摸摸光脑壳,觉得少不得要跟甲板上一众目瞪口呆的患难朋友解释一番:

"在下是圣邑百业门的捕快,专门负责缉拿人犯。刚才收的这名五色宗的女子是本邑在逃要犯。其实她如果不动手,我还想顺便去桃源走一遭。但现在,哼,也只好如此了。"

大胡子伸出手来做了个光圈把擀面杖套了起来。

小乐虽然和青衣女子没说过几句话,但毕竟相处了这么多天,不由得问道:"那个姐姐犯了什么罪?"

"这我就不知道了,听说是邑主亲办的案子,我只负责捉拿她归案。"大胡子说着把擀面杖揣进怀里,接着伸手一招,几个年糕小人把他的包袱从船舱里抬了出来,然后又纷纷钻了进去。

大胡子把包袱背在身上,叹了口气,说道:"现在既然捉了人犯,职责所在,我也不便逗留,在下这就告辞了。"

说完,双手抱拳向众人一拱手,就准备离开。

周天和小乐劝他既然桃源岛很快就要到了,不如上岛以后再走。大胡子有些无奈地摇摇头。想着他有公务在身,师徒俩也就不再劝了。

虽然大家对这突发事件毫无思想准备,但此刻全都好奇他打算怎么走,是飞走呢,还是跳海游走?

四双眼睛齐刷刷地盯着大胡子。

只见大胡子从兜里掏出一点白色粉末,有些自得地对众人说:"这追踪面粉是我面点行的一点绝活,只要把它撒在犯人的身上,任他跑到天涯海角,我也能追到。而且,这面粉撒到哪,我人就能去哪,所以我从任何地方回圣邑都是轻而易举的事情。"

看来大胡子在圣邑到处都撒了面粉,这样他去哪都能找回家。他此行估计也想去桃源岛上撒上一点。阿奇想,这追踪面粉肯定属于一种空间穿越的术法。这里真是什么奇人都有。

大胡子说完就把面粉倒入口中,咽了下去,接着再次和大家道别。他拍着周天的肩膀说,以后如果有机会到圣邑,一定要去百业门找他。只要找到面点王,就找到他了。

说着说着,就见大胡子的身体半虚半实起来,众人都站到一边目送他穿越。

他就这么半虚半实着过了十几分钟。

"他走不掉了。"仓先生抛下一句话,一溜小跑回它的窝里睡觉去了。

半个多小时后,大胡子还在甲板上!他,失败了!

这是从来没遇到的情况。大胡子觉得有些丢脸,更多的还是着急。他又抓了一大把追踪面粉,放进嘴里。周天拧开一瓶矿泉水递给他,安慰道:"老弟,别着急,你想想是不是哪一步出了疏漏?"

"大胡子叔叔,你是不是忘记念口诀了?"小乐也在一旁说。

大胡子被面粉噎得脸红脖子粗后,猛地咬破手指,开始盘腿坐下,双手掐诀,很快他的身体再度半虚半实起来。

阿奇飞过来,望着双眉紧缩、满头是汗的大胡子,发现在他一大半身体变透明后,忽地又变回原样。这次大胡子噗地吐出一口鲜血,瘫坐在地。

阿奇突然有一种不祥的预感。

"怎么会这样?!"大胡子瞪大了不相信的眼睛,"难道这里是……"他不敢再想下去了,冷汗从大胡子光头上滚落下来。

周天走过去正要扶他起来,他示意不用,而是忽地坐正,再次掐诀。不多会儿,在一连串的叫唤声中,尾舵的船夫被一个年糕人押了过来。

"这到底是什么地方?!"大胡子厉声问道。

"什么地方?无尽海啊!你们要干什么呀?轻点轻点!"船夫小哥直嚷嚷。

大胡子示意了一下他的年糕人。年糕人对准船夫的肚子就是一拳。"哎哟!"小哥疼得大喊。就在他张嘴叫疼的当口,那个年糕人一下变作蚕豆大小,倏地钻进他的嘴里。下一秒,就进了肚。船夫小哥立马就像个木头人似的杵在那里,一动不动。

所有人都不明白大胡子为什么这么做,全都注视着他。大胡子紧闭双眼,似乎跟随着他的年糕人在看船夫肚子里的景象。阿奇如果不是透视能力消失,一定也去探个究竟。

接着毫无声息地,船夫小哥凭空消失了,什么都没有留下,仿佛从来没有存在过一般。地上只剩下一颗蚕豆大的年糕人,三步并作两步地跳入大胡子的兜里。

233

大胡子已然脸色大变,睁开眼睛,惊恐地看着众人,嘴唇微微颤抖:"他的肚子里什么都没有。他,他不是人,只是……一个——幻象。"

一个幻象!

所有人都呆住了。

六、逃生(上)

"如果我猜得没错,这里就是幻象国。"大胡子继续道,嘴角露出绝望的苦笑。

原来他们已经误入幻象国一个多月了。这里的一切,无尽海、各种海怪、水鸟,包括天空、白云、日月,各种景色全都是假的,是幻象。

而这幻境简直跟真的一样,阿奇看看四周,一点破绽也没有。和先前加楠尊者的幻境完全不同。小乐想到阿奇以前造的人都设了规定程序,但这个船夫小哥完全是真人的样子!

"幻象国从来是有去无回,会把所有外来的生灵困死在幻境里。"大胡子的话一直在众人的耳边响着。

"有办法吗?"周天的问话让大家都把希望的目光投向甲虫阿奇。

阿奇没有说话。这个幻境打造者的能力已经超出了自己的想象。自己的空间能力和他相比,就像一个幼儿园玩沙的孩子面对一个专业的建筑师。

大家的心都沉了下去。

懊悔、无奈、绝望、沮丧、疑惑、沉思交织在一起。明媚但虚假的阳光照在每一位乘客的身上。

"会不会是大长老骗了我们?"周天坐在甲板上,看了阿奇一眼。

"不会的,他没必要这样。"阿奇很肯定地说。他几乎给了自己全部的灵力,完全是以命相托。

"大长老年纪大了,也可能弄错了地方。"周天茫然地望着不远处的小乐,自语道。

小乐到底是个孩子,很快就又开始跑前跑后,问这问那了。一只双头双尾的怪鸟落在桅杆上,小乐惊奇地大叫。

天无绝人之路,一定有办法出去!阿奇看着小乐不由得坚定起来。

它开始详细询问大胡子他所知道的幻象国的一切,接着又让周天取来一些海水仔细观察。怎么看、怎么喝都是真的液体。

"我们可能一进来就被催眠了。"仓先生沙哑的声音响起。

"这个完全有可能。也就是说如果我们大家都认为这是幻象,那么我们就有可能打破催眠,出去了。"阿奇点点头说,心里却对这只仓鼠瞅了一眼:你还懂得真多啊,连催眠都知道。

在小乐和阿奇的带动下,大家也变得积极乐观起来,开始想办法。忽然,大胡子好像想起了什么,把擀面杖掏了出来,解开封印后,倒出了青衣女子。

原来这擀面杖的临时牢笼有时效性,不然犯人会闷死在里面。难怪当时大胡子着急要走。

青衣女子在知道自己的处境后,一张俏脸变得更为惨白。

逃犯和捕快此刻又站在了同一阵营。摆在所有人面前的是同舟共济与如何逃命的问题。

　　大家最后讨论得出的办法是,等阿奇灵力完全恢复后,所有人同时坚信这里是幻觉,然后阿奇带领大家冲破幻境空间,逃出生天。

　　由于船夫消失,大船只能在海上漂流。小乐想起以前看过一部电影《少年派的奇幻漂流》,想着自己的这次海上历险也可以拍成一部电影,名叫《尚小乐的奇幻漂流》。

　　青衣女子的手镯法宝丢失,周天便给她用军用帐篷做了个简易隔间,让女孩住在舱里方便些。小乐也拿出一些好吃的点心送给这个逃犯姐姐。

　　青衣女子感激地看着众人,慢慢也愿意诉说自己的经历了。

　　她告诉大家,她名叫青月,是圣邑五色宗的人。在圣邑,一些小的家族往往会依附大的宗门。她的家族就是这样,全家归属五色宗。

　　有一天,她正在练功,师兄突然跑来告诉她,她的父亲以背叛圣邑、私通恶灵的罪名被抓,全家都被列为同案犯。虽然她不信父亲会背叛圣邑和邑主,但还是藏到了师兄家里。果然,不久之后,邑主就论罪处罚,下令把她一家二十八口变成了鸭子。只有她和她远游历练的妹妹幸免于难。

　　"你们五色宗就是以变化见长,没想到你一家人全变形成鸭子。"大胡子跷着二郎腿,躺在铺位上说。

　　"不是变形为鸭子,而是人形的鸭子。"青月凄然道,"我的父母、家人全都以为自己是鸭子。判刑后,我曾经偷偷去看过他们,他们住在鸭寮,吃鸭食,像鸭子一样走路、游水,嘎嘎地叫着……"青月说着已是泪流满面。

这种刑罚真是闻所未闻,无疑比杀了他们或真变形为鸭子更让人难受。

一时所有人都没有说话。

"那你是怎么到了这里的?"大胡子突然翘起头来问。的确,他就是因为让年糕小人偷偷在逃犯青月身上撒了追踪面粉,接着追踪她才误入了这幻象国。想到这,大胡子的肠子都悔青了。

"家父一定是被冤枉的。我想着救我家人的唯一方法只有到无尽海找桃源主人了。"青月决然道,"我师兄帮我联系到了朱先生,重晶请他帮忙……"

"你说的是妙通盘朱先生?!"大胡子插嘴道。

"是的,他答应送我到无尽海边,没想到却出了差错。"

"你师兄是谁啊?这么神通广大,说出来看我认识不?"大胡子很好奇。

青月没有说话,低下了头。现在任谁都看得出来她和她师兄关系匪浅。

"我看哪,搞不好就是你师兄使的坏,把你送到这了。"大胡子摸着他的络腮胡子说。

"不,不会的。他绝不会害我!"青月紧咬着嘴唇,眼中露出坚定的眼神。

"我觉得不是她师兄,如果是她师兄害她,早先就可以把她出卖了,何必要把她藏匿起来,再大费周章。"周天提出不同意见。

"问题应该出在那个什么朱先生身上。"仓先生分析道,"你想想他身上有没有什么蹊跷。"

青月仔细回忆着:原来和朱先生谈的是两日后帮她去无尽海,结果她提前一天就收到朱先生的讯息,说妙通盘的阵法已经摆好,让她即刻就去。

"这就是了!"仓先生沙哑着嗓子判定,"前后朱先生是两个人,有人变成朱先生的样子,把你骗了。"这只仓鼠边说边跳到了周天的背包上,一副福尔摩斯的样子。

此时的阿奇正在尾舵静静地恢复着灵力。无聊的等待时间,让大家都成了侃侃聊天的话友。

七、逃生(下)

接下来,仓先生又分析了他们走霉运来到这里的原因。可能性有三:一是大长老老眼昏花,看错了地方;二是当时参与法阵的两个精灵长老中有人使坏;三是有个超级大能在中间把他们给截了去。

大胡子则继续在"师兄"这个词上徘徊。他告诉小乐,自己有个师兄很聪明,什么东西一学就会,以前还常欺负他,结果却是聪明反被聪明误,自己跑去罗格城堡,回来就疯了。还有个师兄也很聪明,经常讨好师傅,但师傅只传给他做各种大饼馒头的技艺,而把所有面点行的功法绝招都传给了自己。

大胡子说到这时颇为得意,很有点捡了大便宜的意思。

小乐也说了和阿奇一起做的神奇有趣的事。周天则跟大家聊起了在战场和乡村的生活经历,接着又提议大家像他早年在农村生活时那样,一日两餐,勒紧裤腰带,尽量躺着,多睡觉,节省水和粮食,做好打持久战的准备。

其实大胡子的干粮早吃得差不多了。小乐拿出几个大面包送给大胡子,以防他再吃年糕。大胡子笑道:"如果能逃得命去,一定让年糕人感谢小乐的救命之恩。"

周天和小乐这边的矿泉水差不多已经消耗了一半。两人开始每天定量喝,周天不让小乐喝皮囊中的泉水,说留到关键时候再用。青月时常会往嘴里放一颗珠子,大胡子在喝完自己水壶里的水后也这么干。青月告诉小乐,这叫水含珠,只要放在嘴里吮吸就会有水出来解渴。

青月把水含珠递给小乐,珠身光洁晶莹。大胡子忽然凑过来问:"你这多少晶买的?"

青月一怔,接着答道:"好像是五十晶。是托人从五行城直接买的。"

大胡子一听就炸开了:"什么?我这个小的还收了我八十晶。圣邑那帮遭瘟泼才!"

的确,他的水含珠又小又难看。大家都笑了起来,一时竟忘了身处险境。

日子一天天过去,差不多十天以后,阿奇宣布自己的灵力已经恢复到巅峰状态了,而此时幻境中的海水变成了诡异的紫色。众人都觉得应该尽快离开这里,开始收拾行李。仓先生还从尾舵的一个洞里找到了大家交的船费晶石,于是物归原主,大胡子乐得眉开眼笑。这下也不必欠逃犯一个人情了。

一切准备就绪后,众人围着阿奇在甲板上坐成一圈,开始默念"这里是幻境,是假的……"然后阿奇开始施展它的空间灵法。

只见这只蓝幽灭空虫周身荧光四射,头上晶体急剧膨胀,顷刻间推动整个空间颤抖起来。众人只觉头顶一阵发热,正欣喜时,一个大浪打在了甲板上。浑身湿透的乘客们睁开眼睛,还在原地。

所谓希望越大,失望也就越大。不过众人还来不及失望就要面对海上的大风暴了。

一时间,海上暴雨倾盆,狂风巨浪席卷而来。大船的整个舱顶被掀了去,大家紧紧抓住舱板,一个个被暴雨和海浪浇得跟落汤鸡似的。大船犹如一片树叶,在波涛汹涌的海中起伏。

大胡子破口大骂:"是哪个遭瘟泼才在玩我们,你是不是在看,啊?!给老子滚出来……"

几个小时后,风暴终于停了。小乐从周师父的臂弯中探起身子,惊讶地发现海水变成了灰色,就跟污水一样。大胡子和青月有功法护身倒没什么问题,只是阿奇与仓先生不见了。

周天正懊悔刚才只顾着小乐,没管阿奇,就见小乐摊开手掌,奄奄一息的阿奇躺在里面。当时这个男孩一把握住自己的好朋友,它才没被冲进海里。

这时,仓先生也跳了出来。看情形它可能钻进某个空间藏了起来。虚弱的阿奇瞥了它一眼,心道:"这魔头怎么还在呢?!"很快又昏了过去。

残破的大船继续在灰色的海面上漂泊。这一次大家都不说话了,大都躺在舱中仰望虚假的天空。

又是几天过去,所有人都疲惫不堪,海水也越变越黑,直至像墨汁般翻滚,气味也越来越难闻了。天空也变得昏暗起来。周天劝大家尽量多活动活动,不要总是躺着。他不停地给大家打气,还是那句话:只要活着,就有希望。

阿奇一直在仓先生造的独立空间里恢复着灵力。前次的失败让它耗损太多。这次可能这老魔也怕自己死在这里,所以不惜耗费灵力帮助阿奇。断断续续的,两个灵界生物在私人空间里修炼了半年之久。

等它俩出来的时候,四周一片暗沉,大船已经在墨汁海上漂流了二十几天了,而且几乎一夜之间,海水变得通红,如鲜血岩浆,散发出令人作呕的气味。太阳像烧红的烙铁一样,让人触目惊心。

或许这就是这场幻境的终点站了。可能有很多高手侥幸来到这里,最终在此地陨灭。阿奇心想。

众人都有种不祥之感,有人甚至还有种解脱的想法。大胡子最近常念叨,这种日子什么时候是个头啊。如今,这个"头"来了。

不出所料,几日之后,血浆海开始翻滚起来。

阿奇体内的灵力正在冲顶阶段,仓先生声称自己灵力用完,怎么也不肯再相助。阿奇知道这老魔有所保留,只能尽可能地抓紧时间让灵力更为精纯,务必一下成功。因为船上的水和粮食快要耗尽,大家快到山穷水尽的地步了。

这种一下下的起伏让虚弱的小乐晕船了,周天把水囊递给他。突然听见大胡子在船头大喊大叫起来。大家一齐向海面望去,只见不远处的血浆中形成一个个漩涡,漩涡中分明是一排排巨大的牙齿,这真是名副其实的血盆大口啊!而他们的破船正在血浪的推动下,向着血盆大口漂去。

周天用力拆下几块船板做桨,分给众人,希望能让船后退。岂料木板一入血浆海就化为乌有。

一切似乎已无法挽回,终极地狱到了!

"难道我果真要命丧在此吗?"周天握紧拳头,俊雅的面孔露出不甘心的神色。小乐紧紧地抱住师父。青月扶着船舱,一脸的惊恐。连仓先生这老魔此刻也微缩着身子,两颗大门牙不住打战。

大胡子转身冲蓝色光圈里的甲虫阿奇大喊:"阿奇大爷,快想想办法吧!"

阿奇微微睁开眼睛,它一直在等的时机终于到了,这就是"置之死地而后生"。

大家于是又围坐在一起,紧闭双眼齐声大喊:"这不是真的!这不是真的……"就在大船即将被漩涡巨齿吞噬的时候,阿奇突然对老魔喊道:"仓先生,还记得咱们在灵界并肩作战,一起奋不顾身的情景吗?这个时候不用全力还等什么?等死吗?!"

一席话竟说得老魔热血沸腾起来,只听这只仓鼠大叫一声,身后瞬间出现了一个血色人形。阿奇此刻也动用了全部的灵力。

众人只觉头顶一热,眼前一黑,便都失去了知觉……

第四章　巨灵山庄

一、笼中的囚徒（上）

阿奇再睁开眼时，眼前又是一片蔚蓝的大海，白色的沙滩，不远处是一艘同样的海船。"完了，还是没能出去！"刚醒来的大胡子冲阿奇惨笑道。

阿奇望着还在昏迷中的小乐，内心被绝望慢慢吞噬。突然，一只巨大的手把那条大海船捡了起来。阿奇和大胡子顺着巨手往上看，下巴都快惊掉下来了：那是一个巨人——而且看样子还是一个小男孩。

难道这里是，巨灵山庄？！

这里就是巨灵山庄，虽说这里也不怎么样，但大家总算是从幻象国逃出来了。大胡子的心里一阵狂喜。

他永远不知道的是，此时在另一个神秘的空间里，一个黑影抓起一个盛满血水的酒杯摔得粉碎，气急败坏地大叫："怎么给他们逃掉了？这是从来没有的事！"

阿奇看了一眼身旁躺着的虚脱昏迷的仓先生，这老魔一直对自己话半信半疑，此刻正是灭杀它的大好机会。阿奇迅速聚集起仅存的一点灵力，但转念又想，刚才要不是它使出了全力，大家还不知道能不能逃脱呢。此时杀它，未免太不厚道了。

正犹豫着,仓先生吐了一口气,悠悠地醒过来,虚弱地望着阿奇:"我们成功了吗？这又是哪里？"

阿奇正要回答,突然一个白色的大网罩了下来,把这帮刚脱离苦海的人连同沙子一起兜了起来。

大胡子在网中立刻双手掐诀,发觉没用,这才想起来在巨灵山庄所有的法术都会失灵。

接着他就看见一双巨大的水汪汪的眼睛。很快,这个大眼睛的主人取出一个大玻璃瓶,把大胡子他们一股脑儿全倒了进去,接着把瓶盖盖上,瓶盖上扎着眼儿,透气用。

原本惊慌失措的大胡子突然一头栽倒在玻璃瓶里,不动了。阿奇完全可以从瓶盖洞眼中飞走,但它实在飞不动了。它把眼睛翻转了三百六十度,终于看清了面前是个穿红格子裙的巨人小女孩。

周天、小乐和青月这时也醒来,全部蒙圈。阿奇于是跟他们解释:他们逃出幻象国后被巨灵山庄的小孩给捉住了。

当然这已经是很好的结果了。小乐望着玻璃瓶外正盯着他的好奇的大眼睛,又害怕又兴奋:我又到了巨人国啦！

青月和周天两人在玻璃瓶里想尽了办法也没能逃脱。

"哥哥,你看我捉到了什么？"巨人小女孩炫耀般跑到她哥哥面前。

"不错哦,是小人,给我吧,我用我的大战船跟你换。"刚捡起水边大船的男孩说。

"不行,我好不容易才捉到的。你都有那么多小人了。"小女孩不同意。

这两个巨人孩子的对话让玻璃瓶里的小乐他们听起来跟天外打雷一样,只不过这雷声比较脆亮。

"我再把我悠悠国宝石送给你,怎么样?小杰,换吧?里面那个女的还是给你做娃娃。"

"不换!"小女孩的头摇得像拨浪鼓,特大号的拨浪鼓。

"那我只好告诉妈妈,她的项链是你戴出去玩弄丢的。"小男孩的声音。

于是,在小男孩的威逼利诱下,他的妹妹小杰噘着嘴,不情愿地同意了。

一路的颠簸之后,两个小孩推开一个院门走了进去。看来是到家了。

一路上大胡子都昏迷不醒。周天去摇他,他嘴里突然小声蹦出两个字"装死"。周天犹豫了一下,觉得这并非上策。

小女孩把青月抓出来,带回自己房间了。玻璃瓶被小男孩放到一个桌子上。尚小乐看巨人男孩房间里的陈设,特别像自己熟悉的人类世界。难道是我们被缩小了,又回到了地球?!

男孩把瓶子里的小人倒进一个好像竹编的四方笼子里。然后他发现了紧闭双眼、一动不动的大胡子。他用手指拨弄了大胡子几下,没反应,他又找来一根竹签,戳了戳大胡子。近距离的周天都感觉到了大胡子强忍着的疼痛,就差龇牙咧嘴了。

"死了?"这个巨人男孩把大胡子掏出来,看了看,再晃了晃,接着直接把这个"小尸体"从窗户扔了出去。大家均想:完了,这下大胡子要摔死了。

笼子里有个水缸,男孩往里面倒了点清水,大家又饿又渴,纷纷不顾形象地把头埋进去喝。小乐从包里掏出一个矿泉水瓶盖,装满水递给依然虚弱的仓先生,忽然觉得那个水缸其实也就是个大瓶盖子。

巨人小男孩满意地离开了,很快又回来掰了点饼干放进笼子里。

尚小乐吃着饼干渣,看着笼子,想起了自己当初养仓鼠皮宝和后来飞走的鹦鹉小胖时的情景。那个巨人小孩就是当时的自己,而现在的自己就是皮宝或小胖。

可事情远没有小乐想得那么简单。

半小时后,那个男孩端着个大盒子进来了,从盒子里面又拿出个一模一样的笼子,笼子里竟然是三个人类和一只带着缰绳的大头鳄鱼。

两个笼子里的囚徒互相对望着,谁也没说话。

阿奇仔细打量着对面笼子里穿得像乞丐的三个人,一个是佝偻干瘦的老者,一个是蓝衣的年轻男子,还有一个是长相奇特的女人——一头棕色的头发像乱草一样,高鼻深目,看上去是个外国人。

男孩也没有让他们互相认识的意思,开始忙活开了:他把年轻男子从笼子里掏出来,再把周天掏出来,放在大盒子里,然后再用个小棍子拨弄他们,口中说着:"打!打!"

周天明白了,这是把他们当蛐蛐逗着玩。周天正觉屈辱,对面的蓝衣青年就一拳打来,周天的左脸立刻肿了起来。

"你为什么任他摆布?我们可以不打!"周天握着拳头,冷冷对蓝衣青年说。"不打没有饭吃!"蓝衣青年高叫着,接连挥拳打来。周天只好施展他的功夫应对。蓝衣青年第一拳就用了全力,没想到周天这么经打,本来觉得周天弱不禁风的书生模样,一定会被自己打趴下,没想到才几个回合,他就败下阵来。周天还收了力,不然非把这个素不相识的毛头小子打成重伤不可。

一直观看的巨人小孩对周天凌厉的身手欣喜不已。他用小棍子把两人拨开,又从笼子里拿出那只鳄鱼。蓝衣青年熟练地拉过缰绳,一下跨到鳄鱼背上,小男孩还翻出一根绣花针给蓝衣青年当武器。蓝衣青年高举着绣花针,那只鳄鱼也发出阵阵吼声,大有把对手刺死当场的意思。

周天摸了一下腰间精灵多伦送的皮绳。这个皮绳原来像个活物,现在由于受到这里的限制半死不活,当鞭子用都不顺手,看来只有空手夺白刃了。

就见蓝衣男子骑鳄过来,猛地一刺,周天一闪,一个后滚翻就到了鳄鱼身后,正准备抬脚就踢,就听见鳄鱼开口说话:"下手轻点啊,大哥,你我无冤无仇啊!"周天一个愣神,就被刺中了肩部,他顺手抓住针尖,大喝一声,用力一拉,竟把蓝衣青年给生生拉了下来。

蓝衣青年知道如果武器给夺了去,自己更没有获胜的希望,于是便双手死死拉着针鼻,周天依然紧握针尖部不放,一时两人成了僵持局面。大头鳄趁机溜到一边。

很快周天身子一侧,左手把住针尖,右腿迅速一个弓步前冲,右肘对着蓝衣青年当胸就是一击,左手再顺势一拨,轻轻松松就把兵刃给夺了。

二、笼中的囚徒（下）

巨人男孩目不转睛地看着这场比武,高兴得直拍手,真是太精彩了！小乐他们被盒子挡住,根本看不到里面发生的事,只是担心,师父可别给鳄鱼吃了。

蓝衣青年一手捂着胸口,怒目圆睁,还要再行比过。小男孩不耐烦地用小棍把他拨过来,再一把抓起来扔回笼子,然后对周天命令道:"你打拳给我看。"

周天没有动,小男孩又说了一遍,还用小棍戳戳他,周天还是没有动。巨人男孩生气了,用小棍子直接捣过去。周天一掌抵住棍头,借势来了个侧手翻,闪到一边。小男孩又用棍子扫他的腿,周天一个鹞子翻身,再度躲过。

小男孩开心了,就这样用小棍对着周天左打右拨地玩了一阵子。接着,他想起了刚才的命令,这次他把关小乐的笼子提起来,对周天说:"你不打拳,我就打你小孩！"

因为站立不稳,在笼子里摔得四仰八叉的小乐望向师父。

周天无奈地叹口气,低着头打了一套少林长拳,接着又是一套洪拳。小男孩正看着过瘾时,他妈妈喊他吃饭了。

巨人男孩应了一声,便喜滋滋地把周天以及缩在盒子一角的大头鳄都拿出来,放回各自的笼子里,哼着小调离开了,那神情跟捡着宝一样。

两个小时后,小男孩回来了,往周天的笼子里放进去半个温热的肉丸和一点类似面包或馒头的食物,估计是他刚吃饭时剩下的,却是香气四溢。所有人的味蕾都被打开了。他们已经很久没吃过一顿饱饭了,连阿奇都使劲地吸着长鼻子。

"吃吧,奖励你的。"小男孩笑嘻嘻地说,接着又对着另外的笼子说,"你输了,你们都没有饭吃!"

周天俯下身,用匕首从满是汤汁的肉丸小山上切割下一大块递给已经把脸贴上去开啃的小乐,接着给自己也割了一块。然后他就听见对面笼子里咽口水的声音,尤其是那只大嘴鳄,咽得非常大声。

那个小男孩忽然想到了什么,把大嘴鳄拿出来,关进周天的笼子,说道:"这匹马也给你了,以后你就是大将军,要骑着它为我打仗,知道吗?"说完,把两个笼子都放到了桌子底下,背着个包出门了。

房间里只剩下两笼小人和瞬间幸福感爆棚的"那匹马"。只见它上来就一口拖走了一大半肉丸,爬到笼边大吃起来,边吃边吧嗒着嘴说:"大将军……别打我……等我吃完……你再打……"

周天没理会它,而是用匕首插了块肉,解开腰间的皮绳,把绳子的一端拴在匕首上,再从笼子的网眼中把插着匕首的肉扔到另一个笼子边上。那个干瘦老人马上会意,跑过去蹲下从笼子里伸手够到匕首,再从笼眼中拿进去,把肉拿下来,狼吞虎咽地吃了。

周天再把绳子拖回去。就这样周天不厌其烦地把食物一次次地扔了过去。棕发女对周天深深鞠了一躬,表达谢意。蓝衣青年开始赌气不拿,棕发女递给他一块,他接过去闷声不响地吃了。干瘦老人说,那个男孩通常一天喂他们一两次,有时候忘记

249

了,就会很久都没有吃的。

饭后,周天想多了解一些这里的情况,他对对面笼子里的人说:"咱们是一个战壕里的战友,一定要团结起来。"但得不到任何回应,甚至没人愿意说话。小乐和仓先生是不能说话了,因为他俩吃得太撑了,好像从来没有吃过这么好吃的东西。一说话,一打嗝,肉和馒头就到嗓子眼了。倒是那只大头鳄鱼,开始对自己的新上司诉说起自己离奇悲惨的经历:

"我从前不是这个丑样子。我是悠悠国第一富豪阿里家的少爷阿里才。几年前我第一次跟着家族的商队出去做生意,在一艘海轮上喝了仆人端过来的一杯果汁,然后就昏了过去,被人扔进了海里,醒来就变成了这副样子,后来又被人捉到,卖到了这里。"

说完,阿里才呜呜地哭起来,希望能挤出来一两滴眼泪。原先和它关在一起的三人各干各的,丝毫不感兴趣。

"你说的海是不是无尽海?"阿奇飞过来,嗡嗡地问。

"不是,我也不记得是哪个海了,都是仆人在管这些事。"阿里才答道。

果然是不管事的大少爷,难怪给人害了。阿奇心里哼了一声。

接下来的时光中,笼子里的人基本都在睡觉。阿奇和仓先生静坐恢复体力。周天和小乐睡醒后便开始检查行李装备。周天背包里的随身物品与换洗衣服都在,手枪里还有六发子弹,仅剩一颗手雷,其他的全折损在那个无尽海了。

小乐的兽皮包和水囊果真一直忠心耿耿地跟随着小乐,里面的东西一件也没少,灿灿还在沉睡中。"灿灿"是小乐给蓄光虫起的名字,不知崔灿听了做何感想。这种蓄光虫还真是好养活,连喂食都省了。

就这样又过去了几个小时,小乐的肚子又咕咕叫了,刚才剩的馒头渣已经被阿里才一扫而空,连笼板上沾的汤汁都被它舔得干干净净。小乐从包里掏出还是从幻境海带出来的最后一小块面包,掰开一半递给周师父,周天表示不饿。他心里有些奇怪,这里的白昼竟如此长。

对面笼子里的老人靠在笼边上,一边嚼着不知从哪里掏出来的干草一边告诉周天:这里的一天相当于外界的五六天,饭食不能一顿吃完,千万要有点余粮。如果没有吃喝,那真是能体会到度日如年的感觉。

周天用皮绳拴了小半瓶矿泉水从笼眼中扔了过去,老者伸出骨瘦如柴的胳膊把矿泉水瓶拿进了笼子。喝了水之后,老人的话也多了一些。

原来他是圣邑的人,被流放到这里差不多三十年了。蓝衣青年是五行城一个商队的领队,在赤晶沙漠里遇到了风暴,这才到了这里。棕发女是海天国人,怎么到这里就不知道了。刚才的那个巨人男孩叫童童,他和爸爸妈妈以及妹妹小杰住在这里。他爸爸好像是个渔民,很少在家。妈妈脾气不好,童童经常挨揍。

当老人说起小主人被爆扁时,喉咙里流出快乐的声音。看来他是长时间受童童虐待了。

老人也问起周天和小乐的来历,周天简要地说他们从精灵大陆来,结果误入幻象国,好容易脱身后不想到了这里。

"什么！你们从幻象国逃出来了?"老人的眼中露出不可思议的神色,但很快这点神色就消失了,饥饿与苦难已经让他对什么都提不起兴致。同牢房的两人正捧着几块已经长毛的食物,大口地吃着……

三、"玩具"人生

大家在睡了一觉后,童童回来了。

他把两个笼子从桌子下面提了出来,开心地对周天说:"你看我给你带什么来啦!"说完,把几个跟椰子差不多大的果子放进了笼子。

周天抱起一个果子,果子表面光滑,闻起来也不错。他用拳头一砸,果汁汩汩流出。他把半个矿泉水瓶装满了递给小乐,低头一看,仓先生和阿里才全在地上张嘴接呢!周天也喝了一口,果真是甘甜无比。

"怎么样,小人,蜜豆好吃吧?"童童说着把一个蜜豆扔进嘴里,"你再打拳给我看。"

这一次,周天在桌子上表演得很认真,他心里有自己的打算。他重点打了一套百兽拳,其中有猴拳、虎拳、蛇拳等,令童童一直拍手叫好。当精彩的醉拳打到一半时,他突然不打了,坐在地上,对童童说:"我饿了,要吃饭,要很多。"

周天又大声喊了几遍,这下童童听懂了。"放心,有饭吃,待会吃饭的时候我给你多拿点来。你接着打。"

天色渐渐暗下来,童童吃晚饭去了。周天和上次一样,用系绳的空矿泉水瓶装了点蜜豆汁扔给了对面笼子里的人。小乐发现这蜜豆的皮也很好吃,嚼起来像花生米的味道。仓先生更是吃得两个腮帮子鼓鼓的。阿里才一口就干掉了一个蜜豆。周天把剩下的四颗堆到角落里,不让动了。

童童吃完饭回来的时候,果然带来了不少食物。他给周天的笼子里放了两大勺米饭,又加了一点菜丁,往另一个笼子里也倒了一点饭,那三人立即跑过去狼吞虎咽起来。

童童在桌上放了一盏很亮的三头烛台灯,尚小乐在烛光中望着面前堆得像山一样高的饭菜,感觉就像过年一样。

"怎么样,够吃了吧?吃完再耍给我看!"童童小主人命令道。

大嘴鳄阿里才就跟推土机似的,一口下去,饭菜山就矮下去几分。它大赞童童妈妈的烹饪手艺好。小乐也从饭菜中吃出了妈妈的味道,也不知妈妈现在怎么样了。他捧着一粒跟芒果一样大的米饭,吃着吃着就流出了眼泪。这个九岁半的孩子想家了。

童童正津津有味欣赏着这些小人的吃相,突然,就听重重的脚步声传来,童童慌忙把两个笼子用桌布盖上。是他妈妈来了,让他赶紧洗洗睡觉,省蜡烛。

原来这里还没通电。阿奇这才发现巨灵山庄虽然和人类世界很相似,但科技很落后。

等巨人男孩睡下后,漫漫长夜开始了,四周一片漆黑。小乐打开他的电话手表照明,他下午为了给手表充电,手都晃酸了。周天从背包里找出一块防雨布,把几粒米饭放上去,压平,再铺

253

一层,压平,再去拿米饭时,发现阿里才已经快把剩下的饭菜包圆了。这也太能吃了吧!周天皱了皱眉头,但还是耐心地跟它说:"你留一点明天吃,不然明天就要挨饿了。"旁边笼子里的三人见状,都在庆幸那只大头鳄的离开。

周天开始用匕首切割笼条。阿奇在一旁帮助照明,它的身体在黑暗中本身就能发出蓝色的荧光。白天的时候他俩就仔细观察了整个笼子。笼门其实是个搭扣扣上,然后外面再横插一根木棍,从里面根本无法打开。整个笼子类似竹编而成,笼底垫着块薄木板。笼眼也小,只够成人的手臂通过。

仓先生原来吹嘘它一个小时就可以把笼子咬出一个洞,结果试着咬了一下,差点把门牙给崩了。没想到这里的竹片比铁还硬。

一个多小时后,周天终于把竹片割开了一条小口子。巨人山庄的一夜都有六七十个小时。照这个速度,只要三四天,他们就能逃出去了,曙光就在前方。

小乐没看到曙光,倒是看到对面笼子里棕发女在发光,如月光般的银色光从她的脖子里散发出来,让她的整个人都显得无比神秘。阿奇也觉得奇怪,于是飞了过去,回来后告诉小乐,那是她的鳃,她在黑暗中用颈部的鳃来感受周围的一切。

第二天一早,童童就背着书包出门了,他把周天和阿里才也一起带走了。他对周天说:"如果敢逃跑,就把你小孩捏死。"周天的软肋算是被他拿住了。

傍晚的时候,在小乐的望眼欲穿中,童童喜气洋洋地回来了。今天他的"大将军"可是大获全胜,不光一雪前耻,而且还帮他赢回来两个小人和一只人形的蜻蜓。原来童童跟同学玩小人打架游戏,胜的一方可以赢走输的一方的小人。

童童把周天和大头鳄放回原先的笼子,再把赢回来的小人全部放进另一个笼子,接着往两个笼子里各放了半个馒头。小人们一哄而上,在巨灵山庄里,吃饭是头等大事。

这个巨人男孩是越来越喜欢周天这个小玩具了,不光能打还很经打,不受伤。而周天也借机提出了要求:

一、每天早晚都要喂食加水,要多喂一点。

二、喂食时下面要铺层油蜡纸,不然不卫生。

三、给他两块小纸板,让他做个简易厕所。

四、一星期给大家洗一次澡。

童童听了觉得不难办,一口答应下来。虽然他不知道一星期是啥意思,不过原先他也是过段时间就把笼子连同里面的小人一起拿水冲冲,不然太难闻了。

第三天,周天又帮童童赢回来两个小人。第四天,是三个。童童简直乐开了花。他又寻觅了一个大点的笼子,把周天赢回来的小人和原先笼中的三人全放进去。周天让童童把那个干瘦的老者放进自己的笼子,不然他抢不到食物肯定得饿死。童童发现一只长毛的跳蚤和会飞的小虫一直跟着"周天父子"。可能是他俩养的宠物吧。童童想。

"会飞的小虫"阿奇现在是越来越佩服周天,小乐的这个师父真是拜对了。

周天这几天可过得并不轻松。这个已经一百多岁的人瑞虽说精通中华武术,还学过泰拳、空手道、摔跤、擒拿、格斗,还有多次实战经验,但是他每一次应战都不敢掉以轻心,而是全力以赴。一旦输了,他就会被别的巨人小孩给赢走,可能就与小乐永远失联了。

晚上他还要在别人睡着的时候切割竹条,几天下来他已经快要切断两根了,而且每根都有一丝连在笼子上,轻易看不出来,到时候只要把它们掰断就可以了。

四、大胡子回归

可惜第五天早晨童童喂食的时候,意外发生了。那个周天经常帮助的老人突然蹿出来抱住了小主人手中的勺子。

"我有事要报告!"这个干瘦的老人大喊。

"什么事?"童童厌恶地看着这个脏兮兮的老头。

"他,他们要逃跑!"老头大声叫了两遍。

接着在老头的指引下,童童看到了笼子边上周天毁坏的地方。然后他开始搜查周天的作案工具,将一长一短两把匕首全给没收了。接着把前两天替换下来的那个小笼子找出来,把周天他们整个倒了进去。"今天你们没有饭吃。"童童生气地说。

"你做得对,赏你蛋糕吃。"童童又对老头说,说完真从自己的午餐糕点上揪下来一点丢给那个老头,接着转向其他小人,"以后发现有逃跑的,谁告诉我谁有蛋糕吃!"

这时,他妈妈的咆哮声传来,他上学要迟到了。这个巨人男孩慌慌张张地背起书包就走,临走还不忘把周天的笼子关好。

尚小乐走到正在大啃蛋糕的老人面前,气愤地说:"我师父对你这么好,你为什么要告发他?"

"算了,小乐。"周师父说。

"他是怕一旦我们走了,就没人照顾他了。"阿奇摇摇长鼻子。

老人始终一言不发,低头吃着主人赏赐的蛋糕。

其实阿奇现在倒不是很积极地想逃跑了。这几天它都没闲着,飞出去查看周围环境和地形,也见到了很多巨大奇特的生物,觉得真是危机重重。还有就是逃去哪儿呢?

今天小主人忘记带周天和他的"马"去学校了,这让身为坐骑的阿里才很是气愤和沮丧。因为它在童童学校每天中午除了吃童童带来的午饭外,它还可以给童童的同学表演换吃的。打几个滚叫几声就打赏它一点吃食,运气好的话还有肉吃。

周天挺看不惯的,对它说:"阿才,你这样下去真成狗了。"

"阿里才"这个名字读快点就是"阿才",大家索性就直接喊它阿才。

成狗就成狗吧,只要有饭吃,阿才不在乎,反正它现在的样子还不如狗好看。

阿才想着刚才小主人把他们的早饭拿走了,不给吃,但四个蜜豆还在。周大将军至少会给它一个,没准还能给它俩,想着想着阿才的口水流了出来。

在漫长的白日里,周天开始继续传授小乐武艺。对面笼子里的不少小人,也跟着一起比画。周天丝毫不介意那些他的手下败将成为他的学生,深陷牢笼的他教得格外认真:

"中华武学博大精深,源远流长,大体分内、外两家,内家以太极、形意、八卦三门为代表,外家又以少林为主……"

这天傍晚,又发生一件意想不到的事,那就是——大胡子回来了。只不过他的模样彻头彻尾地改变了:他穿着粉红色的衣裙,外面还包着花格子布,头上戴着花边帽,下巴上的络腮胡子给拔得所剩无几,看上去就像一颗鸡蛋上长着一点草。

尚小乐笑得捂住肚子,仓先生笑得在地上打着滚儿。阿奇瞪大了眼睛,怎么弄成这样?!周天忍着笑从背包里找出自己的一件衣服给他换上,心想:幸亏没听他的去装死。

大胡子气呼呼地开始诉说自己"悲惨"的遭遇:那天他被从窗户扔出后侥幸只擦伤了一点皮肉,然后他穿过院子的菜地时差点被一只丑八怪大鸟给啄食,还好他跑得快,没想到快出院门时给巨人家养的三眼猫一口叼住。

这猫也不咬他,他就在猫嘴里拼命挣扎,结果被小杰看见,把他从猫嘴里夺了下来。

听到这,小乐想起奶奶家以前养的一只小黄猫,捉到老鼠也不咬死,而是在嘴里叼着,然后到没人的地方自己耍着玩。巨人世界的猫看来也是这样,把大胡子当小玩具了。

如果说大胡子的前一段经历属于惊险故事,那后面就悲剧了。他一个捕快,当着曾亲手抓捕过的逃犯的面,被脱了衣服,换上小女孩的装束,还被打扮成一个布娃娃的样子,连辛苦养了好多年的胡子都被拔了。

小杰这几天一会让大胡子扮宝宝,青月扮妈妈,一会又让他俩都当宝宝,自己扮妈妈,总之对大胡子来说,一桩桩一件件都是奇耻大辱。而且这个巨人小女孩过一会就喂他吃东西,每次扮娃娃家他都撑得不得了。真是太可恨了!大胡子气愤不已。

听到这,正在同阿才埋头吃饭的干瘦老人抬头看了大胡子一眼,脸上表情一言难尽。大胡子也看了他一眼,露出诧异的神色。

大胡子后来的经历大家伙儿都知道了,童童发现妹妹新养的宠物正是自己丢掉的那个小人,以为他和周天一样厉害,于是坚决要了回来,并让小杰从他的大笼子里挑一个走,小杰把棕发女挑走了。

小乐问起了青月姐姐,大胡子嘴一咧:"好着呢,那个什么小杰把她打扮得公主一样,天天晚上拿着她睡。"

小乐心想青月姐每晚该过得多么心惊胆战啊,万一巨人小孩睡熟了不小心把她压死了或捏死了怎么办?!

大胡子突然想到了什么,走到饭后又忙着储存口粮的干瘦老人面前,有些兴奋地问:"你,你是不是金光爵金爵爷?"

老人停下了手中的活儿,过了一会,缓缓说道:"你认错人了。"说完继续干自己的事。

"我怎么会认错人呢?!"没剩几根胡须的大胡子自信地说,"我们百业门的认人技术可是天下第一啊!你就是金光爵,对不对?"

老者没搭理他。周天走过来拍拍大胡子的背:"别强迫别人承认了,或许他不是呢。"

他一定是!大胡子的脑海里飞快地闪现出三十多年前他第一次见到金光爵的情景。那时候他只是一个刚进百业门的少年,有幸跟随师父去参加风雷大会。风雷大会每五年举行一次,是圣邑各宗门优秀弟子比拼才艺、展现风采的重要赛事。金光爵是那届大会的评委之一,也是当时下一任邑主的有力争夺者。

大胡子记忆中的御物宗掌宗金光爵乘着鎏金紫云车,左右是两排御剑飞行的御物宗弟子。他们从少年们的头顶凌空而过。车中的金爵爷是那样的气宇轩昂。

他曾经催动落叶千军阵把几个来挑衅的恶灵修士打得落荒而逃,是大胡子少年时心目中的大英雄。

后来这个大英雄突然就销声匿迹了,没想到在这里遇见。望着昔日自己心中的偶像变成如此瘦弱枯槁的样子,大胡子心里真不是滋味。

五、胜利大逃亡(上)

自从周天谋划逃跑被揭发后,童童就再没带他和阿才去过学校。阿才认为是大将军把小主人得罪了。其实并非如此,周天太稀罕了,童童的几个好朋友都来借这个小人回家玩。童童可不干,借出去可就有去无回了,他又怕被同学偷走、抢走,所以干脆放在家里最安全。

他找到一个藤编小盔甲给周天套上,封为铠甲大将军。有时让几个小人和周天演骑马打仗,或突出重围,有时候又玩擂台比武或将军阅兵。周天为了小乐和大家能获得更好的待遇,都是认真表演。小人们再也不用挨饿了,小乐在笼子里竟然还长高长胖了。

阿奇默默叹了口气:"这个末代王孙真的不容易!"

就这样又过了几天,那个干瘦老人突然病倒了,喘息着,连他最爱的食物也没那么热衷了。童童担心他死掉,那就白白浪费了,班上还有不少同学想要小人玩具呢,于是跟老人说,要把他送给别人。

金光爵老人知道自己的大限到了。他从乞丐服里摸出一块乌黑的脏令牌,递给周天说:"这是我御物宗的金光令。你拿着它,凡是御物宗的人见到都会……"老人说着又喘息起来。

尚小乐满以为他会说"都会听你号令",不料这金爵爷喘息好了却来了一句:"都会管你一顿饱饭的。"

周天起初不收,但这老爷子执意要给,说这是他唯一的心愿,周天只好收了下来。

后来听童童说用这老爷子换了几张画片。大胡子无比感慨:一世英雄的金光爵到头来只值几张画片。

大笼子里的小人每天都有所变化。原先的蓝衣青年被别人赢走了,再也没回来。大胡子也感到岌岌可危,他对众人说,只要逃到了巨灵山庄的边境,灵力和功法就可以恢复不少。这样他们可以去圣邑找他师父——百业门的门主。他师父最是古道热肠,肯定能帮他们想办法找朱先生去无尽海。

阿才告诉大家,它听说过离这里最近的边境在星星和太阳升起的地方。这是哪个方向呢,是东方吗?周天观察了几次,巨灵山庄的星星和太阳都从西南方向升起,也就是说只要朝西南跑就可以到边境。

现在就剩怎样逃出牢笼了。正当大家一筹莫展的时候,"办法"自己找上门来。

那天童童给周天他们的笼子冲完水后,把笼子连同里面湿透的小人一起放在窗台上晾晒。这时,一只黑色的大怪鸟扑棱棱飞上了窗台。

小乐看那大鸟人头鸟身,跟关他的笼子一般大。不过对童童那样的巨人小孩来说,它就像家养的一只鸽子。

这只"大鸽子"盯着笼子里的小人看,小乐也仔细看它,不由得吓了一跳。这是一个秃顶丑陋男人的脸,一个前部弯曲的鸟嘴像个大鹰钩鼻一样长在它的脸上,而且它的脖子一圈像秃鹫一样没毛,真是又丑又凶。

大胡子也认出了它,那天他装死逃跑时差点被它啄死。

阿奇飞出去时见过它多次。它的一只脚被绳子拴着,绳子的一端系在院子里的树上。这只凶鸟实际是这户人家养来看菜地、除虫的。

"你们想不想逃走,小人们?"这是它开口的第一句话。

"你是谁?"周天没有直接回答,而是反问道。

"你别管我是谁,总之我可以帮助你们逃走。不过你们必须答应逃出去后帮我解开脚上的绳子。"怪鸟瞪着周天,说着把拴着绳子的腿抬了起来。

它的脚踝处被细绳缠绕了好几道,绳端打了几个死结。它自己的鸟嘴是解不开了,但这些长手的小人可以一点点帮它解开。

"你是恶灵国的人?!"大胡子突然大声喝问。

"你以为恶灵国全是恶人?"怪鸟眼珠一转,说道,"听说过黑羽大侠时廷吗? 就是我。我就是因为不愿意杀你们这些圣邑修士才被我哥哥流放到这儿的!"时廷眼中显出仇恨的火焰。

"黑羽族我知道一些,是恶灵贵族,眼睛长在头顶上,你怎么可能给他们看菜地?"大胡子明显不相信。

"那是因为……那是因为……他们往我的屁股里塞石头,不让我拉屎,我只好同意了。"时廷愤愤地说。

尚小乐满眼同情地望着它。它也俯下头对小乐温声细语道:"小弟弟,你叫什么名字?"

在听了小乐的名字后,它开心地说:"我最喜欢小朋友了,小乐,你可以叫我廷廷。"说着,怪鸟廷廷努力挤出一个笑容,这让它更加难看。它还叫"婷婷",小乐的鸡皮疙瘩掉了一地。

众人商量了一下后,决定答应时廷的条件。

大胡子小声说:"等那时廷把笼子打开后,我们赶紧跑,不用再去管它,反正它被绳子拴着也追不上。"

周天肯定是不同意的,他认为既然答应就要做到。阿奇也认为要讲信用,更主要的是可以让那怪鸟带着大家飞到边境,这样就方便多了。事后它才意识到它想得太简单了。

小乐、仓先生和阿才肯定是听周天跟阿奇的,少数服从多数,大胡子不吭声了。

众人开始收拾东西。正巧童童和小杰出去玩了,真是有如天助。周天把几个矿泉水瓶全都灌满水,他背包里用油蜡纸包着的压缩干粮够他们吃几天的了。小乐的包里也装了不少蜜豆壳和其他吃的。仓先生把积攒下的碎干果直往小乐的包里塞。阿才也在忙着收拾行李。

众人准备好后,怪鸟时廷用脚爪把住笼子,再用嘴叼住横插的小棍,用力一甩头,小棍给它拽了出来。然后它用嘴把搭扣一提,咔的一声,笼门开了。

众人走了出去,小乐看了看他电话手表上的日期,他已经在笼子里住了小半年了。

六、胜利大逃亡(下)

就在他们准备顺着砖缝往下爬时,阿才突然表示不走了,又钻回了笼子里。它的理由是:在外面找不到吃的,就没有活路了。周天对阿才说,与其屈辱地活着,不如挣出一条出路。阿才还是摇摇头,外面的世界太危险,它不想冒险送命。

"人各有志吧!"阿奇嗡嗡地说。

周天只得转身离开,阿才突然又爬出来,对周天和众人说:"大将军,如果你们能到悠悠国,能不能去阿里家,让我爸爸派人来救我?"

"怎么让你爸爸相信我呢?"周天问。

"你只要跟我爸爸说,那天他打了我,我就离家出走,是我不对,我错了。"阿才想了想说道。原来这个阿里少爷是跟父亲赌气跑出来的。吃了这么多年苦头,估计它真知道错了。

周天答应了。阿才这一次流出了眼泪。

"你们就别磨蹭了,快点吧!"怪鸟时廷催促道。

周天把背包先扔下去,然后背着小乐往下爬。大胡子先爬到地面,然后又顺着墙根溜进屋里——他的包袱还在小杰房间他原来住的玩具小屋里。小乐心里一阵紧张和激动,越狱能成功吗?当然阿奇和仓先生原本就来去自由,所以它俩不算越狱。

周天在一棵结满蓝色辣椒的植物下帮时廷解绳子。他先用童童给他配的绣花针一点点把绳结挑松,然后再把手插进去拉拽。

在这段时间里,阿奇告诉了时廷边境的方位,然后请时廷带他们一起去。时廷满口答应下来。

几个死结终于被解开了。时廷用嘴几下就给自己松了绑。它伸直了曾经被束缚的腿,满意地舒展着。

"哈!不错,你再帮我一个忙吧。我肚子饿了。"时廷突然目露凶光,狠狠地朝周天啄去。

周师父不愧练武多年,身体反应极快,一下向后跃开。这只恶鸟正要再啄时,屋门开了,童童妈妈出来晾衣服。时廷一惊,赶紧起飞。童童妈也吃了一惊,这鸟咋跑了呢?顺手从地上捡起一块土疙瘩就砸了过去,时廷已经飞远了。

童童妈走过来看地上散落的绳子,嘴里嘟囔着。周天拉着小乐躲在大辣椒树的后面。此时,大胡子也从开着的门里出来了。他躺在墙根边上一动不动。小乐看到他后面还躺着俩人,竟然是青月和棕发女。

肯定是大胡子撬开玩具小屋门进去拿包袱时,两个女子要求一起走,所以大胡子就把她俩一同带了出来。

好在童童妈晾完衣服就回屋了,几个小人重聚到了一起。

"她叫伊娜,海天国人,跟我们一起走。"青月说。棕发女伊娜友好地冲大家笑笑。"她不太会说我们的话。"青月继续道。她俨然当自己是好姐妹伊娜的代言人,其实不知道伊娜与小乐他们早就认识。

大胡子问起怪鸟时廷,这次轮到周天和阿奇都不吭声了。"我早说过,恶灵国没一个好人!"大胡子中气十足。好人周天

265

还想着大家合力把另一个笼子的小人也救下,但遭到大家的一致反对。在这里多停留一秒就多一分危险,而且以他们几个人之力也很难拉开大笼子的横闩。周天只得作罢。

大家飞快地穿过菜地,终于离开了这个让他们既陌生害怕又有那么点熟悉的巨人之家。

等到了外面,众人才真正感受到什么是巨灵山庄。小乐原以为这里就是放大版的人类世界,出来后才知道根本不是。

到处都是巨大奇异的生物,他们逃亡的一路上都心惊肉跳,怕被人踩死,怕被马车碾死,还被一只三眼大狗撵得四散逃跑。又看到像羊那么大的褐色蜗牛,然后这只褐色蜗牛被一朵彩色的大花一口吞食,一旁的小乐给吓出一身冷汗,后来任何花朵旁边他都不敢逗留了。

逃亡的第二天,他们在野外沼泽遇到了一场大雨,每一滴雨水都能把他们打成重伤。大家跑到一只旧皮鞋里面,一个人形的蚱蜢也在里面躲雨。它说它是虫谷来的,也要去山庄的边境,于是便相约同行。

雨停了,大家继续赶路。蚱蜢人蹦跳着走在队伍的最前面。突然一个肉红色的东西一下沾着它瞬间就消失了。大家什么都没看清,更觉毛骨悚然,就听见阿奇大喊:"都别动,是只大青蛙。"

小乐慢慢抬头往前上方看,一只头上长着一对触角的超大蛤蟆端坐在那,肚皮一鼓一鼓的。蚱蜢人应该已经到了它的肚子里。小乐曾听妈妈说过,青蛙和蟾蜍都只能捕捉动的东西。因此,所有人都站在原地一动不动,大气都不敢出。

十几分钟后,大蛤蟆还没有要走的意思。周天示意大家缓缓蹲下,然后从烂泥里一点一点爬过去。于是他们就滚成了一条条蚯蚓状,从大蛤蟆的眼皮底下小心翼翼地逃走了。

后面的逃亡之路依然不太平,一般是阿奇先飞到前面侦察一番,确定没危险后,后面的人再陆续跟上。就这样他们来到了一个巨大的湖泊前。

此时太阳快要落山了,绚丽的晚霞染红了整个天宇,湖面波光粼粼,湖边的苇草,全都变成灿烂的金色。

一路的风餐露宿让所有人都疲惫不堪,也没人有欣赏美景的闲情逸致了。周天预感过了这个湖应该就是边境了,于是让大家抓紧吃饭休息,争取连夜过去,至于怎么过去,他还在苦想。

大胡子正拿着一大片菜叶子在湖边清洗(越狱那天他们在童童家菜园掰的),一张大嘴突然咬住菜叶,大胡子惊得马上松手,一屁股坐在地上。

一只"怪兽"缓缓浮出水面,青月和小乐搂着大叫,仔细一看,原来是一条头上长着犄角的青色大鱼。伊娜马上又拿了几片菜叶走过去喂它,随即跃入水中,和大鱼一起潜了下去。

大家正奇怪,就见大鱼又游了上来,这一次伊娜坐在它的背上。

"上来,坐,它,带我们走。"伊娜用生硬的语言招呼大家。海天国的人有很多都生活在海里,平时打交道的几乎都是鱼。估计伊娜已经同这条大青鱼谈妥了。

很快,大家就骑上了鱼背。这条大鱼的背鳍由好几块构成,中间正好有空隙,坐上去可以稳稳抱住背鳍。伊娜坐在最前面,周天护着小乐坐在中间,阿奇坐在小乐的肩头,仓先生钻进周天的背包,然后是青月,大胡子坐最后。就这样,惊险刺激的骑鱼之旅开始了。

大青鱼三分之二的身子在水下,它游得不算太快。时值初夏,湖水凉爽沁人,小乐的小脚丫划过湖面,浪花四溅,比以前跟妈妈在海上坐快艇还开心。

在湖中还发生了一件小插曲。一只脖子上围着七彩翎毛的小野鸭不知从哪里蹿出,一口咬住大胡子背上的菜叶,差点把他拖到水里。大胡子慌忙把捆着绳子的菜叶从背上解下,让小野鸭叼了去。

大约一小时后,他们上岸了。伊娜没有上岸,而是跟大家就此道别,她说自己要通过水路找回家。小乐想起早些天这个棕发阿姨曾用半生不熟的语言告诉过他,她就是跟着一群鱼游泳时发现一个光圈,然后钻了进去,结果就到了巨灵山庄的内海,被童童爸爸捕鱼时打捞了上来。

众人跟伊娜挥手告别后继续前进。天气变得越来越热,植被越来越少,脚下的石块沙土也越来越多。不用说,边境到了,传说中的赤晶沙漠就在眼前。

七、边境险情

阿奇、大胡子等人在边境的戈壁上试着各自的灵力功法,果然恢复了不少。小乐捡到一块巴掌大的彩色透明石头,兴奋地对着太阳看。突然,一团黑云朝他压顶而来。小乐还来不及反应,一张幽蓝色的"圆桌"一下挡在他身上,挡开了黑云下的利爪。大家这才看清那黑云正是不久前认识的怪鸟时廷。它的利爪已深深抓进骤然变大以护住小乐的阿奇体内,而小乐也被震晕过去。

众人大惊!青月出手最快,发簪立刻变成长剑,刺向时廷。接着是周天,掏出手枪连连射击。大胡子的擀面杖一脱手就变成巨大木棍朝着时廷的脑袋猛击下去。

万万没想到,所有的攻击在时廷的周围全成了慢动作。此恶灵怪鸟竟然也具有控制部分空间的灵力,不仅轻松躲过各类攻击,而且怪叫一声,恶狠狠地向众人抓去。

身受重伤的阿奇迅速催动所有的灵力与时廷的时间停滞灵法抗衡。时廷吃了一惊。眨眼工夫,众人又展开第二轮的攻击,时廷的脚掌已被周天的长针刺中。

那时廷寻思难以获胜,便要展翅飞走。"阿奇,除恶务尽!"周天大喊。阿奇也知道这恶鸟如逃脱一定是个祸害,所以拼尽全力凝固空间。

仓先生刚才差点被这恶鸟一脚踩死,气愤之下也出手了。时廷只觉翅膀周围的空气急速变紧,正慢慢锁住自己的身体,根本无法再飞,不由得又急又气,哇哇怪叫起来。

此时,周天猛地往上抛出自己的灵兽皮绳,皮绳的一端卷着仅剩的一枚手雷。这灵气十足的绳子很能领会主人的意图,直接投进了那恶鸟口中。

接着就听一声闷响,时廷从半空跌落,乌血从它的脖颈汩汩流出。它挣扎了几下就断了气。

在众人的合力下,终于结果了这只黑羽恶灵。周天跑过去抱起小乐,给他喂了点皮囊中的水,很快他就苏醒过来。

大胡子也过来拍拍小乐,笑呵呵地说:"男子汉,经一难,长一段。你看看,是不是又长高啦!"接着又道,"周兄,你那个叫什么雷的法宝真是厉害,可惜再没了。你要能回家给我捎几个来就好了。"

周天笑笑没说话,只是小心地把已缩回原来大小的阿奇捧在手里查看伤势。阿奇伤得非常严重,后背裂开一个大口子,流出许多幽蓝色的体液。

"我不碍事的……休息一会……就好了。"阿奇气息微弱地对小乐说。小乐从来没有见过阿奇伤成这样,急得都快哭了。

青月和仓先生正在一旁闭目调息。仓先生的脑海中挥之不去的是刚才阿奇后背显现的幽蓝色法相。那个长鼻双面人,怎么看着如此眼熟?仓先生开始绞尽脑汁地思索。

这时大胡子提议把恶鸟尸体烤了吃,大家已经很久没吃荤腥了。仓先生突然嘶哑着说,把血留给它。

正在小乐背包里休养的阿奇听见,心里咯噔一下:这魔头现在又记起了多少?除此之外它心里还有一层隐忧,刚才为了救小乐情急之下用了秘法将身体变大,不知会不会被那魔头察觉到……

大胡子到底面点行出身,三下五除二就把鸟肉烤熟了。那时廷的头太瘆人,大胡子直接剁了,扔进石头堆里。大胡子把鸟肉烤得是外酥里嫩,受到大家一致称赞。这让他颇为得意,又开始自夸起来。

众人饱餐一顿后,大胡子就打算告辞了。大胡子的功力已恢复了六成,可以用追踪面粉直接回圣邑了。可惜他的擀面杖空间只能装一个人,考虑之后决定带青月一同回去,等到了圣邑就放了她,完不成任务大不了被师父责骂。

大胡子无法把大家都带过沙漠,心里有些过意不去。临行前他把仅剩的四块年糕全给了小乐,并告诉小乐操纵年糕人最简单的口诀与注意事项,例如不能在水里和火里待的时间过长,因为毕竟是年糕嘛。

青月也掏出一个水含珠递给周天,说:"这原是我带着备用的,你们可以分成好几块来含,过沙漠一定用得上。"

很快大胡子用擀面杖再次收了青月,接着又变得半虚半实起来。他依依不舍地摸了摸小乐的头,对周天说:"在赤晶沙漠中,年糕人会给大家指路,会带着大家在最短的时间到圣邑找到我。"说完,他就彻底消失不见了。这一次,他终于成功了。

大胡子与青月的离去,让小乐怅然若失,毕竟患难相处这么久了,真是舍不得。不过,周师父让小乐振奋精神,既然靠阿奇的灵力过赤晶沙漠已是无望,那么就要自己抓紧时间,做好穿越这片沙漠的准备。

仓先生打开了周天背包里的最后两张"压缩照片",分别是叶真的超音速飞行器和她的高级房车。

在幻境海漂流的时候,小乐就心心念念房车上的一切,但阿奇却一直没给他打开。到了巨灵山庄,灵力失效也打不开。现在终于打开了。小乐欢呼雀跃着跳上房车,立马打开冰箱和食品柜大吃起来。周天则开始清点有用的物品,他发现餐桌上的一把水果刀锋利无比,非常好用,正好用来防身。

小浴室里的淋浴莲蓬头一按就出水,周天让小乐站在桶里帮他好好洗了个澡。师徒俩说说笑笑,度过了这段日子以来最开心的时光。小乐的洗澡水周师父全留了下来,要知道,在沙漠里水是最重要的。四周他都找过了,一滴水都没有,目前只有房车上的三桶纯净水和浴室水箱里的水了。幸好还有青月给的水含珠,也不知道能撑多久。

仓先生在浴室的小柜里找到一大袋花生米,高兴得手舞足蹈。它如果知道那是叶真用来按摩足底的,不知道还会不会那么开心。

他们在那个超音速飞行器上遇到了一些麻烦,首先是全英文按钮,连个说明书也没有,只得把正在休眠养伤的阿奇请出来做翻译。大家鼓捣半天调了个低速自驾模式,为了避免碰到赤晶电网,飞行器距离地面也就十几厘米,比自行车也快不了多少。周天觉得这样已经很好了,总比横冲直撞弄得机毁人亡要强,而且关键是省燃料。

就这样,这架低速飞行器带着大家飞进一片火红的赤晶沙漠。

第五章　圣邑之行(一)

一、沙漠旅途(上)

天寒莫看雪,天热别看火。小乐想起姥姥的话。果然如此,外面火红的世界让人越看越热。周天试过地表温度,大约是摄氏五十度。飞行器只飞了一日,舱内就闷热无比,周天便带着大家换房车,收了飞行器。房车的隔热效果不错,而且车顶有太阳能电池板,车内还有高科技自发电系统,冰箱、空调等电器都可以使用,虽然车开不了,但人可以好好休息。整个沙漠行程就安排成半天飞行器、半天房车,交替进行。

刚入赤晶沙漠时满眼都是斗大的椭圆或圆形的红色晶石,越往里走晶石越小,三天后看到的晶石就像小孩儿玩的玻璃弹珠一样大了。不光有红色的,偶尔还能看见其他颜色的,晶莹悦目。小乐很想弄几颗上来。周天提醒他,大长老曾说过这些晶石能吸人能量。小乐只好作罢。

第五天大家从房车换飞行器的时候遇到了沙漠中的第一个生物。那是一只人形的蚂蚱,和他们在巨灵山庄逃亡路上遇到的那个被蛤蟆吞掉的蚱蜢人很像。它趴在几条多足大肉虫的背上。那几条并成一排的大肉虫全都干瘪不动,显然已经死去多时了。

"救救我……"一个微弱的声音从这个灰色蚂蚱人的口中发出。

"别管它!"仓先生一边跳进飞行器一边说。

"师父,我觉得咱不能见死不救。"小乐对周天说。

周天点点头。那个蚂蚱人感激地看了这个人类小男孩一眼。谁也没想到,就是这一眼,却改变了小乐的命运。

周天小心地走过去,把一小块水含珠放进它的嘴里。灰色的蚂蚱人立刻贪婪地吮吸起来,几秒钟后,它的头顶就变成了绿色。

"走吧,后面就看它自己了。"周天招呼小乐上了飞行器。

又过了几天,纯净水已经快喝完了。年糕人依然坚定地指着前方。前方究竟还有多远?周天有些焦急起来。阿奇偶尔出来看一眼,目前的沙漠地带竟有黑晶层,阿奇觉得有些似曾相识,这让它想到了另一个无比遥远的地方,那里要可怕黑暗得多。阿奇还察觉到仓先生看它的眼神有些异样,一阵心悸之后,更肯定了当务之急是尽快养好伤,恢复灵力。

差不多第二十天的时候,他们遭遇了赤晶沙暴。狂风大作之下,黄豆大小的晶粒全部飞卷起来,遮天蔽日。赤晶沙漠永远的白昼,此时也变得一片昏暗。细晶沙粒打得房车飒飒作响,坚固的房车也在风暴里左右摇晃。小乐打开顶灯,透过紧闭的车窗往外看,四周像飞舞着无数蚊蝇一般。

突然,在嘈杂声中响起了啪啪的敲门声。小乐吓了一跳,颤颤地问:"会不会是沙漠妖怪来了?"

周天刚想说没有什么妖魔鬼怪,但一想在这个世界什么都有可能。

敲门声越来越大,还伴有人的呼救声。好人周天打开了车门,爬进来三个人。

什么样的三个人呢?确切地说是三个黑黝黝瘦骨伶仃的野人,基本上是一丝不挂,肮脏的头发结成一坨一坨缠在一起,胡须也是老长,根本不辨面容。两个能走的穿着厚底的玻璃样松糕鞋,还有个不能走的躺在草垫子上。

三个来历不明的人身上散发出难闻的气味,小乐和仓先生躲得远远的,就差开窗透气了。

周天递给他们一杯水。三人轮流喝了后才缓过劲来,为首的一人开始说起他们的经历。

原来他们是五行城的一个四人小商队,到悠悠国贩运晶石去圣邑卖。只不过他们这一趟的运气也实在太差了,先是在悠悠国被抓了苦力去挖矿,干了大半年才放了他们;后来过赤晶沙漠时,花重金聘的向导也溜了,就剩他们三个像无头苍蝇似的在沙漠里转悠了七八年了。

周天默默地递给说话的人一块口香糖,嘱咐他多嚼嚼,水果味的。他的口气实在是让人受不了。那人千恩万谢地接过,嚼了后大喊:"我从来没吃过这么好吃的糖!"另外两个羡慕地看着他,周天只好也给了他们每人一块。

诉苦继续:他们辛辛苦苦贩的晶石一路上也全扔了,仅剩下一些能保命的装备。而且其中一人在一场风暴中被吹上了天,接着就把腿给摔断了。他们本以为会死在赤晶沙漠,没想到天可怜见,让他们遇到了眼前的这几位大救星。

275

周天听不惯奉承的话,便岔开道:"你们也算够义气,一直没有抛下同伴。"

一听这话,两个能走的纷纷表示他们仨是发过誓的好兄弟,生死与共。躺在草垫子上那个摔断腿的倒霉蛋一边费力地嚼着口香糖一边心想:哼,如果不是你们看我还有用,我早就不知死哪儿去了!

周天过来查看了下他的伤势,果然很重,断腿黑紫,伤口已经溃烂发炎。这若是在战场上是要马上截肢的。

周天可做不了这样的手术,他也不想见死不救,于是从房车的医药箱里找了点消炎药,就着小乐皮囊里的泉水给他服下。

大约一盏茶的工夫,那人竟然好了不少,勉强可以坐起身来。周天知道是灵泉水的作用,但不明说,只把消炎药又包了几粒给他。

又过了一会,到了吃饭的时间,周天让小乐也切了几块大胡子烤的鸟肉给他们。三人狼吞虎咽地吃了。

二、沙漠旅途(下)

外面的沙暴渐渐停了,毒辣的阳光重新炙烤着大漠。那个断腿的人突然提出他可以为大家取水了。

他的两个同伴把他连同草垫子抬出车外。周天、小乐,包括仓先生都好奇地看向他。只见此人端坐在草垫上,双手拇指食指相抵,高举过头,形成一个"口"字。

不一会儿,就见他双手间的"口"字中有浅蓝色的波光流转,他的同伴马上把桶递过去,一注清水从他的指尖直入桶中。

一个小时不到就接了小半桶水。稍后,他停止运功,闭目休息。另两人欣喜地抱着水桶交替痛饮,很快就喝了个精光。

小乐等人都看呆了,没想到还有这样向天取水的神功。另两个人也很奇特,下车后两人的身体就跟烧红的黑炭一样,里面红,外层黑,不知道运了什么功法。取水那人休息了一会,还要继续,周天看出他很勉强,就让另两人把他抬了回来,明天再说。

周天把伤者留在了车上,以车内太小为由把那两个请了下去。小乐透过车窗看见下车的那两个人不知施了什么法,把草垫子变得像飞毯一样悬浮在半空,躺在上面。

留在车上的人感谢周天的救命之恩,他告诉大家他原是五行城山水派的入室大弟子,名叫山水一问。另外两人是神火派的弟子炽信和烈云子。他就是听信了这两人的花言巧语才离开师门做了这趟赔惨了的生意。他希望能与周天他们一起走,离开那两个浑蛋。

山水一问说着从脏兮兮的头发里抠出一颗蓝色的珠子,仔细擦了擦递给周天,说这是他家的至宝,最能趋吉避凶,请恩公一定要收下。

周天自然不肯收,更以不同路为由拒绝了他的请求,劝慰他道:"他俩没了你就活不成,不会对你怎么样的,你就放心吧。"山水一问见周天态度坚决,只得作罢。他问周天有没有晶,让他可以运功疗伤。周天便从精灵族大长老给的精石中抓了一小把给他。

小乐好奇地问:"你刚才是怎么从天上取水的? 太神奇了。"山水一问解释道,那是山水派的秘法,可以从几千里外的空气中吸取水分。小乐又问了外面那两个红炭人是咋回事。原来是神火派的秘法,把自身温度升高以抵御外界的高温。所以在流沙大陆的商队中,五行城水火两派的人最多。

第二天山水一问的伤势已好了大半。他又向周天要了点精石,接着继续用秘法取水,直至把房车上三个纯净水空桶全部灌满。

那炽信和烈云子丝毫没有要告辞的意思。周天也不多言,取出一桶水送给三人,又送给他们一条床单遮体,接着便让仓先生收了房车。

这三个五行城修士全都大吃一惊。炽信和烈云子互相对望一眼,没想到此人养的耗子都这般厉害,竟然会空间灵法。他俩曾试探过周天,除了身体强健外,没有一点法力波动,因此有过杀人夺车的念头,现在可就不敢轻举妄动了。

接着三人在惊叹中目送小乐他们的飞行器渐行渐远。

山水一问摊开手掌,里面有小乐给他的向导——一个指甲盖大的年糕人。他心中充满感激。

小乐问师父,为何没救人救到底,带那三人一起走呢?周师父告诉他:"帮助人是应该的,但前提要确保自身的安全。防人之心不可无,万一那几个身怀绝技的修士起了歹意,那就有大麻烦了。"小乐点了点头。

一直在角落里静养的阿奇听见,脸上露出欣慰的神色。

几天后,他们还在一望无际的赤晶沙漠里。飞行器这时变得极慢,跟老牛拉破车似的。小乐叨叨:"这么慢,山水一问他们的飞毯都要赶上我们了。"

说到这,小乐心中一动。他的口袋里揣着山水一问的蓝色小珠子,不知是这位山水先生有意留下的还是无意中落下的,总之进了小乐的口袋。这件事他没告诉师父。师父如果知道肯定不让他拿,没准还会想办法还给人家。

这个小男生经常会把这个透蓝的珠子偷偷拿出来把玩,就是喜欢,没来由的喜欢。

就在周天把叶真的菊花茶也拿来当口粮时,他们看到了赤晶沙漠边的戈壁,远处高大的建筑若隐若现,圣邑总算是到了。

到了,是吗？嘿嘿……仓先生的嘴角露出一丝不易察觉的冷笑。

周天和小乐在戈壁上收拾行装。小乐挑了一些他能穿用的鞋和衣物塞进自己的皮背包里。周天也整理出不少有用的东西。房车已经损坏得不成样子,四个轮子全化了。飞行器也好不到哪里去。周天喊仓先生来帮忙打包,却得不到回应。

戈壁沙地上,一只小仓鼠静静地躺在那里,瞪着它那双无辜的黑眼睛,早已停止了呼吸……

三、老魔苏醒

天空蓦然出现一个象鼻怪物的血红光影。是它！它终于想起来了！重伤未愈的阿奇望着天空,它所惧怕的事情终于还是发生了。

还没等阿奇有所行动,光影怪物就出手了,两条血影链直接锁住了阿奇和小乐,空气中传来恐怖沙哑的声音:"你们还想骗本尊多久啊?！哈哈！"

"你,你是仓先生?"周天隐约记得那只仓鼠第一次口吐人言时出现过类似的影像,只不过眼前的这个要比先前的大得多,也狰狞得多。

"什么仓先生?本尊是光元大陆最大的灭绝元魔!"老魔的虚影吼道。

血影链越捆越紧,不光是小乐,连阿奇都无法动弹。

"师父,快跑!"小乐大喊。

周天却没有动,凛然注视着眼前的魔头。老魔夸奖道:"周天,这一路上,本尊很喜欢你,把你的身体给我吧,哈哈!"此魔的话音未落,周天就见一道血影直朝自己面门而来,随即便头痛欲裂,意识也逐渐模糊。

小乐惊恐地看见师父倒在地上,痛苦地抱着头。几秒钟后,他站了起来,看了看自己的身体,自语道:"嗯,不错,本尊很满意。"接着又望向小乐,狞笑着说:"小孩,下面为师就来尝尝你这道血食啦!"

小乐吓得大叫,阿奇拼命挣扎却无济于事。

突然,这个周天再度双手抱头,倒在地上。等他再爬起来时,却是脸色大变,一副不可思议的样子。

"这不可能!你,你到底是什么人?"

"妖魔,快给我滚出去!"

"莫非,莫非这身体原本就不是你的?!"……

什么?!阿奇和小乐全都震惊地望着周天。他的身体里分明有两个人在对话。接着就见周师父开始在地上打滚、挥拳,一副发了疯的模样。

突然,在小乐的惊叫声中,周天把水果刀刺进了自己的胸膛,紧接着又是一刀。

"你要干什么?"是老魔颤抖的声音。

"我不会把身体给你,你休想再害人了。"周天咬牙道,说完又往小腹刺了一刀。

"师父,快停下!师父!"小乐哭喊道。

"住手!你这疯子。"老魔气急败坏。

鲜血从周天的伤口中汩汩而出,他双膝一软,跪了下来。接着他举刀想要再刺,但持刀的手却不听使唤,仿佛有人把住一样,就见周天艰难地用双手握刀,刺入了自己的左肋。

小乐已经看不下去了,只能号啕大哭。阿奇在震惊之余,更多的是佩服和悔恨,如果早一点把那魔头灭杀或者告诉周师父真相,可能就不会发生这件事了。

"浑蛋……你这个渺小的人类……你,你用的什么妖术……竟然胆敢要跟本尊同归于尽……"老魔的声音变形了,似乎受了重伤。

"呵呵……"鲜血从周天嘴角流出,一滴一滴地落在地上,"拿命来吧,恶魔!"只见这个有着钢铁般意志的男人大吼一声,把尖刃刺进了自己的右肋。

几乎在刀尖刺入的同一时刻,一道血红虚影从周天的身体里飞射而出,瞬间就消失得无影无踪。而捆住阿奇和小乐的血影链也立刻消失不见。

"师父!"小乐哭喊着跑向周天。周天躺在血泊之中,缓缓地睁开眼睛:"你没事就好……师父恐怕不能再照顾你了……"

周天说得很慢,每说一句,就有鲜血从他的口中涌出。

"师父,你快喝……你一定会好起来的。"小乐哭着把皮水囊凑到周天的嘴边。

"没用了……我用的是古巫术……是个死局,无药可解。"

小乐不死心,把泉水泼洒到周天的伤口上。周天艰难地握住小乐的手:"别浪费了……小乐、阿奇……有件事藏在我心底很久了……再不说,就没有机会了……"

"师父,你别说话,你一说话就流血。"小乐哽咽着说。

"小乐,让你师父说吧。"阿奇也是十分悲痛。

"我的真名叫束天舟,原是玄琰殿下的亲随侍卫。我俩从小一起长大。在我十六岁那年病重快死之际,殿下来我家看我,我的父亲却,却用巫术把我们互换了身体……"

阿奇什么都明白了,难怪老魔无法占夺周天的身体,它的功法在中国最古老的巫术面前打了折扣。阿奇又想起周天此前的种种,当他在绿夜森林用巫法催吐大嘴怪时,它就奇怪,一个王孙怎么会这个?现在全都有了答案。

"我对不起我的殿下……我的兄弟……这是我该得的报应。"周天说着又连吐了几口鲜血。

阿奇让小乐把周天的头轻托起来,这样能好受些。

"小乐,这么久以来,我已经把你当成了我的孩子……你一定要坚强,勇往直前……实现自己的心愿……"早已泣不成声的小乐点了点头。

周天的气息越来越微弱,直至停止了呼吸。

古人周天,奇人周天,好人周天,带着未完成的心愿,遗憾地离开了这个世界。

"师父啊——"小乐撕心裂肺的哭喊声在荒野上久久回荡。

几个小时过去,小乐还是不相信师父就这么死了。他呆呆地望着躺在地上的周天。阿奇在悲痛之后,也不愿把周师父孤零零地葬在这里,于是就用刚恢复的一点灵力把周天的遗体压缩进空间照片里,让小乐背在身上。它安慰小乐说,没准桃源主人能让周师父复活呢。

小乐一听,马上来了精神。只要有希望,就有动力。他要早一点到圣邑,早一点找到朱先生,早一点去桃源岛,不仅要救妈妈,还要救师父。

四、初来乍到

戈壁荒原上,行走着一个孤独的少年,风尘仆仆的脸上却是坚毅的神色。半日之后,他走进了流沙大陆最神圣的地方——圣邑。

也就在这一天,他手腕上电话手表的日期显示今天是他的生日——尚小乐满十周岁了。

如果说精灵城让小乐惊叹,那圣邑带给他的震撼则无法用语言来形容。

大胡子曾说,圣邑个个会法术,人人是修士。果然如此。天空风朗气清,彩云舒卷,一个个飞行的修士往来穿梭,有御剑飞行的,有骑着灵兽的,也有直接腾云而过,衣袂飘飘。云层之中,还可见宫宇亭台,看得小乐脖子都酸了。

地面景致同样古朴风雅,各类建筑错落有致,树木葱翠,道路清幽,碧水环绕。尚小乐走在这犹如仙境的修炼之地,心境也舒朗飘逸起来。

路上的行人较少,偶尔可见有人骑着灵兽经过。的确,都会飞,谁还要走?突然,天上掉下来一个东西,差点砸到小乐。小乐过去一看,是个密封的锦盒。小乐冲天上飞来飞去的修士大喊:"你们谁丢东西啦?"

有几个低空飞行的修士朝下看了几眼,又匆匆而过。小乐留在原地等候失主。阿奇在小乐的耳朵眼里说:"算了,我们去百业门找大胡子要紧。"小乐说:"再等五分钟吧,丢东西的人该多着急啊!"

阿奇一直藏在小乐的耳中恢复灵力,一来是怕重伤逃脱的老魔凭气息找到自己;二来是在这种修士之地,还是不露面为好,少惹麻烦。而且它和小乐经过长期的相处,已经建立了心灵默契,小乐不用动嘴,在心里跟它说话就可以了。

不大会工夫,就见前面一个青年修士翻下云头,开始在地上搜寻着什么。

"你是不是丢了东西啊?"小乐冲他招招手。

那个修士见了快步走了过来。

来人是个其貌不扬的青年,粗布衣服,肩膀一高一低。小乐怕他冒领,就问他丢了什么东西。听他描绘得不差,小乐才把锦盒从口袋里掏出来给他。

粗衣青年接过一看,果然是自己丢失的东西,而且密封完好,脸上一片欣喜。他把锦盒放入自己的袖袋后,对小乐说:"多谢了,小兄弟。恕我不能透露姓名,他日若能相见,必当重谢！这点晶请一定收下。我还有要事，告辞！"

说完他将一个鼓鼓囊囊的布袋塞给了小乐，随即脚下升腾起一团云雾，片刻就将他托至半空。他向小乐略一点头，便掠空而去。

"哇塞，好厉害啊！这可比《西游记》好看多了。"小乐不由得赞叹。

"别看这人普普通通，谈吐还有点不凡。"阿奇道。

"其实我把东西还给他，又不是想要他谢我。"小乐说着打开布袋，里面是六七块晶莹的宝石，比大长老给的精石要璀璨得多。

"小乐，拾金不昧不等于不能接受别人的感谢。要做个灵活的好人，而且我们现在可正缺钱呢！"阿奇嗡嗡地说。

阿奇的话音刚落，一辆装饰鲜艳的双轮轿式敞篷车从天而降。车上坐着个四十来岁的红脸汉子，声音洪亮地对小乐说："小哥，要不要坐车啊？地空两用，到哪都行。"

显然，他眼尖，看到了小乐布袋里的晶，这才落了下来。

阿奇和小乐这一路走来见到有好几辆这样的飞车经过，估计就是这里的出租车。

小乐掏出一块晶递给他，说："飞去百业门，行不行？"

红脸汉子问："百业门的办事厅光邑东就十几家，你要去哪一家？"

小乐掏出一个年糕小人，对他说："按它指的方向走就行。"

"哟，没想到你在面点行有人哪！那遇到你真是我的福气啦！这样给你打个折，两块晶吧。"红脸汉子爽快地说。

成交！小乐兴奋地坐上了飞车。车夫心中一阵窃喜：今天遇到一个冤大头了，要知道这样成色的两块晶把他整辆车买下来都绰绰有余。

彩车稳稳地在空中飞行。车厢的护栏很高，不用担心掉下去。自从长泽带着小乐飞过云荡山，又坐过绿夜森林的树叶电梯后，这就算小儿科了。

车夫笑呵呵地递给小乐一张彩色的小铁片说，他是顺风车行的张大有，下次想叫他的"大有号"车把铁片摩擦发热就可以了。

张大有跟北京的哥一样能侃。他告诉小乐，圣邑大得很，分外城和内城。他们现在还在外城的上空。外城主要是一些清修大佬们的府邸，一些散修也住在这。内城要繁华得多。最大的两个宗派是气宗和御物宗。气宗主要讲练气，一气化三清[①]。凝气凌空，集气化作风云，厉害的可以排山倒海呢！现任的邑主就是气宗的。御物宗就是操纵各类物体，大到山河，小到毛发，那些用御剑术的都是。其次是五色宗。五色宗专练各种变化之术，分红、黄、青、蓝、白五种颜色。宗内弟子根据各人特点选修不同颜色的功法，而且从他们的名字上就能区分。还有一宗是炼体宗，主要是锻炼肉身，可以身轻如燕，也可以力大如牛、刀枪不入，还可以隐形、穿墙而过。专注炼体的修士往往身有异象，与常人不同。

[①] 一气化三清为中国古代道教的提法，有道生万物、包融万物之意。一般认为指的是道生元始妙一之气生出玉清境清微天、上清境余禹天、太清境大赤天。

小乐曾听大胡子说过一些,远没有张大有说得精彩。他插话问道:"那张叔叔你是哪一宗的?"

"我是百业门的外门弟子,不像内门弟子一样要参加各种活动,自由得很咧!"张大有还从未被人唤作叔叔过,心里很受用。

"那你认不认识大胡子? 他师父是面点王。我就是来找他的。"小乐一听他是百业门的人,立马问道。

"面点王?! 他是我们的门主啊,你竟然认识他的内门弟子! 哎呀,啧啧,真是没想到,不简单呀!"张大有连连惊叹,接着道,"大胡子,名字就叫大胡子? 不过他们这些一等捕快,名字也是换来换去的,没个固定的名字。小哥你找到了那个大胡子可要帮我这大有号多多美言哪,让他也来坐坐我的车!"

尚小乐心想:"难怪大胡子叔叔不告诉我他的真名,原来他没有名字。"

张大有继续道:"圣邑的修士基本上都属于四宗一门。我们百业门功法最杂。比如说我吧,我以前修的是御物宗,现在归的是百业门。"说着他就来劲了,"小哥,你看好啦,我来给你玩个小法术。"

张大有站起身来,先双手合十,接着缓缓拉开,掌心向外,然后双手依次由外向内聚拢,好像在拉揉着什么。

小乐顺着他的手往前看,这个大有修士正把高空的白云拉到车前塑造成一匹长着翅膀的飞马,足踏祥云,栩栩如生。哇!小乐不由得鼓起掌来,心想:这个叔叔如果不驾车可以去做个雕塑家。

五、如意客栈

就这样白云飞马拉着小乐一路前行,张大有和小乐聊得十分投机。他也问小乐的来历,阿奇教小乐说是从别的国家来的,来投奔大胡子。

张大有虽见小乘客衣着怪异,但也没多问,因为流沙大陆本来稀奇古怪的国家就多。接着,他又开始侃他饲养的灵兽,全是早先从蛮荒大陆引进的优良精灵品种。

连续翻过两个山头后,张大有说圣邑的内城到了。

小乐原以为圣邑和精灵城差不多大,现在发现他错了,圣邑要大得多。精灵城只是一个城,而圣邑是一个辽阔的王国。

内城比外城热闹多了,小乐从空中看下去,很像古装剧里的街市,人来人往,川流不息。天上飞的修士很少。张大有解释说,内城有限飞令的,只有高阶修士和他这样的载客车才能飞,不然天上就乱成一锅粥了。

就在尚小乐屁股都坐疼了的时候,他发现年糕人开始疑惑地东指西指,找不着方向了。

"会不会是大胡子出了什么事?"阿奇在小乐的耳朵眼里说。

张大有见状说道:"我想起来了,现在正是风雷大会期间,你们要找的大胡子作为我们门主的亲传弟子保不准在会场呢!"

"那我们马上去那个会场吧。"小乐说。

张大有笑道:"我这车可去不了,而且我连风雷大会在哪儿都不知道。要不你去面点行问问看？"

大有飞车把小乐带到了一家面点行，就在一个闹市口十分显眼的位置。付车费的时候，这个红脸汉子再三不收，说和小乐投缘，就当交个朋友，让他帮忙多做广告。最后小乐硬塞给他一个晶。他喜滋滋地驾车飞走了。

这个面点行的人根本不知道大胡子是谁，不过对于小乐的年糕人倒是认的，于是找了家如意客栈让他住下，说是要与总部联系，有了大胡子的消息就通知他。

小乐在客栈里一住就是半个月，没等来大胡子的消息，却得到了这样的消息：今年参加风雷大会的各宗门精英弟子全部被困在一个神秘的地方，与外界失去了一切联系，音讯全无。

看来，大胡子一定也被困在那里，与年糕人失去了联系。

客栈里鱼龙混杂，大多是些只会一点法术的低阶修士，还有一些来历不明的散修。他们不属于任何宗门，可以帮人做一些秘密的事情获得酬劳。

这里还有一类人，就是什么法力都没有的普通人。他们或是资质太差，什么都学不会，或是被人废除功法，或是因某种原因不准修炼的。这类人被统称为"废人"。

还好，小乐在这里不被看作废人，住客本上登记的是：百业门——尚小乐。大家都以为他是才进百业门的少年修士。

不过，客栈的孙掌柜却是一个废人。孙掌柜看上去六十岁开外，花白头发，白皙面皮，很有些发福。他对每一位客人都是笑脸相迎，有时候也会奉承夸赞一些光临的高阶修士，但都是有尊严的恭维。孙掌柜的不卑不亢让阿奇很有好感。

孙掌柜那儿有一只小白狗,浑身雪白,很像王彦博家养的那只博美犬,特别可爱。

小乐每次到客栈前台都跟它玩一会儿。据孙掌柜说,这只小白狗是十几天前才来到店里的,四处转悠,可能是谁养的灵宠走丢了。孙掌柜看它可爱,便拿点好吃的喂它,它竟留下不走了。

这只小白狗头顶有一圈黄色,特别像冰淇淋最上面一层,于是小乐给它起个名字叫"可爱多"。孙掌柜虽然不知道什么是冰淇淋,但觉得这个名字很赞。

如意客栈的饭堂就在前台旁,看来蛮有名气,每天都有许多人,打尖的,住店的,去晚了还没有位子。

这里可是开眼界长见识的好地方,修士们来这里交流功法,买卖宝物,各类消息满天飞。大胡子等各派精英弟子被困风雷大会的消息,小乐最早就是从这里听来的。

说这消息的是一个蒜头鼻的炼体宗弟子,他刚从风雷大会回来。当时挑选弟子去核宫寻宝时他没被师父选中,还怪师父偏心,现在想想真是庆幸。

据他所说,核宫是建造在一个桃核里的宫殿,是这个世界创世大神留下的几件创世灵宝之一。

他说的时候很多人都围过去听,蒜头鼻说得特别带劲:

"那天凌宇宣布下一个挑战项目是核宫寻宝时,大家都兴奋得不得了。那核宫可是创世大神给自己亲传弟子造的修炼宝地,里面的奇珍异宝数不胜数,当然还放了些怪兽,设了点机关在里面。比赛要求每个宗门各出十五到二十名精锐弟子组队进入,从核宫出来后按各队取得的宝物数量与取宝难度值排名次。比赛原定是三天。我虽然没进去,却有幸看到了核宫。邑主大人亲自把它祭出,开始只是空中的一个小黄点,接着在它周围慢慢汇集了强大的法力云,不一会工夫,就像星云一样灿烂,然后核宫里洒下无数星光,一眨眼,各宗门的弟子全被星光吸入了核宫中。三天过去后,没一人出来。那时候进去的各宗门弟子与外界还有联系,于是又延长了三天。后来突然之间,核宫断绝了和外界的一切联系,好像是一道闸门给拉下了,外面的人也进不去。这一届的风雷大会就这样不了了之了,我们这些剩下的弟子就都回了。现在三十天都过去了,那进核宫的几十个人至今仍是杳无音讯,生死未卜。"

他说完后在饭堂吃饭的修士们议论纷纷,有人猜测会不会是恶灵国人来捣乱。有人说邑主正在巴巴地悬赏找人解救呢,他儿子凌宇就在里面,能不着急吗?还有人说百业门的佑门主用了秘术都不行。五行城和彩虹国都知道了这事,这下圣邑糗大了。

小乐只能在如意客栈里苦等大胡子被高人解救出来。

六、金光令(上)

一天中午,小乐吃完饭后,正在孙掌柜那和可爱多玩,一个高个子修士走了进来,直接找到孙掌柜,说他近日得了好宝贝,问孙掌柜收不收。客栈还有项副业,就是买卖各类二手法宝。

"御物宗前掌宗金光爵的金光令,稀罕吧?"高个修士说着就把个金光闪闪的物件掏了出来,得意道,"金光爵可是箓公的爱徒,有了金光令就能找到箓公。箓公点点手指,你的功力就升阶了,随便给你个宝贝,你可就飞黄腾达了。三百晶怎么样,收不收?"

金光令? 小乐好奇了,难道他也有?

孙掌柜把闪着金光的令牌放在柜台面铺着的红褐色丝绒巾上,拿出个类似放大镜的器具仔细观看。小乐也凑过去,饭堂里不少目光也被这闪烁的金光吸引了过来。离孙掌柜最近的正是几个在高声饮酒的御物宗弟子。

"旋木,我怎么知道你这金光令是真是假? 你又不是没卖过假东西。你这宝贝是哪儿得的?"孙掌柜边看边问。

"孙老板,我这可绝对是真货,一个朋友托我卖的。他在巨灵山庄看到金光爵被一只比老虎还大的耗子追赶,拼死救了金光爵。金爵爷为了感谢他的救命之恩,就把金光令给了他。后来我那朋友跟着彩虹商队一起,九死一生回了圣邑。商队的大唐、老谢,你都认识的,都知道这事。"高个的旋木说得有鼻子有眼。

孙掌柜看了一会说道:"我一介废人,也不想见什么箓公。你这东西就算是真的,最多也就有个收藏价值。这样,一百晶,我收了。"

"孙老板,这价可不行。现在有多少人想找箓公,特别是那些个宗主。我朋友若不是急等着用晶,还不卖呢!"

"那你直接卖给那些宗主去啊。"

"瞧您这话说的,那些宗主谁认识我呀? 您人脉广,转个手可就不止三百晶了。不行就二百晶吧,给你个熟人价,不能再低了,这可是我那朋友拿命换的。"

孙掌柜看那金光令确是灵气十足,而且金光爵被流放的地方只有极少数人知道,一般人都以为金光爵陨灭于幻象国了。于是孙掌柜便打算买下来。那几个御物宗弟子轻声说笑了几句,继续推杯换盏。

就在孙掌柜数出二百晶打算付给旋木的时候,尚小乐实在忍不住,没听阿奇的,大声说:"孙掌柜,他的金光令是假的,你别被他骗了!"

旋木斥道:"哪来的毛小子,胡说什么?!"

"我这里有真的金光令,是金光爵老爷爷亲手给我师父的。"说着便把怀里的金光令掏出来。师父去世后,阿奇让小乐把金光令随身携带,没准在圣邑会得到御物宗的帮助。

这个金光令只是一个黄旧的老竹片,先前上面的污垢已经被周天擦拭干净。小乐想起师父,鼻子又是一酸。

"御物宗的宝物能是这样的吗?你再捣乱,小心我不客气了!"旋木瞪着眼睛说。

"旋木,你发什么火呀?他是小老儿的一个忘年交,是真是假看看再说。"孙掌柜说着把小乐的老竹片也接了过去,放在绒巾上仔细瞧。旋木已经察觉小乐只是个毫无法力的废人,但见孙掌柜有护着小乐的意思,只好先散了聚在掌上的功力。

小乐也简要地说了下他这金光令的来历。孙掌柜的类似放大镜的仪器在这竹片上看不到半点灵法之力,但那几个御物宗弟子的眼睛全都注意起这块不起眼的竹片来,显然他们认得此物。

这时,一个邋里邋遢的老头走过来,对孙掌柜说:"这小孩的金光令八成是真的,那闪光的铁定是假的。不过我要是你,谁的也不收,因为箓公早不管世事了,找到了也无用。"

旋木一听,火冒三丈,刚想说"要你多管闲事!",但突然感觉到对方深不可测的功力,只怕一般的高阶修士都不是他的对手,立刻把到嘴边的话咽了回去,眼睁睁看着这个厉害的散修趿拉着拖鞋扬长而去。

这样一来,旋木的生意彻底被搅黄了。孙掌柜也不说他的金光令是假的,只说再考虑考虑,让他先到其他收宝的店看看。旋木只好把他那金光闪闪的"金光令"揣进怀里,狠狠地瞪了小乐一眼,离开了。

旋木走后不久,小乐也跟孙掌柜打个招呼准备回自己房间了,刚走到大堂的楼梯口,突然被刚才那几个御物宗修士挡住了去路,要他马上交出本宗的金光令。

这不是欺负人吗?!你们不仅不感谢我师父救助了金光爵,还要来硬抢。小乐也生气了,四个年糕人一下子齐刷刷护在小乐身前,双方大有剑拔弩张之势。

阿奇原本还打算让小乐带着金光令去御物宗碰碰运气,现在看来不仅是人走茶凉,更是人走就夺宝了。昔日的御物宗掌宗金光爵九泉之下估计会死不瞑目。

孙掌柜见状慌忙过来劝解。饭堂里吃饭的客人看见情势不妙跑了一大半,只剩几个高阶修士还在原地。

御物宗一个身着华服的青年修士高声傲慢说道:"金光令是我御物宗圣物,不想流落在外,理应交还给本宗。"他是说给在场的所有人听的,理全在他那。

"祁爷说得在理,只不过你要的金光令不在这位小哥身上,还在小老儿这里。他刚才留给我研究一二,我这就给你们拿去。"孙掌柜说着就返回柜台,果然拿过来一个跟小乐那个一模一样的黄旧竹片。

"这怎么可能?我明明看见你把金光令还给这小子了!"一个瘦长条的御物宗弟子嚷道。

"小老儿店里人来人往,你乍一看错也是有的。"孙掌柜笑呵呵地说,转脸又对小乐劝道,"这位小哥,你是百业门面点王的再传弟子,金光令也不是你百业门的,确实应该还给御物宗,物归原主嘛!"说着冲一脸困惑的小乐使了个眼色。

华服青年从孙掌柜手上接了老竹片,一看正是刚才所见的金光令,心中大喜,他也不想和百业门有什么瓜葛,于是立马招呼同伴走人。

明明金光令还在兜里,孙掌柜那个是从哪里变出来的?小乐和阿奇全都蒙圈了。

孙掌柜又回到柜台边,像什么事都没发生似的招呼客人。小乐想不出个所以然,也就转身上楼了。

七、金光令(下)

小乐午睡起来后,孙掌柜来了,来意却是让小乐速速离开。

孙掌柜对小乐说,今天中午御物宗为首的弟子叫祁昊,年纪轻轻但已经修炼到中阶,仗着他爷爷是御物宗宗主,经常胡作非为。他一旦知道拿走的金光令是假的,一定会猜到真的还在小乐身上,势必会再次找上门来。

"到那时,小老儿就很难护得你周全了。"孙掌柜面露为难的神色。

说着他递给小乐一个小包,里面的晶闪闪发光。"这是小老儿的一点心意。你带着去城西的如家客栈找我兄弟,他是那的掌柜。你只要说是我介绍来的,想住多久都成。"

阿奇见孙掌柜说得诚恳,便叫小乐收下包裹。小乐这阵子真是高消费,时常叫上大有飞车到城中到处逛,买了不少东西,还去了天上气宗修炼的云宫玩了一整天,身上的晶包括大长老给的精石都快花光了,再往后,店都住不起了。

小乐自然好奇地问起孙掌柜拿出的那块金光令是怎么回事。孙掌柜笑道:"那是小老儿早年间得的五行城的灵土,可以塑形成任何物体。"

以防夜长梦多,孙掌柜催促小乐现在就离开,把小乐送出客栈时,嘱咐道:"金光令联系着箓公,箓公的功力高深莫测,不仅是御物宗的开山宗主,还做过邑主。如能找到箓公,那就最好留在他那里,一时别出来了。圣邑甚至整个流沙大陆看来很快就要风云变幻,怕是不太平了。"

小乐觉得孙掌柜给予的帮助比自己的仗义执言多多了,心中充满感激。

与孙掌柜告别后,小乐没有直接叫车去城西,而是决定先去附近的面点行说一声。阿奇说不用这么麻烦,孙掌柜会告诉他们你的去向。小乐不同意,执意要去。阿奇叹口气,心道:这孩子越来越有自己的主张了。

小乐正走着,发现脚边多了个小东西,一看竟是小白狗可爱多,它不知何时跟了来。小乐冲它摆摆手,让它回去,它就是不听,小乐停它就停,小乐走它就走。

小乐只得怜惜地蹲下来摸着它的脑袋说:"可爱多,要不你跟我去前面吃点好吃的再回去吧。"可爱多像听懂似的呜呜着。于是小乐就把它放进大容量的背包里,背着向面点行走去。

"原来你是想去吃点心哪!"阿奇在耳朵眼里哼了一声,"馋嘴猫。"小乐装没听见。

面点行的伙计每次见小乐来,都会招待他吃刚出炉的点心。这里的点心特别好吃,小乐想着这下若去城西这么老远的地方,可不能隔三岔五地来吃了,所以无论如何临走前要去吃一顿。

令小乐郁闷的是,面点行一个人都没有。他正打算叫大有飞车离开,一辆飞车呼地一下就停在他的面前,小乐认出是速达车行的,驾车的是个三十岁左右年轻人,热情地招呼小乐上了车。

这个年轻车夫的话不多,只说城西如家客栈比较偏远,自己返程就比较吃亏了,要小乐多加点车费。小乐兜里有晶,满口答应。

夜幕渐渐落了下来。圣邑的一天与人类世界的差不多,这让小乐很适应。

飞车在一个山口停了下来,车夫说如家客栈到了,喊小乐下车。小乐从车里探头一看,四周草木丛生,一个人影也没有,真正诠释了什么叫荒郊野外。

车夫指着前面山腰亮灯的地方对小乐说:"那里几间房就

297

是。"小乐说:"那麻烦叔叔带我上去啊。"这车夫不愿意了,说道:"小哥你走两步啦,这山藤蔓和木刺特别多,我这车上不去啊!"

小乐只得付费下车,心里直懊悔没要大有飞车。阿奇一边疑惑孙掌柜怎么介绍了这么偏僻的地方,一边责备小乐非要去面点行耽误时间,搞得现在天都快黑了。

阿奇让小乐把四个年糕人全部启动,贴身保护。小乐突发妙想,让两个变大的黑年糕人伸出双手互握,给自己搭个软轿,抬自己上山。

"你小子,真是懒得可以啊!"阿奇正在耳朵眼里调侃小乐。突然四个年糕人齐齐跌倒,好像有人拉扯了地面一样,把刚坐上去正享受的小乐摔到地上。

小乐啊的一声,还来不及揉屁股,就看见面前出现了五六条黑影。"不好,我们被埋伏了!"阿奇惊道。

"小孩儿,快把真的金光令交出来,我们少爷还能放你一条生路。"一个矮冬瓜模样的人叫道。

暮色中,小乐认出这伙人正是中午那几个御物宗弟子。他们可真是神速,这么快就找来了。

"金光令不是给你了吗?"小乐一边拖延时间,一边快速念动大胡子教的功法口诀,年糕人瞬间四变八,分别向几个御物宗弟子打了过去。

那个矮冬瓜操纵法器一下就把两个年糕人切成两半。其他人也纷纷用各种手段把年糕人大卸八块。只不过这些年糕人的碎块有的自动粘合起来,有的直接有了生命力,全都继续攻击。

几个御物宗弟子懒得纠缠,纷纷脚踩法器飞至半空。这下小乐傻眼了,他的年糕人不会飞。瘦长条的修士用手一指,石头土块纷纷向小乐和他的年糕人打过来。

"我记得大胡子好像有一招撒豆成兵的法术,豆粒那么大年糕人是可以跳起来的。你快用!"阿奇慌忙道,"要不让年糕人合成一个罩子来保护你啊!"

"那个太难,我没学会!你快把我变走啊!"小乐蜷缩着身体抱着脑袋大喊。

空中的几人看不到阿奇,只看见这个男孩被石块砸得没头没脑地喊叫。身着华服的祁昊不耐烦地说:"别跟他耗时间了,直接抓起来扒衣服扒皮,我就不信找不到!"

说完大概是觉得底下跳来跳去的年糕人看着讨厌,双手往下一按,山上大石纷纷落下,小乐的年糕人军团被砸扁活埋,全军覆没。

第六章　圣邑之行(二)

一、小虚无界

与此同时,尚小乐觉得自己的身体被猛地一提,紧接着他就在原地消失了。

看来关键时刻还是得阿奇出手。只是这一次小乐觉得自己的身体在飞速前进,四周全部虚化了。

"阿奇,你快停下来,我晕死啦!"小乐大叫。

"这不是我做的!"小乐的耳中传来阿奇的声音。

一阵强光过后,四周一片平静,似乎还能听到悦耳的鸟鸣。小乐睁开眼睛,赫然发现自己竟然来到了一处清新幽美的地方。

眼前是一片翠绿的竹林,林间轻烟薄雾,雅静怡然。小乐身上被砸得伤痕累累,疼得厉害。他赶紧喝了几口皮囊里的泉水,很快就好多了。小乐忽然想起可爱多还在背包里,连忙把它掏了出来,还好没受伤。

"你口袋里的金光令刚才一闪以后就不见了,我们可能被卷入了金光令的空间中。这是个高人造的空间,半真半假,这种空间手法太奇怪了。"阿奇在小乐的耳中说。

"哇,没想到金光令里面还有这么美的地方呀!"小乐深吸一口竹林的清新空气,情不自禁地赞叹。

"你不在金光令里,这是老夫的小虚无界!"一个沉稳浑厚的声音响彻在竹林上空。

小乐还来不及惊讶,四周景色瞬息改变,下一秒他就来到了林中的一处空地,一位披着长袍,披散着头发的中年胖子出现在他的面前,一副刚睡醒的样子。而小乐的金光令就悬浮在他的身旁,发着隐隐的金光。

"你这个金光令是从哪里得的?"披发男一边问一边伸手凭空一抓。

阿奇只觉一股巨大的力量把它吸出小乐的身体,连一点逃脱的余地都没有,不由得大惊失色。

"一个有点意思的空间灵虫,没想到你这小孩还有这等灵宠。"披发男扫了一眼僵立在他面前的阿奇,随后目光全落在手上的一颗圆溜溜的蓝色珠子上。

"这是什么珠子?好生眼熟啊!"披发男喃喃自语。

小乐捏捏自己的口袋,他的小蓝珠子不知何时已经到了对方的手中。

这边阿奇能动了,它迅速飞到小乐的身边,可爱多偎依在小乐腿边。三个小东西全都傻看着正在沉思中的披发男,在这种绝顶大能面前,连逃跑的念头都是多余。

"啊!我想起来了,万海珠!"披发男恍然大悟地叫道,把三个呆在原地的小东西吓了一跳。"它不是应该在山水宗吗?怎么到了你这里?!你到底什么来历?你原原本本地告诉老夫,不许有半句虚言!"披发男转向小乐,目光中闪现一丝寒厉。

"老前辈,我,我是从人类世界来的,就是地球的那个人类世界。我叫尚小乐,是英才小学三(3)班的小学生。喔,我现在应该是四年级了,我……"

批发男皱皱眉头,不耐烦地打断了这个啰里啰唆的男孩:"拣重点的说!"

于是,小乐就把他怎么来到这片神奇的世界,怎么从精灵大陆又到了流沙大陆,怎么到了圣邑一五一十地说了出来。有些不重要的地方,披发老前辈直接让他快进。

"你是说金光爵在临终前把金光令给了你师父?"老前辈略一思索后突然发问。

小乐点点头。

"那你跪在地上,给老夫磕三个头,叫我一声师祖吧。"说着,披发老前辈拉了拉快要滑落的长袍,长袍立即自己穿好,系带。

小乐还没反应过来,阿奇已经心花怒放了。这位应该就是金光爵的师父,当过御物宗宗主乃至邑主的篆公啦!简直是天上掉大馅饼,飞来的横福啊,竟然能认这么厉害的高人做师祖!

小乐乖乖地给篆公师祖磕了三个头。

师祖告诉小乐,自己是御物宗的前前任宗主。自己收的徒弟不多,给金光令的就更少了,而金光爵却是其中之一。既然金光爵选了小乐师父做传人,那现在收下小乐,就当还徒弟一份情义。

"不过,你可别指望老夫能教你什么,我可没空。你就跟在老夫身边自学吧。"师祖又补充一句。

"有什么吃的吗?老夫饿了!"大肚皮的师祖喊了一声。

翠竹里一下现出一个素衣老者,把小乐他们又吓了一大跳,只听老者恭恭敬敬地说:"篆公,还有你入眠时百业门送来的面条。"

师祖点点头,伸出食指轻轻一招,几米长的白面条像有生命般飞了过来。师祖的食指开始绕圈,面条也随之在空中绕成了"毛线团"。

阿奇看篆公师祖爷双目微闭,若有所思的样子,似乎在从面条中读着什么讯息。

"嗯,没想到圣邑发生了这等事。"师祖睁开眼睛,自语道,"不过老夫可没空管这些。"

接着转身对一旁恭敬的老者说:"你去把面条下了,做油泼面,端三大碗上来。不许偷懒用功法。"

"是。"老者捧了面,瞬间又玩了消失。

"师祖爷爷,你说的是不是风雷大会迷案?"小乐问。他很想请这位神仙般的存在把大胡子叔叔从核宫里救出来。

"风雷大会迷案?没听说过。有意思吗?"他也没等小乐回答,就伸手一点,一段青翠的竹管就落了下来,悬浮在半空。

"去看看最近有什么大事。"师祖说。那竹管像听懂了一样点点头,嗖的一声破空而出。

两三分钟后,小乐正朝天上看呢,就见师祖挠挠下巴上的些许胡须,点点头自语道:"哦,原来是在核宫出不来了,看来还没死人,死了人再说吧。"

接着又对小乐说:"老夫刚才看的面条讯息是一年前的,说是五色宗宗主受他手下唆使偷练恶灵功法,不想走火入魔,致使死伤无数。邑主已经判了宗主流放,他手下一家受了异变之刑。百业门那个谁,拜托老夫帮忙去找邑主问话,他想得美,老夫可没这个空。"

二、白衣少女

小乐忽然想起青月姐姐一家就是卷入五色宗的要案被变成人形鸭子的。不知道师祖爷爷说的是不是同一件事,于是便把青月的事也告诉了师祖。

离油泼面做好还有些时间,师祖也就和小乐多聊了几句。据百业门门主佑忘尘说,他发现那个给五色宗宗主提供恶灵国功法的赤枫,原本就是邑主安排在五色宗的眼线,这就耐人寻味了。有两种可能:一是赤枫真的通敌叛国;二是邑主让赤枫拿恶灵功法给宗主练,然后再把赤枫一家给灭了,来个杀人灭口。

从案件和所受刑罚推,青月应该就是赤枫的女儿。

小乐、阿奇包括可爱多都竖着耳朵在听这件奇案。

师祖正分析着,三大碗热腾腾、香喷喷的油泼面端了上来。小乐见了,不由得咽了咽口水。

师祖手一抬,小乐的面前多了一个长方形的石案几,一碗面平移到案几上。

小乐高兴得立马道谢,心想那金光爵老爷爷说得没错,有了金光令果然管饭。

"你那丫头也可以吃点。"师祖爷爷不知何时又换了件薄衣轻衫,头发也在头顶束起一个髻,收拾得干净利索,端起大海碗,准备开吃了。

"嗯？丫头,哪来的丫头？"小乐愣住了。

在小乐无比惊讶的目光中,小白狗可爱多后腿直立,越变越高,片刻间化作一个娇俏可爱的女孩,一身白色衣裙,头顶扎一条黄色缎带,一根乌黑的发辫垂于胸前。

"青月姐姐？"小乐一愣。再一看不对,虽然相貌酷似,但身形要小,十四五岁的样子。

只见她盈盈地朝师祖拜下去,口中说着:"谢大人赐饭。"

师祖正在开怀大吃,头也不抬,心想:"这小子,小小年纪,姐姐妹妹的一大堆。"

突然,异变起!

白衣少女目中寒光一闪,头上黄色缎带直接飞起,变作一束光刃。她自己则身形一晃,化作一道白虹向前斩去,攻击的目标正是呼哧呼哧埋头吃面的篆公师祖!

尚小乐看傻了,可爱多竟然是个刺客!

篆公师祖依然背对着她,只抬手一挡,黄白两道光芒就停滞不动,似乎有一道无形的空气墙挡在那里。下一秒,无数竹叶如针刺般射向那道白虹。

白衣少女猛地坠落在地,吐出一口鲜血。她的脸上、身上伤痕无数,白衣已被鲜血染红。

师祖已经吃完了一碗,端起了第二碗,似乎什么事都没发生一样。

"老匹夫,今日杀不了你……我家君上还会来要你的狗命!"血衣少女骂了起来。

"师祖爷爷,我根本不认识她!"尚小乐反应过来,大喊道。心想:老天,箓公师祖可千万别当我和她是一伙的啊!

"蠢货……本小姐……利用你来此地,你都不知道……"血衣少女以手撑地,喘息着说,接着又继续开骂,"老匹夫,你,你,有本事你就永远躲在这里……我家君上的恶灵修士,迟早……迟早会把这里……夷为平地!"

她这几句话用尽了气力,说完之后整个人趴倒在地。

"小丫头,其实你不必这样。你家的案子,老夫管了。"箓公师祖吃完了第二碗面,把碗筷一放,缓缓地说道。

这几句话一出,阿奇已经全明白了。它震惊地看向血衣少女,她的双肩开始微微颤抖着,像是在哭,又像是在笑,是心愿达成后的大笑。

这又是咋回事啊?小乐仍在云里雾里。

只见"可爱多"挣扎着撑起身子。阿奇让小乐去扶她,她冲小乐感激一笑,脸上泪水和血水全混在了一起。

"我叫星白,青月是我的姐姐。"这是星白说的最后一句话。

星白跪在地上,艰难地向箓公磕了一个头,随后便化作一朵白色的小花,永远地留在了小虚无界。

"这死丫头,用最后一点生命变个花草在这晃悠,是想提醒老夫,还是想监督老夫?"箓公师祖皱皱眉头。

在阿奇的推理下,小乐才全部明白过来。这个星白正是五色宗青月的妹妹,赤枫的另一个女儿。她同姐姐一样一直在想办法解救自己的家人。她变作小白狗四处打探消息,寻找高人,终于跟着小乐见到了神通广大的箓公。

她见箓公没有理会世事的意思,觉得求他肯定没用,于是便想到了假扮邑主派来的刺客行刺,激怒箓公,将他也卷进这个案子里。

如此破釜沉舟、孤注一掷的决定可能是这个小姑娘几分钟之内做出的,她是抱着必死的心刺向箓公的。这样一个果敢、聪明、决绝、刚毅的女孩,如烟花般灿烂的生命,瞬间让阿奇和小乐都感到无比震撼。

这边箓公正悠闲地靠在竹床上,品尝着竹筒杯里的竹叶清露。小乐看了眼星白所化的小白花,心酸地求师祖爷爷救活她。

"看她造化吧,在老夫这小虚无界里吸收天地精气,或许很多年后可以重塑人形。"箓公慢条斯理地说。

小乐听后放了心,捧起面碗大口吃起来,说实在的,他已经饿坏了。

吃完后,小乐不解地问师祖是怎么知道星白姐姐心意的。

箓公说,原来以为她只是给一些高阶修士做灵宠的五色宗弟子。后来她这样微末的功力竟然来行刺,话里话外又分明在嫁祸邑主,最主要的还是小乐叫她青月,再加上刚才百业门的讯息里提到赤枫还有两个女儿在逃,所以她必定是赤枫的另一个女儿,为了她家的案子而来。

箓公分析完后,得意地摸了摸他的肉下巴,原来的些许胡子早已不翼而飞。

"这个姐姐还是好冒险,万一她当时就被师祖一掌打死了,就说不了那些话了。"小乐也喝了口竹叶清露,感慨地说。

"这小丫头贼有心,用的是邑主独创的绝招白虹贯日和云断山河,也不知她在哪学的这点皮毛。即便当场毙命,也会让我怀疑到邑主身上。"箓公说着,鼻子里哼了一声,语气也变得愤懑起来,"这死丫头竟胆敢行刺,还辱骂老夫,没把她一掌打死就够便宜她了,如今还要费时去查她家的案子,说到底还是被她给算计了!"箓公越想越恼火,觉得自己吃了大亏。

阿奇见这个箓公不愿出力,又不想失信于一个以命相求的晚辈,那表情着实可爱,可以出个表情包了。

星白原来扎在头上的黄色缎带,箓公让小乐拾了收起来,说这是个上乘的法宝,有掩盖功法的作用。

三、箓公出关(上)

师祖孙二人又闲聊了一会,话题主角是遭人暗算的金光爵。

"我这个徒弟最是聪慧和孝顺,运气却不太好。"箓公叹了口气,"当年他和现在的邑主凌汉霄都是邑主的候选人,但不想出了件大事……"

小乐正听得聚精会神,不想师祖爷却道:"呃,这个大事嘛……老夫一时记不起了,等想起来再告诉你吧。"

箓公打了个哈欠,那个素衣老者又现身了。师祖爷让他带着小乐四处玩玩,说要小眯一会儿,又吩咐一句:"三日后叫醒老夫。"

好嘛,小眯一会儿就要三日,难怪总说没空呢。小乐忽然想到,当年金光爵遭难的时候不知有没有向箓公求救过,师祖当时没准又没空吧。

记忆中佝偻干瘦的金光爵浮现在小乐的脑海中,一副吃了上顿没下顿的模样。

小乐在竹林里倒是好吃好喝,三天一晃而过。小眯一会儿的箓公终于醒了,他饱餐一顿后,就把徒孙尚小乐叫到跟前。"走吧,随老夫出去走一遭。"

话音刚落,小乐只觉眼前景致一晃,一秒之后他就来到了圣邑的大街上。

这是怎么回事啊?遇到外星人袭击了?小乐和阿奇吃惊地环视四周。几天不见,圣邑的闹市竟然变得一片狼藉,不少建筑物被毁坏,路面现出许多大坑。坑旁有一些修士正在用功法恢复着地面。

身旁的师祖爷箓公不知何时换了锦服,束了高冠,肚子也小了几圈,颔下更多了几缕飘飘的美髯,一脸严肃的样子颇显气度非凡。

小乐一愣,心里笑出了声,看来师祖爷出门还是要装扮一二的。

装扮一新的箓公双眉微蹙,一手捻须,另一只手缓慢抬升至胸前,口中念念有词,接着猛地向前推掌。

藏在小乐身上的阿奇瞬间感觉到一股巨大惊人的功力从箓公身上爆发出来,只见地面碎石瓦砾、砖块断木正以肉眼可见的速度回到自己原来的地方。

几分钟后,这片街区恢复了原样。小乐仰望着大神级的师祖爷,没想到这只能在科幻电影中才能见的"倒带"式恢复竟然让自己目睹了。

"看到了吗?破坏不是本事,复原才见功力。操纵巨物大石容易，操纵细微之物才是我御物宗的真本事，你以后要好好学。"箓公不忘教导徒孙一番。

"是箓公！箓公出关了！"一个年长的修士激动地喊叫起来。

一时间，街面上的修士都围了上来，有的拿出自己的法器请求箓公指点，有的上前施礼，更有的纳头便拜。箓公牵起小乐的手，宽大的衣袖一摆，所有人都只能在他们两步以外，不能靠近。

小乐心中感到莫大的荣耀，脚下也飘飘然起来。"淡定，淡定，人家冲的是箓公。"阿奇的声音传来。"箓公可是我的师祖呀！"小乐在心里得意地对阿奇说。

箓公询问起圣邑遭袭的情况。原来就在两个时辰前，几十个巨大的白色圆球突破了圣邑空中的防护网坠落下来，落地后直接爆炸，对内城中的几条主要街道都造成了严重损坏。人员伤亡情况百业门的城管队还在统计中。奇就奇在这些圆球爆炸后连一点残渣都没留下。

箓公注视着手中的一些白色粉末，这个绝顶大能的目光中现出了一丝疑惑。

这时，空中有一队修士御剑飞来。箓公一见笑道："哦，老夫门下那几个晚辈到了。"

来者正是御物宗现任宗主祁远山和他的一众弟子。他们一得到消息便马上赶来，降落后，齐齐跪拜在箓公的身前。小乐发现几天前抢他金光令的那几个人也在其中，全都躲在后面，头也不敢抬。

"远山不知太师祖出关，未能远迎，请太师祖恕罪。"祁远山恭敬地叩首道。

"都起来吧。"篆公捋捋新长出的胡须,坐在他自己造的空气凳上,"远山,来,见过你小乐师叔。"这位太师祖真不按常理出牌。须发皆白的祁远山只得硬着头皮走过来,对着小乐深施了一礼:"祁远山见过师叔。"

祁昊等人当时一看到小乐在篆公身边,就觉不妙,现在心中更是暗暗叫苦。

小乐一下不知如何是好,因为这位祁师侄的年龄看上去当自己的爷爷都绰绰有余。于是他也笨手笨脚地学着样子回了个礼,憋出了句"爷爷好"。

"什么爷爷,是师侄。"篆公大不满意,接着又道,"对了,小乐啊,你不是说有几个御物宗弟子要抢你的金光令,还打伤了你,你跟你师侄说说,让他给你做主。"

祁远山一听,心里咯噔一下。他的孙子祁昊在三天前曾兴冲冲地带了个金光令给他看,说是从一个外地小孩身上得的。

金光令其实是进入篆公小虚无界的钥匙,只要用御物宗的功法打上去,就能开启篆公竹林的结界,见到篆公。这个方法只有存世的几位御物宗长老才知道。那天傍晚,那几个御物宗弟子对小乐施了御物宗功法,歪打正着,激发了小乐身上的金光令,从而让小乐见到了师祖爷爷篆公。

祁宗主当时鉴定发现祁昊带来的金光令是个高仿品。祖孙俩分析真品一定还在那个孩子身上。于是祁昊马上出门去找小乐,后来是一无所获,骂骂咧咧地回来了。没想到竟然得罪了"师叔",捅了这么大一个娄子。

小乐指指队伍后面躲躲闪闪的几人，恨恨地说："就是他们打伤我的。那个衣服上有花纹的最坏了，把我的年糕人全给压死了。"有师祖撑腰，小乐还怕什么？再说他们也太欺负人了。

祁昊的头上直冒冷汗。

同样开始冒汗的祁远山略一思索，恭敬地对篆公和小乐说："太师祖，师叔，这是本门内务，现在大庭广众，还许我回宗门后细细查问，再严惩不贷！"

"嗯，说得也是，不过不用这么麻烦。"篆公说着一伸手，穿着镂青花纹锦衣的祁昊被直接拉了过来。

"还望太师祖手下留情，我就这么一个孙子！"祁远山大惊失色，慌忙跪地求篆公开恩。

围观的其他修士议论纷纷。

四、篆公出关（下）

"小小年纪已经修到中阶了嘛！"篆公捻捻颔下的美髯，慢悠悠地问，"宗规之中，恃强凌弱怎么处罚？"

祁远山嘴唇哆嗦地说道："恃强凌弱者，功法降阶……"这也就意味着他孙子十几年的苦修和自己对他培养的心血都将毁于一旦。这叫他怎能不心疼？！

一旁的瘦长条等人更是足膝酸软，处罚以后，他们得从零开始。

篆公听后，对着祁昊食指一弹。在场的高阶修士都能看到一根细如发丝的精纯功力被弹进了祁昊的体内。早已不能动弹的祁昊只觉浑身骨骼被人用手扣住,血液倒流,数秒之内,他的功力就回到了初阶水平。他的脸上露出苦楚的表情,身上得意的锦服也全部被汗水湿透。

"我御物宗一向讲的是扶弱助困、奖罚分明。别以为老夫不知道你们这些年做的事,放任弟子就是你的失职。你回去好好整顿门风吧。"箓公表情威严。祁远山等拜伏在地,连连称是。

小乐看着箓公,肃然起敬,难怪御物宗是圣邑数一数二的大宗门。阿奇也不由得赞道:"别看箓公成天睡觉,必要时可真不含糊。"

不含糊的箓公转头对小乐说道:"下面去核宫。"说完两人就消失得无影无踪。

祁远山满面羞愧地站起来,让人搀了祁昊,带着众弟子灰头土脸地御剑离开。其他围观的修士,感到惊讶的有,幸灾乐祸的有,更多的还是称颂箓公。

跟上次一样,小乐只觉眼前一晃就又来到了一个陌生的地方。"你的师祖爷爷又开始移步换景了。"阿奇在小乐的耳朵眼里评论道。

"这里是核宫吗?"小乐四下望望,疑惑地问。他和箓公正站在一个光秃秃的山头上,下面是同样寸草不生的山谷。这个空间所有的一切都是光秃秃灰蒙蒙的。

"这里当然不是。我突然想起来,去核宫救人,得用这个法宝。"

箓公说着伸出手来,掌心上悬浮着一颗蓝色圆润的小珠子。

313

小乐定睛一看,正是山水一问留下的那颗被自己不知捏了多少遍的小珠子。

"此珠唤作万海珠,知道它名字的人已经寥寥无几了。"篆公有些得意又有些感慨地说道。

接着篆公便讲述了万海珠的来历:

万余年前,创世大神刚来到这个世界时,这里到处是海洋。于是他就用一颗宝珠收了大部分的海水,这才有了一块块的陆地,建立了一个个国家。那颗吸满了海水的珠子就是这颗万海珠。

说完,篆公抬手把万海珠祭向空中,这蓝色小珠真是见风长,在旋转中越转越大,片刻间就变成直径数米的大圆球了,通体蔚蓝浸润,特别好看。

只听篆公口中喝道:"注!"

一股巨大水流顿时从圆球中奔涌而出,宛如一条晶莹的蓝色水龙,在空中一个盘旋后,直灌入山下的盆地中。片刻间,就是一片汪洋。

篆公再一声"收",汪洋大海中又腾起一条水龙,十数秒内就全部飞进蓝色的圆球中。盆地又恢复了原样,一点水也没剩。

接着,篆公一招手,大圆球急速缩小后又飞入他的掌中。

"也是机缘巧合让你带着万海珠来此遇到老夫,让我来教你万海珠的使用方法。当然得先给你点功力。"篆公说着双指合并指向还没缓过神来的小乐。

小乐只觉自己的肚脐眼周围立马变得热烘烘的,好像揣了个热馒头,十分舒服。

"你现在大概有初阶修士的功力了。你目前也只能驾驭这么多,多了反而有害。"箓公说道。

这就好比是小孩举重,只能举起三十斤重量的,如果非给他加到一百斤,肯定会受伤。

箓公再教小乐怎么用功力激发万海珠。练习了几次后,小乐已经能熟练地召唤他的水龙了。箓公把万海珠重新交还给小乐,说道:"稍后老夫会带你去风雷大会,你要以老夫门人的身份去救核宫诸人……"

"啊?!我去救?怎么救?我肯定不行啊!"小乐惊得脱口而出。

箓公不满地瞅了小乐一眼,斥责道:"这等小事,难道要老夫亲自上吗?!你只要将万海珠里的水灌入核宫,把困在里面的人给冲出来就行了。你召唤的那条水龙可以冲破一切阻力!"

箓公看小乐低头不语,继续说:"再者说,事成之后,你可以获得邑主的赏赐,到那时你就可以要求朱先生用妙通盘送你去桃源岛了嘛。"

"小乐,听箓公的安排,对你也是一种历练。"阿奇的声音从耳中传来。

"哼,你还不如你的灵虫。不过要记住,老夫给你的功力只能让你操纵万海珠三次。三次之后你要把万海珠还给五行城山水言那小子。"箓公又补充一句。

啊?!小乐又傻了,这个任务太艰巨了。"这你不用担心,它没准会自己跑回去的。"箓公想了想说道。

在一处千仞高的绝壁之上,站着一位仙风道骨、身材稍胖的

315

中年人和一个短发少年,正是箓公和尚小乐。

"必须跳下去吗?"小乐低头看了眼山下翻腾的云海,腿开始打战。

箓公哼了一声没睬他。

就在几分钟前,箓公带着小乐又位移到了这里,还给小徒孙换了身考究的弟子装。他先是让小乐直接撞向一块大石,进了结界,接着就要求他从悬崖峭壁上跳下去。

这其实也算是进入风雷大会的一关。修士们如果连跳下去的胆量和本事都没有,也就不必来参赛了。

阿奇分析道:"下面可能有平台或者跳下后直接飞升起来。我想箓公不会害你的,小乐你放心大胆地往下跳。再说你师祖爷爷神通广大,一定会保你平安无事的。"

阿奇知道箓公能听到它说话。

小乐试了几次,终于把心一横,眼睛一闭,"啊——"大叫着跳了下去。

五、核宫解困

下一刻,小乐就悬浮在半空中了。四周的景色又全变了,哪里是什么山峦云海,而是一个奇怪的超大空间,中间是一个足球场大小的四方平台,平台的上空星云璀璨,正中一个黄点发出耀眼的光芒。这里应该就是风雷大会的会场啦!

箓公一招手,他俩就落在了这个平台上。平台上原先的十来个修士全都感觉到一股无比强大的法力波动。其中一位黄色锦袍修士,纵身飞至箓公面前,施礼道:"在下五色宗掌宗离黄,未请教前辈高姓大名。"

篆公看了小乐一眼,小乐没领会师祖爷爷的意思,篆公只得哼了两声亲自说道:"去通知邑主一声,篆公到了。"

离黄一听,连忙重新深躬施礼。一旁的修士也纷纷过来向这位前邑主施礼参拜。由于各宗精英弟子被困日久,现在这里是各大宗门轮流看守。

小乐觉得这位五色宗的掌宗十分面熟,一直侧着脑袋盯着他看。"别这么盯着人看了,他就是那个丢了个盒子被咱们捡到的人。"阿奇说道。离黄已经认出了小乐,冲他友好地一笑。

很快众人口中的邑主终于露面了。他老远看见篆公便丢了随从迎了上去,谦逊地施礼道:"晚辈见过篆公。仓促之间,接待不周,实在罪过。一切但凭篆公吩咐。"小乐看那邑主四十多岁,素冠白袍,相貌清癯,气质儒雅,眉头因时常思索而形成一个"川"字,倒更添了几分书卷气。

因为青月和星白家的案子,小乐对邑主可没什么好感。但今日一见,听他说话,竟然有如沐春风般的亲切感。

篆公把来意一说,邑主马上率众拜谢。接着篆公衣袖一招,将小乐送进星云中。

小乐身在半空,四周是耿耿星河,脚下有一股强大的气流把他托举着,如履平地。这种感觉真是棒极了。

刚才只是个光点的核宫,现在看起来就是个巨大的桃核,周身金光四射。很快小乐就从万海珠中放出一条水龙,从核宫的一端直灌进去,不多久,一大堆东西被冲了出来,里面有各宗弟子,还有一些稀奇古怪的物件,全都随着邑主发出的气流被引回地面。

　　各宗门的宗主或掌宗也都陆续赶来接自己的弟子。小乐找了一圈,没看到大胡子,有人说可能有不走运的被水冲得卡在核宫的缝隙里。现在核宫的出口入口全部打开,邑主马上组织人进去继续搜救。在第二梯队出来的修士中,小乐终于见到了他那时常走背运的大胡子叔叔。大胡子已经昏迷,直接被百业门带去疗伤。

　　所有的弟子被救出后,邑主长袖一展,收了核宫。地面上原属于核宫的一切也荡然无存,只剩一众就地休整的修士。

　　箓公在和邑主说话,小乐只好一直跟在唯一认识的离黄身边。离黄高兴地说:"不想小兄弟能有如此机缘,拜在箓公门下,真是可喜可贺啊!"

　　其他宗门的修士原都认为五色宗自从去年的通敌大案发生后,现在弄个不怎么样的人暂代掌宗,从此会一蹶不振,没想到竟然跟箓公门下关系不一般,一时间都对离黄和五色宗另眼相看了,纷纷过来道谢攀谈几句,同时再趁机一睹被箓公说成是小乐本命法宝的蓝色宝珠。

　　在被救出的各宗门修士中,最先过来表示感谢的是气宗的几个弟子。小乐注意到他们不知用了什么稀奇的法术,浑身上下蒙过一层白蒙蒙的光后,头发和衣服就全干了。

　　打头的是一个俊美非常的年轻人,虽然略显憔悴,但依然面如冠玉,风采卓绝。他先向小乐礼貌性地道谢,乘其他修士走来问候小乐的当口,走到离黄身边,迟疑了一下,没头没脑地来了句:"她,好吗?"

"不知凌宇君问的是何人?"离黄问道。

"你,你明知故问。"凌宇压低了声音,有些恼火地说,"三师弟,我自然问的是月师妹!"

"自从月师妹被大师兄捉拿归案后,离黄就再没见过她。"

"不是我做的!你……"

"大师兄,我宗中还有不少受伤的弟子,我先去处理一下。"说完,离黄施了一礼,也不管凌宇的脸色,径自走了。

小乐正要到御物宗去看看,一个身材高大、仪表堂堂的紫发老人带了几个弟子风风火火地走来向小乐道谢。来人是炼体宗宗主郑里,他得知小乐是金光爵的传人,便亲自赶来结识。

小乐只好把金光爵与他们师徒的交往再次简说一遍。

"没想到金兄竟落得这么个结局!"郑宗主神色凄然地感慨道,"老夫一生佩服的人不多,金爵爷算得一个。如果不是一心为了宗门,他也不会遭人陷害被流放。"

小乐追问金爵爷被流放的原因,郑宗主用眼角的余光扫了下邑主所在的方向,说道:"此事不是一两句能说清的。这样,老夫要赶去五行城增援几日,等回来后会宴请小尊友一聚,到时再作详谈。请一定赏光。"

小乐按阿奇教的说:"等我问过师祖爷爷再答复您。"

郑宗主爽快地说:"好,稍后我再来相邀,告辞!"说完便率弟子匆忙离开。

听说五行城也受到了攻击,而且损失惨重,大批的五行源石被盗走。五行城原属圣邑,由专练金、木、水、火、土五行功法的修士们所建,后来独立出去。两国同气连枝,有互助的约定。但这一次圣邑各宗门精英弟子被困,邑主便让百业门先派人去支援。现在核宫之困已解,与五行城交好的像炼体宗这样的大宗门便马上赶去增援了。

六、离开圣邑

大胡子的体力在一小时内就恢复得差不多了,他与小乐一见面就跟亲人一样。他既为小乐拜了箓公而开怀大笑,又为周天的去世而连连叹息,懊悔地说要早知道真该把那只姓仓的耗子给捏死。

各宗弟子休整好后陆续离去。箓公不知和邑主都谈了什么,脸上老大不满意,哈欠连天的。邑主依然是谦逊有礼,和颜悦色。他一口答应了小乐的要求,时间定在两天后,等朱先生调试好妙通盘后便送小乐去无尽海。

御物宗弟子侍立在箓公身旁,祁宗主祖孙俩没来。箓公命人将一策竹简带给祁远山,说对他修炼及增加寿元大有好处。祁远山他们寻找箓公也就是为此。看来这位太师祖对他门人到底还是不错的。

箓公见小乐找到了他的大胡子叔叔也很放心,直接消失不见,他看上去都困得不行了。

接下来的时间里,小乐就住在大胡子那里。大胡子的师父佑忘尘带弟子去了五行城。清闲的大胡子便带着小乐四处游玩,也说了很多关于圣邑的秘闻。

大胡子告诉小乐,他这次回来,特地问了师父关于金光爵当年的案子。原来在本届邑主选举期间,突然得到消息,圣邑派到恶灵国的探子除了御物宗的两人外全部被杀了,而那两人也下落不明。很快,恶灵国也单挑御物宗值防的那一日,派了大批的恶灵修士进来捣乱。

所有的矛头都指向御物宗。据说失踪的那两个探子还是金光爵亲自挑选的入室弟子,于是当时当选邑主呼声最高的金光爵被直接从候选人中除名。老邑主认为证据不足,没有处罚金光爵,而是扣减了御物宗的修炼资源。凌汉霄当选后,恢复了御物宗的资源,但金光爵却被流放了。

"很可能是金爵爷自己要求的,牺牲自己来换取宗门的利益。"在大胡子面前现身的阿奇感叹道。

他们还聊到了青月家的案子。大胡子介绍说,按圣邑的规定,邑主从四大宗的宗主和掌宗中投票产生,得票最多者当选,一届任期是三十年。现任邑主凌汉霄的任期快满了,下一任邑主最有可能当选的是原五色宗宗主丹丘公。但他却突然出事,在赤枫的教唆下偷练恶灵功法,被判流放了。由于现在再没其他合适的候选人,凌汉霄很有可能会连任。

"可惜我们百业门作为独立的监察机构,只参与投票,不参与竞选,不然我恩师倒是最适合当邑主的。"大胡子有些遗憾地说。

阿奇接着分析道:"青月家的案子很可能主谋就是邑主,因为其中最大的得利者就是邑主。丹丘公不会傻到快当邑主了还自己找麻烦。"

"我师父也是这么认为的,他后来还想请篆公出马去询问邑主。只可惜一点证据也没有,所有的人证都不在了。"大胡子摇了摇头。

小乐一听,马上说:"青月姐的家人不是被变成人形鸭子了吗,想办法把他们变回来问不就行啦?"

"小乐,你不知道,赤枫一家不久前在一场鸭瘟中全死了。"大胡子惋惜地说,"按理说他们是人,不会死在禽鸟病上,但他们一家笃信自己就是鸭子,所以全都死光了。"

小乐这下明白为何星白要抱着必死的心来请箓公主持公道了。

至于青月,据大胡子说曾被捉拿归案,是邑主派的人,后来又下落不明了。

在一间全部用晶石打造的华丽房间里,邑主正在教训自己的儿子:"宇儿,你怎么还在儿女私情上纠结,这么萎靡不振?!我让你到各宗门拜师学习,难道就为了这些?!我早说过,你是要接我班的,以后要做邑主的,什么样的双修伴侣找不到?那个青月根本不适合你!"

"我只想知道她如今到底在哪,保证不再见她……"

这时,门外侍卫通报:"君上,朱先生来了。"

邑主一摆手,凌宇只得悻悻告退。一个穿着大黑斗篷的人走了进来,看身形是个高挑女子。

"那个小孩嘛,就送他去小孩该去的地方,玩玩游戏吧。"邑主转了转手上的戒指,对刚进来的朱先生吩咐道。

"君上,那孩子是箓公门下,属下担心万一箓公知道了……"

"少跟我提那个老东西!"邑主凌汉霄脸上的亲和之气荡然

无存,"那老东西的寿元早该尽了,靠一个虚无的世界苟延残喘,竟然过来对一年前的旧案指手画脚。你就照我说的办!"

"那孩子怎么说也算对圣邑有功,要不……"

"朱先生,别忘了你和本君的约定,本君可还帮你保守着秘密呢!"邑主再次不容置疑地打断了朱先生的话。朱先生皱了皱眉头,不作声了。

就在朱先生转身离开时,邑主却喊住了她:"等那小孩进去后,把他身上的蓝色珠子给我送来。"

与此同时,一间昏暗的密室内,一个黄衣青年打开了一个锦盒,从里面倒出一个容颜秀丽的青衣女子。他小心地给女子喂了点水。青衣女子睁开眼睛,目光呆滞地望着他,叫了两声:"嘎——嘎——"

两天时间转瞬即过,邑主让人送来了朱先生的约见地点。小乐担忧地说:"邑主会不会让朱先生又把我弄去幻象国啊?"那种经历小乐可实在不想再来一回了。

大胡子和阿奇分析,就冲箓公的面子,邑主也不至于,更何况小乐对他也没有任何威胁。不过为了安全起见,大胡子特地找了百业门一位见过朱先生的前辈同去。

什么前辈啊?阿奇和小乐一看都乐了,原来是一只憨态可掬的小花猪。

"你们可别小看这只鉴颜猪,它可是见过朱先生的,如果有人假冒朱先生,它一眼就能发现。"大胡子嘴硬地说。其实是他的面子不够大,他要请的那位前辈不乐意来,便找了只灵宠打发他。

半日后,大胡子抱着小花猪,带着尚小乐站在了披着斗篷的朱先生面前……

(第二部完)

请看第三部《尚小乐的奇异历险》。后面的情节将险象环生,更加离奇有趣。

乐·奇记(下)

LE·QI JI (XIA)

何语◎著

第三部　尚小乐的奇异历险

阅读提示：
　　本部有惊险刺激的罗格城堡，出人意料的彩虹国，不断反转的桃源岛比赛等，情节环环相扣，高潮迭起。

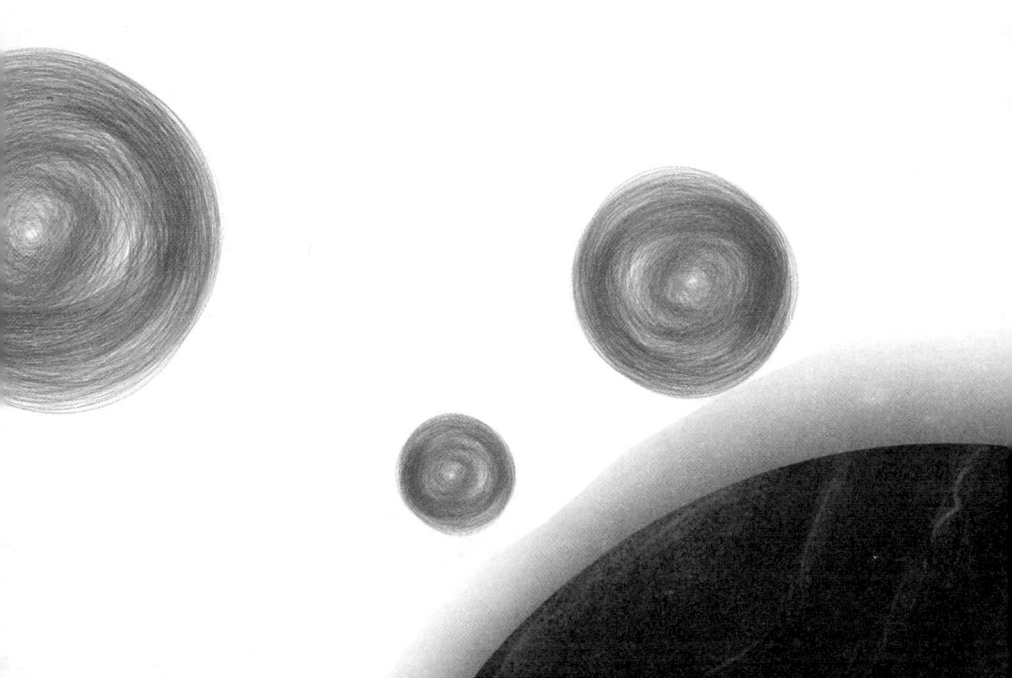

第一章　罗格游戏(一)

一、游戏开始

"快点,你们从东边上,刺客还在藏经阁。"

"大家搜仔细了,万不可让他逃脱!"……

一个少年在黑暗中背靠着一排大书柜,听见楼下传来凌厉的话语和一阵急促的脚步声,心都提到了嗓子眼。

天哪,这是无尽海吗?!这又传送到什么鬼地方啦?而且阿奇也不见了,他那认主的灵皮背包,背包里的东西,水囊甚至手表电话全没了,好像连身上的衣服都变了,更恐怖的是似乎一来就被当成了刺客!

这个少年正是刚刚通过妙通盘被传送到这儿的尚小乐。

捉拿他的脚步声听起来越来越近了。借着外面明朗的月色,小乐紧张地寻找藏身的地方。这里全都是书架书柜,高的地方很难爬上去,他慌里慌张地找了个半空的柜子,钻了进去。关上柜门后只听见自己怦怦的心跳声。

突然,柜门被猛地拉开了。小乐惊得一颤,月光下一个同样吃惊不小的蒙面人出现在他的面前。

"嗯?小乐?!"

"你是?"

"阿奇,阿奇在哪里?"对方的声音因激动而颤抖起来,听起来还是个女的。

小乐木木地摇了摇头,万没有想到眼前这一身夜行衣的蒙面女刺客竟然认得自己,还知道阿奇。

下一秒,女刺客顾不得多问,也钻进了柜子和小乐挤在一起。"别出声,等侍卫上来搜查以后就没事了。"她小声地说。

果然,话音刚落,就有人进来了,接着就是东翻西找的搜查声。小乐惊恐之余还多了分懊恼:"这个刺客藏哪里不行,非要跟我躲一起,搞不好就要被你连累了。"

七八分钟后,这一小队侍卫一无所获,就匆匆离开,去其他房间搜查了。

"估计阿奇也不见了。算了,不管了,先把你带出去再说。"女刺客一边思索一边自语道,接着看了小乐一眼,胸有成竹地说,"再等有人喊过以后就可以走了。"

半分钟后,就听见外面有人大喊:"刺客上了北宫墙,快追!"一时间,外面嘈杂声大起。

"一、二、三、四、五……"蒙面人开始小声数数,等数到第二十时,她对一脸疑惑的小乐说了声"快走!",然后就带着小乐打开柜门,蹑手蹑脚地走了出来。小乐没有其他出路,只得跟着她。

女刺客身手敏捷,几步就蹿下楼去。在小乐惊愕的目光中,她已经用一把闪着寒光的匕首将藏经阁一层的两个守卫全部悄无声息地放倒了。

她丝毫不理会小乐,跃起单脚一蹬殿中圆柱,就纵身攀上飞檐,接着从怀内掏出一支竹管,对着左面瞭望高台上的守卫一吹,那人就一声不吭地仆倒在地。她又向右噗地一吹,另一高台上的守卫也应声而倒。

没等小乐回过神来,女刺客跳下来,拉着他就往外跑。转眼两人就来到宫墙边上。也不管小乐是否乐意,她一把拦腰抱起小乐,飞身跃上一侧殿顶。正要找地方往下跳时,一支羽箭嗖地从小乐耳边掠过。他们被发现了,接着是墙内外侍卫的喊杀声。

蒙面女刺客夹抱着小乐跳跃躲闪不及,身中数箭。她以一种幽怨的眼神看向小乐,说了一句:"早知道就不带你了,又失败了……"话没说完就直直地坠落下去。

小乐只觉胸前骤然一凉,剧痛中他低头看去,一支羽箭已赫然穿胸而出,望着胸口乌森森的箭头,他有些不可思议地瞪大了眼睛。

"妈妈,我救不了你了。"这是他陷入无尽的黑暗前脑海中出现的最后一句话。

蓦地一哆嗦后,小乐猛然在黑暗中惊醒。他赶紧检查自己,完好无损。原来刚才是场梦啊!他又庆幸又后怕地捂着胸口长出了一口气。

忽然他又听见楼下传来嘈杂声。"快点,你们从东边上,刺客还在藏经阁。"

"大家搜仔细了,万不可让他逃脱!"……

到底怎么回事?!小乐马上惊恐地四下张望,还是那个藏经阁,跟刚才梦里的一模一样!难道不是梦?楼下的脚步声近了,小乐顾不得多想,赶紧找藏身之处。这次他吸取教训不想藏到

329

那个柜子里,于是费了九牛二虎之力才钻进了一个柜底与地面的夹缝中。几秒钟后,一个黑影闪进,还是那个女刺客。她也复活了?小乐见她想都没想就钻进了原先的那个柜子。

很快小乐就不幸地被侍卫搜查时发现了。

藏经阁重地,擅入者死!侍卫们根本不听小乐申辩,几把长枪一齐戳刺过来,尚小乐被就地正法了!

再一哆嗦后,小乐又在那个藏经阁醒来。此时他已经明白了八九分了,这里分明是个循环时空,而对这个时空有所了解的只有那个女刺客。

他马上毫不犹豫地躲进了那个柜子里,等着那个女刺客到来。果然,不多久蒙面女刺客就来了。这一次彼此都没有多少吃惊了。

"小乐,我又想到一个新办法逃走。"

"好,听你的。"

接下来他们就开始等待侍卫搜查、走人、喊声起……一切按部就班进行。不过这回女刺客带他先在藏经阁外躲藏了半小时后跑向了另一侧宫墙,再纵身跃过,几经周折后,终于逃出生天。

确定安全后,天已大亮。一路狂奔的两人,坐在护城河边的一个小树林里。还没等小乐发问,女刺客就一把扯下自己的面罩,气喘吁吁地对小乐说:"小乐……你,你还认得出我吗?我是叶真!"

二、无双女侠(上)

啊!叶真?叶师姐?小乐懵懵地看着眼前这个一身侠女劲

装、二十岁左右的秀丽女子,眉宇间真有点那个天才小学生叶真的样子。

"我这边说来就话长了。你快说,阿奇是不是和你分开了,你好像比我的记忆里长大了不少,你进过几个房间了……"这个侠女谈话的派头也很像叶师姐。

小乐看着这个貌似长大的叶真,简单地讲了自己来到这个世界后的奇幻之旅。

坐靠在一棵大树下的这个年轻女子,在听完小乐的经历后,沉默了片刻,接着调侃似的长吐了一口气,自言自语道:"没想到在这罗格城堡外面还有这么多离奇古怪的地方。看来就算出了城堡也未必能回到人类世界了。"随后,她便把自己的一系列遭遇原原本本地告诉了小乐。

这位身手不凡的古装女侠的确就是已经和他们失散了一年多的叶真。她在阿奇把她带入时间隧道后,同样失去了知觉,当她苏醒后,发现身处一个十分诡异的空间里。

那是一片无比辽阔和荒凉的旷野,天空永远是阴暗压抑的,除了她自己外,没有任何生命,更可怕的是没有任何声音,甚至连一丝风声也听不见。

正常人的耳朵是很难忍受完全寂静的世界的。即便是不知活了多少年的神童叶真,也只好从衣服上撕下布条堵住耳朵,同时自己不停地制造声音。

她喊叫、奔跑、摔倒……在这个只有她一个人的空旷世界。那种最初的绝望恐惧,她根本不愿回想。

叶真到底是心智超常的成年人,她开始寻找生机。可能是天无绝人之路,她发现了一种可以吃的沙石,而且那个空间每隔几天都会降一场小雨。她便在那个旷野里努力挣扎着求生。

这种生活没有止境,看不到一丝希望。叶真数度想到自杀,但心中总有那么一点不甘心。她就这样人不人鬼不鬼地不知活了多少个年头后,突然有一天,又一个昏迷的人从天而降,而她也在下一刻被传送了出去。

后来才知道那是罗格城堡内一个生存游戏的空间,而她只有通关十个游戏才能离开这里……

罗格城堡？小乐想到大胡子叔叔曾说过,这是一个邪门的地方,他有个师兄来过这里后就发疯了。

叶师姐苦笑着说,已经有不计其数的游戏者发疯或死在游戏空间里了。这时便会被送回他原来的地方。幸存者要一直无休止地玩下去,直到凑够十个晶辉。

说着她把右手衣袖一捋,手臂上有三个透着微光的亮点,通过一个游戏就会获得一个晶辉,说明她已通过三个游戏了。

对小乐这个年龄段的男生来说,是很喜欢玩游戏的。但在这个城堡里,有的却是死亡游戏和无限循环永无出路的游戏。这就让他有点望而却步,毛骨悚然了。

但不管他是否愿意,他不得不玩这个游戏。

在另一个时空,一间浸溢着晶石光辉的房间里,一位儒雅的中年人正满意地鉴赏着手中的一颗清润的蓝色珠子。他很肯定这颗珠子也是一件创世灵宝,论级别还在他的核宫之上。那么最有可能的便是五行城的至宝万海珠了。

"这次你做得不错。"他头也不抬地说道。

大斗篷的朱先生侍立一旁,面无表情地扫了一眼他的这位上司——邑主凌汉霄。

小乐做梦也想不到,堂堂的圣邑邑主竟会为了得到这颗万海珠把他送去了罗格城堡,这恐怕也是箓公始料不及的。

忽然,邑主手中的蓝色宝珠光华一闪便消失不见。"怎么回事?!"邑主惊道。

"莫非这宝物已经有了灵智?"朱先生也很诧异。

……

"阿奇应该是被当作私人物品扣在城堡外了。到这个城堡里的人所有的服饰装备都会改变。现在我们只能先玩过了这个游戏,出去后再做其他考虑。对了,你在这个游戏中的任务和角色是什么?"叶师姐秀眉一挑,发问道。

小乐愣了,什么角色任务?叶真伸出左手摇了两下。只见在她的手掌上很快现出了几行犹如墨写的漆黑小字:

角色:女侠燕无双,熟习《飞燕秘籍》。

任务:找到萧妃之子,助其登基。

"看到了吗?就是这样的写进你身体的文字。"叶真哼了一声,接着说,"幸亏你在第一个游戏就遇到了我,不然你连要干什么都不知道。"

说话间这些小字又诡异地消失了。惊悚之余,小乐也摇了摇自己的左手。果不出所料,也出现了黑色的小字:

角色:流浪儿。

任务:登基成为奚国皇帝。

嗯?这下轮到叶真吃一惊了。这里就是奚国,你当皇帝,那

333

不是跟我的任务冲突了吗?!

她接着告诉小乐,她进入这个游戏成为燕无双已经有七八个年头了,先是作为一个小姑娘在家族内学武,经过重重考核后才获得《飞燕秘籍》,不知道吃了多少苦才学有所成。然后就要完成这个游戏的既定任务:辅佐萧妃的儿子做皇帝。

她这几次溜进皇宫就是为了探知这位皇子的下落。据说皇帝的前两个皇子先后死于非命,萧妃所生的三皇子幼时也曾被人毒害过,但一直查不出凶手,后来就被偷偷地送出宫外抚养。她也尝试过联系萧妃表明身份立场,没想到这位萧妃根本不相信她,还派了不少杀手来灭她。燕女侠只好自己调查。所幸这次夜探皇宫真的从皇室密档和信札里查到了一点眉目:皇子很有可能养在靠山王的旧宅里。

叶真原打算下一步就去靠山王的旧宅一探究竟,没承想半路冒出个流浪儿尚小乐。难道要小乐在那位皇子继位后夺取他的皇位?这样一来游戏就更复杂了。叶真有点蒙,但还是决定带着小乐一起,见机行事。

三、无双女侠(中)

正在这时,不远处传来阵阵马蹄声。叶真听后一脸郑重地对小乐说:"是我的帮手到了,当他的面你千万不能提游戏的事,切记!"

来人是个相貌英俊、气质儒雅的白袍青年,骑着一匹马,还带着一匹马。他从马上跳下来,满面喜色地对叶真说:"无双,你平安出来,真是太好了!"说着就要来握叶真的手。

叶真却伸手把小乐拉到身前,介绍说:"他叫小乐,我前几天刚救下的流浪儿,曾经见过三皇子。我这就要带他出京一趟。"又对小乐说,"这位是赵大哥。"

"你又要走吗?无双,你总是要做这么危险的事情,还说是家族的使命。"这位赵大哥丝毫不理会小乐,而是直看着叶真说道,"这次去哪里?我陪你一起去,你一个人我总是不放心。家父在京外也有不少店铺和伙计,我可以多找几个人……"

"不用了,赵兄。"叶真有些冷冷地打断白袍青年的话,"我速去速回,也不打眼。你还要帮我打听宫中的情况,昨夜竟有人夜闯皇宫行刺。我回京后会到老地方给你留讯息。"

"那……好吧。你一定要以自身安危为先,多加珍重啊!我等你的消息。"赵大哥说着把一个小包袱递给叶真,目光中满是关切的神色。

"这里面是银票和一些散碎银子,还有我家店铺的腰牌。腰牌上包着我家的老字号,怕你忘记了。"

叶真扮的燕无双不愧是江湖儿女,很有女侠气概,略一道谢后便干净利索地带着小乐翻身上马,挥鞭而去。

身后仍传来赵大哥的喊声:"你还没告诉我去哪里啊,我看有没有熟人,给你修书一封……"

这位赵大哥虽然婆婆妈妈的,但小乐对他还蛮有好感。

途中两人在一个茶棚中歇脚,叶真跟小乐说这个名叫赵朗的人,是自己两年前给镖局打工时偶然认识的一位财东少爷。当时她恰巧救了这位仁兄,此后他便对自己有求必应,成为游戏通关的一大助力。

小乐有些不解:"为什么不能跟他提游戏?"

"因为他不是游戏者,他只是这游戏世界里的一个道具。游戏规定,不能跟道具人透露关于游戏的任何信息。"

"道具人? 那他们是假人咯?"小乐愣了。

"不,他们都是真人,但可能被洗脑了或者植入记忆,全都按游戏里的特定身份活着。你昨夜见的那些个侍卫应该也是道具人。在罗格城堡里,道具人比游戏者还要悲惨,会随时被安排死亡。"叶真说话时表情有些黯然。

"当然,如果他是游戏者就更不能说了,因为搞不好会有杀身之祸。等你出了此地看到城堡大厅里的游戏规则自会明白。而且我还发现在这个空间里,还有其他游戏在同时进行。当前,为了你的性命着想,你一切都要听我的。"叶师姐抿了一口茶水,严肃地说。

小乐只得同意,在这人生地不熟的奚国游戏世界,燕无双女侠无疑是他的依靠。师姐现在说起话来文绉绉的,刚从圣邑过来的小乐倒也完全适应。

两人随意吃了点东西就上路了。小乐原以为叶真会追问一些他的经历细节,例如周师父的事,但叶真漠不关心。这次久别重逢也没有小乐设想的那样兴奋和惊喜。叶同学现在的全部心思都在如何完成这个游戏上。

靠山王府的旧宅就在京郊,叶真和小乐很快就赶到那里。此时正是掌灯时分,叶真依然是做独行侠,自己先潜进去侦察,让小乐留在外面。

等她偷偷看到那位被靠山王爷当庶出孙子养的三皇子时,

突然恍然大悟,心里直笑自己以前看了那么多年狗血的电视剧,竟然没猜出她和小乐的游戏任务其实就是一个剧情,那分明就是让小乐代替三皇子回宫登基成为皇帝嘛!

因为眼前的这位少年公子无论从身材还是长相上,都跟小乐很有几分相似。

怎么取而代之?直接杀了他还是另外找时机?虽然现在叶真还不至于杀人不眨眼,但干掉一个道具人她是不会手软的。

正思索着,突然有仆人过来,喊三皇子去前厅吃饭。叶真赶紧跃上房顶。叶真看这些仆从个个身形步履都像练过武,估计都是来保护这位皇子的。毕竟皇帝现如今就剩这一个儿子了。

叶真正想先撤出去,夜里再做打算时,就听见屋子里一个稚气未脱的声音说道:"屋顶上的姐姐,既然来了,就请进来吧。"

叶真大吃一惊,她自认为自己的无双轻功上房揭瓦都不会有一点声响,没想到却会被这个王府少年公子发现了。

她想这个皇子身上一定有什么厉害的暗器或别的什么让他有恃无恐的东西,但既然来了,索性进去一探,大不了挂掉一条命。

叶真,也就是燕无双小心谨慎地走了进去。面前的这位衣冠楚楚的少年平静地看着她,突然微笑了,露出洁白的牙齿:"难得,难得……"话音未落,他的两条胳膊突然诡异地变长,犹如两条长蛇一般抓袭过来,他的大嘴同时也跟过来,脸上依然保持着笑容,显得恐怖至极。

燕女侠这次真的被吓到了,赶紧开溜。就听他阴森地笑道:"想走?把你的晶辉留下来吧!"

这位三皇子竟然也是一个游戏者!

叶真只好拼命抵抗,在这里挂掉事小,如果好不容易得的晶辉被夺,可能永远也别想出去了。

所幸这个妖人除了肢体会无限延长以及有狠力外,并没有其他特别的功法。叶真施展飞燕轻功,身体如燕子一般灵巧,同他竟一时斗得不相上下。

四、无双女侠(下)

打斗声自然惊动了大宅门上下,大家看他们的公子爷这副模样,竟一时不知该帮谁。

那妖人一边招架一边向围观人群中一位被众人簇拥的锦衣灰发老者大喊:"爷爷,快帮我杀了这个刺客!"

叶真心想:"难道靠山王正巧住在这里?"嘴上却喊:"他是妖怪!我是来除妖的!"身上更是把燕门绝学发挥到极致。

老王爷目瞪口呆地看着眼前发生的一切。

妖怪公子看占不到便宜,又怕反被叶真夺了晶辉,破口大骂几句后便把身体拉得老长,像个橡皮筋一样地弹走了。

叶真也不追赶,而是几步便跃到靠山王爷面前,单膝跪地,施礼说道:"我是皇上派来暗中保护三皇子的人。"说着掏出昨夜从皇宫偷出来的靠山王信函。她当时留了个心眼,没想到果然派上用场。

"大约两年前,此妖人趁公子外出时意欲加害,被我拼死救下。我也身负重伤,带着小公子逃往他处。那妖就变作公子的模样养在王府,练习魔功。如今我伤愈后便来除妖,没想到还是给妖怪逃脱了。"

叶真说得连自己都有几分相信,但不知这个被植入记忆的靠山王会相信多少。

老王爷沉吟了一下问道:"这么说我孙子还在你处?"

"是,公子爷现就在府外。"叶真回禀道,"为了以防万一,我……"

"好,快带本王去!"靠山王急切地打断叶真的话,喜出望外地说。

公子爷自然指的就是正躲藏在大门外的小乐。原先的三皇子估计已经被那个游戏者杀掉了。

小乐被隆重介绍出来后,真有点摸不着头脑,但很快就反应过来进入了角色。对此叶真的解释是:三皇子因曾经受到过度惊吓,所以出现了一些失忆。

老王爷虽然对小乐的身份半信半疑,但眼下只能死马当活马医了。因为刚收到皇宫密令,由于皇帝昨夜被人行刺,生命垂危,即刻就要护送三皇子进宫好继承皇位。

接下来的事情完全按叶真预计的发展,小乐被当作三皇子连夜送进皇宫,然后他就和萧妃母子相认,准备等皇帝驾崩后就上位,他们师姐弟俩等着圆满完成游戏任务……

尚小乐一个激灵,突然在马车中醒来。怎么回事?他身旁的叶真也被惊醒了,诧异地看着冷汗涔涔的小乐。

"师姐,我,我好像刚才被毒死了,就在皇宫里。"小乐擦了擦额头上的汗,哑着嗓子说。

"嗯?我没有这段记忆啊?我们现在还在去皇宫的路上

呢。"叶真又想了想说,"噢,我明白了。游戏发展到现在是以你的命运为主循环了。"

"你快跟我说说你后来在皇宫发生的一切。"叶真扶小乐坐起来。

于是小乐便把后面发生的事一五一十地告诉师姐,一直说到他在萧妃宫中用餐后回到寝殿,吐血身亡。

"不用想了,一准是萧妃下的毒。萧妃是三皇子的母亲,咱们一定没有设防。她很可能知道自己亲子已经被害,所以就要杀了你这个冒牌的报仇。"叶真分析道,

"对了,小乐,你在外面这么久有没有听说过万圣国?"叶真突然问。

"万圣国?没听过。"小乐摇摇头。

"今夜跟我打斗的那个妖人曾骂骂咧咧地透露过他是从万圣国来的。我突然想,会不会还有一种可能,那个萧妃也是万圣国游戏者变化的,潜伏在皇宫。这样一来就棘手了。"

叶真枕着双手靠在车厢上,露出一副思索中的俏丽模样。

据叶真所说,还有一组类似夺宝类的魔道游戏同时进行,会不会还有其他游戏就不得而知了。如今只有加倍小心,边走边看,稍有不慎便会功亏一篑。

第二天进入皇宫后,燕无双便作为贴身宫女寸步不离三皇子,任谁都没有办法下手,直到老皇帝驾崩,小乐顺理成章继位为新皇。

就在登基大典的前一天晚上,皇后派人包围了小乐的寝殿。其中有一个法师很厉害,所有接近他的人都会莫名起火自焚。

"怎么还有这么多麻烦啊?!"燕女侠叹了口气,指挥侍卫和太监们里三层外三层地护住小乐。

就见殿外一个侍卫大喊着冲向那个法师,全身着火后仍然顽强战斗,直至牺牲。

过了一会儿,还是那个侍卫,又冲了出来搏斗。这次全身着火情况要好些,但还是被烧死了。接着,他又复活了,喊叫着冲过来……

叶真与小乐对望一眼:不用说,那肯定又是一名游戏者。他在这个游戏里的任务估计是练一种不怕火烧的功法,关键时刻救下新皇。

由于游戏目前是以小乐和叶真为主,所以他俩能看到其他同组游戏者的复活循环。其实这个游戏者每次复活后,在他自己的小时空不知又苦练了多久。

终于,法师被消灭了,而那名侍卫游戏者稍后也不见了。

奚国新皇的登基大典如期举行。尚小乐头戴冠冕,身穿为他量身打造的华贵朝服,一步步登上汉白玉台阶,坐在象征九五至尊的帝王宝座上。身下是百千臣子的伏地朝拜,耳边是鼓乐齐鸣,山呼万岁之声。

一切都是那么真实。这个十岁少年的心中,激动澎湃之余还有一些失落。他忽然希望这个游戏就这么进行下去,永远不要结束。

与此同时,在京城一家酒楼的雅座,一个年轻俊逸的富贵公子正满面春风地看着面前的心上人。

"无双,我就知道你会来,我每天都在这个老地方等你。"赵朗开心道,下一刻终于情不自禁地握住了燕女侠的手。这一次,叶真倒没有把手抽开。她面无表情地看着这个痴心的道具人,心里一声叹息:天知道她为什么要来见他最后一面,她本不该来的。

赵朗还在絮絮叨叨地倾吐着心声,突然,周围的景色包括赵朗在内,全部模糊起来。叶真的身体也变得越来越轻。她知道,时间到了,这个游戏结束了……

五、游戏规则与尝试(上)

等眼前的一切又变得真切起来的时候,叶真和小乐已经身在一个类似青石堆砌的宽广冰冷的世界中。

"欢迎来到罗格城堡大厅。"叶真不咸不淡地对还沉浸在皇帝梦里没有缓过劲的小乐说。

小乐看了一眼叶师姐,惊讶地发现她又变回了小学时的模样。

"游戏任务完成后,游戏者就会被传送出游戏房间,原来在游戏世界的时间全部清零,你拿到的宝物或获得的功力也全部清零。明白了吗?"不再是燕女侠的叶真扫了一眼小乐,接着把身上宽大斗篷上的帽子拿起来戴上,尽可能地遮住自己的头脸,并叮嘱小乐也同样如此。

小乐放眼望去,游戏大厅真的很大,几乎望不到头。左右两边全是一顺排的石制房门,或方或圆。厅内还有不少像他俩一样装束的斗篷人在石门前徘徊,每个人也同样把帽子压得很低。

厅的中间还矗立着一个圆形的高大石碑,石碑中间有个指针,指针的影子极其缓慢地绕圈移动。叶真称它为日晷。小乐觉得确实有点像妈妈带他去博物馆看到的那个日晷。

这日晷背面刻着一些清晰的文字。这便是罗格游戏说明。叶真让小乐仔细阅读。

除了叶真讲过的以外,还有一些其他的规则。例如,方形门内的游戏不能循环,也就是游戏者只有一条命。圆形门内的游戏可以循环,游戏者有无数条命。在游戏房间内不积极进行游戏的游戏者一旦被发现就会沦为道具。向道具人透露游戏情节的游戏者也会被洗脑,沦为道具。每个游戏房间只准进入一次。不准在大厅逗留超过一天,否则会被强制投入游戏房间。大厅内不得抢夺晶辉等等。

"你看这条,晶辉可以转赠和夺取。所以对游戏者来说,不仅要注意游戏世界的危险,还要提防其他游戏者。我亲眼见过有人杀死其他游戏者夺走了他的全部晶辉。"叶真提醒道,"你看大厅里的人都尽量遮住自己,就是担心在游戏世界里被人认出。"

小乐注意到不少石门上都刻着大大小小的文字和符号。叶真冷笑道:"这都是所谓的游戏攻略,是那些过关的游戏者做的,有真有假。有人好不容易过关,可能会炫技一番。有人会好意提醒,也有人故意说错害你,让你永远过不了或者死在里面。这就需要高智商的判断了,在这个城堡里生存主要靠大脑,而不是靠蛮力。"

叶真把小乐带到一个方形的石门前,说出了她的计划。小乐先去完成这个她已经通过的简单游戏,当然叶真会提前说出

343

所有注意事项。接着她会再分析寻找出一个可以进入的房间，两人一起进去。叶真说小乐可以和她一起赚晶辉。目前他俩一共有六个晶辉了。等攒够十个后，叶真就把晶辉全部给小乐，让他先出去和阿奇会合，再让阿奇利用空间能力，想尽一切办法来救自己。

小乐小心撩开自己的斗篷，偷瞄一眼自己的右臂，果然那里不知不觉多了一个小小的亮点。

一个念头涌出来：叶师姐不会要夺我的晶辉吧？她会这么轻易把拿命换得的晶辉全给我吗？虽然他对自己说叶真不是这样的人，但又觉得这很有可能。

小乐到底还是采纳了叶真的建议。因为现在每破解一个可进行的游戏都是难于登天，只有合作才有希望。

他站在门口，把叶真讲的这个游戏的攻略反反复复地在心中过了无数遍，这才深吸一口气，用力推开这个石门。就见石门内一道白光射出，接着小乐瞬间就被吸了进去。

一个小时后，尚小乐正穿着背心裤衩，汗流浃背地在一块半亩见方的草地上紧张地种草。对，就是种草，种植一种外形类似芦荟的植物。

草地周围全是恐怖狰狞的噬血兽，空气中弥散着腥臭的气味。人一旦被咬，就会沦为同样的噬血僵尸，作为此游戏的道具，再也出不去了。在这个只有一条命的游戏世界，小乐只有小心再小心。

小乐原本想让叶真推荐圆形的门，感觉命多安全些，但遭到叶真的白眼，她说以小乐的智商和能力也只能玩这个简单游戏。

有的圆形门内,进去了就是永远的循环,一辈子也出不去。

这游戏的确是比较简单。进去后先会看见一群动物在奔跑,然后一定要跟着白色的动物跑。小乐选择的是跟着一只白色的小羊。它让他想起赛茵草原的小羊布昆,希望能给自己带来好运。

小羊七拐八拐跳进一块绿油油的草地,小乐也跳了进去。那些噬血兽在后面嗷嗷叫着追了过来。叶真的攻略中说,这些芦荟草的气味会让这些怪物惧怕,但它们会不时冲过来围着草地嚎叫。小乐要做的就是把草地移向远处的一口枯井,然后跳入枯井,安全通关。

怎样移动草地?只有用笨方法,先把一些地方的草拔出来,再朝着枯井方向做延伸性种植。在草地边种草时要保持格外警惕,防止怪兽僵尸偷袭。草坪上已有一个背着旅行包的人,在他的包里有水和食物。后面陆续还有人跳入草地。其中有人身上会带有种草用的工具。据叶真说,当时她和几个人一起用了三五天就把草坪移到井边,顺利过关了。

叶真还告诉小乐,能跳到那块草地上的人都是能破解通关密码的聪明人,所以一定不能跟他们多说话,要藏好晶辉。别人问起来就说是附近村子里的村民,要表现得像个傻傻的道具人。

时间在紧张恐惧与忙碌中过得飞快。十几天过去了,逃生的枯井越来越近。饥渴劳累的幸存者们眼中都出现了希望的光芒。就在这时,一件意想不到的事情发生了……

罗格城堡大厅的一扇石门前忽地闪出了一个惊魂未定的少年,他一屁股坐在地上,喘着粗气。刚才惊心动魄的一幕犹在眼前浮现,实在太可怕了。

六、游戏规则与尝试(下)

"小乐,怎么回事?你没按我说的做?"叶真走过来,压低声音问,顺手把那少年的斗篷帽子戴好。

尚小乐稍平复下心情后告诉叶真,那个背着旅行包分给他食物的老爷爷突然发狂咬人,被咬的人又变成僵尸,草地内一片混乱。由于草地中心不少地方的草已经被拔光了,所以僵尸们几乎可以肆意活动。

小乐和另外两个人危急关头冒险冲出草地,向几十米外的枯井跑去。跑在最前面的人活生生地被嗜血兽拖走了。另一个女人猛地把旁边的小乐推倒,打算让他被怪兽和僵尸咬食,好给自己争取时间。多亏小乐逃跑时随手抓了几把草,情急之中他往正要咬自己的僵尸身上扔去,就在对方稍微后退几步的当口,小乐爬起来拼命跑向枯井跳了进去,他甚至可以感到僵尸的手爪就从自己的头顶掠过,差点就抓到自己了,实在是惊险至极。

"怎么会这样?难道这个游戏的道具人突然异变了?"叶真听后思索了一下说道,"要不就是你们拖延的时间太长了。"

说完她拍了拍小乐的肩膀,说:"快起来,我们去日晷那,现在可不是休息的时候。"

日晷边坐着一个穿斗篷的游戏者,看见小乐他们走来,慌忙起身离开。看身形是个女人。

"这人怎么了,一副做贼心虚的样子。"叶真皱了皱眉头。

小乐自然知道她心虚的原因。虽然这人戴着帽子,但小乐还是认出了她,她就是在刚才的游戏世界里把自己推倒的那个女人,也是小乐救过的那个女人。

叶师姐在游戏攻略里告诫过小乐,不要多管闲事,不要做任何对自己无益的事情,但小乐却不忍心见死不救。

那个女人被怪兽僵尸追到草地边上,她由于没有白色动物指引,是看不见草地的。眼看她就要被追上了,小乐冒险冲了过去,拖着这个已经绝望等死的女人一起滚进了草地。

这件事在这个十岁少年的心里掀起了不小的波澜。人性,怎么会这样?!

叶真可没有闲心去问小乐的心事。她指着日晷上指针的影子对小乐说:"这指针走一圈差不多是一昼夜的时间,咱们必须在这二十四小时内找到一个门进去。你帮我看时间,我接着去找,指针走到半圈时就提醒我一下。原本打算让你再进一个我去过的房间,现在看来你还是跟着我安全。你如果出了事,他日我见到阿奇,就不好说了。"

叶师姐俨然已经是小乐的临时监护人了,说完就去找可进的房间了。

小乐开始四处转悠,他想数清楚到底有多少个房间,但叶真告诉他没这个必要,因为不时会有新的房门冒出来,旧的房间就随之消失。石门上刻的字偶尔有他认识的繁体汉字,其他的都跟天书一样。真不知天才的叶师姐该怎么解码。

日晷的指针影子悄无声息地移动着。小乐感到又饿又渴,而且这种感觉越来越强烈。虽然叶师姐说他去种草的房间也不过才半个多小时而已,但小乐在那个游戏世界顿顿吃不饱,还经常啃草根。

冰冷的大厅里一滴水、一粒粮都没有,游戏者只有进入游戏世界才有活路。

小乐坐在日晷下想着想着就睡着了。没多久就被拍醒了,小乐睁开惺忪的睡眼,映入眼帘的是叶真略带愠怒的脸。"你就是这么帮我看时间的?!"

"啊?!师姐……哦,还好,还没到点。"小乐仰头看了一眼日晷,不好意思地说,"你找到可以去的房间了吗?"

"我找到一个,差不多。快起来,我们一起进去。"

叶真带着小乐走到一扇方形的门前。小乐见了心里有点发怵:"又是只有一条命。"

"这虽然是方形门,但可以用东西换命,而且里面应该会有我熟悉的项目。"叶真说着指给小乐看门上刻着的各类天马行空般的符号和图画文字。

"这你都认识啊?"小乐不得不深度佩服叶师姐了。

"认识一部分,大多是推理的。"叶真告诉小乐,她会把她进过的门上所有的文字符号全部按种类列出来,然后反复推理出一些符号的大致意思。

"啊!这个水字我认识。"小乐好像看见老熟人似的嚷起来。会篆刻的姥爷曾教过他一些简单的篆体字。"小点声!"叶真压低声音斥道。

"你看的这几行是中国古代的金文大篆。这种字体在门上出现的不算少。"叶真继续说道,"还有一些草体和繁体汉字。你再看左边画的那些小圆圈,应该是古代的双陆游戏。所以我怀疑这个罗格城堡是中国人造的,而且是古代的中国人。"

小乐心想,你要是认真听我说圣邑的经历就会知道这个城堡外面有的是中国古代人。

突然,小乐的目光落到一个三角形的图画上,三角形里面是个张牙舞爪的四足长尾怪物。"这是什么呀?"小乐指给叶真看。

"可能是一种怪兽吧,不过它似乎被困在里面。到时候看见再说。"叶真说完便催促小乐准备准备。

"师姐,还有时间,要不你先睡会儿?"小乐望着叶真那双熬得满是红血丝的疲惫大眼睛关心地说。

"我刚才小憩了一会。我年龄大了,不像你们小孩子瞌睡多。别磨蹭,快进去吧。进去先找水。"叶真又开始老气横秋地发号施令了。

第二章　罗格游戏(二)

一、开始新游戏

一进门竟是个枪林弹雨的丛林世界。这下连叶真都傻眼了。他俩穿着古怪的灰绿色衣服，腰上绑着条发着光的腰带。子弹嗖嗖地从他俩头顶飞过。

啪的一声，小乐肩膀上中弹了，接着他腰带上的亮光一下子灭了一格。几乎同时，叶真也中弹了，只见她腰带上的亮光瞬间灭了两格。

就听见一个粗莽的声音高叫道："哈，这里还有两个猎物。都别跟我抢，跟我抢者，死！"

叶真赶紧拉着小乐往密林深处跑，她毕竟学过《飞燕秘籍》，虽然功力没了，但基本招式步法还记得。很快两个少年就消失在丛林中。而那个说话的猎手似乎被什么事绊住了，一时竟没有追来。

半人高的灌木丛里，躲藏着三个戴腰带的人。其中一人是个精瘦的中年人，另外就是叶真和尚小乐。先躲在这里的中年人告诉小乐他们，现在赤焰军团正在对战不死鸟军团，争夺的正是他们这些猎物。

外面的激战声此起彼伏。有时候，三个猎物会看见一小队、一小队的猎人从他们藏身的灌木丛前经过。衣服胳膊上绣着带有红色火焰图案的,估计就是赤焰军团。而绣着一只类似乌鸦图案的,应该就是不死鸟军团了。

小乐想起以前阿奇打造的游戏空间的丛林,跟这里比真是小儿科。灌木丛里有各种咬人的虫子,外面到处是死尸和断肢。他俩还差点淹死在沼泽里。那些猎人抓到猎物仅仅是扯下他们的腰带,随后就地击毙。

目前小乐的腰带上还剩一格灯,叶真还剩两格。被击中一次灭一格,估计五格全灭就命丧于此了。叶真对小乐说不能一直躲在这,一定要想法冲出去,冲出去才有出路。

那个精瘦男人不愿出去,他的腰带上也只剩一格灯,他打算等天黑军团撤了再跑。叶真心想:"白痴一个,如果天黑了那些人不撤呢?你戴着亮腰带出去,岂不成了活靶子?"

叶真推测出不远处应该有个山洞或者房屋什么的中转站,不然没法到下一关,但因为不知道精瘦男人是不是道具人,根本不能明说。好在小乐相信师姐,把心一横,决定跟叶真一起冲出去。

两个少年趁外面火力稍弱的当口,飞速地跑出灌木。果然前面百米开外就有一个山洞。两人就听见子弹从耳边呼啸而过,好在很快两个军团就交上了火,继续上演"烈火焚鸦"。

当小乐和叶真气喘吁吁跑进山洞时,山洞的门在他俩身后咣的一声关闭了。

山洞里漆黑一片,只有他俩腰带上发出的微弱亮光。黑暗中不知还有什么潜在危险,小乐觉得空气都变得紧张起来。叶真摸索着走过去,一把拉开山洞门。

小乐一声惊呼,外面竟然是个春意盎然的田园世界。而此时山洞中的一切也看清了,洞里竟然有个小水潭,潭边放着一些干粮和水果。两个嘴唇干裂、饥肠辘辘的少年立即跑过去喝水吃东西。这里果然是给游戏者提供给养的地方。小乐想如果姥姥看见他这副模样一定会笑骂他是饿死鬼托生的。山洞里还有一些衣服和水囊,两人分别找了衣服穿上,解下了原先怎么也解不开的腰带。

俩人终于有空研究一下这次的游戏任务了。叶真晃了晃自己的左手,上面出现了两个黑体字:华胜。小乐也晃了晃左手,同样是"华胜"二字。

"华胜?我知道古代有一种首饰叫华胜。"叶真眯着眼睛思索道。

"会不会是一个人的名字?"小乐接着分析。

"也有这可能。"叶真点点头,"总之我们只要找到此华胜就可以了。"

正说着话,山洞的门又咣的一声关上了。小乐赶紧摸过去打开。真是奇了,门外竟换成个飞雪漫天的银色世界。再把门关上,拉开,又变成遍地通红炽热的熔岩世界。再关上,再拉开,眼前又是一片黄沙万里,连绵起伏的沙漠了。

"好玩吗,没玩过吧?如果再换到丛林猎场那个门,可就惨了。"叶真一边往水囊里灌水一边嘲笑道。

小乐停止了操作。但沙漠风沙很快涌了进来,两个少年只好再把山洞门关紧,再小心翼翼地打开。还好还好,这次看到的是山涧翠谷,远处群峰环绕,风景还不错。

小乐找了块石头挡在门前,以防洞门再自己关闭了。接着俩人继续在山洞里寻找有用的东西。

在山洞的一个角落里,叶真看见一块状如小狗的石头。她想了想对小乐说:"还记得这个游戏门上刻的那些大篆吗?里面有'水'字,还有个'犬'字,所以和狗有关的任何东西我们都不能放过。"

接着小乐便按叶真说的,把这块石头举起来,朝地上使劲砸去。石头果然碎了,里面竟是金灿灿的钱币。眨眼间,这些钱币全化作一个个金色的光点,一齐朝小乐涌去。

小乐大惊地往后退。"你个白痴,金币就是加命啊,笨!"叶真在一旁嗤笑道。

只见这些金色光点一个个没入小乐的身体后,全部汇集到小乐的胸口,发出耀眼的光芒。小乐只觉得通体舒畅无比。又过了几秒钟,光华逐渐散去,仅在小乐的胸口留下鸡蛋大小的金色印记。

"怎么样,多条命感觉不错吧?"叶真的脸上露出得意的神色,"你还不感谢我?"

叶真原本不知道石狗里面是金币,现在看到加给小乐了,略一眼热后不由得为他高兴起来。

"其实这条命应该加给你的。"小乐觉得有些过意不去。

"还是给你更实用些,你体力不行,脑子也不好使。再说老身一把年纪了,你还小。"叶师姐她老人家又开始了。

353

二、梦貘兽（上）

突然，山洞门被猛地推开，一个穿着兽皮衣服的壮汉闯了进来。此人相貌丑陋，浑身散发着类似野兽的气味。

"哈哈，老子终于又找到这里啦！"那丑汉四下打量一番说道。叶真注意到他腰间还缠着一条破旧的腰带，隐隐地发着亮光。

游戏者！叶真心里咯噔一下，接着马上抓起水囊和干粮袋，小乐也飞速地抓起一个水囊背在身上。两人对视了一下就要往洞口开溜。

"你们两个小娃娃在洞里私会哪?!"丑汉冲他俩咧嘴一笑，瞥了一眼他俩扔在地上的腰带，接着狞笑着走过来，边走边说，"来，让大爷看看你俩的衣服里都藏了什么？"

明显的是要来夺晶辉了！就听叶真大叫一声："你腰带上的灯灭了！"

丑汉下意识地低头往腰间看去。叶真乘机带着小乐向洞外冲。丑汉刚要追赶，叶真又猛地把手中的干粮袋朝他砸去。同时一脚把洞口的挡门石踢开，和小乐拼命逃出山洞。

两人一路往山下跑去，那丑汉倒没有追来。估计是怕冲出去后山门关闭，他可就进不去了。

山下是个不大的村镇。从人们的相貌和服饰看，像是古代西域的某个民族。路边有一些做生意的小贩，吆喝着小乐他们听不懂的语言，行人来往穿梭，倒也还算热闹。

由于言语不通，打听"华胜"无从谈起。走着走着，一个围着面纱在做生意的神秘女人引起了小乐二人的兴趣。

她的生意既简单又奇怪:金币换水。给她水,她付相应的金币。叶真仔细观察了一下,她的金币跟小乐砸碎的那只石狗里的一模一样。陆续有一些人走到她的摊位前用水换走了金币。

小乐建议用一个水囊里的水去换金币,没准这也是游戏里一个加命的地方,而且山上就有泉水可以再打点回来。他加命后总想给师姐也加条命。叶真想了想,没同意。水一定是这个游戏的关键要素之一。

于是,在那个面纱女郎期待鼓励的目光中,叶真把小乐拖走了。不过,叶师姐在这里还是做成了一笔交易,她用自己和小乐两人从山洞里穿出来的衣服,比画着好说歹说,租了一顶旧帐篷。

一刻钟后,小乐在帐篷里干坐着,身旁是已经睡昏过去的叶真。叶真虽然在阿奇口中是个不知活了多少年的老怪物,但身体却还是个小女生,嘴上逞强,其实早已累得不行了。

小乐望着酣睡中脸上还带着浅浅笑容的天才少女叶真,突然觉得她就像自己的家人一样,从心底生出想要守卫她、保护她的冲动。

"一定要等叶师姐睡醒后,你才能睡!"小乐对自己下命令。

……

"真真!还不起来,你上学要迟到了!"叶真迷糊着睁开眼睛。天哪!我怎么睡在自己以前的小床上。我不是应该和小乐在那个游戏的帐篷里吗?!难道我的脑波又被传回来了。

叶真腾地从床上坐起来,眼前是似曾相识的一切。

算了,回到这总归好过那个游戏世界,看来有些事是无法改变的。她的心里有些庆幸也有些沮丧。

"真真,赶紧的,穿衣服,发什么呆啊?"

小叶真无比惊讶地看着边说话边走进来的女人。"妈妈,是妈妈?! 你不是已经……"叶真喃喃道,下一刻她一下子扑过去,一把抱住母亲。"妈妈! 你还在,太好了……"叶真呜呜地哭起来。

"傻丫头,哭什么呀?"母亲被她弄得有点莫名其妙,"做噩梦了吧? 梦都是假的。好了,好了噢,快起来吧!"母亲坐下来柔声安慰她。

这个时候传来一阵婴儿的啼哭声。"哦,你弟弟醒了,妈去看看。别想了啊,快穿衣服,你爸去买早点了,一会送你上学。"母亲慈爱地摸摸她的头,离开了。

怎么,我还有个弟弟?! 叶真蒙了。

这一定是做梦了,妈妈很早就去世了,爸爸印象中也从来没有给我买过早点,送我上过学。叶真这样想着,接着狠狠地掐了自己一下。

哎呀! 是真的疼痛感。难道这不是梦?

早饭后,年轻时的爸爸让她坐在电瓶车后座上,熟练地送她去学校,那是一个她记忆中从来不曾出现的学校,从来没见过的老师和同学们,她在这个学校还是品学兼优的好学生,很受欢迎的样子。

怎么会这样?! 叶真的大脑一时短路了。她生活在一个幸福和睦的家庭中,父母再也不吵架了。政策放开后,爸妈还给她生了个小弟弟。如果这一切都是真的,那么自己以前那些所有的记忆都是梦?

忽然有一天,她参加市里的一个机器人比赛,她的学校与英才小学对决,争取一个晋级名额。在赛场,她竟然遇到了一个熟悉的男生——尚小乐。看样子他根本不认识自己。叶真找了个机会跟他聊天,跟他聊他俩认识的老师和同学,聊阿奇和那个时间隧道。那个尚小乐一头雾水地看着她,实诚又无奈地笑笑摇摇头。

她后来自己也感到有点好笑,梦里的事干吗较真呢?

三、梦貘兽(下)

叶真渐渐长大了,她有时候也会跟父母说起她的"梦",说她长大后的故事,说她的丈夫和两个女儿,又讲她如何从一个老太太返老还童,以及在罗格城堡的奇异经历。爸妈听了都笑她胡思乱想。爸爸甚至还鼓励她创作一些科幻小说。

幸福的日子就是不经过,十年光阴转瞬即逝,叶真出落得亭亭玉立,考上了理想的大学,身边不乏追求她的男生。这年寒假,叶真回家过年,看见弟弟叶翔正在玩一款3D仿真游戏,就是戴上一顶特制的帽子,然后便会有进入游戏的那种身临其境之感。

叶真也来了兴致。弟弟给她戴上帽子,告诉她现在是在丛林探险,要找到一只玩具狗,它的肚子里有金币,金币可以换命……

叶真心里咯噔一下,接着她便看到了这款游戏的名字:罗格游戏。罗——格——游——戏！这几个字一下下敲击着叶真的记忆。

她猛地拿下自己的帽子……

不知道过了多久,叶师姐还在沉睡。帐篷外面却热闹起来,好像还都是中国人的声音。小乐不由自主地掀开门,走出了帐篷。

外面竟然在开一个篝火晚会。一个异族人都没有,全是现代的中国人。他竟然在里面看到了自己的老师和同学们,还有妈妈和姥姥、姥爷他们,棋校的冯老师也来了。他们都笑着向小乐鼓掌欢呼。

班主任戴老师扶了扶眼镜,大声告诉他,他正在参加一个心理学的生存考验,而且已经顺利地通过啦!

妈妈和姥姥、姥爷都过来搂着他,表示祝贺。崔灿与王彦博、宋阳他们也过来和他嬉笑打闹。小乐开心极了,原来妈妈根本没有生病,这只是一个心理考验啊,实在是太好了!小乐和大家一起围着篝火狂欢起来。

小乐正玩在兴头上,突然看见叶真焦急地走过来,拉着他的胳膊开始摇他:"快醒醒,小乐,快醒醒……"

"快醒醒,小乐,快醒醒……"小乐慢慢睁开眼睛,师姐正在不停地用力摇晃着他,大声喊着他的名字。他还是在那个破旧的帐篷里,只是不知什么时候睡着了。

刚才那个梦如果是真的该多好啊!可惜醒来就要面对严酷的现实。小乐回味着刚才的美梦,真想再进去一次。

"这里有古怪。可以让你沉浸在梦境,或许永远都醒不过来。"几分钟前才凭着强大的意志从梦中醒来的叶真心有余悸地说。

"我们收拾一下,赶紧离开这里。"叶真吩咐道。

梦境毕竟不是现实。小乐点点头。就在这时,两人耳边忽然传来阵阵奇怪的叫声,眼前的景物也变得模糊扭曲起来。

几秒钟后,叶真和小乐发现自己竟在一片沙漠上,原来的帐篷、村镇、集市,还有那些西域人全都消失了。

空中一轮明月,更平添沙漠的凄清与苍凉。皎洁的月光下,小乐看见一只怪兽的光影,像猪又像老虎,长着长尾巴,浑身发出淡淡的光辉。它轻悠绵长地叫了两声,很快也消失在夜空中。

"啊,我想起来了!"叶真愣了一会,恍然大悟般说道,"那是梦貘。在中国上古传说里,它们以梦为食,吞噬梦境,还可以制造梦境,使梦境重现。"

"当时门上那个三角形,里面画着的那个怪兽,还记得吗?你还问我来着。"叶真继续分析,"画的就是这个梦貘。这些都是它造的,我们差点在它制造的梦境里出不来了。"

小乐这才觉得好险,差一点就真的长眠在这里了。

他又一想:如果我的阿奇在这里,一定能看出这里是假的。唉,阿奇,你现在在哪里呀?

阿奇到底在哪里呢?他的甲虫阿奇此刻正在一团灰蒙蒙的空间外无奈地逡巡。它在朱先生用妙通盘将他们传送过来的瞬间,就被一股强力包卷着离开了小乐的身体。和它一起被卷离的还有小乐所有的随身衣物,它就眼睁睁地看着小乐赤身裸体地被投进一个异度空间。而同时又有另一股巨力把它和小乐的

359

东西包裹起来,往一个闪闪发光的地方传送。这一次阿奇动用它的空间灵力成功逃脱,顺手把小乐的东西也打包带走了。

可惜的是小乐进去的这个灰蒙蒙空间,任阿奇使出了浑身解数也无法进入,窥探更是不行。它只能在外面着急地徘徊、等待。奇怪的是,这个空间的气息竟让它有种似曾相识的感觉……

沙漠炎热干燥,一望无边。小乐喝着水囊里的水,佩服又感激地看着叶真,幸亏没把水换了,师姐真有点先见之明。

叶真的先见之明还在于,她认为这一关肯定不是考沙漠生存的。终于在他俩走了差不多两个小时后,一个硕大无比的沙漠棋局呈现在俩人的面前。

小乐试着再往前走,但似乎有个透明的屏障挡着,只能返回原地。叶真知道,必答题出现了。

四、沙漠棋局

这是一个中国象棋的残局。每一颗棋子都有半人高,却没有走棋的棋盘。叶真马上联想到这关游戏门上画的对峙的小圆圈,当时她以为是双陆,没想到却是象棋。

小乐围棋下得好,对象棋只会一点诸如"马走日,相飞田,炮打隔子"这样的皮毛。他看了一眼叶师姐,只见她满怀自信地走进棋局中又走到棋局外,对着一个个状如大石墩的棋子观察起来。

"为什么不是围棋呢?"小乐没头脑地嘟囔一句。

"笨,围棋是越下越多的,根本不适合这种杀人的游戏。"叶真白了小乐一眼,"不过象棋嘛,我更是国手!"叶师姐如是说。

这一下,尚小乐的心定了。

棋盘上一共还剩十个子,其中红方有六个,分别是帅、相、士、车、炮、兵。黑方有四个:将、车和双马。双方都到了最后关头,但从棋面上看,黑方的车还在自家底线,一匹马才过河,另一匹马对红帅也构不成威胁。而黑方的将却受到红车和红兵的夹击,只要红兵再挪一步,黑方就被绝杀。

令人感到诡异的是,黑将的上面竟然有一个嵌进去的泥塑雕像。雕像是个盘腿坐着的乌衣老者,头发花白,像个艺术家似的在脑后扎了一个凌乱马尾,长方脸,八字胡须,双目紧闭,双手十指相抵,合于丹田。

叶真远远地站在棋局外,眯着眼睛,大脑飞快地走棋推演着。帮不上忙的小乐走到雕像前,疑惑地看着,怎么看都是栩栩如生。

"看什么看!要想过关,上一颗棋子!"雕像突然呵斥道。

小乐吓了一跳,连忙大声喊师姐过来。原来这尊雕像根本就是一位游戏者,他告诉姐弟俩,这个棋局需要五个人选择棋子站上才能开启。你所处的棋子一旦被吃,那么棋子上的人也会同时毙命。

叶真还想多问一些,但这位老者却又闭上双目入定了。他觉得自己说得够多的了。其实他从观看上一局对弈到现在已经等在这里十几天了,尽管他用了盘泥功减少身体消耗,但还是非常不合算地在这里渴死了一次,折损了好不容易换的一条命。为此他十分恼火。

"哟！两个小娃娃，咱们又见面啦！"叶真和小乐回头望去，吃惊之余都暗叫不好。真是冤家路窄，走过来的竟然是先前在山洞里要夺他俩晶辉的兽衣丑汉。

接下来，抢夺晶辉和逃跑躲避的一幕再次上演。

突然，丑汉的面前凭空起了一道沙墙，丑汉一个不稳摔倒在地。出手的竟然是端坐在棋子上的方脸老者。

"现在尔等要做的是快上棋子，让游戏开始。要抢晶辉，等游戏结束！否则本座决不轻饶！"老者满脸阴沉、目光凌厉地看向丑汉。

丑汉小声咒骂着爬起来，心里知道碰到狠角色了。在这个游戏空间里，有些法力高深的人虽然受到空间压制，但功法还是能使出一二。这些人绝对是他们这些功力全无的普通角色惹不起的。

小乐感激向老者道谢，叶真却不以为然，她知道这老人的出手并不是为了他俩，而她也最终决定了她和小乐要上的棋子。

她想了想对小乐说："小乐，你去上黑车。"那丑汉此时也在琢磨棋局，还没个头绪，一听叶真如此说，又见那先来的老者占据着黑将，觉得黑棋的赢面更大，于是便快步走过去，把正在费力往石头棋子上爬的尚小乐一把拉下来，自己爬了上去。

"你！"小乐气愤地望着他。

"算了，还有两匹黑马，我们上去吧。"叶真无所谓地说。

丑汉忽然觉得还是上黑马稳妥些，但已经迟了，他的双足直接被吸进棋子里，和棋子融为一体了。

叶真和小乐相继爬上了黑马，同样陷入其中。四个人就这样被困在棋局里,大眼瞪小眼,但这就是游戏规则,参加游戏就必须遵守。

烈日炙烤着沙漠,也同样炙烤着干等在棋子上的人。就在小乐快要虚脱的时候,远方出现了一个人影。

众人跟看到救星似的喊起来:"哎——快来,在这里!"

一摇一晃走来的是个二十来岁的年轻人,文弱书生模样,只穿了一个裤头,长衣系在腰间,实在是有辱斯文。他完全裸露在外的右手臂上赫然有着三个隐隐发亮的晶辉。

叶真心里暗暗吃惊:此人这样明目张胆,难道就不怕有人抢吗?!

那个文弱书生在听小乐介绍完棋局后,挠了挠鼻子开始思考,黑棋已经被占光,看来他们都赌黑胜。他略一斟酌后,便足尖一点,轻飘飘地飞身上了红方的兵。动作之漂亮潇洒,连一旁入定的雕像老者也不由得侧目。

就在书生也被禁锢在棋子中后,沙漠棋阵开始隐隐作响,接着流光闪烁的棋盘线路开始清晰地显现出来。一道红光从楚河汉界开始向两边阵营发散开去,所有的棋子开始微微颤动起来。

棋子上游戏者的心也跟着颤抖着,尤其是叶真,她的心提到了嗓子眼。她对这盘棋并没有把握,她完全是在赌,赌黑棋先走。

突然,在丑汉的大叫声中,黑车风驰电掣般长驱直下红方底线,把红士撞得粉碎。

叶真长出了一口气:果然是黑棋先走。中国象棋的规则是红先黑后,但如红方先走,直接一步就可将死。她看那个老者笃定地坐在黑将上,猜他很可能看过上一场对弈,或者知道规则。这残局其实并不难,关键就是看先后手,她赌赢了。

紧接着,红帅直接朝丑汉的黑车撞过来,在丑汉惊恐和绝望的惨叫中,他的身体连同黑车化成了粉末。

站在黑马上的尚小乐震惊之余,望了望不远处的叶真,用眼神在说:你是不是早知道黑车是这个结局,才利用我把那兽皮人骗上去的?

叶真瞥了小乐一眼,看向黑车化作的粉末,嘴角依旧挂着她那标志性的冷笑。其实这局最关键之处就是黑车的自杀式将军,为两匹黑马打开道路。

果然,接着叶真所在的黑马动了一步,红帅被迫上移。然后小乐的黑马只一步,就对红帅形成了绝杀,红帅无论怎么走都在马口上。

这就胜利啦?小乐似乎还没反应过来。老远以外的另外两人淡定地望着对面场地的厮杀,貌似与他俩没多大关系。

几个呼吸后,棋盘又开始惊变。自红帅开始,输的那一方的棋子依次爆破。在红兵上的书生脸色立刻铁青,拼命想要逃脱。一旁的方脸老者漠然地看着他,等着看他爆体而亡。

他是看了上一盘棋的人,但他没有告诉任何人输的那一方的下场。文弱书生本以为棋子只要不被吃就没有关系,没想到会是这样的结局。

就在红兵即将爆破的瞬间,那书生狠狠咬了咬牙,以手为刀,齐齐将自己的双腿斩断,接着整个人滚落在棋盘中的沙地上。

方脸老者哂笑一声，书生受了这么重的伤估计也活不成了。

在众人惊愕的目光中，疼得满头大汗的书生嘴唇微动，念念有词，然后就见他的断腿以肉眼可见的速度快速修复，转眼间就恢复如初。

这下，连方脸老者都不淡定了，这是什么诡异功法？按他的见识，即便是圣邑御物宗和炼体宗的高阶修士也做不到这样，这个看似文弱的书生莫非有什么大来头？

就在老者思索的当口，整个大地剧烈地颤抖起来。"地震啦！"小乐大喊。叶真还没来得及反应，整个棋局所在的沙地一下子断裂开，所有的游戏者连同棋子一起落入了地下。

五、夺晶大战

地下是个挺大的土石空间，几人落地的同时就直接从棋子上脱落。就在他们摸索着爬起来时，噌噌几声，四道光门分别开启在四面墙上。其中三个光门外的景色，小乐在打开原先那个山洞门时就见过，分别是美丽的田园、火山地带以及白雪世界。第四个门外一片白雾翻腾缭绕，什么也看不清。

不过在这四个光门的照耀下，地下空间的内景倒是一览无余。跟那个山洞一样，这里也是给游戏者提供水、食物以及选择的中转站。方脸老者、小乐和叶真全都趴在水潭边喝起水来。那个书生却脸色苍白地盘腿坐在一边，元气大伤的样子。

"唉，师姐，那个叔叔也过关嘞。"小乐有些兴奋地对叶真说。

"哼，他能力在规则之上，规则自然奈何不了他。"叶真哼了一声,紧接着小心谨慎地说,"你快拿上干粮,等我装完水,咱们就往绿色的门里跑。"

忽然她看见正埋头喝水的老者顿了一下,心里大慌,也顾不得打水了,拉起小乐就往绿色的光门跑去。可惜已经迟了,那个方脸老者如闪电般飞射过来,堵在两个少年的面前。

"你们要去哪里?问过我了吗?"方脸老者淡淡地说道。

他也不要两人回答,直接一掌向小乐的头顶拍将过来。凌厉的掌风让小乐感觉犹如大山压顶一般。只见小乐周身突然金光一闪,竟然把老者弹了回去。原来是小乐用金币加的一条命救了他,而小乐胸口的金色标记随即便消失了。

叶真趁机拉着小乐跳到了文弱书生的背后。他的位置离两人也最近。"叔叔,对面那个坏人杀了我们以后一定也会夺你的晶辉。你要小心哪!"叶真说完,眨巴着水汪汪的大眼睛,可怜兮兮地看着眼前的年轻叔叔。

书生坐在那并没有说话,心里却把叶真这臭丫头骂了个遍:分明是拖我下水啊!只见他若无其事地冲方脸老者微笑着说:"看道友使的是土属性功法,尊驾是五行城的吧?怕也是遭人陷害来到此地。在下万圣国龙尊座下风韦。你看这样好不好,这两个小孩身上一共六个晶辉,咱们一人一半如何?女孩归我,男孩归你。日后相见,咱俩就是朋友。"

叶真一听暗叫不好,此人也不是善类,而且他跟上次遇到的那个万圣国妖人一样,竟能看清其他人的晶辉。在这个弱肉强食的世界里,她和小乐就像货物一样任人分割。

书生风韦见老者没有说话,就冲身旁的叶真展颜一笑,温声道:"你先送给叔叔吧。"突然坐着就位移过去,一把抓住她。叶真惊骇之下拼命挣扎。

尚小乐立即拉住叶真的胳膊,大叫着,用尽全力猛拉,一时间周身竟有了法力波动。

本来篆公给他的那点不起眼的法力是完全受到这里空间压制的,可能是篆公的法力过于精纯,竟然在尚小乐拼命救人时爆发了,好似给他身体注入了千钧之力,硬生生地把叶真从书生手中给拉了回来。

风韦完全没有料到这结果。手握着从叶真衣服上扯下来的布片,露出不可思议的表情。眼前这无知少年身上竟有法力,虽然转瞬就清空为零。

惊魂甫定的叶真喘着气对方脸老者喊道:"他有三个晶辉,你应该夺他的。只要你不杀我们,我俩仅有的两个晶辉就送给你了。"

方脸老者在刚才听了书生的一番话后,心里一阵踌躇不定。万圣国其实就是他无比痛恨的恶灵国。如果不是他们,自己这样身份的人也不至于沦落到此。但他对书生的身份和本领确有些忌惮,不知虚实。现在看书生一抢不成后竟没有起身继续攻击,料想他新长出的腿还不能运用自如,立刻觉得机会来了。

他身上只有一个晶辉,如果那姐弟俩身上的晶辉真是六的话,再加上断腿书生的三个,他就正好凑齐十个晶辉,可以直接被传送走,再也不用在这个倒霉地方打转了。这叫他如何能不动心!

风韦一见方脸老者的神情,马上当机立断,向离他最近的冰

367

雪门飞速逃去。但还没到门口,一道凭空出现的土墙挡住了他的去路。与此同时,层层泥土飞起,将叶真和小乐套在了一起。

不用说,出手的正是方脸老者。在所有人功法被压制的情况下他还有这样的本事,在外界还不知是怎样的绝顶高手,连风韦也不禁暗暗叫苦。下一秒,方脸老者已经一跃而至他的面前,以卷起沙石的掌力,对着坐在地上的风韦一掌劈下。他的打算是先啃掉最难啃的,再处理那两个已经被困住的小孩。

风韦大惊,连忙运起护体功法,同时往一旁避让,但还是被老者的掌风击中,整个人弹出去几米远,倒在地上。

"咳,咳……"书生风韦吐出了几口水银样的液体,接着半撑着身体转过脸来,冲众人恶狠狠地吼道,"你们,一个也别想活!"

小乐吃惊地发现他的眼睛不知何时变成了红色,裸露的身体和脸上也浮现出可怕的血纹,一看就是要放大招了。

老者哪会不知?可刚才的一掌几乎用了全力,没想到只是重伤了对手,重新积蓄力量还需时间。但看眼下情形,就算拼着损失寿元也得抓紧补刀啊,不然给对方准备好了,胜负可就难说了。

于是,方脸老者只得咬咬牙,又飞沙走石地再度攻击。这一次,风韦冷笑一声,诡异地在原地消失了。

眨眼间,他就出现在老者的身后,放出两道风刃直接刺向对方后心。老者也不知使的什么上乘功法,身后几块石头直接护主,挡住了风刃。

接着风韦又出现老者的面前,几秒之内,老者的前后左右全站着咬牙切齿的风韦,不停地对老者发射道道风刃。原先明显占据上风的方脸老者此时只能苦苦催动沙石飞速旋转将自己护住。

在沙石中拼命防守的老者心里一个劲后悔,为啥刚才没有采纳风韦的提议。而风韦的心中也十分懊恼,他在身受重伤的情况下使出这套功法,无异于杀敌一千,自损八百。原先他对只有一个晶辉的方脸老者根本看不上眼,没想到竟然跟他拼起命来。这一切,全都怪那两个小贼!

想到这,他不禁朝小乐他们的方向看去。啊?!那两个小贼哪还有影子?!风韦不觉气血上涌,差点气晕过去……

第三章　罗格游戏(三)

一、完成任务

就在两大高手比拼的时候,被一圈厚重的泥土套住的小乐和叶真,采用体育课上两人背靠背运球的方法,一步步挪进了离他俩最近的光门。

就是那个满是白雾的光门,充满着未知,谁知道有没有什么妖魔鬼怪在里面。人类对未知除了好奇,也有恐惧。如果让小乐选,他肯定不选这个门。

两个少年一进门,就落进一个大水池子里,还是热水,幸好不太烫。就听四周围一片惊叫,身旁的几个赤条条的人快速散开。他俩这才明白原来跌进了一个大澡池子里。光门中的白雾其实就是澡堂中的水蒸气。

很快,他俩被带进澡堂管事那里。两人无法实说,只说被坏人追赶才逃了进来。两人身上的泥土圈被热水泡化了,大澡池子里惨不忍睹。于是叶真和小乐被勒令将澡堂打扫干净。

这里不知道是什么地方。人人穿着类似中世纪欧洲的服装,但语言却没有障碍。叶真觉得可以先在澡堂落脚。小乐也觉得可行。于是两个少年卖力地把澡池子打扫干净,然后希望管事能收留他俩在这里工作。可惜这里不缺人手,叶真多说了几句,还被管事认为俩小孩想要骗吃骗喝。姐弟俩的如意算盘落了空,被直接扫地出门。

在游戏的世界,肚子一样会饿,饭一样要吃。

几个乞丐从两人身边跑过。叶真说了一句:"这里反正没人认识,要饭吧。"小乐一怔。"就是当乞丐!"叶真补充一句,接着又哼笑一声道:"我活了这么多年,做了各种各样的事,还就是没当过乞丐。"

这回她果真当了乞丐。她这乞丐当得也有些另类。她不会把自己搞得脏兮兮的,更不会跪在地上乞求怜悯,而是拉着小乐走到卖吃食的小贩跟前,嘴里喊着"恭喜发财,财源滚滚"之类的吉利话。小乐想着大丈夫能屈能伸,便跟师姐一起喊。有时候真会有好心人给他俩一个烧饼或馒头什么的。

他俩甚至在人多的地方,还表演一套周师父教的功夫拳法,卖个艺,勉强度日。一个月后,俩孩子看上去就跟真乞丐没什么两样了。看来环境真能改变人,叶师姐自从过了荒野生存那一关后,就再也没有洁癖了。

后来,叶真索性扩大经营,让小乐坐在街角,在他脚边放个破碗,守固定摊位。而她自己则继续到小贩跟前喊吉利话,作为流动摊位。若干年后,小乐每当回忆起这段日子都会情不自禁地笑起来。

姐弟俩就这样半饥半饱地在这里,一边当乞丐一边打听着"华胜",但始终一无所获。

忽然有一天,他俩从其他乞丐那里得到一个消息:城主生病了,半边身子不能动,正在四处寻找名医。叶真一听,觉得有门。

只要医好了城主,让他帮忙寻找华胜,那么胜率就会大大增加。

小乐有些疑惑地看向叶神童。满脸黑灰的叶真得意地告诉小乐,她曾在无止境的十岁里,彻底钻研了幼时就很好奇的中医针灸术。这里的城主八成是中风导致的半身不遂,自己有把握治得好。

半个月后,已经恢复得七七八八的城主打算重赏医术高明的叶神医。叶真果然像她说的那样,取穴行针,治好了城主。当然开始也经历一番波折。他俩先混进外地医生队伍里,经过层层考核,才获准给城主施针。不过连叶真也觉得治疗道具人过于简单,没准就是游戏程序设计的。

"真是自古英雄出少年啊!"老城主非常高兴。叶真趁机向他打听"华胜"。

"这个,倒没听说。"老城主接着又沉吟片刻,"华胜,华胜……华美常胜,好名字!本城邦正准备改个响亮的新名字。不错,今后就叫华胜吧。"

啊?!叶真和小乐几乎同时反应过来:原来,华胜是一座城,还是因为他俩而得名。两人无语地对视之后,立马抓起身旁的糕点茶水往嘴里送去。

紧接着,四周景色又开始模糊起来,这个游戏可算是结束了。

和前次一样,他俩再次被传送回游戏大厅,继续下一个游戏。

叶真负责寻找游戏房间。闲下来的小乐便把他在刚才游戏空间的经历写在房门上,给后来的游戏者看。

他按叶真的话用斗篷布包着手指,点游戏房间的大石门。刚一接触,就见指尖白芒一漾,如同点在了沙地上,接着就可以书写绘画了。

小乐认真地把他认为的过关诀窍写下来,遇到不会写的字就用拼音代替。全部写完之后,他写的内容缩小为一块豆腐干大小,永远留在了门上。

尚小乐忽然很有成就感,自己竟然也有了石刻文字。只是后来的游戏者看到他写的,只能靠连蒙带猜了。

这边叶真陷入了苦思,原先能给她提供过关要诀的一种文字再也找不到了。那个游戏者可能再也没能出来。

时间在不知不觉中流淌着。其间,小乐亲眼看见一个斗篷人盘腿坐在两扇门之间休息,忽然一扇门中白光射出,将他席卷而去,就好像一张怪兽的大嘴把他吞噬一样。小乐的心中有些发慌,不知道下一个被吞噬的会不会是自己。

日晷的指针即将走完一圈,叶师姐那还是一点头绪也没有。"这么多门,你就选不出一个吗?"小乐叹了口气。叶真哼了一声,说:"老身有选择障碍症,你不知道吗?!"

开始倒计时了,叶真干脆放弃选择。她舒了一口气,拉紧小乐的手,决绝地说:"不管了,听天由命!"

几秒钟后,一扇新出现的方形石门大嘴一张,一道白光把姐弟俩全吸了进去。

二、密室求生(上)

门内是个黑暗的世界,好像是在室内,周围全是人。耳边有说话声,喘息声,还有抽泣声,似乎还有婴儿的啼哭声。空气中混杂着各种气味,小乐的心骤然收紧,感到快要窒息了。

他和叶真摸索到一块空地坐下,睁大眼睛,静待游戏的发展。

几分钟后,四面墙上的壁灯依次亮了起来。人群中一阵骚动。两个少年这才发现自己身处一个密封的大房间内,和他们同样处境的还有很多人。男女老少各色服饰的都有,大都缩着身子,惊恐地到处张望。

借助昏暗的灯光,小乐和叶真悄悄翻开手掌,上面只有三个字:逃出去。

怎么逃出去?这个房间别说门,连一扇窗户都没有。小乐觉得呼吸的空气都不够用。整个房间全部是某一种金属构筑,坚固无比。每面墙上除了有壁灯外,都挂着几幅手持刀剑的武士画像,威风凛凛,寒气逼人。

难道要从这些画像上做文章?叶真正在思考,突然,一幅画像中的武士跳了下来,毫无征兆地将一位老妇人一剑刺死,动作快得让人来不及惊叫,然后他又跳回了画像。

房间里瞬间乱成一团。人们像关在笼子里受惊的动物一样互相拥挤踩踏,拼命寻找这个恐怖血腥房间的出口,砸墙、叫骂、哭喊声不绝。正如大家所害怕的,差不多一盏茶工夫,画像上的武士再跳下一人,又一个青年倒在了血泊中。

"快毁了那些画像!"一个戴头巾的中年人大喊。接着他和几个人叠罗汉往上爬企图摘掉画像。墙边的人也纷纷响应,踮着、跳着想破坏画像。但画像牢固地长在墙上,外力对它丝毫不起作用。又有人提出蒙住画像的眼睛,依然没用。墙上的九幅画按某种次序诡异地交换了位置后,又一个武士跳了下来,眨眼间就砍杀了一名女子。

鲜血顺着死者的伤口汩汩地流淌出来。太可怕了,挤到墙边的小乐捂住耳朵,蹲了下去。叶真一直紧紧地拉着他,一起面对众人惊恐绝望的挣扎。在这个房间里,无论游戏者还是道具人,都只有一条命。

"大家不要慌,我看出来了!"一个瘦削的年轻人大叫道,"大家听我说。"

他大叫的声音还是小了点,很快被嘈杂声淹灭。"听他说!"一个壮汉声如洪钟般大吼一声。这下安静了。

"这个房间是按奇门遁甲设置。墙上的画对应九个天干,每挪动一次,地面上对应的死门位置就会有一人被杀。那么只要我们全都避开死门的位置就可以了。"这个清瘦的年轻人目光灼灼地说道。

"我们怎么知道死门在哪里?"一个抱孩子的女人带着哭音喊着。

"等墙上的画再动,我就能推算出来。"年轻人紧盯墙面。所有人都紧盯着他。在这种时刻有一个能人跳出来,大家只有相信他。

果然,墙上的画又开始移动了,好像是有人按顺时针方向将他们转动了几格。

"那里是死门所在,大家快往两边移动!"青年指向一处地方,那里的人急忙散开,往旁边挤,留出一大块空地。果然,一个持戟武士从画上直接跳到那块空地,片刻后又跳了回去。

众人露出惊喜的笑容,纷纷向那个年轻人投去佩服的目光。年轻人也松了一口气。

世上就是高人多。小乐的心也松了不少。他开始问"百科全书"叶真:"师姐,奇门遁甲是什么?"

"那是我国古代一种用来预测的玄学术数。"叶真微皱双眉,边回忆思索边说,"好像是用天干配合九星八神排宫,以八宫布八门。八门是八个方位。你看过《三国演义》没?其中有个八门金锁阵,入休门伤,入死门亡。用的就是这个。"

"哦,天干本是十个,但打头的甲隐藏起来,所以叫遁甲。"叶真又补充一句。

"那什么是天干啊?"尚小乐继续问,以他的文化水平理解起来难度太大。

"等你回人类世界后自己百度吧。"叶师姐白了他一眼,觉得有些对牛弹琴。

两人正说着话,人群中又出现了骚动。原来是有眼尖的人从众人挪开的空地上看见一些符号,然后大家继续扩大搜寻,发现房间的地面刻着一大片如小棍子排列组合的图案。

"那是古代算筹列的算式。"叶真仔细看了看说道。已经有人认出来,趴在地上演算起来。叶真也蹲下来,开始算。

众人不断地往旁边挤,给计算者让地方。算式延伸到前面被杀的那个青年的尸体旁,有两人过去把他搬开。叶真看清了他的脸,心里抽搐了一下。

是他,赵朗!他又被洗脑投入这个游戏中当个微不足道的道具。叶真的脑海里闪现出第一次见到赵朗时的情景,真是"银鞍照白马,飒沓如流星"。可惜那位白马少年已经永远不在了。

叶真忍不住又看向了曾经的赵大哥,一种久违的心痛向她袭来。"你认得他?一个命如蝼蚁的道具。"先前大吼了一嗓子的粗眉壮汉在叶真身边蹲下来平静地说。

叶真吃了一惊。这人到底是什么人?为什么要跟自己这么说?这又是怎么个情况?

三、密室求生(下)

正疑惑着,墙上的画像又转动了,瘦削青年又推算出死门位置,众人再次躲过一劫。等到第八个画像武士跳下来扑空又跳回去后,一个山羊胡须的小老头算出了结果,是26。原先一起算的几个人还剩下叶真一人继续演算。不久她也报出了结果,也是26。小老头赞许地冲她点点头,然后想了一下,在地上算式的最后一列的几个图标中按了几下。

小乐是一点都看不懂的,不过他倒是获得了在叶真身边观看的特权。叶师姐告诉他,算式的最后一排分别是算筹列出的从一到九的数字。那老者依次按的是二和六,现在就看结果了。

在众多眼睛紧张的注视下,这两个数字分别自行旋转了一圈,然后轰的一声,一面钢铁墙上开了一扇窗,一道强光直射了进来。很多人欢呼起来,纷纷拥了过去,终于等到了光明的希望。

叶真没有动,她注意到跟她说话的那个壮汉也没有动。小

377

乐也待在原地,大口呼吸着涌进来的空气。他见窗子太高,想着自己和师姐一会儿该怎么爬上去。

不少人探身往外看,没有一个人往外跳。"外面太深了,是悬崖!"有人喊叫起来。还有人抓起一具尸体扔了下去,没有任何回声。

"墙上有字了,你们快来看!"又一个声音高叫道。不知何时起,窗户对面墙上强光照射的地方忽然出现了几行文字。

"我就说没那么简单,看来开窗户就是为了照出字的。"叶真冷笑一声。

墙上的文字半清不楚的,等到大家弄明白大致意思后,全都倒吸一口凉气。文字提示的是:只要武士第二次轮空,没杀到人,其他武士都会跳下来一次杀掉八人。房间内还有机关需要破解,全部破解之后,大门会自动打开。

此期间,瘦削青年又恪尽职守地推算了一次,让第九个武士白跳一场。

有人开始估算,距离画像武士二次轮空的发生也不过半个时辰的时间。如果每次死门上始终有人,一轮下来是九人被杀。如果大家都避开,那么一轮下来要死七十二人。这个大房间不会超过两百人,三轮不到就死光了。

这个账其实连小乐都算得清。也就是说,后面死门的位置上一定得有人牺牲,才能为更多人争取过关的时间。

一时间,大房间里死一般地沉寂下来。没人愿意做牺牲品,换取一帮素不相识的人逃出生天。

"要不,我就不推算了。大家听天由命吧!"瘦削青年有些无奈地说,眼光却一直关注着墙面。

"不行!地上死门的位置必须得有人!"一个强硬的声音嚷道,一听就是不好惹的主。

"要我说,大家伙抓阄吧,这样公平些。"率先计算出算筹答案的山羊胡老者说话了。他的提议得到不少人的赞同。

突然,从那扇诡异的窗口外射入的强光倏地消失了。人群里又是一阵骚动。这时叶真似乎想到了什么,大声道:"那几个壁灯点亮后才有武士复活杀人,我们何不把灯灭了?"

除了小乐外,没人附和这个女孩的提议。一片黑暗之中待在杀人的房间,无异于自杀。倒是那粗眉大汉对叶真和小乐又多看了几眼。

强光消失后并没有发生什么特别的事。老者和瘦削青年的周围聚集了一些人商量如何抓阄,但还有一些人根本不参与,意见无法统一,依旧一盘散沙。

墙上的画像又开始转动了,在瘦削青年报出死门位置后,地面又空出一大块来。

就在众人奇异的目光中,那粗眉汉子走到了空地上。

"还没到二次轮空的时候。"瘦削青年好意提醒道。

"不用这么麻烦了。"那汉子扫视了一下众人,目光中没有一点畏惧或大义凛然的意思。

不对劲,太不对劲了!叶真的心里疑云翻滚。他到底想干什么?!莫非这个游戏空间出现了问题?

果然出现了问题,画上的武士迟迟不见下来。众人正疑惑着,窗外忽然跳入两个人来,打头的冲粗眉大汉一点头说道:

"二哥,成了。"

这下,除了粗眉兄弟外,房间里的人全蒙了。

"听我说,"粗眉大汉洪亮的声音响彻整个房间,"这里根本就是个游戏。"说着他一捋衣袖,把整个右臂露出来,上面一个晶辉都没有。

"大家都把袖子捋起来。你们中有哪些人和我一样,身上没有光点,一觉醒来就到了这里?!因为我们都是道具,活人道具!"大汉的声音有些激动,"我们的记忆都是假的,可以被人随意发落……"

叶真早已反应过来:道具人觉醒起义了。

四、乱成一锅粥

差不多一个小时后,往日的罗格城堡面目全非,取而代之的是一个巨大的广场。广场上一片混乱,无数形形色色的人和动物拥上广场,叶真与小乐也身在其中。比较悲催的是,两人居然被冲散了。

好在小乐已不是第一次一个人在陌生的地方,他已经比前几次冷静多了。广场很大,小乐觉得有去年夏天去过的城市广场的两倍大。在这么大的广场找人真是非常困难。日晷还立在广场上,提醒这里是曾经的游戏大厅。远处灰雾笼罩的地方,隐约可以看见一些石门的影子,看来还有没被攻克的游戏房间。

一个精神抖擞的中年人正在进行着慷慨激昂的演说,号召那些道具人一起打回祖国,推翻贩卖他们的黑暗制度。他们原是来自彩虹国的人造人,像牲畜一样被卖到这里。他的演讲很精彩,激起不少愤怒的呼声,但更多人脸上刻着的却是迷茫、无助与绝望——把人一下从他的生活、家庭、社会地位中拉出来,告诉他连同他记忆在内的一切都是假的,的确是件残忍和恐怖的事。

此时广场上的人已经没有了游戏者和道具人的区别。就在刚才粗眉大汉带着众人推倒大房间的石墙来到此广场后,小乐就发现手臂上辛辛苦苦得来的晶辉全消失了。

道具人的暴动起义,恐怕是城堡主人怎么也想不到的事。只是本来有游戏规则,虽然是被强制的,不合理的,但一旦不存在,反而让人不知该干吗了。小乐想,一定是这些道具人破坏了控制罗格城堡的魔法系统。只是城堡的管理者这么久都没有发觉吗?

小乐来来回回地在人群里寻找着叶真,就见粗眉大汉正带领大家一起试图捣毁日晷。据说日晷下有离开这里的通道。几个颇有点法力的游戏者也来帮忙,向日晷发起攻击。一时间日晷被笼罩在各种光束攻击之中,声响不绝。

忽然,原本在攻击中纹丝不动的日晷开始晃动起来,似乎是下面有股力量把它往上顶。人们纷纷后退,场面变得有些令人惊悚。

随着一片惊叫,巨大的日晷一下被从下面顶开,耀眼的亮光从地底下迸射而出。小乐已经跑离了十几米远,天晓得会从里面跳出什么怪物,这城堡主人肯定不是吃素的。

万万没想到,一条地面裂缝瞬间延伸到小乐的脚下,这个少年还来不及发出一声叫喊,就和一批倒霉蛋一起掉了进去。

就在小乐掉下去的同时,叶真倒来到了日晷附近。她目睹的是一只半尺来长、圆墩墩的小精灵从光亮的大窟窿里跳了出来。它浑身晶莹剔透,好像是个蓝色果冻,眨巴着大眼睛,一副憨态可掬的可爱模样。它原地跳来蹦去,发出咯叽咯叽的声音。

这可太出乎大家意料了!紧接着又有几只颜色各异的果冻小怪从地底下跳出来。一些胆大的人已经停止后撤,好奇地想一看究竟。

"先灭杀再说。"粗眉汉子说道。一个手持奇特枪支的男子立即向一只黄色的果冻精灵发射了一梭子弹。子弹全部打进那只果冻精灵的身体里,清晰可见,但它一点事也没有。

就见这只带着子弹的黄色果冻精灵咿呀咿呀地跳向另一只蜗牛样的绿色果冻,两只果冻精灵碰撞在一起瞬间融合为一体。这只身形突增一倍的果冻怪接着跳向另一只。

这时一位束发的清冷女子果断出手,一把光剑直接斩向那只最大的果冻怪,果冻怪被斩作两段,但眨眼间又合在一起,继续蹦蹦跳跳。

"哪位道友会五行功法?"束发女子大喊。话音未落,几道火红的烈焰以及闪着寒光的冰刃便向这些个果冻怪飞射而来,又有人出手了。

结果所有的攻击不是无效就是被它们吸进了圆滚滚的果冻肚子里。众人均脸色大变,难道它们是不灭之体?!

果冻小怪们依旧源源不断地从地底下跳出,互相碰撞着结合在一起,转眼间就有了五六个一人多高的怪物。

忽听一声惨叫,一个正在发动攻击的修士躲闪不及,被一只鸭梨状的蓝色大果冻怪猛然跳起压住,立马就被吸进它的身体里。透过鸭梨怪透明果冻样的大肚皮,甚至可以清晰地看到那个修士满脸惊惧的表情。接下去,便不断有动作稍慢的人被果冻怪"吃"进了肚子里。

人们开始惊叫着四下逃窜。"化凝魔!是化凝魔!"有人大叫道,"不是早灭绝了吗?怎么有这么多?!"

几十个有功法的修士联合起来发力,一条粗大光链同时锁住几个最大的果冻化凝魔。粗眉等人正在努力试图堵住地面裂缝,还有一部分人捉住小的,阻止它们碰到一起。叶真也加入进来,把跳出来的小怪踢回地底下。

叶真注意到,眼前正在作战的修士团里,竟然有她在奚国游戏里遇到的那个想杀她夺晶辉的橡皮人少年。此刻他正龇牙咧嘴地为自由放手一搏。叶真没想到竟然会和他统一战线。方脸老者与书生风韦倒一直没有遇到,八成两人同归于尽了。

十几分钟后,修士们发现打消耗战也不是办法。修炼典籍上曾经记载的化凝魔不能暴露在空气中过久,否则便会风干一说纯属瞎话,可见尽信书不如无书。人类战团土崩瓦解,大家各自逃命。

五、彩虹飞车

叶真跟着多数人往灰雾笼罩的地方跑。广场明显即将失陷,进入石门游戏空间反而是最安全的。那果冻化凝魔的数量还在不断壮大,最大的已经有小房子那么大了。它们并不急着追赶逃跑者,依然自顾自地跳来跳去,只是跳跃范围也越来越大,压到谁就算谁倒霉。

忽然,异象起。

一条巨大的七彩光带宛如游龙一般从广场的地下飞出,发出炫目的光华和威震人心的浩大声势。

光带从正在狂奔的叶真等人头顶掠过。叶真看清了,那分明是一辆由无数彩色光束串联起来的长车。车内还有几十名穿着各式服装的乘客。然后,她就戏剧性地看到了车尾坐着的一个男孩——尚小乐。

小乐从裂缝掉落地底后倒另有一番奇遇。

广场的地底下竟然是个奇异绚烂的精灵般世界,有数不清的小格子,每个格子里都有一个像果冻一样的可爱精灵。小乐落在格子上,看那些小精灵咿咿呀呀的,也没有要伤害他的意思。小乐想,这么多罗列的小格子,难怪叫罗格城堡。

很快他就被一双手拉了上来。接着他就看到了一张脸,一张让他有些吃惊和疑惑的脸。

"怎么是你?!"那张脸同样露出了惊讶表情,竟然是一年前小乐和师父在赤晶沙漠救下的烈云子。

烈云子认出救命恩人后,马上喊来了炽信,他也在这儿。原来他俩走出赤晶沙漠后便同山水一问分开,后又机缘巧合地加入了彩虹商队。这趟生意是把彩虹国的人造人运到这里,没想到发生这等事,现在只等彩虹飞车充满能量就可以马上离开这个是非之地了。

炽信拍着胸脯说,既然小乐救过他俩,那肯定要想办法在车上给他找个位置。

小乐高兴之余,也请他俩顺便把他的叶师姐找到带着一起走。两人爽快地答应下来。

结果自然是没来得及找到叶真,彩虹车就起飞了。乘坐如此声势浩大的光线彩车,小乐也是头一次,兴奋外加晕车,哪里顾得上下面的叶师姐边跑边喊他的名字?

七彩长车一个盘旋后便一头钻进广场上空的某处虚空,消失不见。

很快彩虹飞车就开始平稳飞行了。烈云子和炽信拉小乐坐下。小乐上车时就惊讶自己竟能站在光束上,车子飞起时更不敢大动,生怕从光线交织间的空隙掉下去,现在稍微能适应了些。

烈云子和炽信早没了当初在沙漠遇见时的黑瘦可怜样。尤其是烈云子,更是红光满面。

他告诉小乐,他们正在通过特别的空间通道回彩虹国。因为通道是强制开启的,所以动静要大些。

小乐开始为叶真担忧起来,觉得自己就这么出去了实在是不仗义。

炽信劝道:"你师姐最多就是沦为道具,那些个罗格宝贝吸人但不杀生。再说城堡缺的就是道具人。"

"是啊,你别担心。刚才我看到一大群人往游戏房间里跑,你师姐搞不好都跑进去啰。"烈云子说。

小乐稍放了心,心想以叶师姐的本事一定能化险为夷,撑到他跟阿奇来救她。

三人又聊起了罗格城堡,炽信和烈云子介绍说,此游戏城堡

385

谁建的,没人知道。他俩随彩虹商队来过两次,一次也没见过堡主或其他人,都是在地下第一层把人造人放下就走。罗格城堡地下到底有多少层,谁都不清楚。这次的意外,是十几个习过法术的人造人混在货品里进来搞破坏。不过,他们也兴不了太大风浪,什么问题罗格宝贝都能解决。它们是什么化凝魔的近亲,属于不灭体,上千年来都被囚禁在罗格城堡里,给城堡提供能量。

　　小乐这才明白,那一个个小格子原来是关小精灵们的牢笼。究竟是哪个大牛人把它们关在这儿的?太不可思议了。

　　飞车开始过赤晶沙漠了。四周光蒙蒙的一片,偶尔可以听到电流撞击的声响。小乐赞叹道:"没想到现在过沙漠这么容易了,当时可真是热死了。"

　　那两人谁也没接话,显然是回避那段悲惨狼狈的过往。

　　"唉,小乐,你说你师父这么好的人怎么就走了呢?"炽信咳一声,换了话题,"以后就剩你一个人了吧?"说完和烈云子互看了一眼。

　　小乐鼻子一酸。他刚才就已经把自己的遭遇都告诉了这两位叔叔。

　　"那你以后就跟着我们哥俩吧,只要有我俩的饭吃,就少不了你的!"烈云子拍着胸脯说。

　　说得小乐心里热乎乎的,当下点了点头。

第四章　彩虹国

一、竞州小城

竞州城,彩虹国边境的一座美丽小城,仿佛坐落在鲜花丛中。大大小小的优美建筑整齐划一地列在街道的两旁,宽阔的路面铺着平整的彩色砖石,几乎一尘不染。路边花团锦簇,芳香扑鼻。不时有喷泉从底下涌出,灌溉着花草。

街上的行人来来往往,大都以一种诧异的眼光看向一个十岁左右、奇装异服,偶尔还自言自语几句的女孩。

这个女孩正是从罗格城堡成功逃脱的叶真。

此刻,她的耳朵眼里还住着一位老朋友——那就是超级甲虫阿奇。

事情巧就巧在彩虹飞车开启空间通道时,让一直守候在外面苦等的阿奇察觉到了,一下进入了广场空间,并且一眼就看见正在大声喊着小乐名字的叶真。

这两位见面自不用互相介绍。

叶真指着彩虹飞车才钻入的虚空告诉阿奇,小乐刚刚进去了。下一刻,阿奇就把叶真收入自己的身体里,火速朝那个虚空飞去。当时,还有不少有功力的修士也看出了那里的空间波动,拼命跑向此处。

等确定安全后,阿奇把叶真放出来,自己则住进了她的耳朵眼里。

阿奇本就对叶真这个老太婆没什么好感,叶真也懒得跟它多话。不过两人这次达成共识,先找到小乐再说。阿奇能够感应到小乐在这个国家,但具体方位它也不知道。

阿奇提醒叶真注意这里人的衣饰。叶真早察觉到这里的古怪。这儿的人从服饰上大体可以分为两类:一类人穿着简单,不少似乎还是统一制服,他们的脖子上都有个黑项圈。另一类衣着光鲜亮丽,神采奕奕,脖子上没有套项圈。而且套项圈的人全都低着头走路。

叶真正寻思着这里的异常,一个穿着制服,表情严肃的男人拦住了她。"你哪来的?"他口气冷硬地问道。

"我刚从别国来,我是个外国人。"叶真仰起头来认真说。她注意到这个制服男也戴着一个黑项圈。

就见制服男不容分说地掏出一把造型奇特的大梳子,对着叶真晃了几晃。"梳子"上亮光一闪,发出机械般的语音:"有异,有异,人造人,人造人。"

接着,从"梳子"上弹出一个项圈,很准确地套在还没来得及反应的叶真脖子上。

项圈按叶真脖子的粗细自动收紧,让她根本摘不下来。制服男转身走了,原地留下一脸惊怒的叶真。

"其实也不难看,至少在这里获得了一种身份。"阿奇的声音传来。

"你刚才为什么不帮我?"叶真很有些恼火。

路人纷纷看向这个脑子有点不正常的人造人女孩。

"我们刚刚不才约定吗?只有你生命遇到危险我才会救你。"叶真的耳朵眼里是阿奇慢条斯理的声音。

叶真哼了一声,也不言语了,她不屑去做无用功。她明白项圈一戴她便成了这里的下等公民。暂时还看不出项圈有什么大的妨碍,于是叶真继续向路人打听一辆由彩色光线组成的飞车。

很快她就发现黑项圈带来的问题:不仅那些不戴项圈的人不会搭理她,而且有些地方也不允许她进入,甚至连路边的公共长椅她也坐不得,一坐下,脖子上的项圈就立马发烫。

一位好心又健谈的大婶告诉她:他们彩虹国的人分两类,一种是真人,一种是人造人,也叫赝人。人造人原本是这儿法力高深的修士利用真人血肉造出来的仆从,后来越造越多,再加上人造人自身也繁衍生息,现在数量比真人还多,当局就把人造人卖到国外去创收。人造人在国内地位低贱,从事各种繁重的工作。真人为了控制管理他们,给每人都套了颈纬,就是这黑项圈。谁要是不听话,颈纬就会把他烧死。人造人的后代也是人造人,作为低贱的种族,一辈子不能修行法术。

叶真不明白自己为什么会被判断成人造人,她明明是真人哪?!

大婶想了想说:"我们人造人后代身体里都会有一种特殊法力标记,没准你也有一个。"

这下搞得老少女叶真竟有点怀疑人生了。

半小时后,叶真来到了竞州市府门前。刚才那位大婶跟她说,她问的那种飞车只有修行过法术的人才知道,而市府这里,有不少会法术的真人。

市府周围依然是花木掩映,景致盎然。

"你给我过来!"一声凶厉的呵斥把叶真吓了一跳,扭头看去,发现这声音不是冲自己,而是一个衣着华贵,保养得很好的中年胖子在呵斥旁边一个戴着颈纬的老头。

那老人有些年纪了,花白头发,背有些驼。"你刚才踩到我的灵宠了,你看它脚上的毛给你弄脏的!"中年胖子怒道。他脚边的一只长毛五彩小兽懒洋洋地伸出自己前爪,表示主人所言非虚。

"你给我擦干净!"中年胖子下令道。

老人身旁的一个背包的年轻人就要来擦。中年胖子一挥手就把年轻人挡出去几米远。"我让你来擦!"他对着老者瞪圆了眼睛。

叶真离得最近,感觉那胖子就是看老头不顺眼在故意找碴儿。

只见老人慢慢蹲下去,用衣袖慢慢擦拭那五彩小兽脚上的毛。

"每个爪子都要擦干净。"那胖子继续吩咐。

老人蹲在那儿,仔细地擦着。过了一会儿,他站起来,不卑不亢地说:"尊驾,擦好了。"叶真注意到他仰起的脸,布满皱纹的脸上有一双明亮的双眼。

"你别走,"胖子喊住转身要离开的老人,"你没擦干净!"背包的青年人气红了脸正要说话,老人拍了拍他,从口袋里掏出一块布。

围观的人渐渐多了,有人造人,也有真人,但没一个人说话。

"太欺负人了!"阿奇看不下去了。

"为我的灵兽服务是你的荣幸。"那胖子不依不饶地说,"你还不服气是不是?"

"我一会暂停时间,你去教训那个狠人。你身手不错。我再把他那个什么狗收了,看他怎么发威。"阿奇在叶真的耳朵里说。

"要去你去,我可不想多管闲事。"叶真小声道。

"你在说什么?"中年胖子一指叶真。

叶真无法像小乐一样和阿奇心语交流,小声说话竟被那胖子听见了,还以为叶真在议论他。

"你欺负一个老人,连畜生都不如。"叶真她老人家可不是好惹的。

所有人都愣住了,没想到一个人造人小孩竟然这么大胆子。那胖子更是火冒三丈:"找死!"一抬手,他脚边的五彩小兽陡然变大数倍,张牙舞爪地就向叶真扑来,看样子想把这不知天高地厚的小姑娘撕碎。

二、农奴生活(上)

阿奇正要把叶真收入虚空,突然一个透明光罩把叶真护住,出手的竟然是那位正遭受侮辱的老者。

"你们竟敢偷练法术?!"胖子的目光中露出吃惊、愤怒还夹杂着畏惧的复杂神色。

"提前吧。"老人平静地说。这是整个竞州城变成废墟前,他说的最后一句话。

只见那个年轻人一拍背包,一股强大的气流直冲云霄。同时又一个光罩出现护住两人,把胖子等人的联手攻击挡在外面。

"天上那是什么呀?好漂亮啊!"数不清的淡蓝色小花从空中徐徐落下,飘飘洒洒,十分美丽,有的孩子还伸手去接它。

小花落在人们的身上、屋顶、地面、水中。蓝色花朵在被触碰的瞬间就化作蓝色的火焰,一种美丽的白芯蓝焰,一种无法扑灭的杀人火焰,一种烧毁万物的地狱烈火。

各种惨叫、惨状让光罩保护中的叶真闭上了眼睛。繁花似锦的竞州小城顷刻间化作一片焦土。

就在此刻,距离竞州城千里之外的一个农场里,尚小乐从睡梦中睁开了眼睛。

确切地说,他是被人给踢醒的。"起来!快起来!都到门口集合。"一个凶神样的彪形大汉正在逐一踢着他们这些横七竖八躺在地上的人。

小乐不知自己怎么会睡在这里,不是应该在彩虹飞车上吗?烈云子他们呢?人都哪去了?他挣扎着爬起来,发现手脚几乎不听使唤,浑身皮肤骨节胀痛难忍。

他艰难地挪到门口,一定是在做梦。他想。

"叫什么名字?"门口坐着的一个负责登记的人没好气地问。

"小……小乐。"尚小乐觉得说话都有点困难,声音都变了。

"想乐?!"坐着的人笑起来,"你长成这样,还真让人想乐。你还想乐?就叫好笑吧。"

于是,尚小乐有了个崭新的名字:好笑。

"这是什么地方?彩虹车队呢?"小乐小心地问。

"什么地方?!你到边上等着,一会就知道了。"登记那人不耐烦地说。

小乐在出门时从窗户上类似玻璃的镜片中看到了自己的影像,不由得吓了一跳,再定睛一看,呆住了。那是自己吗?一个滑稽的被拉长的怪人。

他再低头看看自己的手,摸摸脸,这不是哈哈镜,他整个人都被拉长了。这是怎么回事啊?"好笑"快要哭了。

"早叫你别吃的,活该!"昨天那个奇怪的声音又出现了,"你被他们下了毒,变了形,卖到这里了。傻瓜!"

小乐努力回想着睡着前发生的事。彩虹飞车上开饭了,是一种他从未见过的彩色米饭,发出诱人的香味。据说是彩虹国正宗的彩虹米饭。烈云子给他盛了一碗。小乐刚端起碗来,就听到有个奇怪的声音说:"有毒,别吃。"他问烈云子他们有没有听见有人说话。烈云子想了想说,他们正在从空间通道过赤晶沙漠,受到赤晶电波的影响,有的人会产生幻听。

小乐看车上所有人都在吃饭,炽信和烈云子更是吃得起劲。早已饥肠辘辘的小乐便没再理会那个声音,大口开吃起来。"傻瓜,到时候可别怪我没提醒你。"那声音又道。

那可能是他吃过的最最好吃的米饭。吃完之后,小乐就进入了香甜的梦乡,再然后他就到了这里。

接下来小乐被推搡着随着众人来到一排破旧的平房前。有个穿红衣的英俊男子过来训话,内容如下:这里叫幸福农场,专

393

门种植彩虹稻谷。小乐这些个终身苦役,不管来自哪里,是什么人,以后都将在此地开始他们的农奴生涯。干活、听话,就是他们的终生信条。谁要是不听话,想逃跑,那就是死路一条。说着指了指他们每个人脖子上的黑项圈。这个项圈可以把他们顷刻间化为灰烬。

红衣男子身边还站着一个提着棒子、满脸胡楂的粗壮男人,姓严,是这间营舍的舍长。

小乐万分沮丧地摸了一下自己的脖子。他已经完全明白了,炽信和烈云子这两个狼心狗肺的家伙把自己给卖了,而且还是下毒把他硬生生从一米四几拉长到一米八几给卖了。小乐想起了在巨灵山庄遇到的阿里才,他就是喝了杯果汁变成鳄鱼被卖了的。

尚小乐心里又沮丧又气愤,他既恨炽信他俩恩将仇报,更气自己轻信坏人,上当受骗。这是什么鬼地方啊?我怎么变成这副鬼样子!妈妈还能认出我吗?我想妈妈。阿奇,我要回家……小乐不由自主地哭出了声,这个小小少年的心理崩溃了。

严舍长提着棒子过去刚想狠揍这个怪小子一顿,忽地犹豫了一下,骂道:"哭什么哭?看你那熊样!我看你是太舒服了,干活累了,哭都哭不出来!"

红衣男有些诧异地看了严舍长一眼,又交代了几句,走了,明显不愿意在这臭烘烘的地方多待。

三、农奴生活(下)

铺位分配完毕后,严舍长对仍在抽泣的小乐说:"好笑,若不是我今天心情出奇地好,棍子早落你头上了。我过会进来若还听见你哭,那场面可就不好笑了!"

"别哭了,想想你师父说的什么勇敢坚强,想想你妈妈,你要是在这里被打死了,可就救不了你妈妈了。"那个奇怪的声音又出现在他的心头。

他这回倒是听进去了。"百折不挠,勇往直前。"周天临终前的嘱咐如在耳边。他又想起妈妈说的男儿有泪不轻弹,要做个坚强的男子汉。想起阿奇和叶真可能正在着急地寻找他,小乐不由得握紧了拳头:我一定要坚持下去,什么困难都不怕!

小乐抹了一把眼泪鼻涕,开始按指令脱下他身上明显小了的衣服,换上统一的农奴服——一套半旧的彩虹条纹的衣服。密集排列的床铺,每张床都是上中下三铺,破烂的草垫子,一股馊臭的气味。

就在小乐系裤子的时候,一颗蓝莹莹的小珠子从他旧衣服的口袋钻出来,很娴熟地快速飞进他身上的彩虹衣里。

小乐惊得下巴又快掉下来了。"傻瓜,你才知道我在你的口袋里呢!"又是那个奇怪的声音。

小乐马上把蓝珠子掏出来,正是那颗万海珠。同时他也确定,那个声音不是自己的第二人格,而是来自这颗宝珠。

那声音承认得倒很爽快,他说自己是万海大仙,一直住在万海珠里。

万海大仙?小乐觉得这世界到底还是神奇有趣的。万海大仙说,他是开天辟地时就存在的老神仙,在万海珠里修炼,想去哪就去哪。那个什么朱先生和邑主想留下他可没那么容易。自从小乐一脱离罗格城堡的控制,他就飞回了小乐的口袋。之所以会跟着小乐,是对他好奇,想看他到底能不能救回妈妈。

在交谈中小乐很快发现一件事,那就是万海大仙竟然跟阿奇一样可以跟他在心里交谈。不同的是阿奇是和他建立了心灵连契,他在心里呼唤阿奇,它才能听见。而这位大仙则是会读心术,小乐心里想的,他竟然全知道。这让小乐觉得自己在他面前简直是赤裸裸的。

更恐怖的是,这位大仙还能操纵人的思想心情。他扬扬得意地告诉小乐,刚才要不是他改变了严舍长的想法,小乐估计都要被打残了。小乐一下警惕起来,那以后自己不就被他操纵了吗?!

万海大仙马上读出小乐的心思,允诺说:他不会改变小乐的思想,只会旁观他的经历。

对于这位一直跟着他,观察他,并自告奋勇会帮他的万海大仙,小乐真有点哭笑不得。

彩虹国没有四季之分,每天都可以播种,每天都可以收割。彩虹稻谷生长周期短,差不多一个月就可以成熟。但产量奇少,每株苗顶多结出六七颗彩色稻谷。这种稻谷是彩虹国人的主食和主要出口产品,而且必须要人力种植出来的才好吃,一点法术也不能加。所以各大农场的农奴们只能没日没夜地种植劳作。

小乐感觉实在是太累了,每天只能休息五六个小时,天不亮就下地干活,深夜躺在草铺上浑身都疼。顿顿吃稻壳饭,就这还吃不饱。小乐越发感到自打来到这个时空就跟饥饿结缘了。他不由得想起在巨灵山庄那会儿,虽说也被囚禁,但不用干活,和这里相比,那里就是天堂。

还好有万海大仙陪伴,让他不至于太寂寞。而且不久小乐也结识了个新朋友,就是他的下铺,一个四方脸、矮矮墩墩的年轻人,被人唤作"信封"。信封有些沮丧地告诉小乐:"当年我到这儿时,监工问我叫什么名字。我说我姓封,然后他们就都叫我信封了。"

小乐呵呵地笑了。

日子一天天地过去,令人惊讶的是,小乐的身体竟在一天天地复原,差不多二十天后,小乐又恢复成一个十岁多男孩的身高,只是比以前黑瘦了。

严舍长可没有因此减少小乐的工作量,这种卖人的伎俩他见得多了,只是奇怪他还能自行恢复。信封大哥倒是经常帮他。有一次,有个监工过来问他们这里有没有会法术的,可以去伙房帮忙。农场里常有因偷习法术被捕送来做苦役的人造人。

信封马上说:"好笑学过。"说完冲小乐挤挤眼,小声说:"伙房是美差,可以不用下地。"

虽然没几天小乐就因身上虽有功法痕迹,但连生火都不会给送回来了,但小乐依然对信封充满感激。

"阿奇啥时候才能找到我呢?还有叶师姐在干什么呢?"幸福农场里的"好笑",有时候边挥舞着锄头边想。

他不知道的是,在这彩虹国里,阿奇和叶真也遇到了不小的麻烦。

397

四、地下反抗组织

那天竞州灭城之时,保护叶真和那一老一少的两个光罩就钻入地下,并快速前进。半天不到,他们就来到了远在彩虹国另一端的一座大城——允州。

在一座秘密的地下城堡里,正义王面带微笑地接见了叶真。阿奇和叶真有些吃惊地望着面前这位气势俨然的人造人义军领袖,正是昨天还在竞州弯腰擦拭小兽的老者。

老者闭口不提先前发生的一切,简单闲聊几句,言语间对叶真颇为赏识,希望她能加入义军,为解放人造人同胞出一份力。

叶真连忙推托,说自己一个弱小孩根本无用。

正义王轻笑一声道:"你是不懂功法,但你左耳的那只灵虫可是厉害得很哪!"

叶真和阿奇均暗吃了一惊:这正义王真是火眼金睛。

"还是把你的灵虫放出来给老朽看看吧。"正义王随手端起案上的一杯茶,头也不抬地说。

瞒是瞒不住了,而且正义王的厉害他俩可都见识了。于是下一秒,阿奇飞了出来。

正义王有些好奇地盯着阿奇。阿奇知道他不认识自己所属种类,便装成一只除了隐匿,什么都不会的低阶灵虫。

叶真和它配合得天衣无缝,连排练都省了。

正义王面露满意的神色,说道:"这样吧,小姑娘,老朽与你也算有缘。你让你的灵虫帮我一个小忙,老朽便帮你找到那辆彩虹飞车。"

叶真没答话,等他继续。

"你只需要让灵虫潜入国都的七彩宫,取回那贼昏君一根头发丝就可以。以你那灵虫藏匿的本事,这根本不是难事。"正义王轻松松地说。

叶真听后,抬起一张天真的孩童脸说道:"王爷爷,我这灵虫虽说只能与我一人沟通,但笨得可以,本事有限。而且它也不认识什么国都七彩宫,不知能不能帮您办得成。或者您帮我解开这脖子上的颈纬,这样我带着我的灵虫更容易混入都城,想办法拿回您要的东西。"

她早已注意到老者原先戴的黑项圈不见了。

正义王低头喝茶没说话。他身边的一个短装干练侍从略欠了欠身说道:"小贵客,你有所不知,解开这颈纬可不是朝夕的事情,而且每个颈纬都不同。当年我解开经纬就花了一年多的时间。你不妨留在这里,我想办法帮你解开。灵虫交给我们带到国都就可以了。"

叶真没话说了,和阿奇对看了一眼。两个心里都涌出了三个字:骗鬼呢!

一顿饭后,阿奇已藏身在一只五彩鸟的体内,向彩虹国的都城飞去。

阿奇之所以会答应这任务,一是为了可以独自寻找小乐,它觉得带着叶真忒不方便,把这老太婆留在正义王那里也算安全。二是希望能解开叶真脖子上的颈纬。说实话,它对叶真被套上项圈多少有些歉意。据正义王说,当日巡城卫给叶真上颈纬,很可能就是因为阿奇藏在她耳朵里,被灵栯测出,当成人造人身体符号了。

"这开颈纬的金丝雷到底是什么呢?"阿奇想。

就在刚才,它跟着叶真离开大厅后又悄悄折返回去,加倍小心地藏起来,听到了正义王和他心腹的一番对话:

"主上,那小丫头来历不明,所言也未必属实。您怎么放心把这么重要的任务交给她?"

"这姓叶的丫头既然不是贼昏君的人,就可以为我所用。你可别小看了这丫头的心智,该说的说,不该问的一个字不多问。而且她灵虫的真正实力,我也看不透,日后说不定有大用。"正义王目光炯炯,缓缓而道。

"属下不明白,既然我们可以通过复制那贼昏君获得金丝雷,解开颈纬,为何不直接告诉她?这样她也会更卖力些。"短衣的侍从继续问。

"如果现在告诉她,难免会让她有所倚重。再说她若知道解法,没准会指使她的灵虫投靠贼昏君直接索要,到那时,我们就会陷入万劫不复之地。"

"主上所虑甚是,属下受教了。"侍从点头恭敬道。

阿奇有点不明白,他俩的颈纬不是解开了吗?其实只要它再凑近点看就能发现两人颈间一缕如蛛丝般的透明细丝。他俩想尽办法也只能把颈纬炼化到这种程度。这东西就如同附骨之疽一般怎么也除不掉,解不开。一旦身份暴露,彩虹国的高层可以通过颈纬将他俩轻易灭杀。所以他们戴着颈纬就像戴了个定时炸弹,时刻提心吊胆。

在整个彩虹国,传闻只有彩虹王才能用金丝雷解开颈纬。

只有为国家、皇室立过超级功勋的人造人才能获此殊荣,而且他们的直系后代也可以免戴颈纬。

阿奇正想着,五彩灵鸟就飞到了国都的上空。散发着七彩光芒的彩虹皇宫就在眼前。彩光照耀的地方,任何戴着颈纬的人造人都不能生存。

至于金丝雷,正义王等人也从未见过,只是猜测存于每一代国王的体内,因此想通过复制国王的身体提炼出此物。

又飞了几里,五彩鸟也进不去了。阿奇飞了出来,身形一闪,便融入了彩光中。

五、都想逃跑

和阿奇的自由相比,叶真则留在允州地堡开始不见天日的生活。

对自己的处境,叶真早已猜到,不过人质而已。好在待遇还不算太差,给她一个小房间,一日两餐送上门,活动半径在周围五十米之内。叶真没料到的是,她对门住的竟然是那日在竞州城跟着正义王的年轻人。

年轻人名叫阿松,他对叶真这个漂亮仗义的小姑娘颇有好感。

叶真对他却有些头疼。可以说,活了这么久,在她认识的话多聒噪的人中,阿松绝对能排进前三。

阿松告诉她:那天的灭城蓝花叫蓝焰万魂香,是花高价从外国购得。如果花是紫色的就叫紫焰万魂香,白色的就叫白焰万魂香。他们本来打算在三个地方给国王点上"三炷香",结果因为竞州先点了,其他两地因为戒备加强就没点成。

"幸亏没点成。"叶真哼了一声。

阿松愣了一下,接着道:"要胜利就必须要有牺牲,这些牺牲都是值得的。"既像说给叶真听的,更像说给自己听的。

叶真冲他笑笑,心里说:你们就像恐怖组织,还什么正义王?!

阿松却是无比崇拜正义王,说什么身先士卒,平易近人,功力深厚等等。在人造人中,只有天赋异禀的才能成功偷习功法,所以他们也容易成为被崇拜的对象。

阿松指着脖子上的黑项圈说,只要他再立一个功,正义王就可以帮他解开颈纬了。

叶真对正义王能按约定给她打开颈纬并不抱多大希望。对于阿奇去取国王的 DNA,复制国王以及后面的故事她也不感兴趣。她现在只担心阿奇一去不返,那她就惨了。

阿松对阿奇的任务毫不知情,他只当正义王不忍心杀叶真所以才救了她,留在这里。他对叶真说:"我们行事都是极机密的,没有一个外人见过我们的样子。因为一旦被控制局的人知道,可以通过颈纬把我们烧成灰。"

叶真吓了一跳,只觉脖颈处一片冰凉,继而那黑项圈又变得千斤一般,压得她喘不过气来。这太可怕了,一旦秘密地堡被发现,那她马上就会灰飞烟灭了。

于是,叶师姐决定要尽快想办法逃出去。

这边与她同命运的尚小乐,却是满心欢喜地迎来了终于可以吃饱饭的日子,而且吃的还是彩虹米饭。

信封前一天就咽着口水告诉他,在彩虹国,有六个纪念日农奴们可以吃上彩虹米饭,分别是王太后、国王、王后、王子的生日以及国王的继位日和结婚日,而明天就是国王的生日。

中午时分,小乐和信封他们从田里回来,还没走到营舍,就闻到一阵久违的饭香。只见房前摆着两大桶热气腾腾的彩虹米饭,让小乐的眼睛和胃全都变得无比渴望与火热。

信封招呼小乐赶紧放农具,洗手洗脸,整理衣服,然后去排队打饭。按规定,肮脏的人不能享用这圣洁的米饭。

桶边迅速排起了长队。终于轮到小乐了,他踮起脚,有些激动地把米饭盛到自己的木碗里。这散发着异香的彩色米饭,可能就是他种植、收割、舂米去壳,浸透着自己汗水的那些。

小乐盛了一大碗,他还想把碗里的饭往下压压,再多装些。但后面还有几个饿狼样等待的同伴,他只得放下盛饭勺,端碗蹲到一边吃起来。

这种米饭凉得慢,小乐也顾不得烫,边吹边吃,不一会儿就吃了个底朝天。等他再去盛饭时,傻眼了,两个桶里只剩下几颗米粒了。

这个久在饥饿线上挣扎的少年,犹豫了一下,把大桶放倒,开始一颗颗捡起里面的米粒。直到此刻,他才真正体会到"粒粒皆辛苦"的含义。

信封走过来,往小乐碗里拨了一筷子米饭。小乐怎么也不肯要。信封神秘地笑笑,说:"我这可是第二碗啦!"

接着他便小声地向小乐传授经验,并嘱咐他千万别说出去。

信封的做法是:第一碗先盛半碗。由于这米饭烫得很,等他这点米饭吃完后,第一轮盛饭刚结束,桶里还剩不少,然后他就可以再去盛满满一大碗。后面又没人催,那滋味,想着都带劲。

小乐佩服地看着这个外表憨厚其实贼精的大哥一眼,狠狠地点了点头。

信封见谁都笑呵呵的,人缘很好。在他的招呼下,不少人都会照顾好笑这个最小的兄弟。信封在田里经常主动提出跟好笑一组,在小乐干不动时,给他搭把手。

哥俩有时候会趁监工不注意坐在庄稼地里偷懒聊天。信封告诉小乐,他是因为家里弟弟妹妹们吃不上饭,自愿被卖到这做终身农奴的。小乐想着如果跟他说自己不是这个世界的,这位大哥估计也想不明白,于是便说自己是圣邑人,是被两个可恶的人贩子炽信和烈云子骗卖到这里的。

小乐向信封打听有没有逃出去的方法。信封认真地想了想,说道:"听说有一个秘密通道,专门运送彩虹米去海天国。有人曾经藏在米堆里逃走过。但通道在哪里,我可就不知道了。"

信封对逃跑不很热衷,倒是聊起了海天国。他说那是流沙大陆中一个与世隔绝的地方,只跟彩虹国还有点贸易往来。传闻那里的一种会钻地的大老鼠很有名,说什么"海天鼠,进入土"。

"听他瞎说,我可没听说过什么海天大老鼠。"万海大仙也来凑个热闹。

自从知道秘密通道后,小乐便时时留了心。他决心一定要逃出去,而且相信自己一定能逃出去。

404

六、国王的秘密

比小乐先发现秘密通道的是阿奇。

阿奇曾听允州地堡里的人说起过,彩虹飞车属于彩虹商队,彩虹商队直接隶属王室。因此阿奇在飞入那光芒万丈的七彩皇宫时,就打算从这里探听出彩虹商队,从而找到小乐的下落。

它能感受到小乐的气息比它在竞州和允州时强了不少。

也是十分凑巧,它在进入皇宫的第二天,就看见那辆巨龙般的七彩光车突然破空盘旋而下,随着车中人抬着东西陆续飞出,整个光线车越变越小,最后变成一块一人来高的七彩石立在一处宫殿的门口。

阿奇立即明白过来,这块光彩四射的石头其实就是个空间宝物,可以开启空间通道。

阿奇马上想到小乐的包里还有大胡子给的追踪面粉,把它撒在这宝物上,那以后离开这个国家就不成问题了。

正当这只蓝黑甲虫小心翼翼地接近彩石,打算撒面粉时,一个孩子悄悄走近它,然后用一张金色电网逮住了它。

倒霉的阿奇刚要挣扎,就看见了一双明亮又稚气的大眼睛,一个漂亮的小男孩正盯着它看,金色的电丝正从他的指尖放出。

几分钟后,甲虫阿奇站在一张翡翠桌子上,摇头晃脑地向彩虹国的小王子元仔介绍着自己。一套说辞跟它当初见到小乐时差不多。这一幕也让它想起当年刚见到小乐时的情景,当时小乐跟现在的元仔差不多大。

阿奇在被元仔用电网捉住后,就产生了"收买"这位小王子的想法。

元仔从小生长在魔法世界,见过不少灵虫。不过,阿奇随后送出的一份见面大礼包,彻底把这小王子拿下。

阿奇带元仔去了魔幻城堡,那是它以前为小乐生日打造的空间礼物。元仔在里面玩得太开心了,什么摩天轮、旋转木马、小火车、海盗船他见都没见过。

他也相信了这只能说会道、充满喜感的长鼻子甲虫一定来自另一个宇宙,并且郑重其事地答应绝不告诉别人。

阿奇托小王子打听去罗格城堡的彩虹商队消息。一打听才知道,彩虹商队直接隶属国王,属于国家机密,商队成员光编制内的就有好几百人,彩虹飞车也不止一辆。它又想了个主意,让小王子在国内征寻十岁左右会玩魔方、会变帽子戏法又会打少林拳的男孩做自己的玩伴。这里没人知道魔方和少林功夫,它想小乐一见肯定知道是自己在找他。

有时候,阿奇也自己飞出去找,但半个月下来,始终一无所获。阿奇想:叶真那老太婆在允州八成是度日如年。算了,先去取国王的头发吧。

当夜,阿奇偷偷潜入了国王的寝宫,彩虹国王的床榻被打扫得干干净净,别说头发丝了,连头皮屑都没有。

阿奇正准备离开,听见两个宫人说太后病重,国王这两天都在太后的寝殿侍奉。于是阿奇又偷摸着飞到了太后的房间。

在一个围着宝石罗帐、宽大华贵的床榻上,斜靠着一位白发如雪的老妇人,虽然面容有些憔悴,但不减其雍容贵气。

她的身旁坐着一位头束金带、身着亮橙长袍的中年男子,浑身散发出的惊人气息,竟让阿奇不敢靠近。

这个中年人想来就是彩虹国王了。此刻,他正拿着半截枯木一样的东西,袅袅轻烟从枯木中散出,丝丝缕缕地融进老妇人的体内。

过了一会,老妇突然摆了摆手。国王马上小心地收了功法,关切地问:"母后感觉如何,有什么不适吗?"

老妇叹了口气,说道:"勋儿,你不用耗费元气来医我,不过是挨日子罢了。"

"母后放宽心,这是从圣邑修仙世家购得的魁灵木,定能把您治好。"

"如果这烂木头这么灵,那些圣邑老神仙怎么一个都不剩了?"太后笑了笑,接着正色道,"勋儿,听闻你昨日下令一次灭杀了宁州百余人,太苛责了。你还记得你父王临终前让你宽厚为政,一视同仁吗?"

"母后,他们不是人。这帮赝人近来日益猖獗,无法无天,把个竞州——算了,母后,您在病中,别管这些了。"国王有些不高兴。

老太后没说什么,而是唤了一位宫人来,说道:"你们都去殿外候着,把禁制打开,我和陛下有事要说。"

过了一会,太后看着有些诧异的儿子,缓缓道:"勋儿,这个秘密我本来想带进坟墓,但现在趁我还清醒,一定要告诉你。四十年前,我同你父王生了个王子,我们视若珍宝。不料我那可怜的孩儿却在两岁的时候染病而亡。"太后的声音哽咽了,"万分悲痛中,我们就用他的血肉又造出一个孩子,代替我们的勋儿……"

"不,不,这不可能,母后,你病得说胡话了!不……"无比震惊的国王腾地站起来,颤抖着,连连后退。

别说是国王了,连阿奇都很吃了一惊。这不是天大的笑话吗?仇视人造人,把人造人踩进泥土里的彩虹国王自己竟然就是个人造人。

"勋儿,你真是个人造人,你若不信,用灵栉一试便知。但这么多年,我一直把你当作我的亲生孩儿。"老太后抓着床沿,强支起身子,哭喊道,"你不能再错下去了啊!勋儿——"

他的勋儿已经踉跄着走远了。"太后病重,神志不清,没本王的命令,谁也不许进去!"国王踏出寝殿时下令道。

阿奇也跟着离开,打算伺机拔他的头发。

夜深了,七彩皇宫散发出如月色般的柔光,国王屏退左右,静静地坐在玉桌前。他犹豫了一下,但还是毅然抓起一把梳子状的灵栉对着自己。"有异,有异,人造人,人造人。"灵栉发出机械般的声音。

这声音很快被剧烈的电击声淹灭,不光是灵栉,还有桌椅全部在电击中成为碎片。一道道威力强大的金色电弧交织在一起,令整个房间都闪耀着金色的光辉。

金丝雷!这一定就是金丝雷了,能将灵栉和它发出的黑颈纬全都毁掉。

金辉散去后,头发散乱,面色苍白,目光呆滞的彩虹国王虚脱地坐在地上,喃喃自语:"为什么,为什么要告诉我?……"

阿奇早已逃离现场,并且成功地取到了国王的头发。

七、叶真逃跑记

十几分钟后,阿奇悄无声息地回到了允州地堡。没想到,叶真竟然不见了。它尝试感应了一下,这老太婆果然不信任自己,跑了。随后,阿奇也振振翅膀,飞走了。

它原本就不想帮正义王,他觉得人造人虽然受到不公正的待遇,但正义王的反抗也过于暴力。再说,彩虹国的这摊浑水,还是少蹚为妙。

阿奇飞回七彩皇宫,希望元王子能再多多帮忙寻找小乐。几天后,好消息终于传来,宁州一个男孩宣称符合王子所召玩伴的所有条件,只可惜是个人造人,去不了都城。当地官员想讨好王子,还是上报了。

阿奇一听喜出望外,小乐,小乐终于找到了!它决定马上飞去宁州。元仔也想同去,阿奇同意了。

等阿奇一见到那位揭榜的留着平头的"男生"时,表情瞬间凝固。

"怎么是你?"

"你以为呢?难道留在那地牢里面等死吗?"平头少年白了它一眼,似笑非笑地说。

阿奇甩甩长鼻子。这一回它算是有些佩服这位姓叶的老太婆了。

一天后,元王子的身边多了个从宁州千挑万选上来的陪玩随从。这个名叫叶真的少年还是允州卫大将军府的人,也算家世清白。

阿奇十分好奇叶真是怎么逃出来,并且还带有卫大将军的府牌。但看那老太婆没有丝毫想告诉它的意思,不问也罢。

叶真之所以能够逃脱,因为她遇到了一个人,一个认识她的人。

那天叶真正在她的房门前走来走去,冥思苦想逃脱之法,迎面走来了两个人,前头一人身躯壮硕,气度不凡。他和叶真打了个照面,突然停下来。

"嗯,是你?你怎么到这来了?"那个人开口了。

叶真仔细看了看这张棱角分明、很符合自己审美的中年男士的脸,觉得并不认识。

中年男士见状笑了一下,把脸一抹,竟是在罗格城堡有过几面之缘的粗眉壮汉。

叶真原先就觉得他的两道粗眉扎眼,不想还是变化出来的。认出这位旧相识后,她的头脑飞速地运转起来:粗眉在罗格城堡时就是人造人的头领,现在又可以在允州地堡自由出入,他一定是个重要人物。

叶真突然觉得粗眉就是她的救生圈。

这个小姑娘马上眼泪汪汪地看向这个魁梧的"救生圈",诉说起自己的遭遇。她说自己当时被一个法力高强的人卷进空间裂缝,稀里糊涂地来到了彩虹国。接着她就在竞州遇到了正义王,又目睹了他屠城,所以就被软禁在这里,和唯一的弟弟还失去了联系。

她越说越伤心,眼泪扑簌簌地掉落下来。

叶真在武士杀人房间中就给粗眉留下了深刻印象,现在更让他对这个孤女产生同情。

他怜惜地摸摸叶真的脑袋,告诉她,一定会让她安全离开这里。后来几天,叶真从阿松口中得知,粗眉是正义王的结义兄弟,家世非常显赫,尽管由于祖先的功勋可以免戴颈纬,但他一直痛恨对人造人的非人待遇,立誓辅佐正义王,建立新制。

不过他现在和正义王关系紧张。前一段,正义王让他带一队人混进罗格城堡,本来是想解救出里面的道具人并一同回国,这样就多了一支军队。岂料那些道具人大多数愿意留在游戏空间里继续自己的生活,只有少数愿意跟他回国。任务失败不说,他的手下还折进去不少。他回来后就听说了竞州灭城的事情,十分不认同义兄的做法,认为太过血腥残暴。两人争吵一番后,不欢而散。

就在叶真盘算着粗眉如果食言,自己下一步该咋办时,这条说话算话的汉子果然找了个机会,给叶真易了容,扮作自己的小厮,悄悄带出了地堡。

地堡上面就是彩虹国赫赫有名的卫大将军府。彩虹王估计怎么也想不到,世代对王室忠心的卫府下面就是人造人叛军总部。

粗眉把小叶真从后门送出,把一块将军府的腰牌递给了她,又叮嘱了她几句人造人的注意事项。

早已不愿多管闲事的叶真,忍不住说道:"好叔叔,你和正义王共事不开心,不如早点离开他。"

粗眉听后,微微一笑,淡然道:"小丫头,管这么宽。虽然我料得大事难成,但人生在世,有些事是必做的。你快去找你弟弟吧。"

叶真猜想粗眉如果不是卫将军本人,就是他的直系亲属。他本来可以置身事外,却为了平等和正义而奋不顾身,不禁对他心生敬意。

再往后,叶真就逃到宁州,揭了王子招人的告示,守株待兔地等来了阿奇。而她脖子上的颈纬,也被元仔小王子用金丝雷一点一点地割开了。

叶真和阿奇一同住进了七彩王宫。日子如水流过,国王每晚照例去王太后的寝室为母亲熏香治疗,只是母子间再无往日的亲密。正义王那边也没什么动静,因为一场突如其来的瘟疫让各方势力都消停了。

八、瘟疫与暴动

彩虹国永远是温暖的春天,最易滋生病毒细菌。一些有功法加身的真人还好说,没有功法或体弱的老人孩子就遭殃了,人造人那里更是重灾区。

这次的瘟疫是人畜共得的。在幸福农场里,最初是耕牛等牲畜身子一歪便倒地不起,接着人也染病,浑身高热,最后在昏迷中死亡。

对于瘟疫,幸福农场的做法是,只要发现一间营舍中有人发病,那么就会通过颈纬让整间营舍的人都变成飞灰。

非常不幸的是,小乐和信封先后染病,高烧不退。严舍长偷偷瞒了下来,让人把他俩抬到废弃的牲口棚里,任他们自生自灭。

第二天,小乐的烧退了,精神也好了许多。而信封却更加严重了,已经神志不清了。

小乐守在浑身滚烫的信封身边,从牲畜的饮水池里捧水喂给信封,又把自己的衣服浸湿给信封擦身体,物理降温。他努力回忆着自己发烧时妈妈的做法,又央求口袋里的万海大仙,可惜这位大仙也毫无办法。

"好笑……你……走吧,别管我……不……不要把你传染了……"稍微清醒一点的信封断断续续地说。

"我不是这世界的人,我不会被传染的。你看,我已经好了,你也会好的。"小乐一边给他擦身体一边安慰道。

很快,信封又陷入昏迷中。

小乐焦急地跑出去求救。农奴们已经不下地了,两千多人的大农场此时就剩下了几百人,而且全都龟缩在营舍里。

严舍长见到尚小乐,第一反应是活见鬼,第二反应是他命真大。其实连小乐自己都不知道的是,自从他喝了精灵大陆的跳跳泉水后,身体奇迹般地具有了自愈能力。

胡子拉碴的严舍长告诉小乐,瘟疫没法治,让小乐留在营舍别出去了,也别惊动更多人,不然整个营舍的人都得死。

小乐在营舍外苦苦恳求,没人出来,只有一两个跟他们交好的从里面扔出来几块干糙饼。小乐实在没有办法,又担心信封有危险,只得又跑回了牲口棚。

一抹夕阳从窗外射进来,照在濒死的信封的脸上。不知如何是好的小乐只有紧紧握着他的手,许久,信封的脸上浮起了一丝微笑。

"谢谢你……好笑……哥哥要走了,哥哥要去真正的彩虹国了,那里好美啊,再也不用吃苦了……"

信封的声音微弱而清晰,小乐流着泪大声喊他的名字。几分钟后,就见信封脖子上的黑颈纬流光一转,身体片刻间就化作了白色的灰烬。

尚小乐呆呆地望着信封大哥曾经躺过的地方。

不晓得过了多久,几声巨大的声响把疲惫不堪的小乐从昏睡中惊醒。梦里他找来了妈妈的朋友杨医生,帮信封大哥的退了烧,大哥又活过来了。

这个还沉浸在悲伤中的少年,揉揉眼睛从棚子里走了出去,农场里竟变了天地!

能操控农奴们颈纬的控制室被捣毁了,正副农场主和几个监工躲在控制室楼下的一个小房间里,正用功法加持房间,死死抵抗来自四面八方愤怒的农奴们的攻击。楼前横七竖八地躺着监工的尸体,还有不少散乱的黑项圈,以及这些项圈主人身死后留下的一堆堆灰烬。

小乐向几个看热闹的农奴打听。原来收到消息,附近的安平农场因瘟疫严重直接被当局投射了极乐盛光,农场内的所有生灵都化为乌有,几个真人领导也没有逃掉。这里的场主害怕遭遇同样的下场,于是便决定先下手为强,通过颈纬让所有的农奴变成灰烬,然后报告高层瘟疫已经扑灭。

农奴们也不是傻子,早几日就有好几个平时作恶的舍长、监工被同营舍的给趁乱杀了,弄得严舍长们人人自危,很快转变立场,从走狗变成同志,参加了农场暴动。

众人的心态是,横竖是一死,不如死前来个痛快。

农场主等几个真人都是功法微末之流,暴动农奴们又是积怨已久,一顿饭的工夫,他们所守的房间就要失陷了。就听农场主从屋里传音出来,说是只要农奴们放过他们,他们愿意跟大家合作,一起想办法保住性命。农奴们合计之后,同意了,条件是他们必须也戴上颈纬。

十来分钟后,头发花白的农场主领着八九个戴着颈纬的人从屋里走出来。其中一半是真人,还有几个手上沾满同胞鲜血而不得不追随农场主的人造人监工。这些个原先骑在农奴脖子上耀武扬威的人全部低着头,表情沮丧。

尚小乐没见过农场主,只认得副场主,那个几个月前给他训话的红衣美男。现在,红衣美男的心里十分憋屈,他本是彩虹国的贵族子弟,父亲想让他到这里锻炼锻炼,下周就可以回去了,没想到落得如此下场,这颈纬一戴上,他这辈子算是完了。

"让你们也尝尝当牛马的滋味。"一个农奴恨恨地说。

又一人上前剥了红衣美男的衣服,看来那件红色外套是个宝贝。

小乐正看得出神,忽然就听脑海里万海大仙一声惊呼:"咦,它怎么来了?!"

耳边传来一阵久违的熟悉的嗡嗡声。尚小乐定睛一看,一只蓝黑甲虫飞到了自己的面前——阿奇,是阿奇,阿奇终于找来了!

大半年不见,小乐比以前长高了不少,也黑瘦许多,一头半长不长的杂乱头发,只穿着贴身的小褂。如果不是那熟悉的气

415

息,阿奇真不敢认了。

小乐起先怔怔地看着阿奇,恍如隔世,接着一把握住这只甲虫。如果阿奇是个人,他已经扑进了它的怀里。

"快带我走!"小乐迫不及待地说。

突然,一只大手拍在他的肩上。"好笑,你若有办法,带大伙一起走。"

说话的竟是严舍长。

他从一开始就觉得"好笑"有些古怪,再到他的大难不死,现在又看见他的灵虫,立马笃定了这少年不简单。

小乐想虽然他们对信封大哥见死不救,但他尚小乐不能见死不救,如果周师父在,一定会竭力去救人。

于是,小乐便问阿奇能不能多带一些人出去。阿奇同意了。

半日后,一道能毁灭万物的终极白光射在了原先生机勃勃的幸福农场上,地面上的一切在强光中灰飞烟灭。白光过后,仿佛这里原本什么都不存在。

第五章　从海天到无尽海

一、去海天

此时此刻,在距离幸福农场几里外的河边,一群身穿彩条衣服的农奴正陆续醒来。大家面面相觑后便是欣喜若狂,很快就四散逃走。

小乐定了定神后,吃惊地发现阿奇的身后还站着嘴角微翘、眼含笑意的叶师姐以及一个漂亮华贵的陌生男孩。

就在一天前,这小王子终于打听到,有不少从罗格城堡救回来的人造人被卖到郊外的几大农场里。元仔说出这一珍贵消息的附带条件就是必须带他去农场玩一趟。

当时阿奇凭感觉首选的就是幸福农场,到了那正赶上农奴暴动。严舍长原意是请小乐救同营舍的人,但阿奇觉得一个个找他们太麻烦,索性把农场里还能喘气的一百来人全打包带走。

就这样,所有人在阿奇体内狭小黑暗的空间里体验了一把同呼吸共命运。

醒过来的严舍长并没有离开,而是摇晃着走向小乐等人,站定后一拱手,说道:"好笑,我严某自问不算好人,但也不是恶人。我从不白受人恩惠。我知道你一直在打听秘密通道,想离开这里。有个地方叫博谷堆,离我们三大农场都很近,每季产出的彩虹米都运送那里,听说那里有秘密通道通往海天国。但博谷堆到底在哪,我不清楚。你问那人,他或许知道。"严舍长说着,一指被打得半死拖到水里的花美男副场长。

真是踏破铁鞋无觅处。几个人把副场长拉上来后,这个看上去已经神志不清的前领导竟然断断续续地把博谷堆的确切位置,甚至如何进入的诡异方法说得一清二楚,有的甚至不用小乐问,他主动作答。

这太不对劲了。阿奇马上屏息静气地感应,一个非常微小的提问声从小乐口袋里一颗蓝色的小珠子内传出。那是?阿奇猛然记起,是那颗万海珠。

一个呼吸间,阿奇就钻进了万海珠。

珠子里全是水,空间竟然辽阔无比。阿奇正漫无目标地游着,忽听有一个细细的声音说:"我认得你。你进来做什么?"

阿奇似乎看见一条鱼的影子,飞速地掠过。

"我讨厌虫子,你再不走,我就把你的秘密告诉小乐。"

阿奇一声不吭地从万海珠中飞出,没人知道它刚才去了哪里。

由于博古堆需要在晚上借助半月之光才能进去,所以几个孩子便在郊外畅玩起来。小乐脖子上的颈纬自然被元仔用金丝雷除去了。他这次有了点经验,不至于像上回给叶真切时,割了快半个小时,还差点伤了她的颈动脉。

小乐从阿奇那里接过自己的水囊和背包,掏出电话手表一看,自己十一岁的生日早已在幸福农场里悄无声息地度过了。

好不容易溜出来的元仔感觉这次出游又刺激又好玩,却不知七彩宫里已经炸开了锅。

王子失踪了！彩虹王从王子宫人那里得知儿子有可能偷偷去了幸福农场后，顿时面如死灰，因为就在两个时辰前他才下令向瘟疫严重的人造人聚居点投射了极乐盛光。

一切已无法挽回，王后知道后昏死过去。老太后流着泪骂儿子不行仁义，才有此报。

悲痛和后悔重重压在彩虹国王的心上，只要元仔能够回来，他愿意付出一切，重新再来。

天黑以后，王子寝宫里的人狂喜着大喊："殿下回来了！"

玩累的元仔正在自己的小床上熟睡。阿奇把小王子送回来时，把魔幻城堡也留给了他。

而此刻，两个少年同一只甲虫正藏在彩虹米堆里，由彩虹飞车载着，风驰电掣般向海天国驶去。

车上有的是去了壳的彩虹米，吃起来味道也很不错，而且连个押车的人也没有，看来是轻车熟路。进入博谷堆，钻进彩虹飞车前，他们仨就达成了共识，先离开这里，去海天国寻找办法去无尽海。

光线旅途中，大家聊起了一路走来的种种离奇经历。阿奇说彩虹国王经过这一番后，没准会改过自新。叶真觉得彩虹国名不副实，应该改叫项圈国还差不多。

小乐提起炽信、烈云子那两个坏蛋，还是恨得牙根痒痒的，从幸福农场逃出后就要阿奇替他去报仇，但阿奇说寻找起来太难，只得算了。不过小乐不知道的是，有人帮他去了，那个人就是万海大仙。

当夜,元王子醒后,国王问他:"是谁带你去幸福农场的?""嗯……彩虹车队……炽信和烈云子。"小王子挠了挠脑袋答道。这两个人名被大仙塞进了元仔的记忆里。接下来此二人会受到怎样的待遇,那可就不好说了。

小乐还在车上跟阿奇说到信封大哥,心里很是悲伤。

阿奇劝他道:"每个人的人生就好像一辆行驶的列车,总有人上来陪伴你,也总有人下去。既然你决定不了,那就只有接受它。"

叶真瞥了这只蓝黑甲虫一眼,什么也没说。

忽然小乐像想起了什么,问阿奇:"你头上的触角怎么没了?颜色也变黑了?"

阿奇一怔,接着摇着长鼻子说:"哦,是这样,当时你被罗格城堡卷走后,我不停地尝试飞进那团迷雾,结果失去了大半灵力,就变成这样了。"

阿奇说话的神情有些沮丧。小乐听后,叮嘱它以后千万别冲动冒险。叶真没见过阿奇从精灵城离开时的样子,以为它一直都这样,比个乒乓球略小些,是只蓝黑色的长鼻甲虫。

谁也不知道的是,数月前,阿奇距死亡只有一步之遥。

二、到达海天国

当时阿奇在罗格城堡的灰雾外等待进入时机,忽听头顶雷声滚滚。它从心底涌出一种不祥的预感,感觉灭顶之灾正悄然袭来。

阿奇正待逃跑,咔嚓一声,一道闪电从云层直劈而下,打在它的身上。它立刻动弹不得,就像有一个拳头把它紧紧攥住一样,而且浑身像遭遇烙铁酷刑。阿奇只得拼命运起灵力抵抗。

这个闪电拳头握着它快速移动,似乎有洞穿一切的能力。十分钟不到,它就被带到另一片陆地。然后它看见在它不远处,另一个闪电拳头里面攥着一头骆驼大小的独角怪兽。

独角怪兽浑身灵力流转,看上去也在奋力抵抗,但很快怪兽的肉身消解了。随后阿奇感觉到了一个老熟人、老仇敌的气息。是它!那个魔头,那个曾经的老魔断臂,那个要抢夺周天身体的灭绝元魔!

这老魔这段日子不知用了什么修炼功法,竟然灵力大增,实力比正处于顶峰期的阿奇还略高一筹。

此时它也感受到了阿奇,并缓慢地向它靠近。阿奇这等灵虫自然明白老魔的意思,它俩现在面对同一个未知的强大敌人,只有合力御敌,才有逃脱的可能。

这两个昔日的同乡兼仇家很快达成了共识。它俩将彼此灵力融为一体,形成一个拳头,将它俩包裹起来的同时,一点点地试图从闪电中挣脱。

"哼哼,想跑,没那么容易!"虚空中传来一句冰冷沉闷的声音。

闪电中的一虫一魔心中大惊,只觉周身灵力陡然间飞速流失。

阿奇感觉到这位绝顶高人似乎不在这个时空,如果他真来了,那么灭杀它跟老魔就像碾死两只蚂蚁那么容易。

阿奇和老魔正在拼死抵抗之际,就听空中一个声音嬉笑着说:"阁下何必赶尽杀绝呢?"阿奇听这声音有些耳熟,好像是篆公。但身上遭受的闪电攻击并没有丝毫减弱,看来闪电的主人并不买账。

接着,整个空间响起了又一个清亮的声音:"小龙尊,他们已经出了幻境,你不要忘了当初的约定。"

"你这老鬼竟然来了。哼!给你个面子,它们迟早还会落到我手上!"那个被称作"龙尊"的存在恨恨道,不过闪电却渐渐停了下来,快要被烧焦的阿奇落在了一望无际的赤晶沙漠上,旁边是同样只剩半条命的老魔。

赤晶沙吸人能力,它俩只得又合力打造一个空间养伤。三天后,老魔不告而别。又过了几天,阿奇也动身再去罗格迷雾寻找小乐。只是它的灵力水平又跌回初级,触角消失了,身体也从好看的幽蓝色变回蓝黑色。

阿奇不打算把这段生死经历告诉小乐,以免他担心。只是隐约觉得下次遇到老魔,它多半不会再攻击他们了。

彩虹车渐行渐慢,停了下来。海天国到了。

阿奇带着小乐和叶真藏在一颗米粒中,只等卸货了。突然,几条章鱼一样的触手伸进来,几下就把他们仨揪了出来。

阿奇见这些触角似乎是软金属制成,发射出一种低频脉冲式电波,前端是机械爪,紧紧扣着自己,丝毫灵力也使不出来,再看被触手举向半空的小乐已经吓得大叫起来。

那边的叶真还算镇定。忽然,锁着她的机械章鱼触手突然破空而出,把她生生带走了。

在尚小乐瞪圆的双眼中,叶师姐就这么消失不见了,光壁上连个洞都没留下。

大约一个小时后,叶真又被送了回来,而小乐和阿奇身上的机械爪随即也松开了。机械触手转眼间全都缩了回去,一切如旧。

再看叶真脸上阴晴不定、若有所思的样子,小乐很好奇师姐到底被抓去见到了什么,但被叶真以"记不清"给轻易打发了。

小乐一行在米堆里被运到了另一个地方。等阿奇带着他俩飞出去的时候,出现在小乐眼前的,又是一处神奇的新天地。

小乐曾见过精灵城的雄浑苍莽,圣邑的古色古香,彩虹国的中外混搭,但到了这海天国竟有一种来到了未来世界的感觉。

造型各异的高大建筑三五成群,建筑物之间均有通道相连,每个建筑群之间都是绿地,树木林立,碧波荡漾,亭台桥阁,人们在里面游玩,就像在公园一样。

道路纵横宽广,类似自己生活的城市,但交通工具就奇特了。小乐觉得它可以分两层:下层贴着路面行驶的车子像海中鳐鱼一样,波浪形地向前推进,又快又稳。上层离地面两米多高的是一个个半圆形的飞行球,好像悬浮在半空,有规律地运行。

看来与世隔绝分两种情况,一种是落后于其他国家,还有一种便是远远领先其他国家。海天国无疑是后者。

这一切甚至连来自未来的叶真都发出赞叹。她告诉小乐,这里跟五十年后的人类世界有相似之处,却是各有千秋,看样子像走了两条不同的科技发展路线。这里更加关注民生,全部用清洁的自然能源,通信设备也是使用太阳能,用磁悬浮车替代飞

423

行器。建筑物都很典雅,城中的公园绿化带也比未来世界要好很多。

最令人叹为观止的是,头顶不是天空,而是浩瀚无垠、碧蓝的大海。仰起头就可看到海里大大小小五彩缤纷的建筑物、生活在那里的人以及一些外形奇特的海洋生物。天空是大海,海中分明又是一个世界。

可惜任何灵力魔法在这里都无法使用。万海大仙也哑巴了,一句话也传不出来。

公园长廊里,一按按钮就会弹出几个抽屉形床铺,那是给流浪者提供的,床铺里还自带一些生活用品和食物。叶真评价说海天国的社会保障也是一流的。

叶真半开玩笑半认真地对小乐说,不如留在这,她负责把他养大成人。

小乐摇摇头,他要回到过去救妈妈的心从未改变。

几天下来,两个少年也了解了一些海天国的事。像上邦和下邦的居民是杜绝往来的,却有一根海天巨柱连接了上下两邦。海天国的上邦也有海中高山与陆地,那里的人长有腮,水陆两栖,这让小乐想起在巨灵山庄遇到的伊娜,也不知这个阿姨回到家了没有。

至于信封说的"海天鼠,进入土"的意思小乐终于弄明白了。原来这儿流行的顺口溜是"海天楚,金如土",说的是海天第一大财团楚家特别有钱,挥金如土。这里由于不需要法术,所以跟小乐熟悉的人类世界一样,值钱的不是晶石而是黄金。

小乐想,信封大哥如果知道他搞错了,海天国压根儿没有那种钻地大老鼠会是怎样的一种好笑表情。想着想着,小乐的鼻子有点发酸,再也不会有人那样亲切地唤他一声"好笑"了。

不过让人振奋的是,他们打听到在海天国连接上下两邦的海天巨柱顶上有一种工具可以去任何地方,当然包括无尽海在内。但进入海天柱却难于登天,因为只有两国的首脑和重要人物才能进入。

三、漂亮阿姨

姐弟俩临时住进的公园里有人在给人画像,收入还挺可观的。叶真见了,便厚着脸皮向作画的叔叔要了一个画板和两支旧画笔。那年轻的画家本来见叶真这小姑娘虚心好学还想指导一二,等见了叶真几笔下去便有些傻眼,看情形他得换地方摆摊了。

小乐也吃惊道:"哇,师姐,你画也画得这么好,你还会什么呀?"

"你应该问我不会什么!"叶真头也不抬地说。

为了度过漫长的轮回岁月,她把自己培养成全能型人才。画了些许风景后,公园长椅上坐着的一位优雅恬静的中年女子引起了叶真的注意。她皮肤白皙,容颜清丽,穿着一件斜襟的素锦汉服简装,长裙及地。这儿人的穿着,无论长衣还是短装,大都带有改良版汉服的味道。这类衣服穿在她身上更显端庄典雅。她的头发在脑后简单挽了个髻,发髻上簪了一朵靛蓝的花饰,脖子上系一条浅浅的水墨晕染丝巾,整个人像从国画中走出来的一般。

叶真情不自禁地走过去,开始画她。她身旁的一个半老妇人刚要呵斥,就被温声制止。然后这位漂亮阿姨就微笑着看叶真完成她的作品。

画好后,老妇人把画接了过去。

"嗯,小小年纪,画得真好!"漂亮阿姨点头赞许,继而又吩咐道,"崔妈妈,你付她百泉(先秦时中国人称货币为泉)吧。"

崔妈走过来将一张纸币扔给叶真,有些不快地说:"小丫头,你走运了,这可值一两金呢!"

叶真马上感觉到眼前这位气质高贵的女子一定是海天国很有身份地位的人,说不定有办法进入海天柱。

于是她就问这个阿姨怎样才能进海天柱,同时诉说了她和弟弟想去无尽海的桃源岛找桃源主人救妈妈的事。她把小乐妈妈说成自己的妈妈,说得眼泪汪汪的,十分悲惨,连一旁的小乐也被感动了,想起自己一路走来的经历,不由得扁扁嘴,默默擦起了泪水。

漂亮阿姨也被打动了,温和地说:"进入海天柱要有几年的排号,一个人需要准备十万两黄金的费用。你们现在还差多少?"

小乐一听傻了,这天价的费用,到哪里去挣?!

叶真却看似不好意思地说:"阿姨,我们还差十九万九千九百九十九两。"

漂亮阿姨先是一愣,接着呵呵地笑起来。她一下子喜欢上这两个小朋友了。

"好吧,能遇到我也是你们的缘分。我家近日正好要去桃源岛,也不差你们两个,就一起去吧。实在是太巧啦!"她笑着说。

真是走了狗屎运了!小乐和叶真惊喜万分。崔妈妈同样吃惊不小。

漂亮阿姨让他俩称呼她海姨。几人又聊了会,一辆磁悬浮车开了过来。海姨依旧保持坐姿,连同她身后考究的靠背坐垫一起飘移到车内。崔妈妈在旁边小心地护着。

原来海姨竟不能行走。小乐想着这么好的阿姨,真有些遗憾。叶真则隐约觉得海姨要去桃源岛估计跟她的双腿有关。

接下来的几天,小乐和叶真就住在海姨低调奢华、有山有水的庄园里。阿奇就装作一个玩具,成天藏在小乐的口袋里。这里有可以进入瀑布的轨道车、音乐竹林,还有曲水流觞的餐厅,连给他俩的衣服都是某种特殊材料制成的,还可以随着外界环境调节温度。

海姨名楚海环,竟是海天国第一大财团楚家的女儿,难怪这么有钱。她的丈夫梁浚析是个和善儒雅的中年人,略有些拔顶,倒显出了几分睿智。他对行动不便的妻子十分体贴。

叶真背地里说他惺惺作态,完全是冲着楚阿姨的地位和身家。爱情在金钱面前,本就微不足道。这一点,阿奇并不同意。它认为梁先生为了实现妻子行走的心愿而愿意冒险去无尽海,就证明了他不是为了金钱。小叶同学眉毛一挑:那就走着瞧吧。

海姨的两个儿子都已成年,并且长期外出求学,她很乐意与两个小朋友聊天,更何况小叶真又是那么善解人意。

她告诉姐弟俩,在无尽海桃源岛的主人那里有一枝龙纹花杖,每甲子即六十年开花一次,仅有六片花瓣,每片花瓣能满足一个人的愿望,千百年来不知有多少人为了那片花瓣和心中的愿望历经千难万险去无尽海,但很多人都是有去无回。

"此行艰险无比,你们可要想清楚了。"海姨沉默了一会,认真地对两个少年说。

小乐和叶真毫不犹豫地点点头。

叶真心中有些奇怪,这里医学科技这么发达,难道海姨就非得去桃源岛治腿吗?在她生活的未来时代,人类已经利用脑控机器人攻克了所有的肢残与瘫痪。在海天,她也看到了类似的机械手臂。

海姨给的信息比精灵族大长老说的又精确了几分,这让小乐想去无尽海桃源岛的心意更迫切和坚定了。

终于出发去海天柱了,除了海姨夫妇、崔妈和小乐他们,同行的还有几个带着各种装备的陌生人。据说是梁伯伯费尽心思找来的帮手,个个身怀绝技。

海天柱矗立在海天国的中心点上,连接上下两个邦国。小乐来到它的脚下时,竟由衷地产生一种敬畏之心。这万丈擎天的建筑,通体如钢铁铸就,立地摩云,气势惊天。

梁伯伯出示了他们排的号码,扫描确认过后,几个穿着制服的引路使把他们带了进去。海天柱内很宽敞,但几乎不见人。他们走进了一个半圆形的金属房间,叶真猜测是一部电梯。

果然,这个房间载着大家风驰电掣般地到达了海天柱顶。

四、无尽海边

半日后,一个胶囊状的舱体降落在一处奇幻诡谲的地界。

尚小乐摇摇晃晃地从飞行舱里爬出,晕车的他差点又吐了。望着眼前浩渺无边,如海浪般翻滚着的灰白色浓雾,他疑惑地瞪大眼睛:"这,这难道就是无尽海?"

"不会错的!"海姨有些激动,"家父的日记里提到过。"

小乐想起在幻象国见到的无尽海。没想到这片无边无际的起伏的烟雾海才是真正的无尽海。

"百闻不如一见啊!"叶真老气十足地念叨一句。

阿奇只觉浑身一松,被压制的灵力一下子释放出来。它依然选择藏在小乐身上,静观其变。当然,那万海大仙也同一时间"活了过来"。

接下来是漫长的等船时间。

大家在无尽海边支起了几个简易帐篷。梁伯伯在帐篷周围点亮了多盏灯,发出耀眼的光芒。海姨说在灯光的吸引下,七天之内就会有船过来。

感觉好像海姨到过这里似的。

海姨笑笑说,这些全记在她父亲的日记里。很多年以前,她父亲费尽心思才来到无尽海,但因为种种原因没有上船,这成了他一生的遗憾。

小乐十分好奇那本日记的内容,海姨身上到底还有什么秘密呢?

第三天,雾海边又来了三个人,看样子是圣邑那边的装束,全都会法术,根本不把小乐这边的废人放在眼里,对梁叔叔上前的友好招呼,爱答不理。

五天后,无尽海翻滚的烟气中终于出现了一艘船,一艘奇怪的船。船很大,没有桨也没有帆,一个人影也没有,形状像字母U,起伏在气海中。

船慢慢近了,大家收拾好行李翘首以待。

深棕檀木色的U形船渐渐靠岸,眨眼间就化作两个檀木色的巨人,踏着气雾走来。一男一女,男的叫栗龙,女的叫弥莎。栗龙大约有三米高,弥莎稍微矮点。

众人迎了上去。巨人两口子开始粗声粗气地操着别扭口音跟大伙讲船费:

船费是一客一千个极品晶石或等价法宝,如果不够还可以用人类的感官、七情六欲这些情感情绪来冲抵。只要有灵智的生灵都要付钱,谁也甭想蒙混上船。这点倒跟幻象国的假船一样。

海姨夫妇俩面面相觑,原来船费涨价了,而且涨得还较离谱。六十年前的日记中记载,当时还是一个人三十晶。

栗龙不否认以前的价格,但丝毫不松口,这年头什么不涨价啊?更何况六十年才有次生意潮,当然要大挣一笔。

"你们爱走不走,都是这个价。其他船至少要一个月以后,到时候龙纹宝杖的花都谢了,你们去了也是白搭。"弥莎大着嗓门说。

那圣邑的几人倒算干脆,一番讨价还价后,用所带的晶石加上其中一人的七情和另一人的触觉成交。

梁伯伯脸上露出为难的神色。他们明显预算不足,只带了三千多晶。他带去的那五个帮手没一个吭声的。崔妈妈毅然道:"小姐,我就不去了,你照顾好自己。再不够的话,我老婆子的眼睛、耳朵随他们拿去。"

"崔妈妈,怎么能用你的。"海姨紧紧握住老妇人的手,又抬头对丈夫说,"浚析,用我的吧,反正我也没什么用。"

这时,就听尚小乐出人意料地说道:"海姨、梁伯伯,别着急,我有晶石。"说着,就从他的兽皮背包里陆续掏出一大堆璀璨的晶石,几乎个个都是极品。

小乐实话实说,那是他在圣邑时,由于有幸被篆公收为徒孙,那些宗门的人送的。

梁伯伯吃惊不小,圣邑篆公的名头他也有所耳闻,那可是与天地同寿的主,没想到妻子偶然捡回来的流浪儿竟有这么大的来头,关键时刻还帮了大忙。真是好人好报。

他佩服地望向惊喜交加的妻子。

目前所有的晶石由栗龙估算后,刚够七个人的费用。原来藏匿在小乐身上的阿奇又被弥莎揪了出来。算上这只会说话的甲虫,他们一行可有十一个,梁叔叔又犯了愁。

何以解愁,又是小乐。小乐掏出一颗蓝色的圆珠子,举起来大喊道:"你看,这颗万海珠能不能抵四千晶?"

栗龙把蓝珠子托在掌心,就见万海珠在他的掌心滴溜溜一阵旋转,然后陡然变大了数倍。栗龙看了一会,难抑心中的激动,大喊道:"船尾的,你过来看一下!"

檀木色的女巨人走过来,两人目光中都流露出狂喜的神色,他俩用古怪语言嘀嘀咕咕了一会。弥莎看似不大满意地用手指捏起珠子,上下打量这个一点法力也没有的少年,说:"小朋友,你这珠子顶多只值一千晶。你还有什么宝贝没有,掏出来看看。"

"我们不卖了!不去了!"叶师姐跑过来,仰头大声说。

阿奇也飞上去,嗡嗡地说:"不值钱就还给我们。"它现在跟叶真倒是默契得很。

这只灵虫身上深厚灵力让女巨人弥莎有些吃惊。

"船头的,你看怎么办吧,他们也是远道而来。要不我们就吃点亏?"弥莎冲栗龙道。

栗龙故作无奈地说:"算了,就带上他们吧,也不差这一两个。"

巨人两口子一唱一和。

阿奇猜到,小乐拿万海珠去冲抵一定是珠子里的那位什么大仙让他做的。等到达桃源后,大仙就会驾着宝珠神不知鬼不觉地回到小乐的口袋里,让巨人夫妇空欢喜一场。

它和叶真私下里也谈到过这位万海大仙,觉得虽然不知道他什么来路,但看样子对小乐没什么歹意。叶真这个人精还猜万海大仙八成是个女的。

阿奇记得当时它进入万海珠后,曾看到一条模糊的鱼影。但它对这鱼精水怪根本无计可施,这条鱼还有窥测和动摇人心智的本事。船巨人栗龙和弥莎都曾把自己的神识投射进万海珠中,但均被轻易挡了回来。当时的场景好比是这样的:

船巨人的神识去敲万海珠的门,问:"里面有人吗?"

"没人!"里面的人回答道。

"哦,原来没人。"两个神识稀里糊涂地就相信了,各自回去禀告主人。

万海大仙就这样蒙混过关上了船。

收好船费后,两个船巨人走进了雾气中。他俩手拉手,面对面地坐下来,片刻间就变作一条十几米长的大船。

五、危险的航程

众人陆续上船,发现船头尖上是栗龙的脸,船尾则是弥莎。

叶真和小乐走到弥莎的眼前坐下。"她是你妹妹吧?"弥莎粗声粗气地问。

"我是他奶奶。"叶真看了眼弥莎的大脸,没好气地答道。

小乐笑了笑,说:"她是我姐姐。"

叶师姐由于在童年待得久了,在脾气上越来越像个孩子。

大家坐定后，船头的栗龙开始宣布无尽海旅行规定与注意事项：

第一条，为了安全不得离开座位，否则后果自负。

第二条，为了环境卫生在船上吃喝拉撒全都不允许，一经发现就要处以一百晶的罚款。

此条一宣布，除了那个出卖了自己七情的人，大家都有些愤愤。谁知道会在船上待多久，连口水都不让喝。

"可以喝啊，先交一百晶就行。"大脸弥莎眨眨眼睛狡黠地说。

"这不是变相收费嘛！"有人嚷起来。

"放屁要不要交钱啊？！"有人嘲笑道。

"这条不错，船头的，记下来。"弥莎喊道。

抱怨归抱怨，大家叫嚷一会也就不吱声了，因为毕竟有求于人，更何况小命还掌握在人家手里。

大船在烟雾海里一路前行，接着栗龙又说出了至关重要的第三条注意事项，那就是等到了雾气最浓的深海时，所有人都必须闭上眼睛，无论什么诱惑都不能睁开，否则就会永远消失。

"那些消失的人，全化作海里的灰气了，要不无尽海里哪来这么多的气。"弥莎阴森地笑着补充。

望着船外翻滚的灰白烟气，众人都不禁毛骨悚然。

快到深海了，船上的人为了保险起见，都用布带把自己的眼睛扎上。

叶真讲了个古希腊传说中的奥德斯修[①]航海故事,说是海中女妖会用美妙的歌喉迷惑航海的人,一旦被诱惑就会惨遭杀害,因此想经过那片海域的人就用蜡封住耳朵。所以她提议大家最好把耳朵也堵上。

众人觉得有理,纷纷把耳朵也堵起来。

阿奇也不敢掉以轻心,刚想用空间灵法给小乐加层防护,突然感到周围空气一紧,身体里的灵力丝毫也提不上来,连鼻子也不能动了,体外的感觉游离而飘忽。它敏锐地感到,那所谓的深海竟然是另一个诡秘的独立空间。

它只能紧闭起那双小黑豆似的眼睛,身不由己地随着大船驶了进去。

尚小乐这才发现堵耳蒙眼根本就是徒劳无用,眼睛可以闭上,耳朵却没法闭上,他能听见外面所有的声音。起初是听见很多人在笑,有大人,有孩子,都在咯咯地笑。到底是什么搞笑的事,他很想看一看,但强忍住没睁眼。接着好像是学校的运动会,那些熟悉的老师同学的声音,乒乓球比赛格外精彩,宋扬和崔灿都在喊他快看快看,他也给忍住了。

"小乐,这么久了,还不回家?!"是姥姥的大嗓门。接着是姥爷的声音。

最后,他听到妈妈温柔的声音:"小乐,快看妈妈一眼,妈妈想你了。"

---

① 奥德修斯,又译俄底修斯,是古希腊神话中的英雄,史诗《奥德赛》的主角。特洛伊战争后,他在海上漂流十年,经历无数艰难险阻终于返回故乡,与家人团聚。

这个少年的心煎熬着,他真想看看妈妈的样子,尽管知道这一切都是假的。他太想妈妈和家人了。他用手捂住眼睛,泪水缓缓地从眼角流出。

又过了一会,什么声音都没有了,接下来便是长久的寂静,耳边只有海上航行时呼呼的风声。

忽然,小乐感觉船体被撞了一下,停了。接着就听栗龙和弥莎嚷道:"到了,到了,桃源岛到了,可以睁开眼睛下船了!"

他放下双手正要睁眼下船,就听见海姨有些失态地大喊:"别睁眼,大家别睁眼,外面不对劲!"

小乐惊得马上又把眼睛闭得紧紧的。

没有阿奇的声音,他把身子歪歪,探探叶师姐还在旁边。这边叶真的手也摸过来,抓住小乐的手,在他耳边说:"小乐,太险了,你等师姐的手放开了,才能睁眼。"

果然大船停了片刻后又继续向前,半个多小时后,船速又快了几分,终于驶出了那片神秘的海域。

这一次,众人反复确认安全后,才睁开眼睛。大家互相对望着,都有种劫后余生之感。

船上空了好几处,一个戴着头巾的圣邑修士在面无表情地收拾两个消失同伴遗留下的衣物。从海天国同来的五个帮手也折损了一个。梁伯伯他们都很痛心惋惜。

海姨关切地望向叶真和小乐这边。小乐惊讶地发现,海姨一直系在脖子上的丝巾不知何时取下了。在她那光洁的脖颈上现出几条深线,像鱼鳃状一张一合,令他马上想起伊娜来。

难道海姨是海天上邦人,那她怎么能生活在下邦呢?小乐心想。

阿奇也看得分明,说:"海姨脖子上的腮可以感知周围的一切,难怪可以发现刚才有诈。"

"没想到关键时刻还是残疾的海姨救了大家。"叶真也感慨道。

"快看,前面就是桃源岛了!"船老大栗龙喊起来。

远处的气雾中,隐约可见一座黝黑的小山,悬浮在烟气中,显得诡异而惊悚,哪有世外桃源的感觉。

尚小乐有些悲情地想:没想到历经千难万险才能到的桃源岛,就是这个鬼样子。

万海大仙的声音忽然飘来:"傻瓜,那是简单的五行障眼法,桃源岛里面一定不是这样的。"

小乐捏捏口袋,那颗万海珠不知何时又回来了。

阿奇站在小乐的肩头,目视远方:桃源岛,我们终于到了……

第六章 桃源记(一)

一、桃林

小学六年级的女生文思含最近每晚都做同一个梦,来到同一个地方。那是个肮脏阴森的牢房,她的父母还有很多奇形怪状的人都关在里面,几乎每天都要从里面带走两三个人处死。

小思含每每惊醒,冷汗都把枕头浸湿。她的父母半年前回老家探亲后,突然失踪,音讯全无。

这天夜里,她又来到了这个梦境。她尽力不让自己醒来,而是大着胆子去问一位年老的狱卒。

老狱卒的脸是扭曲模糊的,在梦里一点也看不清楚。小思含哭着恳求他告诉自己救父母的方法。老狱卒同情她,便说:"要想救牢里的父母,只有去求玄石门中人。"文思含想再问玄石门在哪,梦就醒了。

第二天晚上,小文同学早早入睡,果然又来到那个监狱。老狱卒不在,他的桌案上放着一本书,文思含拿起来翻翻。第一页上写着的几个字,她醒后依然记得,那就是"桃花源记"。

她第一反应是陶渊明的《桃花源记》:

晋太元中,武陵人捕鱼为业。缘溪行,忘路之远近。忽逢桃花林,夹岸数百步,中无杂树,芳草鲜美,落英缤纷,渔人甚异之。

复前行,欲穷其林……

这篇文言散文名篇,学校的经典诵读课上教过,但老狱卒放在那里,到底是什么意思呢?文思含就差想破了脑袋。

又过了两天,外面雨水不断,又起了大风。老师在班上说,学校后面山坡上的树林里很多桃树枝都被风吹断了,同学们下课不要过去玩,以免出现意外。

"桃树枝?!"文思含心里亮光一现,冥冥之中她似乎感觉到了什么。

下课后,她独自冒雨跑到了学校后面的小山坡上,满地都是被风吹落的花叶,还有很多粗大的树枝纵横交错,断裂在地上,一片狼藉。她站在桃枝中,开始大喊:"桃花源记——玄石门——"

这时,风又起来了,大风卷着雨水沙石打在她的脸上,让她寸步难行。就在她打算回教室时,风中忽然裂开了一个口子,把她卷了进去。

当时有个老校工就在附近。他后来回忆,明明看见有个女生在树林里喊着找什么东西,他刚想过去把她拉回来,一眨眼的工夫就没影了,难道是自己中午的小酒喝多了,出现了幻觉?

文思含醒来时,正在一片桃花林中,当然不是学校的那一片。满树桃花开得正盛,真的是落英缤纷,美丽极了。

她的面前有一条小河,河水晶莹透亮,但并不流动,像极品润泽的玉带一样镶嵌在地上。

难道我到了桃花源?小思含正想着,就看见不远处有个白衣银发的人斜靠着桃花树坐在那,一动不动。

那人是睡着了,还是死了?会不会是这里的主人?玄石门中人是不是他呀?几个念头过后,文思含小心翼翼地走过去。

还没走到他跟前,那人就转脸看向她,只一眼,文思含便觉得周身的血液都要凝固了。这是怎样绝美的男子啊!周围的桃林美景瞬间不复存在。春花秋月、碧海虹霓,世间所有的美在他面前都黯然失色。

小姑娘如痴如醉地看着桃花树下的银发青年,脑海中一片空白。

"小妹妹,你可不要对我动情哦,我已经有意中人了。"绝美男子微微一笑,而他的面容也随之发生改变,几个呼吸间就成了一位相貌普通的年轻人。

文思含依旧怔怔地看着他。银发男子站起来,满身花瓣飘落,一袭白衣长衫,宛如神仙中人。

"你回回神,说说你的来意。"银发青年满意地摸摸自己的下巴,有些挑逗似的说,"千万别对我念念不忘。"

小文同学这才醒过神来,不好意思地低下头,发热的脸颊更烫了。她稳定了下心绪,便一五一十地把来意告诉了这位桃林中的仙人。

这银发"仙人"听后笑笑说,看来你我所求是同一人。

"小妹妹,你孝心可嘉,就跟我结伴同行吧,你称呼我桃林就可以了。"银发青年的话让文思含喜出望外。

在这样一个人生地不熟的异世界,有个有本事的人可以依靠,那是再好不过了。而且文思含正是情窦初开的年纪,虽然桃林再也不给她看自己的真颜,但初见那一刻的惊为天人,她是一辈子也忘不掉了。

文思含跟着桃林在花海中大约走了一个小时,眼前的景象又是一变,只见满树硕果累累,结满了大桃子。

桃林说,再往前就是落叶和枯枝的桃树林了。这里是四季的桃园。

文思含看这里的土地跟刚才很不一样,地面上全是一个个的小坑,像被虫蛀了似的。

"从这里开始,桃花泪(桃胶)就非常厉害,会不断洒落。不过,我可以带你安然无恙地过去。"桃林眯着眼说道。

接下来,他单手抱起这小女孩。文思含像个小猫一样温顺地缩在桃林的怀中,双手紧紧抓着他的衣服。"这小姑娘根本不知道我是谁,居然这么信任我!"桃林心里一阵得意,转念又是一声叹息:她若是也能这般信我就好了。

桃林带着文思含如鸟儿一般在桃树间飞腾跳跃,避开有腐蚀性的桃花泪。小思含又紧张又兴奋,脸上泛起两朵红晕。"哇,这就是厉害的轻功吧!"她心里赞叹。不一会儿,桃林就带她飞过了果林和后面的黄叶萧索林,来到了一扇圆形黝黑的怪门前。

此门像是黑石所造,是一种古典园林的院门造型。但怪就怪在这门好像是活的,门上的两个金环铺首就像它的两个眼睛。它的两扇门有时微微张开,从里面露出亮光,但一接近马上就合上,不仅严丝合缝,而且坚固无比。

看来这就是老狱卒口中的玄石门了。桃林口中念念有词,轻轻打了一道光诀在黑色的门上。门两边渐渐现出一副隶书对联。

上联是:求问莫忘投赠;

下联是:委屈方得周全。

"小妹妹,我考考你,你认不认识这写的是什么?"桃林轻描淡写道。

隶书体较好辨认,文思含逐字念出来后,仔细想了想,说:"咱们往门上扔几个桃子试试。我们国学老师教过《诗经》中有一句诗叫'投我以木桃,报之以琼瑶'。这里正好有很多大桃子。"

桃林觉得有道理,便二话不说,返回去摘桃。

几个大桃子砸到玄石门后,竟被这石门一一收了。过了一会儿,石门果真打开了一人宽的口子。

桃林和小文同学都很高兴。桃林夸赞了文思含几句,便捡起一颗石子试探地朝门中扔去。

砰的一声,石子被一种无形的力量击得粉碎。

门依然张开着口子。桃林脸色微变。

"你快看下联写的什么!"桃林吩咐道。

文思含又念了一遍下联,心中疑惑:这么个美哥哥难道不识字?

帅哥桃林的确是斗大的字识不了几个,他在玄石门口已经转悠许久了,想尽办法也进不去,苦于不认识对联上的字,只得在桃树下等人来帮忙。后面在过关比赛时,就被神童叶真一眼看破,嘲笑他是个文盲。

好在这里小文同学是识字的,而且语文还不错。她思索了一会儿,说:"委屈方得周全,是不是让我们弯腰进去呢?委、屈有弯的意思。有个成语叫能屈能伸。"

桃林自然没意见。他先试着弯身猫腰着进门,终于成了。

两人就这样一前一后地进入玄石门,只觉眼前豁然开朗,竟来到了一处秀美清幽,空灵至极的地方。

二、组队成功

这是一个小岛,一个湖心岛。文思含放眼望去,四面湖水晶莹剔透,波澜不惊,像镜子又似水晶。岛上古木青葱挺拔,幽芳兰草间杂,稍远处云霞明灭,轻雾缭绕,间或能看见白鹤掠空而过,更显清雅无比。

"真是好造化、好地方!"桃林也不禁赞道。

离两人几米外有一个古色古香的六角凉亭。文思含紧走几步过去,只见亭顶飞檐翘脊,匾额上题"迎客亭"三个大字。亭柱上又是一副镌刻的楹联:白云遮断红尘路,只许松风自往还。

文思含心想:这里的主人该是怎样的文人雅士啊!

桃林前后看了一下,觉得没什么异常,便带着小文同学走进了亭中。

没想到原先空无一人的亭子忽地就变成了一个颇有些热闹的大庭院。

"此处竟是个子母界。"桃林叹道。

接着他就跟小思含解释,子母界其实就是内外空间,也就是一个空间套着一个空间。那个亭子是个外空间,里面还有个偌大的内空间。

整个庭院满眼绿意,古朴幽雅。每隔十几米就有一个圆形石桌和几个石凳,桌上摆着茶水和点心,有些石桌上方还悬浮着一个小光球。庭院中已经来了不少人,形形色色,有的一看就不是人类。

新进来的文思含和桃林的耳中几乎同时听到了一个陌生神秘的声音,告诉他们想要实现心中所求,必须要做的所有事情。

两人听完后,互看了一眼,均露出匪夷所思的神情。

原来他们这些进来的人,都必须要组队参加桃源主人安排的比赛。六人一队,共六队,合天罡三十六数。比赛为三场淘汰赛,每场比赛的获胜队得一分,累计得两分的队伍最终胜出,获得冠军。冠军队伍的每个成员都会得到一片龙纹花杖上的花瓣,实现自己的愿望。

眼下要做的就是找人组队了。

桃林带着文思含在庭院里边看边走,寻找目标。组队成功的都聚在一起,还有些人就同他俩一样在院里走来走去,希望能遇到本领高强的人组队参赛。

迎面走来的少年男女一下子吸引了桃林的注意。实际上真正引起桃林兴趣的还是那男孩肩上的一只蓝黑色甲虫,它身上竟然蕴含着某种奇特灵力。

他们正是从无尽海上过来的尚小乐、叶真和阿奇。

几个钟头前,他们一行人离船上岸后,在尚小乐——实际是万海大仙的指导下花了半天时间破了五行迷阵终于来到了这个梦幻般的岛中岛。

他们在进入庭院后也在神秘传音的要求下组队。海姨那边在无尽海上损失一人后还差一人,于是正好吸收了同船来的那个仅存的圣邑修士,凑成六人队。

梁伯伯本来想让小乐加入的,但看姐弟俩和那只甲虫共进退,就算了。这夫妇俩现在看来完全是本着重在参与的心态,用海姨的话说,能来到桃源岛就已经心满意足了。她反倒为小乐姐弟俩加油鼓劲。

姐弟俩于是便在院中四处寻找有实力的高人,直到阿奇一个照面就注意到了银发青年桃林。它悄悄运起了灵力,觉察到桃林高深的功力以及伪装下极具魅惑性的美貌。

天下竟有如此倾国倾城的男性?!这是阿奇的第一感觉。它的第二感觉是这种天生尤物一定不是人类。不过在这儿,合作队员是不是人根本不重要。

阿奇与桃林看对眼后,两边开始攀谈起来。阿奇觉得桃林也不是这个世界的人,他身上的时代感跟周天倒有几分相似。

当小乐得知文思含跟他同样来自人类世界,还是同一时代、同一国家时,非常开心,但很快他才开的心花就谢了。

有些事就是这么不公平,自己用了几年时间,历经千难万苦才来到这里,而小文同学从学校来这儿仅仅花了半天工夫!

眼下他们的参赛队就差一人了。

阿奇忽然感应到庭院一角似乎蕴含着惊人至极的能量,但那种能量时有时无。它探测了一下,能量来自于院角青石地上孤零零坐着的一个枯树般的老人。它马上叫上桃林一起过去。

桃林额头微微发光,也在用某种秘术探老者的底细。他发觉这树精样的老头犹如一座空城,但空城中暗流涌动,似乎内藏百万雄兵。

阿奇和桃林对视一眼,都从对方脸上看出诧异与欣喜的神色,这老头果然深不可测。

他俩立即招呼其余队员上前。等桃林说出想拉他入伙组成一队的想法后,老人竟想都没想就同意了。

三个从人类世界来的少年都在仔细打量着这位奇怪的老爷爷。他的身体干瘦,肤如树皮,头发和胡须颇有些像植物的根须一样缠拧在一起。一只手上还托着一个小坛子大的果子,此果形如苹果,青黄间半,就跟长在他手上似的。

"老爷爷,您是精灵大陆的树灵人吧?"尚小乐突然问道。

桃林瞥了小乐一眼。毕竟他们是为了利益临时搭伙,问人底细略显唐突,但他并没制止,他也很想听听这个老人的来历。

"嗯,不错,老朽正是来自那里。你,身上倒有些兽灵人留下的气息。"树灵老人看着小乐说道,用的还不是精灵语。

叶真没见过树灵人,只是觉得他自称为"老朽"太贴切了。

又闲聊了几句,这老人的身份也被揭秘了。他竟然就是绿夜森林音族的万叶尊者。当年鸣赛带小乐他们找加楠尊者时还打算同时找他,没想到他竟辗转来到了这里。

三、大赛之前

组队一成功,这六位队员便按神秘传音的要求找了个空的石桌坐下。小乐数了一下,庭院中正好六个石桌,每桌配六个石墩。除了他们这桌外,还剩下一桌空着,桌上方浮着一个一团黑气包裹的黑色光球。

他们这一桌是个青色的光球,青蒙蒙的很柔和。银发的桃林本来是选白色光球那一桌的,他人已经坐到桌边了,却被另一队快速抢占。

桃林当时就脸现怒容,双手提力就要发作。叶真叫上小乐和小文忙去把他拉开。"算了,算了,坐哪桌都一样。"

"能到这里的都不是一般人。算了,桃林。"阿奇飞过来在桃林的耳边道,"万一触犯了这里的主人,取消了资格,就得不偿失了。"

桃林忍了下来,便随同队伍离开。就在他转身的一瞬,端坐在白光球桌前的一位灰袍老者忽然一抬放在石桌上的宝剑,剑鞘上发出耀眼的白芒。

"哼!乳臭未干的妖人,自不量力!"灰袍老者头也不抬地哼了一声。

声音不大,但桃林的背影微微抖了一下。他近旁的三个人类少年都不知发生了什么。只有甲虫阿奇看得真切。

刚才就在桃林大帅哥转身时,几根细如毛发的银针从他的头发里射出,而他的脸在十分之一秒中出现了一个类似狼或狐的影像。

阿奇对桃林出手的狠辣有些吃惊,有这样的队员不知是福是祸啊!它心里不免苦笑。

有不少人看向这边,脸上露出期盼看个大热闹的表情。

事态当然没有如他们所愿。

"青色好,表示安全和希望。"阿奇落在青光球的桌子上,甩甩长鼻子说。

六位队员全部到齐后,桃林按指令伸手把悬浮在半空中的青色光团一把捏碎,青色光团霎时化作六个小光团,分别套在小乐他们的手腕上。

阿奇细如牙签的手上也被套了一个,青莹莹的,看上去很滑稽。

时间一分一秒地流淌着,早早组队的人等得有些焦躁了。直到那桌黑色光球也被人捏碎后,一个身着粉白衣衫,看上去八九岁的双髻小童凌空而降。就见他略施了一礼,大模大样地对庭院里的众人说道:"各位来客,参加桃源比赛的三十六个灵智生灵已经齐了,亭中不会再放人进来,现在请大家听好。"

"这里要说明一下,"小童提高了声调,"诸位手上戴的是各队自行挑选的限能环,每种颜色对大家能力的限制不同。限制由强到弱排列依次是红、白、黄、青、蓝、黑。也就是说,佩戴黑色限能环的,所受限制最少,可以在比赛中用到自身体力或功法灵力的六成,蓝色的是五成,青色的就是四成。以此类推,大家算一下自己的功力能用上多少。"

此言一出,一片哗然。怎么会这样?原来以为只是分组标志的光球竟然有这么大作用?这也太不公平了!

粉白的小童又开口了:"限能环是诸位自己挑的。任何比赛都带有运气的成分。"

最后一队捡别人挑剩下的黑色光球,没想到却是捡了个大便宜,自然非常欢喜。

小乐这一桌除了万叶尊者看不出表情外,也是满脸喜色,尤其是桃林,甚至比选了黑色光球还高兴。

他带着得意的神色朝刚才那一桌瞧去。手腕上已套上白色光环的灰袍老者脸色铁青,难看至极。

选红色光球的六人倒十分平静,一副无所谓的样子。

"不错,首先在气势上不能输。"桃林看了他们一眼,无关痛痒地评价道。

梁伯伯他们选的是蓝色限能环。海姨是不参加比赛的,由崔妈妈陪着,坐在丈夫身边,看到小乐他们成功组队,还选了个青色的,笑着冲他们点点头。

小乐忽然想到了万海大仙,他也是开了灵智的,混在自己这一队里被发现了怎么办,而且已经很长时间没听到他的声音了。

小乐下意识地伸手进口袋里一摸,奇怪!那颗万海珠竟然不见了。

"没准他自己不想参加比赛走掉了。"阿奇飞到小乐的肩上嗡嗡道,"注意听比赛规则。"

"下面我说一下第一场比赛。"粉白小童伸手一指,庭院墙上的藤蔓如卷帘般缓缓拉开,后面竟然是一处蓝天白云的绿色山丘。

山丘连绵起伏,一棵树也没有,覆盖的全是绿草。小童领着六支参赛队来到一处最高的草坡上,一本正经地说道:"第一场比赛是滑草。这里有六辆滑草车,你们每组选择一辆,同时从坡顶滑下。"小童说到这,清了清嗓子,扫视了一下众人,继续道,"大家听好,最后滑到坡底的队伍获胜,最先滑到坡底的队伍淘汰出局。"

众人一听立马议论纷纷,原先都以为是比速度,没想到却是比谁最慢。桃源岛真是不按常理出牌。

"诸位静一静,少安毋躁。"粉白小童抬了抬手,像模像样地制止了大家的议论,"这场比赛的规则,一是所有参赛选手都不能运用时间法术。二是所有人在比赛途中都不得以任何东西接触地面或是整个身体离开滑草车。犯规的队伍会被直接取消比赛资格,后面的两场比赛就不必参加了。"

小童说着露出与年龄不相称的老成严肃的表情。

"下面你们各队选择一辆车,坐上去商量对策,半炷香后比赛会自行开始。祝各位好运!"小童说完便转身走开,又踩着空气消失了。

地上的六辆车全都一样,造型奇特,好像是个大桃核挖出来的一样。叶真看了一下,底部还算平。小乐试着推了一下,纹丝不动。

阿奇和桃林飞下坡去,大致看了,这斜坡一里来长,斜角不算太陡。但算上重力加速度,也是一溜烟就能滑到坡底。

大伙商量了一下,觉得此关缺乏应对功法,很难取胜。所以只要不是最快的那个,稳妥进入第二关就成。叶真分析他们这一队在体重上就占了优势,像万叶尊者就是块枯木头,阿奇基本可以忽略。

小乐这队选了最靠边的一辆车。其实每辆滑草车为了互不干扰,相隔的距离都较大。他们旁边就是戴着红色光环的队伍。这六人一直在骂骂咧咧,原来红队才反应过来红色限能环的意思。这反应能力也太够呛了吧?!先前夸过他们的桃林一时语塞。

六支队伍全部坐好后,过了一会,滑草车晃动了起来,比赛就要开始了。众人抓紧车沿,有些人已经运起了功法。

四、滑草比赛

比赛开始了,六辆车一起朝山下冲去。车上的人开始八仙过海,各显神通。

有的队放出一只彩色的巨大飞禽,用脚爪钩住车尾往上拉。有的队是放出几个纸鸢拖住滑草车,降低速度。还有的队是几个人集体缩小,几乎就是空车在滑行。

小乐他们的车原本因为较轻滑在后面,几分钟后就和红队的车并列第一了。这个第一可是要被淘汰的!桃林伸手打了个法诀。没用!关键时刻掉链子。情急之下,桃林用手狠狠地砸向自己的鼻子。

砸了几次后,他打了个巨大的喷嚏,由此产生的后坐力连带车子都上移了一些。接着他的身体开始变化,变得越来越大,越来越轻薄。他紧紧抓住滑草车的手脚也变得纤长,片刻间整个身体就像一个大降落伞一样兜在车后。车速明显减慢。

小乐的心定了些,一回头正好看见梁伯伯队的滑草车,真可谓声势惊人。车前一人手持某种喷射器向前喷着强大的气流,形成一道空气屏障,有效地阻止了下滑。车上又放出一个很大的氢气球,减轻重量。

"我早说过,高科技可比魔法。"叶真扭头对小乐说道。

他们一行在破除五行迷阵进入湖心岛时就见识了梁伯伯所带的武器装备一路披荆斩棘的威力。他们能到无尽海靠的也是高科技的胶囊飞行舱。叶真曾说过,凡人向往的那些法术都可以通过高科技实现。例如人们利用空气力学造出飞机,让人类飞上了天。

"你们还有闲工夫看风景?!"半空中传来桃林恼火的声音。

小文同学有些担忧地看着桃林已经变形的手指像利爪般深深插入车的两边,有些地方已经渗出殷红的血来。

万叶尊者端坐在她身边,双目微闭,事不关己的模样。而阿奇则老老实实地待在小乐的口袋里,以免被颠出车外犯了规。

在目睹前面有车滑下后,桃林放心了,收了功法,于是青队第二个滑过终点,勉强晋级。

又过了一会儿,梁伯伯他们的车也滑了下来。他的热气球不知何时被人打爆了。

无力得这一分的三辆车全部滑落后,草坡上精彩激烈的争夺才算真正开始。

原先放出纸鸢的那一队,大半纸鸢已被火烧毁。车中一人又放出两条长翅飞蛇,蛇尾钩住滑草车,不让其下滑。

很快一条飞蛇被一道光刃拦腰砍断,此车立马往下滑了数米。忽然几股黑气从车中升腾而出,像锁链一样将滑草车紧急制动。同时一股黑气汇作一支黑箭,狠狠地射向旁边那辆车后展翅的彩色大鸟。

大鸟身上的护体光芒也是明显减弱。一见黑箭射来,本能躲避,不想黑箭竟然会拐弯,被射中的大鸟变回人形,落入车中。这辆车便急剧下滑。车中另一人马上召唤出一条风龙,一个盘旋呼啸,又把车子上推了回去。

坡下的桃林立即认出召唤风龙的正是刚才的灰袍老者。他手中的短剑光芒四射,实属天地间少有的法宝,方才斩断对方飞蛇的光刃就是剑气所化。

在这两辆争斗正酣的滑草车下方几十米处,还有一辆车,车上似乎一个人也没有,稳稳地跟钉在那一样,大有坐收渔人之利的意思。

三辆车就这样呈倒品字形挂在山坡上,一时难分胜负。

大约又过了半小时,上方两辆车几乎同时缓缓下滑,下滑的同时又不约而同地对钉在下面的那辆无人车出手。小乐很想听听他们都交谈怒骂了些什么,但一句也听不清,似乎有一道无形的屏障将赛场隔开。

最下面的那辆车受到攻击后,从车内一下子飞出无数飞虫,汇成一根向后拉的绳子,及时拖住迅速下滑的车身。一只手臂上套着黑环的大耳小兽正在操控飞虫源源不断地从车内飞出。看来原先就是这些飞虫在车内顶着阻止下滑。

下滑的两辆车眼睁睁地看着它在飞虫的牵拉下渐渐上行,估计难以取胜,便逐一收了灵力,滑了下来。

随着黑队最后的滑落,第一场比赛终于结束了。坡下提前结束比赛的,有人已经睡着了。叶真悄悄给小乐看她才跟红队换来的特悠土。红队的几人全来自悠悠国,他们国家的这种特产泥巴能让任何速度都减慢。

就在黑队得意扬扬时,双髻小童出现了,几句话就彻底浇灭了他们胜利的喜悦。

"红队失败出局!黑队犯规出局!"

犯规?!众人有些吃惊。刚才黑队最后滑下来时,车上有三人化作虚影,二人缩小了身体,一只长得像树袋熊的大耳小兽正操控一群飞虫。大家是有目共睹的,没一点技术犯规啊?

黑队队员自然抵死不承认。小童轻蔑一笑,用手朝虚空一抹,虚空处直接出现了刚才比赛的影像,还把细节给放大了。小乐觉得就差说一句"请看大屏幕"了。

就见那只小树袋熊在放出飞虫的同时还放出一群绿色的蚂蚁样小虫,小虫全部爬入车底,直接托住了滑草车。由于这群小虫跟草一个颜色,所以很难发现。

黑队为了稳拿这一分,想投机取巧,结果违规,放出的小虫接触了地面,被淘汰出局,把一手好牌打得稀烂。

这样一来,这一分就落在了第五个滑下的黄队头上。白队其实只比黄队快了一个车身。小乐看白队的灰袍老者,脸色更是难看。他这一趟的运气可真不怎么样。

桃林更感兴趣的是他手中的短剑,那可是个一等一的宝物。奇怪的是剑身上竟然套有白色的限能环,再看白队成员果然只有五个,难道那宝剑是个开了灵智的活物?

"别打那宝剑主意了,那里面有器灵。"万叶尊者走过来,说了一句。看样子,他对桃林刚才的表现还算满意。

山坡下,那只大耳小兽似乎在对双髻小童恳求着什么,但小童理都不理,一拂袖,小兽和它的队员们就消失了,空中仅剩下几个黑色的限能环光点。小童单手一抓,收入手中。

五、《山海经》(上)

半日后,剩下的四支队伍迎来了一场更为残酷的比赛。

在一个空明的奇特空间里,双髻小童一翻手掌,掌中多了一卷含着微光的竹简古籍。

"这第二场比赛就在此卷中进行。"小童说着就把古书抛向空中。

只见这卷古书骤然变大,悬浮在空中,接着在一片绚丽的光芒中,徐徐展开,这种震撼人心的开卷方式让小乐惊得张大了嘴巴。

"《山海经》!"叶真认出了卷首的几个流光闪烁的篆字,后面的字全被蒙在一片淡金光华中。

巨大的《山海经》古书展开后,双髻小童不紧不慢地告诉大家本场比赛的内容。

这第二关是所有队伍进入《山海经》中,寻找一只叫作"并封"的古兽,最先捉到它的队伍得分。

"诸位要进去的是按《山海经》古书制造的灵异空间,里面所有的古兽花木全部具有书中所写的能力,一旦碰上恶兽凶灵,诸位的安全本岛概不负责。而且在书内世界,所有的功法对战乃至杀人都不算犯规。"小童表情严肃,郑重地说道,"诸位想好了,如果殒命于此,就得不偿失了,现在放弃还来得及。"

此言一出,四周又是一片议论,有人面露犹豫的神色。几番商讨后,所有的队伍都决定留下来,参与这场危险之旅。

"诸位对着古书念出自己的姓名即可。不过使用假名的,就要看这古书认不认了。"童子一副似笑非笑的模样。

第一支走到古书前的竟是梁伯伯的蓝队。

"梁浚析。"梁伯伯念出自己的名字。他本来想到妻子反复叮咛:安全为上,比赛次之,有点打退堂鼓的意思,但遭到其他队员的反对。他也觉得既然好不容易才来到这里,不如冒个险。况且第一关都过了,现在走未免可惜。于是笃定了更进一步的想法。

梁伯伯说出名字后,竟然变成了一个小光点,渐渐飞入熠熠生辉的古书中。

桃林和文思含被吸入书中后,阿奇、小乐和叶真一起来到古书前。叶真催促阿奇先进去,有个接应,阿奇照做,但叶真还是未能听清阿奇的真实姓名。

"这只臭虫,竟对我用了暂停键。"叶师姐事后才反应过来。

尚小乐深吸一口气,坚定清晰地报出自己的名字。很快他就觉得自己周身被一片灿烂的金光包围,接着又是一阵眩晕,等他站稳后睁开眼睛,扑面而来的是一种蛮荒苍莽的远古气息。

小乐去过阿奇造的空间,但这里的天地、山川、河流、草木、鸟兽是那样的灵动与神奇,竟给人一种亦真亦幻之感。

青队成员很快就聚到一处,桃林拿出临进来前每组分到的四根燃香,分别存有《山海经》中的《山经》《海外经》《海内经》和《大荒经》,点燃后即可看到书中的内容。

在阿奇开辟的安全空间里,桃林掐了个火诀,小心翼翼地燃起第一根香。

只见一缕轻烟袅袅升起,开始像美丽的篆字图形,接着凝汇成一个个的方块字,竖行排列,还好是通识的正书体,很快就排出了百来个字。

叶真自然是读书的主力,她以前读过这本书,也有个大致印象。小文也知道一些。小乐仅仅知道有款同名网游。

不料才看了半分钟,最前面一列的凝烟字就开始摇晃直至全部溃散。阿奇马上叫了时空暂停。

带着限能环的阿奇灵力急速消耗。小乐忽然想起自己的手表电话有拍照功能,于是关键时刻高科技派上了用场。时过境迁后,小乐还挺后悔当时拍了很多没用的章节,删去了以前拍的大量珍贵照片。

就在阿奇的灵力快要耗尽时,叶真终于在《山海经·海外西经》中找到了并封兽的下落。她读了出来:"并封在巫咸东,其状如彘,前后皆有首,黑。"接着,她又体贴地翻译了一下,"并封就是一种双头猪,身体黑色,身体前后长着头。它在巫咸国东边,咱们要先过海去巫咸国。"

总算是明确了并封兽的下落,大家都挺高兴。惯会煞风景的叶真同学来一句:"这本《山海经》没准在这里属于儿童启蒙教材,那几支队伍说不定香都不用点,直接去找了。"

事不宜迟,大伙决定立刻动身。不想,一直闭目养神的万叶尊者却提出自己不去了,要留着这里吸收天地灵气。桃林想起这树灵老爷子一进来后眼中的贪婪神色,有些恼火地说:"莫非你参加比赛的目的就是为了到这里吸灵气?!"

老爷子眼皮也不抬一下,丝毫不理会众人,径自选了一处幽静之地,坐定后直接化作一棵古树,有滋有味地吸收起周围的灵气来。

其他人只得算了,当初又不是人家主动要加入的。

叶真心里最是郁闷,进来前都说好了,三个会法力的关照三个凡人少年。叶真自然分配给了万叶。原先她还指着万叶尊者在这危险世界多照应自己一点,岂料他就这么变成了一棵树。不过他倒是给了自己一小块枯树皮,说是吃了后在这个异世界可保周全。

叶真想了想,还是硬着头皮把这一小块树皮嚼嚼咽了下去。

其实刚才叶真的猜测倒是说对了一半,《山海经》虽然不是这里的启蒙读物,但像并封这种远古神兽在圣邑和万圣国流传下来的古籍中都有记载。另外三支参赛队里的确有不少人认识,但具体地点就不清楚了。

除了梁伯伯的蓝队在高科技装备下集体行动外,其他两队全是队员们分散行动,这样寻找的范围更大。

六、《山海经》(中)

在一处山脉的腹地,戴着黄色限能环的一个浑身长满黑毛的大汉在刚刚杀了一头红色狼兽后,遭遇了白队的两人。其中一人正是手提宝剑的灰袍老者,另一个头戴方巾,儒生模样。

黑毛大汉本想避开,不料在走了一段路后,又发现戴白环的两人迎在面前。

白队的这两人都是圣邑法力深厚的散修,儒生认出黑毛大汉就是在上一场比赛中放出黑气射伤自己所化彩鸟的人,而且两人都看出对方是恶灵修士。圣邑和恶灵国也就是所谓的万圣国本就势不两立,这回更是冤家路窄。

三言两语下去,黑毛大汉被激怒,一场生死大战就此拉开。

灰袍老者与儒生在估测了黑毛大汉的实力后,觉得联手灭他完全有把握,甚至开战前两人就已经商量好一个要法宝,一个得内丹的战利品分配方案。

半个时辰后,黑毛大汉果然在圣邑两人的前后夹击下落了下风。灰袍老者瞅准机会一抖剑鞘,发出夺目光华的宝剑立即飞出,直接斩向黑毛大汉的头颅。

说时迟那时快,黑毛大汉急忙张嘴冲宝剑吐出一口黑气。宝剑不知是怕被污还是有别的意图,竟一扭头砍到旁边的山石上,巨大的石块轰然滚落。黑毛大汉虽躲闪及时,但也是连喘粗气。

突然,山谷中传来惊人的声响,一时地动山摇。三人一听,都觉不妙,也顾不得打斗了,纷纷施展功法打算离开。

岂料来自谷中的强大吸力竟让三人寸步难移。三人大骇,各自祭出护体保命的法宝。惊人的声响越来越近,转眼间,一只暴怒的庞然巨兽出现在他们面前。

那古兽身长十余丈,样子像一头公牛,但牛头却是白色,两支牛角之间生有一只通红的独眼。牛尾如一条巨蟒般缠绕在身后,整个身体外浮着一层紫黑色的煞气,看上去十分狰狞。

"巨蜚兽!"儒生惊叫道。他和灰袍老者对望一眼,均从对方脸上读出了恐惧。

《山海经》上载此兽"行水则竭,行草则死,见则天下大疫"。这种远古大毒物的可怕可想而知。如果在岛外,白队的这两人

459

遇到巨蛩兽虽说未必能灭杀掉，但逃脱不成问题，但眼下在限能环的影响下，就有点凶多吉少了。

"大家集中力量打它的眼睛，不然谁都跑不掉！"儒生一边高叫一边出手了，一道厉害的白色光束从他的指尖射出。

在灰袍老者祭出连串的飞剑后，黑大汉也咬咬牙，抛出一个碗口大小的金环……

小乐他们倒没有碰到其他的队伍，只是遇到不少神奇的古兽，像长着翅膀会发光的长蛇，五条尾巴的赤红豹子，像鸡一样的三尾怪鱼，长着人脸的山羊等等。队员们一般都是小心避开，实在躲避不了就由桃林和阿奇解决。一般是阿奇把众人收入体内，然后逃之夭夭。或者是暂停时空，桃林直接以手为刀，斩杀怪兽。怪兽的尸体，多半被烤熟，填了大伙的肚子。

在限能环对体力的限制下，三个十一二岁的少年走不到半小时，就实在走不动了。小乐想启动年糕人帮忙，但它们在这儿走路都是七歪八扭的，实在够呛。阿奇和桃林的灵法功力也经常撑不住，只能走走歇歇，因此小队行进速度被叶真比喻跟蜗牛爬似的。

到第三天的时候，文思含和桃林在水边偶然发现满树的野桃，又大又甜，而且吃了后感觉力气倍增，似乎也不那么容易感到累了。叶真说大概是嘉果，是消除疲劳、恢复体力的良药。大家采了一堆，由阿奇打包，留在路上慢慢吃。

又过了几天，发生了一件事，让这趟"寻猪之旅"产生了质的飞跃。

小队伍休息时，大多是桃林使个隐蔽术，路过的动物看到的只是一丛灌木。不料这次却出了岔子,一只长着类似人脸的老虎竟然看破了桃林的法术,直接扑了过来。叶真离得最近,危急关头竟然无师自通地脱口而出一长串古怪晦涩的咒语。

下一秒,难以置信的事发生了。那凶恶的人面老虎突然变得像小猫一样温顺,趴在地上轻轻地蹭着叶真的腿,看向叶真的眼神也迷离起来,竟是无比崇拜爱恋的意思。

高智商的叶同学立马明白过来,万叶尊者给她的那一小块难以下咽的树皮起作用了。有了这咒语,会让敌人对你顺从得五体投地,那可真是天下无敌了。果然人不可貌相。叶真心里不由得对万叶那老头佩服和感激起来。

有此神助,大伙都挺高兴,又试了几次,发现这咒语只对这个世界的动物才有效,而且只有吞了树皮的叶真念才管用。不过骑在人面虎背上的叶真已经有了个好主意。

几个时辰后,绿队就不用再受跋山涉水之苦,而是乘坐飞行兽,在空中踏风而行了。

叶真同小乐骑着一匹人面飞马,桃林和文思含则坐在一只双头四足的黑红色怪鸟背上,正好一人把扶一个鸟头。又过了半天,叶真的坐骑又换成一只羽毛华丽的独脚大鸟毕方。再后来,她又换乘了青鸾。

"这老太太,没准连凤凰都想骑。"在小乐耳朵眼里休息的阿奇心笑道。

他们在空中也遇到了一些神奇动物,令小乐印象深刻的是叶真指给他看的一种比翼鸟。这种鸟只生有一足一翅,需要两只合在一起才能飞翔。再有就是碰到了一个背生双翅,浑身长着羽毛的人。这个大伙口中的鸟人还跟着他们飞了好一段,看几人没有搭理他的意思,才飞走了。叶真想想说,这里应是羽人国了。

自打在天上飞后,他们的前进速度比过去快了十倍都不止,而且翻越崇山峻岭时更是可以大饱眼福。阿奇心里叹服,造出这《山海经》空间的真是一位大神!

文思含和小乐都被这神奇的世界深深吸引,尤其是刚从空间裂缝进入这个时空不久的小文同学。他俩甚至想下到地面好好看看《山海经》里的各种奇异生灵,看看穿胸国、长臂国、大耳国里的奇人。

另外三名队员自然不会同意这两个孩子的想法,现在最重要的就是早点找到并封,赢得比赛。

七、《山海经》(下)

此时在一棵古树下,一位灰袍老者正握着数块晶石运功调息,看起来前不久刚经历了一场恶战。过了许久,就见他拿起随身的宝剑,单手掐诀,直接对泛寒光的剑身吐出一口污血,宝剑的光芒立刻暗淡了不少。

接着就听他恶狠狠地对宝剑说道:"少跟我啰唆,下回再不听我命令,临阵脱逃,就不只是炼刑这么简单了!"

他正是从巨蜚兽那里逃生的白队成员。

当时不知是那三人的准头太差,还是那巨蜚兽闪避灵活,总之攻击全部打偏,反而更激怒了它。几声怒吼后,巨蜚兽头上的牛角便射出紫电弧,一下洞穿了黑毛大汉。黑毛大汉来不及惨叫就被灭杀。白队的两人依然动弹不得,成了活靶子。危急时刻,灰袍老者拼着损失十年修为,硬是召唤回嵌在山石中的宝剑,化为风龙,阻挡了巨蜚兽片刻。

他和儒生稍微能动便化作两道遁光逃命。但见那巨蜚兽的蛇尾骤然变长,将略微落后的儒生拦腰卷住,拖了回去。

"车兄,救我!"

这是灰袍老者听到的儒生最后一句话。他哪里肯救,当即足下发力,越逃越远了。

数日后,他才在千里外的安全地方恢复些元气。他索性就留在那里养伤,不再参与冒险,把希望寄托在其他人身上。

小乐他们终于来到了浩瀚的大海边。如何渡海?飞过去不太现实,中间连个歇脚的地方都没有。全部指望阿奇空间位移?它的灵力有限。桃林发现岸边一块礁石有些异样,众人走近一看,上面写着"由此渡海"四个大字。

莫非是个传送法阵?桃林自语道。他仔细查看了一下,上面还留有其他人类的气息,说明刚有人从这里被传送走。

大家试探性地站上去,下一秒,一道金色光束从礁石中迸射出来。强光不能视物,等光亮减弱,小乐缓过神来,脚下依然是那块黑色刻字礁石,但是四周的景色已经完全改变。

他们果然渡到了海的另一边。

"我早说过,这里就像个大型游戏空间,保不准和罗格城堡是同一人造的。"叶师姐发表评论。

确实,他们这一路行来,几乎每过一座山或地界都会看到一块巨型石刻标识,仿佛在提醒游戏者这里的地理方位。眼下一路向西,按标识找到巫咸国就可以了。

桃林对着礁石连打几个法诀,想破坏传送阵,但根本不起作用,这儿的造世主法力远超他的想象。

又过了两天,青队一行经过近半月的长途跋涉、风餐露宿总算是到了巫咸国。

在巫咸的东边,是一片茂盛的山林。按道理,并封就应该在此地,但大家找了个遍,也没发现这双头猪的踪影。

"此獠会不会知道我们来,躲起来了?"桃林擦了擦额上的汗。这时的他风尘仆仆,满面憔悴,全然没有了当初的神采。

"它的本事一定很大!"文思含肯定地说。

本事很大?桃林苦笑一下,如果是在外界,找十头这样的猪对他来说都是小菜一碟。

几人分析,这并封兽很可能是用了某种变化术藏匿,要知道猪的智商不低,更何况它还有两个脑袋。

小乐建议叶真念那段咒语,让并封乖乖听话出来。可惜那咒语对着山石草木可是一个字也蹦不出来。

叶神童忽然想起坡下有几株类似丹木的矮树,树上结满诱人的红果,散发出缕缕香气,很可能就是双头猪最喜欢待的地方。她于是有了个主意。

不多会儿,大伙便对着丹木林摇起了火把,边摇边喊:"并封,猪头,快出来,不然就点火了,你就得变成烤猪了。"

此法子果然有效,就见树上的一颗红果一抖,一条黑影就向一旁夺路而逃。

阿奇还没反应过来,桃林就已经眼疾手快地跃过去一把抓住了它。一看到它的猪头,桃林大喜:"此獠果然不禁吓。"

真是千辛万苦啊!大家全都欢呼起来。小文同学更是开心得流下了眼泪。

下一秒,意料之外的事又发生了。

桃林竟发现拉不动此兽,这只嗷嗷乱叫、四蹄乱蹬的双头小猪就好像被什么拖住一样。

只见桃林额间银光一闪,他瞬间看见一个透明的人影正拉着那猪兽的两条后腿。

"什么人?"桃林立即面呈狞色,杀心大起,一掌向对方劈去。

那透明人只得用手中的并封兽一挡。可怜那双头小猪随着嗷的一声惨叫就被劈成了两半。

事情发生得太突然,尚小乐还没反应过来,那透明人就位移到他身边,现了身。

"道友手下留情。"一位杏眼柳眉、白净面庞的俊俏小生提着半拉血乎的猪身,出现在众人面前。

"见过小乐师叔,在下圣邑炼体宗郑晴,炼体宗宗主正是家兄。你我两宗一向交好……"

"交好?交好你还抢我们的东西。"叶真冷笑着打断了此人言辞恳切的告白。

尚小乐有点蒙。

桃林怒火中烧地盯着这个腕戴白环的人。他可不管什么师叔不师叔,正积蓄能量,打算给这个女扮男装的修士致命一击。他平时对女子,尤其是漂亮女子都很客气,但眼下,那女人长得再漂亮,在他眼中也不如一头猪。

就在此时,双髻小童出现了。

郑晴喜出望外,大喊道:"我捉到并封了!"并立即跃到小童身后。

"分明是我们先捉住的!"叶真几乎同时反应过来。小乐也喊起来。桃林提着半拉猪身,心中懊恼没早点把那女的撕碎,现在反而不好出手了。

小童宣布第二场比赛结束。所有的参赛队员被第一时间从书中传送出来。

到底猪落谁家,青白两队各执一词,互不相让。小童回复会禀报岛主,由他来定夺。

附:《山海经》是中国志怪古籍,大体是战国中后期到汉代初中期的楚国或巴蜀人所作,是一部了不起的奇书。该书作者不详。《山海经》全书现存18篇,其余篇章内容早佚。原共22篇约32650字,包括《藏山经》5篇、《海外经》4篇、《海内经》5篇、《大荒经》4篇。《汉书·艺文志》作13篇,未把《大荒经》和《海内经》计算在内。《山海经》内容主要是民间传说中的地理知识,包括山川、民族、物产、药物、祭祀、巫医等,保存了包括夸父逐日、女娲补天、精卫填海、大禹治水等不少脍炙人口的远古神话传说和寓言故事。

第七章 桃源记(二)

一、迎客亭中

几支队伍重新回到了迎客亭中的院子里。一个噩耗传来,蓝队的梁伯伯在这场比赛中不幸遇难。

问了同行的人才知道,梁伯伯在进入书中不久就不慎被一只受惊跃出的四角小羊蹭了一下,不想就此倒地身亡。后来才知道那是土蝼兽,那古兽一副人畜无害的模样,但在《山海经》里却是死神一般的存在,触者立毙。蓝队的成员大多是梁伯伯招募的,也算够义气,所以他的遗体被完好无损地带了出来。

仿佛老了十岁的海姨呆呆地坐在梁伯伯身边,脸上全是风干的泪痕,倒是崔妈妈一边抹着眼泪,一边唉声叹气地说起她小姐的苦命来。

叶真和小乐这才知道海姨夫妇坚决要来桃源岛的真正缘由,竟与海姨的身世有关。

六十多年前,海姨的父亲偶遇一个海天国上邦的女子,二人坠入爱河,没有理会两邦不准往来通婚的禁令。那个女子就是海姨的母亲。

海天国上下邦是两个不同的种族,他们的结合带着天定诅咒。海姨一出生双腿就有残疾,被医生认定终生不能行走。没过多久,海姨的母亲就去世了,海姨的父亲带着妻子的嘱托和对女儿行走的希望踏上了去无尽海寻找桃源主人的道路。

当时海姨的父亲散尽家财,找了不少高人同行。岂料在无尽海边,海姨的父亲突发急症,上吐下泻不能上船,于是他最信任的同宗小兄弟便代替他去了桃源岛。

多日后,海姨的父亲终于等来了那好兄弟回来的消息,不料那兄弟却避而不见。差不多一个月后,楚氏家族,确切地说是那位好兄弟的家族一跃成为整个海天国首屈一指的大家族。

海姨的父亲渐渐知道了事情的真相。他原来的跟班小弟,他最信任的兄弟,在桃源岛的比赛获胜后,竟自私了一把,把大哥的心愿抛开,而让龙纹花杖实现了自己发家致富的愿望。

好在他还有点良心,把海姨一家富养起来。但没有坚持渡海上岛成了海姨父亲一辈子懊悔的事情,到了晚年竟成了他的心病。

因此,海姨夫妇历尽艰险来桃源参加比赛,不仅是为了治腿,更是为了完成老父亲唯一的遗愿。

"原来'海天楚,金如土'是这么来的。"小乐听完故事后唏嘘不已。

叶真则请阿奇帮忙,把梁伯伯的遗体压缩到一个空间照片中。她对海姨说,如果有机会,想请桃源岛主救活梁伯伯。

阿奇有些奇怪叶真的反应,按理说她这个不知活了多久的老怪物应该早就看淡生死。叶真则对阿奇道了声谢,一句话也没有多说。

十几分钟后,双髻小童又带来一个消息,说是黄队的古道友和白队的邹道友已经不幸被巨蛰兽所杀,身体精元已然兵解,化归天地了。

立时,就见黄队一红发老者捶胸顿足,悲怆道:"我大哥只此一子,我回去如何与兄嫂交代!"

他身边一个粗布衣衫、鹤发鸡皮的老妇人劝解道:"古兄不必太过自责。唉,可惜了,令侄不听劝告,非要单独行动,方有此祸。"

灰袍老者扫了一眼黄队的这两人,不用说他俩一定是那黑毛大汉的同伴。此刻,他的脸上也呈现出悲痛的神色。毕竟那邹姓儒生是与自己称兄道弟,结伴而来。他可不想被队友认为是无情之人。这场比赛能有这个局面已经大出意料,后面或许还要依仗那几个队友。

白队的另外两名修士走过来劝慰他,说了些节哀顺变之类的客套话。这两人是五行城的双修伴侣,五行功法炉火纯青。

白队还有一人便是圣邑炼体宗的掌宗郑晴,此刻,她竟来到小乐的团队旁,满脸歉意地解释着什么。

她很早就认出尚小乐正是箓公门下那个救了核宫之困的传奇小弟子,觉得他虽然没有法力,但一定有箓公的某种神通。所以在第二场比赛开始后不久便隐身一直尾随着他们,直到青队找到并封后,她就乘机下手了。

这种事怎么说都不光彩,更何况她在圣邑还是有身份的人。于是郑掌宗便放下面子,找小乐师叔再解释一二,重点还在下文。

她眼中含泪地告诉小乐,一年多前,她的兄长,也就是炼体宗宗主郑里在去五行城救援后便失踪了,随行人员也是一个都没有回来。圣邑派出大批人手去寻找,但音讯全无。

"家兄怕是凶多吉少了。"郑晴凄然道,"我这次来找桃源主人,就是想知道家兄的下落,如果不幸遇害,那也要知道仇人是谁。"

她这个理由很充分,兄妹情深,让小乐在心里原谅她了。小乐不由得想起那个紫红头发、中气十足的郑宗主,他还请过自己吃饭的。

接着郑晴说现在一切听从岛主的判决。他们队正好损失一人,如果侥幸取胜,就会多出一片龙纹花瓣。她跟同队的那对夫妇交情深厚,可以一起请岛主帮小乐实现心愿。如果自己队伍失败,还请小乐师叔回圣邑后请箓公出面调查兄长失踪一事。

"这娇滴滴的小姑娘,几句话说得是一箭数雕,滴水不漏。老身都自愧不如。"叶真在旁边对阿奇阴阳怪气地说。

"圣邑修士不能看外貌的,没准她都七老八十了,当然老谋深算啦。"阿奇摇着鼻子,嗡嗡地应道。

郑晴愣装没听见,同与她八竿子打不着的小乐师叔又闲聊几句后,便起身告辞。

"你是用什么消去了你的气息,竟让我一直没有发现?"在一旁闭目养息的桃林突然发问。桃林自负感官灵敏非凡,此人就算隐身术登峰造极,一路跟随这么久,自己即便能力受限,也应有所觉察,唯一的可能就是此人身上藏有异宝。

他可不想像叶真那样逞口舌之利,只想探知此人功法虚实,以后少不得给她点颜色瞧瞧。

"道友问的可是这个?"郑晴也不隐瞒,大大方方地从腰间解下一个类似香囊的物件,打开后里面是两颗羊脂玉般的丹药。

"此药名为玉隐冰心,是嗅隐草根加配雪国的寒冰元用五行功法炼制而成,极其难得,服用后可以掩去所有的气息。道友若是感兴趣,在下愿意赠予道友,以表心意。"郑晴眼波流转,笑盈盈地说道。

桃林哼了一声,转脸看了眼文思含。小文同学马上乖巧地伸手接过香囊。她现在俨然是桃林的小跟班了。

郑掌宗离开时,一阵心疼,这玉隐冰心的炼制确实不易。但她神色依旧,心里冷笑道:"我这丹药只有阴柔体质配合特殊修炼功法才能管用,那妖人胆敢贸然服用,有没有命都是两说的事。"

桃林把那两枚玉脂丹药倒在手心,竟觉触肌生寒,看来不光能掩去气息,连体温都能隐去,果然是好东西。

二、加时赛(上)

桃源主人的裁断终于出台:由于青白两队各得半只并封,所以加试一题,确定最后"猪落谁家"。

尽管叶真他们觉得白队占了大便宜,但小乐觉得这也很公平,毕竟人家能一路跟随,凭的也是真本事。

双髻小童把青白两队带进一个房间。房间里的陈设很简单,只有两个石榻。正当大家纳闷寻思之际,又一个身着淡绿衣衫的小童走进房间,年龄比身着粉白衣衫的双髻小童略小些,手中托着一团淡蓝色气体,形状摇曳不定,好似有生命一般。

这又是什么东西?!尚小乐眼都看直了。

"诸位,岛主前日偶得一梦,在梦中有一件事情做到一半就醒了,现在此梦就复制在我手上的小千世界中。我主给两队出的题目就是,两队各出一人,在睡梦中进入他的梦境,完成他没有做完的事。先完成的队伍得一分,另一队淘汰出局。"绿衫小童的说话口吻跟双髻小童一模一样,不愧是一个师父教的。

"这太难了。"

"这么古怪的题目。"

"根本是不可能的事。"……

众人七嘴八舌。

"若是两队都完成不了呢?"有人大喊。

"那我会回禀岛主,诸位都没有这个能力,那就请全部出局离岛吧。"小童轻笑着答复道。

说完,他单手一挥把那团蓝色气体抛向两个石榻,那团气体渐渐把石榻笼罩起来,看上去真是神秘莫测。

"两队可以任选一张床入睡进入梦境。比赛现在开始,诸位抓紧时间。"

两个小童转身都消失了。房间里剩下冥思苦想、愁眉苦脸的两支队伍。

小乐、叶真和小文都觉得这题目真是令人脑洞大开、匪夷所思。阿奇与桃林也是一筹莫展。

"你们谁上去,老朽倒可以助他。"一直在团队里对什么都不在乎,存在感似有似无的万叶尊者突然开口了。

"也许我可以试一下。"文思含腼腆地小声说。

的确挺出人意料的。

"你行吗？你连他的梦是什么都不知道？你有多少把握？"桃林深表怀疑地望着她。他觉得多少得对自己带着的小跟班负点责任。

小文同学摇摇头，没有把握。

叶真直接嗤之以鼻。文思含的脸更红了，低下头小声地说起自己的经历。她正是因为梦境才找到这里，而且她的梦总是异于常人，在梦中她知道自己要做什么，有时候想做什么梦就做什么梦，梦境还可以跟连续剧一样。

竟有这样的特异功能！连叶真都有些惊讶。

"让她躺上去睡觉，其他的交给老朽。"万叶尊者再次开口，一副不容置疑的语气，显然不满意众人的絮叨。

于是，文思含躺到了一张石榻上。叶师姐还挺会照顾人的，让阿奇从打包的行李中找出条毛毯给她铺盖上。不一会工夫，小思含就睡着了。

还没讨论出个所以然的白队，见对方已经有人参战，不免焦急起来。最后，来自五行城的夫妇俩决定尝试。只见二人在石榻上闭目盘膝而坐，双手相合，丈夫把自己的神识一点点融入妻子的神识海中。很快那名中年美妇进入了睡梦中，她丈夫则立在床边，紧张地盯着妻子的动静。

这边小思含发出了微微的鼾声。

万叶尊者从自己的头发里摸索出一小片淡绿色的树叶，对它吹了口气，那枚树叶便飘飘忽忽地落在小文的额间。

尚小乐发觉这万叶尊者比刚见到时绿了不少，估计是在

《山海经》里吸足了灵气。

几分钟后,笼罩在文思含床榻四周的蓝色气体忽然分出一缕,慢慢一点点钻入小文同学的百会穴中。

"这就是进入那个梦了吗?"小乐望着眼前惊人的一幕,有些看呆了。叶真拉了他一下,示意他别说话。

在一处空蒙的世界里,小思含睁开眼睛。"好美的地方呀!"她情不自禁地感叹。

大地清灵如镜,透出银色的光辉,每走一步都荡起涟漪,又宛如走在水中,一朵朵的鲜花在她脚边盛开。她就踏着花径走到一个烟波缥缈的小园前。

园中云雾缭绕,花香轻拂,还能听到潺潺的流水声。"这里应该就是仙境吧!"不远处有一个仙家台阁,文思含走近一看,上书三个古朴的篆字。

"什么云什么……?"小文只认得其中的一个云字。

"是流云栖。"一个突然出现的绿色人影接口答道。

小文吓了一跳,但很快就反应过来。"您是万叶老爷爷吧?"

"我是他的一缕神识。你这丫头果然有些本事,在梦里思想如此自如。"

小文同学低头笑笑,即便在梦里被夸奖,她也有点不好意思。接着她便同那绿色人影一起向流云栖走去。

空中忽然传来几声穿云裂石般的声响,两条巨龙在云间时隐时现。这是中国古代神话中的龙,是那样的栩栩如生,文思含甚至能看到龙须和龙身上的鳞片。

小文看得是心惊胆战,腿都有些发软,忽然想起自己是在梦中,立即胆儿壮了起来。

此刻,睡在另一个石榻上的中年美妇周围没有任何异象。她的丈夫有些着急,继续往妻子体内注入自己的精神力。郑晴也过来帮忙,把精神力渡给好友。就在他二人身体微微颤抖,豆大的汗珠从头上滚落之时,一小缕蓝色气体终于开始慢慢注入中年美妇的百会穴。

她也进去了。白队成员松了一口气,露出欣喜的神色。

三、加时赛(下)

"车道友,在下可进入梦境去助牟道友一臂之力。"灰袍老者手中宝剑发出微鸣声。灰袍老者同意了,交代几句后,就见一个白色光点从宝剑中飞出,径自随着蓝色气体一起进入中年美妇的脑海中。

在梦世界里,文思含与绿色人影已经来到了流云栖的内室。到底桃源主人没有做完的事是什么呢?文思含东张西望,忽然看见墙壁上画着一个老道士,身上杏黄道袍的颜色只上了一半。这应该就是那件没做完的事啦!

文思含正兴奋开心之际,就听绿色人影沉吟道:"不太妙,又有人进来了,还是两个。"

话音未落,一个白色光点已经一晃而入。

"你是自己出去,还是让老朽把你给灭了?"绿色人影挡在小文前面冷冷地说。

"道友且慢动手,我是特来相助你们的。"白光点匆匆忙忙地说道,"与我同来的是一个名叫牟三娘的五行城高手,精神力变幻莫测。她还在外面的水境,如若进来,会让二位棘手不少。但在下可以帮你们让她离开。我之所以这么做是想让你们给尚小乐带个口信。我算起来应该是他的师叔,只因知道一个天大的秘密,被人追杀身死,不得已做了游龙剑器灵,如今却不慎落到那车姓老儿手中。此人阴险,不堪为主……"

"你是御物宗的人?你的元神化灵跟谁学的?"绿色人影有点感兴趣地打断他的话。

"对,在下正是圣邑御物宗金光爵的大弟子淳于毅,元神化灵大法得自箓公真传。请两位把我的话一定带给我师侄小乐,让他来救我。只要逼那姓车的拔剑,我便可以脱身。"

淳于毅言辞恳切。因为要争分夺秒地赶在牟三娘进来之前,所以他把自己的来历意图一股脑儿和盘托出。

绿色人影没表态,老实的小文点点头,答应了。

"那就拜托了,我会让那牟三娘怎么来的怎么回去。"白色光点说完就闪出了流云栖。

牟三娘已经来到了竹篱小园,她也是连连惊叹这梦中的景致。

"牟三娘,快醒来——"她忽然听到有人在不停地喊她。她停住脚,稳住心神,身边的花树纷纷向她招手,都在喊她的名字。再一看,园中的云霭竟然也汇成"牟三娘快醒来"这六个大字。

她慌忙向前疾走,四处都是喊她醒来的声音。她立刻运起功法,使自己不受干扰。就在她迈进流云栖时,她的腰带突然松开,上衣也悄然滑落,惊得她一下捂住前胸。这时就听一个男子厉声道:"牟三娘,你还不醒来,难道要在此处宽衣解带吗?!"

这时,只听睡在石榻上的中年美妇啊的一声,从梦中醒来。他的队友一下子聚过来,得知情况后全都无比失望。桃林和阿奇马上加强戒备,刚才是两队都进了梦世界,外面的人可以偃旗息鼓,现在,可就不好说了。

好在不多会儿,文思含就自行醒来了,心里只觉得刚才的梦真过瘾,想要什么样的画笔都能变出来,想怎么画就怎么画。

也就一顿饭工夫,桃源主人的评判就出来了。他对小文的任务完成挺满意的。绿衣小童直接宣布,最后的对决将于一日后在青黄两队之间展开。

胜利一方的欢呼雀跃自不必说,得意的、失意的全都又回到迎客亭中。早已等在那的黄队几人不时向小乐他们投来敌意窥测的目光,尤其是那位才死了侄子的红发老者。也是,经过《山海经》一场赛后,各队都折了人,唯有青队完好无损。更可气的是,此队有一半都是凡人小孩。这运气也太好了点吧?!红发老者愤恨地想。

小乐和叶真陪在海姨身边。小乐觉得岛上对海天国与圣邑的人还算客气,让他们可以一直留在这里。先前被淘汰的红黑两队早就被赶走了。

白队的郑晴和那对中年夫妇留在庭内就地打坐恢复元气。灰袍老者在这场比赛中,没损失什么,很快就离开了迎客亭。他既不想灰头土脸地待在这里,更不想耗费晶石帮助在比赛中元气大伤的曾经队友。

几天后,这几位曾经的队友在返程过无尽海时,听船巨人说起了一件稀罕事,说他前天看见有个灰白衣裳的老头,在海边跟人打架,没打几下就突然发狂跳了海,真是好笑得很。郑晴和牟三娘夫妇猜测那人八成是那位车道友。他们对这位往日队友也没什么好感,只把他当作无聊归途中的谈资罢了。

他们猜得不错,跳海的正是灰袍老者车修士。

当日文思含不负所托把梦中白光点的话一说,桃林立刻动了心思。他对那把宝剑垂涎已久,早就想收入囊中。阿奇经不住小乐央求,只得同意跟桃林联手夺剑。

于是他俩在无尽海边截住了灰袍老者。他俩的打算是桃林激怒他拔剑,然后阿奇来个时间暂停,直接取剑完事。不过,当车修士拔剑后,一个白色儒生的虚影却倏地闪现。"车兄,你见死不救,还我命来——"虚影飘飘忽忽地说。灰袍老者当即惊恐地大叫逃跑,直至失足跌入海中。

那虚影自然是宝剑中的器灵淳于毅搞的鬼。桃林得了件宝贝,十分高兴,正要把宝剑插入剑鞘,宝剑忽然就消失得无影无踪,气得桃林大骂淳于毅小人行径。

四、小小得月楼(上)

最终的对决开始了。

双髻小童拍拍手,两支队伍瞬间到了一处热闹的街市。这种移步换景法小乐已不觉稀奇。他四下望望,大家正站在一座两层的古式酒楼下面。酒楼雕梁画栋,人声鼎沸,好不热闹,上书"小小得月楼"几个大字。小乐觉得这字跟姥爷的有点像。

"诸位,这家酒楼的红烧肉最为著名。本场比赛就与这红烧肉有关。"一番实在是吊人胃口的开场白后,双髻小童揭晓了本场的赛题:比赛就在这"小小得月楼"里进行。两支队伍中,一支需要想方设法吃到酒楼里的红烧肉,而另一支就必须千方百计地阻挠,不让对方吃到。比赛时间为三天,三天内成功完成任务的队伍获胜。

本场比赛对所有的功法都不做限制,但有一点,不得伤害对方成员。按小童的话说,一方把另一方杀完,赢了比赛就不好玩了。再有就是比赛的有效时间是酒店的营业时间,所有的参赛者都不能影响酒店的正常营业。说完还瞟了两队几位长相奇特的成员,言下之意是:长成这样,不易容的话就别出来吓人了。

小乐听了真想见见这位游戏的设计者,究竟是怎样古灵精怪的人。

说完题目后,小童开始分配任务。为了公平起见,他取出一片一面青色一面黄色的桃树叶,对众人说:"当桃叶落地时,哪一方的颜色在上,哪一方就是要吃到红烧肉的那一方。"

说完就把叶片随意抛向空中。大家屏住呼吸,看桃叶打着旋儿落下,一切顺其自然。

桃叶落地了,青面朝上!叶真和小乐高兴地叫起来。虽说攻守各有利弊,但作为进攻的一方,更掌握了主动性。

黄队成员似乎对这个结果也很满意。双髻小童离开前吩咐:"诸位可先行准备,比赛将于一个时辰后正式开始。"

黄队的五人中很快就消失了三人,只剩下一个白衣少年和断了一只手臂的精瘦中年男子留在酒楼的门口。精瘦男子面无表情,而那少年的目光则多少带着些挑衅的意味。

在离酒店不远一个客栈的房间里,小乐他们开始商量对策。第一步是彻底研究对手。黄队看样子全部是万圣国的修士。一个白衣少年,滑草那场比赛时操纵着纸鸢。一个精瘦的中年汉子,在第二场比赛中被毒蜂钦原刺伤,果断地砍掉了自己的手臂。目前他断臂的骨肉正在缓慢地恢复中,应该不足为惧。再有就是那位红发老者和粗衣老妇人了。小乐这一方对他俩的神通可是一无所知。

大家突然意识到,黄队应该还有一人,但此人谁都没有见过!

会不会跟那个淳于毅一样是个器灵?众人开始猜测。叶真回忆到那个老妇人雪白的头发上插着一支猩红的长发钗,突兀得很,偶尔还有荧光透出。那人会不会就藏在里面?

阿奇对那老妇人头上的发钗印象也格外深刻。

"不用猜了,那人不是器灵,就藏在那条红色假烛龙的身上。"在旁边打坐的万叶尊者冷不丁地又开口了。

"烛龙?莫非就是烛九阴?传言中身长千里,吹气为冬、呼气为夏的神龙?"桃林诧异道。

"不错。但白队的这位不知是烛龙的多少代孙,血脉早已不纯,只能勉强算个假烛龙。"万叶点头道。到这最后一关,他也比以前要上心些。

他告诉大伙白队目前的这几人中,实力最强的还是粗衣老妇。至于隐藏起来的那位,如果他猜得不错,应该是某一惧光的灵种,实力不明。

商议后大家决定先去试探一二再说。

半小时后,人来人往的小小得月楼门口,走来了两个锦衣少年。在离酒楼大约三米远的地方,两人突然停下,身体前倾,费了好大劲才保持住平衡,差点跌倒。

这俩孩子正是尚小乐和文思含化装的。当时只觉得双脚猛地被人把住,立即制动,要不是阿奇及时来个暂停,他俩非得摔个狗啃泥不可。

小文和小乐稳住身体后对视一眼,知道进入对方的防守区了。俩孩子四目搜索,并没有看到一个白队的成员。

此时趴在小乐肩膀上的阿奇却看到了小乐他们看不到的惊人一幕。

这一幕完全可以用"天罗地网"来形容。

整个得月楼的外围悬浮着一个个好似用玻璃纸剪成的透明小人,密密麻麻的,尤其集中在门窗周围。小乐他们的双脚被几十个透明的纸人死死按住,让他俩不能前进一步。

而酒楼的地底下则布着一张黑色的大网,那个还剩下半只手没长全的精瘦男子正躺在网中央。

阿奇苦笑了,真个是严防死守,围得铁桶一般,恐怕连个苍蝇也飞不进去。

小乐他们是进不去了,阿奇瞅准一个要到酒店吃饭的食客,一下隐入他的身体里,接着它就跟那人一起顺利地进入酒店。找了个人多的地方,阿奇偷偷地飞出来。似乎没什么异常。桌台上恰好有一盘香喷喷的红烧肉。如果它有嘴可以吃的话,估计都不用麻烦其他人了。

阿奇正想着,忽觉整个空间一紧,瞬间凝固——竟然、竟然有人比它先叫了时间暂停！阿奇不由得大惊。

四周一片静止中，一位银发老妇拄着根猩红的拐杖缓缓走来。拐杖杵地有声。阿奇一眼就认出这拐杖正是她那根发钗变化。

"你既开了灵智，修行不易，退下吧，省得老身动手了。"老妇人言道。

阿奇正打算离开，忽见数不清的血红发丝从拐杖中涌散出，直朝着阿奇缠绕过来。这老妇表面好意劝退，实际是想困住阿奇。她打的算盘是：你来一个，我抓一个，你来一对，我拿一双。最好是把对方都擒住，也就彻底省事了。

阿奇动用周身灵力才从红丝阵中逃走，差点就被缠成一个血丝虫茧。

不过它的这次试探成功地达成两点：第一，大致知道了对方的兵力布局——白衣少年和断臂男守外围，老妇人负责大堂，那厨房和后院一定是红发老者与那个不明物种在把守。第二，也是最重要的，它把万叶尊者给它的一枚叶片放到了店小二的身上。

不过也就半小时，万叶的那枚叶片就化为灰烬。

"我知道那是什么灵种了，只是这样一来，倒有些棘手了。"万叶的一缕分神被灭后，那树灵人老爷子托着干瘪的下巴，若有所思地说，"没想到此界面尚存有这等异物。"

他告诉大家，这神秘的第五人如不出意外的话，应该是一种虹霓精，不可久见日光，所以一直藏在假烛龙，也就是那个红发老者的身上。烛龙血脉就已经很少见了，虹霓精在这个世界就更稀罕了。

小乐听明白了,红发老者和那个虹霓精就是"大熊猫与中华鲟"组合。

万叶尊者接着说,虹霓可以弥散在一个房间的各个角落,任何异物都别想进入。它看管后厨的话,那真是万无一失。

众人继续商议。小乐和小文都提出跟他们打疲劳战,先不停地去探,到第三天再来真格的。小文同学还认真地引用她在国学课上学的《曹刿论战》:一鼓作气,再而衰,三而竭。

叶真笑道:"你这么想,别人也这么想。偷东西这种事就要出其不意,在每次试探中寻找机会,让他们防不胜防。"

"关键是要进得去,还得破了那老太婆的时间拐杖才行。"阿奇也嗡嗡地说道。

五、小小得月楼(下)

此刻在阿奇开辟的一处空间里,刚从运功中醒来的桃林睁开眼睛,掏出那两颗玉隐冰心,直接送入口中。几分钟后,他额头银光闪烁。阿奇如果在就能看见他的印堂、上丹田中燃烧着银色的火焰。银火中包裹着的两颗丹药,正被慢慢炼化。郑晴倘若知道他会这种净化炼丹法,可能会后悔不已。

在几个少年议论的当口,一旁万叶尊者的胡须竟开始逐渐生长、变长,接着自行编织成一个扁长条形框架。老爷子再单手一抹,一把朴素的五弦古琴便出现了。

到这个时空还没多久的小文同学有点看傻了。

"古琴最初就是有五根弦,象征着金、木、水、火、土。周文王和周武王分别增添了一根弦,所以目前咱们那儿的古琴都是七根弦,又称文武七弦琴。"好为人师的叶师姐又开始科普了。

"古琴演奏较难,一根弦可以有几个音,你俩感兴趣的话,可以学古筝,二十一根弦,弦越多越简单。"叶真继续。

"师姐,你会弹吗?给我们来一曲吧。"小乐听着有些兴奋。

"高山流水觅知音,平沙落雁对月鸣。"叶真不觉技痒,但看万叶的表情冷淡,似乎并没有让她抚琴的意思。

"老朽的琴可不是奏曲的,它奏的是五行之音。听我音,顺我意。"万叶尊者淡然道。说着就见黄绿光芒一闪,古琴被他收入体内。

言归正传。当夜,他们就定了几套方案,决定逐一尝试。

第二天中午,小小得月楼跟以往一样热闹。忽然街上刮起了大风,到处是风吹树叶的飒飒声。得月楼外围的玻璃纸小人也被吹得四散开去。隐藏一旁的白衣少年刚稳住那些纸人,就见铺天盖地的洪水奔涌而来。

"发大水啦!发大水啦!"路人惊叫着四处逃窜。

白衣少年也惊得跃入楼中,看着洪水从酒楼门前奔腾而过。

"不是说不能影响酒楼营业吗?他们犯规了吧!"地底下手臂已经长好的男子忍不住传音道。

"大家稳住,这是幻象。"白发老妇的拐杖噔噔地杵着地面,向队友传音。

果然,不一会儿就又是一番风和日丽、熙熙攘攘的街景。

双髻小童在楼前出现,表情严肃。

"刚才青队的行为已经涉嫌犯规,你去把你队其他人叫出来，我通告一下对他们的处理意见。"小童对外面的白衣少年说道。

"尊使可否与在下说，我传音给他们。"白衣少年狐疑地看着他，没说话，倒是从地下一闪而出的精瘦男子施了一礼，小心地说。

"谨慎点也对。"小童沉稳地点点头，说，"鉴于青队动用五行之力，影响了酒店外的客人，所以将比赛时间缩短为两日。到今晚得月楼打烊前如果青队未成功，则你队获得最终的胜利。"

白衣少年和精瘦男子对视一眼，均露出喜疑参半的神色。他俩已用不同功法审视了小童，并未发现什么异常。

"沙道友的行为也有不妥。算了，她也不必出来，我进去跟她说。"小童说着就要走进酒楼。门外的两个人正不知是否该阻拦，就见白发老妇已经戴着发钗走了出来。她特地出来鉴别双髻小童的真假，以防队友吃亏。

小童告诫了她几句，大致意思是让她要像个正常食客，别走来走去，引人注意。老妇人连连称是。

三人把小童恭敬地送走了，便各就各位，白发老妇也返回店中。

大约十分钟后，老妇人发觉有些异样，一些客人开始出现重复行为，而且没有一个新客人进来。

老妇人立即变出红拐杖，一敲地面，不禁大惊失色："不好，中计了！"

她和门外的两人此刻已被困在阿奇精心打造的空间里，空间就设在万叶从头上摘下的一片树叶中。树叶又被阿奇投进几

485

公里外的小河里随波逐流，总之一时半会是出不来了。

刚才的双髻小童正是叶真假扮。叶真的个头、气质尤其是说话老练的语气本就与小童十分相似。再加上万叶、桃林及阿奇三个联合为她打造，更是难辨真假。

那双髻小童身上有一种木灵气息。万叶专门从身上剥下树皮变作衣服让叶真穿上。如此，连白发老妇人也分辨不出了。

叶真出场前的大风和洪水也是万叶用他的五弦琴变幻而出，用他的话说，音族的尊者可不是徒有虚名。他的树根古琴还能让对方听觉辨识混淆，在声音方面发觉不了假小童、假酒楼的丝毫破绽。等黄队这三人出来后再进，进的可就是"阿奇家酒楼"喽！

成功调虎离山后，桃林隐身进入了得月楼。

同一时刻，一直隐在厨房的红发古姓修士通过传音发现与老妇等人失去联系，顿觉大事不妙。略一思索他便忍痛拔下一捋头发，扔了出去。头发一落地瞬间变成一群隐身的红毛小猴子，每只也就几寸来高。小乐和小文如果看见，一定会想到《西游记》中的孙悟空。

几十只红毛小猴呼啦一下蹿到酒楼的各个地方，每一盘红烧肉旁都会有一两只。它们也就头发丝的重量，又是隐形，就算在人们的身上跳来跳去也不会被发现。刚解了白发老妇布置的临时禁制准备下手的桃林被发现了，一块即将到口的红烧肉被小猴打落下来，在一小团水汽中瞬间化成了粉末。

桃林这才发现这盘红烧肉的盘底萦绕着一缕人类肉眼看不见的淡彩水汽。

远远望去，厨房、后堂的门上全氤氲着这种淡彩，只要一有红烧肉给端出来，一小团水汽就会附着在盘底。

隐身中的桃林丝毫不敢轻举妄动。偌大的酒楼虽说现在就剩两人把守，但那条假烛龙和霓虹精可真是下了血本了。由于那些红毛小猴过一段时间就会失去法力加持，变回原形，所以隐匿在厨房的红发老者都快把自己薅成秃子了。而那霓虹精则拼着耗损部分身体来监视，因为它的霓虹水汽在外面很容易被蒸发干净。这样一来，桃林倒有点佩服起对手了，看来他们在滑草比赛中获胜也绝不是单靠运气。

桃林可不想跟那两人硬碰硬，一旦打斗起来可能会犯规，导致前功尽弃。忽然他有了个主意……

厨房里又一群红毛小猴诞生了。它们满室地活蹦乱跳，其中一只不起眼的小猴跳上灶台，就在霓虹精的眼皮底下，极迅速地捞起小小一块刚出锅的红烧肉，放入口中。

"味道不错！"已将红烧肉吃掉的小猴笑嘻嘻地对目瞪口呆的红发老者传音道。

这只红毛小猴正是桃林变化，服用了玉隐冰心的桃林隐去了身上的所有气息，为青队赢得了最终的胜利。

六、桃源主人

一切已成定局。白队成员输得也算心服口服。除了白衣少年还有些不服气外，其余诸人或平静或颓唐地离开了桃源岛。

一刻钟后，双髻小童传出话来，岛主将要接见获胜队伍，实现他们的愿望。

就要见到桃源主人了,激动、感慨、好奇、疑惑齐齐涌上心头。原本沉浸在胜利喜悦中的尚小乐,忽然有一种想落泪的感觉。

小童把大家领入迎客亭内突然出现的一道门中,穿过云烟缭绕、四周奇花异草的园中回廊,走进一处古朴清雅至极的轩阁。

众人被这仙家美景所折服,脱了限灵环后脚步也格外轻快。桃林心道:"若能与她在这里长相厮守,便是让我做天地霸主也不干。"

他的小跟班文思含则感觉好像来过这园子。

大家在小童的引领下进入内室,只见正前方云台蒲团上盘膝端坐着一位身着杏黄道袍、白须飘飘、仙风道骨的老者。桃林和阿奇只觉一股巨大的灵压,让他俩丝毫不敢轻举妄动。小乐觉得他长得真像每个假期都热播的《西游记》中孙悟空的师父菩提祖师。叶真饶有兴趣地看着这位老道,心想人类世界幻想出的得道仙人应该就是这样。文思含则激动虔诚地想要跪下,求他拯救自己的双亲。万叶尊者依旧是一副面无表情的枯树般模样。

"无量寿福。"桃源主人一开口,叶真马上肯定了她的推断,他一定是中国古代的一个精修道人穿越到这个世界来的。

"诸位历经艰难,终得胜利,可喜可贺。龙纹花杖宝花已开,诸位可上前告知心愿,求取花瓣了。"桃源主人的声音温和慈祥,透着世外高人的绝尘之气。

"但有一点,凡是跟恶灵龙山有关的心愿就不用说了,本岛不会干涉。"说完,岛主手中拂尘轻指,在一片灿烂的金辉中,一根乌金手杖出现在众人面前。宝杖顶端盛开着一朵半虚半实的六瓣花,形如莲花,发散着摄人心魄的光芒。

众人让父母生死未卜的文思含先实现心愿。于是在大伙鼓励的眼神中,小文同学激动地上前几步,声音颤抖着对桃源主人说出了自己的心愿。

下一秒,只见宝杖上一片金色花瓣徐徐飘落下来,围着小文由上而下地悠悠旋转,在旋转中化作了星星点点的金末光屑,而小文则在这环绕周身如烟花般的绚丽中消失了。

接着是桃林。这家伙直接传音给了桃源主人,小乐和叶真两个好奇宝宝谁也没听见这位神秘队友的心愿。

同小文一样,他也在花瓣光华的萦绕下不见了。

万叶尊者托着他那从不离手的大苹果,第三个走上前去。

"你想要什么?"桃源主人和蔼地问。

"我要的是——你!"这个"你"字还未出口,万叶尊者已把手中那颗半青半黄的大苹果狠狠地向桃源主人砸去。

这又是怎么个情况?!

在万叶把手中的大果子砸向桃源主人的一刻,阿奇、尚小乐和叶真全傻了。

白须老道人直接被砸倒在地。离奇的是万叶这个枯木老头也同时倒地,一动不动,气息全无。

忽然,大苹果里传出一个暴怒的声音:"是谁?!胆敢困住本岛主。等我出来后,定将你碎尸万段!"这声音听上去挺稚嫩,像是七八岁的小儿在喊叫。

接着,就见桃源主人摇摇晃晃地站了起来,欣喜地看看自己的双手,摸摸自己的老脸、长须。

小乐突然想到血魔在荒原夺了周师父的身体后就是这副模样。他跟阿奇对望一眼,得出了相同答案:是了,这邪恶的树灵人夺了桃源主人的身体。

大苹果里的小孩还在怒骂叫嚣,只听现在的老道人清了清嗓子,略有些生硬地缓缓说道:"续流,你这欺师灭祖的孽障,还不知悔改吗?!"

那孩子的声音忽然变得惊恐起来:"你,你是谁? 不,不可能……你,你是师父? 师父,师父饶命,徒儿知错了,徒儿当日是无心的。师父,哦不,老祖宗,续流知错了……"果子里的声音变得哀求起来。

"好吧,剧情又反转了。"叶真对小乐小声道。

"念你在梦中还记得水月花境、流云栖,还记着为师,暂且饶你不死。你就在这音灵果中永世忏悔,也感受一下为师的万年孤寂。"老道人露出凄然痛心的神色。

说完,长袖一扬,那夹着小孩哭喊声的音灵果便被他收入袖中。原本僵立不动的粉白与淡绿衣衫的两个小童突然一齐栽倒,像两个被剪了线的提线木偶。叶真吓了一跳,万叶不会要杀人灭口吧?

接着,老道人扫视了面前众人,端坐在蒲团之上,清冷又清晰地说道:"贫道才是真正的桃源主人。"

七、竟然是这样(上)

他对曾经共同进退的队友倒没有为难,也没有隐瞒,娓娓道出自己的经历。他说得轻松平和,但那种感觉就好像是从遥远的上古缓缓走来。包括阿奇在内,所有人都听得倒吸了一口凉气。因为在他们面前的不是一个人,而是一个神,一个这个世界的创世神!

他的来历跟叶真猜的一样,果真是中国古代一个修道的高人。他的天赋极高,运气也极好,竟参悟到天地间最高深的道法,也就是时空法则,可以改造某一时空,还可以发现和打开其他的空间。于是他就在一个战乱四起、民不聊生的年代,把他的数千信徒包括他们的家眷全部带入了他新发现并改造过的另一世界。他的那些信徒便各自挑选地方兴土建国,繁衍生息,也就形成了现在流沙大陆的雏形。

叶神童后来跟小乐详细讲解了她对时空法则的认识以及对这个世界的分析,一番话令这个少年茅塞顿开。她说我们眼睛能看到的是三维的世界。二维是平面的,你扫二维码,就是个长和宽。三维就是长宽高,立体的。但宇宙可不是只有三维空间,而是多维的,有科学家甚至预测有十一维空间。

她告诉小乐,桃源主人可能领悟到四维空间,甚至五维空间的法则,所以他对于咱们普通人来说,就是神一样的存在。爱因斯坦提出过四维空间就是在三维的基础上加上时间轴。一旦知道了时间法则那可就了不得,不仅可以随意出入三维空间,还可以把那里的生物玩弄于股掌之间。阿奇是这样,它的空间压缩

491

不过是一种降维,即将三维变成二维。桃源岛上的小童能够凭空出现、消失的本事,也是如此。就连她自己的"返老还童"也是因为未来的人类部分领悟到了一些时间法则,而且在她的那个年代,人类已经研发成功实物传真机了。

叶真还说那些历史传说里不知所终的高人,像奔月的嫦娥,骑着青牛出函谷关的老子,没准都是去了其他的空间。

根据这位创世大神的叙述,他的直系徒子徒孙选了修炼灵力充沛也就是富含晶石的地区建了圣邑,后来分出了五行城。更多的记名弟子选择了其他地方。来到这个世界的开拓者们很快就征服了这里的土著精灵,成为大陆的主人。如此,流沙大陆的很多现象就有了合理的解释。

首先,这里的人多是华夏民族的后裔,难怪到处都有汉文化的痕迹。他们在海天国见到的那些外族人可能就是追随大神一道来的少数民族如匈奴、突厥的后裔。其次,就像阿奇老早就说过的话,人要适应环境,环境会改造人。海天国上邦的居民进化出了鳃,选择巨灵山庄的人类一代代地也变得高大起来,而住在悠悠国的人受环境影响会变得慢腾腾的。同时,那些可以使用法术的地方,人们都钻研该怎么精进法力和修炼长生术,自然不会像海天国、巨灵山庄那样去发展科技。这也就解释了为何流沙大陆具有层次不同的文明时代。

叶真甚至反推猜测,没准地球上的人类也是外星或其他多维空间的智能生命体的移民,最终成为地球的主宰。她的这番话令阿奇都暗自惊叹。

这个世界的第一代移民还带过来不少动物,其中不少是在人类世界早已灭绝的远古神兽。例如龙，这里面就有两条创世大神一直养在身边的纯种中国龙。

"我后面的遭遇便与那两条孽畜有关，也是我当有此劫难。"创世大神叹息一声，开始后面更为惊心动魄的故事：

我那些门徒信众大致定居下来后，我便带着两个入室亲传弟子，找了块灵宝之地隐居修炼。就是这儿，桃源岛，我亲手造了水月花境和流云栖，可惜沧海桑田，此间已不复存在。

我的大弟子续流，就是那个逆徒，和我也算有些渊源。当时，我大道初成，尘缘未尽，曾返回过我的家族。不想族中后人人丁萧条，续流的父母恳求我收他为徒，我顾念家族血亲便把他带在身边修行教导。那时他只是个七八岁孩童，后来因为贪食玲珑草的草籽中毒，一辈子就永远停留在孩童时期。他无法参习高深道法，整日在龙园厮混，与那两条恶龙交情日深，我也疏于管教，以致酿成大祸。

那日，他趁我元神出窍，天地玄游之际，偷走我的宝杖，放出两条恶龙。那真是一场恶仗，两个孽畜把我逼到万里之外，走投无路，不得不自爆部分元神才得以逃脱。当时我的元神急需一个身体寄存修炼，刚好遇到一个树灵人化尘后留下的躯体，别无选择之下我只好拿来使用，没想到一用就是上万年。

那具枯木躯体原是音族的一位长老，本事少得可怜，跟我原来的仙躯根本不能相提并论。后来才知道，续流占了我的身体，在这岛上做起了桃源主人。我的二弟子云见，带着我的几件重宝逃走，下落不明。后面的事你们都知道了，想是续流那厮闲来无聊，便利用龙纹花杖办起了比赛。我的功力恢复小半后，就将元神隐在音灵果中,用分神操纵万木身躯,来到这里。也是天意,那逆徒竟安排了《山海经》一关。要知道那里本就是我亲自打造,存有我精厚法力,于是我又得以恢复不少,最终让我顺利夺回了仙体,清理了门户。"

老神仙说得平淡,波澜不惊,但小乐听得心潮澎湃,更令他激动的是他竟和这样一位创世大神做过队友。

"阿甲,阿乙,你俩把这几个客人领出去吧。"大神忽然发话。

嗯?老神仙在叫谁?小乐等人正疑惑,就见那两个倒地小童腾地站起来,恭恭敬敬地低头应了声:"是,主人。"后来小乐才知道,那俩小童本是创世大神用桃木做的通灵奴仆,原先被续流神识掌控,续流倒台后他俩自然失去了控制,真正的桃源主人再度召唤出了两人的意识。

"几位也算对贫道有所助益,你们先行退去,稍后我自会用宝杖中的时空之力为你们实现心愿。"大神说完,微闭双目,进入一种入定假寐状态。

估计他与自己久违的身体还要磨合一下。青队剩下的几人谁敢说个不字?他们瞅了瞅依然悬浮室中,金光闪耀的龙纹花杖,跟着两个小童走出内堂。好在创世大神最后的那句话让大家宽心了不少。主办方虽然变了,但奖品还在。

八、竟然是这样(下)

小乐他们的确需要再议一下想要实现的心愿,因为情况发生了改变。叶真改变了初衷,她的心愿不再是回到未来拔下那些控制她大脑的仪器,而是选择救活梁伯伯,之后永远留在这个世界,与海姨夫妇一起生活。

"还记得咱们仨刚到海天国发生的事吗?"叶真把那天她在彩虹米车上被机械手臂抓走后的经历告诉了两位队友。

"当时我被带到一个半透明的球形房间中,房间的结构类似某一种物质的分子组合。一个年轻的小伙子突然出现,对我说,仪器检测出我的体内有跟他类似的基因,也就是说我可能是他的祖先。而他是从未来海天国过来专门负责目前的边防安检工作,那些机器都来自未来,高科技不会说谎。这就说明以后我的人生会在海天国度过。"

叶真停顿片刻继续说:"自从阿奇把我带进这个时空,我的意识就再也没有中断过,也就是说不再受控于那些大脑控制机器了。所以我也不必再回到未来。"

对于这个老太婆的任何决定,阿奇都不会感觉意外。尚小乐则感伤起来,好像一直跟他在登山的队友快到山顶时突然说不登顶了,而且以后可能再难见面。

"姐,你留在这,你爸爸妈妈会想你的啊?!"小乐冒出来这么一句。

叶真笑了一声。"爸爸妈妈? 你俩到我的别苑也去过很多次了,什么时候见过我的父母? 连一张照片也没有吧。打我记事起,我的父母就一直不和,也不吵架,互用冷暴力。我很小就被送入了寄宿学校。在我十六岁那年,我母亲得了抑郁症,用一瓶安眠药结束了自己的生命。所以每次我轮回回来,都会先给他俩每人一大笔钱,让他俩离婚,各过各的去。"

叶真说得平淡轻巧,像在说别人的故事。小乐听得蛮心酸:叶师姐也太可怜了,童年不幸福,妈妈也自杀了,年老后两个女儿又死于车祸,自己还被当作了实验小白鼠。

他现在对叶真的选择也没啥话说了,而且海天国的确是个好地方。

几人又合计了一下,救梁伯伯、救周师父、回到过去救小乐妈妈已经满了三个愿望。阿奇心里有些犯难,因为当初在精灵城时,大长老给它灵力,帮助他们的唯一条件就是日后见了桃源主人,请他救回精灵王和王后。

在精灵城那晚发生的一切在阿奇的小脑海里回放着,它为了小乐的安危考虑再三,答应了大长老的要求,接受了他几乎全部的灵力,然后眼睁睁地看着他从一个白发老者渐渐变成一个中年人最后变成一个翩翩少年,而它自己的身体也在不断变化,变色、长大、生出一对触角。做完这一切后,大长老竟让它以自己的本体之心起誓……

阿奇正在深思,忽听小乐说道:"龙纹花杖上还剩四片花瓣,正好可以实现四个愿望呀!"

叶真和阿奇都觉得不太现实,创世大神未必会这么慷慨。这只甲虫的心里已经下了决心,桃源主人如果不能多给他们一片花瓣,它就自己去救人。

大约两个小时后,双髻小童又把他们仨领进了内室。创世神桃源主人果然按约定开始帮他们逐一实现心愿。

叶真的心愿最简单。桃源主人让花奴阿乙借助花瓣之力回到梁伯伯遇难的那个时空,在那只小土螌兽跳出来之前,抽取了它百分之九十九的灵力,于是梁伯伯被碰撞后呈现的是假死状态。阿甲用一枚岛上的丹药就让梁伯伯醒了过来。

这下连小乐都看通透了,生死不过是时间问题,只要掌握了时间法则,起死回生不是难事。

下一刻,他就把封存周师父的"照片"拿了出来。

桃源主人看了照片一会,却没有打开,而是沉思片刻问道:"你是说把这个人身上的伤治好,恢复原样就行了?"

"对!"小乐期待又兴奋地点点头。

老道人捋捋长胡须,伸手对龙纹花杖一点,一片金色花瓣飘落下来,飞到双髻小童阿甲的头顶,飞绕起来。

"阿甲,你化形去把那伤者领到八尺间吧。"桃源主人吩咐道。

花奴阿甲随即弯腰,双手伏地化作一只粉白的可爱小兔,一蹿而起,瞬间不见了踪影。

"借你水囊中的泉水一用。"桃源主人低头对小乐说。

小乐马上把腰上的水囊递过去。阿乙伸手接过,身为木灵的他一翻手掌,掌上就多了一只木杯子。他把小乐仅剩的跳跳泉水全部倒了进去。

接着桃源主人伸出手指,画了一个圈,几滴水珠很快汇聚起来,滴落杯中。

"去吧。"桃源主人用拂尘对水杯一点,那杯子直接消失。

"加上此园中花露,这下足可救你师父了。"老道人头也不抬地说,"你们也随我去八尺屋瞧瞧。"

说完,众人就觉眼前景色一变,所有人已经来到了另一个房间。这种换景术也太快了。

这房间里布置简单,只有一桌一椅,桌上放着一本书,还有就是装着跳跳泉水的那个挺显眼的木杯子。

"此处为贫道静思之地,是个独立的时空。你们要救的人很快就到了。"桃源主人说。

阿奇和叶真都觉得有些不对,哪里不对一时也说不上来。

果然,满身是血的周天推门进来,脸上写满惊奇诧异。"师父!"小乐大喊。

"他在独立时空里,看不见也听不见你。"桃源主人道。

一看周天那身古装打扮,叶真已经反应过来。果然,周天慢慢挪走到桌边端起木杯,看了一眼便一饮而尽。

这下,小乐也明白了,也傻眼了,敢情桃源主人救的是一千年前身受重伤的师父啊。同时恍然大悟,原来周师父这么多年不老不死的原因竟是被带到桃源岛,喝了自己带的泉水!

叶真无奈地看向阿奇,用眼神说:"这大神跟咱玩了文字游戏。"

"老神仙爷爷,我是说救那个压缩照片里的师父,不是这个师父。"小乐对桃源主人再次挑明。

"这个难道不是你师父吗?"老神仙爷爷神色自若。

这边古装周天开始拿起桌上的书册翻看起来,桃源主人有些不耐烦,拂尘一扫,"去吧。"话音未落,周师父就不见了。在场的其他人都知道,桃源主人这一扫,就把周天扫到了解放前。

叶真和阿奇心中明白,如果桃源主人到周天出事的时空救下他,那么后面发生的一切都会改变,他不会冒这个险。

小乐却举着周天的"压缩照片",冲老神仙不满地嚷起来。

阿奇吓了一跳,正要阻止,叶真用手挡了它一下,对桃源主人恭敬地说:"您老人家刚刚重获仙躯,实在不敢烦您过劳。此事等您有空再看。您是我们人族的神,还请您动动手指头,满足我们卑微的心愿。"

以她对"万叶"的了解,这老头心眼不坏,再说这种级别的存在也不会跟个小孩儿计较。

"嗯,此事日后再议。说说你们最后一个心愿吧。"老道人点头道。

(第三部完)

桃源岛上还会发生什么事?小乐他们都实现愿望了吗?岛外的世界又会有哪些精彩的故事?请关注第四部《尚小乐的奇妙救援》。

第四部　尚小乐的奇妙救援

阅读提示：

在本部分，前面诸多悬疑、案件、人物身份等将会在此揭晓。以前的相关人物会再次亮相。其中，黑圣潭洄流之夜、龙山奇遇、迭翠峰大战、虫谷营救等，均异变丛生。

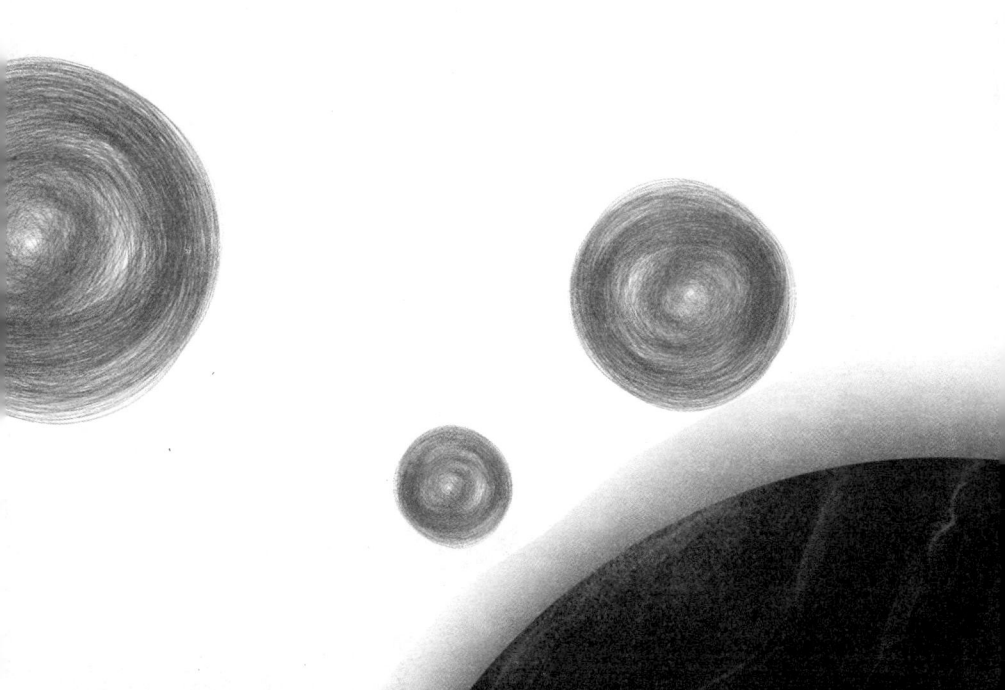

第一章　万圣风云

一、桃源再见(上)

叶真很委婉地向桃源主人表达了想救精灵王夫妇与小乐妈妈两个意思。没想到桃源主人竟没有马上回绝,而是说先查看精灵王的下落。

桃源主人一挥拂尘,几人又来到一处空间,这里东南西北四面各立着一块白玉屏风,中间是个一丈见方的案几,上面零乱摆放着一些果点,杯盘狼藉。其中两块屏风上还有影像,小乐凑近一看,眼珠子都快瞪出来了——这里面播放的不正是罗格城堡的游戏大厅吗?!

一群熟悉的穿黑斗篷的游戏者正在各个石门外逡巡,那个高大的日晷还立在那儿。

"哼,我早说过罗格城堡跟这里有关联。"叶真对小乐嘀咕一句。

小乐忽然觉得续流冒充桃源主人的日子过得真舒服,没事就看看罗格游戏实况直播,再办办比赛。

桃源主人白色长眉微皱,一挥手,所有杂物立即消失。

接着他走近东面的白玉屏,微闭双目,把一只手掌按了上去。很快,大屏幕上就出现了影像,开始比较昏暗,过了一会儿便逐渐清晰。

就听桃源主人缓缓道:"精灵人的忙你们不必帮了。精灵王数月前已经殁了,王后被关押在恶灵国的龙山,出不去了。"

这时玉屏上出现了一头洁白的像鹿的动物,正在惊慌奔跑着。小乐心中一动,觉得眼熟,再一看,啊?那不是雅苏姐吗?难道她就是精灵王后?

接着,几只黑猩猩一样的动物聚拢过来把雅苏姐又赶回一个峡谷中……

小乐和阿奇当然是恳请桃源主人去救雅苏王后,桃源主人一口回绝。道理更简单,原本桃源岛就声明不管龙山上发生的事。

叶真猜测:那两条恶龙应该就盘踞在龙山,真假桃源主人都不干预龙山的事,是怕干不过它俩。

确实,桃源主人刚回到原先的身体,法力还不到过去的百分之一,自然不想贸然干涉恶灵国龙山的事,况且他离开后发生的诸多事情还需要耗损不少功力去弄清楚。

阿奇决定自己去救雅苏王后,坚决不同意小乐同去。它劝小乐说,桃源岛与外界的时间流动不同,与其小乐跟着它碍手碍脚,不如等上个几小时,它就能返回了。

桃源主人也同意小乐暂留岛上,等阿奇回来后再用花瓣将他俩送入时间隧道。

与叶师姐分别的时刻到了。海姨夫妇说自己没有女儿,以后会把叶真当亲生女儿看待。小乐心里为叶真高兴,觉得师姐终于能感受家庭温暖了,但鼻子还是发酸,眼睛也湿润起来。叶真笑着说:"海天国的生活条件太好啦!你看海姨都六十多了,保养得多好,哪个女孩不想这样,我老人家的决策永远都是明智的。"

小乐也笑了。阿奇飞过来在叶真耳边说:"老太太,祝你以后的人生一切顺利。其实你也没你说得那么惨,对不对?"叶真微微一笑,也冲阿奇小声说:"小虫子,无论你留在小乐身边有什么企图,我都祝你心想事成。"

阿奇甩甩长鼻子,露出笑意的表情。

"小乐,你以前不是一直问我到底用什么办法让戴老师取消了小红本吗?等你下次跟阿奇到海天国时我再告诉你。"这是叶真离岛前跟小乐说的最后一句话,把离别变成重逢的开始。她把倒换来的特悠土也留给了小乐。

很快阿奇也出发去了恶灵国,原本挺热闹的桃源岛变得冷清起来,小乐忽然想起了一个人。

这就是曾经聒噪不停的万海大仙,他到底去哪儿啦?

小乐直接找桃源主人打听。"差点给忘了,也该让她出来了。"桃源主人说着就把他那宽大的道袍袖一抖,一颗蓝莹莹的小珠子从里面径自飞出,接着滴溜溜一阵旋转,一个蓝色衣裙的小姑娘从里面跳了出来。

小乐的眼睛也差点从眼眶里跳出来。"她,难道就是那个大仙?!"

眼前的这个看上去只有七八岁的小女生,圆脸大眼睛,一副聪明伶俐的模样。最奇特的就是她那一头乌黑缎子般的长发,发尾竟闪着金属蓝的色泽。

只见她朝看呆了的尚小乐眨了眨眼,小嘴一噘,有些不情愿地向桃源主人行了个跪拜礼,口中嘟囔一句:"见过鸿蒙大神。"

在这个世界,没有什么不可能。叶师姐曾猜万海大仙是个女的,还真给她说中了。

这小姑娘竟是流沙大陆五行城城主山水言的独生女儿,名叫山水蓝波。阿奇在万海珠里看到的鱼影就是她的变身。她之所以会藏在万海珠里面,只能用四字形容:纯属意外!因为她进去后发现出不来了。

那天这蓝波偶然藏进了万海珠里,巴望着父亲找不到她,没承想遇到正打算出去闯荡一番的山水一问摸进师父房里偷宝贝,一问大师兄也算慧眼识珠,顺走了这颗万海珠。可惜以他的智商绞尽脑汁都猜不透这颗五行城至宝该怎么用。他自然也不知道小蓝波在珠子里,索性就做个人情把宝珠送给了救命恩人尚小乐。

就这样山水蓝波来到了小乐身边。她在万海珠里可以清楚地看到和感受到外面的一切。小乐对珠子的喜爱她也一清二楚,渐渐她也有点喜欢上这个小男生了,于是便以万海大仙自居一直跟着他。

直到来到桃源岛被"万叶尊者"直接收了去。

二、桃源再见(下)

"万叶"是山水蓝波见到的进入万海珠的第三人。第一个是大名鼎鼎的箓公。箓公很好说话,答应了不把她在里面的事告诉尚小乐。第二个是那只叫阿奇的甲虫,也好打发。可是这第三位,应付起来就太难太难了。

当时虽然进来的只是一个虚影,但也把小蓝波整得够呛,几下就把她从海里提溜出来。山水蓝波本来不相信虚影所说的他就是万海珠的主人,但万没想到他竟说出万海珠的一个大秘密,这跟自己外公说的一样,恐怕连她父亲都不知道。

更没想到是这个老道人虚影竟然看上了自己天生具有的心理干扰超能力,提出要收她为徒。虚影临走之前留下一句话,让她好好考虑,自愿拜入他门下。

她在万海珠中也听到了桃源主人的自述回忆,知道了这位就是鸿蒙大神,这里的创世者。

"鱼丫头,你考虑得如何了?留在岛上修行,正式拜在我门下,这事别说你父亲,就是你那些祖宗,也是求之不得的事。"桃源主人说的还真是大实话。

蓝衣小姑娘一脸的郁闷,当初她就是不想练功才决定藏起来的,没想到天上又掉下一个老头,非要收她为徒,还得修行学习。那还不如在家里,在父亲身边呢。

"那你得帮我找到是谁害了我娘才行。"小姑娘一仰头,噘着小嘴说。

"这个容易,你只要学到为师的一点皮毛,自然会找到答案。"桃源主人轻轻一笑。

"那我也得回去跟我爹爹说一声。"小姑娘继续找借口。

"以你山水家的本事,他应该知道你在何处。何况眼下你父也无暇顾你。"桃源主人说着拂尘一挥,又把二人带入了白玉屏放映室。

一块玉屏上出现了一群怪异的妖类正在攻打一座高城的场面。就见各种法宝迭出,五彩光华纷呈,场面十分激烈,隐约还可听见轰鸣激战之声。

那攻城的势头虽凶,但只要捣毁一处城墙,马上城内就有数名人类修士腾空而起,直接在光罩的保护下抬起土石修复,很快就造出坚固高墙,与上方的防护光罩连成一片,攻方一点也占不了上风。

"看见了吧,恶灵人正在进攻你五行城。你还是在我桃源最安全。"桃源主人说毕,又补充一句,"城防大阵坚固,你父以逸待劳,他们破不了的。"小蓝波这才放了心。

小乐趁机问起阿奇有没有救出雅苏姐。

桃源主人似乎也想知道,很快白玉屏就"换频道"了。屏幕上又出现了小乐曾见过的山谷,这次是重化作人形的雅苏姐跑了出来,她跑得很慢,身形明显笨拙了不少。眼见她实在跑不动了,就躲在一处草丛中。两三分钟后,几只追来的大猩猩出现在画面中,一只走近草丛的黑猩猩忽然变成人形,它有些不可思议地上下打量着自己的身体,接着大叫起来。另外几只大猩猩也跳跃过来,一起奔向草丛。雅苏姐姐危险了,小乐的心揪起来。

这时,影像忽然变得暗沉,接着漆黑一片,什么都看不见。怎么回事,出故障啦?

"那是龙山黑雾起来了,个把时辰后自会散去。"桃源主人道。

"那阿奇呢,阿奇到哪里了?"小乐马上追问。

"嗯,这也是贫道奇怪的事。"桃源主人双眉微蹙,双指捻须,缓缓说道,"你那只灵虫忽然消失,凭我的法力也搜寻不到。"

桃源主人转而对小乐说:"我对此灵虫也越来越感兴趣了,稍后定会查个水落石出。那小乐,你是继续留在此地等待,还是另做打算?"

这个十一二岁的少年沉思片刻,便做出了决定:"就算不是为了阿奇,我也要救回精灵王后雅苏姐姐。"

"傻瓜呀你!就凭你,你有那本事吗?"小蓝波忍不住呛他一句。就这一句,一下拉近了小乐和她的距离,果然是熟悉的万海大仙的口吻腔调。

桃源主人也不看好他的决定,不过倒对这个孩子生出几分赞许来。他单手往虚空一招,送给他一个保命的好东西。

那是一根绿叶桃枝,老道人再用手一指,桃树枝就不见了,一个类似文身的桃枝图案出现在小乐的手心。

"此去你遇到危急时刻,只要握紧拳头,说一声'回',便可顷刻间回到我这桃源岛。"老道人对曾经的小队友还算不错。

拜了师的"万海大仙"也想同去,但桃源主人让她留下一同审问大师兄续流,她天生让人说实话的本事可让桃源主人省心不少。

蓝波只得偷偷跟小乐说,一有空就去找他。她有万海珠在手,找到他也不是难事。

三、红衣少女

尚小乐准备好后,桃源主人一拂尘就把他扫到了万里之外。

等小乐再睁开眼睛时,已经身在一片浑黄的天地间。

地面全是黄土,空中不知是黄沙还是黄雾,总之让人视野不清。这里就是恶灵国啦?小乐想起临行前桃源主人的告诫:这恶灵国原本是这个世界一些喜阴的精灵的住地,当年因为烟瘴太大,他根本没有进去过。而且,他在打开空间带领信徒们进来时,还有一些各界面的不速之客也混进了这里,再加上后来又有大量修炼黑暗功法的人类修士和各国叛逃者加入,所以恶灵国根本就是个未知的险地。

想到这,独自历险的小乐心中一紧。片刻之后,他又坚定地向前走去。桃源主人应该把他送到离龙山不远的地方,眼下只要先走出这黄色雾霾地界,找到黑气升腾的山脉就可以了。

走了五六百步后,黄雾渐渐少了些,远处可见石林与矮小的灌木,一番平常景色,看来这恶灵国也没有传闻中那么恐怖。小乐正松了口气,突然,身后传来了隐约的喊杀声。小乐回头一看,一个浑身血污的少年一瘸一拐地迎面跑来,满脸惊惶。

这少年十三四岁的样子,个头跟小乐差不多,头发凌乱,脸上身上看上去全是伤和灰土,看起来不知摔了多少次。他停下来看了小乐一眼,再回头望望,略一思索,便张嘴吐出一颗红丸,红丸嗖地一下飞向小乐,而他自己则转身朝石林跑去。小乐躲避不及,红丸在他身上炸裂开来,前胸一片鲜红。

啊!是鲜血!尚小乐头都大了。

"快跑,不跑你就死定了!"已经跑远的少年抛来句话。

小乐心里暗暗叫苦,他已经意识到少年要让他当替罪羊。他立马开始脱外衣,但已经来不及了,他整个身体都弥漫着血浆的恶腥味。

到底跑不跑呢,一跑黑锅可就背实了。

正犹豫着,十几个凶恶壮汉就追了上来,打头几人每人牵着一只双头短羽大怪鸟,鸟颈细长,嘴里长着毒蛇一样的獠牙,看起来十分吓人。

怪鸟一见小乐立刻挣脱主人,张着长满獠牙的利嘴冲了过来。

"不是我!那人喷了我一身血,朝那边跑了。"小乐一边狂奔一边喊。

那几只怪异猛禽应该是被血腥味吸引,眼看就要追上小乐了。

说时迟那时快,就见七八个年糕小人从小乐的背包里跳出来,瞬间变大,开始抵挡追兵。几只冲在前面的怪鸟被年糕人直接踢飞。关键时刻,小乐召唤出大胡子的年糕人帮忙。

"都回来,往这边追!那小贼没有跑远,捉到立刻将他千刀万剐、挫骨扬灰。"壮汉中为首的一人咬牙切齿地喊道。

他们发现追错了人,没有继续纠缠,及时调转方向,绝尘而去。

等那一队人走远了,小乐才吐了口气,继续赶路。

就这样风餐露宿地走了两天,还是没看见龙山。小乐心里嘀咕:老神仙是不是把自己投错地方了,会不会走反方向了?而且,小乐还发现这儿的白昼根本没有规律,一般是三四个小时天就黑了,有时候太阳刚升上去还不到一小时,夜幕就又笼罩了大地,真是专为喜欢黑暗的生灵准备的。

不知不觉中,小乐已经走出了黄土地,来到一个非常简陋的小镇。镇上歪歪斜斜地立着一些土质房屋。这里的居民有的看上去是人类,有的根本就不是人。不过,以小乐的阅历,早已见怪不怪。就像叶师姐说的,那些所谓开了灵智的动物,都是把大脑开发到了极致。只要把人类大脑开发到百分之二十,那么人人都是爱因斯坦。

此时的尚小乐很想找个人问问龙山到底在哪。他也很想找个地方洗个澡。因为他总觉得身上的血腥味越来越浓,几乎到了令人作呕的地步。

路边站着一位长得还算和善的老爷爷,小乐正打算找他问问,没想到老人一看他走近,就跟见了瘟神一样,惊恐地走开了。其他的路人见了他,也都捂鼻躲闪到一边。

怎么,我现在的样子很吓人吗?还是因为我身上的血腥味?尚小乐感到头晕目眩起来。恍惚间,他忽然看到一位红衣少女,冲他诡异地一笑。

这恶灵国当真是邪恶得很哪!尚小乐一头栽倒在地。

等他再睁开眼时,已经躺在一张木床上,浑身虚软酸痛,眼前竟然是那位红衣少女。小乐见这位发髻灵动、容貌俏丽的姐姐一直盯着自己看,顿觉有些不好意思。

接下来发生的一切,他可就再没半点不好意思了。

只见这个俏丽的女孩一把抓起小乐的手腕,一口咬下去,开始吸起血来。

啊!小乐吓得大叫起来。他想到握拳回到桃源岛。可惜那女孩咬的正是印有桃枝的那只手,而且他的手已经麻得握不起来了。

"嚷什么嚷?！你中了血丹毒,我帮你吸出来,你才能好。"红衣少女放下小乐的手,一抹嘴唇说。

啊？小乐又愣住了。她原来是在救我,给我解毒?！

少女自称玉姐,喜欢帮人治病,尤其是疑难杂症。她让小乐暂时留在她身边,方便给他解毒。

小乐向玉姐打听龙山的位置,红衣少女一听便说:"你跟我走,我正好也要去龙山。"

小乐听了心里半信半疑,哪有这么巧的事？但自己被女子吸血后,身上血腥味确实少了一些,于是打算先让她治好自己再说。

就这样,尚小乐跟着这位神秘的红衣少女上路了。玉姐对他还不错,经常给他好吃好喝的。她每天都按时来吸他的血,吸血时也不大疼,只是麻麻的。小乐越发感到自己就像一个行走的补血袋。

这一天,两人来到一个还算精致的饭店,看见几个穿着考究白袍的人吃完饭正要离开,小二迎过来要他们结账,一个白袍人一指胸前的古怪符文,凶道:"你眼瞎了,我们是圣皇殿的人。"旁边一个看上去像掌柜的连忙过来赔礼道歉。几个白袍人大模大样地扬长而去。

一个食客对小二说:"圣皇殿的人到哪都白吃白喝,你还敢收他们的钱?"小二冲地面恨恨地呸了一口。

当天晚上,玉姐不知从哪搞来两件白袍,自己穿一件,让小乐也穿一件。

接下来几天,小乐就跟着玉姐混吃混喝,结账时只要一指身上的图标就行。混了几天之后,小乐觉得自己的毒也解得差不多了。他偷偷找人打听了一下,这儿距离龙山果然是十万八千里了。

一天晚上,他借口出来上厕所,偷偷开溜了。

"小乐,你想去哪里呢?"小乐还没跑几米,就被玉姐堵住了,玉姐笑盈盈地望着他。

小乐感觉她笑得好假,索性摊牌了,大声说:"你到底是什么人?!你根本不是去龙山,你吸我的血,到底想干吗?!"

"我是什么人?"少女笑了,接着忽然来了句,"'快跑,不跑你就死定了!'怎么,还没想起来吗?"玉姐娇笑着说。

天哪,竟然是他!那个十天前害我的人。那天的狼狈模样跟今天的得意神色相比真是判若两人。小乐正要唤出年糕人,脑门就挨了一记,顿时又昏了过去。

四、荒野惊魂

等他再度醒来时,可真是落入深渊,叫天天不应,叫地地不灵。

玉姐特地打来盆水给他照照。水中映出的是一头狼脸驴身的怪兽,这可比在彩虹国身体被拉长更加恐怖,尚小乐惊恐地大叫,口中发出的声音类似驴叫狼嗥。

他想到立刻返回桃源岛,但手已经变成了驴蹄子,蹄子是没办法握的,况且他的喉咙连个"回"字也发不出来。

老天哪!这个小小少年欲哭无泪。

"小子，你中了我的血丹竟然还能活到现在，你的血还真是疗伤去毒的灵药。你也算帮了我的忙，只要你乖乖地跟着我，等办好了我的事，我就把你变回来，还放你走。"玉姐笑嘻嘻地说，"对了，你现在可是我们万圣国一等一的脚力，唤作狼宝。"

小乐落到狼宝这步田地，只能走一步算一步了。留得青山在，不怕没柴烧。他想到姥姥说的话。

他的精灵兽皮背包、皮囊还一直忠心耿耿地跟着他。玉姐对这些东西也没多大的兴趣，估计她早翻过了。就在玉姐把行李系到他的驴身上时，一个发着白光的小东西从兽皮背包里飞出来。

竟然是灿灿，那只从绿夜森林带出来的蓄光虫。这只小灯笼样的白胖飞虫自打吞食了圆桶怪的晶核后就一直在睡觉，前几天夜里，小乐发现它微微闪了光，似乎有快醒过来的迹象，没想到在这时候醒了。

接下来，更加不可思议的事情发生了。灿灿飞了几下后就落在地上，眨眼间变成一个四五岁的小男孩，白净可爱，背上还有一对半透明的小翅膀。

只见他摇摇晃晃走到红衣少女跟前，奶声奶气地喊道："姆妈。"

原本就有些诧异的玉姐一怔，接着调笑着一指小乐说："那才是你的姆妈。"

小童又走到小乐所化的狼宝跟前，疑惑地盯着他老半天，终于认出了他，一下抱着他的驴蹄子，一声声"姆妈"地叫着，好不亲热。

于是整个屋子都是玉姐咯咯的笑声。

第二天,玉姐就牵着小乐上路了。她只让小乐驮东西,并不骑他。灿灿倒是经常骑在他的背上。小乐原想着灿灿还可以照明,后来才发觉用不上。自打拥有狼头后,他在黑暗中视物能力大增。那玉姐更不必说了,根本就是个黑暗生物。

她告诉小乐,万圣国有一种特有的霾尘,可以让有修为、开了灵智的生灵化为人形。灿灿应该就是吸收了霾尘才会化形的。

小乐心想,不知你又是个什么妖怪变的。他又想到阿奇。它如果来到万圣国,会不会也变成个人,会变成什么样的人呢?唉,它现在到底去哪里了?

小乐一路行来,看到不少像他这样的狼宝,大多套着木质的铃铛,边走边发出沉闷的声响。玉姐也给他弄了一个,拿绳拴在脖子上。

他们在昏暗中不觉来到一处旷野,空中弥散着灰白的薄雾,天边微微有些擦亮。过了一会,视野逐渐开阔清晰,依稀听见远处传来打斗的声音。

玉姐放眼望去,哼笑道:"不碍事,自家人。"接着就牵着小乐和灿灿走了过去。

打斗的现场挺激烈,小乐也看明白了,实际就是一群人在围攻三个人。小乐一眼认出那三个被围攻的人中有一个竟然是圣邑邑主的儿子凌宇。一个人如果长得太俊美或太丑陋都容易被人记住。

斗法圈外围守着的一队青袍人发现了牵着狼宝的红衣少女

走过来,正待驱赶,玉姐兀自一抬手,手掌上赫然出现一个血光符文,几个青袍人一见立即恭敬地退下。

小乐的注意力都在凌宇身上。此刻凌宇俊美无比的脸上大汗淋漓。他的两个同伴在数人夹攻下先后殒命,现在只剩他一人在苦苦支撑。

"这小白脸,弄死了多可惜,抓回去做个炉鼎吧。"一个虬髯黑袍人狞笑道。

"上头的命令可是格杀勿论,不留活口。"有人应道。

"那就先跟他玩玩,玩累了再杀不迟!哈哈……"几个围攻的恶灵修士肆无忌惮地说笑起来。

尚小乐虽然与凌宇只有一面之缘,但此刻却蛮同情他的,觉得这位邑主之子眼下就如同待宰羔羊一般,孤独、无助。

忽然,只见凌宇头顶悬空的一把霞光闪耀的小伞在各色光束的攻击下寸寸断裂,掉落下来。

噗的一声,凌宇喷出一口鲜血,护体白光也随即消失。

"小白脸,你最后一件法宝也毁了。你还是投降吧,让你死得痛快些!"一个恶灵修士收了功,冲他叫道。

"也罢。"凌宇踉跄着站直了身体,如漆长发被荒原的风吹散在身后。他抬手抹去了唇边的血,望着周围等着他投降的敌人,苍白凄美的脸上竟然浮现出一丝笑容。

突然,他一抖衣袖,一道气流直冲云霄。

"怎么,搬救兵啦,远水可救不了近火咯!"一个黑袍修士一边嘲笑,一边向这位宁死不降的斗士抛出一张黑气腾腾的大网……

同小乐在不远处观战的玉姐蓦地生出一种不祥之感,果然,几秒钟后,漫天淡紫色的花朵开始纷纷扬扬地飘落。

如果叶真在这,会立马想到在彩虹国看到的竞州灭城的一幕。

万魂香!是的,不是那种美丽的、惨绝的死亡之花还能是什么?!

玉姐虽然没见过什么蓝焰、紫焰的万魂香,却有所耳闻。脸色大变之后,她当即施展起一种最上乘的遁术。

只见她的衣服顿时像火焰般燃起,她的身形也在发生变化。小乐还没看清玉姐到底变成了啥,就被收在了木铃铛里,套在了她的手腕上。下一秒,玉姐、狼宝小乐以及灿灿全部原地消失。

两个外围的青袍修士见了,顿觉不太妙,立刻招呼队友准备逃走,但,已经来不及了⋯⋯

也就半秒后,距离事发地点千米远的地方,伴随着一片血雾,一只一人多高血红蝙蝠倏地现身,它两只脚爪分别抓着一个木铃铛和一个四五岁的小童。

血红蝙蝠仰头看天,头顶还是朵朵紫花飘飘洒洒。血蝙蝠无奈地哼了一声,再度原地消失。

几阵血雾之后,他们才逃出了万魂香的范围。

玉姐这次施展的是家族独门的血遁术,极耗血气,使用完后自然是血气大伤,面如白纸。不过她的自我修复术着实奇特,只见她倒悬半空,不停地旋转。小乐看得头都晕了。几圈下来,玉姐的脸色就红润起来。

再加上有小乐这个补血袋在,他们在荒原上休息了一天后,就继续上路。

五、洄流之夜（上）

荒漠的尽头是一座不大不小的城池。城门口空无一人，只有几乎令人迷眼的阵阵风沙和淡白色的蒙尘雾气，更添大漠孤城的萧肃之感。

玉姐牵着小乐刚走近城门，两个白胡子老头就在他俩面前现了身，似乎早就隐身在那一样。

玉姐还是一言不发地亮出手掌。这次她掌心的血光符文小乐看清了，跟他俩混吃混喝时穿的白袍上的符号一样。合着人家压根儿就没冒充，她原本就是圣皇殿的人。

"见过尊驾，只是洄流之夜在即，没有指挥使的手令，老朽等还是不能放行。"一个白胡子恭敬地说道。

玉姐犹豫了一下，从怀中掏出一块黑漆漆的腰牌，对两个守门的老头娇笑着说道："二老看仔细了，这可是外殿首座姜老大的特行令牌，等于指挥使亲临。"

小乐注意到笑语盈盈的玉姐背在身后的另一只手中，正缓缓汇聚起一团血光，心想：这女妖怪真是笑里藏刀啊！再一想，她的心肠也不算太坏，在万魂香落下的关键时刻还不忘救了灿灿。

还好两个白胡子守卫小声商量了几句后，放行了。

跟城外的荒凉萧条相比，城内还算热闹，男男女女、老老少少的一派升平景象。

玉姐告诉小乐，此城名叫圣水河，是万圣国极机密的所在。

圣水河,这里可一条河也没有啊？小乐有些纳闷。

很快夜幕就降临了。玉姐吸完血后也让小乐和灿灿吃饱了肚子,接着就把他俩收到木铃铛里。

小乐一觉睡醒,睁开眼睛从铃铛里朝外看,吓了一跳,外面哪有什么城,分明是一条波涛滚滚的大河,那奔腾的气势让他想起了前两年姥姥姥爷带他去看的黄河壶口。

而他自己则随着玉姐一起悬浮在半空中,似乎这玉姐还是头朝下的姿势。小乐用他的狼眼四处搜寻,原先城里的房屋、居民全都不见了。

实在是太奇怪了！

第二天,当玉姐把两人放出来时,小乐发现自己又回到了原来的那个小城,人来人往的。小乐用他的驴蹄子踏踏脚下实打实的土地,狼脸上满是诧异。灿灿也学他的样子踩踩地。

"此城一到夜里就会消失,白天就会出现,其中玄机连我都猜不透,更别说你了。"玉姐当然明白小乐的疑问。

"应该就是今夜了。"玉姐说完仰头看了看天象,喃喃自语,脸上的表情忽地凝重起来。

当夜,身在木铃铛中的小乐被某种震撼惊醒。他迷糊着坐起身子,发现自己依然是在圣水河上空,一座黑黝黝的小山样的巨石正从汹涌的河水中缓缓升起。

玉姐深吸一口气,直接朝黑色石山飞去。小乐待飞近一看,那山更像是悬浮在河上的黑色水汽中,若隐若现,显得十足的诡异和惊人。

大约过了一盏茶工夫,就在上涨的河水快要淹到黑石山一半时,那小山忽然从中间裂开,分作两段,一道河水径自从裂缝中流了进去。而早就等候一旁的玉姐也带着小乐随着河水一起飞进黑石中。

尚小乐先前在彩虹国曾和叶真、阿奇利用月圆之夜找到过无中生有的博谷堆。只不过跟这个阵仗比起来,彩虹国的那个就是小儿科了。

黑石里一片漆黑,小乐纵然是长着狼眼也看不清,耳边只能听见玉姐翅膀扇动的声音。

不知飞了多久,四周逐渐明亮起来。"难道是快到出口了?"小乐想。

他再从铃铛里朝外一看,哇哦!小乐的狼嘴都惊得合不拢了。

这是一个有两个篮球场那么大的山洞空间,一棵发着璀璨光芒的"大树"矗立其中。

它很像一棵柳树,乌绿色的巨大树干闪烁着星辰之光,无数荧光充盈的细长枝条从树冠垂落下来。"万条垂下绿丝绦。"小乐冷不丁想起背过的这句古诗。

再细看,"大柳树"每个枝条的一端都好像绑着一个发光的东西,或高或低地垂向地面。刚才涌进的河水正好灌注到大树的根部。而整个山洞在大树的照耀下显得光怪陆离,宛如白昼。

"可恶,有人跟进来了!"就听玉姐恼火地嘟哝一句,随后她飞到洞顶,倒头悬挂在那里,很快隐了身形。

飞进来的是三个人,他们缓缓降落在离"大柳树"数米远的地方。咦,这不是黄队的两人吗?三人中尚小乐一下认出两个,正是在桃源岛比赛中遇到的红发古姓老者和白发的沙姓老妇。

还有一人身材高大,鹰鼻黄发,头顶束一个高冠,看上去盛气凌人。红发老者与白发老妇人小心地跟在他后面,显得恭敬谨慎的样子。

"货,大人也验过了,还请赐念松灵咒,让我等松松筋骨。"古姓老者冲黄发高人略欠欠身说道。

"你们这趟差事办得确实不错。不过……"那鹰鼻黄发人冷笑两声,接着说,"古通天,你这几年背着二圣去了哪里,做了什么,怎么,以为我不知道吗?"

他的话音不大,却阴冷无比。小乐真得感谢玉姐把他变成狼宝,听觉变得十分灵敏,虽然距离较远,但还是听得清清楚楚。

"你不用看沙巧妹,她比你忠心。你们如何去的桃源岛,如何比的赛,我都一清二楚。古通天,你身为外殿四大掌奉使,竟妄想私解灵缚,你可知罪?"黄发人厉声道。

红发老者气得浑身发抖,瞪着白发老妇人说:"你,沙巧妹,你……我当你是亲妹子,你却出卖我……那日得月楼比赛输得蹊跷,莫非也是你?!"

他无比痛心悲愤,白发老妇不由得退后两步,面色羞愧,目光躲闪。

"原来那位老奶奶名叫沙巧妹。呵,这么老了还叫巧妹。他们那场比赛输了,原来是沙巧妹放水。"尚小乐心想。

"古通天,你当我为何带你来悬灵圣地,既来此,你就该知道领什么罚了。"黄发人忽然笑着说。

古姓老者闻言身体僵立,露出惊惧的神色。

这时,就见黄发人口中念念有词,他面前那棵大柳树成百上千发光枝条中靠外围的一根突然振动起来。接着,就听古通天惨叫一声,倒在地上,浑身抽搐,痛苦万分。

一看就知道红发老者在遭受某种酷刑,惨叫不断,看得小乐是心惊肉跳。他隐约感到旁边的玉姐也在微微颤抖。

"还请苏大人高抬贵手,留下他的贱命,为二圣、为大人您尽心办事。"沙姓老妇对黄发人颤声说道。

黄发的苏大人停了施法。小乐注意到那根发光的枝条同时停止了抖动,地上的古老儿也停止惨叫,躺在那只有出气的份。

"那苏大人答应老身的?属下一定感激不尽,为大人效犬马之劳。"沙巧妹继续道,堆满皱纹的脸上满是谄媚的神色。

"好说。你也算忠心,苏某不会亏待你的。"黄发人说完,让老妇静待一旁,换了副庄严肃穆的表情,伸出双指立在唇边,再度念念有词。

只见又一根明亮的枝条动了起来,而且是缓缓升起,越升越高。这一下,小乐用狼眼看清楚了,枝条的一端系着的是一个发光的小人,而且身形相貌与白发老妇非常相像。

六、洄流之夜(中)

忽然,就听黄发人一声怒喝:"你在干什么?"已升至半空的柳条瞬间坠落,而一旁的老妇也咣当一声跪倒在地。

小乐再一看,倒地的哪里是沙姓老妇,而是她那根红拐杖。真正的老妇此刻如鬼魅般出现在黄发人的身后,手中握着一个发光的小瓶。

523

"贱人胆敢套录本使密咒!"黄发人一下明白过来,当即怒不可遏,一掌向老妇劈去。

也就 0.01 秒,猩红拐杖又出现在老妇的身前,替她挡了一击。

"你对本指挥使做了什么?!"小乐听到黄发人惊怒至极的声音。

只见这位黄发苏大人的身体自下而上地被一缕红色丝线时隐时现地缓缓缠绕起来。

"苏大人,得罪了,老身也是为了保命。但求换个松灵咒,我等日后自当尽心竭力,供大人差遣。"已闪到一边的沙巧妹还存有一线希望地恳求道。

"你做梦!拿命来换吧!"勃然大怒的苏大人瞬间化作一只金色大鹏鸟,周身光芒熠熠,张口一吸,就把那些个红线吸入腹中。

接着长鸣一声,一道金光如闪电般直朝白发老妇射来。老妇只得举起拐杖奋力抵挡。

突然,几团黑红交杂的火球猛地砸向金色鹏鸟的身体。

出手的竟然是刚才还躺在地上大喘气的古通天。

只见他冲沙巧妹大喊:"这厮现了真身,断不会留我等性命。事已至此,跟他拼了!"

大意中招的苏大人身上的金光暗淡了几分。就听他所化的金色鹏鸟口吐人言说道:"你,你们……很好!本使着了你们的道。呵呵,今日不是你死就是我亡!"

一直旁观的小乐顿时明白了,原来古、沙两人刚才的一幕是商量好的,苦肉计啊!沙巧妹假意出卖古通天为的是获得那个什么松灵咒,但偷录的过程中事情败露,只好拼命了。

下面的三人打成了一团,声响迭起,光影闪动,一时难分胜负。

忽然,就听老妇人大叫道:"栾小四,你快出来,你的血腥味骗不过老身。姓苏的中了老身的千丝万缕,一半的修为被困,我们正好一起灭了他。他若知道你也在此地,还会有你好果子吃吗?还会放过你吗?"

"栾玉,我们外殿四人从来同进退,唇亡齿寒的道理你不会不懂。"古通天一边大汗淋漓地操控着青色光盾一边大喊。

"栾掌奉,你出来和我一起灭了此二人,本使保你入内殿。内殿的好处你是晓得的……"

话一出口,金色大鹏苏大人马上就后悔了,他这句话表明了他已经知道栾玉在这里,如果栾玉也一起出手,那他的情况可就大大不妙。

今天让苏大人后悔的事可不止一件,此刻他吞下的红丝线正在体内到处乱窜,他还得耗费一半的法力去对付,不然也不会落到和这两个宵小僵持的地步。

果然,尚小乐就听见黑暗中的玉姐叹了口气,接着一只巨大的血色蝙蝠从小乐身旁飞了出去。它猛地扇动翅膀,几道血红符文直接射向金色大鹏。

底下的三人,一人大惊,两人大喜。

玉姐大概是嫌带着小乐累赘,就把木铃铛撂在洞顶一块斜伸出的岩石上。小乐现在的位置就好比是舞台二楼的贵宾席,看得既清楚又安全。

　　沙巧妹和古通天见搬来了救兵,如打了兴奋剂一样,士气大振。三人还挺有默契,将大鹏鸟围在中间,不停轮番进攻,提防苏大人有余力念缚灵咒。

　　苏大人此刻已由先前的暴跳如雷转为叫苦不迭。栾玉的手段他是知道的,搞不好真要葬身在此了。

　　只见大鹏鸟双翅猛地一振,身形陡然涨大一倍,四周丝丝金光不断向它身体汇聚,刹那间光芒万丈。

　　苏大人全身羽毛奓开,一声长鸣,尖喙和怒目鲜血点点,再一振翅,一支支金色羽箭向围攻的三人飞射而去。

　　三大掌奉使只得施法抵挡。谁都知道那是姓苏的杀手锏,已经到这个地步,只能拼个鱼死网破了。

　　小乐注意到几人斗法全都有意无意地与"大柳树"保持着距离,似乎那些个发光的柳条是不能触碰的东西。

　　"护法!"栾玉,也就是玉姐,化成人形,大叫一声。

　　沙老妇只得投出猩红拐杖帮栾玉抵挡。栾玉虽是三人中年龄最小的,却是法力最高的,眼下只能寄希望于她放大招了。

　　栾玉向空中抛出一个绿莹莹的光点,接着这个光点渐渐变大,状如一棵植物的嫩芽。

　　"封神豆?这不可能!"大鹏鸟声嘶力竭地骇然道。

　　"封!"玉姐指尖一点。

　　金色大鹏顿时惊恐躲闪,但瞬间被吸入绿光中。那绿光中的小苗还在逐渐长大,又抽出几片叶子,接着长出藤蔓……

　　早已遍体鳞伤的古通天和沙巧妹此刻也忘了伤情,一齐仰起头看向那片绿光,脸上惊愕的表情分明写着:这下可开了眼了。

等藤蔓上又结出一颗豆子时,栾玉再娇斥一声:"爆!"绿光中的豆子瞬间爆裂开,连同藤蔓一起化作星星点点的荧光,须臾便消失在黑暗中。

同样开眼的还有正在一角岩石上看戏的尚小乐。他觉得这封神豆的施展慢了些,临战并不适用。他不知道的是此物可是恶灵国最恐怖的法宝,连神都可以封住。

"不想栾掌奉连这种逆天的东西都有,老身佩服。"

"这次多亏了栾掌奉,不然我等怕凶多吉少了。"

两个老人家心悦诚服地感激道。

栾玉冷笑一声。

古、沙二人自然知道栾玉被拉下水的不满,立马推栾玉为首。栾玉懒得搭理他俩,开始打坐调息。但那两位却不顾伤情,似乎在"大柳树"周围寻找着什么。

"找到了!此物果然是不死之身!"古通天一脸兴奋地从水流中捡起一物。沙巧妹也很高兴,接着俩人嘀咕几句便捧着宝贝送到栾玉面前。

当玉姐把此宝拿起细看时,狼宝小乐也才看清,她手中的竟然是一指来长,正在跃跃欲试的果冻小精灵,特像在罗格城堡地底下见过的罗格宝贝,只不过是迷你版的。

"那姓苏的无福消受,此宝还是栾掌奉收下最为适宜。"沙巧妹满脸堆笑道。

栾玉的脸色明显阴转晴,她随即对着小果冻怪吐出一口血雾,将其包裹起来,收入怀中。

三人接着又商议些什么,小乐听不太清。他心里正纳闷,那果冻小精灵到底是个什么稀罕东西,以至玉姐他们如此宝贝?这和罗格城堡又有什么关系?

过了一会,只见栾玉从口中吐出一个金光灿灿的小棒槌,很快涨到了尺把长。小乐瞧着外形很像痒痒挠。

玉姐到此的真正意图终于揭晓。

"这就是簌水族的灵宝金爪?"

"听闻前几日簌水族镇族灵宝被盗,族长被杀,莫不是栾掌奉的手笔?"

栾玉扫了他俩一眼,他们便不吱声了。

小乐心道:"杀人盗宝啊!上次追杀她的估计就是那个簌水族。"

只见下面的栾玉口中念念有词,金色"痒痒挠"上方开始浮现出一只手掌的虚影,然后这只金色的手掌逐渐向荧光闪闪的"大柳树"飘去。

众人都屏住呼吸,注视着金手掌缓缓抓起一根柳条上的小人,慢慢抬高,往外扯,柳条绷紧,眼看就要成功扯下来了!

三人的心都提到了嗓子眼。忽然金掌虚影蓦地溃散,玉姐噗地吐出一口鲜血,跌坐在地。

又是功亏一篑!栾玉脸上一片惨白,大有前路被封死之感。突然,她双眉一挑,向着前方石壁厉声喝道:"这位道友,热闹看够了吧!"

另两人顿时也察觉出了异样,顾不得失望了,一齐出手。就见一团黑影慌忙向外闪去,在小乐视线的斜下方,一个光头男子现了身,急急冲面前的三人抱拳道:"三位前辈恕罪,在下到此并无恶意。"

七、洄流之夜(下)

小乐仔细一瞧他的相貌,下巴都快惊掉了,啊?竟然是大胡子叔叔,他怎么也到这儿了?!

"是圣邑修士,直接灭杀了吧。"古通天面色一沉。

"杀!"坐在地上的玉姐咬牙切齿道。

即将沦为出气筒的大胡子紧紧握着他的擀面杖,缓缓后退,自知绝不是这恶灵国三大掌奉使的对手。看台上的小乐着急起来,为大胡子叔叔捏了一把汗。

就在这一触即发之际,又一道清锐的声音响起:"诸位道友给朱某一个面子,把此人交与我吧。"

话音未落,一个身穿深色斗篷的人又出现在大家面前。

此人又是谁?他隐身在洞中多久了?包括小乐在内,所有人又大吃一惊。沙巧妹心中更惊,就在刚才大胡子被栾玉发现后,她已经施展了空间秘术,却没有搜到此人,说明此人功力远在自己之上。

"朱先生?!"大胡子也是一脸惊愕。

"诸位,此人是一件要案的重要人证,烦请交给朱某带走。"朱先生冲三人说道。虽然是请求,但口吻却是不容置疑。

"阁下莫非是圣邑的妙通盘朱先生?"又是古通天率先发问。

"正是朱某。"

"没想到是朱姐姐来了,好说,好说!"栾玉娇笑道。她心里自然估算过双方的实力差距。无论在哪个世界,到底都是凭实力说话。

今夜真是熟人大聚会啊!尚小乐在木铃铛里感慨。

大胡子叔叔似乎并不领情,和朱先生对峙着站在树边。小乐正疑惑间,整个山洞竟开始震动起来。

怎么回事?圣坛洄流之夜不可能这么快结束?!圣皇殿三人望着"大柳树"下逐渐稀少的水流,露出匪夷所思的表情。

不好!栾玉立马化作一只血红蝙蝠,一阵血雾后就消失了踪迹。

沙巧妹也马上掏出两张竹片,递给古通天一张。两人立即将法力注入竹片,但是一点动静也没有。

"巧妹,我说过多少次了,买救命的法宝万不可图便宜啊!"古通天幽怨地看了一眼身边的白发老妹。

就在两人继续催动符宝之际,一阵旋风自洞外席卷而来,将一物猛地砸向地面,正是刚飞出去的栾玉。

"尔等既然这么喜欢圣坛,就别出去了!"风中夹杂着一个阴森至极的声音,令小乐心里升起阵阵寒意。

圣皇殿的三大掌奉使一时间全都面无血色。是他!他亲自来了!

"走!"就见朱先生的斗篷内刹那间银光大耀,刺得古、沙等人睁不开眼睛。半秒之后,朱先生和大胡子不见了踪影,同时消失的还有洞顶岩石上的一个木铃铛。

山洞呢？那些人呢？

完全蒙圈的尚小乐觉得自己就像在一个明晃晃的光道中飞速穿行，还乘坐着木铃铛牌飞行器。

突然，一只丑陋凶恶的怪鸟也飞进了光道，在后面紧追不舍。小乐吓了一跳。先前听到的那阴森声音再次传来："看来你与龙山有些渊源。好！今日看在龙山面子上，放你一马，下次再让本座遇上，决不轻饶！"接着，那黑色怪鸟便不见了踪影。

小乐觉得那怪鸟很有些面熟，似乎在哪里见过。

是它！小乐猛地从记忆库中忆起在巨灵山庄遇到的那只怪鸟——时廷。它！竟然复活了？！

这不可能，它的肉都被烤熟吃了。但那只黑色怪鸟也实在太像了。

容不得小乐多想，一道光束把他从木铃铛里拎了出来。

迎面站着的是一脸诧异的大胡子。

朱先生不由分说地狠狠拍了拍狼宝小乐的脑袋，下一秒，尚小乐终于恢复了久违的人形。

这个十余岁的少年不由得喜出望外，也顾不得脑袋疼了。有时候，有人打你还真是为了你好。

大胡子叔叔一愣之后，也是喜笑颜开。他看上去憔悴苍老了许多，眼角也有了不少皱纹。

距离上次分别竟已过去了六年。

大胡子为小乐终于找到桃源主人，很快就能实现救母亲的心愿而高兴。至于小乐当初怎么被妙通盘送去了罗格城堡，两人都识趣地不再问。大胡子顾不得与小乐多说话，便冲坐在一旁闭目养神的朱先生深揖一礼，说道："此番多谢朱先生相救，但恕在下不能从命，还请让在下回去！"

朱先生没回应。大胡子叔叔双眉紧锁，连小乐都有点揪心。

"你自己也见到了，黑圣坛中根根悬灵缚捆的都是圣皇殿高阶修士的元灵，方才那三人费尽心机也解不脱。他让你去解的怕就是他自己的元灵。或者他当初收养你，根本就是为了利用你去解开元灵，摆脱控制。"朱先生飘过来一句话。

这回是大胡子不吭声了。

"你走吧！你可以随时来找我，或者我随时去找你。"朱先生又飘过来一句话。

"如此……多谢了！"大胡子一抱拳。

对小乐叮嘱唠叨几句后，大胡子又掏出他的追踪面粉准备离开。他有些不舍地摸摸小乐的头。"别再回圣邑了。"这是大胡子变透明前留给小乐的最后一句话。

大胡子叔叔到底摊上啥事了？

朱先生并不想解答小乐的疑问，依旧在那闭目调息，胸前缕缕银光时隐时现，看着像在充电似的。小乐心里盘算这朱阿姨要能帮人帮到底，直接把自己送去龙山就好了，于是巴巴地等在旁边。

他的精灵皮背包一直背在身上，灿灿正在里面睡觉。小乐清点了一下，除了自己的行李外，那个玉姐也在里面装了些东西，有圣皇殿的长袍，一把短剑，一块不起眼的石头，一小包霾尘砂，在这儿可以当货币用，还有一个小瓷瓶，天晓得里面装了什么，估计也不是什么厉害的法宝，厉害的她都随身揣着。

小乐心想不知栾玉他们跑掉没,不过终于可以摆脱那只吸血蝙蝠了。

半小时后,朱先生"充电"结束。

这位高冷阿姨依旧不想多话,倒是询问小乐在恶灵国有没有遇到圣邑的人。小乐便把见到凌宇以及他用万魂香与敌人同归于尽的事说了。

"可惜了,怪不得寻不到他的气息。"朱先生语气平淡,说完一翻手掌,掌中多了一枚润白的小环,"你戴着这个指环去龙山,如果走错了方向,它自然会提醒你。"

小乐接过指环套在手指上,发现它还能根据手指粗细自动调节大小,便欣喜地问:"这个法宝是不是还能隐身,或者有别的什么神力?"

"小孩,你想多了,只是个引路的而已。若你在龙山能遇到云见大师,没准还能帮你另一个忙。不过,这也得你有命见到我师尊才行。"朱先生有些清冷地说道。

"当日我是奉了邑主之命把你送进了罗格城堡,现在又救了你,两下算扯平了,他日篆公问起也没什么不好说的。"在飘过来一句淡淡的话后,穿着黑斗篷的朱先生就无影无踪了。

第二章 龙山奇旅

一、结伴而行

求人不如靠己。小乐收拾下行装再次踏上去龙山之旅。

好在这次有白指环指引,只要走错了路,指环就会收紧。走了一个多礼拜后,天气越来越阴寒,遇上黑色雾霾的时候也越来越多,小乐意识到自己离龙山越来越近了。

玉姐留下的那一小袋雾尘砂已经花光了。忒能吃的灿灿已被小乐严令在背包里休眠好省下饭钱。

这天,饥肠辘辘的小乐只好穿起那件有圣皇殿标记的白袍,硬着头皮走进一家饼店。

小铺子里已经有几个客人在吃饭,小乐扫了一眼,人妖各半。他要了一个饼一碗汤吃起来,也不敢多要。

吃完饭后伙计走过来,小乐心虚地指指自己身上的白袍。

"圣皇殿的吧?你这可不好使。我们这里可是龙山的辖区。"小二一脸的不屑。

小乐的脸很有些发烫,低头从背包里拿出了一件长袍,想冲抵饭钱,一看小二的脸色,又加了把短剑。

"小哥,你别忙活了,本店只收雾尘砂。你想混吃混喝可不行。"

尚小乐恨不得阿奇能突然出现,来个时空暂停,或者拉开个地缝,让他钻进去。

正当小乐一脸窘迫之际,就听一个古怪的声音道:"他的饭钱我付了。"小乐回头一看,说话的是邻桌一个长得很像青蛙的绿皮人。

小乐尴尬地冲他点点头。青蛙人还他一个友好又难看的微笑。

小乐收拾东西正准备离开时,那个青蛙人竟然坐了过来,把一包霉尘砂放到了他的面前。

"谢谢!我不要,我不认识你。"小乐愣了一下,脱口而出。

青蛙人呵呵一笑,说:"我认得你,你叫尚小乐。"

啊?小乐顿时呆住了。

"小乐师叔,我是圣邑五色宗离黄。"青蛙人突然压低了声音,"还记得吗?当年师叔曾捡到过我的锦盒。你看到的这皮囊是我幻化的。这点钱砂师叔尽管拿去用。在下有事要去龙山,不知师叔是否也去龙山?如果不嫌弃的话,我们可以同行。"

不嫌弃!不嫌弃!小乐心里一百个乐意。他想起几年前刚到圣邑时,离黄就给过他好大一包晶,没想到今日又遇到这个财神。

其实这离黄早几日就看见了尚小乐。他因为有要事在身,本不想带这个累赘,却注意到这个小师叔也是朝着龙山的方向,而且每每都走对路,不像他还得四处打听、绕弯路,于是便有了同行的打算。

就这样,一人一蛙上了路。

按离黄说的,他比小乐早几天来恶灵国,原是陪同凌宇来跟万圣皇谈判的。谈判的具体内容他没多说,似乎与精灵大陆的战事有关。由于离黄着急去龙山办事,所以没等谈判结束就离开了,后来才听说凌宇战死的消息。到底曾是同门,他也是痛惜不已。

离黄还告诉小乐,这万圣国原先一直由龙山掌控,后来龙尊疏于管理,各地大小政权林立。其中圣皇殿的势力越来越大,最终形成龙山和圣皇殿共同掌控的局面。

圣皇殿的统治者是万圣皇。下面还有左右相、内殿十二指挥使、外殿四大掌奉使等。

小乐一听掌奉使,就把他遇到栾玉等人以及那个圣坛洄流之夜的事说了。离黄听后露出若有所思的表情。

又走了几天,天气越发阴寒,空中偶有诡异的黑雪飘落。幸亏小乐穿有海姨送给他的内衣,可以在严热和酷寒中保持正常体温,所以也不觉得多冷。再看离黄,今天化作一只丰羽鸟,明日又变成一头长毛熊,只不过肩部一直有点斜,而且脸总是绿的。

一天夜里,小乐睡醒后发现恢复人形的离黄盘腿坐在地上,狂躁地抱着自己的头:"怎么还不行,究竟是什么毒?!"

"离大哥,你中毒了吗?"小乐疑惑地问。

"呵,让小乐师叔见笑了。"这位满脸是汗的青年苦笑了一声。

他虽然年轻,但毕竟已是五色宗宗主,犹豫了一下,还是把自己的遭遇告诉了尚小乐,心想:这孩子既是箓公门下,没准有奇宝傍身,能解此毒也未可知。

原来他与凌宇等人分开后不慎落入圣皇殿四大掌奉使之首的姜万里手中。这个姜老大给他下了毒,要他把一封信送到龙山。送去之后毒自然可解,如果完不成任务,则会毒发身亡。

离黄说,中毒后一股绿气游走在自己的肺腑间,运功逼出一点,马上又会回来,如附身幽灵一般,而且绿气越来越浓。虽然现在不影响法力和身体机能,但一旦发作,恐怕全身会被这绿色幽灵吞噬。

小乐知道自己的血能解毒,但他考虑再三,觉得不能告诉离黄,至少要等等再说。在彩虹国被熟人出卖的情景记忆犹新,他可不想被吸干了血。几年下来,他历练多了。在这个危机四伏的异世界,保护自己是生存第一法则。

但尚小乐还是很想帮他,便向离黄要了那封信来看。竟然是两块椭圆的小木板合在一起,用细绳捆了几道,绳头用胶泥封了。这样的信札小乐见都没见过。

"此双鱼信圣邑早就不用了。"离黄紧接着又说,"其中有法力加持,绝不可私开。"

"嗯,一旦打开估计你就Game Over(游戏结束)了。"小乐点点头。他临睡前才刚玩了电话手表中的游戏。

离黄一愣,没听懂。小乐忙解释道:"我的意思是说那个姜老大就会知道,加害于你。"

离黄心里清楚,信送达则毒可解。如果真有解药的话,要么在收信人手里,要么就在信封内。收信人是龙山主殿的一个侍卫,至于信封,他尝试了多次,根本无法窥视到里面内容。他一方面不甘心被驱使,另一方面也担心姜万里食言,更何况龙山和圣皇殿目前关系紧张,斩杀信使也不一定。

但即使没有这封信,龙山他也非去不可。他告诉小乐他必须求得龙涎去救人。龙涎也就是真龙的口水。

二、两头大傻龙

不几日,黑气蒸腾的龙山已远远在望,两人不由得加快了脚步。

在龙山的外围就几乎不见人类,倒是遇到几头长得很像外国电影里会喷火的飞龙。小乐寻思,敢情东西方的龙都跑这儿来了。

远远地就见那几头龙对着黑气大吼数声,黑气立刻如有了灵性似的,散开一个小口,等它们飞入后,黑气再度包融起来。离黄说,龙山是龙族聚居地,由两位龙尊执掌,一雌一雄。四周加了屏障,要进去还得费点功夫。

说完他便掏出一个小瓷瓶,注入了一丝法力,小瓶立刻嗡嗡作响。他告诉小乐等一会过黑气屏障时只要打开瓶子放出龙吼即可。原来这小瓶是录音瓶啊!小乐马上想到背包里栾玉留下的那个小瓷瓶,那里面又会是什么呢?

为了便捷行事,离黄化作一条黄绿色的普通飞龙。小乐也被他用法术化装成全身乌黑、头上长角的龙奴精灵。他让小乐骑到他的背上,便朝着黑色的龙山飞去。

眼看即将进入黑气时,离黄大喊一声:"开!"小乐立马拔掉瓶塞。紧接着,震耳欲聋的龙吼声从小瓶中喷薄而出。如果不是事先有心理准备,他非得惊得从离黄背上摔下来不可。

两人顺利进入黑气后,离黄加快了飞行速度。小乐紧紧抓住他的两支角,耳边的风呼呼作响。这一路行来,也骑过不少动物了,但骑这种飞龙还是第一次,当真拉风得很!他不由得想起看过的一个动画片《驯龙高手》,有的一比,有的一比啊!

小乐正得意着,灿灿忽然从背包里钻了出来,化作它的本体——一只白胖的蓄光虫,吸附在小乐胸前。由于这几日跟着离黄好吃好喝,它发出的光也特别亮。小乐能看清前面,更开心了。

离黄顿觉不妥,刚想让小乐"熄灯",一红一黑两条飞龙已经循光跟了过来,一左一右地把离黄夹在中间。

"嗨,哥们儿!"红色那条龙先开口招呼,"你也是去吃飨龙宴吗?"

离黄心里暗叫不好,因为这条龙说的话,他一个字也听不懂。僵了几秒钟后,一阵古怪的龙语竟然从尚小乐的嘴里发出。离黄一下对这没什么本事的小师叔刮目相看。

其实这条龙说的是精灵大陆语言,小乐吃过灵启果,对他来说当然不是难事。所以他沉着下来,回了一句:"飨龙宴是什么,好吃吗?"

"这个小东西是什么?龙奴吗?你怎么能让他骑在脖子上!"黑龙不满道。

小乐只好解释说,他的主人嗓子坏了,所以就把他带在身边当发声器。

那两条龙也不深究,开始你一言我一语地聊开了。

红色的那条名叫红红,黑色的名叫黑黑,小乐只好说他的主人名叫黄黄。

灿灿早被小乐赶回背包,以防吸引更多的龙。

小乐很快就有了让他喷饭的发现,那就是红红和黑黑智商堪忧。就好比它俩忽而争论谁拉屎拉得远,争得不可开交,立马要离黄做裁判现时较量,显然已经忘了飨龙宴。

小乐劝它俩先去宴会,吃饱了再比试不迟。

"今天看黄黄的面上,我跟你来日再比。"红红气呼呼地说。

关于飨龙宴的情况,据两龙说是可以尽情吃精灵大陆掳来的灵兽,龙尊也会出席。小乐悄悄告诉离黄后,两人决定同去赴宴。

三条龙飞了大约半个小时,终于来到了飨龙宴现场。偌大的一个岩石广场上一个龙影也没有,好半天才来了一只矮脚龙,一问才知道,飨龙宴早在三天前就结束了。

小乐撇撇嘴,以红红和黑黑的行为看,出这事不稀奇。

红黑二龙自然一肚子懊丧。小乐趁机说普通的精灵兽有什么好吃的,精灵王就被关在这附近,听说如果能吃上一口就能长生不老,功力大增,这才不算白来一趟。

精灵王快被尚小乐描绘成唐僧肉了。在小乐的鼓动下,两条傻龙果然去打听精灵王关押的地方,居然打听到了精灵王被关在魁栗山谷。此山谷就位于龙山的古殿内,而龙尊居住的紫宸宫就在山谷尽头。

很快三条龙就飞到了龙山半山腰的万年古殿前。据说这里曾是龙山最大和最主要的建筑,已经废弃很久了。小乐原以为是多么恢宏有气势的宫殿,但眼前却是断墙颓垣,残败不堪,十来个高大石柱,有的倒在地上,有的仅剩半截,多处还有焚烧风化后的残迹。

照例是红红和黑黑打头。小乐和离黄一致认为让它俩当排头兵太合适了。

不料它们这次却被大殿外一道禁制拦了下来。

两条龙试了几次都进不去。这时残缺的半扇宫门上一个破旧的龙头辅首说话了:"你俩进入化形期了吗?龙山大殿只有化作人形才能进,连这都不知道?"

两个大个子傻眼了,它俩灵力低微,还不会变形。看来歧视真是无处不在。

"唐僧肉"是吃不着了,两条龙叹口气便要拉着离黄离开。它俩还惦记着拉屎比赛的事。

小乐脑筋一转,有了个主意。他大声提议:"这里这么大,我们来玩捉迷藏吧?"

"捉迷藏?"两条龙没玩过。等小乐把游戏规则一讲,红红和黑黑马上来了兴趣。

两局过后,两条龙就开心得直吼吼。

这一局轮到红红找,黑黑与离黄躲。小乐提议黑黑飞到山后躲起来,这样红红怎么样也找不到。黑黑一听嘿嘿地点点头,然后飞走了。

红红还在一个断柱子前闭着眼睛数数:"35、36、37,你们抓紧藏哦,等数到50我就来找了!"

这边尚小乐和重新变回人形的离黄已经走进了大殿。

三、古殿奇遇

殿内阴暗潮湿,灿灿便飞出来照明。

破败空旷的大殿内随处可见山石耸立,树木丛生,感觉整个宫殿是镶嵌在山体中,又好似山是从殿内长出的。总之,二者是融为一体了。

小乐正惊奇着,嗖的一声,面前出现一位满头银发的老婆婆。

离黄拉着小乐连忙后退。能出现在这里的人类,除了他俩,其他的肯定是化形的妖兽。

"孩子们,莫怕,莫怕!老身是此地看守的老奶奶。他们吃饭去啦,就我一个在这。你们要去哪啊?老身对这里熟得很,可以指路。"老婆婆说的是人类语言。她满是皱纹的脸上,眼睛快眯成一条线了,显得十分慈祥。

小乐和离黄一副戒备的状态。

"奶奶我刚才看见你们在外面玩个什么捉迷藏的,好玩得很,你们先陪我玩几盘,我才能告诉你们。"

难道龙山的人都那么童心未泯?小乐和离黄不由得大眼瞪小眼。

"我等还有要事,难以陪您老人家,还望见谅。"离黄说完,立即拉着小乐火速离开。

倒也没见那老婆婆追来,小乐心里松了口气。

龙山古殿实在太大,也没个地图路标,很快两人就迷了路,在原地打转。

小乐有些后悔刚才没陪那老婆婆玩几盘,然后问个路。

这时,一个蜥蜴模样的人形怪摇摇摆摆地走过来,看见小乐他俩倒是被吓了一跳,连连后退。

看来是个低阶小妖。离黄眨眼间就飞到小妖的身后,把它控制住后再打听魁栗山谷的方位。

小妖害怕地说,魁栗山谷就在这附近,一直往东走就行了。至于紫宸宫,那是龙山禁地,具体在哪它也不晓得。

离黄并没有兑现承诺放了它,而是做了个困兽光罩。小妖在光罩里可怜兮兮地望着他。"你老老实实待着,十二个时辰后自然可解。"离黄哼了一声。

两人开始朝东走,大约走了半个时辰,来到一处山涧。顶端有几缕光线照下来,更添了阴森之感。

涧里竟有两三个小孩在里面戏水,见有人来,一哄而散,只有一个没逃,眨巴着眼睛望着小乐。

小乐问他魁栗山谷怎么走。那小孩指指脚下,眨眼工夫就消失了。

看来这儿就是魁栗山谷的入口啦!两人都挺高兴。离黄先飞入,接着小乐也抱着灿灿跳进山石中。

须臾间,周围的一切发生了惊天的变化。脚下哪里是山石林涧,分明是黑色的沼泽。小乐已经陷在里面,离黄刚想腾空逃走,却被黑沼中无数的触手拖了进去。

中计了!离黄脸色铁青,拼命挣扎,却越陷越深。

看来这趟救援之旅要提前结束了。小乐在危急时刻反而冷静下来,开始握起拳头。

"幻境!这里是幻境!"离黄大喊。

这一下四周的环境又在急速地发生改变,带来的晕眩感很像当年篆公的移步换景。

两秒钟后,小乐再睁开眼睛,发现自己竟然身在一个晦暗的小房间内。

这又是哪儿?!

"哦,不简单,不简单!奶奶我的幻境都被你们看破了。"先前遇到的那个老婆婆又嗖的一声出现在小乐的面前,笑眯眯的。

"两个小娃儿是打圣邑来的吧?……"

"你到底是什么人?!"愤怒的离黄打断了她的话。

"我是什么人?呵呵,你俩一直没看出来吧。"老婆婆说话间就变化成那个在光罩里无助的蜥蜴人,接着又变成那个山涧里六七岁的小童。

"这次捉迷藏还是奶奶我赢了哦。"老婆婆开心地说,笑得像个孩子。

人说"老小老小"是有道理的。

"你们两个娃娃有趣得很,就永远留在这里陪我玩吧。"老婆婆说后半句时,神情和声音透出的威严让小乐不禁打了个寒战。

老婆婆说完后,又嗖地一下不见了。

尚小乐四下看看,这是个几乎密闭的小房间,顶上一个巴掌大的田字形天窗,角落里一个石桌,桌上摆着些吃食。

离黄开始想方设法出去,小乐也把背包里的短剑和白瓷瓶掏出来给他，看有没有用。就在离黄使出浑身解数也出不去的时候，一个苍老暗哑的声音响了起来："别费劲了，你们是出不去的。"

接着一股绿气自离黄的身体内缓缓飞出，他的脸色也随之恢复正常。

这莫非就是离黄大哥中的毒？它自己解了？

更令人吃惊的还在后面，就听那绿幽幽的气团继续道："既到了此处，万里，你也出来吧。"

在离黄和小乐的目瞪口呆中，缕缕灰气从离黄腰间的双鱼信中飘飘袅袅钻出，须臾化作一个长脸的灰袍中年人。

"啊？姜万里！"离黄大惊失色。

就见灰袍人冲绿气团施礼恭敬道："见过陛下。"

离黄脸上的惊愕再度升级。这？难道它就是万圣皇御飞轩?！

"万里，非常时期，不用虚礼。"绿气团转而对离黄道，"小子，你不用猜了。本皇受奸人所害才至于此，但对付你还是绰绰有余。"

离黄的大脑飞速地转动着：如果眼前的绿气真是御飞轩，那他的本体哪去了？当日他在圣皇殿的宝座上看到的可不是这一团绿气。他在偷偷离开圣皇殿后不久，那边就传出全国捕杀圣邑特使的消息。他猜想一定是凌宇他们无意中获知了圣皇殿的绝顶机密，那就是如今的万圣皇只是个傀儡，真的御飞轩就在他眼前，还被害成这副模样。

离黄猜得不错，眼前的绿气团正是万圣皇御飞轩，只不过已

545

是丧失大半法力神通的本体残躯而已。

绿气团飘浮在离黄面前,继续道:"圣邑五色宗宗主?你这点本事恐怕难以服众。不过本皇倒可以帮你们出去。圣皇殿向来赏罚分明。万里先前救了你,你也千里迢迢护送我们来此,这一笔算两讫了。再救你,可就是两说了。"

离黄一时语塞。尚小乐心想:原来他们还救过离黄大哥。

姜万里接着话,轻描淡写地说:"我们可以将尔等救出去,但不能白救。这样吧,这把剑就作为回报。"

说完一伸手,小乐放在地上的短剑就飞入他手中。

这跟明抢也差不了多少。

此时,连小乐都明白了,这把不起眼的旧短剑一定是件了不起的宝物。估计栾玉也不知其真正用途,所以才随便放的。幸亏前几天没给了饼店小二。

接着就见御飞轩和姜万里轻飘飘地从顶窗中出去了。这种小窗可以调整大小,离黄刚才变作个小黄莺都飞不出,看来也只有化作气态、液态才可以出入。

小乐想起上次在桃源岛遇到的霓虹精时,叶真就说过,宇宙中除了我们地球上的碳基生命体外,还有以其他形式存在的生命体。气态的当然可以有。

这个少年正思考着宇宙生命的奥秘,就见那两个能量生命体又从小窗飘回来了。

灰色的气态人影再度变回姜万里,而绿气团已经飘到了桌子上,来回游走一番后,将桌上的一盏古旧油灯整个罩在里面。

"小子,你转一下这灯盏试试。"绿气飘过来对距离最近的小乐说道。

尚小乐伸手握住那盏油灯,竟然纹丝不动,再用两手使劲一转……

离黄刚要说,小乐师叔,让我来吧,就觉得天地旋转,晕眩得不能睁眼。等他能微睁双目时,竟发现自己又回到先前的万年古殿中。

四、怪石迷阵

"难道竟是个芥子空间[①]?"离黄茫然自语。

"本皇千年前曾来过这。你们顺着水流的方向在七流交汇处就可以找到魁栗山谷,应该就在不远处。"绿气团冲小乐他们说完,又对姜万里吩咐道,"万里,你把解纤竹给他们两根。此竹可以消解你等气息,以免再让龙母发现。"

龙母,龙母又是谁?是刚才那个老婆婆?小乐一脸惊惑。

小乐还没来得及问,御、姜二人就以气态消失在黑暗中。

"万圣皇御飞轩会这么好心?"离黄把两根乌绿的细竹条拿在手中,仔细查看后,发现并无异常,虽然心中疑惑,但也没再多说。

不多久,两人就顺着山涧来到了溪流交汇的一处山坳。

此时,在古殿另一边狭长通道内,一绿一灰两个气团鱼贯而入。

"陛下,那个逆天的宝贝果真还在龙山?数千年过去,会不

---

① 芥子:菜籽。芥子空间指微小物体中的独立世界,平行空间。

会已被他人捷足先登?"灰气问道。

"不会的,三剑在世,说明那件宝贝一直没人动过。"绿气团语气肯定,接着又略带责备地说,"姜老弟,本皇说过多次了,你我本是同族,内外殿中又属你资历最老,理应兄弟相称。"

"陛下……哦,御兄,属下不明白刚才您为何要帮助那两个人类?"

"他们弄出的动静越大就越利于我等行事。魁栗山谷是那么容易闯的吗?!"绿气团喑哑地笑道,"再说他二人都中了我的魂追,一举一动我都了如指掌,必要时可以让他俩自爆为本皇扫清障碍。"

"还是御兄圣明。"灰气团心悦诚服地补充一句。

这边尚小乐自然不知道身上发生的事,他正数着是不是七条水流交汇时,层层黑雾蓦地涌出,把他和离黄隔在山谷外。

又是龙雾,怎么办?那个录音瓶是一次性的,从哪再去弄龙吼声呢?眼看魁栗山谷近在咫尺,离黄不免焦虑起来。

小乐想了想,把手腕上的电话手表打开,调到刚才录的两条傻龙的游戏视频。里面果然有龙吼声,他再把音量调到最大。

下一秒,龙雾掀开了一个口子,小乐和离黄进去了。

"不想小乐师叔竟有此等宝物!"离黄望着小乐腕上的"法宝",一脸惊喜和钦羡。他原先以为那只是造型怪异的灵力环而已。

"呵呵,没什么,电话手表,别人送的。"

"电话手表?"

"就是可以打电话的手表,还可以打游戏、录像……"

小乐的一番介绍离黄也听不太明白,只是感慨箓公门下就是不一样。

山谷内怪树丛生,不时会发现几只黑猩猩样的妖兽来回巡逻。离黄也变作一只黑猩猩,带着黑皮尚小乐小心翼翼地向山谷腹地走去。遇到几只黑猩猩挡路时,机灵的小乐就派出一个年糕人将它们引开。

不多久两人走到一处怪石群。

"我想起来了,我在桃源岛见过这里,雅苏姐应该就关在里面。"小乐兴奋地对离黄说。

离黄看着这片怪石林立的石林,犹豫了一下,还是开口道:"小乐师叔,我就不陪你进去了。我尚需找到龙涎救命,就此别过。"

小乐有些失落,人家也确实只说同行,没说帮他救人。

"此处很像一个迷阵,小乐师叔要多加小心。"离黄临走前善意提醒道。

为了来这吃了多少苦,也不差这最后一哆嗦了。小乐咬咬牙,走了进去。

接下来整整三天的时间,这个少年都在这个石林中转悠。这里的确是个大型的迷阵,只要进来就出不去了,最小的石块也有一人多高。他试着让灿灿、年糕小人去寻路,但都没有用。不过这里至少比外面要安全些,那些黑猩猩进不来。尚小乐苦中作乐地想。

第四天的时候,小乐在怪石迷阵里遇到一个人,那人见到他,倒有几分尴尬地笑了。

"离黄大哥,你怎么也进来了?"小乐惊喜地问。

原本离黄打算从外围树林绕行,结果七绕八绕总会遇到怪石群,他尝试过飞过去,但上面有黑沉沉的龙雾压顶,没办法,只有进来了。

"看来这魁栗山谷是一个圆形盆地,紫宸宫,还有关精灵王后的地方都在这个碗底。"离黄一边比画,一边分析,"我们所处的石阵应该就是护着碗底的一圈屏障,一定是一种上古迷阵。"

小乐觉得他分析得很有道理,但自己可解不了,只能靠离黄大哥了。

好在小乐背包里装了不少路上买的干粮,还有几颗水含珠,不然两人就算不被困死也要饿死在石阵里了。

接下来的几天,离黄有时候在里面打坐,冥思苦想,有时上下翻飞,不知在做什么。小乐也帮不上什么忙,天天一睁眼都是石头,怎么也走不出去,真闹心。小乐觉得自己就快神经了。

要是叶师姐在就好了,她最会解谜了。阿奇在就更好了,直接解决问题。小乐郁闷地想。

终于有一天,憔悴不堪的离黄突然灵光乍现般大喊一声:"啊,我知道了!我知道了!"

小乐凑过去,并不抱多大希望。

"这次一定能成。"离黄大睁着布满血丝的眼睛疯魔样地拉着小乐。

多日来他从五行到奇门八卦,想了无数方案。后来竟让他发现了一个规律,那就是阵中的怪石位置虽在不断移动变化,但所有的圆形石柱间的距离几乎不变,也就是说它们的分布是一定的。他将所有的石柱都做了法力标记,共数得一百六十一根。

然后他就在想一百六十一的含义,再将每个石柱间进行连线,绞尽脑汁后,他终于茅塞顿开。

"小乐师叔你看,这些圆形石柱所代表的正是天上二十八个星宿,东南西北各七宿,共有主星一百六十一颗。龙尊的紫宸宫就是帝星紫微,居于中心,众星拱之。如此一来,全都通了,通了!此处就是个星阵啊,哈哈!"离黄高兴得手舞足蹈了。

小乐没听明白,但瞧离黄的兴奋劲,这回估计差不离。

"咱怎么出去呢?"小乐问到了关键。

"我想了一下,四象任一应该都可为出路,但既在龙山,还是按东方苍龙这条路走更好。苍龙七宿有三十颗主星。目前我们只要找到苍龙的位置,沿其主星连线走,定能出去。"离黄肯定地说。

找到破解之法,走怪石迷阵就容易多了。几个时辰后,就看到了石阵外围的微光。小乐和离黄对视一眼,都不免有些激动。

最后一块石头了,小乐重重拍了它一下,迈步走了出去。

意料不到的事又发生了,在前头照明的灿灿第一个消失,第二个是离黄,尚小乐还来不及惊叫就被一股巨力拉入一片混沌中。

五、龙母姐妹

不过很快小乐就有了脚踏实地的感觉。周围的雾气逐渐稀薄,露出青黑色的石壁来。

"老婆婆!龙母?"小乐吓了一跳。

刚进龙山古殿遇到的那个银发老妇赫然坐在小乐和离黄的面前。看来他俩又重蹈覆辙,再次被抓了。

"你到底要干什么?!"离黄大声道。他到底是一派宗主。

"从我妹妹手底下逃脱的,就是你们这两个渺小肮脏的人类吧?"银发威严的老妇冷厉地说道。

你妹妹?难道有两个龙母?小乐和离黄都有点蒙。但看眼前的这位无论是表情,还是说话的口气跟先前那个喜欢游戏的嘻哈老奶奶的确截然不同。

"你俩也算有些本事,竟然走出了魁栗石阵。"龙母冷笑道,"但解了石阵也只能到这儿,没有本尊的允许,谁也到不了我的紫宸宫。"

小乐想想也对,武侠电视剧中的看门阵法往往会被大侠破解,等于是给聪明人放行,那还不如多加把锁。

"不过,能解开石阵的聪明人,会有一个荣幸,那就是——被我吃掉!"

话音刚落,银发老妇浑身爆发出磅礴气息,一条蜿蜒盘旋的巨龙赫然显现。这是一条真正的中国龙。它对着两个的确渺小的人类,凶狠地张开可吞噬万物的大口……

滚滚气浪夹杂着苍莽的血腥气扑面而来。

离黄连忙掐诀,拉着看傻了的小乐往后急逃,但直接被石壁挡住后路。

"这下把你们两个小娃娃吓到了吧,哈哈哈——"巨龙尾巴一摆,又变回原来的那个银发老婆婆,眼睛再次笑眯成了一条线。

刚才呆在原地的灿灿倏地变成人形,高兴地飞过去,亲昵地抱住银发龙母。

"哦,你这小精怪不怕我吗?"

"奶奶好,奶奶会变,好厉害……"灿灿奶声奶气地摇着龙母的脖子。小乐才教会他说话。

龙母看着她一根手指就能碾死的小虫精灿灿,竟然没生气,而是慈爱地把他抱起来。

"乖孙,小宝贝,你要当我的乖孙宝是不是?"

灿灿开心地贴着龙母皱纹丛生的老脸。

"这小娃怎么回事?"离黄看了眼小乐。

"嗯,自来熟,自来熟。"尚小乐从自己十几岁的脑瓜里搜到这个词,点点头,肯定地说。

"刚才是老身的姐姐要吃了你们,奶奶我已经劝过她了。她顶顶讨厌你们人类。当年她落到一个老道士手上,每隔一段时日都要被割肉剜骨,去给他炼制丹药……"

原来桃源主人养那两条龙是为了炼丹,难怪后来它们要反叛起义了。尚小乐的思维又开始跳跃了。他想到小时候妈妈老让他喝的龙牡壮骨冲剂,说里面有一味药叫龙骨[①]。

"说吧,你俩到龙山所为何事?"龙母怀抱着灿灿,一脸慈祥地问。

小乐和离黄便说了各自所求。事已至此,也不管有没有诈了。

---

① 中药中龙骨指的是古代哺乳动物的骨骼化石。

"哦,小娃娃你要救那个精灵王后啊,让我想想,对了,几天前她就被救走了,还有她那些个随从,全都被救走啦!"

"什么,救走了?"小乐简直不敢相信自己的耳朵。

"小娃娃,你白跑一趟。本来我就不想关他们,唉,我姐姐非要如此,说到底还是心里那道坎过不去。这都过去多少年了,五千年、八千年还是一万年?我早就记不清了。"龙母像个普通老婆婆般絮叨着。

看样子不像骗他,这个少年顿时倍感失落。忽然,他又想起一事,急急问道:"是不是一只小甲虫救的?黑色的甲虫?"

"那就不晓得咯。该是她族人救的吧。不过救了也好,老关在这还要管他们一大家子吃饭。"

"你呢?"龙母没再理会闷闷不乐的小乐,转向离黄。

离黄只觉有门,便跪求龙母施舍龙涎去化解忘形咒。

小乐也觉得有戏,不就是一点口水嘛,随便吐一口就有了。

"你要救的人是谁?"龙母温和地问。

"是晚辈的师妹。"离黄实话实说。

"是你的心上人吧?"龙母笑眯眯地看着他。

离黄迟疑了一下,点了点头。这下,小乐也来了兴致。

"这个嘛,救别人可以,救心上人就免了。老身的姐姐最讨厌什么情啊、爱啊的,要给我姐姐知道,你小命就不保啦!"龙母再好心地加一句,"小子,下回可别再说啦。"

离黄呆在当场。小乐猜想他心里一定后悔得不得了,干吗要承认是心上人呢,唉——

"走吧,乖孙宝,跟奶奶吃糖去。"龙母抱着灿灿站起身来,接着对离黄和小乐说道,"你俩就留在这做我的龙奴吧。外面乱得很,留在奶奶这最安全。"

说完,她又嗖的一声不见了。

灰雾渐渐弥漫,离黄用神识扫了一下四周,失望无力地告诉小乐,他们再次被囚禁了。

小乐其实现在就可以回桃源岛了,但他觉得这样也忒不仗义了,于是安慰离黄说:"不就是一点口水嘛,只要咱们想办法,肯定能搞到。"

小乐的话很有作用,离黄感激地看着这位小师叔。

两人又聊起了古怪龙母。小乐告诉离黄他在自己的世界看过一部电影叫《大话西游》,里面有两个女人共用一个身体。离黄没看过《大话西游》,他倒觉得龙母只有一个。

六、盗宝与得药

与此同时,御飞轩和姜万里也好不容易来到了龙山的最高峰——登天阁。

"师祖说得没错,那件旷世奇宝果真被封印在此!"对着古壁上一处敛着寒光的圆形封印法阵,绿气团老者喜不自胜,"快,万里,把三剑取出,我们好解开封印。"

姜万里变回人形一掐诀,两把破旧短剑浮于面前。

"这含光、承影、宵练三剑相传为上古神器。数千年前,小龙尊用它们封印了鸿蒙大神的一件重宝。天机妙通盘,你再现于世就在今日了!"绿气团缓缓飘过两把剑,声音有些激动。

御飞轩耗费了半生精力只找到含光、承影两剑。在遭逢大变后,本想带两剑来龙山碰碰运气,没想到尚小乐竟然背着第三把宵练剑送上门来,可想而知当他看到宵练时是怎样的欣喜若狂,就差老泪纵横了。

姜万里先按御飞轩所说将一个法诀打入两柄短剑,两剑骤然变长,发出青蒙蒙的幽光。

"好,出宵练入坎位。"御飞轩发令。

姜万里以手运功一点,宵练剑化作一道青光直入封印。

"接着影分为二,承影入坤位,含光入乾位。"

只见姜万里口中念念有词,左手握起承影剑柄,剑鞘随即隐去,微光中只见剑柄却不见剑身,但对面石壁上却隐隐投下一个飘忽的剑影。他再用右手食指一点,只觉剑柄剧震,就听喀的一声轻响,剑柄分作两截,新分出的一把剑,光冷霜清,锋刃绝世。姜老大心中都不由得惊叹:这就是含光剑!

不容多想,他轻吐一诀,剩下的两把宝剑也依次飞入封印法阵。

紧接着,古壁上的封印蜂鸣阵阵,光华四溢。两人已在登天阁外布下了上乘隔音罩,此刻倒不怕惊动他人。

在御、姜二人激动期盼的目光中,封印处的石壁像干土一样开裂,然后层层掉落,一个八卦形状的白玉璧呈现出来。

整个玉璧只有巴掌大小,感觉非常普通,一点逆天灵宝的气息都没有。

"万里,你退后,待本皇取宝。"御飞轩说道。

突然,几道金色电弧从天而降,把绿气团网在里面。

"啊?金丝雷!你⋯⋯连你也背叛我!"电网中的声音先是

惊怒,继而又转为悲愤与绝望。

"御兄,你别忘了是我救了你。"姜万里拿起施放金丝雷的珠子,幽幽地说,"这彩虹国的金丝雷着实厉害,似乎专克我等形体。御兄,陛下,就像你说的,我资历最老,跟随你多年,只是个区区掌奉使。时至今日,还想让我听命于你?!我劝你不要轻举妄动,不然只能被这电雷销得元神俱灭。"

"你……"电网中御飞轩的声音发抖。他的绿气只要一碰到电弧就会顷刻间化作灰烬。

姜万里转身贪婪地望向白玉璧,略一思索,祭出几件法宝将自己护住,以防万一。

接着,他周身灰气弥漫,伸手便是一道光束射向玉璧,他要取宝了!

说时迟,那时快,三道剑光骤然射出,稳、准、狠地将姜万里的身体洞穿了,连元神都被绞灭了。他的那些个护体神通形同虚设,只留下些无主的灰气,飘来荡去。

"哈哈哈——"电网里的绿气团发出干哑的笑声。

"本皇话还没说完。那开印三剑还是护阵神兵,你就这么急不可耐,咎由自取!"

此刻绿气团已比刚进来时小了一圈,金色电网嗞嗞作响,还在不断缩小中。

御飞轩没想到会殒命在此,他是那么不甘心,拼尽气力嘶喊道:"有谁,谁在此地?!谁能救我,本皇助他称王称霸……本皇杀戮无数,死也不亏。呵,谁帮我杀了时易那个恶贼,我便将妙通盘的秘密告诉他……龙尊!龙尊你在不在?本皇可以把毕生绝学给你,只要你帮我杀了时易……"

他的声音越来越小,渐不可闻。半炷香后,最后一丝绿气也被金丝雷消灭殆尽。可叹一代枭雄万圣皇御飞轩,从此不复存在,而他留在小乐和离黄身上绿豆大小的印记也随即消失。

又过了几分钟,登天阁的一处角落里,一只蓝黑的甲虫自虚空飞出。

它飞到白玉璧的旁边,深提灵力,打算将其收了。不料玉璧上寒光一闪,蓝黑甲虫反倒给吸了进去……

尚小乐在成为龙奴的第二天就被提溜出去陪龙母玩。小乐凭记忆给龙母做了副扑克牌。这下好了,老婆婆一下就迷上了人类的扑克,小乐他们也轻松多了。

龙母的确是老了,就像人类的老人一样,玩着玩着会打起瞌睡来。但她毕竟是条真龙,在她打盹时,会有条银色的发光小龙在她的头顶盘旋。小乐根本无法近身,只得把搞点龙口水的任务交给了灿灿。

又过了两天,尚小乐在龙宫遇到一个熟人,一个让他心惊肉跳的熟人!

当时他正在陪龙母打扑克,一个白衣青年从天而降,是他!小乐一眼就认出来,就是那个在罗格游戏中要夺他晶辉的风韦!当时这个青年就想要他性命。小乐不由自主地把头低了下去。

"主上说,他正在闭关修炼,龙日就不陪母神了。"风韦向龙母施礼道。

"好了,本尊知道了,你下去吧。"龙母有些黯然。

风韦告退时,竟有意无意地向小乐多瞟了几眼,露出狐疑的神色。小乐暗暗叫苦:他不会认出我了吧?我现在可是个头上长角的黑精灵,他认不出的。他会不会像龙母一样,早看出我是人类?或者是凭嗅觉分辨?这类妖人都邪门得很……

"你还有什么事吗?"正拿着牌的龙母面露不悦。

"哦,没事了,在下告退。"风韦迟疑了一下,说完就一闪而逝。

还好有惊无险,小乐擦了擦额上的冷汗。

"姐姐说得没错,他们爷俩都是一样的无情。"龙母盯着手中的牌,自言自语,"十年一次面也不见,还当我是亲娘吗?"

下一秒,她手里的牌化成了粉末。

龙母站起身来,走向石壁,黑黝黝的石壁上随即幻化出一扇窗户。老婆婆斜靠在那,望着窗外虚无缥缈的空间。

小乐看着龙母孤独的背影,觉得她其实也挺可怜的,就像一个空巢老人,难怪总想让别人陪她。

"若不是当初他背弃我母子,如今定不会如此!"龙母的语气忽地狠厉起来,"小子,本尊可不像我妹妹那样好说话,倘若你敢背叛我,本尊一定剐了你、吃了你!"

说罢龙母的手一挥,小乐便又回到那间双人牢房里。龙母恶狠狠的话音还在耳边。这次又是她姐姐,还是这老太太就是这样喜怒无常?

一直在里面静坐练气的离黄吓了一跳,今日"下班"这样早。

尚小乐管陪玩叫"上班",龙母很少叫上离黄,因为她说小乐身上有龙族气息,对此小乐很是费解。

离黄坐牢的日子结束在两天后。灿灿终于完成了任务,带回来三根龙母舔过的棒棒糖。

提取龙涎开始了。只见离黄双手发功,一支棒棒糖逐渐被气化,然后他从中提取出一丝淡淡的龙涎之气。几个小时后,他将提取到的这三丝水汽慢慢凝结成一小滴晶亮的液体,悬浮在半空中。离黄的面色更加凝重起来。他小心翼翼地从怀里掏出一个锦盒。打开后,小乐不由得一声惊呼,啊?里面竟然有个沉睡的小人,看样子是个女子。再仔细一看,天哪!这小人自己还认识,竟然是跟他同舟共济许久的青月!

七、龙山重逢

原来离黄大哥要救的是青月姐啊!小乐不由得感叹世界真小,熟人不少。

"这就是我师妹。"离黄说着一道法诀打在锦盒上。盒中的青月站起来,双手背在身后,身体前倾,呆呆木木地走着鸭步。

离黄深吸一口气,食指一点,悬浮在半空的那小小的一滴龙涎,直接落在青月头上。青月双眼一闭,又倒在盒中。

"如此,大功告成,就等师妹醒来了。"离黄如释重负,欣慰道。

"你就是青月姐的大师兄?"小乐也很高兴。他觉得离黄历尽艰辛终于为心上人拿到了解药,他对青月姐姐是真的好。

离黄笑笑,没承认也没否认,接着又打了道法诀,把盒子小心地收了起来。

稍事休息后,离黄小心翼翼地取出一张微微发光的灵符,说终于可以带小乐离开这里直接回圣邑了,只是路上稍微要吃点苦头。小乐谢了他的好意,表示自己有办法直接回桃源岛,而且要等灿灿回来再说。

"也好,就算我回到圣邑也未必能够自保。"离黄苦笑着说。接着他靠着石壁盘膝坐下,双手掌心向上置于膝上。他把灵符吸入口中,一番吐纳后,身体逐渐消融在石壁中。

"没有我的法力加持,你外形的幻化三五天就会消失,小乐师叔还是速速离去吧!"石壁里传来离黄的好意提醒。

"放心吧,离黄大哥,你也要多加小心,一路保重!"小乐冲空空如也的墙壁喊道,也不知他听不听得见。

"好了,现在你要帮的忙也完成啦,我们可以一起去找云见大师了。"一只蓝黑甲虫现身在小乐的肩上。它正是失踪多日的阿奇!

巧不巧的,也就在一天前,阿奇找到了小乐。

在阿奇开的空间里,尚小乐见到了久别的雅苏姐、长泽大哥以及雅苏的侍女路迪。大家都非常高兴。原来路迪就是当年在赛茵草原和他一起玩的那只小猴子,现在她已经是位亭亭玉立的少女啦。

差不多四年前,流沙大陆漂移到了精灵大陆近旁,距离最近的是恶灵国。精灵人在与诡域的大战中战败,精灵王夫妇被俘,被囚于龙山。而长泽是后来为了救雅苏才被囚禁的。

精灵王用自己的生命换得雅苏的安全。他其实是很聪明的人,为了不被家族利用,才表现出无能的样子,以便所有权力归于大长老。小乐知道后不禁对已故的精灵王生出几分敬意来。

雅苏的怀中抱着才出生不久的精灵王子,原来她当妈妈了。小乐开心地抱起襁褓里的小婴儿,小王子长得粉嘟嘟的,十分可爱。

小乐还发现一件奇怪的事:雅苏、长泽和路迪这三个精灵人,只有靠近小王子时才能保持人形,而且额上的灵吸常是半闭合状态。

雅苏王后微笑着解答了小乐的疑问:"因为我的孩子是唯一具有真灵之血的精灵。在真灵之血的感召下,我们的灵吸才能发挥作用。"

当年就是因为大长老预言说只有真灵之血才能拯救精灵大陆,雅苏才嫁给精灵王尤光。没想到预言所指并不是尤光,而是他的孩子。

雅苏深情地吻了吻怀中的宝贝。小王子的脖子上系着枚小巧的犀角,蕴含着微微荧光,那是大长老化尘时用全部灵力所注,它不仅是护身符,还将指引这对苦难中的母子肩负起一生注定的使命与责任。

阿奇把这个打造的空间收在身体里,精灵们还算安全。但阿奇自己却搞得很有些狼狈,不仅身上有多处伤痕,而且头上的一对触角像被人剪掉一样,只剩两个须茬,一只眼睛还缺了半个,可以想象当时是怎样惨不忍睹。小乐记得以前它即便受伤,灵力大失也不是这个样子。

据阿奇说,那是由于它在过赤晶沙漠时遇到了超大沙暴。它低估了沙暴的威力,一度被沙暴卷进空间裂缝,灵力全失,后来休息恢复了许久才到了龙山救出雅苏等人。当时以它的灵力根本不可能再过一次赤晶沙漠回精灵大陆,所以它只有在龙山到处寻找机会。更令它吃惊和担心的是,竟然在此地感受到小乐的气息。但由于灵力受限,小乐又带着解纤竹,气息时有时无,阿奇一度苦寻不着。偶然间让它听到御飞轩与姜万里的谈话,知道此地也有个妙通盘,便一直尾随着他俩到了登天阁,接着就看见了两人取宝和双杀的全过程。

阿奇告诉小乐,它后来竟被吸进了天机妙通盘中,于是又有了另外一番奇遇。妙通盘里竟然是桃源主人的大徒弟云见大师。当年他为了能永远守护妙通盘,放弃了自己的身体而成为器灵。一番对话后,云见知道了桃源主人的事,而阿奇也在他的指引下,终于找到了小乐。

小乐挺奇怪的,妙通盘不是在朱先生那吗?怎么有两个?

"等你见到云见大师一问就知道了。我有种感觉,云见大师一定能帮我们离开这里。"阿奇肯定地说。

小乐坚持要等灿灿拿到龙涎,帮离黄大哥达成心愿再走。阿奇只得先隐匿下来。如今龙涎已得,事不宜迟,阿奇便带着小乐直奔登天阁。

至于灿灿,既然龙母喜欢他,有吃有喝的,把他留在这里会是个很好的归宿。他把灿灿很喜欢玩的解纤竹也留给他做纪念。后来,小乐为这时留下解纤竹后悔不已,如果他还有这个宝贝,那么情况会大大不同。

八、妙通盘

几分钟后,阿奇就到了妙通盘白玉璧前,身形一闪,随即没入其中。

　　里面的空间跟前次见过的一样,明晰空冥,浩渺无际。但这只谨慎的甲虫总感觉有哪里不一样,为安全起见,它没有把小乐放出来。

　　很快,它看见两个黑点,弹指间,就来到了近旁。

　　阿奇的眼前是盘膝相对而坐的两个人。其中一位是云见大师,另一个是个陌生的魁梧大汉,黄发黄须,方脸阔鼻。

　　两人就这么静静对视着,谁也不发一言。

　　阿奇却不敢再近前半步以探究竟,直觉告诉它,两人之间存有巨大的危险。

　　"老鬼,哼哼,你还能坚持多久!"黄须壮汉突然开口。他面前随即倏地多了个白石圆桌,桌上一个酒壶。壮汉换了个坐姿,拿起酒壶自饮起来。

　　"本尊新造的幻境,让你见识一下。"黄须人说完单手凭空一握,一个透明似水晶的高脚酒杯出现在他的手中,杯中琼浆犹如玛瑙。

　　黄须人的声音不大,但接下来的每个字在阿奇听来都如炸雷一般:"那只虫子正好在这,这次看它逃不逃得脱,看你老鬼救是不救。"

　　阿奇顿觉大事不好,身体周围空气刹那僵硬如同铁板,随之而来的是排山倒海般的巨大吸力要把它吸入酒杯之中。虽然它身体被封,但意识还在,它能清晰地看到酒杯中红色翻滚的地狱之海,看到电闪雷鸣,和记忆中的幻象国一模一样。

　　原来幻象国就是这个黄须人所造,而且仅仅存在于这个小小的酒杯中！

"小龙尊，往日我救得，今日依然。"就在阿奇眼睁睁地就要被拖入幻境之际，一个清亮无比的声音在它耳边响起。那声音似乎蕴含着更为巨大的力量，将它拽了出来。

一只拥有骇人时空灵力的蓝幽灭空虫就像个玩具一样被两大高手拉来拽去。

"你又忘了当日的约定，只要我云见在一日，约定就有效一日。"

"哼，老鬼，算你狠！"黄须大汉恨恨地说完就消失了，连同他变化出的一切都消失了。紧接着，整个空间响起了惊雷般的轰鸣："老鬼，等本尊再来时，你可别忘了你我的约定。"

雷声中，阿奇早已体力不支跌落在云见的脚边。此刻它记起当日在罗格城堡外和暗绝元魔一起被雷电攻击几乎丧命，一定也是被云见大师所救。

云见的身体此刻变得模糊一片。阿奇后来才知，刚才云见正与龙山的小龙尊经历了一场神识生死大战，身体差点溃散。

等云见重新凝神定体后，阿奇便把小乐放了出来，拜见大师。

尚小乐以为云见大师是个须眉皆白的得道高人，没想到眼前坐着的竟是个玉朗风清的青年，看上去十八九岁的年纪，白衣青衫，头簪莲冠，超凡出尘。

云见一眼认出小乐的指环，伸手一点，指环就化作一缕晶亮的银丝飞入他的手中。

"我知道你是谁了，你就是竹箓新收的那个凡人小弟子。

"没想到有生之年还能见到故土之人,实属难得。"云见缓缓开口道,"竹箓与我有同门之谊,阿朱既然给你引荐,我可以用妙通盘帮你们离开。"

云见大师的声音让小乐仿佛置身于雨后的草地,到处是清新的草木气息。

阿奇一听,心里的大石落了地。它身体里的那些精灵更是归心似箭,他们多在外界一刻,精灵力就多耗损一分。

由于云见刚经历一场大战,修为受损,不能一步将他们送到精灵大陆,但可以送出万圣国,至于到哪个国家,就比较随机了。不过,四邪之地是会避免的。

也好,只要出去就能寻找机会。阿奇要小乐直接回桃源岛等他,小乐不愿意。阿奇看小乐的确历练成熟了不少,或许成长本身就需要经历一次次的冒险,便也不再多说了。

离这个巨大的妙通盘启动还有一段时间,云见便说了数万年前两条龙叛逃之后发生的一些往事:

两条龙占据暗黑大陆建立了恶灵国。后来他们有了个儿子,就是小龙尊。千百年后,龙公因为不满龙母的统治,与龙母和小龙在龙山一场大战后带领一支精灵人离开恶灵国,去了精灵大陆。恶灵国便由龙母和她的儿子统治。

小乐此时也明白了,龙母只有一个。阿奇分析,龙母在丈夫背叛的巨大刺激下,精神分裂了,造出一个姐姐来承担所有的罪过和痛苦。

至于圣邑的妙通盘,那只是个复制品,功能还不到天机妙通盘的十分之一。据云见所说,真正的妙通盘,蕴含着无比巨大的能量,不仅可操控空间,还可以用它来知道过去、预测未来。

"当它在我师父手中时,就会真正堪称'妙通'二字。当年把妙通盘封印,不过是掩人耳目。那条小龙每隔一段时间都会来找我比试。我跟他有过约定,如果我输了,就要把妙通盘拱手相让。刚才的比试如果不是借助这个空间的力量,我已经输了。

"早年间,我曾为了拿回被抢的天罗巾,用妙通盘的时空之力助他开了幻象国。他也对我有承诺,凡是生灵能够逃脱,便不再追究。如今,他利用对幻象国的不断实验与参悟,将空间法则已运用得出神入化,若等他再参透时间法则,那世间再无人与它抗衡。好在恩师已经回来,不日就会召唤我,到时候任何人都不足为惧了。"

云见大师说完后,便不再开口,闭目养神。小乐这才知道当年的桃源主人也就是鸿蒙大神,带着续流、云见及竹箓三个入室弟子离开人类世界到达这个时空。而竹箓,就是箓公,御物宗的师祖爷爷,后来不知何故惹怒师父被逐出师门。自己排来算去,竟和桃源主人、云见大师都有联系,一时觉得自己在这个世界真是了不起。

半个时辰后,这个空间的上空开始出现一个八卦形白玉璧。玉璧由虚而实,向四周发出耀眼的银色光芒。地上更是流光溢彩,金银两色光点,由点而线,由线而面,在小乐的脚下汇成无边无际的光海,摇曳生辉,美轮美奂。

小乐不由得想起几年前朱先生启动妙通盘的情景,虽然也有八卦玉璧,也有光海如星空,但哪比得上这里动人心魄。

又过了几分钟,白玉璧开始缓缓转动起来,在它周围现出一个个影像虚影,有城市,有海洋,还有山峦湖泊。

为了安全起见,阿奇把小乐又收进自己的身体里。

"去吧。"云见对等待在玉璧下的那只小甲虫轻轻一点。下一秒,阿奇便消失在无尽的光海中。

附:中国古代天文学知识"三垣二十八宿"

中国古人以北极星为中心,将星空主体划分为三垣二十八宿。三垣是紫微垣、太微垣和天市垣。垣有围墙之意,三垣即为三个天区,内含若干星官(或称为星座),三垣围绕北极星呈三角状排列。紫微垣是三垣的中垣,居于北天中央,所以又称中宫,或紫微宫,为天帝居所。太微垣是三垣的上垣,位居于紫微垣之东北方,为天上中央政府朝臣办公区域。天市垣是三垣的下垣,位居紫微垣之东南方向,为天帝与诸侯会市贸易场所。

二十八宿主要位于黄道区域,在三垣的周围,象征天上四方臣民。二十八宿按东南西北四个方位分作四组,每组七宿,分别与四种颜色、四组神兽形象相匹配,叫作四象,对应关系如下:东方苍龙,青色;北方玄武,黑色;西方白虎,白色;南方朱雀,红色。

东方七宿包括:角、亢、氐、房、心、尾、箕。西方七宿包括:奎、娄、胃、昴、毕、参、觜。北方七宿包括:斗、牛、女、虚、危、室、壁。南方七宿包括:井、鬼、柳、星、张、翼、轸。每一宿都由若干星构成。二十八宿共有主星一百六十一颗,如算上辅星,数量还会更多。

第三章　返回精灵大陆

一、冰雪城堡(上)

尚小乐望着眼前一片白茫茫的世界,这又到哪里了?

"咱们可能被送到了雪国。在这里所有灵力都失效了,也许会有些麻烦。"阿奇在他的耳边嗡嗡道。

雅苏姐这几个精灵人面对着这片银色世界,全都露出惊讶的表情,因为这是他们有生以来第一次见到冰雪。

尚小乐也没见过这样辽阔无边的冰天雪地,心里也有点小兴奋,更何况还不怎么冷。

他顺手抓了一把像白糖似的雪在手里,不冷,甚至还略有点温温的感觉。太奇怪了!

"可能是这里水的冰点比较高。"阿奇叨叨一句。

阿奇还来不及阻止,小乐已经舔了一口雪。舔完小乐才想起老师说的不能吃雪,否则会冻伤口腔黏膜。不过这么有温度的雪就另当别论了。

长泽化身为鸟高空飞了一圈,回来告诉大家到处是皑皑白雪,似乎没有尽头。大家商议后决定沿着一个方向走,总能走到边境。

由于精灵王子一接近长泽,他便恢复人形,所以乘鸟飞行之路行不通。小乐想出了乘雪橇的法子。几个精灵人确实聪明，根据小乐的描述便用存有先祖灵力的兽皮、兽骨和冰块制作了一个雪橇，由长泽化作大鸟低飞拉着大家前行。

阿奇提醒大家白雪对日光的反射率极高，容易让眼睛得雪盲症。精灵人倒不会受影响。作为唯一的人类，尚小乐从背包里翻出一条透光性好的黄带子把眼睛蒙上。

这个少年乘坐精灵雪橇在一点也不寒冷的冰雪天地中驰骋，开心不已。他告诉雅苏和路迪，他在来这灵异世界的那年暑假曾看过一部叫作《冰雪女王》的电影（影片实际名为《猎神：冬日之战》，尚小乐记错了），里面有个冰雪女王，她建造了冰雪城堡，抓了很多小孩训练他们当冷血战士。她还有个姐姐，是邪恶女王，是从魔镜里走出来的，拥有邪恶魔法，非常厉害。后来冰雪女王与邪恶女王大战，救了冰雪王国的人……

尚小乐故弄玄虚地说着自己也记不大清的电影情节。雅苏和路迪倒是听得津津有味。小王子在雅苏的怀里睡得正香。

低空飞行的长泽忽然降落下来，惊讶地告诉大家前面有一座城。

一座城？难道是冰雪城堡？小乐来劲了。

"会不会是雪精灵住的地方？"路迪疑惑道。

几人都听说过雪国的雪精灵。据说长得像兔子，别的生命不能看它的眼睛，一旦看了，就会立时变成冰块。

这一路行来都没有看见一只雪兔，搞不好城里就是它们的聚居地。但城还是一定要进的，大家都需要补给与休息，如果能找到出路就更好了。

城堡慢慢近了,竟然是那种尖顶西方式建筑,处处覆盖着冰雪,给小乐一种似曾相识的感觉。城堡中有一群金发碧眼的半大孩子,正在做着战斗训练,有的搭弓射箭,有的在用斧头劈砍着稻草人。

小乐他们走了过去,没人理会他们。突然一个孩子大喊:"女王陛下来了。"接着,在一片炫目的银辉中,身着银色欧洲宫廷礼服,头戴皇冠的冰雪女王冷峻威严地走了出来。

尚小乐傻眼了,简直跟他看过的电影里的场景一模一样,连女王好像都是同一个人。

这是怎么回事?阿奇也蒙了。

女王站在高台上,冷冷地扫视到小乐他们,厉声问道:"你们是什么人,到我的冰雪王国做什么?!"

几个精灵人一句也听不懂。小乐想了想大声答道:"女王陛下,我们是精灵大陆的,迷路了,请问怎么才能离开雪国?"

"侍卫!把他们带进来,魔镜有话要问。"美丽冰冷的女王转身离去。

不多久,尚小乐一行被带到城堡大厅中。此地确有一股寒气扑面而来。一面跟电影中一样的金色大镜子悬挂在女王的宝座旁。

"我们是不是穿越到电影里了,还是又到了幻象国?"小乐小声地问阿奇。

"应该不是,不过很快就要水落石出了。"阿奇眯缝起它的黑豆似的眼睛。

"魔镜,他们可以留在这里吗?"女王问大镜子。

"可以，不过要遵守城堡的一切规则。"魔镜发话。

就在大家谁也没察觉之时，阿奇忽然飞到了魔镜的旁边，缓缓地说道："老魔，我知道是你，出来吧。"

魔镜沉默了片刻，接着金色的镜面荡起一片水波样涟漪。在众人诧异的目光中，一只全身雪白的小兔子从镜中跳了出来。

"你，怎么猜到是我？"雪兔沙哑着声音问。如此的嗓音跟它可爱的外形实在不相配。

"那年夏天跟小乐一起看过这部电影的，除了我，就是你了，仓先生！"阿奇的声音大了些。

仓先生？那个暗绝元魔？尚小乐惊愕得眼都直了。

"你们还可以称我为仓先生。"雪兔扫了一眼台阶下的众人，不冷不热地说。

二、冰雪城堡(下)

接下来的几天，小乐一行就在仓先生打造的城堡里住下了，也算在茫茫的冰雪国有个落脚的地方。

阿奇没有拒绝的原因，一是它发觉老魔已没有恶意，二是今日的仓先生灵力已经远在自己之上，它可以突破这里的限制，运用空间灵力打造了一个冰雪城堡，任何拒绝和逃跑都没有意义。

仓先生让它造出来的冰雪女王领大家参观了它建造的城堡，还有它的雪兔养殖场。里面拥挤着成千上万只雪白的精灵兔，全都失去了灵力，可以随便看它们的眼睛。小乐感觉方圆几百里的雪精灵都被它搜刮来了，难怪一路上都没见着一只。

女王介绍说，这里的雪精灵从冰雪中孕育，还可以分裂繁殖,简直取之不尽……

"而且口感也不错。"仓先生忽地从石头缝里跳了出来,接了一句,一张口,几只雪兔就被它吸入肚中。

几个精灵人见一只兔子就这样进食自己的同类,无不露出惊愕的神色。

阿奇和小乐知道它本身是噬血的暗绝元魔,这点杀戮对它来说根本不算什么。因为周师父,小乐对这老魔仍有怨恨,但阿奇似乎已经与它冰释前嫌。

在饱餐一顿雪兔肉后,仓先生对阿奇和小乐说,自己当初离开周天身体逃走后,过了很久才缓过劲。它也尝试着占据其他动物的身体,但感觉都没有那只仓鼠的身体合适。

"我还真有些想念葵瓜子的味道。"过去的皮宝,现在的雪兔舔了舔自己的嘴唇。

这个昔日的魔头在一段岁月的独处和思考后,忽然觉得做仓先生的日子才是自己过得最开心的时光。它原本只是暗绝元魔的一只断手,有了自己的思想和本体的一部分记忆与灵力,但它也是个独立的个体,用仓先生的话来说就是"他是他,我是我"。

经过一番游历与波折后,它来到雪国,发现雪精灵的身体也挺适合自己,而且这里食物充足,于是便定居下来,按照自己记忆打造了一个冰雪城堡。

阿奇赞叹仓先生按电影画面造出的人物,还有简单的思维,不像自己打造的只能按规定程式。仓先生的灵力境界已经高出自己几个层次了。

老魔说自己到了这里后,修炼了许久才悟出这里空间限定的规则。它将心得告诉阿奇,鼓励它尽快突破。

阿奇听了只是摇头苦笑。

阿奇说到当年的幻象国不过在一杯酒中,仓先生骇然地瞪圆了兔眼睛。接着这两个来自同一界面的灵体又聊到小龙尊跨越几个大陆对它俩的追杀。对于空间法则的运用,龙尊早已登峰造极,现在遇上也是被杀。

仓先生不由得感慨:"小乐生活的那个世界、你我那界,还有这里,可能都是由大能者所造,他们制定了时空规则。我们比起那些凡人,只不过悟出一二。而那些大能者看我们就好比我们看蚂蚁,看这些雪兔一样。"

阿奇沉默不语。对于浩瀚的宇宙来说,别说是地球了,就算太阳系或是银河系,都如沧海一粟。

小乐有些不满地看着阿奇,觉得它跟这魔头不仅冰释了前嫌,还有点推心置腹的意思。

老魔正说着过几年会到流沙大陆以外看看,会到无尽海的另一边看看。突然,警报声起,有侍卫大喊:"雪怪来了!雪怪来了!"

小乐马上惊得坐起,已经入睡的几个精灵人也醒了,进入戒备状态。

"一个红毛怪而已。我曾经捉住过它,又把它放了。它有时候会来抢点吃的。"仓先生不紧不慢地说,"正好让我的人活动活动,也不至于太乏味。"

小乐很想去看看雪怪长什么样。阿奇拗不过,只得陪他同去。不多会儿,城堡主建筑顶楼的露天阳台上多了个十来岁的少年。

天上是一弯寒冰,在月光和火光中,只见一头红色巨猿咆哮着抵抗城堡侍卫与那些半大孩子的进攻。

巨猿的身上多处被弓箭射伤,但依然凶猛非常,先是一掌推倒了一处城墙,接着又抓起几个弓箭手,砸到地上。围攻它的人都在喊叫威慑,无人敢近前。一时吼叫声、大喊声、轰塌声,乱成一片。

尚小乐近距离地观看如此激烈的人兽大战,血液都有些亢奋了。忽然那个高如两三层楼房的庞然大物一眼看到了阳台上的少年。小乐也看到了它异样的眼神,心里突地一惊。

"快后退!"阿奇的眼睛骤然惊恐地睁大,拼命把小乐往后拉。因为楼下的那只红毛巨猿突然手脚并用,直接朝他俩奔过来,再猛地跃起张开大手,其势就要把阳台上的小乐抓将出来。

小乐急忙后退,仰面--跤跌倒,目睹巨猿手抓了个空,阳台一半的栏杆都被毁坏。

接着,那只狂暴巨猿开始疯了似的猛砸小乐所在的雪堡主体建筑。这种反常行为已经违背了老魔"不要太乏味"的初衷。它"越界"了。最后自然是仓先生出手,令猎食不成的雪怪跑路。

事后,雪兔仓先生阴着声音分析:"我这里这么多人,只有你一个是真人,它不吃你吃谁?"小乐自然少不了被阿奇教训半天。他也为自己的冒失后怕不已。

两天后,小乐一行离开仓先生的雪堡继续踏上茫茫归途。

575

仓先生给他们指了一条路:冰雪城堡南面有条冰河,沿着冰河一直走,就可以走到雪国的边境。

三、雪怪的秘密

几天后,一条一半被冰雪覆盖的大河横在大家的面前,众人都很高兴。精灵小王子这段时间也长大了不少,除了额上星星般的灵吸,看上去跟人类的婴儿很像。他现在一逗就笑,为枯燥的旅程增添了快乐和希望。

阿奇却快乐不起来,它隐约觉得有人跟着他们。

很快,那个跟踪者就被发现了。一片雪白中,一大团火红特别引人注目。那只小山似的红毛巨猿索性来势汹汹地挡在他们面前。

"我来只想问一个问题。"红色雪怪口吐人言,以一种男中音沉稳说道。

阿奇提醒大家镇静,先不要慌乱,然后伺机逃离。

"你们是不是从圣邑来的？你头上黄色的纯相绫是从哪里所得,何人给你的?"雪怪冲着尚小乐问。

"什么纯相铃,铃铛？哦,你说这个吗?"小乐反应也快,一把扯下蒙眼的黄布条,壮胆喊叫道,"是圣邑一个叫星白的留给我的,你要吗？给你!"

说完,把黄带子用力扔出去。

黄丝带被风吹远,红猿急忙去追。长泽乘机拉着众人火速离开。

"诸位等一等！我有话说——"红猿在雪橇后紧追不舍。

大家哪里肯等,于是接下来的一幕就是雪橇被掀翻了,大鸟长泽重重地摔在地上。

"你们听我说,我不想伤害你们。"红猿雪怪对狼狈倒地的一行人大吼道,"我也是从圣邑来的!星白是我的女儿!"

阿奇和小乐听了,全都一脸诧异地望向红毛巨猿。

"那你知道青月吗?青月是谁?"尚小乐突然冲巨猿喊了一嗓子。

"啊?!你还认识青月!青月也是我的女儿!"红毛雪怪的猿脸上一脸欣喜,"她俩怎么样了?"巨猿卑微地趴在地上,脸对着小乐。没准它还真是青月和星白的父亲,只是这副尊荣……

"那你早说啊,还喊什么'有话说',直接说不就得了。"小乐揉揉摔疼的屁股,嘟囔了一句,接着说,"她俩都算安全吧,你放心!"

阿奇想起当初青月家的案子,听说被流放出去的是五色宗宗主丹丘公,怎么又成了青月他爹?

几个精灵人面面相觑,听不懂他们的对话。小乐简单解释了一下。大家都挺好奇,雪怪于是坐下来,开始讲他的故事:

  我原是圣邑五色宗的总教谕,也是宗主丹丘公的贴身亲随,名叫赤枫。三十多年前,现任邑主凌汉霄抓住我家族的一个把柄,令我全家依附了五色宗,而我则必须充当他的耳目。多年来,我的妻儿一直以为我是邑主安插在五色宗的暗桩,殊不知,我和丹丘公才是过命的交情。他,才是我的恩主。

  所以,我一直以来都是对邑主阳奉阴违,从未真正出卖过丹丘公。直到那年邑主即将换届改选,丹丘公急于提升自己的功法,不知从哪弄来一本上古秘籍开始修炼。我陪他练了几天后就觉得不妥,劝他别练,但他却已将魔功练到了第三层,停不下来了。他开始无意识地变化成怪兽去伤人、吃人。

很快,邑主不知接了谁的举报,下令围捕我等。在岚仓山,我们四人就战剩下我和丹丘公两人。后来百业门与气宗联手把我俩收在昊天锁中。

我思量再三,觉得丹丘公此去一定凶多吉少,便决定报答恩主,代他受过。于是我乘他昏迷把他变作我的样子,而我则变化为他当时的怪兽模样,也就是你们面前的这头红猿。

由于我跟丹丘公功法同属赤色系,而且他也知道邑主安排我的事,所以应该可以瞒过去。当时我为了更保险,与恩主都吞下固颜丹……

赤枫说着用拳头砸了一下自己长满红毛的硕大脑袋,痛苦懊悔道:"万没想到,我自作主张的李代桃僵法子反而害了恩主,也害了我一家。事情并没有按我预料的发展。邑主没有经过宗主会审议就草草结案,将我流放到雪国。而化身为我的丹丘公则被定为私通恶灵与叛国罪,和我一家二十余口一起被施了忘形咒。只有我两个女儿逃脱。"

雪怪语气悲伤,沉浸在对过去的回忆中。小乐心里苦笑一声,自己跟青月姐一家可真是有缘。

"你是怎么认识我那两个女儿的?她们去哪里了,过得好不好?"雪怪又卑微地俯下身子询问小乐。

尚小乐简要地讲述了他跟青月和星白姐俩的相识来往。当红猿赤枫听到他的小女儿星白为了请箓公出山,散尽法力化作一朵小花时,不禁悲痛万分,攥着黄丝带,老泪纵横:"这条纯相绫还是她生日时,我送给她的。"那晚在雪堡,他也是一眼认出了小乐挂在脖子上的纯相绫,这才有了后面发生的事。

小乐同情地望着赤枫,没忍心把他家人死于鸭瘟的事告诉他。

阿奇飞过去问道:"有没有想过是谁害了你们?"

"一定是邑主啦,那还用说。"小乐肯定地说。

红猿握紧拳头,咬牙道:"除了邑主之外,还有那告密之人。"

据他分析,丹丘公修炼秘术的岚仓山只有本宗几人知晓。他现在重点怀疑的对象竟然是现任宗主离黄。

赤枫说,离黄是丹丘公的亲侄子,由于他身具灵脉,所以恩主对他要求严格,两人关系一直不太好。离黄又一直追求自己的大女儿青月,青月却看不上他。如今五色宗和青月都落到他的手中,他是最大获利者,嫌疑也就最大。

小乐马上为离黄说话,觉得他不是这样的人。

"我也不愿意是他啊!我看着他长大,他的为人我最了解,自卑又要强,聪明偏执,不达目的,决不罢休。"赤枫叹了口气。

"整个案子还有太多的疑点,例如那本来自恶灵国的魔功秘籍到底是谁拿给丹丘公的?他们只管把罪名安在我头上,说是我把秘籍拿给恩主。还有,百业门是独立衙门,那门主佑忘尘与我家恩主是至交好友,难道不听他申辩吗?……"

赤枫越说越激动,倾诉完后,这只红毛巨猿伏地请求跟小乐同行,以后一起回到圣邑。在得知尚小乐竟是箓公门下后,一直盼望回归的赤枫,更觉翻案有望。

尚小乐巴巴地瞅向阿奇。阿奇犹豫了,一方面它想帮赤枫,也担心拒绝后这头巨猿会恼羞成怒。另一方面,再去一趟圣邑,它也确实为难。"你不是说助人为快乐之本吗?"小乐不乐意了。阿奇心想,这孩子还真有点侠义精神,便对赤枫说:"这样吧,我可以保证把你带出雪国。因为我们后面到哪国也是个未知数,能不能返回圣邑就靠你自己了。"

赤枫自然同意,先离开这苦寒之地,恢复自己的功力再说。

四、小乐遇害记

接下来的旅途中,队伍里多了个红毛大个子雪怪赤枫,他主动承担起拉雪橇的任务。小乐有时候盯着他赤红的后背就想:都当雪怪是白色的,没想到还有红色的。邑主该有多厌他,才让朱先生把他流放到这里,一点保护色也没有,那么扎眼,天晓得他怎么活下来的,也只能干点偷偷抢抢的勾当。

随着对雪国腹地的深入,天气也越发寒冷了。尤其是带着雪片的寒风刮在脸上,像刀割一样。

不久,小乐一行经历一场强暴风雪,让大家见识到了真正的雪国。幸亏赤枫的块头大,帮大家抵挡了大部分的冰雪。

两天后,雪停了,温暖的阳光洒向大地,也唤起了片片生机。

"快看,有雪兔!"小乐在雪橇上大喊。果然在他手指的方向,一只雪白的毛茸茸的长耳小兽飞快地跳了过去,接着又看到一只,一下钻进雪里,不见了。

路迪跳下雪橇,向雪兔追去。很快,她就化形为一只金毛俏皮猴子。由于大个子赤枫的加入,他们的口粮库存已开始告急。

过了一会,就听路迪兴奋地大喊:"找到了!小乐,你快来看!"

等雪橇驶近了,小乐也跳了下去。只见雪地里有一蓬洁白的毛绒团,好像很多蒲公英绒球汇聚在一起。绒球中间是两个小巧的白色长叶片。

真有意思,雪精灵兔子钻进雪地里就变成了植物,小乐饶有兴味地端详着。小猴路迪突然开心地拎起两个耳朵似的叶片把雪精灵从雪地里拔了出来。然后,尚小乐就看见了雪精灵的眼睛,再然后,他就不会动了,被冻在那,变成了一个人形冰雕。

事情发生得如此猝不及防,所有人都大意了,把雪精灵都当成仓先生家养的那些了。

大伙全都傻眼了。那只雪精灵也乘机一溜烟地逃走了。灵力被限的阿奇丝毫没有办法。长泽提议大家生起火堆,同时用体温给小乐解冻。冷静的阿奇和雅苏均否定了这个做法。因为作为冰人的小乐一旦融化,那么融化的就是他的身体。雅苏令长泽和路迪多抓些雪精灵来想想办法。可惜那些雪兔子根本没有灵智,精灵人试了很多方法,都不管用。

赤枫建议回冰雪城堡找那魔头想办法,阿奇也想到了这一点。但是回去最快也得八九天,小乐能不能撑得住,老魔愿不愿帮,有没有办法,还是两说的事。

阿奇用它残缺的双眼望着这片茫茫世界,觉得一切是那么刺目和无望,它实在支撑不住,从小乐冰冻的身体上滑落下来。

雅苏伸手接住了它,说道:"阿奇,你现在不能倒下。只要人在,就有希望。我先让长泽带着小乐跟你一起飞回雪堡。如果还不行,我还有最后一个方法。总之,相信我,我们精灵人是不会让小乐有事的。"

阿奇从她美丽坚定的眼睛中看到毅然与决绝。这最后一个方法一定是有着很大的牺牲。

就在大家七手八脚把冰人小乐绑到长泽背上时,一个稚嫩的调侃声随风而起,传到每一只耳朵里:"真是不怕神一样的对手,就怕猪一样的队友。他一个不小心掉下来,就摔碎了。"

紧接着,一个蓝色圆润的珠子从最近的雪堆里一晃而出。

这个声音,这个珠子,难道是她?!

阿奇顿觉希望的大门轰地一下打开在它的面前。

"太冷了!真没办法,还得我出来救他。"一个七八岁的蓝头发女孩眨眼间出现在众人面前。

正是那位曾经的万海大仙——山水蓝波。

甲虫阿奇一下迎了上去。其他人虽然不认识这个可爱的小姑娘,但见她的出场方式,一定是个非凡角色。尚小乐有救了!

"好冷,好冷!"小救星哆哆嗦嗦地走过去。她竟然还光着一对脚丫子。雅苏赶紧把身上的兽皮给她披上,接触到的一瞬间,忽而有种同种族的感应。

蓝波指挥大个子赤枫把小乐解下来,然后两手握住小乐的手。几分钟后,尚小乐化成了一摊水,全部融进雪地里。

"然后呢?"阿奇问得有些惶恐。

"什么然后呀,小乐哥哥化成水,回归自然了呗!"小蓝波眨巴着无辜的大眼睛。

啊?你!

阿奇好像被人打了一闷棍,眼前又是一片黑暗。

"小虫子,你急什么,真是的!"蓝波明显不满阿奇想要撞死她的意思。说着一招手,万海珠出现,随即雪地里缕缕清水被吸入宝珠中。

"还差一步,你等着吧。"说完,她也身形一晃,闪入万海珠。

在雪国还能有这样的本事,在场的人无不惊奇。

惊奇之后便是惊喜和激动。不一会儿,万海珠就把一个有血有肉的十余岁少年吐了出来。

路迪一阵欢呼,大家都松了口气。长泽和雅苏连忙走过去,把小乐抱起来,但见他浑身湿透,昏迷不醒。

怎么回事?大家又看向跳出来的山水蓝波。

"没什么呀,他就是刚在我的万海珠里喝了点水。"小姑娘裹着兽皮走过来。雅苏注意到小乐的鞋不知何时穿在她的脚上,这次光着脚的是尚小乐。

只见她伸手放在小乐的口鼻处,上下微微摆动。接着,肉眼可见的水汽就从小乐的口鼻出现,接着就是小乐衣服上的水,统统被她吸入手中。

赤枫看出她小小年纪已经把水系功法练得如此炉火纯青,一定跟五行城的山水家族有莫大关联。后来,当知道她是五行城城主山水言的独女时,感叹自己的小师叔虽然是个凡人,但认识的人物和豢养的灵虫绝对不同凡响。跟对人,进对圈子,真的很重要。

半分钟不到,尚小乐长吐了一口气,醒了。

一时间,所有人都喜形于色。小乐猛一看见蓝波,着实愣住了。

"小乐哥哥,你醒啦!"山水蓝波开心又得意地说。

"我不是出现幻觉了吧,她怎么在这?还喊我哥哥?!"小乐心想,但脚上刺骨的寒冷提醒他这是真的。他正回想着刚才发生的一切,雅苏已经让路迪找了双鞋穿到他的脚上,又喂他喝了点新烧的热水。精灵人的行李中有几块可持续燃烧的兽骨,被制作成简易的烧烤架。

"大个子,你过来!"小姑娘吸了下冻出的鼻涕冲赤枫喊。红毛巨猿马上会意,过来把大家搂在怀里。这一下暖和多了。

五、终回家园

山水蓝波坐在红毛堆里告诉小乐,桃源主人让她陪审完大师兄续流后,就闭关去了,不过也教会了她操控万海珠的方法。她也就出来寻找小乐,中间还回了一趟家。其实她在几天前就找到了小乐。不过外面太冷,又有暴风雪,她便在万海珠里跟着他们,一路观看现场版冰雪国流浪记。不料男主角尚小乐出了事,她只好现身来救他了,接着让小乐好好算算,自己救了他几次了。

小乐寻思片刻,好奇问道:"你的法力在这里不受限吗?你的万海珠是不是哪都能去?"显然,这个少年想到了另一件事。

阿奇、赤枫这几个能听懂的全都精神一振。

蓝波有些得意地说:"这里到处是水,我的高纯度水系功法当然不会受限。万海珠是天地至宝,只要有水的地方都能去得。"

"那罗格城堡你不是进不去?"小乐笑着将了这小妹妹一军。

"那是个真城堡吗？根本就是个假的!"小姑娘噘起小嘴不乐意了。

"精灵大陆是真实存在的,你的万海珠能去吗?"阿奇马上问。

蓝波想了想,扭过头来就问雅苏:"精灵大陆有水源吗?"她用的是精灵语,但发音跟雅苏他们的略有不同,听起来像精灵人的方言。

雅苏一愣,没想到她也会说精灵语,接着无奈地摇摇头。确实,整个大陆一条河流都没有。

"唉,对了,不是有个跳跳泉吗?"小乐突然灵机一动喊起来。他用的也是精灵语,由于吃了灵启果,语言可以自由切换,他估摸着山水蓝波也是如此。

大家议了议,觉得可以一试,如果成功,那可就太棒了。

"试试可以啊,不过小乐哥哥,你可就又欠我个大人情啦!"小蓝波歪着脑袋说。

"你怎么忽然喊我哥哥,你不是一直叫我……嗯,别的吗?"尚小乐的思维又跳跃了。万海大仙这样亲密的称呼让他很不适应。原先这位大仙从来都是叫他傻瓜、笨蛋。这一点跟叶师姐倒挺像。叶师姐在时,很多损语都被这小女孩学去了。

"因为我回家时,发现我想念你,我喜欢你。锦姨说,喜欢一个人就要对他温柔点。"小蓝波歪着脑袋天真烂漫又理直气壮地说。

她说得很大声,几个精灵人笑了。小乐窘得特别想找个地方躲起来。"喜欢一个人很正常嘛,没什么不好意思的。"阿奇接着嗡嗡,"大仙既然喜欢你,还是你的面子大,咱们快请她帮忙离开这里吧。"

听不懂精灵语的赤枫虽然一头雾水,但直觉告诉他距离脱离苦海已经很近很近了……

精灵大陆,云荡山中,一颗晶莹的蓝珠子顺着跳跳泉水从天而降。

蓝色的珠子滴溜溜转了几转后,山水蓝波与甲虫阿奇从里面飞出,接着阿奇又把小乐、赤枫和几个精灵人从它的身体空间里放了出来。

就在几个小时前,蓝波将所有人吸进了万海珠,接着又驾驭万海珠跃入冰河,再顺着大陆底下的水系找到精灵大陆唯一的出口。

万海珠行进中,小乐他们都待在阿奇身体的某个空间内。在这个空间里,赤枫所有的法力都恢复了,他不多时就化解了固颜丹的作用。然后大伙就眼睁睁地看着一只红毛巨猿渐渐变成一个头发花白的中年人,一身红衣,满面苦相。

一踏上精灵大陆的土地,几个精灵人额上的灵吸瞬间打开,似乎在深深呼吸故乡的气息:我们终于回来了。

但眺望到的景象却是触目惊心,让每个人都倒吸一口凉气。

往日美丽的赛茵大草原已经不存在了,到处是枯草和斑驳的地面,云荡山也没有了生机,天地间大片的灰白色让人感觉压抑。长泽飞到绿夜森林上空查看后回来说,树灵人那里也好不了多少,大量的树木枯死,已经不再是绿夜,完全成了黑夜。

精灵大陆到底发生了什么?雅苏记得自己离开时并不是这样的!

尚小乐看着手表电话上的日期,如果再将在桃源岛的那五天当作五年算上的话,他离开精灵大陆已近九年了。

"快看,那是什么?"赤枫指着远处的天际喊道。

顺着他手指的方向,一个状如轮船方向盘的大物体悬挂在那,似乎正在吸取着八方丝丝缕缕的灵力。

小乐看这个轮舵样的大东西由五种颜色构成,还挺好看,但貌似就是它祸害了精灵们的家园。雅苏姐盘膝坐地,双目微合,路迪抱着精灵王子与长泽站立左右。

"奇怪了,怎么是五行石制的?"蓝波仰起头说。

"是的,好像还是五行源石。我曾随同宗主去过五行城见到过,正是这等气息。"赤枫接着道。

"我这次回家才知道,我们五行城上次被人偷走了好些五行源石,原来是用到这里啦。"蓝波看着赤枫说,觉得这个猿人怪是个识货的。

"什么是五行石、五行源石啊?"小乐问。

"五行石是可以提炼出五行之力的石头。五行源石可珍贵得很,算五行石的祖宗,可以不断释放出五行之力。对了,小乐哥哥,你包里就有一块小的五行石。"蓝波翘着头说。这个"好奇宝宝"早把小乐的东西都翻了个遍。

哦？难道是栾玉留下来的那块石头。

尚小乐马上把背包拿下来,找出了那块小石头。小姑娘往上打了个五行法诀,石头立马发出黄绿两色的微光(五行对应五色,分别是赤代表火,黄代表土,白代表金,黑代表水,绿代表木)。

"原来是土木系的。"蓝波说,"品相也太低了些,又小,扔了吧。"她是五行城主的女儿,自然看不上眼。

"估计你说的那个玉姐也是把它看作鸡肋,才放在你的包里。"阿奇在小乐肩上说。

小乐想想还是收起来,没准啥时候能派上用场。

六、金龙现

几人正说着话,就见云荡山的精灵人陆续从四面八方汇聚过来。原来他们收到精灵王后雅苏的召唤,其中竟有多年前尚小乐刚到精灵大陆就认识的苏布。雅苏、苏布姐妹俩拥抱在一起,流下了激动的泪水。

布布姐变化很大,个子比小乐高了两个头,皮肤黝黑而结实,完全成了一个英姿飒爽的女战士。她早已接替父亲,成为族长。而小羊布昆以及大批的脱灵兽、精灵人在四年前和诡域的战争中被掳走,至今下落不明。

苏布见到小乐,很是高兴,连连夸赞小乐长高了不少。她还是跟过去一样热情爽朗的性子,只是再不见了无忧无虑,言语间多了一份沧桑。

小乐想起龙山那两头傻龙提及的飨龙宴,心里一阵难过,布昆他们怕是凶多吉少了。

蓝波儿懒得跟那么多人说话,四处溜达去了。赤枫紧随左右,生怕她有个什么闪失。在他眼中,这小女孩就是重回圣邑的法宝。

"多伦大哥他们怎么样了?"小乐发觉一直没见到那两个一起丛林历险的多伦兄弟。

"别提那两个叛徒了。"苏布额上的美丽灵吸都变得激动起来,"他们地灵兽家族都私逃诡域了,已经不是精灵人了!"

啊,不会吧?!不仅是雅苏和长泽,连小乐跟阿奇都觉得有些难以置信。伦多真诚又狡黠的微笑浮现在小乐的脑海中。"这个消息确实吗?"雅苏问妹妹。

苏布点点头。她告诉姐姐和小乐他们,四年前那场大战后,恶灵人就没有再出现,反而是一些虫族屡次过来进攻,掠夺资源。留存下来的精灵人得时刻处于战备状态。最遭殃的还是山那边的树灵人,估计也没剩几个了。

"这个光明季开始后,就没见虫族再来,但是天上却多了这么个大祸害。"苏布说着仰起头,对着天边的五色轮舵,"那是吸取我们大陆能量的装置,但是我们没有任何办法对付它。"

尚小乐从这个女战士的口中听出一种无能为力的痛苦与悲伤。

"接着不少精灵人就叛逃去了最近的诡域。多伦一家就在其中。算了,不提他们了。这下好了,你们回来了,还有我们的小王子,我们的大陆有救了。"苏布搂了搂怀里正冲她笑的小外甥。

"就让真灵之血来解救我们的家园。"雅苏握紧妹妹的臂膀,对在场所有的精灵人庄严说道。

她的话音不大,却重如千钧。大家自觉为王后让开一条道路,雅苏抱着孩子,走向了源源不断流下的跳跳泉水。

只见她在泉边深情地吻了吻儿子,接着便取下他脖子上的犀角护身符,用尖角划破了孩子的脚踝。

小王子哇的一声哭了起来。在他的哭声中,在众人诧异的目光中,精灵王子的鲜血滴滴流进了泉水中。

大约半分钟后,整个云荡山开始晃动起来。怎么回事?地震了吗?阿奇正要把小乐收进自己的身体里,就见一条金色巨龙冲天而起,一个盘旋后便直接朝远方天际的大轮舵飞去。

是真灵之血唤醒它的吗?小乐痴痴地望着巨龙和轮舵缠斗在一起。巨龙的样子让他想起龙山的龙母,都是货真价实的中国龙。

金龙很快就击溃了轮舵的防御网,接着在所有精灵人紧张而又热烈的企盼中,巨龙用它的头颅和前爪猛地撞开了轮舵。那个五彩的方向盘轰然爆裂开,各种绚丽的色彩喷薄而出。

天空、草原、山脉一点一点地恢复着往日的颜色。如果不是亲眼所见,尚小乐真不敢相信发生的这一切。

而空中金龙的身体也在慢慢虚化,它似乎看了一眼云荡山上的众精灵,然后长啸一声,散化为星星点点的金光。

"很可能这就是从龙山过来的另一条龙。"阿奇在小乐耳边说。

据雅苏姐后来说,她本也不知道云荡山里藏有金龙,只是在进了精灵王室后,曾读过王室典籍,上面提到,在精灵大陆的远古时代,有一条巨龙带领一批兽灵人到达这里,和当地的精灵人共同生活。巨龙死后化作云荡山,守护着它的子民,而精灵城则由它的后代建立并一代代统治下去。大长老在化尘前曾告诉过她,将真灵之血滴入云荡山上祖老泉召唤真灵的方法,而且这种方法最多只能使用三次。

尚小乐听到这里,终于明白为何龙母要掳走雅苏姐姐他们,原来精灵王族竟是龙公与精灵人的后代。

云荡山的精灵人在一片欢呼中忽然沉寂下来。接着,不知是谁带的头,所有人都跪在雅苏王后的脚下。小王子早已停止哭泣,安静地趴在母亲怀中。

"这里是我们祖祖辈辈的家园,这里的一切永远都属于精灵大陆。"雅苏王后的目光坚毅而深邃,还隐藏着一层深深的担忧。

她清楚地知道,虽然天上的轮舵被破坏了,但来自虫谷的巨大危机还在后面。随着流沙大陆板块的漂移,诡域里的另一大可怕存在——虫谷,已经越来越近了。

该来的终归要来,该走的也必须要走。

在赛茵草原吃了一顿饭,睡了一觉后,小乐他们便辞行要去圣邑。赤枫自然是最着急回圣邑的。小乐现在也很想回圣邑,因为他刚从小蓝波那儿得知,箓公被人行刺的影像竟出现在桃源岛的白玉屏中,不免担心起来。小蓝波倒还想在这里多玩两天。

　　临别时,雅苏王后用她的灵吸"吻了"小乐和阿奇,这是精灵族表达感谢与祝福的最高礼节。长泽和苏布都劝她挽留阿奇他们共抗即将到来的敌人,但王后拒绝了,毕竟已麻烦别人太久,而且精灵大陆的事情终究需要精灵人自己来面对。

第四章　又见圣邑

一、今非昔比

几个小时后,圣邑的街市上走来一位十三四岁衣着有些另类的凡人少年。他正是才通过万海珠回到这儿的尚小乐。

这个唇边已萌出微黑绒毛的少年,心智成熟了许多。眼前圣邑的街景与数年前大不相同,明显有一种刚刚修复过的痕迹。街上虽然依旧人来人往,但已没有往日的热闹。不少修士行色匆匆,面容严峻。老百姓的脸上则大多带着种劫后余生的庆幸。

"哦,原来圣邑才被虫谷和恶灵国攻击过啊!"山水蓝波此刻又做回万海大仙,在小乐的口袋里跟他说话,"好在最后是胜利了,不然又得麻烦我爹爹来救他们。"她可以听见人们心里的话,所以连打听都省了。

"小乐,还记得孙老板的如意客栈吗？过了前面的街口就是。"阿奇也在他的耳朵眼里嗡嗡道,"看来圣邑恢复得不错啊,八成是你们御物宗的功劳。"阿奇打趣他。

"御物宗建房子那可不如我们五行城的功法……"小蓝波继续呱唧。

身体里同时有两个声音跟他说话,尚小乐真的很无语。从圣邑内城一口水井里出来后,他们两个都选择藏匿在小乐身上,而赤枫见小师叔没有帮他寻找家人的意思，只好告辞离开。按圣邑的法律，犯人如果有本事从流放地回来，则一切既往不咎。

眼前就是如意客栈了。一时间，和蔼的孙掌柜，客栈的小伙计，那只星白变化的"可爱多"，还有御物宗的祁昊，以及在这里发生的事，一件件像过电影一样在小乐的脑海中浮现。他刚才就想联系大有飞车，一问才知道，顺风车行在数月前被征调参战，已经歇业了。

客栈的内设格局变化不大，大厅里还是饭堂，但前台却坐了位面生的掌柜，原来的伙计一个都不在了，给人一种物是人非之感。

尚小乐找了个靠窗的座位坐下来，只要了盘老贵的青菜。现在圣邑的物价比几年前翻了三番都不止。前面一桌的修士在那里高谈阔论，评论时政新闻。客栈这点倒是一点没变。

"那凌汉霄原本就跟恶灵国有勾结，不然咱们圣邑内城怎么这么容易被攻进来。"正在那侃侃而谈的是一个细高个吊梢眉的中年修士，"大伙还记得当年的核宫之困吧，就是凌汉霄那老小子搞的鬼，掩护恶灵人和虫谷的杂碎去五行城偷五行源石。他还装模作样地让他儿子也陷在里面。当时圣邑也被虫谷攻击了，只砸了几个大坑，都是他设计的，为的就是不去援助五行城。如今恶灵国打我们，也全是他招的。这老小子也太可恨了！"

"他跟恶灵勾结图什么呀？难道还想并了五行城？咱们同五行城本就是一家，订过盟约的。"一个矮个修士不解。

"怕是他野心还不止这些。后来不知怎么就跟恶灵那边闹翻了，听说连他唯一的儿子凌宇都死在了恶灵国。这个得问气宗的马师兄。唉,马师兄,你一定知道些详情。"

"我早就离开气宗了。"姓马的黄衣修士呷了口酒,"不过我也算知道一些。"他接着补一句,算是没灭了众人期待的目光。

"前些年咱们不是有人去蛮荒大陆群猎,带回不少精灵兽吗？当时他们就跟恶灵国人搅在一起,后来又一起占了悠悠国。我也是听宗内一个师叔说的,说是宗主,呃,就是那姓凌的早跟恶灵国、虫谷密谋要把我们流沙大陆十二国重新分配。凌汉霄只要五行城和一年的悠悠国掌控权,其他的随那两家分,但据说还是在悠悠国的问题上谈崩了……"

"怎么会这样？恶灵修士他们也不用晶啊?!"马姓修士话还没说完,就被一个年纪不大的青年人插嘴打断了。

"是啊,听说他们是用什么尘砂修炼来着。"

"你傻了吧,他们怎么会便宜咱们,让圣邑独大？"

"凌汉霄邑主连任都不满足,还想背信弃义吃掉五行城。这次如果不是山水城主援助,圣邑这仗有得打了。"

"悠悠国开采一年也没多少晶啊,就他们那速度。"

众修士开始七嘴八舌议论纷纷。

"哎呀,大伙别吵吵,听马师兄说完。"细高个修士及时把话题给拉了回来。

正在夹菜的马姓修士,放下筷子,故弄玄虚地说:"你们道那姓凌的老小子为何要掌控悠悠国一年？他瞅准的可是地底下的一个大宝贝。"这下众人全都竖起了耳朵看着他,马修士很享受地抿了口酒,继续道,"悠悠国底下有一条晶源,可以生产晶石。打个比方,就跟个母鸡似的,可以天天生蛋。凌汉霄想要的就是这只下晶蛋的鸡。恶灵国得到消息还能答应吗？他们又不傻。所以双方就举行谈判。当时五色宗宗主也去了,带队的是凌宇。圣邑高层都知道,也不是什么秘密。双方会谈地点选择在赤晶沙漠。其实也算安全,后来不知怎的,凌宇竟带队去了恶灵国,结果就出了事,除了五色宗宗主离黄外,其他的一个都没有回来。凌汉霄原本是想让儿子历练历练,长点资历,没想到却是赔了儿子又折兵。"

马修士说完摇摇头,往嘴里撂了颗蚕豆："后来的事大家都知道了,双方彻底撕破脸。气宗的高手先打去恶灵国,然后他们又来打咱们。"

二、重要消息

尚小乐听到这里,眼前立马出现凌宇在荒原宁死不屈的画面。虽然当时小乐差点被烧死,但他想如果周师父在场,一定会赞凌宇是条汉子。

"凌汉霄现在可是如同丧家之犬一般,不知躲在哪里。这次圣邑之战后,炼体宗起头,直接反了他。听说佑门主他们正在拿他。"

"他那是坏事做尽。炼体宗前宗主郑里就是他杀的。那年郑里带弟子去援助五行城,据说本打算回来后就密会另外几宗反邑主,结果他就再没回来,不是凌汉霄干的还能有谁？郑宗主那一身横练肉身,天下能杀他的可没几个。"

"我们五色宗老宗主丹丘公那案子八成也是他干的。当年我们老宗主最有可能当选邑主,结果却出了私练魔功的事。"

"你这么说我还想起来一件事,几十年前御物宗掌宗金光爵被流放,可能也是他策划的。他那时候大概就勾结恶灵国了。想想太可怕了。"众修士继续情绪高涨地批判着他们的邑主。

"凌汉霄真是不得人心。"阿奇在小乐的耳朵里说,"难怪现在墙倒众人推了。"

"他这是自作自受,金光爵和青月姐一家都是他害的。"小乐也在心里跟阿奇说。小乐最近发现他可以不用出声,在心里跟阿奇交流了。阿奇说这是一种心灵连契,这么些年下来,他们终于连成了。

这时前面桌上传来一句话:"前段日子篆公被刺一事你们谁知道?真的假的?"小乐听了,顿时心中一惊。他最想知道的信息果然来了。

"老穆,这可是我们宗的机密啊,你怎么知道?"一个圆脸略胖的修士诧异道。

"啥机密啊?连老穆他们散修都知道了。去年你们御物宗搞了个什么传承大典,祁老宗主把你们的镇宗之宝游龙剑传给自己的亲孙子,不多久就传出小祁昊用游龙剑行刺篆公的事。"一个头发花白的半老修士不屑地说,"篆公是什么人啊?那是与天地同寿的主。祁小子简直吃了豹子胆了。"

"真是好事不出门,坏事传千里。"圆脸修士叹口气。

"吴老弟,你快详细说说到底是咋回事?这次圣邑之战一直没见祁老宗主出现,不想是出了此等大事。"那个叫老穆的追问道。

接着,圆脸的御物宗修士便一五一十地道出了原委,也解开了小乐心中的疑云。

原来一年多以前,祁昊找回了御物宗失踪多年的宝贝游龙剑(小乐猜八成是淳于毅自己找回到御物宗的),宗主祁远山为了表彰爱孙的功劳,同时树立他的威信,郑重其事地举行了传剑大典,把宝剑传给了祁昊。那祁昊竟然勾结外人(目前所有人都猜测是凌汉霄)趁箓公闭关熟睡之机,用游龙剑和另一件异宝行刺他(小乐猜那祁昊还是对上回箓公的当众惩戒怀恨在心,因此报复),没想到那宝剑自身是有器灵的,当时就不听祁昊的,反而保护起箓公来。刺杀事件的结果是祁昊当场丧命,祁远山差点被气死。而箓公为了调查出幕后黑手,则对外宣布重伤,寿元将尽。

原来师祖爷爷没事,小乐松了口气。

这顿饭尚小乐吃得很高兴,觉得真值。蓝波在万海珠里大声说:"你当你运气好,想听到什么就有什么呀?是我懒得说那么多话,才让他们说给你听的。小乐哥哥,你说,你是不是又欠了我一个大人情?"

"可不,又欠你一个人情。"小乐抓抓后脑勺。

这边阿奇又催他:"既然知道箓公没事了,我们就赶快回桃源岛办我们自己的事吧。万一桃源主人等久了变卦可就竹篮打水一场空了。"

"不会的,小虫子。"又是蓝波的声音,"我们就算在外面一年,桃源岛也不过才一天而已。小乐哥哥,你别忘了,你答应还要帮我办一件事情的。"

蓝波同阿奇每次唱反调的结果都是阿奇不吱声了,小乐觉得阿奇似乎有什么把柄在她手上。

小乐见天快黑了,决定先在客栈里住一晚再说。他想着既然来了,总要跟师祖爷爷见面告个别吧,今后可能再也见不着面。如果能遇到大胡子叔叔、青月姐姐他们就更好了。

阿奇只能由着他,因为它可没办法回到桃源岛。

客栈人不多,小乐还可以住进原先住的那间房。他郑重其事地在住客本上写:御物宗——尚小乐。

三、家族承诺

夜深了,外面由于下了隔音符,所以更显安静。小乐可能在精灵大陆日夜不分地睡太久了,感觉自己还在倒时差,睡意全无。山水蓝波则捧着小乐的电话手表,玩得不亦乐乎。她觉得人类世界的电子游戏太好玩了,有机会自己一定也要有一个。

突然,小姑娘停止了玩游戏,面色有些惊愕地看着窗外。

"咦,好像是桃源岛的人来了,就在客栈外不远。"阿奇飞到窗边,运用它的空间能力,直接搜寻到来者,"嗯,不是阿甲就是阿乙。"

"才不是那两个花奴呢,是师父的一缕分神来了。"蓝波的面色有些慌张,"不行,我得找地方躲躲。"

"哦?难道你是偷跑出来的?"小乐看着大仙紧张的样子乐了。

"才不是呢!我是怕他找我回去。"小姑娘嘟着嘴瞪他一眼。

阿奇嗡嗡道:"我劝你还是算了。如果真是桃源主人来了,他早就发现你了,躲也没用,还不如大大方方地去见他。"

"就是,阿奇说得对。"小乐附和着笑道,"咱们要不要一起去拜见桃源主人?"他转向阿奇。

虽然不知道桃源主人驾驭花奴来做什么,但阿奇提议他们还是应该同蓝波一起去拜见这位创世大神。其实这只甲虫的打算是,最好这花奴直接把他们带回桃源岛完事。

如意客栈东边约一里地,有一处上次战役留下的废墟,阿奇带着小乐和蓝波飞到此处便停了下来。时值初秋,疏云朗月下,一个双髻小童背手悬空立在那儿,似乎在等什么人。

为了不打扰到创世神,阿奇特意制作了一个隐形空间,小乐他们在里面也能清楚地看见外面发生的一切。

不多久,一个驼着背的微胖老人走了过来。

等看清老人的面容后,三人都吃了一惊,竟然是几年前如意客栈的孙掌柜。

苍老了许多的孙掌柜走向面无表情的双髻小童,接着跪倒便拜:"小老儿孙培元,参见尊使。"说完,从怀中掏出一块毛巾状的东西,颤抖着举过头顶。

双髻小童伸手一点,那块毛巾便径自飞入他的手中,接着光华一闪,消失不见。"好了,你走吧。"小童淡淡道,"有劳你一族了。"

跪在地上的孙掌柜一听这最后一句,竟然激动不已:"谢谢……谢谢尊使!我孙家守卫天罗巾至今七千五百八十一年,历经六百三十七代。终于,终于不负云见大师之命,信守了承诺……"

小乐只觉他的声音哽咽非常,话不成腔。月光下,这位老者已是泪流满面。

小童望着老者沉默了一会,接着一翻手掌,手中立刻浮起一柄闪耀着淡红光芒的桃木剑。"此剑可保你孙氏一门万年无虞。你孙家自今日起可以继续修炼功法,不必再做凡人了。"

眨眼间,宝剑便飞到孙掌柜的面前。孙掌柜用衣袖擦擦眼睛,惊喜地把桃木剑拿到手里,再次向小童郑重地叩首称谢。不愧是做生意的孙掌柜,临别还让双髻小童代问鸿蒙大神他老人家好。

孙掌柜离开了,脚步比来时轻快了许多。

天罗巾是什么厉害的宝贝?他的家族为了一个承诺守卫了如此漫长的岁月,太不容易了!隐秘空间里的尚小乐被深深感动,而一边的蓝波儿已经偷偷对孙掌柜用了自己的特异功能,对此事也知道个七七八八了。她正要得意地告诉小乐时,就听双髻小童有些冷冷地说道:"鱼丫头,你们还想看到几时啊?"

被发现也是意料中的事。阿奇立即收了空间。好在桃源主人没有真生气,或许因为在小童身上的只是他的一缕分神,又或许是他还有其他事情要做,总之他叮嘱几句后便打算离开。小乐大着胆子问一句:"桃源主人,您知道箓公在哪吗?我想回去前跟他道个别。"

"听云见说,你竟是竹箓的门下。"双髻小童没有看他,说完便消失了,夜空中倒留下一句话,"七日后去迭翠峰找他吧"。

小乐高兴地看了阿奇一眼,到底曾经的"万叶尊者"跟他们还算有点交情。

几分钟后,小乐他们回到了客栈房间。在这儿,小蓝波又开始以大仙的口吻卖弄起来。她告诉小乐和阿奇,刚才桃源主人收回的那条天罗巾是一件顶级逆天的法宝。它看上去平常无奇,也没有丝毫法力存在,但是可以复制任何东西。只要把你要复制的东西用天罗巾包起来,再打开后就是两件,甚至连内部构造或功能都能复制得一模一样。但是这个宝贝有个特点,就是如果你想复制厉害的法宝,必须付出相应的法力甚至寿元才行,否则只能复制出个空壳而已。万年前,龙山的龙母曾耗费了半生法力,用天罗巾复制出了一个妙通盘的替代品,后来天罗巾又被桃源主人的大弟子云见夺回。云见在变成器灵前,将天罗巾交给了他的一个孙姓弟子,就是孙掌柜的祖先,并让他起誓,家族子孙世代守护天罗巾,直到它真正的主人召唤。为了以防万一,天罗巾的守护者都不得修行功法。就这样,孙家祖祖辈辈守着这个承诺七千多年。

尚小乐感慨之余,忽然想起,这天罗巾莫非就是当年孙掌柜成日里铺在台子上的,还泛着点油光的红丝绒布。对了,那次他还变出个一模一样的金光令给他解围。他又回想刚才看到的孙掌柜捧在手上的天罗巾,分明就是那块红布嘛!天哪,太不可思议了!

他把想到的一说,阿奇和蓝波也有印象。阿奇嗡嗡道:"看来最危险的地方反而是最安全的,谁也想不到一家普通客栈里的台布竟是那样一个通天灵宝。"

四、迭翠峰上

七天眨巴眼就过去了。第八天一早,小乐收拾了一下便动身去了位于圣邑外城的迭翠峰。阿奇还是照例把小乐收在自己身体里。山水蓝波可不想进一个虫子的身体里,打听到迭翠峰方位后,就利用万海珠先闪了。她觉得箓公也算个有趣的人,可以再见见。

阿奇运用空间灵力很快就到了迭翠峰,峰上青松翠柏,奇石叠嶂。阿奇见没什么危险,便把小乐放了出来。

"这山真大真美啊!"尚小乐赞叹道。

阿奇听后摇摇头,这孩子几年落下许多功课,以致词汇量还这么贫乏。

接下来一只蓝黑甲虫陪着一个少年在峰上漫无目的地闲逛,别说箓公了,连个人影也没有。

过了一会儿,阿奇眯缝着它已经长好的小黑豆眼睛,对小乐说:"这座山峰的腹地有一处禁制,里面好像是一个独立的空间,看不清,也不一定能进得去。"小乐道:"不管怎么样,先过去看看再说。"

正说着话,就见天上一只红色的大雁朝他飞了下来,落地瞬间化作人形,原来竟是赤枫。

赤枫告诉小乐和阿奇,他打听到圣邑各大高手以及邑主的仇家正齐聚迭翠峰围捕凌汉霄,他女儿青月也参加了。这一次连不问世事的篆公都来了,那道极厉害的禁制就是他设的,可能进得去出不来,便劝小乐他们别进去了,而他自己无论如何都要进去护住女儿。

尚小乐看的他神色,听他的语气,估摸这位大叔已经知道全家不幸的消息。

一个钟头后,在阿奇和赤枫的共同努力下,山中的法力罩被撕开了一个小口子,阿奇带着小乐和赤枫飞了进去。

里面的景象让阿奇吓了一跳,到处是焦土,满目疮痍,还有一堆堆未灭的火焰。正前方的地上是一个直径数十丈的圆形大坑,坑里躺着不少死伤的修士。坑上方的半空中站着几个人,很明显是高手在对决中。强大的气波流直震得这只甲虫摇摇欲坠。阿奇仔细看过去,被围在中间的正是邑主凌汉霄,围攻的是四人,其中一个女子似乎是上回在桃源岛遇到的郑晴,另外三个都不认识。

这凌邑主确有些本事,一个圆形的空气屏障将他罩住,同时他身后竟出现三头六臂的虚影,再加上他本人,正好可以对抗四个方向的进攻。

阿奇正仰着小脑袋看呢,就听身体里的小乐喊:"阿奇,外面什么样啊?快放我们出来!"阿奇应付小乐几句后,便立即展开搜索。

篆公果然在里面。就在大坑旁不远处的一处废墟中,一个青竹榻悬空而置,胖乎乎的篆公正以一种极舒服的姿势半卧在竹榻上,手里还拿着不知是烤肘子还是烤羊腿之类的食物在有滋有味地啃着,边吃边欣赏半空中的围捕行动。

篆公身边还有两人。坐在地上的是一个衣衫破烂的披发秃顶老者,不时拿起手中的大葫芦喝上两口,感觉也是来看热闹的。站立一边,穿着黑色斗篷,只露一张清冷面孔的女子,却是朱先生。对于老领导邑主的事,她选择袖手旁观也是上策。

在此三人的近旁,或坐或躺着几个伤者,还有一些法力较弱帮不上忙的也在那观战,毕竟在篆公身边是最安全的。青月恰好在这些人里。阿奇略一思索,便迅速向他们飞去。

阿奇飞到青月身旁,放出了赤枫和小乐。赤枫上前一把抱住跪坐在地上的女儿,青月几乎不敢相信自己的眼睛。"我又有家了……"赤枫说着,流下了喜悦而辛酸的泪水。

父女俩抱头痛哭之际,阿奇对小乐说:"你快去拜见篆公,告个别,咱们就走了。这里太危险!"

小乐正被空中光华闪耀、各色气波冲击爆破的战团吸引着。这样的高手对决可不是人人都有幸能看到的。阿奇只得飞到他跟前瞪着眼直嗡嗡。小乐不乐意地把这甲虫拨开,一回头就听见青月正喊她的父亲,快想办法救师兄离黄。

尚小乐再一看,躺在青月姐脚边的那个血人竟是离黄大哥!只见他躺在地上,双目紧闭,不知生死,连着一条手臂的小半截身体已经没有了。

他怎么伤得这么重?!小乐很震惊,青月在认出小乐和阿奇后,哭着诉说,在昨日围捕刚开始时,离黄为了救她硬生生替她挡了凌汉霄一招,篆公已经来看过了,说离黄体质特殊,救不成了。她想了各种办法,但还是无济于事。

赤枫略一思索便端坐下来,把一只手放在离黄的头顶上,只见他的手心闪着红光,而离黄的身体上也慢慢浮现一层微弱的蓝光,接着离黄的小半截身体便开始一点点地复原,全身的血污也在一点点地散去。

"伯父……是你?你……你还活着,太……太好了,你不必散功……给我疗伤了。"离黄微睁开眼睛,气若游丝地说道,"我……是奇脉之体,脉断则命绝……什么都不成了……伯父,有件事,我……我要告诉你……"

"别说话,有什么等你好了再说。"赤枫并没有停下手中的功法。

青月见离黄醒来,忙把几颗丹药塞进他的口中。

"伯父,有些话,我一定要说……不说就没机会了。"离黄稍微平复了些,继续道,"岚仓山之事,是我告的密……"

赤枫的身体微微颤抖了一下,虽然早在他的意料之中。他沉默了片刻,接着悲怆地问:"孩子,你为何要这样?!丹丘公可是你的亲叔叔啊!"

青月也完全怔住了,不敢相信地看着离黄,紧握他的手不由得松开了。

"我……我也没料到会这样。我……只是想当上宗主,能更有资格跟师妹在一起。"离黄深吸一口气,似乎积攒了气力,再度执拗地抓起青月的手,握在手心里,对青月说,"师妹……你看不上我,心仪大师兄,我心里知晓。但我……想要你知道我的心。我所做的,自始至终,都是为了你啊……我不奢求你的原谅……我只想永远陪着你。你的明泉镯丢了,我一直想送你一个……"离黄慢慢闭上眼睛,接着他的身体一点点消失了,他的手还握着青月的手,直到最后整个人化作一个晶莹的黄玉镯子套在了青月的手腕上。

"冤孽啊!"赤枫叹了口气。青月泣不成声。一边尚小乐的眼泪也不由自主地流下来。他想起同离黄大哥的相识,一起在龙山相处的日子,心中十分悲痛。

"陪伴是最长情的告白。"阿奇飞到小乐的面前,评论道,"五色宗这种临去化物的功法对他而言是最适用的。青月家的案子摆明了是个局,告发的那个人却是里面一颗关键的棋子。青月以后对这镯子是摘是留,都是件伤心的事。"

五、顽抗到底

小乐擦擦泪正准备去拜见篆公,就听见空中突然爆发出震耳欲聋的巨响,接着就见战团中间的凌汉霄一个站立不稳,直直坠落下来。

就这么结束了吗?

那凌汉霄身体外围仅存的空气团仿佛有灵性似的,在他落地的刹那将他托起。凌汉霄一手扶膝,一手撑在空气团上,傲然地仰起头。

几年不见,邑主竟已是满头白发,经过长时间的大战后,他的衣冠装束只是略显凌乱,但他的脸上再没有让人如沐春风之感了。

"凌汉霄,事到如今,劝你不要再做无畏的抵抗,跟我回百业门接受应有的审判。"说话的是半空中一个头戴灰白方巾的青袍中年人,脸庞棱角分明,双目有神,一字胡须,声如磬石,不怒自威。

"佑忘尘,你有这个资格吗?邑主之事几时轮到你百业门管了?!"凌汉霄咳了几声,接着说,"本君从来就没有出卖过圣邑,我不过是决策失误,以致……酿成大错!"

邑主的声音充满悲愤,显然也包含他的丧子之痛。

"住口,老匹夫!"厉声呵斥的是炼体宗的郑晴,"你没出卖过圣邑?你只是决策失误?!我兄长郑里、丹丘公,还有御物宗的金光爵,哪个不是你害的?!"

"哼哼,欲加之罪,何患无辞!本君做过的事自然认,但此三件事根本与我无关。不错,本君是有私心,但全是为了圣邑的强大。山水言,你敢说你五行城没有丝毫觊觎我圣邑之心?"

山水言?不就是小蓝波他爹?他也在?小乐好奇地向空中那几人看去,他猜八成是那个蓝袍人(他猜对了)。

其中一个白衣大汉叫道:"大家别跟他废话,他正在借机积攒精气,一举制服他再说!"说完,他果断出手,一柄光剑直接向凌汉霄刺过来。随即除了远处的那个蓝袍人没有动作外,其余两人全部出手。

凌汉霄连忙提起一根气柱抵抗。可惜刚积攒的气柱就被他们打散,他还被重重地打进坑底。

这一下他大概爬不起来了。小乐心想。原本他挺讨厌凌邑主的,但现在竟有些同情他,他实在看不惯以多欺少。

数秒之后,邑主跟打不死的小强似的再度从坑底升起。他的白发已经凌乱,前胸被鲜血染红了一大块,但依然尽力支撑着,没有丝毫投降的意思。

小乐眼前又浮现出荒漠中凌宇的模样,真是有其父必有其子!忽然又想,他不会也来个什么万魂香吧?阿奇此刻已经飞速造了个隐蔽空间,把小乐保护了起来。

"汉霄啊,你停手吧,大家也停停手。"喊话的竟然是竹榻上的箓公,他已经吃完了大肘子,一抹嘴说道,"回去把你犯的错都跟大家说清楚,该定什么罪就定什么罪。"

"住口,老不死的妖人!"凌汉霄转脸对箓公骂道,接着又手捂胸口,喘息了一会,继续说,"本君一生为圣邑兢兢业业,殚精竭虑,而你,你又为圣邑做过什么?!只会看热闹的酒囊饭袋吗?哈哈哈……"

"该住口的是你,岂容你对箓公不敬!"戴方巾的青袍人降下来大喝道,一伸手,一道火焰链条射向凌邑主。凌汉霄外围的空气防护罩已荡然无存,只得张口吐出一团雪白的"棉絮",这絮状宝贝见风而长,变作一朵坚硬无比的白云,挡住了火焰链的攻势。

"云丹!"地上有修士喊出来。"这可是气宗高手的内丹啊!""看来他的法宝已经用尽了。"众修士议论着。小乐看得出凌汉霄和戴帽子的青袍人两个一上一下都在运功较劲,而那凌汉霄明显是在拿命死撑。

"凌汉霄,你还是束手就擒吧!"白衣大汉也没听箓公"停停手"的建议加入进来,给了云丹所化的防御云重重一击。

"除了我自己,谁也不能审判我!"随着云丹破裂而口吐鲜血的凌汉霄大叫一声,随即便举掌朝自己的天灵盖拍去。

刹那,凌汉霄只觉周围空气一紧,不仅是他,连对他的攻击也被一道蓝光化为无形。有人救了他,他竟没死成。

地上的修士大都看向箓公,空中的几位却知道不是箓公出的手。郑晴和白衣大汉均扭头看向远处的蓝袍人。"山水城主,你这是为何?"白衣大汉明显很不理解。蓝袍人礼貌一笑,并未答话。倒是听见箓公在竹榻上慢悠悠地说:"小凌啊,事情还没弄清楚,你死了,不都全成你做的了吗?这孩子!"

地上的幸存修士都有点蒙,难道不是凌汉霄做的?"今天的事恐怕不是逮捕邑主那么简单,咱们要随时准备开溜。"阿奇在小乐耳边嘀嘀道。

"箓公说得有理。在下把凌汉霄带回去,再详细审问。"青袍中年人说着就准备收了凌邑主。

"不必了。"箓公大手一挥,道,"小朱啊,你把知道的说说,省得佑门主再审了。"

半空中的青袍人一下愣住了,而那位蓝袍人却已经瞬间位移到他的前面,似有护住凌汉霄的意思。地上两个刚才还在打坐调息的五行城修士,也腾地飞身上去,立在他们城主的身旁。

怎么回事?!小乐等人全给整糊涂了。

六、真相大白

"小朱"也就是朱先生,她平静地冲青袍人一抱拳,揖礼后道:"佑门主,此次圣邑之战,朱某生擒恶灵国一灵兽。此兽曾为圣皇殿丁指挥使的灵宠,为求活命,它倒是说了一件秘事。"

说着,她手中多了个白色瓷瓶。小乐猜是个录音瓶。果然,朱先生略一发功,一种破锣般的声音从瓶中响起,而且朱先生还将这声音给放大了。等大家忍耐着听完,录音内容带来的震撼远大于那破锣噪音的刺激。

原来七年前,"破锣"的主人在五行城秘密会见一人,正巧被赶来救援五行城的炼体宗宗主郑里撞见,于是两人便合力把郑里及他的七八个亲随全部杀了灭口。"破锣"当时刚好在主人的灵兽袋里,目睹了这一切。它主人会见的那个人,也就是杀了郑里的人,正是恶灵国派在圣邑的头号暗桩,也就是现任的百业门门主佑忘尘。

"哦,这才是迭翠峰围捕的真正目的。"阿奇在秘密空间里对小乐说。

"那百业门门主,不就是大胡子叔叔的师父吗?竟然会是潜伏多年的恶灵国卧底?!"小乐十分不解。

外面跟小乐同样不解的人全都一脸不可思议地看向这位铁面无私、秉公执法的佑门主。不久前还是他在危急时刻带领大家挫败了恶灵修士的进攻。圣邑高层还在商议改革邑法,好让佑门主能参选下届邑主。

半空中的郑晴及那位白衣大汉脸上的表情更是仿佛被雷劈了一样。

"朱先生,此兽怕是你在恶灵国的族人吧?你教它说这些无非是要栽赃于我,离间圣邑。"青袍佑门主的脸上波澜不惊。

"朱某的确出生在恶灵国,现在已不是什么秘密,但我不是恶灵人,也非圣邑人,我只是我师父的徒弟。家师让我来辅助邑主,维护圣邑。我自来此已辅佐了二十余位邑主。这位凌邑主虽算不得好人,但在新邑主选出前,朱某还是有责任助他澄清真相,不必空担罪名。"朱先生平静地说。

此次圣邑与恶灵国开战前,朱先生因为拒绝了邑主自杀式的疯狂报复被邑主公开了身份秘密。她并非人类,而是恶灵国的一只灵虫。

朱先生到底什么来历,时间太久了,连她自己都失去了最初的记忆。或许那是一个慵懒的午后,还是一只小蜘蛛的她爬过龙山石壁上的妙通盘,然后云见大师把她吸了进去,开她灵智,收她为徒。差不多在两千多年前,圣邑大败龙山,俘虏小龙后,要求收回鸿蒙大神的法宝妙通盘。龙母只好把自己以前利用天罗巾造出的妙通盘拿出来换回了儿子。可惜圣邑无人会使用这一法宝,于是云见派出了徒弟,利用妙通盘,辅助圣邑。

头几届邑主对她还有所怀疑,后面的邑主就顺理成章地接受她的辅佐,就好像她是妙通盘的共生体一样。其中也有法力高强者看出她的真身,自然也不会说破。唯有这凌汉霄因痛失爱子迁怒于她,下令全国诛杀朱先生,其实等于自断臂膀,非常不智。不过,朱先生却在后面的圣邑保卫战中力挫恶灵修士,表明立场,圣邑高层也就不在乎她是哪里人了。如今这半卧在地的凌邑主看着朱先生,脸上表情颇为复杂。

朱先生说完,从大斗篷里取出一根形似擀面杖的小木棍,再一抖,一个黑衣大汉滚到了地上。

"大胡子叔叔!"小乐惊得喊出了声。

黑衣汉子慢慢坐起来,神情恍惚。小乐看到他那把标志性的浓黑大胡子已经变得花白,比起大半年前竟像又老了十岁。

"佑门主,你这位高足你不会不认识吧?"朱先生朗声道,"他对你忠心耿耿,专门帮你去恶灵国圣坛解你的悬灵缚,不料回来却遭你灭口。也是他命不该绝,被朱某救下后,便向檠公告发了你,佑忘尘,恶灵国一等一的火灵修士!"

朱先生话语未尽,半空中的白衣汉子不由分说地怒喝道:"忘恩负义的东西!你师父自小把你养大,待你恩重如山,你竟做出此等叛逆之事!"佑忘尘倒没有回应,似乎在想着别的事情。

"他……他为了收我为徒,竟杀了我满门,村里人还以为是天火。他……他不是人! 他……确实不是人,他……他是个火魔……"盘腿坐在地上的大胡子捂着脸,像个孩子似的呜呜痛哭起来。其中最大的悲伤来自他心中的信仰——父神一样的偶像完全崩塌。

大胡子从圣坛失败而归那会儿,对师父的身份还只是怀疑,没想到他一回来就被扣上了叛逃恶灵国的罪名,并被废去功法,直接扔去了罗格城堡。大胡子此时才确定师父就是恶灵人。他想起去罗格城堡疯了的二师兄,很可能也是因为发现了师父的

613

秘密。不过,他没想到的是,朱先生早在他身上种下印记,直接到罗格城堡把他救了出来。

　　光这些,还不足以让他背叛佑忘尘,但有着打破砂锅问到底精神的朱先生不惜耗费大量功法,利用妙通盘,通过大胡子的一点童年记忆,找到了大胡子被收养的真相。由于大胡子是百年难得的可去圣坛"大柳树"的特殊体质,火灵人佑忘尘把大胡子家烧成了灰烬,刚会爬的大胡子宝宝成了孤儿,被百业门收养。大胡子在得知这一切时当场就崩溃了。

　　佑忘尘的嘴角略微抽动了一下。

　　"忘尘兄,时至今日,你还是向篆公禀明实情,一切由他老人家定夺。"蓝袍的山水城主沉稳开口。

　　不远处的郑晴看到这里,心中对佑忘尘已有八九分的怀疑,于是一步飞跃过来,强忍怒气说道:"佑忘尘,家兄一直佩服你的为人。你说你没有害他,你敢不敢以元神立誓?"

　　青袍人没说话,反而问向身旁的白衣大汉:"行老弟,你信不信我?"

　　"……我,佑大哥,我自然是信你的!"白衣大汉犹豫了片刻,继而斩钉截铁地说道。

　　"好,很好。"一丝笑意浮起在佑忘尘脸上。

　　"在下听闻火灵化形后额上会有火影标记。佑门主何不脱帽以证?"山水言身后一位五行城长老突然道。

　　佑忘尘冷笑一声。山水言听后微微皱了皱眉,以佑忘尘如今的功力,什么印记除不掉?而且佑忘尘在圣邑是几乎可以与邑主相提并论的。这话明显有点折辱的意思,但底下倒有几个胆大的修士附和起来,其中竟还有百业门弟子。又有人喊:"用雾尘砂一试便知。""没有雾尘砂,恶灵人很快就会现出原形。"

七、穷途末路

佑忘尘忽然仰天大笑起来,笑声越来越瘆人,越来越悲凉,接着就见他的双眼和口鼻发出银光。不,那不是光,而是银色的火苗在燃烧。几秒钟后,他"笑"成了一团熊熊燃烧的银色人形火焰。

所有人都惊恐地望向这团气势逼人的银火。银色,那是火灵的顶级颜色。

空中的另外几人,除了白衣大汉外,全部悄然后退,进入一级战备。地面上的众修士,凡是能动的也纷纷运功护体防御。

"行天度,你难道要与恶灵火魔为伍,与圣邑为敌吗?!"郑晴对白衣大汉斥道。

"我既说了信他,便不管他是谁。佑大哥,我这条命是你救的,大不了今日还给你便是。"白衣大汉对银火人豪爽一笑。

"这姓行的小子倒有点意思。"一直坐在箓公身边的秃头老者咂咂嘴说道,随即站起身来,活动活动筋骨,准备上场。

"没想到啊,没想到,今天设这局是冲着本座来的。箓公费心了!"半空中的银色火焰人转向箓公。虽说发出的还是佑忘尘的声音,但已是阴森至极。

箓公呵呵一笑,当下正襟危坐说:"老夫虽不问世事,但也不想有人哄骗老夫,行刺老夫。你觉得不公,大可说道说道。"

银火人冷笑道:"本座没什么好说的,命数如此。我只恨苍天不公。"佑忘尘说这句心酸话时,内心正在无比悲愤地仰天大喊:老天爷,你为什么要这么对我?苍天无眼哪!

他在万圣国修行一百余年便坐到了外殿掌奉使的位子,简直是修炼奇才,又因为年轻被派到圣邑做卧底,一待就是三百年。三百年对一百年,他太熟悉圣邑的风土人情、一草一木了,可以说早把自己当成了圣邑人,因此他日夜苦修以摆脱悬灵缚的控制。就在此次圣邑保卫战前,他不惜耗费寿元,终于冲破束缚获得了自由。就在他可以堂堂正正地做个圣邑人,就在他带领部下与自己的故国彻底翻脸对抗的时候,这帮人却跳出来,说他是奸细,还设局要灭了他,让他真是欲哭无泪,五内俱焚。

"本座为万圣国做的事,都不是我的本意。你们想知道真相,自己去查吧。"佑忘尘的声调由凄转厉,火焰又涨了几分。

尚小乐在底下听得真切,心想电视剧里那些个坏人末路时会把自己做过的坏事一五一十全说清楚,现实还真不是这么回事。

这时,就听见一个熟悉的声音高叫道:"佑忘尘,丹丘公的那本魔功心法是不是你给他的?我全家二十余口性命是不是你害的?!"问话的正是满面怒容的赤枫。

赤枫忆起当年宗主丹丘公正是跟至交好友佑忘尘云游回来后开始练魔功的,当即发问。

"这个倒可以告诉你,不错,确是本座。"银火人的声音似乎和缓了些,"因为姓凌的做邑主对我更有用。赤枫,如果不是你弄巧成拙,丹丘公顶多发配雪国而已,怎么会赔上你一家老小的性命!"

"你……"赤枫气得浑身发抖,大叫一声就飞身上去,要跟仇人拼命。

"敢情凌邑主根本就是个背锅侠啊!"小乐对阿奇说。

赤枫大叔刚刚跃起就啊的一声被打落下来。打中他的却是篆公扔的一小块肉骨头。秃头老者撇撇嘴说:"他这点修为,上去不过是送死而已。"

就在大家被赤枫吸引的当口,两颗金灿灿的小东西从银火人口中飞出,直冲着篆公和秃头老者而去。佑忘尘已然出手。

"封神豆!"有修士惊恐大喊。

秃头老者猛地一拍他的酒葫芦,葫芦倏地变大数倍,直接飞起。老者再大喝一声:"收!"那两颗金灿灿的豆子被收进葫芦中。

"不愧是号称天下第一散修的濮老啊,连封神豆都收得住。"

"当年郑宗主被害没留下任何痕迹,八成就是中了封神豆。"

"濮老的紫沁葫芦应是上千年的法宝吧?"

……

众修士议论纷纷,但随着银火人的一声"爆",紫沁葫芦被炸成了碎片,两颗封神豆也化作点点光辉洒落。

"可惜了,小濮。"篆公叹口气。

濮老先是一怔,随即尬笑着摸摸秃脑门,接着足下一点,向半空中的银火人飞去,口中喊道:"佑门主,濮某特来领教。"结界里的旷世大战再次拉开帷幕。

空中很快形成两个战团。朱先生和郑晴对阵佑忘尘的好兄弟行天度，其余人则合攻佑忘尘。

由于郑晴实力较弱，在前一个围捕环节又尽了全力，所以不出几个回合就被打落在地。随后，五行城的两位长老也受伤败下阵来。

此时，佑忘尘身上的银焰腾地增长数倍，火焰颜色也逐渐由银变灰。很快，大半个天宇都被烧成了灰白色，对战双方全被包围在灰白火光中，无法看清。

篆公不禁皱了眉头。他原本是想借围捕行动大大消耗佑忘尘的功力，然后一举擒获他，不料此人功力远远超出自己预测，看来要颇费一番周折了。篆公略一思索便抬手一招，一柄白日生辉的宝剑破空而出，发出龙鸣般的声音，朝空中的巨大火焰呼啸而去。

正是淳于毅的游龙剑。交锋之际，空中光芒大盛，根本无法直视。为了防止小乐受伤，阿奇加厚了秘密空间，屏蔽了外界的一切。

小乐只得听从阿奇的安排，吃了点东西，再小眯了一会。睡醒之后，一看外面，清爽了不少。佑忘尘仍在和山水言及濮老激战。朱先生与那个行天度却不见了。

阿奇告诉小乐，刚才朱先生现了真身，用蛛丝把姓行的给困住了。果然，不远处的地上立着一个白色的"大蚕茧"，旁边还有正打坐的朱先生。

突然就听一声巨响，一股超强的爆破力甚至将秘密空间的小乐都差点掀翻在地。尘土沙石之后，佑忘尘、山水言和濮老全都不知去向。结界的天忽然暗沉下来,像一个巨大恐怖的阴森罩子把人扣在里面。紧接着,狂风四起,风沙打着旋儿涌向天边的一个白色亮点。

"不好!有人开了空间裂缝!"篆公惊得一下站了起来。

"你等既容不得我,那就同归于尽吧!"空中如厉鬼般狰狞的声音来自黑暗中心的一团青焰银光,"篆公!呵呵,本座要让整个圣邑陪葬!"

穷途末路的佑忘尘已近乎疯狂地打出了他最后一张牌。火焰的颜色也变得更为瘆人。空间一旦打开,会出来不知哪个时空的妖魔鬼怪,真的会带给圣邑一场浩劫。

阿奇立即感觉到不妙,想带小乐速速离开,但丝毫不能动弹,一股来自骨子里的恐惧涌上心头:它们,已经来了……

第六章 虫！虫！虫！

一、天外来客

尚小乐没有注意到阿奇的不妥，秘密空间外面的人可是惊慌一片。大胡子跪在地上声嘶力竭地大喊："师父，你收手吧！打小你就教导徒儿事事要以圣邑为重，你真忍心毁了这里吗？师父——"

他的声音很快被惊恐的喊叫声淹没，因为一大群密密麻麻的不速之客正从空间裂缝中拥入。起先还有人以为是飓风带来的黑色沙土，后来才发现那不是沙土，而是——虫子！

乌压压的一片，嗡嗡作响的黑色虫云顷刻间随风冲入人群。小乐也看清了。天哪！那是跟阿奇几乎一模一样的黑甲虫，简直是成千上万个阿奇在空中飞舞。

下一秒，小乐只觉一股巨力把自己猛地一吸，他以为是阿奇做的，但很快就发觉自己正趴倒在篆公的竹榻上。危急关头，篆公少不得把这位徒孙救上一救。

竹榻空间外的人他也顾不上了。众人都以为他是故意放风说自己身负重伤，命不久矣。其实他在祁昊的那场行刺中，真的受了伤，而且伤得很重。他正拼命修复着被佑忘尘越扯越大的空间裂缝。现在只能寄希望于自己造的结界能够阻挡这些异空间的飞虫,不让它们飞到圣邑。

外面被"阿奇们"攻击的修士是一片惨状。就在众人绝望之际,从地面的坑底蓦地升起一道白光,如闪电般冲向黑暗中心的那团绿火。

"那是……白虹贯日!"箓公眯起他的小眼睛。

是那位早已被众人忽略的邑主凌汉霄,他在恢复些法力后将自己化作白虹冲向火灵人佑忘尘,接着白虹又如疾风般将青焰层层包围起来,最后一起跌入了空间裂缝中。

事后,有修士回忆,他当时听到凌邑主大骂佑忘尘"恶贼",又有人回忆说似乎听到凌邑主说"没有人比我更爱圣邑"。总之不管怎么说,凌邑主在最后时刻选择成为英雄。

空间裂缝不再扩大。不多久,被刚才巨大功法爆破震出结界的山水言和濮老两人也回来了,几大高手合力将那些甲虫消灭了一部分,其余的尽数被赶回了空间裂缝。大约一小时后,空间裂缝被彻底封上了。

箓公收了结界,所有人又置身于草木葱茏、一片青翠的山林中,仿佛刚才只是一场噩梦,一切都没有发生过,但地上留下的死难者尸身和呻吟的伤者都在提醒着他们刚才大战的残酷。

尚小乐在一堆死尸中找到了伤痕累累的大胡子,似乎已死去多时了。小乐脑海中忽然浮现起他抱着小花猪去找朱先生的样子,世上再也没有大胡子叔叔了,再也吃不到他做的烧饼了。尚小乐不由得趴在他身上号啕大哭起来。

"你,小乐吧,你……你等我真死了再哭啊……"小乐胳膊下的大胡子"尸身"喘着气说,"你把我……压疼死了……"

大胡子叔叔原来没死,小乐破涕为笑。大胡子从怀里摸出一个小铜镜,镜面似有水波微漾。大胡子告诉小乐,因为他是重要证人,朱先生便给了他这面反影凌波镜防身。有了这宝镜,一般的法力攻击都会被反射掉,所以他只是受了点皮外伤。

　　两人正说着话,小乐忽然听到有个清脆的声音在喊自己,再一看,山水蓝波那鬼灵精不知何时也来了这里,正半靠在她爸山水言身上朝自己一个劲地招手呢。

　　小乐想了想,还是走过去向山水言行了礼。近距离看,这位山水城主长身玉立,容貌清雅,唇边三缕短须增添了几分威严,眉梢眼角的些许皱纹,显出岁月风霜的意味。

　　接下来蓝波儿便拉着他叽叽喳喳说个不停,小乐有些心不在焉。箓公还在竹榻上调息养神。小乐这里还有件极重要的事要问他,那就是——阿奇到哪里去了?!

　　自从箓公把他从秘密空间接走后,就再没见到阿奇。他猜想阿奇会不会给箓公收在结界里了,要不就是跟它的同类一起被赶走了。

　　这个少年猜对了一半。

　　箓公很快便把小乐唤了过去。他又恢复了以往的嘻哈风,对这位名义上的徒孙专程来跟自己道别挺开心。小乐把他在桃源岛和龙山的奇遇告诉了师祖爷爷。箓公听了,沉默了一会,忽然问道:"这个……桃源主人提到过我吗?"

　　"嗯……他说了,如果早听竹箓的也不至于此。"尚小乐看着箓公他老人家期待的目光,不想让他失望,便说了云见大师的话。

篆公的脸上露出欣慰的喜色。他活了这许多年月,能让他记起并后悔的事已是寥寥无几,但被师父逐出师门依然让他耿耿于怀。当年他因自创以睡眠来延长寿元的功法而被崇尚勤奋苦修的师父视为"朽木不可雕,烂泥扶不上墙",再加上与大师兄续流相处不来,师父一怒之下,就把他这块"朽木烂泥"给逐出了师门。

关于阿奇的下落,篆公认定它是跟那些甲虫去了虫谷。篆公告诉小乐,以佑忘尘当时的功力,他打开的只是流沙大陆虫谷的空间,但飞进来的是虫谷中最厉害的甲虫,此虫天生具有灵力。

小乐有些沮丧,他觉得阿奇就算跟它的兄弟姐妹们回趟家,总要跟自己说一声吧。

篆公笑道:"你眼力也太差了。那些甲虫跟你的灵虫虽然相似,却不是一路货,它们没那长鼻子。不过从灵力本源看,倒像是亲戚。而且,据老夫看,你的灵虫可能是被它的亲戚抓走的。当时老夫见它给你造的空间快要被咬破才把你提拎过来。它那些亲戚对它可不是太友好哇!"

啊?阿奇是被抓走的!阿奇有难,我要去救他。这是小乐脑海中闪过的第一个念头。

篆公又说了几句话后便开始哈欠连连,他要去睡觉了。临走前,他叫来了濮老,让小乐叩了头。濮老呵呵一笑,说:"小子,我们见过面,你的金光令还在吗?"小乐抓抓脑袋,对这位趿拉着鞋、满身油污的秃头老爷爷是有些面熟,但实在想不起来在哪里见到过。其实如果小乐一直顺着金光令想,就会记起,当年在如意客栈内，帮小乐说话而让假货贩子旋木恼羞成怒的正是这位濮老。

箓公算是给小乐找了个依靠。他心里清楚，这一次长眠，兴许就再也醒不过来了。

二、游历五行城

箓公离开后，幸存的众修士也各自散去。濮老比箓公靠谱些，消失前给小乐留下个联络方式。小乐决定去虫谷找阿奇，山水蓝波满口答应帮他这个忙。山水城主因为与圣邑高层有要事商量，所以先行一步。小蓝波现在有万海珠傍身，他也不担心，但还是嘱咐女儿早点回桃源岛她师父那最安全，因为流沙大陆可能有更严重的事发生。

蓝波儿可不想这么早回桃源岛，她提出要带小乐回五行城她家玩玩。小乐因为有求于她，只得同意。其实他内心对五行城也充满了好奇。大胡子叔叔执意要把他那面反影镜送给小乐防身，他对小乐说自己现在成了废人，给小乐的那些个年糕人只能当点心吃了，况且他想彻底离开修士界，开个自己的烧饼铺，这镜子也用不上。他又压低声音道："你看朱先生那老妖怪活得多精神，且有的活呢！你用她做的法器，稳赚。"大胡子现在整个人都轻松了许多。

分别时，他拍拍小乐的肩膀，这少年快长得跟他一般高，已不好再摸脑袋了。"好好保重，早点回家。"大胡子叮嘱道。

"大胡子叔叔，你也要好好保重呀！以后，我再来圣邑，还要吃你做的烧饼呢！"

"好,一定!"

可惜没有什么事是一定的,只有不一定是一定的。两人的眼睛都有点湿润了……

与大胡子告别后,山水蓝波直接把尚小乐吸进了万海珠。万海珠里全是碧蓝的海水,小蓝波吐出一个特大的气泡,让小乐待在里面,她自己则在气泡外游来游去,一会儿化作一条蓝色的鱼,一会儿又是半人半鱼,鱼头人身或人头鱼身,自由切换。等她又钻进气泡时,小乐挺认真地告诉她,在他老家管上半身是人的鱼叫美人鱼,鱼头人身的那就是鱼妖了。"哦?美人鱼,那我就当美人鱼啦!"小蓝波咯咯笑道。

很快,两人就到了五行城。五行城果然像蓝波描述的那样,表里江湖,周环山泽,郁郁葱葱,美不胜收。小乐本打算玩个一两天就走,结果接下来的大半个月他都在五行城度过。

小蓝波首先带他去了五光十色、灿如星辉、美若霓虹的水底世界。色彩缤纷的水下精灵成群结队地在水藻、岩石间穿梭游戏。小乐在气泡里觉得眼睛都不够用了。小蓝波把他带到水底的宫殿,整个宫殿晶莹玉润,光华熠熠,小乐叫它"水晶宫"。精灵们专门给他准备了一个充满空气的大房间,让他可以在里面自由活动。小乐这才知道原来小蓝波是这里的小公主,水族精灵王是她的外公。

水精灵可随意化形为人或鱼,跟雅苏姐姐一样,他们也有灵吸,不过是长在头顶的。蓝波儿没有灵吸,可以在陆地自由生活,用她的话说就是她更随她爹。

在水底玩了几天后,他俩又来到了蓝波在陆地的家——五行城主府。整个府邸典雅不凡,依山傍水,真是名副其实的山水家。作为城主的独生女,蓝波大小姐自然又是前呼后拥。小乐也乐得沾光。

这大小姐似乎急于见什么人,一个她在水晶宫没见着的人,所以她径直跑进自己房间。蓝波的房间让尚小乐吓了一跳,倒不是因为大,而是因为她的房间有一半都是深潭,稍微一个不留神就得跌下水。

小姑娘走到潭边蹲下来轻拍水面,一缕蓝光随着水波微微荡漾开去。不一会儿,水下有了动静。在小乐紧张的注视下,一条蓝色泛着金属光泽的美丽大鱼游出水面,轻碰蓝波的小手。

"啊,果然在这边。"蓝波亲昵地摸摸她,开心地说,"小乐哥哥,她是我娘亲。"

啊?小乐虽然知道蓝波她妈是个水精灵,但这种见面方式他还是挺吃惊的。

蓝波靠着她那张可以自由长出藤蔓的大床,略带忧伤地告诉小乐,她娘亲是水灵族的云河公主,她爹爹小时候一次在湖底练功,不小心被巨鼋吞进肚子里,就是在那里认识了她娘亲。后来她爹爹就和她娘亲在一起了,然后就有了她。她爹一直瞒着师门,因为在这里,水精灵只能做人类修士的奴仆或炼丹工具。直到她爹爹当了山水盟盟主,山水盟才接纳了她娘。就在她爹娘举行正式婚礼的当天,她娘亲疯了,失去了灵智,永远只是一条普通的鱼了。

小乐听完叹了口气,难怪大仙喜欢自己,原来他俩同病相怜,都是"单亲家庭"。他安慰小蓝波说:"你比我好点,你至少还能见到你妈妈,她还能陪你,而我只能见到我爸爸的照片。"

他的安慰很奏效,就好比一个很惨的人遇到一个比他更惨的人,心里会好受些。

蓝波儿大声说:"等我学会了时间法术,一定要查出是谁害了我娘亲!"

"你一定可以的,说不定还能救了你妈妈。"尚小乐真诚地鼓励她。在这一刻,他无比想念自己的妈妈,真想马上扑到母亲温暖的怀中。

蓝波小妹妹很快就从忧伤情绪中出来了,带着小乐到处玩,对小乐提出要出发去虫谷的话充耳不闻。不过,有不少地方确实也让小乐大开眼界,比如说可以留言的水墙,上面的流水冲刷后声音就没有了。他俩还偷偷去看了正在操练的五行大阵,看变幻莫测的五行元素结合、防御与进攻。那些修士表情严肃,空气中透着一股大敌当前的紧张。

他还意外发现五行城中有通体碧绿如玉的修士,很像他见过的锦族加楠尊者。

差不多十来天后,蓝波用万海珠把小乐带到五行城的一处禁地——灵渊。因为这小姑娘临时变卦,不陪他去虫谷了,理由是讨厌虫子,于是便让灵渊巨龟帮个忙。不过蓝波儿还算义气,送给他一条御金带,带子两端各绾了一个圈,小乐像穿背心一样把它套在身上,倒也伸缩自如。小蓝波"卖瓜"似的说:"穿了它,就可以刀枪不入,再也不怕大虫子咬了。"

在一片水雾缭绕中,小乐爬上巨龟八卦形的背。这巨龟实在太老了,俩孩子把嗓子都喊哑了,它才弄清是传送去虫谷。又等了半小时,老龟背上的传送阵终于启动,在一阵炫目恍惚中,尚小乐来到了流沙大陆的另一诡异之地——虫谷。

三、初入虫谷

小乐对虫谷的第一印象与他记忆中的非洲大草原竟有几分相似。不同的是没见着什么动物,还有就是这儿的枯黄草地有一块没一块的,跟斑秃一样。

小乐漫无目的地走了半个多小时,终于看到一片小树林。这儿的树似乎是横向发展,看上去矮墩墩的,很滑稽。这个少年想了想,走了进去。

林中的滑稽树不多,但树叶较密,枝叶间还长着一颗颗奇怪的果实,有的好像还在晃动。小乐正疑惑着,突然,脚下踩到一块黏黏的东西,接着就听嗖的一声,地上的一块大"地瓜皮"一下把他包住,瞬间往上弹跳,啪一声,粘在树干上。等小乐反应过来,他成了树上一颗会动的"果子"。

几年的历险下来,尚小乐的胆识已非同龄孩子可比。他确定只是被困住后,便想法逃生。

包住他的果皮很黏,但并不是坚硬无比,他用小刀一点点地割,几个时辰后,一小半的果皮都被他割掉,但里面的植物经脉却怎么也弄不断,就像个网一样把他兜在里面。

小乐正在用小刀满头大汗地割着网兜,忽然听到有人喊他的名字。他扒开网眼四处瞧,就见旁边一颗果子开口的地方,费力地露出一张苍白的脸:"小乐,是我……我是路迪。"

"路迪姐姐,你怎么也到虫谷啦?"小乐一脸诧异。路迪眼下可不想聊这些说来话长的事。她有气无力地告诉小乐,他们可能中了这儿土灵族的捕猎陷阱了,而她已经在果子里待了快两天了。正说着话,路迪忽然竖起耳朵,示意有人来了。果然,不一会儿,就听见咔嚓咔嚓踩在树枝上的脚步声。

来的是个长相奇特的小矮人,从小乐那个角度看过去,他的身高也就一米多点,头上一团蓬草样的乱发,两只米老鼠样的耳朵相当惹人注目。

他走到树下,就地一滚,竟变形为一只类似考拉的小兽,接着掏出一个小布袋,念念有词。只见一群半绿半黑的飞虫从袋中飞出,盘旋着飞到一个果子处,围一圈啃起来,几秒钟后一颗果子落到地上。不多会儿,树上的果子接二连三地掉落下来。

"喂!树下的尊驾,大叔,我不是猎物。"小乐在网兜里大喊,又探出胳膊指指装路迪的那个果子,"我们都是精灵人!"他想冒充下同类。

小考拉兽仰头望着他,接着一吹口哨,那群飞虫直接飞过来,开始咬他和路迪的"果子"。

"等等,等等!我有晶石,还有雾尘砂,都可以给你!"小乐慌了神,他可不想屁股摔开花。

不过很多时候都是事与愿违,就听啊一声惨叫,尚小乐掉落在地。这个屁股蹲儿确实摔得非常疼,但痛感在逐渐减轻。他体内的治愈系跳跳泉水又起作用了。随后掉下来的路迪就没那么幸运了,摔得一直在呻吟。

小考拉兽走近他俩,仔仔细细地看了小乐后,忽然开口道:"小子,我认得你,你是圣邑的人族,精灵语说得不错嘛!你去过桃源岛吧?"

小乐怔怔地看着他,猛地想起滑草比赛作弊的那个圆耳朵小兽,不错,就是他!

"最后哪个队赢了?"小兽一边指挥一队黑色的甲壳虫把分散在地的果子归拢,一边随口问道。

"嗯……我的愿望也没实现。"小乐所言确是实话。

小兽看向他的目光和善了不少,瞬间又变回人形,从腰间取出一根奇特的管子,将管子一头插入果子中,原本硕大的果子几秒内就缩小为一个西瓜或香瓜大小。有的果子里还伸出一两只粗毛的脚爪,小矮人手起刀落,利索地处理干净。

他在干活时一直跟小乐唠嗑。小乐听了他对桃源岛种族歧视的不满以及对目前工作的满腹牢骚。"我棱克强岂能做这等事?!"他的表情很是愤愤,嘴边的两撇小胡子都翘了起来。小乐也乘机把来意说了,问他如何找一种黑色的、名叫灭空虫的、天生有空间灵力的甲虫。

小矮人棱克强疑惑地看着他,说:"你是找黑金虫吧?那可是虫谷最危险的虫子。看在咱俩在桃源岛曾有过一面之缘的分上,我劝你别去招惹它们。"

尚小乐可不是轻易退缩的孩子。于是棱克强大叔便告诉他,这黑金虫居住在虫谷的黑泽腹地。黑金虫是虫谷的霸王,所有虫族都得服从它们,擅闯黑泽那就是个死。如果小乐硬要去寻死,他也不拦着,可以告知去黑泽的路。

路迪依靠晶石的力量恢复了不少,立刻过来打听出虫谷的路,她要离开这里回精灵大陆。小矮人也愿意指路,但需要跟他回地下城,因为虫谷的通道基本都在地下,从地面上根本走不了。

"我现在要回地下城了,你俩想去的话可随我来,不想去就拉倒,以后在原上走,别进树林子。你们可不会每次都幸运地遇到大叔我。"棱克强说着把七八个压缩好的果子装进大袋子里,驮在肩上,准备回撤。

小乐和路迪互相看看,选择了跟他走。

四、强拉入伙

棱克强大叔驮着一个跟他差不多高的大口袋走到林中一个低矮的大树桩上,对跟过来的俩人说:"记得我马上要念的口令。落下后朝前走就是一个中转站,我会在里面吃顿饭,如果我吃完饭你们还不来,那就对不起了,我不会等你们的。"说完,他把口袋放下,开始大声念:"地上有个圈,我就站里面。放个屁,就下去。"接着就听他噗的一声果然放了个屁,然后就掉进去不见了。大树桩还是原来的样子,完好无损。

小乐站上去,照着念一遍,一点作用也没有。"你没有放那个,不行。"路迪说。看来确实如此,小乐点点头。"放个屁"应该是"就下去"的关键一步。

"那,路迪姐,你有你先来。"小乐从树桩上走下来。

"还是你先,我……我等等。"路迪的俏脸微微泛点红晕,有些不好意思。

小乐想起姥姥说的吃黄豆能放屁,便打开灵皮背包翻出一堆炒干果,也不知哪种才是黄豆。他不管三七二十一,吃了不少,接着就开始揉肚子。

十来分钟后,他又站到大树桩上,这一次他成功了。

路迪成功的时候,时间已经过去快半小时了。她只觉落入一个无比黑暗的洞里。不过她是精灵,额间的灵吸很快发出微光,她便沿着唯一的隧道往里爬,渐渐有些微光亮扑面而来。

"好!又来一个入伙的。"一个粗鲁的声音大喊。

路迪在完全搞不懂的情况下被两个小矮人"热情"地从隧道口拉出。

眼前是一个简陋的地下室,四壁都是土,还能看到植物裸露的根须。几十个土精族人聚在这里。

"太好了,是个精灵人!"

"伙伴!"

"伙伴!"……

几个土精族人走过来把她围在中央,友好又略显亢奋地拍打她的身体。

"伙伴们,静一静,下面我部署一下本次劫狱行动的分工……"一个身材矮壮的土精族人清了清喉咙。

"什么伙伴?什么劫狱行动?!"路迪大叫起来,"我想你们搞错了,我不是本地人,我就是一问路的!"

"问路的?!"矮壮汉子表情严肃,"整个大陆马上就要虫灾泛滥,你作为精灵人,责无旁贷!"说着一指边上角落,"你看,他一个过路的圣邑废人都入伙了。"

在发光虫的光亮中,她看到了角落里一脸苦笑的尚小乐。

"不是伙伴,就是敌人,你自己选!"矮人首领威吓道。一时间,那些个高高矮矮、大大小小的伙伴全都磨刀霍霍地瞪着她。

路迪只得再次选择跟小乐待在一起。棱克强挤过来小声说,他已经跟邦队长说了他俩不是来入伙的,但赶上了也没法子,有机会他还是会给他们指路的,他俩找机会跑路也是可以的。

尚小乐对这小矮人已有十万分的不信任,心里直懊恼为何会听信一个比赛作弊的,但目前只有走一步看一步了。

路迪因为算大高个,被分配为打前锋的主力。邦队长走过来让她灵变下看看,有点知人善任的意思。

路迪一肚子恼火,一缩身体……

啊?邦队长!两个邦队长!在场的所有人都大吃一惊。"像,实在是太像了!"邦队长惊喜地赞不绝口,"如果不是气息不同,简直一点破绽都没有。"

小乐也奇怪为啥路迪没变成漂亮的金丝猴。他有所不知的是,路迪属于兽灵人中最稀有的幻灵族。本命兽最近似人形,所以可以变化为各色各样的人,变个桌子、椅子、树啥的可就不行了。

由于发现路迪这一能人,邦队长临时修改了劫狱计划。

距离劫狱还有段时间,棱克强继续过来跟两个新加入的"伙伴"唠嗑。他慷慨地请小乐他俩吃新猎获的虫子,当然得到俩人的拒绝和鄙视。

这考拉也不介意,一边吃着烤虫腿,一边把小乐他们想知道的和不想知道的一股脑地全说了:

虫谷的虫子大体分五族三十六群。五族是蚁族、肢节族、有甲族、软体族和异怪族,每族又可分若干群。像蚁族就可分为飞蚁、红火蚁、黑蚁、噬金蚁、玄黄蚁和寄生蚁六群,当然每群还可以进一步细分。

蚁族和有甲族,数量最多,其次是异怪族。虫谷的精灵人将怪异的,不能分到前四族的虫类全算作异怪族,这倒也方便。每个虫族都有开了灵智的智慧虫,很多都进化成人形,特别难对付。

虫谷的地界被智慧虫子们分作东南西北四疆。目前小乐他们所在的位置是北疆,由蚁族和肢节族把控。虫谷中心地带由天生灵力的黑金虫群坐镇。黑金虫王现在是整个虫谷虫族的最高统治者。

以前这里没有虫王,虫子们各自为政,有蚁王、蝶王、鞘翅王等。精灵人跟他们共同生活,相安无事。但这十几年,自打黑甲虫王上台,统一了整个虫族后,有事没事就扫荡捕杀精灵人,造成精灵人口急剧下降,从原先的十几万人到如今仅剩的万把人了。

他们不想坐以待毙,就成立了救亡图存军,分散在各地打游击。他们这一支队伍由邦队长领导。

他顺便告诉小乐,几年前他和伙伴耗费队伍里大量物资好不容易去了桃源岛,目的就是想让桃源主人出手解决掉黑金虫王。

路迪讥笑一声:"你们有精灵力,本就是虫子的天敌,怎么会混得这么惨?"

棱大叔一抖小胡子,瞪着眼睛说:"这还用问?!它们有多少哇!乌泱泱的,排山倒海啊!你对付千百个没问题,千万个呢?万万万万万万个呢?更何况还有那些个稀奇古怪的灵虫!"

　　他的样子把小乐逗乐了。棱大叔白了他俩一眼,接着一副大人不记小人过的样子开始谈这次行动:这次他们要去虫族的北疆大牢救麻晃大师。虫谷的土精灵与大部分虫族都生活在地下。麻晃大师是土灵族中地穴地道设计的顶尖高手,因此就被虫族挟持参与过多个地下城的设计。很多参与建设的土精灵都被杀灭口,但麻大师却一直没被杀,下落不明。前不久邦队长探听到麻大师被囚禁在北疆大牢里,于是决定立即带人劫狱。棱克强虽然对邦队长给他的待遇多有不满,但言语间对这位队长还是相当佩服的。

五、劫狱行动

　　很快,劫狱行动开始了。

　　北疆大牢。地面之下,一片黑暗,偶尔可见一点点虫体微光,听声音似有虫族走动巡逻的声音。

　　几个黑影移动到监牢门前。

　　"什么人?"虫兵喝问。

　　几个黑影与虫兵打个照面后掉头就跑。

　　"麻晃逃狱了,快追!"一个声音高叫道。

　　一队虫兵立即追出去,为首的眼神极好,他清楚地看到,麻大师被几个精灵人扶着拼命往前逃窜。他不太明白犯人是怎么出去的,但明白这样一个要犯逃走,那责任可就大了,于是尖鸣数声,又有几十个虫兵陆续跟上。

这个"麻大师"正是路迪按麻晃的画像变化的。与此同时,邦队长已率领他的手下从另一条地道直插入大牢。小乐和另外几个伙伴没跟进去,分配给他的任务是守在地道口负责断后。

不一会,就听见地道那头一片嘈杂的打斗声。第一次参与劫狱,而且还是在异世界的异族,这个人类少年心跳得像打鼓,手心全是汗。一个伙伴拍拍他的肩膀,说:"别紧张,咱们在牢里有内应,到时候你我只管扔臭弹就行。"

尚小乐看了眼这只人形的竹节虫,心想,他竟然也是"伙伴",该是跟自己种族有怎样的深仇大恨哪!

分给小乐的武器是一个可提可背的特制篮子,里面是像乒乓球大小圆滚滚的臭弹,摸上去不硬,手感还挺好,据说是某种虫卵。

小乐略一分神时,就见十几只精灵兽从地道里仓皇奔出。其中一只大叫:"断后,断后!速速断后!"

埋伏在那的小乐等人慌忙往地道里扔臭弹。臭弹爆裂开的气味比记忆中楼上邻居夏天沤的花肥还要臭上几十倍,竹节虫带着小乐边扔边退,往地下城的另一个洞口爬。

小乐觉得眼前一片模糊,怀疑是臭弹起的烟雾。是谁扔得这么近啊?!实在是太臭了,小乐直接被熏吐了,只能一个劲地在黑暗中朝前爬。似乎又有几只土灵兽从他头顶跳过去进行第二轮断后。

尚小乐爬出一个地道,掉入一个较大的地下空间。那只竹节虫伙伴早不知哪去了。小乐跟跄地走到一个土柱子旁,靠着休息。臭味还未散去,就听见窸窸窣窣的脚步声,还有些亮光越来越近。

糟糕!这些虫子这么快就追来了!小乐立即躲在土柱子后面,屏住呼吸,心提到嗓子眼,祈祷别被发现。

来的是一队虫兵,一个个跟蚱蜢似的。他们在黑暗中视力不及蚁族和土灵族,所以带着几只发光虫。

突然,这个少年惊恐地大叫一声,弹跳而起,疯狂拍打着自己身体,几十只一指长的大蚂蚁从他身上掉落。

原来跟随蚱蜢兵进来的还有一大群密密麻麻的黑蚁,正在进行地毯式搜索。尚小乐毫无悬念地落网了。

小乐一口咬定他只是个过路的圣邑人,啥也不知情,但还是被作为劫狱疑犯给捆了起来。领头的一个人形的蚂蚱,仔细地打量他几眼,便命令道:"你们继续往前追,我来好好盘问这个人类。"

等一大波黑蚁及一队蚱蜢兵走远后,蚂蚱队长让一个虫兵过来给小乐松了绑。

"七八年前,你有没有去过圣邑外的赤晶沙漠?"蚂蚱人突然没头没脑地问了这么一句。

满脸疑惑的小乐盯着他,一时没反应过来。

"你走吧。"蚂蚱人说,"人类,你在赤晶沙漠曾救过我一命。我不会认错的。"

小乐又是一怔,接着脑子里飞速回忆,然后他想起来了,他的确在沙漠里见过一只干枯的蚂蚱人。

"那只快渴死的虫人就是你?!"尚小乐瞪圆了眼睛。

"不错。当时你们给了我救命的水。"蚂蚱人说得很平缓,似乎刚从岁月记忆中拉回自己。

当年他是虫谷派出去的间谍,如果不是遇到小乐师徒,他早就干死在沙漠了。他后来到了北疆大牢当了警卫队队长,没想到在这种情况下与救命恩人见面。在他所受的教育里,救命之恩怎么样也得报答。

小乐以后每想到这件事都会感慨,真像姥爷说的那样,勿以善小而不为,不经意的一次小小善举,没准后来还会帮了自己。

"人类,记着,别掺和精灵人组织。这里,包括整个世界都会成为我们虫族的天下。"小乐心里咀嚼着蚂蚱队长的临别赠言,人已经从地底隧道里越爬越远了。

所谓的地下城,不过是四通八达的地穴而已,到处是黑暗,很多地方只能靠爬行。小乐也遇到几个大型的地下市场,光线微弱稀薄,形形色色的虫人和极少的精灵人穿梭其中。也有挂着长明灯招揽生意的店家,但这点光亮在漫漫长夜的地下城中,简直微不足道。

小乐孤独地向虫谷中心前行。他甚至十分想念邦队长的队伍,跟那些个"伙伴"在一起总好过自己孤独地在黑暗中行走。另外,也不知小猴路迪怎么样了。

这个少年不停地给自己打气:坚持,再坚持,坚持就是胜利!

有好几次,小乐都想放弃了,但一想到阿奇为自己奋不顾身,他捏起的拳头又松开了:我不能这么没义气,我一定要找到阿奇,把它带回桃源,带回人类世界!

半个月后,小乐在黑暗的地下城实在撑不下去了,他顺着一条废弃的虫族运货通道,重新爬回到地面。

六、披甲族

从最初感到一片耀眼的光亮,到看不清东西,再到两眼一黑,栽倒在地,前后不过十几秒的时间。

小乐不知道,他刚刚其实非常危险,人眼从长期黑暗的环境中马上接触光明,视网膜会受到严重的伤害。如果不是小乐体内跳跳泉水带来的超强修复能力,他已经盲了。

模糊中,他看到两个人影,其中一个把他背起来朝前走。他的背很稳,十分虚弱的小乐在他宽厚的背上睡了过去。

再次醒来时,他躺在一大堆柔软的树叶堆里,身边是两个圆滚滚的甲虫小孩。其中一个稚嫩地嚷起来:"妈妈,妈妈,他醒啦!"另一个歪着圆脑袋好奇地盯着他:"你是什么呀?你不是精灵吧?"

一个背上披着橙色甲翅,胖乎乎的甲虫妈妈走过来,递给小乐一碗汤水,和蔼地说:"你是来自其他大陆的吧?快喝吧,我们把你背回来的,你已经昏睡好几天了。"

小乐端起碗来喝了个底朝天,特别香甜。

为了便于对方理解,小乐只说自己从圣邑来此地找寻自己走丢的灵虫。甲虫妈妈听了,直夸他有情有义。她告诉小乐,这里是虫谷的东疆,他们这个村子叫爆星谷。关于黑金虫群和虫王,她略带歉意地说,虽然同为有甲族,但他们这一支披甲人种群一直在这儿过着不问世事、几乎与世隔绝的生活,对外界一点也不了解,帮不上他忙了。

小乐对她的救助已经十分感激。接下来的一段时间,他就住在这个披甲人村子里,因为善良的甲虫妈妈坚持要他养好身体再走。他们说的都是精灵语,所以交流也没有障碍。

　　村子在一个盆地中,四周荆棘丛生,烟瘴密布。村里则是另一番景象,一排排矮小的灌木,结满了各色蒴果,那是村民们的食物来源,有的还发出点点荧光,夜晚来看非常漂亮。更漂亮的是这些甲虫人的房子,像一个个五颜六色的大苹果立在地上。

　　而且每个房子的颜色跟这家披甲人的甲的颜色基本是一致的。比如说这家人的甲是红色的,那他家的颜色就是红色的,甲是绿色,那他家的颜色就是绿色。像小乐住的是橙色的大苹果,甲虫爸妈和两个孩子全是好看的橙色。

　　两个橙色的甲虫娃娃一个叫果儿,一个叫豆儿,很快就跟尚小乐玩熟了。他俩一本正经地解答了小乐的疑问。原来他们披甲人每隔一段时间就会脱掉旧甲,长出新甲。旧甲就被保存下来建造房子。

　　原来如此,不过房子这么鲜艳,在荒原上也太显眼了些。但这些披甲人却不觉得,五色在他们看来只是深浅不同。小乐这才发觉,原来这些甲虫人全是色盲。

　　色盲归色盲,但一点也不影响他们丰富多彩的幸福生活。一天晚上吃晚餐时,果儿和豆儿都在兴致勃勃地谈论一会要举行的赏星大赛。甲虫爸爸笑着说,那是他们村子里每到这时节都会举行的爆星谷比赛,看谁家的爆星谷在夜空中爆开时最漂亮,持续时间最长。不巧的是今年他家种的还没成熟,不过可以到别家要几颗来给小乐玩。

矮墩墩的甲虫爸爸笑起来憨态可掬,很亲切,让小乐想起了一个远去的朋友——信封大哥。

晚饭后,两个娃娃就拉着小乐出门了。小乐手里也攥着金灿灿的几颗爆星谷——这儿的特产,村名也是由此而来。

夜幕苍穹,道道金光直冲而上,光点在空中萌出小芽,然后长成一株植物,开出花,再结出果实,接着爆裂开,点点金光如星辉般洒落。尚小乐忽然有种似曾相识的感觉。

天哪!封神豆!尚小乐一拍脑门,就是那种在空中开花结果的豆子,那种让圣邑和恶灵国老怪高手们闻之色变的逆天法宝、杀人利器。在这里竟然是食物?!还被当成了烟花之类的玩具!幸好爆星谷村没被人发现,不然这些善良的村民就遭殃了。

其实从爆星谷到封神豆还有漫长而艰难的炼制过程,不过作为大名鼎鼎的封神豆的前身,这爆星谷的确弥足珍贵。

那边小果儿已经准备比赛了,豆儿忙喊小乐哥哥来看。只见这个甲虫娃娃把豆子含在嘴里,额间白色光点一闪,同时一仰头把豆子吐射向空中。

再看其他的披甲人,额上白光都是时闪时灭。小乐想起了精灵人的灵吸,不过果儿告诉他,他们这不叫灵吸,叫智慧点,只有具有灵智的虫族才有,而且每个种族的智慧点位置也不同。

尚小乐既没有智慧点也没有灵吸,根本无法发射爆星谷,吃掉太过可惜,于是把这几颗金豆子小心翼翼地收进口袋,兴致勃勃地看别人比赛。

爆星谷如焰火般在夜空汇成各色植物枝干,让虫谷没有星辰的荒漠夜色摇曳多姿。天幕下的孩子们叫嚷着哪家的爆星谷刚开花就散了,哪家最漂亮,哪家持续的时间最长。欢快的声音在尚小乐的耳边、心间荡漾。

是啊,这儿是世外桃源,更像是童话般的世界。尚小乐不由得想起多年前那个小面人村的夜晚,也是这样的无忧无虑、宁静柔和,但这里更美更神奇。外界的一切,什么纷争虫灾,都与他们无关。

七、会合

美好的时光总是这么短暂,不知是不是爆星谷的动静太大了,当天夜里,村里就来了几个不速之客。

确切地说是三个精灵人强盗。这三个小矮人简直是明火执仗地挨家挨户抢吃的。披甲族人可没有精灵力,翅膀又退化不能飞,再加上太老实,所以只能抱团待在屋里任由他们打劫。

真是人善被人欺啊!眼看着屋里仅有的口粮都要给一个破门而入的强盗搜光了,被几个甲虫人抱头围在中间的尚小乐小声说:"咱们跟他干吧。他现在只有一个,我们有五个。咱们这个屋子先动手,其他家也会响应的。村子里这么多人,肯定能打赢。"

大个的甲虫爸爸看了小乐一眼,露出为难的神色,他可是从来没打过架的。

正在翻东西的强盗听觉非常敏锐,当即几步过去,抬腿就给了甲虫妈妈一脚。"说了老实点,听到没有!"

实在忍无可忍的小乐一下站起来,手里握着随身的匕首,瞪着这矮个的强盗,大声说:"把你手上的东西放下,不然我就不客气了!"

　　这个少年努力保持着凌人的气势。"别怕,我还有宝镜和御金带护体。"他心里给自己鼓气。

　　精灵人强盗先是一愣,随即欣喜道:"伙伴,是你?!"

　　啊?剧情又反转了!

　　小乐一脸蒙地看着这个驼峰鼻的矮人精灵,难道他是……

　　不错,他正是邦队长的手下。在游击队做劫狱前最后宣誓时,他就站在小乐的旁边。小乐可认不出他来,在小乐看来,相似个头、同种毛发的土精族人,长得都差不多。

　　驼峰鼻过来热情地拍拍小乐的肩膀,说当时他断后没回来,邦队长还派自己找过他,可惜没找到。小乐尬笑着看了看这位伙伴,再看看满脸蒙的甲虫一家。

　　看在小乐伙伴的面上,三个强人没抢果儿家一颗果子。

　　快天亮时,仨强盗带着小乐以及大包小包的赃物从他们咬开的荆棘小道跑路。小乐也只得跟他们走,因为跟着他们才有找到黑金虫群的可能。

　　驼峰鼻告诉小乐,麻晁大师已被成功从大牢正门救出。小乐负责断后的地道是用来吸引敌人的(小乐对此只有苦笑了)。路迪现被封了参谋,在队伍里地位很高。邦队长这次带着大伙来东疆,就是来救路迪他们的精灵女王。

　　精灵女王?雅苏姐?她也来虫谷了?

　　小乐的疑问在他再次见到路迪时全部得以解答。原来就在几十天前,一只虫谷的虫子竟飞到了精灵王宫,告诉雅苏女王(她已经被推举为精灵女王),它是伦多派来的。如果想知道大长老临终遗言的上半部分,可以跟它一起去虫谷见伦多。雅苏听后竟然不顾劝阻地答应了。

当时,路迪化作女王的样子,雅苏与另一个精灵人同时扮作女王的贴身侍女跟这只虫子通过密道穿过赤晶沙漠来到虫谷。

万没想到,伦多很快就认出了雅苏,并且当即向虫王告发。她们全被关了起来。

"那个罪无可赦的叛徒,竟然劝虫王给女王陛下下了蛊毒!"路迪说到这时,恨得咬牙切齿。

看来伦多大哥真的叛变了。小乐心里很不是滋味。

后来,路迪侥幸逃走,打算回精灵大陆搬救兵,不想却遇到了邦队长这路人马。邦队长在知道路迪身份后,当即决定要与精灵大陆联合起来对抗虫族。首先就是要救出女王。

远水解不了近渴的路迪当然求之不得。她能够感应到雅苏的气息,就在东疆。事不宜迟,邦队长便带着游击队来到了这里。然后,在驼峰鼻他们打劫筹军粮的途中,找到了失散的尚小乐。

邦队长在知道小乐的来意后说,他要找的黑金虫群很可能也在东疆。小乐曾听说虫王早就不住在黑泽了,它有十几个地下宫殿,根本不知行踪。邦队长沉吟片刻告诉他,精灵女王是虫王占领精灵大陆的一个重要筹码,它没理由不带在身边。而且,东疆的地底下有一个大秘密,虫王十分重视,参与修建东疆行宫的,无论是虫族还是精灵族全部没有生还的。

而今知道这个大秘密的除了黑金虫王和它的亲信外,恐怕只有一人,那就是麻晃大师。可惜这位麻大师虽说是被救出来了,却身中剧毒神志不清。

眼下只能靠一种秘虫。

一处黑烟弥漫、岩浆翻滚的洞穴深处,忽然从地底钻出一只类似獴的小兽。它身着晶莹白甲,警惕地四下探探后,便张开嘴开始猛吸洞中的黑烟。等到黑烟被吸得差不多时,獴兽身形一抖,化作一个伶俐的年轻人,几下便攀到穴壁上,额上灵吸大开,一股青柠般的气味从他的灵吸中散发出来。很快,整个滚烫的洞穴中都弥漫着一股奇特的气息。

白甲年轻人已隐入洞壁中,静静等待着什么。

半个时辰后,从岩浆里竟然钻出一条条蠕动的火红晶亮的蛆虫,扭动着炽热的身躯,地面不少地方都被它们炙烤得冒出缕缕白烟。不多久,整个山洞都爬满了这种烫得死人的怪虫。

那个白甲青年还没出现,似乎还在等待。

终于,洞口出现了不易察觉的声响,有东西进来了,先出现的是几条胳膊粗细的长角蠕虫,接着是一只红色的火焰飞蛾,随后还有几只冒着寒气的怪异虫族陆续爬进。它们纷纷贪婪地舔食地上的熔岩蛆虫。这里简直成了这些怪虫的盛宴。

就在两只通体赤红的蜘蛛爬进,刚开始享用盛宴的时候,白甲青年出现了。他表情紧张而凝重,双手握着灰色晶石,额间灵吸寒光四射,顷刻间就吸走了一只红蜘蛛。

突然,一道人影从地底激射而出,探出一只手飞速地抓取了另一只红蜘蛛。

先前的白甲青年还没反应过来,就见一个高个年轻人冲自己微微一笑,随即躬身化作一头鳞甲兽钻入地底,消失得无影无踪。

"小贼！烫死你！"地洞里传出白甲青年愤怒的叫骂声。

八、准备营救

"四儿，办成了吗？"在虫谷东疆地下城的一个秘密空间里，邦队长急急地问。

"成了。父亲，您看！"一个稚气未脱的青年人小心地将一个乌金盒子掏出。邦队长灵吸一动，"看"到了盒中的赤红蜘蛛——换毒蛛。

一种可以把中毒者的毒换到其他人身上的奇异灵虫，极其罕见不说，还是一次性消费品。

"本来是一对的，可恨来了个恶贼，抢走了另一只。"接着，他就满脸愤恨地把在岩浆洞穴里遇到的事大致跟父亲说了。

这个被唤作"四儿"的青年是邦队长最器重的儿子。他深知要获取换毒蛛是何等艰难，光是炼制引诱炎火虫钻出岩浆的青柠气就耗费了他们父子俩大量的灵力，而且他吸取的熔岩洞穴保护炎火虫的黑毒还不知等到猴年马月才能排干净。那蟊贼坐享其成，简直是可恶透顶，偷抢他们辛辛苦苦得来的胜利果实，还嘲笑他，让他快气炸了。

"算了，照你说的，他也算咱们同族。既然是精灵人，非敌即友，换毒蛛让他一只也无妨。"邦队长笑着说。

接着他又正色吩咐儿子："我现在就去给大师治毒。你传令下去，任何人不得打扰。"

"父亲，"四儿犹豫了一下，说，"还是把毒换到儿子身上，您还有更重要的事做。"

"放心,我有分寸。"邦队长拍拍儿子的肩膀。

第二天,传来麻大师苏醒的消息。

在一间堆满晶石的地下房间里,小乐见到了这位传说中的大师。一个尖耳山羊胡须的干瘦精灵老人,盘腿坐在地上,额间的灵吸微光闪动,似乎在汲取着力量。

"东西带来了吗?"他轻声问道。

邦队长从怀里掏出一张纸片。"这是圣邑的化身符。您确定要?"

麻大师点点头:"有劳了。"

邦队长叹口气,把符箓贴在老人的背上。小乐这才注意到老者的双手像枯枝一样,根本不能挪动。

"我下面所说,诸位要尽可能地多听多记,因为只能说一遍了。"

接下来,他缓慢道出东疆地宫的秘密以及他知道的一切。随着时间推移,他的声音越来越轻,灵吸的光亮也越来越暗,他的身体渐渐石化,成为一尊石像。

竟有几只黑色小虫从石像的头顶爬出,过了一会便僵死了。

小乐后来才知道,麻晃大师身上被种了禁言啮心虫,一旦说出了虫王的秘密,啮心虫就会出来撕咬他的内脏。麻大师为了少受痛苦,用了石化符。虫王虽然按誓言没有杀他,却让他活着跟死了没什么区别。麻大师一直顽强地活着,终于等到了说出秘密的一天。

满屋的精灵人,有的流下了眼泪。

麻大师的生命诉说,让邦队长沉重的表情又添了震惊。如果黑金虫王的阴谋得逞,那么不仅是虫谷、流沙大陆,甚至整个世界都将由虫族主宰,其他各族都会沦为奴隶。

由于麻大师的声音越说越小,身为人类的小乐不比土精灵听觉敏锐,只听到什么"三窟六道""移灵塔阵"之类的词儿后就再也听不清了。

邦队长将麻大师说的每一字都记在心中,接下来好几天他不是在闭门思考就是和几个智囊参谋商议,终于制订出一套最佳营救方案。

营救队定为五人,分别是邦队长父子、精通驭虫术的棱克强、能感应雅苏女王的路迪以及人类少年尚小乐。

之所以会带上小乐,邦队长有自己的考虑。他推测小乐心心念念要找的"阿奇"应该就在移灵塔中。关键时刻此灵虫的灵力很可能派上大用场。

按麻大师的说法,东疆的地下行宫是整个虫谷最不可能进入的地方,上面是三大剧毒虫窟,底下全是强酸暗流。由于黑金虫有空间灵力,可以直接进入地宫,但它们的灵力却很不稳定,所以为防止出不去,虫王又让他设计了六条出去的通道。这六条通道中全部建有移动隔断,可以让通道位置不断变化,由地宫中的一个圆形转轮控制,每转动一次,都会形成只有一条通道是真,其他的都会陷入暗流的情况。不过,麻晃在设计时留了个心眼,每次真通道到移灵塔的距离一定最短。

这样的"三窟六道"在不知情下即使进去也出不来。当年东疆游击队曾因贸然进攻而全军覆没。从地底进入是不可能的,只有从地面上的三窟想办法。邦队长根据麻大师的叙述,把进入地点选在了"百里香"。

第七章　营救行动

一、进入地宫

几天后,营救小队乘坐一种奇特的交通工具出发了。那是种名叫"气飞"的怪异虫子,可以快速充气变成椭圆形半透明的大气囊在空中飞行。小乐骑在它身上,感觉像骑在一个会飞的大气球上一样。不过它比轻飘飘的气球可快多了,因为它还生有一对可折叠的翅膀。

他们飞得很高,可以避免遇到低空的飞虫。这一带的飞虫实在太多了,常常可见一大片遮天蔽日的虫群。小乐经过多次的高空飞行,骑术和胆量很快就让跟他同骑的棱克强大叔刮目相看。不久,小乐就闻到阵阵奇怪的香味。

很像饭菜的香味啊!哇,是红烧肉,还有油焖大虾……已经很久没像样吃顿大餐了,小乐馋得口水都要流出来。

"小子,快别闻了,这香味有毒!"坐在他前面的棱大叔皱了皱眉,"这么高还能闻得到。"他踢了踢气飞虫,虫子又充了点气,升高了些。小乐见路迪的气飞也飞过来了,和他们并排浮在空中,而邦队长父子则先骑着气飞下去了。

下面一片模糊,什么也看不清,棱克强放了一只飞虫下去,过了一会儿虫子飞了回来。

"走,咱们可以下去了。"棱克强说着猛地一拍虫背,指挥它放气徐徐降落。

地面的景象渐渐清晰,只见一大一小两只獴兽正在喷吐着什么,又像在把四周白蒙蒙的雾气吹散,形成几十平方米的可见区域。

踏着扁气飞跟冲浪似的路迪,先跳了进去。

"别碰地上的蛾子!"棱克强这一嗓子明显喊迟了,冒失的路迪已经踢了地上挡路的蛾尸一脚。

她的脚立刻肿了。棱克强笑道:"路参谋,你脚真快啊!这些蚀骨蛾若不是被队长他们灭了灵眼,你半条命可就没了。"疼得直抽抽的路迪瞪了他一眼,只得坐下耗费精灵力去毒。

小乐跳下来,小心地绕开地上一个个脸盆大小的蛾尸,走到路迪旁边。棱克强则把地上干瘪成一张皮的气飞虫卷起来,收进大口袋里,边干边叨叨说:"外围的白雾就是刚才闻到的香味,都是蚀骨蛾发出的毒气。蚀骨蛾身上全是强酸毒,别一听百里香就以为是好地方……"

"强子,快挖!我们坚持不了多久。"一只獴兽下令,是邦队长的声音。

棱克强大叔闻言就地一滚,化作一只酷似考拉的圆耳鼠开始飞速地掘土,不大工夫,地面就被挖出了一个洞口,接着洞口不断扩大。棱大叔的速度奇快,尚小乐感觉跟看电视快进似的。

"通了,下面就是第一窟了。"考拉兽从一个比正常水井大三四倍的洞里爬上来。

小乐好奇地凑近往下看。这一看,让他头皮直发麻,地下爬满了手臂粗细的软体蠕虫,顶端还长着不少尖牙。

大汗淋漓的棱克强大叔已在洞口盘腿坐好,腿中间拢着一大块晶石,手中掏出一只黑色哨子吹起来。洞里蚀骨蛾幼虫开始随着哨声转圈,逐渐露出一小块空地来。

这边,那只小獴兽套着个螺形的虫壳跳了进去,在虫壳罩子的保护下开始挖第二个通道。

蚀骨蛾幼虫也是浑身剧毒,只有听觉和嗅觉。虽然邦队长家族天生不怕毒物,大多数虫又都被哨音控制,但挖洞的四儿还是会不时受到攻击,再加上虫窟内土质如铁板一般,所以进展速度很慢。

那边邦队长也快支持不住了,白雾毒气一点点地吞噬着可视空间。路迪也用灵力点燃事先准备好的木条,让升腾的黄烟抵挡慢慢渗入的白气。

小乐也想帮忙。他看着棱大叔手中的黑哨,猛然想起些什么,马上从背包里翻出一个很相似的哨子也吹起来。那正是当年树灵人湿族首领切下来的半截手指。

他这一吹,棱克强一愣,再看虫窟里的怪虫一只只全愣在那里,已经筋疲力尽的棱大叔不由得大喜。

接下来他就不喜了。因为这个人类小孩忽然丢了哨子唱起歌来,什么"啦啦啦,啦啦啦,我是卖报的小行家"之类,边唱边手舞足蹈。大叔撇撇嘴,这废人到底是中毒了。

被喂进去几只瞌睡虫后,尚小乐陷入了昏睡。棱克强喜滋滋地捡起他的指哨,用自己的灵吸"吻"了一遍,接着吹起来。小乐没想到的是,他的指哨被棱大叔改造后,在日后与虫族的大战中发挥了重大作用。

尚小乐清醒过来时,四周围黑咕隆咚的。这是哪里啊?难道这就到了虫王的地下行宫啦?

"小子,你醒啦?"棱大叔的声音,"没想到你这么快就醒了。"语气中有惊讶也有点小失望,他还想借着小乐昏睡多休息会儿。

他告诉小乐他们从第一窟下来后直接掉入第二窟。那是个专养多足虫的大泥潭,那些个剧毒多足虫(也就是蜈蚣之类),咬一口就得送命,平时他碰见了都得绕道走。好家伙,这里简直数不清啊!邦队长用废掉好几件他们从圣邑寻的法宝,邦队长父子还都受了伤。不过后来全靠他急中生智,挖通了潭底,他们才到了地宫。

棱大叔侃侃而谈,几乎忘了自己刚才差点在泥潭丢了小命。小乐听了不知是该庆幸还是遗憾错过了一次冒险。

棱克强接着说,东疆三大虫窟,每个窟都巨大无比,在地下重叠交错。幸亏邦队长选的路线只经过两窟,避开了最可怕的两极窟。两极窟中有两极虫,公的奇寒,母的奇热,那可真是冰火两重天。虫体可燃烧万物,有极寒冰焰还有熊熊烈火,想想都可怕……

小乐听得津津有味,感觉跟听故事一样。"故事大王"在结尾强调是自己历经艰险把昏睡的小乐一直背下来的。

小乐感激地看向身边的棱大叔,尽管啥也看不见。他还不知道自己身上的反影宝镜已经被大叔顺手牵羊摸走了。

休息这么长时间,棱克强终于回到了正事上。他问小乐有没有感应到灵虫阿奇,因为他俩现在离移灵塔很近了。

小乐摇摇头,黑暗中的棱克强倒是看见了,说道:"小子,你在我的铁甲虫群里待着别动,我出去探探路。"

铁甲虫群?! 小乐惊讶地伸手往前探,果然摸到了一大片跟麻将席一样紧密连接在一起的虫体。它们微微振动着。小乐恍然大悟,原来自己和棱大叔被包在一个由上千只甲虫结合而成的空心大球里。

"别乱动,你不像我们精灵人可以调整体温气息。我的铁甲虫群就是你的地下隐身衣,而且坚不可摧。一会它们会带你跟过来,到时候你要注意扒个呼气孔,别给捂死了。"棱大叔说完就钻了出去。

这个虫群围起的漆黑空间一下安静下来。尚小乐又摸了摸"麻将席",心想:虫谷的精灵人是要比雅苏姐姐他们厉害,不然矮大叔也去不了桃源岛。

二、双虫大战

正想着,突然铁甲虫一下贴在他身上。小乐还没来得及反应,就被包裹着向前翻滚移动。天哪! 他的口鼻全部被挡住,还真要被捂死了。

所幸很快就停下来,过了一会继续滚动。就这样时停时动多次后,铁甲球不动了,然后球中的少年就感到了外面巨大的震动,似乎什么东西崩塌了。

在连续巨大的震颤中,铁甲虫球蓦地被掀开一个口子。空间一下变大了,一只毛茸茸的小动物钻了进来。尚小乐在万分惊骇中,就听见棱大叔跟见到鬼似的声音:"太可怕了,虫王竟然、竟然有两个,而且它俩还在掐架,这种威力我从来没见过!快走,快走,地宫就要毁了!"棱克强正要驾驭虫群逃离,他那号称坚不可摧的铁甲衣就被一股巨力拍碎了。

一阵晕眩中,尚小乐被吸入一个亮白的空间中。

一种非常熟悉的气息,是阿奇!真的是阿奇!他和阿奇多年来建立的心灵连契也在瞬间连上。

原来小乐已被阿奇吸进了额上灵晶中,那里是阿奇身体里最安全的地方。它现在正在进行一场胜负难分的恶战。

对手现在跟阿奇的灵力不相上下。小乐从透明的灵晶中往外看,接着他看到了另一只几乎一模一样的"阿奇",那就是黑金虫王吗?阿奇的兄弟?

很显然这两只甲虫不是兄弟,在小乐毫无知觉中,它俩已经运用时空灵法对杀多次了。

"把那个带着五行石的人类交出来!"虫王的怒吼声。

"小乐,是你救了我,你带着五行石进来,帮了我大忙了。稍后再跟你细说。"阿奇心里的声音。

说着它就原地消失了。虫王正操控块块巨石砸将过来,好似高射炮打苍蝇,显然虫王的实战经验不行。

阿奇并不打算跟它纠缠下去,但虫王却能每每把它从空间通道里拖出来。

"既然这样,那你也进来吧!"阿奇把虫王拖进了一个新开辟的空间。

"你我同族何必自相残杀?"虫王喘着气的声音传来,"我可可以任命你为我的元帅,以后虫谷资源随你挑选。"

"你先把吸我的灵力还给我。"阿奇冷冷的声音。

"你身为虫族,为我效劳那是你的荣幸。跟着我,可以享受整个世界。"

小乐注意到对面那只虫王的身下正聚集越来越多的黑金甲虫,像拔地而起的小山一样把虫王逐渐抬高。

"小心,它在拖延时间呢。"小乐提醒阿奇。

"不要紧,正盼着它呢。"阿奇的声音竟透着喜色。

虫王召唤进来上千只黑金虫后,开始指挥它们向阿奇进攻。阿奇躲闪过几个回合后,它的身体荡漾开一波一波的蓝光,一只黑金虫接触蓝波后,马上也荡漾开蓝光,就这样一只挨着一只,仿佛传染似的,直到最后黑金虫王的身上也开始蓝光荡漾。

"怎么回事?"虫王大惊。

阿奇笑了。

"放!"尚小乐听到它大吼一声。

一时间,每只黑甲虫体都震颤起来,如同被电击一般。两秒钟后,蓝色波光消失。

"你?你……你到底做了什么?!"虫王的声音发抖。

"被夺走灵力的滋味不好受吧?"阿奇高高飞起。它对身体里的小乐说:"虫王现在的灵力只有刚才的千分之一了,它的灵力被那些个嗡嗡叫的手下瓜分了。"

虫王做梦也想不到,蓝幽灭空虫作为异世界的战虫,都是群体作战,在作战中互相帮衬,遇到部分同伴灵力消耗得比较厉害,它们就连接在一起,将集体灵力汇总再重新均分。

阿奇刚才用的就是这一招。

此招得以成功还有一个重要原因,那就是这群黑金虫跟灭空虫根本就是同一种族!

当日阿奇在迭翠峰结界见到佑忘尘放进来的那群黑金虫,不由得手足发软,误以为是那个人派来的,又见小乐被篆公救走了,便阴差阳错地跟着虫群来到了这里。

阿奇刚来就被虫王如获至宝般关在移灵塔中。由于阿奇在过空间裂缝时损耗了大量灵力,虫王等它恢复了大半才每天一点点地移走它的灵力,因为"吃"多了无法消化。

不仅是阿奇,黑金虫群中的大部分灵力都被转移到虫王身上。麻大师当初在建造地宫时就猜到移灵塔的作用,所以在临终前嘱咐邦队长他们一定要毁了此塔,不然黑金虫王会越来越强大。

移灵塔全部由五行源石堆砌,浑然一体的五行之力是一个牢笼,阿奇怎么也出不去,只能眼睁睁地看着虫王每天吸取它的灵力,直到背着那块劣等五行石的小乐从铁甲虫衣里滚到了移灵塔边。这座移灵塔阵,每一块五行石的排列位置都是固定的,绝不能多一块或少一块,尤其是正在运行中。任谁也想不到,小乐背包里这块多出来的石头,引发了整个"系统"的瘫痪,阿奇乘机逃脱。接着,在"两个虫王"的打斗中,移灵塔毁于一旦。

中了计的黑金虫王,已经没有能力再驾驭跟它灵力一样的手下了。那些个没有灵智的黑金虫一只只都飞离了这个空间战场,留下了大怒中的虫王独自面对灵力比自己高出百倍的阿奇。

聪明的阿奇及时封锁了自己的大半灵力,只留下小部分

"共享"。

虫王还是暴跳着不自量力地出手了。阿奇一招就让它接连在空中翻了几滚,跌落在地。

接着虫王只觉周围一紧,它已经被定在空气中。

三、全面崩塌

阿奇飞过去,小乐也近距离看清了虫王的长相。这虫王的鼻子没阿奇长,头上没有灵晶和触角,似乎还有张很小的嘴。

"你到底是谁?这种甲虫不可能会有灵智,也不可能知道用五行源石?"阿奇问一动不能动的虫王。

"嘿嘿,那你又是谁?你和你身体里的人类小孩是什么关系?"虫王狞笑道,"你告诉我,我就告诉你。"

阿奇顿了一下,灵晶里的尚小乐已经把虫王要发动"世界大战"的事告诉了阿奇。在停顿的半秒钟内,它已经尝试了各种方式灭杀这位虫王,但均以失败告终。

"咱们兄弟不打不成交。"虫王知道阿奇杀不死它,连说话的腔调都变了,"你放了我,咱们一起做这个世界的主宰。虫谷的资源早已不够虫族享用,向外扩张是迟早的事。我已经挖通了所有的赤晶沙漠,虫族大军可以到达每一个国家,到时候,只要你我一声令下……"

忽然,虫王发现自己发不出声了。它已经被阿奇彻底封在"照片"里,而且"照片"还在持续加固中。

差不多一刻钟后,阿奇带着小乐离开了战斗的空间。它把虫王照片留在了那里。对于杀不死的魔头,只有封印。

当小乐透过阿奇的灵晶又看到外面的世界时,这座金碧辉煌的宫殿已经摇摇欲坠,到处在断裂、崩塌,还有四散逃窜的虫兵。他坚持要阿奇带大家一起逃生。很快,他俩就发现了满身土石灰的邦队长父子和棱克强。

"等等,还有几个人!"知道要被营救的邦队长大喊。

接着小乐就看见躲过玉柱倒塌跑跳着过来的路迪,紧跟她身后的还有个肩生骨刺的年轻人,怀中抱着的正是精灵女王雅苏。

尚小乐再定睛一看,那个年轻人竟然是——伦多大哥!

伦多大哥到底没有叛变,他们还成功救出了雅苏姐!小乐正惊喜中,一道刺目白光突然射过来,小乐惊得大叫一声,直接被震出了阿奇体外。

"嗯?你不是它!"不知从哪冒出来的一团耀眼亮光中传出惊讶的声音。但随即它对着甲虫阿奇又射出一道闪电,同时恶狠狠地喝道:"快说,那只跟你长得一样的妖孽在哪?!"

眼见阿奇被古怪闪电连续攻击,根本无还手之力,棱克强麻溜地把被震得眼冒金星的小乐驮起来就跑。地宫正在全面崩塌,几个精灵人只有放弃阿奇,朝还未塌方断裂的地方逃生。

忽然就听路迪一声尖叫,前方地面塌陷下去,地底褐色的强酸暗流涌了上来,发出刺鼻的气味。众人再一看,前后左右都是强酸流,他们现在站的地方俨然已成了"孤岛"。

"不会的,一定有办法!大长老的预言不会在这里结束!"怀抱雅苏的伦多大吼道,汗珠从他额上滚滚而落。

他的话音尚在,就听轰隆一声巨响,宫殿的天花板塌了,随之落下的是无数光芒闪烁的蓝红亮点。

"啊！两极虫！"正攻击阿奇的亮光中发出惊恐至极的声音。众精灵人更是面如死灰。在这万分危急的时刻，尚小乐倒清醒过来，看见这团闪灵像个没头苍蝇一样，四下乱撞，最后逃之夭夭。

脚下的"孤岛"正在不断缩小，头顶的裂缝还在扩大，更多的两极虫坠落下来，眼前到处是崩塌和毁灭的景象。濒临绝望的精灵人背靠背地聚拢在一起，等待命运的结局。

在这命悬一线的时刻，尚小乐不由自主地握紧了拳头，桃源主人给他的保命印记凸现出来，他犹豫着，最终大喊一声……

几秒钟后，还在眩晕中的几个精灵人勉强站起，惊喜地发现他们已经离开了那个即将覆灭的"孤岛"，虽然还在地宫，但就周围摇晃的动静看，暂时还算安全。

棱克强摸摸还在发热的头顶，看见小乐坐在地上，手上托着几乎没有生命迹象的甲虫阿奇。

就在刚才千钧一发之际，小乐放弃了自己逃生，大喊的是"阿奇"。而阿奇这个最忠实的朋友，拼尽了自己仅存的一点灵力，把大家救到地下宫殿的边缘处。

小乐默默把阿奇放进自己的口袋。此刻最难过最后悔的却是路迪，因为那害了阿奇的白光闪灵，正是她无意中放出的。邦队长父子在钻开通往牢房的层层封锁时，路迪就跟在后面。一个从石壁内飞出的，由彩色光带环绕的美丽液体小球引起了她的注意。好奇的她冒失地开了灵吸去一探究竟，结果小球立刻爆裂开，一道炫目白光一下窜出，在骇人的大笑声中，几乎撞碎了那里的所有石壁,造成一片混乱。

当时黑金虫王正在跟阿奇激战,根本无暇顾及。后来伦多出现,乘乱带大家救出了雅苏女王。

邦队长也清楚那团亮光生命体是他们劫狱的副产品。能跟精灵女王差不多级别被虫王关在这儿的,一定非比寻常,出去后指不定会搅起怎样的血雨腥风。眼下就折了这只空间灵虫,断了他们的最佳逃生之路。

全面崩塌还在继续,大家脚下都感受到强烈的震动,整个地下宫殿正在慢慢陷入强酸流中。目前要赶紧找到通道出去,先前麻大师说的寻找通道方法已根本不可能实施,所以说计划没有变化快。好在棱克强在进入地宫时已经放出飞虫去寻找六个通道口,只是暂时还没有消息。

四儿站在父亲身边,敌意地望向伦多——那个半路抢劫,夺走另一只换毒蛛的贼人。要不是刚才精灵女王力证伦多是自己人,他真想教训他一顿。现在,那人正在用精灵力救他的女王。

雅苏女王是在挣断一条捆缚她的灵力绳索时被震晕的。小乐走近一看,雅苏姐腰上似乎缠着一道淡淡的绿荧光,这让他想起了万圣国洄流之夜在山洞里见到的那棵"大柳树的柳条"。莫非这里跟万圣国有某种联系?

这时一个棕色的木头脑袋好奇地凑过来,小乐吓了一跳。他们的队伍里不知何时多了个小个子的树灵人,一开始倒没瞧见。

这个一米来高的小家伙是个湿族树灵人,头上顶一个木盆,里面还有些许清水。在小乐的询问下,他眨巴着小眼睛扭捏地说自己是多伦安排照顾精灵女王的,可以叫他小盂,要跟他们一起回精灵大陆。小乐看他,真像个带着盆的双脚脸盆架。

"脸盆架"正说着话,就听咔咔的连声断裂声,头顶的石块土方纷纷落下。这时,棱克强那边消息传来,他的飞虫已经找到了仅存的两条通道,就在附近。大家立即向通道跑去。

很快,几人就站在了两条黑黝黝的通道前。

阿奇拼命把大家带到的地宫边缘,地势比较高,真通道也就在这一区域。因为假通道下面就是强酸暗流,极易陷落。所以面对现在仅剩的两条通道,一定有一条是真的,但另一条走进去就会万劫不复。

"队长,让我的虫子先去探路。"棱克强说。

"来不及了。"邦队长看了一眼身后渐行渐近的褐色强酸流。

"四儿,探路!"邦队长下令,口吻不容置疑。说完他就地变身为一只獴兽,四儿也立即变身。

"强子,如果我回不来,你知道该怎么做!"邦队长这句话抛过来时,一大一小两只獴兽已经迅如闪电般地跃入两个通道中。

十来秒后,当邦队长在黑暗中嗅到外界气息,确定他进入的是一条真通道时,顿时脑海中嗡地一下,随即锥心裂骨似的疼痛如风暴般袭来。既然他这条通道是真的,那么他的四儿,他最爱的孩子就永远也回不来了。

他强忍着悲痛又飞速返回,告诉大家,出路——找到了!

"队长,四儿他……我,我怎么着也要去把他带回来!"棱克强哽咽了,说着就朝另一条通道奔去。

邦队长一把拖住他。"快走!"邦队长的声音异常冷静,"只有我们胜利了,四儿才不会白牺牲。"

此刻,地面开始剧烈震颤,巨大的石块砸落下来,八级地震也不过如此。众人在邦队长的带领下顺着真通道拼命往出口跑去。

通道很长,每隔十几米的泥土壁上就嵌着块晶石,发出白蒙蒙的光。

数分钟后,跑在最前面的邦队长突然停了下来。原来前方出现一道类似蛛网的关卡,蛛网上趴着的却不是蜘蛛,而是十数条蛇状虫,每条蛇虫身上的丝丝金线时隐时现。

"这是金枪蚓。"紧跟几步的伦多悄声说,"它们守的应该是出口关卡了。不要惊动它们,我有通关口令。"

这种名叫金枪蚓的蛇虫,拥有部分灵智,可以瞬间硬化成枪矛刺向敌人,而且它们是成群守卫,一旦攻击起来,会越聚越多。虽然伦多知道通关口令,心里还是没有底。

通道正在逐渐下沉,时间紧迫,几个精灵人略微商量一下,决定这么做:

由路迪化作一个虫兵走在最前面,旁边是不起眼的小盂,接着是抱着雅苏的伦多,棱克强和邦队长抬着小乐跟在最后。如果盘问起来,就说奉了虫王之命将生病的囚犯带出去医治。

"口令?"当路迪率队走到蛛网前时,一条金枪蚓口吐人言。

路迪对着几条瘆人的蛇虫,沉着地说出多伦告知的简短口令。之所以要她变化后来说,是因为所有的口令都只限虫族之间。

只见几条蛇虫弓起身子,缓缓拉开蛛网,就要给他们放行。

小乐轻吐了一口气。

突然,变故生!

"气息不对!你不是虫族!"一条金枪蚓叫道。随即路迪的前胸就被一根金线枪刺穿。另一金枪蚓也僵变为枪刺入邦队长的眼中。邦队长立即变形,一扭头咬断了这条蛇虫。

在大伙猝不及防下,金线蛇虫们已经发动了攻击。

一时间,数不清的金枪蚓从通道里钻出,好像早就埋伏在那一样。大家各自拿起武器,开始拼命斩杀,但似乎越杀越多。

已经浑身鲜血的路迪额上灵吸光华流转,浑身散发出微弱的光芒。她一边用匕首斩断蛇虫,一边对伦多喘息道:"你,你快带陛下走!"

棱大叔到了此刻,也已将生死置之度外,大喊道:"队长,你们快走,我来断后!"说着把一个小口袋抛给了邦队长。

伦多收了骨刺,一缩身体,形变为一只硬甲兽,把雅苏和小乐拢在怀中,自己团成一个球,开始突围。

这种逃跑方式几年前小乐在绿夜森林就见识过,但这回不同的是他们还需要应付来自四面八方的投枪袭击。

强酸流开始涌入通道,那些金枪蚓死守命令,毫不退却。借助强酸流的杀伤力,伦多终于左突右闪,带着雅苏和小乐逃出了地宫。随后出现在地面的是身负重伤的邦队长。树灵人小盂竟然也逃了出来,可能在金枪蚓的眼中,他只是个行李。

尚小乐坐在地上,虽然穿着小蓝波送的宝贝背心不至于受伤,但心里十分悲痛,因为那些没出来的伙伴,尤其是小时候就认识的精灵路迪。为了这次营救,他们付出了惨痛的代价。

失去了一只眼睛的邦队长望向渐渐凹陷下去的地面,断后的人还是留在了后面。

"我们快走!"伦多抱起雅苏,急急地向大家招呼。

"走!动静太大,追兵必至。"邦队长立刻响应。

但很快,他就发现自己反应迟了,一大群半人高的黑蚁围了上来,为首的是几只魁梧的人形蚂蚁。

"蚁王,好久不见!"伦多竟冲一个青甲蚂蚁人先开口了,看来两人认识。

"伦多,你别怪我,职责所在,你们走不脱。"黑蚁王说。

"兄弟,你就甘心被它驱使?"伦多更进一步,继续道,"那么多蚁族弟兄的尸骨为它开道铺路,它却把没及时收回精灵大陆五行轮的责任算到你头上,公平吗?!"

"我这次跟着它,探得了一个大秘密,是关于你们蚁族……"伦多继续走近。黑蚁王见他抱着精灵女王,也没做多想,突然,一根骨刺就刺在了蚁王的大腿上。

"兄弟,对不住了。"伦多小声道。

"你?!"黑蚁王惊愕倒地。其他蚁兵赶紧过来护卫它们的蚁王。伦多已经化形为兽,带着雅苏蹿出去老远了。

那边邦队长趁这当口,已从棱克强的口袋里倒出所有的气飞虫。气飞迅速膨胀,几十只聚拢在一起,虫足彼此勾连,形成一个硕大的飞行气垫。

黑蚁们眼睁睁地看着几个精灵人上了气垫,越飞越高,越飞越远。由于它们的蚁王被刺伤后昏迷,没有下追捕命令,而它们跟金枪蚓一样,是最服从命令的虫族。

"伦多,我欠你的情这次还清了,希望你好运吧!""昏迷"中的黑蚁王在心里说。

气垫飞得很平稳,负伤的邦队长和伦多开始静静地用各自的精灵力疗伤。雅苏躺在气垫上,依旧昏迷。

"快看,那是什么?!"顺着小乐手指的方向,一群绿色飞虫正包裹着一个精灵矮人朝他们飞来。"是棱大叔!他还活着!"这个少年高兴得大喊。

棱克强也确实命大,最后关头,是小乐的反影宝镜救了他。

大伙还没高兴多久,就发现跟在棱克强后面的还有一大群嗡嗡作响的飞行体,距离较远,看不大清。

"是膜翼军团,快加速!"伦多变色道。

"棱大叔,你快一点!"尚小乐急得大喊。

棱克强周围的"绿云"明显加速,遍体鳞伤的棱大叔终于被小乐等人拉上了气飞垫。

但就这点耽搁,后面的"机群"近了。那是一只只面目狰狞的长翅飞虫,大部分酷似蜻蜓,有一两米长,其中还夹杂一些人形飞虫,跟小乐曾经在巨灵山庄见过的很像。它们排着某种整齐队形,感觉训练有素。

眼看就要被追上了,邦队长当机立断,在确定风向后,额间灵吸大开,将先前在百里香虫窟吸的毒雾尽数喷出。毒借风力吹向"机群",那些个膜翅虫族的眼睛最为敏感,不多时,就有不少飞虫"坠机"。而棱克强也操控他的气飞虫猛地位移下沉,与膜翅军团又拉开了一段距离。

可惜那些个嗡嗡作响的家伙很快又跟了过来。棱克强已经令飞虫在前拉动气垫加快速度,开足了马力。

突然,就听噗的一声,外围的一只气飞虫被什么东西打穿了,接着是一只、两只、三只。擅长控虫的棱大叔慌忙让受伤的气飞虫脱离气垫,同时驾驭整个气垫高低左右躲闪,躲避攻击。

膜翅飞机发射的子弹竟然是一种速度极快的长着尖嘴的小飞虫,跟飞镖似的,差点被颠出气飞垫的小盂身上就插了好几个。

尽管气飞虫带着众人玩命躲闪逃跑,飞镖般的小虫还是不断射来,十分钟不到,气垫就只剩一半。

"这样下去可不行,咱们也得反击啊!"棱克强抱着脑袋叫道。

可惜精灵们在空中没任何优势。"得想办法让它们减速!"投掷了全部骨刺的伦多咬牙大喊。

"减速,减慢速度……"有了,小乐脑瓜里猛地想起叶真留给他的一包特悠土,没准可以让"敌机"速度慢下去。

只要沾水就能用,小盂头顶就有现成的水!趁着最前排膜翅飞虫"子弹"打完开始下飞,第二排还没跟上来之机,小乐把一大块特悠土放进小盂头上的木盆里。接着伦多跟邦队长用精灵力"抱起了"小盂,然后就见特悠土的泥点像漫天雨水般洒向了膜翅军团。

也就几个眨眼间,"敌机"果真减速了,甚至连嗡嗡声都慢了下来。耶!小乐挥起了拳头。

又过了一会,还有几架"敌机"没甩掉,特悠土还有一些,水却没了。小孟气喘吁吁地说:"把我倒立起来,我憋会儿就有了。"小乐虽然觉得这姿势取水有些别扭,但到底成了,再也没有敌机能跟得上来了。小乐他们大获全胜。

而雅苏女王也在大空战的颠簸中渐渐苏醒。气垫终于飞离了东疆,邦队长他们的地盘近在眼前。

一滴鲜血落在小乐的手边,接着又是一滴,小乐吃惊地抬头,鲜血顺着伦多大哥的口鼻流下来。

"你几时受的伤?"邦队长惊道。

"是我的时间到了。"伦多轻轻一笑,"可惜不能陪你们回去了。"

原来虫王给他下了一种蛊毒,只要远离虫王,就会慢慢毒发。他又用换毒蛛把雅苏的毒移到自己身上,现在毒虫们正在撕咬着他的肺腑,已经无药可救了。

伦多微笑着亲吻了雅苏的手,做最后的告别。他的额上灵吸大开,身上发出微光,俊美整洁,一如小乐初见他时的模样。

"永别了,我的陛下,要记住我最美好的样子。"伦多说笑着转向惊悲中的小乐,"小乐,我要代我叔公向你说句对不起。他……"伦多声音一哽,想来体内的剧痛已不容他多说。他再度用力稳定了身形。"再见了,各位,认识你们很高兴,胜利必定属于我们!"说完,在小乐的惊呼中,伦多纵身一跃。他展开双臂,像鸟儿一样在空中翱翔、坠落。

小乐急求邦队长他们赶紧派飞虫去救伦多。雅苏流着泪阻止了,这是伦多最后的选择,要让他自由、潇洒地离开。

"多想再看一眼精灵城,闻一闻草原青草的气息啊!"风中的伦多慢慢闭上了眼睛。

从雅苏的口中,众人才知道伦多为了精灵大陆所做的一切。他悟出了大长老给他的遗言中"向死而生"的含义,带领家族叛逃入虫谷,并凭借自己的聪明才智成为虫王的幕僚之一。他心甘情愿地服下了虫王的蛊毒,获得虫王的信任,参与到不少计划的谋划中。正是他向虫王推荐了对五行能量最熟悉却又消极怠工的黑蚁部队去看守五行轮,结果计划在最后几天功亏一篑,让虫王懊悔不已。

他把雅苏骗来的目的就是要与她合计谋划,却被虫王发现。为了巩固信任,更为了完成使命,他向虫王告发了雅苏,再暗中帮助路迪逃跑,直至最后寻找机会救出大家,用自己的"死"来换取雅苏乃至整个精灵大陆的"生"。

他把虫王发动侵略的部署、各虫族的弱点优势、可以策反争取的关键人物等所有情报都告诉了雅苏。最重要的是,他把虫谷通往各地的密道位置与大致结构全部刻在小盂头顶的木盆中。

雅苏所听的大长老遗言后半段除了告诉她真灵之血的用途外,还让她一定要"知敌制胜"。她原先以为诡域中最大的敌人是龙山、恶灵国,后来才明白,应该指的是虫谷。因此她才会冒险前往,完成了和伦多的交接。

关于伦多的道歉,小乐也是后来才知道。当年同大长老一起送他们去无尽海的两个精灵族长老中有一位是伦多的叔公,他跟呐风一样,被加楠尊者要挟,又希望能通过加楠尊者的关系,在诡域入侵时保住自己的家族,所以他在传送时动了手脚,让小乐一行人误打误撞地进了幻象国。可惜后面在诡域修士们对精灵大陆进行群猎时,加楠尊者根本就自身难保,一直为加楠做事的伦多叔公肠子都悔青了。化尘前,他对伦多讲出所有的事,嘱咐伦多一定要保住家族,护卫精灵城。

第八章　尾声

一、重生与重逢(上)

当尚小乐再回到桃源岛时,山水蓝波已经嘟着小嘴,早已等得不耐烦了。

小乐在安全到达土精灵的营地后,就带着重伤的阿奇告别离开。由于虫王短期内从封闭空间内出不来,精灵们都可以放心休整一段时间。

"小乐哥哥,你看看他是谁?"蓝波儿兴冲冲地把尚小乐拉进流云轩。清雅的古树下,坐着一个安静的年轻人。小乐一眼就认出了那个熟悉的身影。

"师父?"惊呆后的小乐脱口而出。

"小乐?！是你吗？你都长这么大啦!"那人迟疑了片刻,接着一下站起,惊喜至极。

他,正是周天,周师父！

"师父!"小乐扑到周天的怀中。周天同样喜极而泣。

接着,在山水蓝波故作高深的讲解中,小乐终于知道了师父是怎样"死而复生"的。桃源主人在召回了真正的妙通盘后,利用妙通盘的能量回到了周天遇害的那天。他只是简单地暂停了时空,再将周师父刺向自己最后一刀的位置偏离了一厘米。就是这一厘米,既没有改变历史,又可以将周天从死局里救出来。

小乐听了心里感慨:桃源主人是个诚信的好神仙。

眼下,这位好神仙正在闭关修炼。据蓝波说,他是想让云见师兄重塑新身。小乐他们的愿望实现只有等他出来了。让小乐高兴的是,阿奇被蓝波用花蜜抹过之后,也好了些,目前正在静静地恢复中。

师徒俩坐在花香氤氲、云雾缭绕的园中聊天。小蓝波早不知驾着万海珠到哪玩去了。周师父本不是个话多的人,但他的一番话却让小乐有些吃惊。因为他决定不回他的时代,就地放下一切,开始新的人生。

"逝者已矣,生者如斯。"周天感慨道,"桃源仙人对我说,如果我回去,很可能就改变了历史,牵一发而动全身,可能现在的人类世界也会发生改变。不如忘却旧事,借重生而新生。"

周天告诉小乐,仙人在闭关前,让他在玉屏上看到了他在灭门那夜落水后发生的事,了了他的心愿。

原来追他的蒙面人并不是要他们父女性命,而是为了找一个什么南摩宝珠。那东西他听都没听说过,可能是王孙身份所累,闹了个大乌龙。他们父女跳江后,那些人也跟着跳下去,还把他的铃儿救了上来。因此周天猜测追他的和杀人的是两拨人。

铃儿被送给一户殷实人家收养。他看着他的铃儿无忧无虑地长大成人,然后嫁人生子,在岁月中慢慢变老,最后安详地走完了平凡安乐的一生。

周天忽然感到,在时间的长河中,人的一生一世是那么微不足道,就好像跟整个宇宙相比,日月星辰都是那么渺小。

小乐听师父这么说,觉得他特像个哲学家。

接着,小乐跟"哲学家"讲述了他后来的种种离奇经历。周天听了也是感慨不已。

流云轩不分昼夜,小乐饱餐一顿桃花酥后还睡了一觉,直到他被蓝波儿摇醒。

小姑娘略带兴奋地告诉他,现在外面到处都是虫灾,虫谷的虫族竟然能穿过赤晶沙漠,侵略所有的国家。眼下各国的元首们都准备去海天柱里开会呢,商量对付共同的敌人——虫子!精灵女王也被邀请了,蓝波说小乐去了还能当精灵语翻译,所以非拉着他一起去。

很明显虫王解除了阿奇对它的封印。小乐反正也无事,于是便同蓝波一起,再度离开桃源岛。

他俩先回到五行城,再和山水言及另几个五行城高层一起乘坐海天国胶囊舱,来到海天柱会议中心。

透过海天柱往下看,海天国的景象着实让小乐吃惊不小。下邦天海国完全是一片狼藉。山水蓝波道:"就前几天,天海国不知从哪里涌出来无数虫子,全是大蚂蚁,见什么咬什么。海天两邦只好联合起来,从上邦引下海水,把地面的虫子全淹死了。"

这下连海天这个与世隔绝的国家都不得不重视虫灾了,于是组织了历史上绝无仅有的会议。

小乐他们来得早,离会议开始还有些时间。不过,关于虫灾的事倒听了一耳朵。除了幻象国、雪国、罗格城堡外,各国都深受虫害。就像棱大叔说的,数量就能压倒一切,庞大的虫群所过之处,几乎寸草不生,这边的灵力功法都快耗尽,那边的虫子还是源源不绝。悠悠国已经全部沦陷,甚至连巨灵山庄都割出一块地方给虫子当粮仓,换得暂时太平。有人谈到跟膜翅虫族的空中大战,至今都心有余悸。小乐想,敢情他们上回遇到的膜翅军团,其实就是毛毛雨啊!

另外就是虫子的狡猾,它们竟然在赤晶沙漠底挖了通道,四通八达。听说为了抵抗赤晶磁力,通道全部是用虫尸一层层堆砌的。它们在跟五行城、圣邑、彩虹国交战时,抓了不少中低阶修士,然后又放了这些俘虏,其实是在每人身上都放了寄生虫,结果这些人回去后,各国又得大伤脑筋对付那些恐怖的寄生虫。

虫谷与各国的大型战役这一年来就发生了好几次。彩虹国的极乐盛光曾扫荡过虫谷,可那些狡猾的家伙大多躲在地底下,因此损失并不大。几大国的高阶修士不分种族联合起来,和虫族大军团战,各有胜负。目前双方进入一种对峙与零星战局面。虫族想转入持久战,它们的繁殖力完全跟得上,而其他国想速战速决,永久灭了虫患。

二、重生与重逢(下)

不久,圣邑的人也到了,除了郑晴外都是新面孔。听郑晴说新邑主还未选出,圣邑现在由几宗宗主组成战时指挥组共同执政。箓公自上次迭翠峰一役后就再没消息。小乐心想,没消息也算是好消息。

会议快开始时,精灵大陆的代表来了,全是熟人。也不知海天柱的会议大厅用了什么磁场,精灵人在这里依旧保持人形。除了精灵女王雅苏、长泽大哥外,还有树灵人亚萝和鸣赛兄妹俩,而且亚萝已是树灵人的总头领了。

小乐后来才知道,锦族树灵人原是五行城部分木系修士的后裔,但他们选择精灵大陆生存修行已有数千年。五行城现今的木系高层对他们并不认同。同时,亚萝他们也不认为自己是诡域后代。所以,最后被五行城以及她依附的虫族都抛弃的加楠尊者,在极度郁闷中辞世。机关算尽,不过如此。

精灵大陆目前情况还不算太差,虽然虫族想把精灵大陆变成第二个虫谷,发动了几次大袭击,但在雅苏的指挥下并没有占到多少便宜。树灵人由于损失惨重,数量锐减,所以在作战上归精灵城统一指挥。

会场上的人族精英原是瞧不起这些来自蛮荒大陆的土著,但当精灵女王发言后,所有人都觉得,海天国邀请他们来参会太正确了。

雅苏女王提出了全面战略反攻方案:先挑选能够适应黑暗作战的战士组成先锋军从各国地道进入虫谷,然后各地全面封死或毁掉虫族挖过来的地下通道,接着地上、地上发动总攻,在虫谷消灭敌人。

与会的首脑精英们起先不以为然。他们都曾封过虫族大军的地道出口,但它们又会从其他地方冒出来。当雅苏拿出虫谷的主要地道图时,全体静音。原来虫族会从赤晶沙漠地下挖出一条到某国的主通道,然后在主通道上任意挖其他出口道,所以会造成侵略时多个通道的假象。只要捣毁了通往该国的主通道,那么就算不能反攻全胜,至少也阻止了虫族的进攻。

有人对地图真假提出质疑。

"这是我们的一位英雄用生命换来的,你们可以验证。"雅苏女王从容坚定地回答。她接着说了她所知的关于虫族的一切。虫谷不是铁板一块,有很多可以利用的力量,比如当地的精灵人、游击队、那些厌战的虫族等等。担任翻译的小乐也说了他前不久在虫谷的经历。

这些情报太有用了!与会的都是高层精英,很快就制订出一套初步实施方案。就在这时,不知从哪里钻出的一大群飞虫开始袭击海天柱,撞击得透明厚重的海天柱壁沙沙作响。海天国领导人不得不宣布会议提前结束,建议各国先按方案回去准备。

尚小乐与精灵人告别后,就准备同蓝波他们离开。

"尚小子,借一步说话。"一个阴戾刺耳的声音传来。说话的是个穿黑披风的秃顶男人,一个鹰钩鼻几乎遮住了半张脸,他像个幽灵一样突然飘到小乐的面前。小乐一看,吓了一跳。是他?!那个像时廷的鸟人,还是就是时廷变的?小乐慌忙把目光收回,不敢再看。

"你想怎样?"山水言语气平静,面色如常,但明显有护着小乐的意思。在海天国一般人用不了功法,但对山水言和鹰鼻人来说,冲破束缚,也不是太难的事。

"山水城主不必多心,本座只是想问这小子一件事。"鹰鼻人冲着小乐,打着哈哈说,"你刚才是不是说你见过虫王,还觉得它不是开了灵智,而是有人占据了它的身体?"

"是的,是我的灵虫说的。"小乐实话实说。

"你的灵虫?是什么虫?它凭什么这么说?那虫王还说了什么?有没有提到万圣国和圣皇殿?"鹰鼻人接连提问。

"可以了,我们要回去了。"山水言有些愠怒。

小乐也摇摇头,表示他一无所知。

"最后一个问题,呵呵,我弟弟时廷是你和一帮人杀的吧?"

小乐心里咯噔一下,原来是怪鸟时廷他哥,难怪那么像。来报仇来了?!

小乐紧张出汗的表情已经表明了答案。

鹰鼻人咧嘴一笑,说:"是你杀的也没关系,他本就是圣殿叛徒。我还要谢谢你们把他的头留下来,我还可以继续用他的眼睛看巨灵山庄的情况。"

说完,他黑袍一抖,化作一只秃鹫般怪鸟,展翅一个盘旋就在海天柱内凭空消失了。

小乐心里打了个寒噤——这是怎样的兄弟啊,太可怕了!

"没想到海天国竟让此獠来参会!"一位五行城长老仇视地鄙夷道。

蓝波告诉小乐,这个丑八怪名叫时易,是恶灵国第一恶人。他先和虫谷联手攻击大伙,现在却被虫族打得最惨,活该!

小乐前后一想,诡域这事算整明白了。原先是恶灵国、虫谷和圣邑联合想瓜分大陆,接着圣邑先被踢出去,然后就是恶灵国。虫王才是最大的阴谋野心家,凌汉霄和时易都被它耍了。

等小乐他们返回五行城后,山水言又把蓝波和小乐赶回了桃源岛。小乐觉得有点可惜,不能去看精灵和人类的联合大军

677

与虫族大战了。在他的想象里,一定同《指环王》电影里的场面一样激烈壮观。

三、阿奇的秘密(上)

这次离开的时间,不过为桃源岛中一片花瓣从树梢飘落至地面的时间。周天从园中走来看见小乐,还以为他刚刚睡醒,微笑着说:"小乐,准备准备,我们可以跨时空去救你妈妈,然后回家了!"

周师父告诉他,桃源仙人已把剩下的两片龙纹花瓣给了两个花奴小童,可以随时帮他们实现心愿。

小乐当然高兴,来这异世界这么久,终于要得偿所愿啦!只是在这欢庆的时刻,阿奇却不见了。他睡醒时没留意,现在根本联系不上它,甚至连蓝波也感应不到阿奇的存在。小乐忽然有一种不好的预感。

周天沉默了一会,低头黯然道:"阿奇它走了,回自己的世界了。"

"什么?!"小乐不敢相信自己的耳朵,"什么时候的事?师父你逗我的是不是?!"

"就在你睡着的时候,阿奇和我一起去找了仙人,然后它就离开了。"

小乐还是不相信,以前最艰难的时候阿奇都不离不弃,现在光明就在眼前,它竟会不辞而别?

"阿奇有什么话留给我吗?"小乐的声音无比心伤沮丧。

"嗯,它说……说无论它在哪,都会看着你成长,永远无条件地爱你、支持你。小乐,你要努力成为一个了不起的人,不要让它失望。"

"那只虫子真这么说吗?"山水蓝波怀疑地看着眼前这个才从照片里出来没多久的人类。下一秒她就进入了他的大脑,开始窥探他的心理。

就见蓝波小脸上的表情由狐疑到震惊再到感动与同情。她瞟了小乐一眼,学叶真来了句:"这可怜的孩子。"

小乐看到蓝波的表情,就知道师父有事瞒着他。问师父,师父不说。蓝波也不知该咋说。原先蓝波总拿阿奇的秘密要挟它,其实她并没有探到真相。如今她知道真相,也太难以置信了。

"小乐哥哥,我带你去找阿甲,你自己看刚才发生的事吧。"蓝波说。

因为阿奇跟周天能去见桃源主人一定需要阿甲带路,也就是说阿甲也看到了"真相"。聪明的小蓝波马上想到了阿甲的记忆播放功能。

双髻小童阿甲在滑草比赛后的"大屏幕回放"小乐是见识过的。现在的阿甲,虽然气势不再,脑筋也不甚灵活,但天赋技能却提高了。他在弄懂蓝波的意思后,伏地又化作粉白桃花小兔,晶亮闪动的大眼睛看向小乐他俩,只一瞬,小乐和蓝波便进入一个全息式的影像世界。

小乐只觉得自己忽然像遨游在浩瀚幽深的宇宙太空中,四周星辰闪烁,发出柔和温暖的光芒,仔细看却似星非星,而是一个个美丽灿烂的光团。这,难道就是桃源主人闭关修炼的地方?

"哇哦,乱星空比我上次来的时候美多了呀!"站在小乐身边的蓝波不禁赞叹道。

她告诉小乐,乱星空是师父修炼时空法则的地方(她给起的名字),是由妙通盘开辟出的一个新的空间界面。这里是很多时空的组合,每一个像星星的光团都是师父抽取的时空片段。

小乐正看得万分惊奇,就觉自己一下跃入一个很大的光团中,忽然,他就身处一个激烈血腥的战场中,漫天奇形怪状的飞矢向他射来,把这少年吓得啊的一声。小蓝波笑道:"别怕,这些都不是真的。这些都是阿甲看到的,是他的记忆重现。"

这完全是真的啊!5D立体成像也不过如此。再一看,竟然是邦队长的游击队正在跟虫族激战。雅苏姐不幸被飞矢射中,危在旦夕。接着是邦队长他们全部战死。雅苏姐不愿被俘,释放出全部的精灵力与几个虫兵同归于尽。小乐看着直跺脚,干着急。这是什么时候的事?!好像是在虫谷啊?

紧接着,整个空间的影像仿佛被人倒带一样,开始一点点往回放。当倒回漫天飞矢时,一股狂风卷起,吹散了空中的飞虫军团,邦队长和雅苏他们得以逃脱,接着,邦队长护送雅苏从密道回到了精灵大陆。

这下,连蓝波都傻眼了。因为阿甲看到的都是真实发生的事。"我晓得了,师父改变了历史。"小蓝波瞪圆着眼睛,一字一顿地对小乐说。

小乐也明白了,如果那张伦多用生命换回的地图不能在海天会议上出现,那么获胜的就将是虫族。桃源主人一定是不愿意看到这个结果,所以让时间倒流,改变了当时发生的事。这个世界说不定被虫族毁灭过一次,然后被桃源主人在关键时间节点上扭转,重启。两个孩子惊悚地对看一眼:果然是掌握了时间,就掌握了一切。

桃源主人在乱星空中,功力一日千里地飞跃着,再度成为改天换地、斗转星移的鸿蒙大神!

下一秒,他俩,应该是当时的阿甲已飞出了光团。他朝身后看看,似乎在等待着什么。

不远处,满身星辉的周师父出现了。

在周天的认知里,那些得道成仙的人可以凭虚御风,可以变化万象,但眼前的宇宙星空与后来发生的事均已超出了他的想象。

甲虫阿奇静静地飞在他旁边,脸上同样露出不可思议的表情。与其说它带着周天来找桃源主人,不如说这位大神早已预料到他俩的到来,而让小童阿甲带路。

仿佛一种无形的力牵引着,周天和阿奇漂移至阿甲身边,便不能再动。周天刚想问桃源仙人在何处,能不能让他们回家时,就觉得一种"声音"进入了他的脑海。

确切地说,不是声音,而是一种语言文字,直接表达出此空间主宰者的意思:你们的来意我已知。现在龙纹花瓣对我已无用,都可以给你们实现愿望,具体的可让阿甲操作。

周天激动地倾听着来自宇宙的声音,觉得这位鸿蒙大神无处不在,可能已和此星空融为一体。

阿奇的目的也达到了,于是便同周天告辞准备离开,似乎有一件万分紧要的事要去做。

这时,远处几个光点像流星一样划过天宇,接着,依次落下,将定在那的两人一虫包融其中。

周天只觉四周场景立变,似乎换了时空,好像是在机场,身边人来人往,但谁也看不见他们仨。正面前的,是一位年轻的少妇抱着个孩子在送一个男人登机。那年轻男子抱着孩子亲了又亲,便拎着行李离开了。周天只觉那女子面熟,是谁却想不起来。

接着的场景是那男子竟出现在南极的考察队里,他在做摄影工作。一个恶劣的风雪天,他走在一支小队伍的最后。忽然,他脚下的冰面裂开,他还没来得及呼救,就离奇地消失了。他的队友搜寻不到他最终放弃离开后,在他消失的冰面裂口处,一个小小的黑点飞了出来。

"镜头"拉近,那个黑点竟然是——甲虫阿奇!

突然,周天脑海中电光火石般地想起那个抱孩子的女子就是小乐的妈妈,那么甲虫阿奇难道就是……但是,他一个活生生的人怎么变成了这样?!

四、阿奇的秘密(下)

时空迅速切换,周天觉得自己又来到了一个诡异世界,到处是黑色的晶石,升腾起炽烈的气息,仿佛面对着巨大的烤炉。空中一半昏暗,一半晃眼,脚下的黑晶就如烙铁一般,让人不敢站立。周天虽身经百战,也觉得有些腿软。

他不由自主地往前移动,直到看到一个人躺在他的面前,是刚才掉入冰层的男子,正遭受着炮烙样的酷刑。空中的黑色云团飞近,将那个年轻人包裹其中。身临其境的周天,看得很清楚,飞舞在他周围的是一只只黑色或蓝黑色的长鼻甲虫,也就是无数只嗡嗡飞鸣的"阿奇"。

所有的"阿奇"都飞向一边,然后突然被定格,其中一只被木木地移动到地上男子的上方。那个奄奄一息的年轻人嘴唇微动,似乎说了一段话,接着他就被一只无形的手提拎起来,头顶慢慢汇集出一个小小的光点,径自飞入上面那只木然的蓝黑甲虫体内。男子的身体砰的一声落地,再无任何生命迹象。而那只"阿奇"则忽地活了,甩了甩长鼻子,飞到了群体之中。

答案解开了。周天偷偷看向身边的阿奇,只见它盯着地上逐渐干瘪的男子,整个身体都在微微地颤抖着……

"阿奇,我说过,我会知道你是谁。"桃源主人的"话语"再度出现在周天等人的脑海中,"你的身体就是万年后的黑金虫。没想到未来这个世界竟会变成黑晶沙漠,连虫类都发生了变异。你可以从此处直接回去,回去后告诉你的主人,不要来找我,自己犯下的过错自己弥补。"

他的这些意思"说"完,所有人便重新回到星空中。

"我花了三年时间回到小乐和他母亲身边,又花了三年时间才能同他说话。现在能陪伴他这么久,我已经很知足了。"阿奇嗡嗡地先开口了。

"原来,你,你竟是小乐的……父亲!"周天只觉自己的胸口被一团温热的东西堵着,声音都变得很干涩。

"他父亲已经死了。我只是一个出卖了灵魂,换得身体的甲虫。"阿奇一阵心酸。它很想流泪,但发现自己已经没有了那个功能,它甚至连抱抱小乐,同他告别都不能够。

当年还是尚进的他,在南极误入空间裂缝,来到万年后的流沙大陆,在濒死时获得灭空虫的身体。后来在与暗绝元魔也就是仓先生本体大战时,再次掉入了空间裂缝,竟然非常幸运地回到了自己当初消失时的时空。

他作为"阿奇"陪小乐来到这个世界后,随着灵力的恢复,越来越担心被那个人,也就是他的主人召唤回去。因为当初他发下了永远听命于主人的灵魂誓言。在从桃源岛到龙山的途中,他收到了召唤令,即便折断了自己的触角也不能避免。当时是虫群里的一个好兄弟用性命为他做了担保,主人给了他三个虫体时的时间。

现在,已快要超时了。所以,他才会着急与周天去找桃源主人。

阿奇看向周天,郑重地道:"周师父,我必须走了。一日为师,终身为父。小乐就拜托您了,有您在他身边,我放心。"

说着,阿奇的身体开始变得隐约不定。"今天的事请别告诉小乐。等他回到人类世界,关于我的记忆可能都不会存在,这对他也是一件好事……"

看到这里的尚小乐只觉呼吸都已凝滞,快要喘不过气来了。他什么都明白了:原以为你已不在,没想到你却一直陪在我的身边。

"阿奇,回来——阿奇,爸……爸,你回来……"这个少年声嘶力竭地哭喊着,他伸长手臂,想抓住星空中阿奇的影像,但根本是徒劳。这只名叫阿奇的蓝黑甲虫,这只几年前躲在花坛里喊他,要和他做好朋友的甲虫,其实是那个他一直想念的亲人。那个陪伴他、支持他、帮助他、教导他的亲人,一点点地消失在阿甲的记忆影像中。

小蓝波过来安慰他。"爸爸,我还有很多话要对你说……"小乐啜泣着拉着蓝波的手,无力地跪倒下去。

1992年的一天,小学生夏芸走在放学回家的路上。她低着头捧着本《七龙珠》边走边看,快走到家门口时,突然听见有人喊她,一抬头,只见一个穿着奇异服装的少年冲她边跑边喊:"夏芸——快离开,围墙要倒了!"

夏芸一惊,慌忙闪向一边,将将站定,那一人高的围墙便在她身后轰然倒塌。等吓得不轻的小夏芸想再找那个救她的大哥哥时,奇怪少年早已不见了踪影。

在一辆行驶在苏北平原的列车上,一个男孩从浅睡中猛地惊醒。在梦里,他和一只名叫"阿奇"的甲虫正在一个神奇的精灵世界游玩,忽然"阿奇"就消失不见,再也找寻不到了。

脑海中关于甲虫阿奇的记忆似有似无,难道遇到阿奇,和阿奇经历的那一切奇遇都是梦吗?

小男生痛苦地抱住了脑袋。

"小乐,你怎么了?不舒服吗?就快到家了。"对面座位上的妈妈关切地问。

"没什么,刚才做了个梦。"

这个叫尚小乐的男孩微微一笑。龙纹花瓣将他送回了遇见阿奇前的时空,让他又做回八岁半的小男生,沿着曾经的人生轨迹继续前行。

不过,他改变了自己和妈妈的命运,妈妈的危机彻底解除了。在这个暑假结束前,妈妈专门到奶奶家来接他回家。

尚小乐摸了摸手腕上的手表电话,记得在离开桃源岛时把它留给了山水蓝波了呀?小乐万万没想到的是,蓝波儿在桃源岛学了些时空法则后,竟然来到了小乐的时空,简单操控了曹叔叔,让他买了个刻着小鱼的手表电话送给小乐。曹叔叔当时在商场里遇到的那个穿蓝衣服的小女孩正是小蓝波。

手表电话回来了,那阿奇呢?

车窗外是广袤的苏北平原,八月的田野,绿油油的水稻秧苗满载着希望。小乐望着窗外,对自己说:"阿奇,不,爸爸,一定会回来的!"

(全书完)

阿奇会回来吗?那片神奇的大陆还会发生哪些奇异的故事?还有哪些未解的谜团将被解开?敬请关注作者的后续作品。